Hans Fallada
Gute Krüseliner Wiese rechts

Hans Fallada

Gute Krüseliner Wiese rechts
und 55 andere Geschichten

Aufbau-Verlag

Herausgegeben von Günter Caspar
Mit einer Studie „Hans Fallada, Geschichtenerzähler"

ISBN 3-351-01901-7

1. Auflage 1991
Aufbau-Verlag Berlin und Weimar
Einbandgestaltung Andreas Brexendorff
Mohndruck, Graphische Betriebe GmbH, Gütersloh
Printed in Germany

Geschichten und Geschichtchen

1925–1936

Der Trauring

1

Die Leute gehen aufs Feld zum Kartoffelaushacken. Es ist später Herbst, in der letzten Nacht hat es schon ein wenig gefroren. Nun bei Sonnenaufgang blinkt überall Frühreif. Obwohl sie frieren, gehen sie nur langsam, zuhinterst zottelt der Feldunterinspektor, die Hände tief in die Taschen gebohrt.

Verdrossen lauscht er auf das Geschnatter der Weiber, er hat in der letzten Nacht schlecht geschlafen, seine Schulden haben ihn wach gehalten. Alles Grübeln aber hat nichts geholfen: Diese kleine Summe, diese dreißig, vierzig Mark lassen sich nicht auftreiben, es findet sich nun einmal kein Weg. Wenn er Hofinspektor wäre! Man kann ganz gut einmal ein paar Zentner Roggen vom Boden verschwinden lassen, ohne daß einer etwas davon merkt. Aber so . . ., verfluchtes Leben! Er gähnt, dann spuckt er aus.

Die Kolonne ist auf dem Kartoffelschlag angelangt. Das Kraut steht schwarzbraun und naß da, der Boden ist lehmig feucht. Unterinspektor Wrede teilt jedem seine Dämme zu, natürlich gibt es wieder Streit und Gezanke unter den Weibern, er kümmert sich nicht darum, er setzt sich auf die Wagendeichsel. Die erste Hacke blinkt in der Sonne, auf dem Felde wird es stiller, die Arbeit hat begonnen. Langsam kriechen die gebeugten Gestalten am Boden hin.

Wrede will rauchen, aber er merkt, daß er seinen Tabakbeutel vergessen hat. Eine dumpfe Wut regt sich in ihm gegen dieses Leben, das so trostlos einförmig ist, dem man rettungslos verfiel, eine Wut, die nach einem Ausweg sucht. Er stürzt hinter die Leute. Wo er eine liegengebliebene Kartoffel sieht, erhebt er ein großes Geschimpf, aber das hilft nichts, die Wut wächst in ihm.

Er muß zurück zum Kastenwagen, die ersten Körbe werden ausgeschüttet, er hat Marken zu verteilen. Er stellt sich auf die Deichsel und paßt auf, daß die Körbe ordentlich voll sind. Er wird der Bande schon zeigen, woher der Wind weht, keiner bekommt eine Marke, der den Korb nicht randvoll hat. Sollen die etwa vergnügt sein, wenn ihm speiübel ist? Er spuckt auf alles.

Da kommt die Uteschen. Das ist auch so ein Aas: Die denkt, weil sie jung verheiratet und hübsch ist, hat sie es nicht nötig. Ein paarmal hat er ihr heimlich Kartoffelmarken zugesteckt, aber sie soll nicht glauben, daß sie ihm deswegen auf der Nase tanzen kann. Außerdem ist sie verliebt in ihren Kerl.

Aber es läßt sich nichts sagen, der Korb ist voll. Nachdenklich sieht er den Knollen nach, die in den fast noch leeren Kasten poltern, er sieht die Frau an, die hochgereckt, die schwere Kiepe weit über dem Kopf, dasteht, und sein Auge bleibt auf der Hand haften, die, zwischen Kasten und Korbrand eingeklemmt, mit Erde beschmutzt, eine für Landarbeiterinnen zierliche Form hat.

Da blinkt zwischen den rollenden Kartoffeln etwas auf. Wrede macht eine Bewegung, will sprechen. Und steht wieder still. Die Frau hebt den leeren Korb aus dem Wagen, er gibt ihr eine Marke, sie geht.

Er steht wieder ganz still da, sein Gesicht ist seltsam heiß geworden, die Stirn zog sich zusammen – denkt er sehr über etwas nach? Plötzlich tut er einen Schrei, springt wie ein Unsinniger in den Kasten, mit beiden Füßen zwischen die Kartoffeln und brüllt: „Welches Aas schmeißt hier Steine zwischen die Kartoffeln?"

Er bückt sich, er wirft weit ins Feld hinein Knollen und Erde, seine Hände suchen fieberhaft. Die Leute lachen untereinander, halblaute Spottreden fliegen von einem zum andern: „Nun ist er ja wohl ganz mall geworden." – „Seine Marie hat gestern abend nicht gewollt." – „So ein Aas, das

8

nichts kann wie Leute schikanieren, sollte man mit der Hacke vor den Schädel hauen."

Wrede ist wieder aus dem Kasten gestiegen. Er schreit noch einmal: „Wenn ich jemand erwische, der Steine zwischen die Kartoffeln tut, jage ich ihn vom Felde, versteht ihr das!"

Aber dies zu rufen war schon schwer. Ihm ist sehr warm, sein Herz scheint ganz voll zu sein. Er weiß gut, er muß den Vormittag weiter schimpfen, denn er darf keinen Verdacht erregen. Er muß schimpfen, obwohl er nun seine Schulden bezahlen kann.

Er kann seine Schulden bezahlen!

2

Es ist Feierabend geworden. Martha Utesch steht in der Küche und rührt ihren Schweinen warmen Schrotbrei an. Sie taucht die Arme bis zu den Ellenbogen in das warme Gemenge, um heil gebliebene Kartoffeln noch zu zerdrükken. Schmeichelnd empfindet sie die sämige Glätte des Tranks auf der Haut. Ein Gefühl von unbestimmter Leere taucht in ihr auf, das vage dämmernde Bewußtsein eines Verändertseins: Sie zieht langsam ihren rechten Arm aus dem Brei und betrachtet ihn. Völlig ist er von einer dicken Schicht weißgelben Schrots umgeben. Zögernd nimmt sie den andern Arm zur Hilfe, hebt ihn aus dem Eimer, die linke Hand streicht über die Handwurzel der rechten. Sie sieht darauf hin. Dann über den Handrücken, der sacht rosig aus dem abrinnenden Schrot auftaucht. Dann über die Fingerwurzeln . . . „Es ist unmöglich", flüstert sie. Und jetzt tut sie einen Schrei. Sie wirft beide Hände gegen den Kopf, sie sieht nichts mehr, ihr Körper beugt sich nach vorn.

Der Hobel in der Werkstatt wird mit einem Ruck still. Tischler Utesch zieht die Tür auf und fragt: „Hast du gerufen, Martha?"

Sie wendet langsam, zögernd das Gesicht gegen den

Mann, sie kommt von weit her, als sie sagt: „Nein. Nichts. Das Schrot war zu heiß, ich habe mich verbrannt."

Er steht im Türrahmen und betrachtet sie. Ein Schein der Petroleumlampe läßt das Gold in ihrem Haar aufleuchten, das zarte Rosa ihres Gesichtes vertieft sich zu Rot: „Es war nichts, Willem", wiederholt sie, steht auf, faßt die Eimer und läuft in den Stall zu den beiden Schweinen. Sie gießt den Trank in den Trog, die Schweine schlabbern und schmatzen.

Beim Buddeln muß ich ihn verloren haben, in der Erde, denkt sie. Es hat keinen Zweck, ihn zu suchen, ich bin mit den Knien darüber weggerutscht, er liegt im Boden. Was soll ich tun? Höchstens beim Nacheggen kommt er nach oben, aber wer sieht solch kleines Ding? Was soll ich tun?

Sie faßt die Eimer, wendet sich zur Tür, stellt sie wieder hin.

Willem darf nie etwas erfahren. Er glaubte nicht, daß er in der Erde liegt. Der Schäfer in Zülkenhagen hat den Ring besprochen, da war Willem von seiner Eifersucht geheilt. „Solange du den Ring trägst, gehörst du mir. Hat ein andrer ihn, gehörst du ihm. Ziehe ihn nie, auch nur im Spaß, vom Finger." Er glaubt daran. Es ist gut, daß ihn die Erde hat, vielleicht glaubte auch ich daran.

Ihr Gesicht ist noch vertiefter geworden.

Ich muß mir einen andern machen lassen. Es wird schwer sein. Schon mit dem Geld. Und dann, weil es kein Fabrikring ist. Bis dahin . . .

Sie kommt in die Küche zurück. Nebenan stöhnt wieder der Kurzhobel. Sie greift das Beil und schlägt Kleinholz. Der Kurzhobel wird still. Wilhelm fragt: „Haust du jetzt Holz?"

„Alles ist naß", sagt sie. „Dies Schlackerwetter." Sie schlägt zu.

Wie ungeschickt ist Martha, denkt Utesch. So ungeschickt ist Martha doch sonst nicht. Schon sieht er eine Hand, die sich rötet, rötet. Alles ist Blut.

„Da habe ich mich gehauen", sagt Martha, weiß geworden. Sie betrachtet zweifelnd, mit zitternder Lippe die Hand, die nur noch Blut ist.

Er macht einen Schritt zu ihr. „Warum haust du nach Feierabend Holz? Kann ich das nicht tun?"

„Laß! Laß!" ruft sie und springt gegen die Kammer. „Ich verbinde mich schon."

Dann sitzen sie beim Abendessen. Wilhelm sieht immer auf die weiß umwickelte Hand. „Mit dem Buddeln ist es nun vorbei. Schade, wir hätten das Geld brauchen können." Nach einer Weile: „Und der Ring? Hast du ihn abgetan?"

Martha lacht. „Der sitzt! Der geht nicht runter. Der bleibt. Fühle mal!" Und sie führt seine Finger über den dikken Verband.

3

Das Ehepaar Utesch schlief. Frau Utesch wanderte durch die Räume des Traums, geheimnisvoll geführt von einem, den sie nicht sah, vor dem ihr doch angst war. Plötzlich war der Führer verschwunden, sie fühlte ihn nicht mehr, allein stand sie in einer purpurfarbenen Röte, und ihre Angst wuchs.

Plötzlich hörte sie eine Stimme schreien, wilde, ungefüge Schreie in das Nichts rufen. Zuckend zog sich die Welt zusammen. Gegen den Schein der Morgenröte blinkte die erste Hacke, das Kartoffelkraut triefte naß, auf einem Wagen tobte Wrede und schrie.

Frau Martha war wach. „Der hat den Ring! Der!" flüsterte sie und lauschte in die Nacht, ob sie die schreiende Stimme noch höre. Alles war still. Aber die schwarze Stille schwoll und schwoll, die Stille rief und rief.

Martha Utesch stand auf, an der Tür lauschte sie noch einmal zurück zu dem schlafenden Mann, auf der schweigenden Dorfstraße stand sie, schlug den Weg zum Gute ein.

„Der hat den Ring! Der!"

Seltsamer Weg durch die Nacht, die ohne Stern ist! Die Telegrafendrähte summen, sie summen nur eine Melodie. Fährt der Wind in schon herbstlich raschelnde Blätter, rascheln sie nur die Worte: „Der hat den Ring! Der!" Einer geht vor ihr, den sie nicht sieht, der sie doch führt, vor dem ihr angst ist.

Plötzlich sieht sie den alten Zülkenhäger Schäfer. Er bespricht den Ring, er legt seine altersfleckige Hand, die gekrümmt ist, auf sie. „Diesem Ring gehört dein Leib. Bewahrst du ihn, bewahrst du dich. Gibst du ihn fort, gibst du dich fort."

Und wieder der Wind und das Drähtesummen in der Nachtschwärze.

4

Auch Wrede schläft nicht. Er hat den Ring geputzt, er hat den Stempel untersucht, er denkt daran, wie er seinen Fund wird am besten verkaufen können. Ihn an einen Freund zu schicken wäre zu gefährlich, die Postdamen sind neugierig, alles wäre entdeckt. Und in eine Stadt fahren, selbst wenn er Urlaub bekäme, ist zu teuer.

Jedenfalls, nun hat er ihn. Er läßt das Licht der Taschenlampe aufblitzen, der rötlich gelbe Schein des Dukatengoldes erglänzt sanft, gegen den Marmor des Nachttischs schlägt er den Ring und hört mit Entzücken den weichen hellen Klang, den nur Gold hat.

Auch er beginnt zu träumen. Diese wenigen Gramm Gold im Werte von dreißig, vierzig Mark scheinen der Schlüssel zu sein zu allen Toren der Welt. Er sieht sich weit fort von hier, in Berlin fährt sein Auto vor dem besten Hotel vor, der Portier grüßt würdig, die Kellner knicken. Er steht im Hotelzimmer, hier türmt sich schon sein Gepäck, in die weiten Ledersessel ist alles Bunte von Weiberkleidern gegossen, ein Mixer bereitet Getränke, der Raum ist voll wie ein Vogelhaus von Weibergeschrei und Gelächter. Jemand klopft.

Jemand klopft ...

Wrede fährt auf. Der Ring entfällt ihm, der Ring rollt, rollt, dreht sich klingend irgendwo im Dunkeln, ist still. Noch einmal ein Klang, ist still. „Wer ist denn da?" Klopfen gegen die Scheibe. „Wer ist denn da?" Nichts. Wieder Klopfen. Angst befällt ihn. Sind die Wachtmeister schon da? Mit zitternder Stimme fragt er: „Sind Sie das, Hofmeister? Ist etwas krank im Stall?"

Eine Stimme ruft verklingend: „Ich!"

Er steht lauschend. Plötzlich begreift er, er reißt das Fenster auf, er schreit: „Wer ist ich? Was ist ich? Alle sind ich. So ein Blödsinn!"

Die bebende Stimme: „Geben Sie mir meinen Ring wieder, Herr Wrede. Bitte."

„Wer ist denn das? Ist das die Marie? Mädel laß mich schlafen. Jetzt ist nicht Mai, nicht einmal die Katzen haben jetzt Raunzzeit."

„Bitte geben Sie mir meinen Ring wieder, Herr Wrede."

„Aber – nein, wahrhaftig, das ist die Martha Utesch! Na, Martha, ist denn da dein Wilhelm mit einverstanden, daß du nachts an fremde Fenster gehst?"

„Geben Sie mir meinen Ring wieder. Es wird nicht gut sonst, Herr Wrede."

„Wenn's denn sein muß, Martha. Hopp, ein Bein aufs Fensterbrett. Ich zieh dich hoch. Nur nicht zipp, Martha."

Seine schweißnassen Finger tasten blind nach dem bleich geahnten Gesicht, er fühlt es, er fühlt die Wärme der Schulter, der Brust. „Komm, Martha!"

Stille. Lange Stille. Dann ganz leise: „Ich will kommen, wenn Sie mir meinen Ring wiedergeben, Herr Wrede."

Auch er bleibt lange still. Dann polternd, mit einer Anstrengung: „Laß jetzt mit dem Quatsch nach. Entweder oder. Ich schmeiße das Fenster zu."

„Ich gebe Ihnen fünfzig Mark für den Ring. Ich kaufe ihn Ihnen ab."

Ganz rasch: „Hast du es da, das Geld?"

„Nur zwanzig. Das andere bringe ich nächste Woche."

„Gib!"

„Erst den Ring."

„Gib!"

„Hier . . ."

Er fühlt den Schein, er nimmt ihn. Er lacht auf: „Sone

13

verrückten Weiber! Nun zahlen sie mir schon. Das geht über die Marie!"

Das Fenster fliegt zu. Verzweifelter Heimweg durch die Nacht.

5

Als die Nacht vergangen war, hatte sich Wrede dafür entschieden, alles nur geträumt zu haben. Fragte man ihn, er würde von nichts wissen. Er betrachtete, was ihm geschehen, sicher blieb, diese Frau war kein Aas, sondern weich. Und Butter soll man kneten. Wozu einen Ring verkaufen, den man behalten konnte? Sie sollte ihr bißchen Geld wie Wasser aus dem Leibe schwitzen!

Trotzdem beunruhigte es ihn, daß er Martha Utesch nicht auf dem Kartoffelacker sah. Warum war sie zu Haus geblieben? Hatte sie mit ihrem Mann geredet? Oder fürchtete sie sich? Gleichviel, er blieb entschlossen, seinen Griff nicht locker werden zu lassen. Kam sie nicht, ging er zu ihr, die Abende waren lang und dunkel. Das Aufblitzen ihres Ringes würde sie hinlocken, wohin er wollte.

Da horchte er auf. Auch die Buddler sprachen von Martha Utesch. Man wußte schon, warum sie fehlte. Über Nacht war sie von Haus fortgewesen, ihr Mann war erwacht, das Bett an seiner Seite fand er leer. Er hatte auf sie gewartet. Der Streit zwischen der Heimkommenden und dem Wartenden war laut geworden, hatten die in ihrem Morgenschlaf gestörten Nachbarn die Worte nicht gehört, die man gewechselt hatte, so waren sie doch nicht zu ungelenk, welche zu erfinden. Jedenfalls war sicher, daß selbst der Mann schon gemerkt hatte, daß seine Frau mit dem jungen Nagel aus dem Grunde ging. Sie hatte nicht sagen wollen, wo sie gewesen, aber das konnte selbst solch verliebten Ehekater nicht dumm machen. Hatte sich nicht der junge Nagel schon vor ihrer Hochzeit mit ihr abgegeben? Der Mann hätte sie nur ordentlich prügeln sollen, aber heute waren die Männer ja viel zu schlapp. Ordentlich Keile für eine Frau, das war grade, was sich gehörte.

14

Auch Wrede bedauerte, daß es nicht zu Schlägen gekommen war. Hätte der Mann doch schließlich nur für ihn seine Frau mürbe geschlagen. Je unmöglicher die Verhältnisse wurden, um so höher würde der Preis sein, der für diesen Ring zu erzielen war. Und schließlich war es noch gar nicht sicher, daß, gab man ihn wirklich her, die Frau ihn bekam. Vielleicht war der Mann der bessere Käufer. Konnte man den Ring nicht von Nagel aus dem Grunde haben? Und hatte man den Kies, so haute man in den Sack und war fort. Mochten sich die andern die Schädel zerschlagen, es war nicht schwer, sich auszurechnen, daß die meisten Schläge auf die Frau fallen würden.

Neben dem Wunsche nach Geld, nach sehr viel Geld, war es die Gier nach Rache an der jungen Frau, die Wrede immer weiter vor trieb. Er fühlte wieder die Weichheit ihrer Schulter, sie hatte gezögert, zu ihm zu kommen. Selbst der hohe Preis dieses Ringes war im ersten Augenblick ihr gering erschienen neben der Abneigung vor ihm. Und grade da er in solchem Nachtbesuch nichts Besonderes sah, war ihm diese Anstellerei empörend. Martha – was hieß Martha Utesch? War sie etwa zu gut dafür? Oder er ihr zu schlecht? Sie sollte Geld schwitzen. –

Am Abend lehnte er die Stirn gegen die erhellte Scheibe des Tischlerhauses. Er sah hinter den Gardinen einen einsamen Schatten, der bewegungslos hockte. War sie es? War sie allein? Oder war es der Tischler? Und sie schon erneut nach dem Gute unterwegs?

Eine Hand berührte seine Schulter. „Wenn Sie Utesch suchen, Herr Inspektor, der ist im Krug. Aber er ist ja wohl schon halb dun."

Wrede fuhr zusammen. Der zu ihm sprach, war der Sattler Hinz, das Dorfradio. „Ja, ich suche Utesch, wir haben da was zu machen. Dun sagen Sie. Nun, ich will sehen, vielleicht läßt sich noch mit ihm reden. Sonst trank der Utesch doch nicht?"

Der Sattler zockelte nebenher. Die Nachtgeschichte war gewachsen, sie hatte Gestalt bekommen. Der Tischler hatte seiner Frau den Ring abreißen wollen, weil sie ihn geschändet, er war nicht von der Hand gegangen, da hatte er ihn mit dem Schnitzmesser heruntergeschnitten. Das Geschrei der Frau war fürchterlich gewesen. Sie hatte die Hand verbinden müssen. Niemand wußte, was nun kam. Zu Ende war das noch nicht.

Obwohl das Erfundene. an dieser Geschichte nicht schwer zu unterscheiden war, graute Wrede doch ein wenig. Er hörte die Frau schreien. Ihre Stimme, als sie um ihren Ring bat, war zage, verhalten und klein gewesen. Nun schrie sie. Und immer der Ring. Selbst aus diesem Lügengewebe glänzte er hervor, funkelnd, neu verräterisch. Einen Augenblick überkam ihn unechtes Mitleid mit der Frau, er wollte umkehren, ihr den Ring freiwillig zurückgeben. Es blieb unausführbar, da Hinz neben ihm ging. Bis zur Schenkentür brachte ihn der Schwätzer.

6

Die Gaststube war düster und fast leer. In einem Winkel hantierte der mufflige Wirt mit einem Putzlappen an seinem Bierapparat, später verschwand er. In einer andern Ecke, über der eine trübe Lampe brannte, saß ein einsamer Gast vor einer Flasche Korn, die Stirn in die Hand gestützt, bewegungslos: Wilhelm Utesch.

Wrede trat an diesen Tisch, sagte „Guten Abend" und setzte sich. Langsam sah Utesch zu ihm hinüber, mit dem haftenden leeren Auge des Trunkenen, das schwer wie ein Tierblick ist und in das langsam nur wie ein trübes Licht Erkennen trat. „Sind Sie's, Herr Inspektor?" fragte er, und die übertrieben deutliche Aussprache jedes Wortes bewies die trunkene Zunge, die sich nicht verraten wollte. „Auch noch so spät unterwegs?"

„Ich war schon bei Ihnen in der Wohnung, Meister. Wollte mal hören, ob Sie morgen nicht Zeit haben, zu uns aufs Gut zu kommen. Wir haben da eine Sache."

„Zeit? Zeit? Ich habe Zeit." Wieder hob sich der gerötete Blick, traf die Flasche. Utesch schenkte sich umständlich ein Glas voll, sah suchend über den Tisch, machte eine gießende Bewegung mit der Flasche, hielt inne.

„Ja so, trinken Sie auch einen?"

„Ich sage nicht nein. Päplow, mir ein Glas." Wrede nahm die Flasche, bediente sich selbst. „Na, denn Prost, daß unsre Kinder lange Hälse kriegen." Sie tranken. Sofort schenkte Wrede wieder ein. Der Trunkene saß still, den Blick vor sich auf dem buntkarierten Tischtuch. Endlich begann er: „Also auch noch so spät unterwegs. Ja, die jungen Leute . . ." Er pfiff, ein kümmerliches Lächeln ging um seinen Mund. Er sprach hastig, undeutlich, über den Tisch zu dem andern gebeugt: „Das will ich Ihnen sagen, Herr Inspektor, man kann es den jungen Leuten nicht verdenken. Was hält sie? Aber wenn man erst verheiratet ist, dann sage ich: Schluß!"

Er preßte die Hand zusammen, daß die Knochen knackten. Wrede meinte: „Natürlich. Arbeitspferde gehören feierabends in den Stall und nicht auf die Koppel."

„Das ist ein Wort", rief Utesch plötzlich lebhaft. „Das ist ein Wort wie aus der Bibel." Er sank wieder in sich zusammen.

„Trinken wir noch einen!"

Und nachdem sie getrunken hatten, schenkte Wrede wieder voll.

Der Betrunkene flüsterte: „Aber wenn eines verheiratet ist und ist nachts fort und kommt wieder und man fragt's: wo bist du gewesen? und es lächelt bloß, das ist Verrat, Herr Inspektor! Das nenne ich blutschänderischen Verrat."

Er hielt inne, wie zusammenschreckend, den Blick aufmerksam, wie erwacht, auf sein Gegenüber geheftet. „Sie wissen alles, Herr Inspektor. Natürlich wissen Sie alles. Nur ich weiß nichts." Nun ganz langsam: „Wo ist die Frau gewesen, frage ich Sie, Herr Inspektor, wo um alles in der Welt ist nachts um zwei Uhr die Frau gewesen?"

„Ich weiß nichts, Meister. Ich höre nicht auf das, was die Leute sagen."

„Sie wissen es. Jeder weiß es. Wenn es mir nur einer sagen könnte ..." Er hielt grübelnd inne, sein Gesicht belebte sich von einer Idee. „Trinken wir!"

„Und noch einen."

„Wird das nicht zu viel?"

„Wie kann das zu viel werden, junger Mann? Eine Flasche habe ich schon allein getrunken, und ehe ich betrunken werde, kann ich noch eine trinken. Also trinken wir!"

„An mir soll's nicht liegen", sagte Wrede und trank, indem er sich darüber klar war, daß der Betrunkene die unsinnige Idee hatte, ihn betrunken zu machen, um ihn aushorchen zu können.

Aber der andere war schon wieder weit fort. „Am Abend vorher hat sie sich in die Hand gehauen mit dem Beil. Blut ist über ihren Ring geflossen. Was bedeutet das? Man müßte wissen, was es bedeutet. Aber man weiß nichts."

Auch dem Inspektor kam ein Gedanke. Er griff in die Westentasche. Er zog die Hand zurück. „Also trinken wir noch einen."

Und der andere echote: „Trinken wir noch einen!"

Sie tranken. „Wo ist die Frau gewesen, Herr Inspektor?"

„Ich weiß es nicht, Meister."

„Sie wissen es nicht. Wie sollen Sie es wissen? Niemand weiß es. Jeder ist allein. Und jeder tut alles für sich allein." Utesch taumelte hoch, langsam und tastend ging er zur Hoftür, hielt inne. „Ich komme gleich wieder." Und war fort.

Wrede sah um sich: Die Stube war düster und leer. Eine späte Fliege erhob sich mit einem Schwung, summte, und alles war still. Wrede zog den Ring aus der Tasche, verborgen in die hohle Hand betrachtete er ihn. Er war breit und schwer, aus einem rötlichen alten Dukatengold, mit tausend feinen Hammerschlägen genetzt, für einen Menschen gearbeitet, der noch glaubt, daß die Dinge einen Sinn in sich tragen.

Aus der Hosentasche riß Wrede einen Bindfaden. Er knüpfte ihn um den Ring, band das andere Ende des Fadens an einen Westenknopf, steckte den Ring wieder in die

18

Tasche. Er stand auf, ging hin und her. Als Utesch eintrat, saß er schon wieder.

Die Nachtluft hatte den Tischlermeister noch betrunkener gemacht. Er kam kaum auf seinen Stuhl, er sprach nicht mehr, er lallte nur noch. Wrede goß ein.

„Es ist sternenklar, Meister. Ob es Frost gibt?"

Und das Echo: „Ob es Frost gibt?"

„Trinken wir", sprach Wrede.

„Trinken wir", sagte der andere und rührte sich nicht.

Da griff Wrede in die Tasche. Auf den Rand des Tisches legte er den Ring, weit davon sichtbar seine Hände. „Trinken wir, Meister", wiederholte er und stieß sein Glas um. Es klirrte gegen die Flasche. Der trübe Blick suchte nach der Ursache des Geräuschs. Er wurde schrecklich wach. Er sah das kleine blitzende Rund drüben, jenes unverkennbare, das ihm allein Gewähr für Treue war. Der Meister machte aus aller Trunkenheit heraus einen Tigersatz um den Tisch. Alles stürzte zusammen. An der Schnur glitt der Ring zurück hinter das Jackett. Nichts war da.

„Was kommt Sie an, Utesch?" schrie Wrede. „Sind Sie ganz betrunken geworden?"

„Der Ring", flüsterte der andere leise, „es war der Ring."

„Was für ein Ring? Was reden Sie von einem Ring? Wo soll er sein?"

Der andere stand vor ihm. Noch hielt die Wirkung des Schreckens an. Klar drang der Blick in Wrede. „Der Ring! Dort auf der Tischkante lag er. Sie haben ihn. Ich sage, Sie haben ihn." Er griff Wrede an die Brust. Der stieß ihn stark zurück. „Sie schwatzen. Wie sollte ich Ihren dämlichen Ring haben?"

Aus dem Fallen richtete der andere sich auf. Stammelnd wieder sagte er: „Sie haben ihn! Jeder hat ihn. Alle haben den Ring. Nur sie hat ihn nicht." Er stand grübelnd. Plötzlich schrie er noch einmal: „Nun weiß ich es: Sie hat ihn nicht."

Utesch sprang gegen die Tür, riß sie auf, war fort in die Nacht. Über den Dorfplatz brüllte Wrede in Angst: „Meister, kommen Sie. Sie sollen den Ring haben."

Alles blieb still. Niemand kam. Niemand hörte.

In dem Zimmer ist es dunkel und still, nichts rührt sich, kein Mondlicht fällt durch die zerbrochenen Scheiben, denn der Mond ist noch nicht aufgegangen. Etwas Dunkleres lehnt sich gegen die Hausmauer, lauscht in das Zimmer, lange, zieht sich plötzlich zurück.

Ein Geräusch wird hörbar, jemand kommt gelaufen. Er prallt gegen den Vorgartenzaun, tastet umher, findet das Gatter offen, eilt den Gartensteig hinauf, rüttelt an der Haustür. Sie ist verschlossen, gibt nicht nach. Eine Weile steht Wrede still, überlegend. Dann nähert er sich dem Fenster, will dagegen klopfen, stößt gegen eine Scherbe, die klirrend herunterfällt. Er erschrickt, er steht lauschend, er lauscht gegen die Stube, in der sich nichts rührt. Eine zähe lange Stille scheint aus dieser Stube zu dringen, wie etwas Hartnäckiges, Böswilliges.

Schließlich entschließt er sich. Er ruft leise: „Utesch!" Nichts. Und noch einmal: „Meister Utesch!" Nein, nichts. Nur von Augenblick zu Augenblick ein Windstoß in dem raschelnden Herbstgebüsch.

Er ruft noch einmal angstvoll: „Martha! Martha Utesch!" und bricht in die Knie, als eine Hand sich auf seine Schulter legt, eine Stimme flüstert: „Still! Still doch! Hören Sie nicht?"

So, die Knie in der kühlen Gartenerde, unter der Hand des Geheimnisvollen, lauscht er, und nun meint er, weit drinnen im Haus etwas stöhnen zu hören, kurz stöhnen zu hören.

Plötzlich versteht er. „Der Hobel! Utesch ist in der Werkstatt?"

Der andere: „Er macht ja wohl ihren Sarg." Und mit einer schrecklichen Neugierde: „Er hat sie ja wohl umgebracht, Herr Inspektor?"

Wrede steht wieder. „Hören Sie zu, Hinz. Laufen Sie, was Sie können, zum Wachtmeister. Ich werde hier Posten stehen, daß Utesch nicht ausreißt."

Der andere zögert.

„Laufen Sie!"

Hinz verschwindet; ist fort, untergetaucht in der Schwärze.

Langsam nähert sich Wrede dem Fenster. Er befühlt es. Ein Flügel steht offen, er neigt sich in die Stube, ein Streichholz flammt auf.

Er sieht . . ., er sieht . . ., dort liegt etwas Weißes, allein, ausgestreckt, etwas, das nicht mehr greifen kann, das schlaff geworden ist, doch zugreifen möchte, o du guter Gott! Eine Hand! Eine Hand allein!

Und dort das Dunkle, Verhüllte, unter den Rändern eines Tuches sind schwere zähe Teiche hervorgequollen . . . Das Streichholz erlischt.

Wrede greift in die Tasche, in die Schwärze des Zimmers wirft er den Ring, er hört ihn klirren, klingen mit dem weichen hellen Klang, den nur Gold hat.

Da stürzt Wrede fort in die Nacht, in die Stille der Felder, wo nur der Laut des Windes ist oder einmal das Rascheln eines Tieres. Keine Menschen. Hier aber ist Stille, lange Stille.

Und jetzt kommen die Lichter, die Leute und die Polizei.

Länge der Leidenschaft

1

Er trat ein, und Ria begriff sofort, daß sie sich vollkommen geirrt hatte, daß ihr Vater im Recht gewesen war, diesen subalternen Schreiber, wie sie ihn verächtlich genannt, zu sich ins Haus zu bitten, dort einige seiner einsamen Abende zu verplaudern.

Er verbeugte sich vor der Mutter und küßte ihre Hand, er sprach einige rasche lächelnde Worte zum Vater, nun stand er vor ihr, ihre Hände streiften, ihre Blicke begegneten sich. Sie senkte den ihren, von einer ihr unfaßlichen Verlegenheit befangen, und, als sie ihn wieder erhob, redeten die andern, von irgendwelchen Arbeitersachen natürlich, und natürlich hatte er denselben Standpunkt wie der Vater.

Irgendwie war Ria enttäuscht und, indes sich Verlegenheit und Enttäuschung zu einer Gereiztheit in ihr verdichteten, musterte sie den Sprecher neben sich, fand den glattgeschorenen, bartfreien Kopf lächerlich klein, die Gestalt zu lang und dünn, Hände und Knöchel schon übertrieben schmal und wiederholte sich, die Lippen vorschiebend: „Subalterner Schwätzer!"

Sein Blick sprang zu ihr über, hinter den großen Brillengläsern ging um die Augen solch Lächeln auf, daß klar ward, er habe sie erraten. Er hob die Schulter ein wenig, unbeirrt sprach er zum Vater weiter von den Exmissionsklagen, mit denen die renitenten Arbeiter aus ihren Wohnungen zu jagen seien, und plötzlich schienen ihr seine Stimme und seine Worte von einer rätselhaften Zweideutigkeit getränkt: Dies sprach er und meinte ein anderes, und dies andere meinte er für sie, vielleicht auch für jene, die obdachlos auf der Straße liegen sollten, doch vor allem für sie. Sie verstand nichts.

Später saßen sie einander am Schachbrett gegenüber. Er spielte rasch, leicht, mit einer sprunghaften Plötzlichkeit, die sie nie seine Pläne erraten ließ. Ehe sie noch zog, rief er: „Wenn Sie diesen Zug machen, sind Sie matt", und sie fühlte seinen Fuß neben dem ihren. Er schmiegte sich fest an, unmißverständlich, sie fühlte die Wärme seines Beines an ihrer Wade, und diese Wärme stieg ihr in die Wangen. Verwirrt fragte sie: „Welchen Zug soll ich nicht tun?" und zog ihren Fuß zurück.

„Diesen nicht", sagte er, machte den Zug, den sie hatte tun wollen, und fing ihren Fuß zwischen den seinen ein. Sein Blick traf sie, er war völlig kalt, grausam und wissend, ein Blick, vor dem sie erbebte.

„Ich bin zu müde, um zu spielen", und sie stieß mit der Hand gegen das Brett, daß die Figuren durcheinanderrollten. Einige fielen zur Erde, er bückte sich, hob sie auf, und seine Hand faßte ihr Bein.

Nie war sie so schamlos berührt worden. Ihr Zorn wurde stark, fast laut sagte sie: „Lassen Sie das, ich sage es meinen Eltern."

„Soll *ich* es ihnen sagen?" fragte er zurück und machte einen Schritt auf die Patience legenden Eltern zu.

Sie sah ihn an, und wieder hatte sie das Gefühl, als habe er etwas ganz anderes gesagt, weit über den Klang seiner Worte hinaus, ein tieferer Sinn schien verborgen, über die Worte hinaus, etwas, das sie anging und vielleicht das ganze Leben anging, seine Zweifelhaftigkeit, seine Unsicherheit, sein Verrinnendes.

Sie machte eine Geste, die Hände flach zu erheben. Sie ließ es. „Mama, Herr Martens möchte sich verabschieden", sagte sie.

Lange lag Ria in ihrem Mädelbette wach. Nun er fern war, nun nicht mehr sein Blick, seine Hand, sein Lächeln auf sie wirkten, wuchs ihr Zorn. Für wen hielt er sie, daß er die Frechheit hatte, sie so zu behandeln? Etwa für eine Dirne? Nie, nie hatte es ein Mann gewagt, sie so anzusehen, sie so anzufassen. Sie dachte an die Küsse, die sie einmal, ein einziges Mal, einem Freunde ihres Bruders nach einem Tanz erlaubt. Aber diese Küsse waren etwas kindlich Sanftes gewesen gegen diesen Blick, dieses Anfassen, dieses Treten.

Sie war auf dem Lande aufgewachsen, sie hatte die Tiere gesehen, sie wußte, die Dorfmädel hatten ihre Verhältnisse, und ein uneheliches Kind war weder etwas Seltenes noch ein Rätsel für sie. Aber das waren die Dorfmädel! Verwechselte er sie etwa mit jenen? Sie, die Tochter eines Rittergutsbesitzers, sollte sich so behandeln lassen von einem simplen Schreiber ihres Vaters!

Sie wollte es ihm sagen! Nicht noch einmal sollte er es wagen, so die Augen vor ihr aufzuschlagen. Sie würde es allein mit ihm ausmachen, ohne die Eltern, sie würde zu ihm aufs Büro gehen, und sie würde ihm unzweideutig sagen, daß seine Tage hier auf Baumgarten gezählt seien, wenn er noch einmal . . .

Morgens erwacht, verschob sie die Ausführung ihres Entschlusses. Doch dann, als ihr Vater nach dem Essen in seinen Jagdwagen stieg, die Mutter schlief, sah sie sich plötzlich auf dem Weg über den Hof. Noch an der Bürotür zögerte sie und klopfte schon, und sein „Herein" rief sie.

Er war nicht allein. Nie hatte sie daran gedacht, daß er bei diesem Besuche nicht allein sein könnte. Rauchend stand er mit dem Dorflehrer am Fenster, wandte nicht den Kopf und fragte nur: „Nun?", alles blieb still, und nach einer Weile: „Was ist los?", und wandte sich zu ihr, die noch in der Tür stand.

Nein, selbst jetzt war er nicht verwirrt, nicht einmal überrascht schien er. „Gnädiges Fräulein wünschen?"

Kaum kam er näher, er nahm ihre Hand nicht, er verbeugte sich nur.

„Ein paar Frachtbriefe", sagte sie.

Er ging an einen Schrank. „Und was für welche? Eil oder gewöhnliche?"

Sie zögerte, sie fand sich nicht zurecht. War dies der von gestern abend? Der Lehrer hatte sich nach einer Verbeugung fortgewandt, er drehte ihnen den Rücken, sah zum Fenster hinaus.

„Ach, geben Sie mir von jeder Sorte einen!" rief sie ungeduldig. All dies war lächerlich, beschämend, so verkehrt.

„Bitte schön", sagte er, reichte sie ihr und sah sie an. Sie griff zu, wollte gehen, da fragte er sanft und unschuldig: „Damit Sie von jeder Sorte einen haben, vielleicht noch einen Tierfrachtbrief?"

Wieder kam ihr Zorn, sie sah ihn an. Und bemerkte im gleichen Augenblick, daß sie verloren war, daß nichts umher ihr Lachen zurückhalten konnte, schon brach es los und, die Briefe zusammenknitternd, rief sie, vor Lachen erstickt: „Von jeder Sorte einen!"

Auch er lachte, seine Stimme erklang: „Verschwinden Sie, Wehrer der Knaben. Geschwinde verändern Sie das Lokal."

Die Tür klappte, sie waren allein, sie waren still. Das noch festgehaltene Lächeln glich sich aus auf ihren Gesichtern, wurde weggewischt, und mit zitternder Stimme sagte sie: „Wie kommen Sie zu dieser letzten und größten Unverschämtheit, den Wille hinauszuschicken? Was soll er von uns denken?"

Er beugte sich vor, er flüsterte: „Mädel, kleines, dummes Mädel." Sie wich zurück, sie ging Schritt für Schritt von ihm fort, sie murmelte flehend: „Rühren Sie mich nicht an! Fassen Sie mich nicht an! Sie sollen mich nicht anfassen."

Sein Arm legte sich um sie, seine Lippen berührten die ihren, unter diesem Druck öffnete sich ihr Mund. „O du", flüsterte sie.

Sie trafen sich bald hier, bald dort, bald da, hinter den Gewächshäusern, im Baumgarten, auf dem Gutshofe, im Krämerladen, nachts und tags im Park. Einmal glaubten sie in der Ferne Rias Vater zu sehen und flüchteten durch Erlen und Weiden, wo überall Wasser sickerte, um in einem Kartoffelfelde atemlos haltzumachen, durch dessen schwarzbraunes, herbstnasses Kraut ein Hühnerjäger hochbeinig stapfte. Oft war es nur ein flüchtiges Wort, das sie tauschen konnten, ihre Hände streiften sich im Vorübergehen, die Augen grüßten einander, und immer wieder kam eine Stunde, da seine Küsse sie überschwemmten, sie atemlos machten, da seine Hand sich weiter verirrte ... Sie machte sich los aus seinem Arm, zum hundertsten Male wiederholte sie ihm, daß kein Mann sie ohne Eheverspruch haben würde.

Er war neben ihr, er erzählte ihr von den Frauen, die durch sein Leben gegangen waren, er lächelte ihnen zu, im Erinnern grüßte er sie wieder und wieder. Sie zogen dahin, sie entschwanden, neue drängten herzu, und ihr Stolz empörte sich dagegen, auch einmal eine von allen diesen gewesen zu sein. Er lächelte, er maß ihr die kleine Weile der Leidenschaft, die lange Weile des Lebens ab, er hob seine Hand, er zeigte sich naiv eingebildet, daß keine all dieser Frauen sich im Bösen von ihm getrennt, und plötzlich schien ihr aus dem lachenden Glück seiner Worte ein trüber, welker Geruch von getrockneten Rosenblättern aufzusteigen, die zwischen alten Briefen liegen. Eine namenlose Trauer erfaßte sie, dieser neben ihr schien nie die eine Stunde zu meinen, sondern alle andern noch, nie nur sie zu lieben, sondern alle Frauen vor ihr ebenso und jene, die kommen würden, desgleichen. Sie tastete nach seiner Hand, wie sich zu halten an ihr, sich zu überzeugen, daß er doch war, wenigstens fleischlich da war bei ihr, und entmutigt zog sie die ihre wieder zurück, da sie bedachte, wie wenig solche Fleischlichkeit bedeute.

Und dann kamen wieder seine Küsse.

Eines Nachts klopfte er an ihre Tür.

Er stand draußen, er verlangte, daß sie öffne, er bat nicht, er befahl. Zitternd lauschte sie in das Schlafzimmer der Eltern hinunter, durch die Tür fragte sie ihn, wie er in das verschlossene Haus gekommen, sie flehte ihn an, wieder zu gehen.

Dann meinte sie, unten ein Geräusch zu hören, sie schloß auf, er huschte herein, er nahm sie in seine Arme. Noch einmal wehrte sie sich in der irren, wahnsinnigen Angst des jungen Mädchens, sie beschimpfte ihn, sie schrie, daß sie ihn hassen werde, ewig hassen werde danach.

Und eine Sekunde kam, da die Welt stille zu stehen schien, alles lauschte, alles hielt den Atem an, und sie sank, sank endlos. Plötzlich aber strömte sie, auf einem unendlich glücklichen, feierlichen Strom des Lebens strömte sie dahin: so viel Wimpel, so viel frohes Gewehe grüner Baumzweige, solch purpurne Zelte und freudige Vögel. Sie warf ihre Arme um seinen Hals, dichter zog sie ihn an sich, und das kleinste Tagesding hatte seinen Sinn bekommen, und das lange Warten und das Wehren und die Qual – alles voll Sinn.

Nun trafen sie sich jede Nacht. Er kam spät an die Hintertür, sie wartete schon, an der Hand zog sie ihn die dunkle Stiege hinauf, auf Strümpfen, dann war die milde weiße Helligkeit ihres Mädelzimmers da, und die Feste begannen. Oft unterbrachen sie sich, lauschten hinab in das Haus, verfolgten den Schritt eines Dienstmädchens, der endlos lange vor Rias Tür zu verharren schien, und aufatmend sahen sie sich in die vor Glück leuchtenden Gesichter.

Nebeneinander liegend, den Kopf in den Arm des andern geschmiegt, erzählten sie sich aus ihrem Leben. Er tat die Weite seines wechselvollen Daseins auf, Städte waren da, fremde Lande, er fuhr auf Schiffen, arm war er gewesen und reich wieder geworden, um, sich nach Ruhe sehnend, in diesem stillen Winkel *sie* zu finden.

Sie begriff nichts, sie fragte. Hatte sie nicht vor seinem

Engagement seine sämtlichen Zeugnisse gesehen, sie ge-
prüft, dem Vater selbst zu ihm geraten? Hatte er denn nicht
immer, wie sie auch, auf dem Lande gelebt?

Er lächelte nur, plötzlich waren die Straßen voll eines
endlosen Zuges von Automobilen, sie schlüpften hindurch,
sie bargen sich in einem stilleren Lokal, eine Musik ertönte,
fremde, betörend schöne Frauen tanzten, und ein buntge-
kleideter Neger schritt mit einem Marschallstab würdig auf
und ab.

Furcht wollte Ria um jenen, der bei ihr lag, fassen, etwas
stimmte nicht: Wer war er denn? Und sie sah das ruhende,
tiefe Glück seines Gesichtes, sie begriff, daß er um diese
ihre Liebe gelitten hatte wie sie; wie hatte sich der rohe
Forderer von damals, der rücksichtslose Erbeuter, der Held
so vieler Frauen derart verwandeln können? Er war ein
glückliches Kind, und seine Liebe war neu, als habe er nie
geliebt. Er wußte nichts von einem Gestern, einem Morgen, sie heute glücklich zu machen war alles, was in sein
Denken reichte.

Sie gaben sich bei jeder Trennung das Wort, in der nächsten Nacht zu pausieren, einmal auszuschlafen, und dann
lag sie wach, von toller Sehnsucht nach ihm, bis endlich
doch um Mitternacht ein Kiesel ihre Scheibe traf, sie hinab-
eilte, ihn zu sich hinaufzog, vierzehn Tage lang, jede
Nacht.

5

Er hatte ein Telegramm bekommen, er mußte nach Berlin. Von ihrem Vater erbat er Urlaub, sie trafen sich wie
jede Nacht, sie schliefen nicht, aber übermorgen würde er
ja zurück sein. Hinter der Gardine verborgen, sah sie seinen Wagen vorüberfahren, sie bewegte den weißen Stoff
und sah sein Gesicht freudig erglänzen.

Diese Tage ruhte sie tief. Erwachte sie, war etwas Leichtes durch ihre gestaltlosen Träume geweht, ein Geschmack
wie von tiefbesonntem, blühendem Sommertag füllte ihre
Mundhöhle, ihre ganze Gestalt federte und tanzte.

Der Wagen kam leer von der Bahn zurück, hatte er den Zug versäumt? Ein, zwei Tage vergingen über qualvollem Warten, ihr Vater begann unruhig zu werden, war Martens verunglückt? Nichts, keine Zeile, kein Wort, keine Nachricht von ihm.

Sie erinnerte sich genau der Vormittagsstunde, da ihr Vater bleich, gebeugt zum Frühstückstisch kam. Draußen regnete es, ein feiner strichweiser Regen fuhr pausenlos über die Scheiben, als der Vater ihr erzählte, der Landjäger habe nach Martens gefragt. Möglichkeit war da, daß er ein steckbrieflich verfolgter Hochstapler sei, der abseits auf dem Lande eine Atempause gesucht. Doch blieb unverständlich, wie er auf den Tag genau von dem Zugriff der Behörde erfahren, so daß er sich ihm entziehen konnte. Unsicher war alles: Zufall konnte das Ausbleiben sein, zufällig Namensgleichheit und flüchtige Ähnlichkeit vorliegen. Schriebe er doch!

„Ich habe ihm nie getraut", sagte Ria kurz, und sie sagte vielleicht die Wahrheit. Den sie liebte, er war ihrem Wesen fremd geblieben, der sie ganz erfüllte, aus einer andern, lockenderen Welt war er gekommen, er hatte sie ihr nur gezeigt, nie würde sie dies leichtere Land betreten.

Sie zürnte ihm nicht einmal. Dies war seine Art wohl, ihm auferlegt und oft nicht leicht, wie es ihre Art war, im Gleichmäßigen zu verharren, in der Stille, im tatenlosen Abseitsleben.

Doch, sie zürnte ihm. Daß er fortging, daß er ein Hochstapler war, was wäre darüber zu zürnen gewesen? Aber daß er fortschlich von ihr, ohne ihr ein Wort zu sagen, daß er nicht einmal ihr traute, dies war Bitternis und blieb's.

Dann kam ein Telegramm von ihm, aus einer kleinen südlichen Stadt, er kehre nicht zurück, die Schlüssel folgten. Sie trafen ein, nun saß an dem bekannten Bürofenster, dessen Anblick schon ihr Lust gemacht, ein Revisor, der die Bücher prüfte.

Es erwies sich, daß die Buchführung musterhaft in Ordnung bis vierzehn Tage vor seiner Flucht, dann nichts, keine Buchung, Belege durch alle Schiebladen zerstreut, ein völliges Aufhören jeder Arbeit. Chaos.

Als der Vater ihr dies zornbebend erzählte, wandte sich Ria ab und lächelte. Wie sie einander glichen! Hatte nicht auch sie jede Arbeit von sich geschoben, jene vierzehn Tage lang, da das Glück sich selig auf der obersten Kimmung der kristallhellen Woge hielt, lachend ausspähend nach fruchtschweren Gestaden?

Aber auch hier blieb ungewiß, ob er ein Schuft und Liebender oder nur ein Liebender gewesen. Unterschlagungen konnten begangen sein, man wußte es nicht, man würde es nie feststellen können. Und wieder zürnte sie ihm, daß auch dies sogar unsicher geblieben, vielleicht war er ehrlich, vielleicht ein Dieb, nie würde sie etwas von ihm wissen.

Als die Sachen des Hochstaplers, wie ihr Vater ihn nur noch nannte, zusammengepackt wurden, ging sie mit. Zum ersten Mal betrat sie sein Zimmer, auf dem Waschtisch lag die Nagelbürste noch, wie er sie aus der Hand gelegt, die vielen Fläschchen nötigten ihrem Vater ein verächtliches Schnaufen ab. Dann fielen die Kofferdeckel zu, die Sachen kamen auf den Boden, und der Nachfolger zog ein.

Und nun begann die graue, lang hingehaltene Eintönigkeit des stillen Landlebens, die sie vorher so froh gemacht. Vorher, ehe jener gekommen war, ehe das Glück dagewesen. Sie zählte die Stunden, prüfend sah sie den kommenden Tagen ins Gesicht, und keiner versprach auch nur eine Minute solch ungemeiner Seligkeit, wie sie genossen, die Winde wehten so zwecklos, Sonne schien ohne Sinn. Sie hätte sich gern vergessen, aber kein Mann war erreichbar, dem der Verspruch solchen Sichvergessens zu glauben gewesen, sein Nachfolger hinkte, war fett und zog den Schnupfen in der Nase hoch.

Wie grau war das Leben!

Plötzlich kam ein Brief von ihm. Sie hielt ihn in der Hand, noch verständnislos, über dem kleinen Rechteck in der Hand erglühte sie, als habe er selbst sich über sie geneigt und ihre Lippen aufgetan.

Er schrieb aus einer fernen Stadt. Sie las die Zeilen, dann kam die Unterschrift, sie saß da, hatte sie etwas gelesen, hatte er etwas geschrieben? Gut, er dachte an sie. Und weiter? Er sehnte sich. Und weiter? Kein Wort, warum er gegangen, kein Wort, was er trieb. Sie stieß den Brief von sich, sie würde nicht antworten, tief versteckte sie ihn zwischen altem Papierkram, nach Jahren würde sie ihn wiederfinden und kaum noch wissen, wer dies schrieb.

Sie las den Brief wieder und wieder. Eine starre Zähigkeit wuchs in ihr, ihn verstehen zu wollen, und langsam begriff sie, daß er sich vielleicht wirklich nicht verstellte, nichts ausließ, nicht log. Flucht, Unterschlagung, Diebstahl, dies waren Dinge des äußeren Seins, ihr Leben war ihre Liebe. Was hätten sie denn sonst gemeinsam gehabt, was wußten sie sonst voneinander, was wollten sie eines vom andern wissen?

Leben war grau, aber in aller Buntheit baute er abseits an einem ungeheuer farbigen Strand das schillernde Zelt ihrer Liebe auf, die täglichen Dinge blieben draußen.

Sie schrieb ihm. Er schrieb. Sie schrieb ihm. Einerlei, auch er tat nichts mehr. Sie hatte sich getäuscht, er war nichts anderes wie die andern. Er schrieb. Sie schrieb. Er schrieb nicht mehr.

Eines Winterabends im Dunkeln kam ihr auf der Chaussee ein Mann entgegen, er trat dicht an sie heran, ihr wurde angst, er legte die Hand auf ihre Schulter: Er war es.

Sie hielten einander fest, atemlos vor Glück sahen sie einander in die Augen. „Daß du da bist." – „Wie ich dich liebe."

Alles war vergessen, was dazwischenlag. Erschaudernd erinnerte sich ihr Körper wieder des Griffes dieser Hand, ihre Lippen kosteten den lang entbehrten Mund, an seiner Brust kam sie zur Ruh.

„Daß du da bist!" Und: „Warte hier. Wenn es im Dorf still geworden ist, hole ich dich."

Sie ging von ihm, sie drehte sich um, wieder lief sie in seine Arme. Vor ihren Augen glänzte aller Purpur der längst versunkenen Wintersonne. Langsam sanken mit einer täppischen Verhaltenheit die Bäume aufeinander zu, und sie erinnerte sich, daß er über sie gebeugt dagestanden hatte, ihre Stirn mit Schnee reibend. „Es ist die Freude", murmelte sie, „du warst zu lange fort."

Und gierig sah sie in dies Gesicht, das ihr das schönste der Erde war, es schien bleicher geworden, schmaler, aber die Augen lächelten in einer sanften, traurigen Freude wie je.

Sie ging von ihm. Sie holte ihn. Sie verschloß ihn in ihrem Zimmer, er blieb Tage dort und Nächte, sie saß gesittet am Tisch, sie ging mit der Mutter zu Kranken, vielleicht klopfte unterdes einer an seiner Tür und er, aus seinem Schlaf heraus, rief ein Herein?

Sie fragte ihn nichts, es war nichts mehr zu fragen, war er doch da. Und doch war alles verändert gegen ehemals. In jenen vierzehn Tagen: nur die Einwilligung ihres Vaters, und alles hätte im Hergebrachten geendet.

Nun wußte auch sie zutiefst, stets und für je war dies unmöglich geworden, abseits von allen, gegen jeden hatten sie ihre Liebe, ganz war sie nun jenes Märchen geworden, das er wohl von je gewollt.

Heller, lohender und reiner wehte die Flamme ihrer Liebe gegen den Himmel empor. Sie hielten sich fester in den Armen, denn jede Stunde konnte das Ende sein, sie wußten um dieses Ende für immer. Immer wieder holten sie sich ein, glitt das eine ermüdet fort, fing es das andere mit seinem Blick, und der suchende, flehende Blick ließ alles wieder neu erstehen. Sie wußten von keiner Ermüdung, Schlaf war Vergessen und Vergessen war Tod, eines an das andere geschmiegt, wiegte das Atmen der nahen Brust wie eine gläserne Dünungswelle, eine sanft verschleierte Helligkeit. Und wieder der Blick. Und wieder die Liebe.

8

Eines Nachts, sie kam spät von einer Gesellschaft auf ihr Zimmer, sie schloß auf, er war fort. Sie meinte erst, sie habe sich geirrt. Hatte sie die Tür nicht verschlossen? War er in einem andern Zimmer? Nein, nein, er war fort, ohne eine Zeile, ohne eine letzte Umarmung.

Sie setzte sich auf die Kante ihres Bettes, dieses Bettes, das noch den Abdruck seines Leibes trug. Dies war das Ende, sie hatte immer um dieses Ende gewußt, nun galt es mutig zu sein. Sie hatte einen Traum geträumt, wie ihn kaum je eine träumte. Sie hatte den untadelhaften Geliebten gehabt, der bei ihr nur von ihr gewußt, der nie ein böses Wort gesprochen, einen zweideutigen Witz gemacht. Seine Liebe war so neu und jung gewesen, er war gegangen, ehe sie alt geworden war.

Was sitze ich hier? Sie schreckte hoch. Vielleicht ist er auf der Straße, hinten auf der Chaussee, wartet auf mich. Vielleicht hat er wieder fliehen müssen. Immer auf der Flucht. Du Armer.

Sie suchte ihn die ganze Nacht. Das weiche Gehen durch Schnee, auf den immer vor ihrem Schritt der kleine Blendkreis der Taschenlampe leuchtete, beschäftigte ihr Herz. Einmal meinte sie seine Spuren gefunden zu haben, dann verloren sie sich zwischen andern. Dieses endlose Suchen, die stete Möglichkeit, gleich tauche er auf, lege seinen Arm um sie, ermatteten sie aufs Äußerste. Als sie umkehrte, nach Haus ging, war ihr nicht klar, sie ging von ihm fort. Aber später dann, nach tiefem, traumlosem Schlaf erwacht, wußte sie: Er war dort und sie hier, alles war aus.

Später entdeckte sie, daß ihr bißchen Geld fehlte. Mit einer freudigen Rührung dankte sie ihm, daß er ihre Liebe

33

nicht durch eine Bitte um Geld erniedrigt hatte, all das war draußen geblieben. Nur die Liebe . . .

Oder hatte er gehofft, sie werde den Dieb verachten, so den Liebenden leichter entbehren können? Er war längst über alle Verachtung hinaus. Sie atmete, sie lebte, sie liebte, das waren Funktionen ohne Fragen, überlegte sie, ob sie atmen sollte?

Ihm ging es wohl schlecht. Er hatte da draußen zu kämpfen und, wie seine Liebe abseitig gewesen war, war es wohl auch sein Leben. Sicher, ihm würden andere Frauen kommen, aber immer neu würde mit jeder von ihnen seine Liebe sein, sie nahmen ihr nichts. In ihrer Nähe würde er stets wieder der sein, der er gewesen.

Noch später wurde entdeckt, daß seine Sachen fehlten. Der Boden war erbrochen, die Koffer waren fort, Landjäger kamen, suchten nach dem, der dem Dieb mit Gespann Hilfe geleistet haben mußte, ihr blieb die Bitternis, in jener Schneenacht hinter falschen Fußspuren hergeirrt zu sein, indes er auf raschem Wagen ihr längst entflohen. Ihr blieb die Bitternis, nun nicht mehr zu wissen, war er um ihrer Liebe willen zurückgekommen oder nur um seiner Sachen willen.

Sie sah ihn, kaum frei von ihren Armen, über dunkle Böden schleichen, Schlösser probieren, Schlüssel feilen. Sie sah ihn die Dichte ihrer Ermattung berechnen, in ihren Sachen wühlen, Abdrücke von ihrem Schlüsselbund nehmen – und der Auffahrenden wandte er lächelnd das unveränderte Gesicht seiner Liebe zu.

Vielleicht hatte er sie nie geliebt.

9

Die Kreise, die ein ins Wasser geworfener Stein um sich zieht, verebben, jedes Erlebnis verwischt. Die Tage gingen dahin und wurden zu Wochen, aus den Wochen wurden Monate, und wenn Ria die Erinnerung an den beschwor, der ihr Geliebter gewesen, machte es ihr immer mehr Mühe, sich seines Gesichtes zu erinnern, seiner Gebärden, der Art, wie er sprach. Schon verwechselte sie ihn mit den andern. Hatte sie nicht vielleicht nur darum geglaubt, er sei ungemein, da er der erste Mann gewesen, den sie erkannt? Vielleicht vermochte jeder Mann das zu erregen, was er erregt?

Sie sah wieder um sich, die langsam und lässig gewordenen Bewegungen wurden wieder straff, sie willigte ein, vom Gut fortzugehen, mit den Eltern eine Badereise zu machen. Er würde doch nicht mehr kommen, und verfehlte er sie, sein Pech.

In einer kleinen Hafenstadt hatten sie ein paar Stunden auf ihren Dampfer zu warten. Sie schlenderten über Steinpflaster, in dessen Spalten Gras wuchs, an Backsteingiebeln sahen sie hoch, strichen um Kirchen und suchten ein wenig ihre Schulkenntnisse über Gotisch und Romanisch hervor, sie besahen jeden Hut und jedes Kleid, und so entging auch ein seltsames Gefährt ihrer gelangweilten Aufmerksamkeit nicht, ein großer, blau gestrichener, mit Holz beladener Wagen, den keuchend zehn oder zwölf Kerle an Gurten vorwärtszogen. Zwei Männer in Uniform gingen säbelklirrend nebenher.

„Sträflinge auf Außenarbeit", erklärte der Vater.

„Vater!" rief sie. „Vater!"

Dort neben der Deichsel zog er, selbst in dieser häßlichen Tracht unverkennbar er. Unter der schirmlosen Sträflingsmütze das bleiche, ermattete Gesicht, die Schulter gegen den Gurt gestemmt, und nun, mit einem feigen, hurtigen Blick zum Wärter, beugte er sich nach einem Zigarettenstummel, faßte ihn im Vorwärtsgehen, schob ihn in den Mund.

Ihr Auge störte ihn, er sah sie, die am Wege stand, eine rasche Bewegung machte er, wie zur Flucht, und sein kalter, wissender Blick gestand ihr alles, daß dies nun sein Leben sei, daß auch dies das Leben sei und daß er immer darum gewußt.

„Vater!" rief sie. „Vater!"

„Wirklich, das muß Martens sein", sagte der verblüfft.

Sie wartete, nun wartete sie wieder auf ihn, nichts konnte es für ihn geben, als zu ihr zu kommen, sobald er frei. Monate machten ein Jahr und noch eines: kein Zeichen von ihm. Es war, als habe sie einen Ruf gegen die Welt getan und warte und warte auf die Antwort. Sie kam nicht.

Sie spann ein verzweifeltes Lügengewebe, sie fuhr heimlich in jene Stadt, sie sah wieder den blauen Holzwagen mit den Sträflingen, *ihn* sah sie nicht. Sie faßte all ihren Mut, sie fragte im Gefängnisbüro nach Martens. Nie war ein Martens dort gewesen. Der Ruf kam nicht wieder.

Wo weilte er? War er sehr oben oder tief unten? War es faßbar, daß er, während sie hier Tag für Tag das gleiche eintönige Leben führte, Gefahren bestand, floh, betrog, überlistete, gefangen ward und immer, immer unsäglich um sie litt und an sie dachte?

Dann einmal, in irgendeiner Stunde, hielt sie einen Brief von ihm in der Hand. Sie las ihn und wußte: Nun war alles vorbei. Nie hatte sie ihn so kläglich klein gesehen. Er bat um ihre Hand, sie wollten gemeinsam fliehen, die heißen Worte auf dem Papier, die ihr Blut wild machen sollten, waren ausgerechnet von einem kalten Wissenden. Er hatte nicht an sie, er hatte an ihr Geld gedacht.

Der letzte unsinnige Schritt eines Menschen vor dem Selbstmord, dachte sie und zerknüllte das Papier. Sie las es nie wieder, sie vergaß ihn wirklich.

Sie heiratete. Sie lebte ruhig und glücklich mit ihrem Mann, sie bekam Kinder. Sie hatte Interessen, sie war reich, sie wußte nichts mehr von jener Jungen, die sie gewesen.

Auf der Straße über ihre Schulter hin sprach eine Stimme: „Ria."

Sie fuhr herum, es war das alte junge Gesicht von je, lächelnd mit dem Wissen einer Liebe, die immer da war und immer da sein wird.

Sie gingen nebeneinander, nur von jenen ersten Zeiten sprachen sie, da sie noch miteinander Schach gespielt, da er nachts auf ihr Zimmer geschlichen. Ihre Stimmen bebten. Ein voller, betäubender Sommer schlug sich vor ihnen auf, immer noch standen an einem bunten Meer purpurne Zelte, fern, fern von allem Leben. Ihre Hände faßten sich. „Daß wir uns lieben!" – „Daß wir uns lieben!"

Sie trafen sich viele Male, dies war nicht das Abenteuer, es war das eigentliche Leben, Mann und Kinder waren nur Schale gewesen, dieses war Kern und Herz.

Er entschwand, er kam wieder. Er bettelte um einen Teller Suppe an ihrer Tür, er ging stumm mit einem lächelnden Blick an ihr vorüber, sie hatte ihn auf einer Operettenbühne tanzen gesehen, ihr vorbeijagendes Auto warf einem Steinschläger, der er war, Staub ins Gesicht.

Er war überall und nirgends, er war hier und dort, er war oben und unten. Sie vergaß ihn nicht mehr, sie wußte, sie würde ihn nie vergessen. Er war alles gewesen, um das sie gelebt hatte, alles andere hatte keinen Sinn gehabt.

Sie wurde sehr alt und sehr duldsam. Eines Tages sah sie ihre jüngste Tochter in den Anlagen mit einem Mann. Sie ging vorbei, die beiden bemerkten sie nicht. Ihr Herz wirbelte einmal wild auf. Er war es, jung, seltsam, bezaubernd, wie in ihren ersten frühen Tagen ging er dort mit ihrem Mädelkinde.

Sie wollte sich wehren, dann lächelte sie. Und in diesem Lächeln lag alles: Wissen und Verzeihen, Vergessen und Lieben und die lange, lange Länge ihrer Leidenschaft.

Gauner-Geschichten

Mein Freund, der Ganove

Ich traf ihn im Wartesaal Vierter, nach Mitternacht, gegen Morgen schon. Er sortierte aus einem Fetzen Zeitungspapier Kippen. Jeder Zigarettenstummel wurde sorgsam aufgepult und der Tabak in eine Blechschachtel getan. Dies Geschäft war gut gegangen, die Schachtel wurde voll.

Doch stand es mit den andern Geschäften nur faul. Er hatte keinen Pfennig in der Tasche und noch nicht zu Abend gegessen. Erinnerte er sich recht, hatte er schon länger Kohldampf geschoben.

„Was wollen Sie? Die Leute haben eben alle heute kein Geld. Dann geht es uns Ganoven auch schlecht. Nicht, daß ich schon etwas anfassen möchte. Ich bin erst eine Woche aus dem Knast. Immerhin, wenn ich so fünfhundert Em hätte . . . Ich habe nämlich eine Idee –"

Während des Sprechens entging kein Passant seinem wachen Blick. Er sah sie alle, schätzte sie blitzschnell ein, brachte ihre Erscheinungen in Beziehung auf sich wie ein jagdbares Waldtier. – „Die vollgefressene Brillenschlange da, mit der Seehundsfranse unter der Nase, ist von der Schmiere. Nun, meine Flebben sind rein. Was sich solche Leute einbilden! Werde mich hierher setzen, wenn ich Lampen habe. Aber er hat wen auf dem Strich . . ."

Wir sahen den Mann an, der beim Glase Bier am Büfett lehnte. Für mich war das ein kleinbürgerlicher Restaurateur, ein Glasermeister, der ein bißchen mit der kalten Mamsell schäkerte. „Er sucht wen", murmelte Otsche, der Ganove, „und es muß ein Grünling sein, der ihn nicht kennt, sonst stellte er sich nicht so an die Theke."

38

Was es für eine Idee sei, zu der er fünfhundert Mark brauche?

„Dreihundert täten es auch, zur Not. Ich kann es Ihnen ja sagen, Sie können doch nichts damit anfangen. Übrigens habe ich den Film schon einmal gedreht, in Frankfurt Main. Ein kleines Inserat in der Zeitung: ‚Reitpeitsche mit silbernem Griff verloren. Abzugeben Schulgasse 3 bei Frau Masoch.'“ Er sah mich erwartungsvoll an.

„Nun –?“ fragte ich verständnislos.

„Prügel –“, meinte er lakonisch. „Sie kamen und holten sie sich und zahlten dafür. Alles bestes Publikum mit dikker Marie. Sie ahnen ja nicht, was für eine Nachfrage danach herrscht.“

Er lachte. Für ihn gab es keine Bedenken, was die Menschen wollten, mußten sie haben. Seine Sache war es, herauszufinden, wo die Nachfrage saß. „Aber natürlich ging das nur ein paar Tage, bis die Polente dahinterkam.“

Der Greifer am Büfett schäkerte noch immer. „Wer es nur sein mag? Von uns ist es keiner, ich kenne alle Jungen, die hier kommen.“

Wieder: „Aber man muß in Schale sein. Ich will Ihnen etwas sagen: Ihr Ponim kann sein, wie es mag, wenn Ihre Hosen nur gebügelt und Ihre Hände manikürt sind. Und dann müssen Sie natürlich richtig deutsch sprechen, für unsereinen gar nicht so leicht bei den vielen Fremdwörtern. Da haben die Leute gleich Zutrauen zu Ihnen. Wenn Sie denen erzählen, Sie sind Doktor und können Diathermie und Arteriosklerose sagen, ohne zu stolpern, und lassen ihre Weiber merken, Sie haben ein weites Herz, wenn es in Punktus Punkti mal schiefgegangen ist, dann dürfen Sie ruhig Ihre Brieftasche vergessen, jeder hilft Ihnen aus.

Aber der Greifer dort macht mich nervös. Mir wäre nicht so mies, wenn er was von mir wollte.“ Er suchte den ganzen Saal ab. Die Birnen schienen trübe durch die Rauchschwaden. Traumverlorenes, dumpfes Gefangensein hing über den Verschlafenen, Zerknüllten. „Wer es nur sein mag?“ Er suchte wieder, pfiff durch die Zähne. „Ein Mädel ist's! Darum konnte ich in dem Mist nicht klarkommen.

Sehen Sie die Kleine dort in der Ecke, die den Kopf auf den Arm gelegt hat und tut, als ob sie pennt? Die pennt nicht! Sie hat den Fuß auf dem Handkoffer, dadrin ist die Sore."

„Irren Sie sich nicht, Otsche? Der Kriminal steht mit dem Rücken nach ihr."

„Und am Büfett hängt ein Spiegel, in dem er die Ecke sehen muß. Warten Sie mal." Er hatte eine Zigarette gedreht, nun schlenderte er, die Hände in den Taschen, zu einem Tisch, an dem ein paar Arbeiter verdrossen vor ihrem Kaffee saßen. Er ließ sich Feuer geben, begann stehend eine Unterhaltung, bewegte sich hin und her und war so stets zwischen Spiegel und Mädchen. Der am Büfett tat einen Schritt nach rechts, und der Ganove folgte, auch ein Schritt nach links gab die Aussicht nicht frei, so zahlte der Schnurrbärtige und trat an einen Automaten, von wo sein Blickfeld unbehindert war.

Nach ein paar Minuten kam Otsche zurück. „Sie haben recht gehabt", sagte ich. „Er will was von ihr, und sie weiß es. Vorhin, als Sie einen Augenblick die Aussicht verdeckten, sah sie nach der Tür, als wollte sie fliehen."

„Vielleicht weiß sie's. Sicher aber ist, daß sie verschütt geht. Der ist nicht mehr zu helfen." Er war jetzt entschieden mürrisch und kaute an seiner Zigarette herum.

„Die Sache gefällt Ihnen nicht, Otsche, Sie möchten's verhindern."

„Und ich tät's, fressen Sie einen Besen drauf!" brach er wütend los. „Sie sind ja auch so ein Seidener und haben keine Ahnung, was unsereins für eine Wut im Bauch hat, wenn er die Greifer sieht und an Verhöre, Verhandlung und Knastschieben denkt. Eine Woche bin ich jetzt draußen, und wenn ich mich hier einmische, geht's nicht ab für mich unter ein, zwei Jahren. Nein, ich lasse die Finger davon, ich fasse nichts an in den ersten drei Monaten."

Er schwieg wieder und sah nach dem Mädel hin. Sie schien zu schlafen, und der von der Schmiere ging auf und ab wie einer, dem das Warten auf seinen Zug lang wird.

„Sie wissen, ich hab keine Angst. Aber dann, solche no-

40

blen Geschichten sind immer fies. Wenn ich so dumm wäre und griffe was an hier, daß er auf mich los müßte und die Kleine könnte stiften gehen, was hätte ich davon? Sie kennt mich gar nicht, und wenn sie mich auch kennte, keine wartet zwei Jahre Knast auf einen. Lassen Sie mich in Ruh mit den Weibern."

„Aber ich will ja gar nicht, daß Sie was tun, Otsche. Ich finde es sehr vernünftig, daß Sie solide bleiben wollen."

„Quatsch!" sagte er kurz. „Sie haben natürlich auch Detektivromane gelesen und finden, daß unsereins zu seinesgleichen edel zu sein hat. So ein Blech! Ihr Schreiber seid froh, wenn ihr euern Kerl im Kittchen habt, und das Verbrechen ist glänzend aufgedeckt. Für uns aber fängt die Sache mit dem Qualmschieben erst an. Was habe ich davon, wenn ich jetzt nobel bin? Zwei Jahre Bunker! Und Sie wollen das!"

Er war immer aufgeregter geworden. Die Schläfrigen an den Nebentischen drehten schon die Köpfe nach uns.

„Beruhigen Sie sich doch, Otsche", sagte ich. „Ich will das gar nicht. Seien Sie solide und –"

„Da!" sagte er kurz. „Jetzt geht's los. Noch einer von der Schmiere!"

Ein Langer, Blonder, Bartloser stand neben dem Glasermeister, und die beiden sahen ganz ungeniert nach dem Mädel. Das saß da, das Gesicht möglichst weit nach der Wand gedreht, den Koffer griffbereit.

„Wir brauchen uns das ja nicht anzusehen, Otsche", sagte ich. „Kommen Sie. Irgendwo wird schon ein Lokal offen sein. Ich zahle Ihnen ein Essen."

„Ich kaufe mir einen Dreck für Ihr Essen", schrie er. „Fressen Sie es alleine!"

Die beiden Kriminaler drehten uns ihre Gesichter zu.

„Kommen Sie doch", versuchte ich zu beruhigen. „Wir fallen ja auf." Ich legte meine Hand auf seine Schulter, um ihn zum Gehen zu bewegen.

„Fassen Sie mich nicht an!" heulte er förmlich. „Fassen Sie mich nicht . . ."

Der Glasermeister machte einen Satz auf uns zu. Es war

41

zu spät. Alles wurde rot, dann schwarz, ich hatte noch ein Gefühl, als fiele ich.

Es muß ein wundervoller Faustschlag gewesen sein, technisch ganz einwandfrei: Ich kam erst auf der Rettungswache zu mir. Und es dauerte eine lange Weile, bis mein erschüttertes Hirn begriff, daß mein guter Freund Otsche mir ein ganz klein wenig etwas unter die Weste geschoben hatte. Ich hatte einen sonst aussichtslosen Rückzug decken helfen, und das Mädelchen mit dem Schmuck im Handkoffer war entwischt.

Und auch Otsche, der weder Dame noch Schmuck ganz so fern stand, wie er angegeben, auch Otsche war dahin. „Wissen Sie, in dem Tumult...“, meinte der noch schwitzende Glasermeister.

Ich finde das erklärlich. Und es ist mir aufrichtig gesagt angenehm, daß ich in meinem jetzigen Zustand Otsche nicht bei irgendeinem Verhör gegenübertreten muß. Es würde ihn betrüben, wie wenig schön ich aussehe.

Besuch bei Tändel-Maxe

In einer leichten Stunde habe ich einmal meinem Freund, dem Tändel-Maxe, arbeitslosen Einbrecher a. D., fünfundsiebzig Reichsmark geborgt. Seitdem ist es mir eine liebe Pflicht, ihn allwöchentlich am Freitagabend um Abschlagszahlung zu ersuchen. Denn durch irgendeine unerforschliche Laune des Nachweises hat Tändel-Maxe seit ein paar Wochen Arbeit gefunden, er ist ein tüchtiger Schlosser und bringt jede Woche seine sechzig Mark nach Haus. Bringt er sie nach Haus –?

Nachdem ich mir auf irgendeiner verfluchten Treppe des Gängeviertels die Schienbeine beschädigt und durch den entstandenen Lärm alle Hausbewohner genugsam auf den Besuch eines Ortsfremden vorbereitet habe, trete ich ohne weitere Umstände bei Maxe ein. In diesem Hause halten wir noch vor Erfindung von Gas, Klingel und elektrischem Licht, man ist noch nicht soweit. Auf Türschlösser scheint man wieder aus dem umgekehrten Grunde verzichtet zu haben, man hat sie als doch völlig unzureichend erkannt und verworfen.

Maxe sitzt bei einer Ölfunzel am Tisch und rasiert sich. Ich setze mein gewinnendstes Lächeln auf. „Ich wollte doch mal nach dir sehen, alter Junge. Wie steht's mit dem Kies? Zehn Mark muß ich heute unbedingt haben."

Maxe betrachtet mich düster. „Genau nichts, Dokter."

„Aber, Maxe, das ist doch unmöglich, du hast heute mittag erst deinen Lohn bekommen." Ich schmeichele: „Geh her, alter Junge, sei vernünftig, sonst kommst du ja nie aus deinen Schulden heraus."

„Hast du eine Ahnung, wie sehr ich in Vorschuß sitze!" Er wird elegisch. „Als ich noch brechen ging, habe ich immer meine Verpflichtungen erfüllt. Aber seit ich solide bin, ist alles Krampf."

„Sechzig Mark ist ein schönes Geld", sage ich träumerisch. „Es wird dir alles nichts helfen, zehn mußt du ausspucken. Du hast ja Nebeneinnahmen."

„Wenn ich solide bin, bin ich solide. Ich fasse nichts an jetzt."

„*Du* brauchst ja auch nichts anzufassen, Maxe."

„Du meinst meine Olle, die am Vaterland auf den Kitz geht? Nichts, sage ich dir. Ich hatte gedacht, zum Ersten würde sich *das* Geschäft wenigstens beleben, am Ersten ist da sonst mehr los, aber Scheibe! Die Frau steht sich bei dem Wetter die Beine in den Leib, und niemand kommt rüber."

„Flau auch da?"

„Das Mädchen ist fleißig, sage ich dir. Die sitzt nicht im Kaffeestamm und gibt Geld aus. Aber wenn die Menschen nicht mal mehr . . .!"

Maxe ist ganz Schwermut. Kein Reisender kann über die lustlose Lage des Textilgewerbes verzweifelter sein als Maxe über den miesen Kitz. „Ich habe ihr Strümpfe und Kombinationen gekauft, nichts hilft."

„Na, Maxe", sage ich begütigend, denn sein Schmerz zerreißt mir das Herz, „ich wußte nicht, daß du so schlimm dran bist. Lassen wir es bis zum nächsten Freitag."

Tändel-Maxe ist mit dem Rasieren fertig geworden und langt nach seiner Jacke. Die Brieftasche, die er zieht, scheint mir merkwürdig geschwollen. Er öffnet sie, und als er in den Scheinen blättert, strahlt sein Gesicht.

Ich staune. Grüne Fünfziger, braune Zwanziger, viele, viele. „Aber, Maxe, wie kommst du zu dem Geld! Das müssen ja weit über tausend Mark sein!"

„Tausend Mark? Das zieht nicht."

„Also!" Auch ich ziehe eine sehr viel schmächtigere Geldtasche, zücke seinen Schuldschein. „Hier, Maxe, machen wir die Sache gleich glatt."

Maxe leuchtet förmlich. „Oh, Dokter, Dokter, du bist doch gar nicht helle! Siehst du wirklich nicht, daß das alles linke Marie ist?"

„Linke Marie –?" frage ich verdutzt, denn linke Marie heißt Falschgeld.

„Linke Marie!" echot er. „Natürlich linke Marie. Sieh dir's doch an. Alle Münzenhandlungen Hamburgs habe ich abgelaufen, sie zusammenzukriegen. Alles Geld aus der Inflation."

Ich blättere darin. Jetzt, da er es mir gesagt hat, dämmert es: Diese braunen Zwanziger sehen vielleicht ein bißchen anders aus als die jetzt umlaufenden, diese grünen Fünfziger sind nicht genau das, was einem die Reichsbank heute in die Hand drückt, aber, ich gestehe es, *ich* hätt's mir andrehen lassen, *ich* hätt's nicht gemerkt!

„Und tausend andre merken's auch nicht", sagt er zufrieden. „Man muß nur den richtigen Blick haben, wo man's riskieren kann. Und fällt man wirklich einmal rein, ist man selber angeschmiert worden. Ich nehme natürlich immer nur einen mit, dies ist mein Lager. Magst was davon, Dokter?"

„Lieber warten, Maxe", sage ich. „Es hat keine Eile mit dem Geld. Mir sähe es jeder an der Nase an, wenn ich ihm einen solchen Fünfziger andrehen wollte."

Maxe grinst verächtlich. „Du bist auch so ein richtiger Bürger, Dokter. Ich möchte wohl wissen, was du anfingest, wenn du ohne einen Pfennig, ohne einen Bekannten in

44

einer fremden Stadt ständest. Du gingest wohl wahrhaftig zur Sipo und tätst dich melden als bestellt und nicht abgeholt. Na, tröste dich, jeder kann nicht tüchtig sein. – Wie ist's? Kommst du heute abend mit? Ich will linke Marie an den Mann bringen."

Maxe hat recht, ich bin nur ein hilfloser, ängstlicher Bürger, und so hatte ich für diesen Abend anderweitige Verabredungen.

Doch fällt seit jenem Freitag auf, wie ängstlich ich alle Scheine prüfe, die mir in die Hände kommen. Ich habe ewig Angst, ich kriege einen Gruß vom Tändel-Maxe und bleibe mit dem Gruße sitzen. Er ist darin genauso streng wie die Reichsbank: Linke Marie nimmt er nicht.

Liebe Lotte Zielesch

Sie haben da vor ein paar Tagen sich im „8 Uhr-Abendblatt" mit den Spesen beschäftigt, die uns Knackern beim Bruch entstehen, und unsrer miesen Geschäftslage ein nasses Auge geliehen. Recht haben Sie, Lotten! Aber lassen Sie sich flüstern, Schreiberin, wir haben ein altes Sprichwort: Die mehrsten und die besten Brüche werden noch immer mit dem Kuhfuß gemacht, nicht mit dem Gebläse.

Was habe ich schon davon, wenn ich einen Ia Panzer anschneide und am Ende eine Portokasse finde! Nicht die Spesen, und am nächsten Morgen eine schlechte Presse. Viel wichtiger als Gebläse ist eine gute Annonce, wo grade mal schlecht gesichert Geld liegt, an einem Zahltag, beim Rennen, nach einer Hypothekenauszahlung. Aber so 'ne Annonce ist so selten wie 'ne Jungfer.

Und wenn Sie mal auf die Polizeiausstellung geraten, Lotten, werden Sie sehen, daß die wirklich haushohen Dinger nie mit piekfeinem Werkzeug gedreht sind, sondern mit einem Kuhfuß und ein paar selbstgemachten Tändeln aus Draht, allenfalls einem Gebläse, das aus Konservenbüchsen gebastelt ist. Ja, wenn das so wäre, erstklassiges Werkzeug und eine feine Annonce und ein Schärfer dazu, der einen finanziert, dann möchte ja wohl jeder knacken gehen!

Im übrigen lassen Sie sich gesagt sein, mit dem ollen ehrlichen Bruch ist es heut Bruch. Ich kenne einen Haufen Jungen, die erstklassige Fachleute im Knacken sind und stempeln gehen müssen, weil die Arbeit nicht mehr ihren Mann ernährt. Bare Marie ist knapp, und wenn Sie schon mit einem halben Pelzgeschäft beim Schärfer angesockt kommen, was kriegen Sie schon für die Sore? Besch-eidene Zeiten!

Ja, wenn unsereins als Sammetpfötchen auf die Welt gekommen wäre! Taschen-Maloche ist noch ein Geschäft. Aber dafür sind meine Hände zu schwer, das lernt man nicht mehr in meinen Jahren. Und so muß man sich denn mit Kleinigkeiten durchhungern, und darunter leidet der Berufsstolz. Was würden die andern Jungen sagen, wenn unsereins wegen Betteln mit der Waffe oder sons Knast schieben müßte? Alles Ansehen, was man sich in zwanzig Jahren erknackt hat und was einem durch PA behördlich anerkannt worden ist, ginge flöten. Ich müßte mich ja sogar vor der Schmiere schämen!

Na, jedenfalls sollen Sie bedankt sein, Lotten, daß Sie mal ein Wort für unsre schlechten Geschäfte gefunden haben. Wenn ich Ihnen mal irgendwie behilflich sein kann (zu einem Schmuck oder so was), flüstern Sie's

Ihrem

Tändel-Maxe

---

* Schmiere = Kriminalpolizei; Flebben = Ausweispapiere; Lampen haben = polizeilich gesucht werden; Greifer = Kriminalbeamter; Ponim = Gesicht; Sore = Diebesgut; Qualmschieben = Strafe verbüßen; Tändel = Dietrich; Bruch = Einbruch; Kuhfuß = Brecheisen; Annonce = Tip; Schärfer = Hehler; Sammetpfötchen = Taschendieb; Betteln mit der Waffe = Raubüberfall; PA = Polizeiaufsicht.

Wenn ein Städter, ein Kaufmann, ein Gewerbetreibenden, ein Handwerker was mit dem Finanzamt hat, so setzt er sich hin und schreibt eine Eingabe, ein Gesuch oder eine Beschwerde, er schreibt. Der Bauer ist nie fürs Schreiben gewesen, und alle Behörden der Kriegs- und Nachkriegszeit haben ihn nicht von dieser Antipathie heilen können. Ich hatte einen Chef auf dem Lande, einen ganz stattlichen Gutsbesitzer und nicht unbelesenen Mann, bei dem war strengstens verboten, am Freitag eine Feder anzurühren. „Vom Schreiben kommt überhaupt alles Übel", verkündete er. „Haben Sie schon mal einen Menschen gesehen, dem am Freitag Schreiben Glück gebracht hat?" Mir fiel keiner ein. „Sehen Sie!" sagte er triumphierend und schloß sicherheitshalber die Tinte ein und die Schreibmaschine ab. „Früher besorgten das Schreiben überhaupt nur Knechte."

Zu diesem Gutsbesitzer kam einmal ein Beamter vom Finanzamt und wollte zuviel gezahlte Steuern erstatten. (Auch so was gab es einmal, lang ist es her.) Aber es war ein Freitag, und deswegen war keine Unterschrift zu kriegen. Am Sonnabend war Löhnung, und das Finanzamt war weit, Geld war knapp, aber Unterschrift – nein! „Gehen Sie lieber gleich runter von meinem Hof", meinte der Chef bedenklich. „Sie haben da so einen Bleistift hinterm Ohr; mir wird schon schlecht, wenn ich das sehe. Das bringt kein Glück."

Das sind nun freilich zwei Welten, und wenn die richtig zusammenstoßen, gibt's Feuer und Brand. Nicht immer

47

geht es so gelinde ab wie damals, als dieser Herr über zweihundert Tonnen Land seinen in der Inflationszeit erstandenen Motorpflug verhökerte. Er hatte ihn im Kreisblättchen inseriert, der Motorpflug war verkauft, bezahlt, das Geld dort, wo der Schnee vom vorigen Jahr ist, da kam ein Brief vom Finanzamt (auch dort liest man Zeitungen): „In Ihrer Umsatzsteueranmeldung usw. fehlt der inserierte *Motor*pflug usw." – „Legen Sie's zum andern", meinte mein Chef. Ich legte es auf das, was der Komposthaufen hieß. Dann verging Zeit, und dann kam ein neuer Brief vom Finanzamt: „1. Um Erledigung unseres Schreibens wegen Umsatzsteueranmeldung für Ihren *Dampf*pflug binnen einer Woche wird ersucht. 2. Im Behinderungsfalle sind die Gründe anzugeben." – „Schreiben Sie", sagte mein Chef: „An das Finanzamt in Altholm. Erstens. Einen Dampfpflug habe ich nie besessen. Zweitens siehe erstens. Mit vorzüglicher Hochachtung . . ." Das Finanzamt hat sich nie wieder gemeldet.

Aber diese neckischen Arabesken sind selten: Der Mann war ein Gutsbesitzer und hatte Witz, ein kleiner Bauer sieht nur den Beamten und weiß sich keine Hilfe. Die ganz Unbedarften machen es wie jener Rüganer Bauer, der – nebenbei: siebzehn Kilometer Landweg – mit einer Fuhre Kohl vor dem Finanzamt vorgefahren kam und seine fällige Steuer in schönen Weißkohlköpfen entrichten wollte. „Vom Händler kriege ich doch nur sechzig Pfennig, und im Kreisblatt steht: behördliche Notierung eins zehn. Sie sind doch auch Behörde!" Da kann ein Beamter mit Engelszungen reden, dem Bauern will das nicht in den Schädel. Der Mann saß fest auf dem Finanzamt, und alle halbe Stunde stand er auf und erniedrigte mit Seufzen sein Gebot. Als das Amt fürs Publikum geschlossen wurde, war er auf fünfundsechzig. Es war sicher ein schönes Angebot und guter Weißkohl, und er hatte Groll, daß man aus reinem Unverstand nicht darauf einging.

Dabei fällt mir ein – das ist aber noch eine Geschichte aus der Inflationszeit –, daß mal ein Gutsbesitzer seiner Frau einen Blaufuchs gekauft hatte. Der brave Rechnungsführer, der die Bücher führte, hatte den Blaufuchs leider aufs Pferdekonto als Zugang verbucht. Und als es nun einmal zum Klappen kam und die Bestände nachgeprüft wurden, fehlte ein Gaul im Stall. Er mußte doch da sein, er war als Zugang gebucht, und der Besitzer geriet in argen Verdacht, das Pferd schwarz verkauft zu haben, bis der Blaufuchs aus dem Kleiderschrank und der Beleg aus dem Ordner erschien.

Der Bauer hat es heute sicher schwer, sehr schwer, aber ich weiß nicht, ich glaube beinahe, der Vollstreckungsbeamte vom Finanzamt hat es noch schwerer. Ich will nicht von seiner Überlastung reden, von den schlimmen Wegen von Hof zu Hof, von den Hunden, die immer los sind, wenn er kommt, von den feindseligen Mienen, dem Murren, den Drohungen. Er ist ja nur ein Beamter, er hat die Steuern nicht verfügt, die er eintreiben muß, er weiß nicht, wie sie berechnet werden und warum sie so berechnet werden. Er muß pfänden. Und schließlich kommt es zur Versteigerung.

Ich habe eine solche Versteigerung miterlebt, ich werde sie nicht vergessen. Es war ein ganz kleiner Hof, fünfundzwanzig Tonnen, also fünfzig Morgen, und es hatten sich eine Menge Bieter eingefunden. Der Versteigerer war da, und seine Gehilfen waren da, und jetzt sollte es losgehen. Aber da stand ein Haufen Bauern in der Ecke, gar nicht so sehr viel, aber es war doch wohl das ganze Dorf. Sie standen still, etwas weiter ab, auf einem Hümpel, und die Kauflustigen standen auch auf einem Hümpel. Dann wurde das erste Stück ausgeboten, es war ein Ackerwagen. Und das erste Gebot kam. Und in demselben Augenblick, da der kleine Kossät, zehn Dörfer weiter, sein „Zwanzig Mark" gerufen hatte, war es wie ein Brausen, ein Murren, ein fernes Donnerrollen. Die Bauern standen still, sie bewegten die Lippen nicht, es läßt sich auch mit geschlossenem Munde murren.

Es waren Landjäger auf dem Hof, es waren mehr Bieter als Dorfbauern, es kamen auch noch zwei, drei schüchterne Gebote, und dann kam nichts mehr. Der Zuschlag wurde erteilt, damit nur ein Zuschlag erteilt wurde, aber der Höchstbieter war plötzlich verschwunden, untergetaucht, wollte es nicht gewesen sein. Es kam zu keiner Auktion. Der Hof ist natürlich doch versteigert worden, das Inventar wurde über Land gebracht, in andern Bezirken verkauft, am Hof blieb ein Hypothekenbesitzer hängen.

Aber ich seh die Bauern da noch stehen und mit geschlossenem Munde murren.

Ich denke, daß dieser Krieg jeden Tag in Gang ist, jetzt, da ich dies schreibe, auch, und dann, da es gelesen wird, auch. Es ist nicht leicht, einen Hof zu verlieren, auf dem schon der Urahn gesessen hat, aber es ist auch nicht leicht, jemanden, der einem nichts getan hat, von solchem Hof zu vertreiben. Beides ist schwer, und wenn man nach „Schuld" gefragt wird – immer wird man gefragt: Wer ist denn nun eigentlich schuld? –, so kann man nur mit dem alten Briest antworten: „Ja, das ist ein weites Feld."

Kubsch und seine Parzelle

Am Anfang war das Land Ackerland, Bauernland. Pflug und Sense gingen im ewigen Wechsel darüber. Dann kamen Grundstückskäufer und sahen es, es war gutes Land, auch nach ihren Begriffen, Wald und Wasser in der Nähe. Im alten Gutshaus war ein Verkaufsbüro eingerichtet, mitten im Acker steckten Pfähle mit Schildern: Parzelle 85/86 oder Straße B 13.

Kubsch war ein kleiner Angestellter bei Bergmann oder Pintsch, zweihundertzwanzig Mark Bruttogehalt. Vierundzwanzig Jahre alt. Die Verhältnisse zu Hause unerfreulich. Sein Mädchen saß in einem der großen Kontore, warfen sie ihre Ersparnisse zusammen, so wurden es sechzehnhundert Mark, ein glänzender Anfang. Sie sahen das Land, sie sahen die bunten Lauben, sie sahen das erste Grün, sie hatten Mut. Er würde anderthalb Stunden Weg ins Geschäft haben, und für die künftige Frau Kubsch würde es vielleicht manchmal etwas einsam sein. Aber sie würden beisammen sein im Eigenen, kein gezwungenes Beieinandersein mehr in Gegenwart nörgeliger Verwandter, keine verstohlenen Küsse mehr im Hintergrund von Lokalen und in Hauseingängen.

An einem Sonntagvormittag kaufte Kubsch auf dem Büro die Parzelle 368 und zahlte achtzig Mark an. Dies war der eigentliche Eheschluß. Minnie sagte stolz: „Na also!“ Was nachher kam, Standesamt und Kirche, war mehr für die Verwandtschaft, die sich wichtig machte.

Will ein Mensch in der Natur leben, so ist das Erste und Wichtigste, daß er sie begrenzt, damit er sich wohl fühle.

Kubsch mußte sein Stück Erdball einfriedigen, Minnie verlangte es, das Verkaufsbüro verlangte es, ihm auch war es Bedürfnis. Das zweite war eine Laube, in der zu hausen war, aber es durfte keine gewöhnliche Laube sein, mehr eines dieser entzückenden Holzhäuschen, ein Zimmerchen, ein Küchelchen, ein Verandachen. Das Haus kam, wuchs, gedieh; stellte man den Liegestuhl auf die Veranda, war man mit den Füßen im Freien; wenn Kubsch beim Abwaschen helfen wollte, stand er draußen vorm Küchenfenster und Minnie reichte ihm die Teller heraus, in der Küche war kein Platz mehr für ihn. Das dritte war ein Brunnen. Sie hatten Glück, schon bei acht Meter stieß der Brunnenbauer auf Grundwasser. Für hundertzwanzig Mark hatten sie eine herrliche grüne Plumpe mit reinem Naturwasser gewissermaßen, nicht diesem künstlichen Zeug in Röhren.

Sie gingen durch ihr Besitztum, es war früher Sommer, spätes Frühjahr. Gottlob, daß in das Häuschen nicht viele Möbel hineingingen, es war voll. Dafür war das Portemonnaie leer, die sechzehnhundert alle, nun ging die Arbeit los.

Es ist erstaunlich, was man aus zweihundertzwanzig Mark monatlich herausquetschen kann, wenn man nur will. Kubsch trabte morgens früh um Viertel sieben in seinem guten Büroanzug los, war um Viertel nach sechs wieder zu Haus und stürzte sich in seinem ältesten Zeug auf die Arbeit. Unkraut wurde ausgerissen, umgegraben, Kartoffeln wurden in aller Eile gelegt, Kohl gepflanzt, Tomaten gepflanzt, Petersilie gesät, Erdbeeren gepflanzt.

Kubsch mußte Lehrgeld zahlen. Er hatte keine Nachbarn, die er um Rat fragen konnte, trotzdem er Nachbarn bekam. Der eine war ein „reicher" Knopp, der mit einem Kleinauto sonnabends herausgefahren kam. Er hatte sich seinen Garten von einem Gärtner anlegen lassen, und sein Haus war aus Stein. Der andere war ein geschickter Mann, aber er erzählte nichts, denn er war ein Neidhammel. Und wenn er was erzählte, war es sicher falsch. Über seiner Arbeit schielte Kubsch, was der andere machte, manchmal erfaßte er was, manchmal wurde es grade falsch. Aber Minnie half rührend, wenn sie nicht grade Sehnsucht nach all ihren Freundinnen vom Kontor hatte, mit denen man so herrlich schwatzen konnte. Wurde es zu schlimm, so schlossen sie den Garten ab für zwei oder drei Tage, sie übernachteten bei Freundinnen und Freunden auf unwahrscheinlichen Schlafgelegenheiten. Und kamen sie dann wieder in ihr Holzhäuschen, schien es herrlich, frisch, sauber und still.

Es wurde Herbst, sie nahmen die Kartoffeln auf, der Garten wurde naß, trübe, welk. Die Nachbarn zogen in die Stadt zurück. Sie blieben, es gab ein Gesetz, das das Wohnen in Lauben auch zur Winterszeit gestattete, und wohin hätten sie auch ziehen sollen? Es wurde sehr einsam für Minnie. Für ihn gab es Überstunden, dann kam er erst um acht oder neun nach Haus. „Warte nur, wie rasch der Winter vorbei ist", tröstete er. „Warte nur, wie schön es im Frühjahr wird."

Es wurde schön im Frühjahr. Nun hatten sie schon Obstbäume: sechs Kirschen, sechs Äpfel, sechs Birnen, sechs Pflaumen. Die Stachelbeeren und Johannisbeeren blühten wie wild. Von den tausend Quadratmetern lagen höchstens noch dreihundert unbestellt, sie sollten im nächsten Jahre dran kommen. Sie fanden es noch viel schöner als im ersten Jahr. Er lernte es, im Zug fest und tief zu schlafen, verpaßte trotzdem keine Umsteigestelle. Dafür arbeitete er am Abend, bis er keine Hand mehr vor Augen sah.

Der Winter wurde allerdings schlimm, er war endlos, es wurde und wurde nicht Frühling. Dazu warf der Gehaltsabbau alles über den Haufen, Kurzarbeit kam auch noch. Achthundert Mark sollte er nach und nach in eine Pflasterkasse zahlen, denn jetzt sollte eine richtige Straße gebaut werden, Steuern und Abgaben, manchmal saßen sie da und sahen sich nur an. Mitte März gingen die Kohlen zu Ende, keine Möglichkeit mehr, welche zu kaufen. Grade, daß sie noch ihr Essen kochen konnten. Er brachte aus der Volksbücherei Beschreibungen von Polreisen, sie lasen von Mikkelsen und Nansen, er malte Minnie aus, sie seien zwei Polarforscher in ihrem Zelt.

Anfang Mai erst kam der richtige Frühling und auch

dann nur zögernd. Langsam, ganz langsam wurden die Knospen dicker und brachen auf, die Johannisbeeren zuerst, dann die Stachelbeeren. Und als die schon lange grün waren, kamen die Obstbäume. Jetzt, heute blüht alles bei Kubsch, vierundzwanzig Obstbäume sind in voller Blüte. Er hat so viel Kartoffeln gelegt, daß er im Herbst wird davon verkaufen können, er wird mit dem Kohlenhändler ein Tauschgeschäft machen.

Abends, manchmal nimmt er sich um Minnies willen eine Viertelstunde und geht mit ihr im Garten spazieren. Es kommt zu keiner rechten Unterhaltung, immer wieder entdeckt er etwas Neues, das er ihr zeigen muß. „Sieh doch nur, jetzt ist doch wirklich die Petersilie aufgegangen. Nun also. Ich sage es ja." Er richtet sich auf und überschaut sein Besitztum. „Es kommt schließlich alles, man muß nur warten können. Mir ist nicht bange."

Minnie nimmt seine Hand.

Mutter lebt von ihrer Rente

Sie ist sechsundsiebzig Jahre, ausgedörrt von einem arbeitsreichen Leben, mit einem Vogelkopf, über dem die viel zu weit gewordene Haut sich beutelt. Ihre Stimme ist ganz hell geworden im letzten Jahrzehnt, sie schreit, weil sie die Tonstärke nicht mehr abwägen kann: Kein Laut dringt durch ihre taub gewordenen Ohren.

Obwohl sie sieben Kinder hat, die am Leben sind, wohnt sie bei fremden Leuten, die ihr eine Dachkammer für vier Mark im Monat gelassen haben. Fünfunddreißig Mark bekommt sie Rente, davon kann sie „fein leben", nur der Winter wird gar zu lang, und Kohlen sind eigentlich nicht zu bezahlen. Sie rechnet nicht nach Mark oder Groschen, sie rechnet nach Brot. Als ihre Rente um zwei Mark heruntergesetzt wird, sagt sie überall: „Denkt einmal, das sind vier Brote. Vier Brote!"

Das Brot ist der Eckstein ihres Lebens gewesen, um Brot hat sich alles gedreht. Sie weiß wie keine, was das für ein Ding ist: Brot – und sie weiß vor allem, was das heißt, kein Brot zu haben. Es hat Zeiten gegeben, da kam es willig in ihr Haus, es wurde eigentlich nie alle, immer konnte man noch einmal davon abschneiden. Und es gab andere Zeiten, da sah sie die glänzenden braunen Laiber nur in den Fenstern der Bäcker, alles ging verquer, die Kinder quarrten. Auch darüber ist sie fortgekommen, sie weiß eigentlich nicht mehr, wie. Einmal war es wieder da, nicht plötzlich, langsam kam es, und alle wurden satt.

Dann hatten sie diese gute Sache erfunden: die Margarine, die viel besser war als der Sirup von früher oder das

Pflaumenmus. Ja, die Welt ging voran, die armen Leute hatten es nicht schlechter, sie kamen immer irgendwie noch durch, Gott mochte wissen, wie.

Die Reichen – und Reichtum fing für sie schon sehr tief unten an – hatte sie eigentlich nie beneidet. Diese Schaufenster, diese Kleider, diese Pelze, solche hellen, frohen, raschen Frauen mit blütenweißen, weichen Händen – das war eine andere Welt, fern, unerreichbar, sie ging einen nichts an. Ihre Finger, gelbbraun und hart wie die Klauen eines Vogels, stehen krumm, sie kann sie nicht mehr strekken. Ein endloses Leben hat immer ein Arbeitsgerät dazwischen gesessen, der Stiel eines Werkzeugs, der Griff eines Kartoffelmessers. Wie viele Tausende von Zentnern hat sie in ihrem Leben schon geschält, es ist nicht auszudenken!

Und noch heute schält sie weiter, Tag für Tag, Monat für Monat. Morgens um acht schlüpft sie aus ihrer Mansarde, geht zehn Straßen weit, zu der Gastwirtschaft ihres Sohnes. Dort sitzt sie bis zum Mittag, schält, wäscht ab, dafür bekommt sie Essen. Freilich, die Schwiegertochter gönnt es ihr nicht recht, die Olsche arbeitet nicht genug dafür. Aber da ist es nun gut, daß sie taub ist, sie hört nicht, daß die schimpft. Der Sohn hat eine gutgehende Kneipe, einen Opel, er ist satt und zufrieden, meist ein wenig angetrunken. „Laß man Muttern, sie ißt ja wie ein Spatz." Sie ist ihm dankbar, sie hat nie das Sprichwort gehört: „Wer seinen Kindern gibt das Brot und leidet nachher selber Not, den schlag man mit der Keule tot." Sie ist froh, daß ihre Kinder was geworden sind.

Alle andern wollen nichts mehr wissen von Muttern. Wenn sie einmal kommt, wird sie in die Ecke gesetzt oder abgeschoben. „Mutter hat ja ihre Rente." Aber der siebente, der, von dem sie eigentlich nie viel hielt – denn sie hat natürlich ihre Lieblinge gehabt –, der siebente ist der Beste. Sie hat ihn zwanzig Jahre nicht gesehen – oder sind es dreißig Jahre? –, aber immer schickt er dann und wann für Mutter eine Anweisung. Fünf Mark, zehn Mark: sie spart es. So wird sie einmal ein feines Begräbnis bekommen. Der gute Junge, sie hat ihn eigentlich nie recht gemocht.

Mindestens einmal im Monat macht sie den weiten Weg zum Friedhof hinaus, sie besucht ihren Alten. Elf Jahre ist er nun tot, aber sie erzählt ihm noch alles, lebt vollkommen mit ihm. An dem Tag bettelt sie bei den Nachbarinnen um ein paar Blumen. Die necken sie: Sie soll ihren Mann grüßen von der Frau Rohwedder, von der Toni Menzel. Sie wird sich hüten, sie erzählt ihm schon nicht, daß sie den Strauß geschenkt bekommen hat, sie hat ihn selber für ihn gekauft. Männer brauchen nicht alles zu wissen. Sie ist nicht traurig, sie weint nicht, mit ihrer hellen, fröhlichen Kinderstimme erzählt sie ihm was vor. Warum sollte sie traurig sein? Ihre Kinder sind was geworden, sie hat ein Dach überm Kopf und Brot. Kann man mehr verlangen von diesem Leben?

Einbrecher träumt von der Zelle

Er hat zwei Jahre Hamburger Gefängnisse hinter sich und fünf Jahre preußische, seitdem ist er auf die Preußen nicht gut zu sprechen. Ihr Strafvollzug taugt nichts, ein aufrechter Mann kommt in ihren Kittchen nicht mal zum Fußballspielen, man muß kriechen dort, um solche Vergünstigungen zu bekommen. Nun hat er, wenn er auf die Arbeit geht, stets einen Stadtplan bei sich, um nicht versehentlich statt in Hamburg auf Altonaer Gebiet einzubrechen. Und nie unterläßt er es, sobald er beim Reeperbahnbummel ans Nobistor, an die Grenze zwischen Hamburg und Altona, kommt, zu erklären: „Machste 'nen Mord, hier: fünfzehn Jahre; einen Schritt weiter: weg mit der Rübe!"

Wenn Sie ihn sehen, macht er sicher keinen schlechten Eindruck auf Sie. Er ist gewandt und höflich, denn er hat sich in seinem Leben mit zuviel schwierigen Lagen abfinden müssen. Er ist gut gekleidet, denn er darf nie durch sein Aussehen Verdacht erregen. Er hat auffallend gewandte Hände, rasche Hände, kluge Hände, die verlangt sein Beruf. Er ist geistesgegenwärtig, wie wäre er sonst dreißig Jahre alt geworden in *dem* Beruf mit nur sieben Jahren Knast. Er ist, verlangt es die Stunde, brutal bis zum Exzeß, mit Vorsicht und Rücksicht knackt man keine Schränke.

Er hat nur zwei Leidenschaften. Darin liegt seine Stärke, denn wenige Menschen haben ihrer nur zwei. Die eine ist das Brechen, die wurde ihm in die Wiege gelegt. Er denkt heute noch mit Entzücken an die Schauer, die über seinen Leib liefen, als er, ein Dreizehnjähriger, eine Scheibe mit

58

dem Diamanten ausschnitt, einstieg und in der Schlafstube des Onkels stand, den Atem der Schlafenden hörte, nach der Kommode tastete und die Brieftasche nahm. Es war ein feines Stück von Nervenfestigkeit für einen Dreizehnjährigen. Wohl brachte es ihm die Fürsorgeerziehung ein, aber die war so übel nicht, man lernt da noch was für seinen Beruf.

Heute verachtet er solche Gelegenheitseinbrüche, er kann ein halbes Jahr warten, baldowern, bis ein Ding steigt. Am liebsten arbeitet er allein, muß man Kippe machen, ist man immer der Dumme. Bei seinen Hehlern ist er gerne gesehen, sie geben ihm Vorzugspreise, bis zu zwanzig Prozent des wirklichen Wertes: Er hat noch nie einen Schwärzer in die Pfanne gehauen.

Seine zweite Leidenschaft sind die Frauen: Er hat allerdings diese Vorliebe mit fast allen seinen Geschlechtsgenossen gemein. Nur, daß er sich nicht auf eine festlegt. Die Mädchen auf der Reeperbahn, im Gängeviertel kennen ihn alle. Nie hat er andere Mädchen gekannt, auch nie gesucht: Es macht soviel Umstände mit den Gänsen. Er braucht Frauen, aber sie sind alle gleich für ihn, er kann sie nicht unterscheiden. Sie sind alle dumm, geldgierig, verlogen, schwatzhaft, nur zu einem gut. Darin ist er Mohammedaner: Er würde lachen, hörte er, daß Frauen mehr seien als Fleisch.

Haß gilt der Schmiere, aber nicht so sehr wie Verrätern aus den eigenen Reihen. Trifft er so einen, wird die ganze Welt rot, auf offener Straße wirft er ihn nieder, beißt, schlägt, reißt ihm ein Ohr ab, zerschlägt eine Nase, bis auf irgendeiner Wache in der Tobzelle die Besinnung, nicht die Reue kommt. Er hält streng auf Berufsehre: Keine doofen Dinger drehen, saubere Arbeit leisten, Schwärzer auf jeden Fall decken, nichts und niemanden verraten. Er ist ein zuverlässiger Kumpel, bis es an die Teilung der Sore geht, wo es heißt, den größten Anteil erkämpfen. Hinterher ist alles wieder gut. Aber vor allem ist er der Feind aller, die keine Ganoven sind.

So geht er durch das Leben, zwischen dem Geschiebe

der Menschen, fast still, ohne viel Gemeinsamkeit mit ihren Nöten und Freuden. Aber manchmal, in seinen trüben Stunden, wenn die Polente hinter ihm her ist, wenn er keine ruhige Stunde hat tags wie nachts oder wenn er auch nur einfach traurig ist, fährt er nach Ohlsdorf hinaus und geht um die Fuhlsbütteler Anstalten. Er sieht zu den vergitterten Fenstern empor, er träumt sich wieder drinnen. Dort ist die Ruhe, dort der Schlaf ohne Ängste, das regelmäßige Essen, die gleichen Brüder. Hinter jenen hellen Fenstern hat er in der Tischlerwerkstatt gestanden und Rolljalousieschränke gebaut, eine feine Arbeit, nicht ohne Witz.

Schließlich geht er heim, in die große Stadt, die ohne Heim für ihn ist. Feind aller, sein eigener Feind, mit dem Traum im Herzen von einer kargen Zelle.

Mein Vater ist Uhrmacher, mein alter Herr hat ein Uhrengeschäft, ich könnte sagen, er wühlt in Uhren, und dies nicht nur bildlich – ich aber, sein einziger Sohn, trage eine Nickeluhr, für zwei Mark fünfundachtzig, einschließlich Kette, mit einjähriger Garantie. Ich habe sie mir gekauft, und nicht bei meinem Vater.

Meine Freunde fragen mich: Warum trägst du eine Nickeluhr? Hast du es nötig?

Ich könnte antworten: Freunde, schweigt mir! Die Zeiten sind schlecht, jeder sieht, wo er bleibt. Oder ich könnte antworten: Ich will dies ausprobieren, dies Werk für zwei Mark fünfundachtzig. Wenn ich schon die Juristerei studiere, das klebt mir an, ich studiere dies Werk für meinen Vater.

Nein! Ich hasse die Notlügen. Ich sage: Ich trage diese Nickeluhr, weil mein Vater filzig, geizig, gnietschig ist. Für seinen einzigen Sohn hat er keine goldene Uhr, er handelt mit Uhren, er verschenkt sie nicht, so ist er! Das sage ich, wahrheitsgemäß.

Meine Freunde sagen: Oh! Oh! Armer Bursche, er hat einen gnietschigen Vater.

Ich aber frage Sie: Finden Sie, daß mein Vater sich richtig verhält?

Es war der große Tag; ich hatte das Abitur gemacht, das Maturum war bestanden. Da ich noch keine Kinder habe, sage ich offen: Es war mäßig bestanden, grade noch gemacht. Habe ich erst Kinder, werde ich ihnen erzählen, ich habe es summa cum laude bestanden, ein Ministerialdirektor kam extra angereist, er schüttelte mir die Hand, Tränen der Rührung standen in seinen Augen: Junger Mann, das war das beste Abiturium, seit die Mauern des Grauen Klosters stehen . . .

Nein, vorläufig war es ein mäßiges Abitur, aber mein Vater schenkte mir doch eine goldene Uhr. Sie war nicht aus seinem Laden, sie war eine Erbuhr von einem längst verstorbenen unsympathischen alten Erbonkel, der mich in meinen Kindertagen abwechselnd „Seelöwe" und „Brüllerich" tituliert hatte.

Vielleicht hatte der Mangel an Sympathie sich auf die Uhr übertragen; sie hielt es nicht aus bei mir, sie trennte sich von mir. Mein Freund Kloß hat ein Segelboot auf dem Wannsee. Wir segeln hinaus, wir baden vom Boot aus; unsere Kleider liegen auf dem Deck.

Ich habe genug geschwommen, ich will ins Boot, ziehe mich an der Bordwand hoch, das Boot legt sich schräg, sachte gleiten die Kleider ins Wasser. Kloß war zur Hand, wir erwischten alles wieder, nur meine goldene Abituruhr – durch ihre Schwere war sie pfeilgrad in eine Tiefe von etwa achtzehn Meter entschwunden.

Mein Vater ist ein ordentlicher Mann, mein Vater ist ein exakter Mann, das ist eine Berufskrankheit bei ihm. Unmöglich, ihm zu erzählen, daß ich die Erb- und Patenonkeluhr baden geschickt hatte. Nein, wir waren im Freibad gewesen, vom Wasser aus hatten wir beobachtet, wie jemand sich an unsern Sachen zu schaffen machte. Wir stürzten hin, jener floh. Trubel, Verfolgung.

Mein Vater machte „Hmm", er ließ die Sache eine Woche anstehen, dann schenkte er mir eine goldene Uhr aus dem Laden, Glashütter Fabrikat, flach wie eine Auster, herrlich.

Zwischen dieser Uhr und mir bestanden Sympathien, sie war die verläßlichste aller Uhren, sie ließ mich nie im Stich.

Sie hat sich nicht leicht von mir getrennt . . . Es war diesmal nicht Kloß, es war Kipferling, mit dem ich einen Ausflug nach München machte. München ist eine schöne Stadt, es gibt dort vieles, was man kennenlernen muß; Kipferling und ich, jeder telegrafierte einmal nach Hause um Reisegeld für die Heimfahrt. Als wir dann zurückfahren wollten, war das Reisegeld dahingeschmolzen wie der Schnee vom vorigen Jahr.

Wir hatten nur ein Wertobjekt: meine Glashütter Uhr. Kipferling ging los mit ihr, ich beschwor ihn, er dürfe sie nur versetzen, damit ich sie von Berlin wieder einlösen konnte, nichts, er kam wieder mit der Uhr. Wenn es für Hotel und Heimfahrt reichen sollte, mußten wir uns entschließen zu verkaufen. Wir entschlossen uns.

Während dieser Heimfahrt grübelte ich immer nach einer plausiblen Geschichte, die ich meinem Vater vorsetzen konnte. Aber es war nichts los mit meiner Phantasie, es fiel mir nichts ein. Schließlich blieb ich bei meinem Diebstahl auf dem Münchener Hauptbahnhof, Gedränge, die Uhr ist weg. Plötzlich. Diese internationalen Taschendiebe . . .

Mein Vater sagte etwas trocken: „Du mußt es ja wissen, mein Sohn." Ich fand, seinem Tone fehlte es an Herzlichkeit. Ich fand, ich mußte etwas lange auf die nächste Uhr warten. Offen gestanden half ich direkt nach: zu allen Verabredungen, zum Theater – ich kam zu spät, ich murmelte etwas, keine Uhr . . .

Schließlich bekam ich sie. Sie war nicht so flach, dafür hatte sie zwei Sprungdeckel, außerdem tickte sie ziemlich laut. Sie war eine pflichteifrige Kartoffel, aus purem Gold, nichts, womit Staat zu machen, aber schließlich muß man auf die Gefühle seiner Erzeuger Rücksicht nehmen, ich war zufrieden.

Also, ich gehe zum Tennisspielen, ich spiele Tennis, ich ziehe meine Sachen wieder an, was denken Sie? Wie? Ja! Meine Uhr ist weg! Meine Uhr ist gestohlen! Denken Sie sich meine Verzweiflung! Die pflichteifrigste aller Kartoffeln ist gemaust!!

Und nun stellen Sie sich vor: Was erzähle ich meinem Vater –? Bitte, ja, was erzähle ich dem alten Herrn –? Ja, bitte, bitte, bitte, sagen Sie selbst . . . Diese ältere Generation ist ja derart mißtrauisch!

Also, seitdem trage ich eine Nickeluhr, für zwei Mark fünfundachtzig, mit einjährigem Garantieschein.

Ich sage allen wahrheitsgemäß, daß mein Vater gnietschig ist. Oder finden Sie etwa, daß er sich richtig verhält?

Er ist imstande, also, er glaubt mir einfach nicht, daß meine Uhr geklaut ist. Glaubt es nicht. Nun reden Sie!

Wie Herr Tiedemann
einem das Mausen abgewöhnte

Auf dem Lande hatte ich einmal einen Chef, dem saßen
im Kopf mehr Grappen als einem durchschnittlichen Hofhund in seinem Fell Flöhe. Zu diesen seinen Grappen gehörte es auch, daß er auf seinem Hof keine Polizei sehen
konnte. Nun ist ja auf dem Lande so einiges an Dieberei
fällig: Da fehlt ein Sack Hafer, das Schrot schmilzt dahin
wie Schnee im April, aber Hannes Tiedemann sagte: „Das
erledige ich schon selbst. Dazu braucht mir kein Grüner
auf den Hof zu kommen."

Und er erledigte es selbst, der wackere Tiedemann, und
wie er seine kleinen Hof-, Feld-, Wald- und Wiesendiebe
erledigte! Das beste dabei war, daß auch die Herren von
der langen Hand nach dem anfänglichen Ärger selbst grinsten. „Und sie gingen dahin und sündigten dergleichen
nicht mehr."

Oder sündigten auch wieder, Menschen bleiben Menschen, und ein Hofegänger, der eine Ziege hat, wird nicht
einsehen, warum die im Winter hungern soll, wenn der Tiedemann den ganzen Boden voll Heu hat. Und dann wurden
sie wieder erwischt, eines Tages wurden sie immer erwischt,
und dann wurden sie darüber belehrt, daß Tiedemann
schlauer war als sie – darauf liefen diese Belehrungen immer
hinaus. Aber wie diese Belehrungen erfolgten, das waren die
Grappen von Tiedemann, das burrte in seinem Kopf wie die
Brummer in der Milchkammer, wenn das Fräulein Meieristin
im Sommer das Fenster offengelassen hat.

Da wuchs uns auf unserm Hof ein junger sächsischer
Knabe heran, Albin Fleischer hieß er, in den Zwanzigern,

und seines Zeichens war er ein Schweizer, das heißt, er melkte die Kühe. Das heißt ganz genau, er melkte sie nur dann und wann, wenn ihm grade der Staat dafür Zeit ließ, der schon früh durch eine ausgedehnte Fürsorgeerziehung in Albin Fleischer den Grund zu mancherlei Kenntnissen und Fertigkeiten gelegt hatte. Und als die Betätigung dieser Fertigkeiten Albin wieder einmal eine längere staatliche Pension eingetragen hatte und als dann seine Zeit um war und er wieder hinausgelassen werden sollte, da sagten die im Zentralgefängnis Altholm: „Ja, wohin mit ihm? Lassen wir ihn so laufen, dann klaut er doch gleich wieder." Und da Hannes Tiedemann großen Ruf im Lande Pommern genoß, so schrieben sie einfach auf den Entlassungsschein: „Arbeit als Stallschweizer bei Herrn Gutsbesitzer Johannes Tiedemann in Fern-Varnkewitz."

Da stand er nun an einem gänzlich verregneten Tage triefend naß bei uns im Büro. Wir machten seine Bekanntschaft, und er erklärte uns im schönsten Sächsisch: „Heern Se, ich soll hier de Giehe mälgen."

Tiedemann besah sich dieses Bündel Menschenwerk und sprach: „Da stripp du man de Käuh!"

Und von Stund an war Albin Fleischer bei uns Stallschweizer.

Eine Weile ging es auch ganz gut. Vor seiner letzten Strafe hatte er wirklich eine recht häßliche Dieberei gemacht: einem Arbeitskollegen das Fahrrad und den einzigen Sonntagsanzug geklaut und versoffen. Da hatten, ehe der Landjäger ihn mitnahm, seine Kollegen den Albin nach Strich und Faden vertrimmt, sie hatten ihm eine hübsche Wucht gegeben, abgerieben hatten sie ihn, der hatte Keile, Dresche und Senge, alles in einem, bezogen, und das saß ihm immer noch in den Knochen. Wie gesagt, eine ganze Weile ging es mit ihm bei uns gut, aber dann trat die Liebe dazu, zu einer Kätnertochter Mathilde im Dorf, und nun wurde es schlimm. Da sagte Hannes Tiedemann . . .

Aber ich merke leider, mit Albin Fleischer habe ich das falsche Ende meiner Geschichte zu fassen bekommen, und ich muß gewissermaßen noch einmal von vorne anfangen.

Frau Tiedemann war eine kleine fixe Frau. Sie flitzte in der Meierei und im Geflügelstall herum wie ein Wiesel und war stolz auf ihren Kram. Sie kannte jedes Huhn und wußte, wann es dran war mit Eierlegen, und Eierverlegen in Scheunen oder hinter Steinhaufen oder gar, wie es auf manchen Höfen schon passiert sein soll, aufs Klo, das gab es bei ihr nicht. Aber ihr Stolz waren ihre Gänse, die Gans ist ja in Pommern, und zumal in Hinterpommern, noch so etwas wie ein heiliger Vogel, den Gänsen gehörte ihr ganzes Herz.

Und über diese Gänse wurde sie eines Tages schwermütig, denn es war Frühjahr, und sie mußten eigentlich Eier legen. Bei den Gänsen ist es ja nicht so wie bei den Hühnern, die Hühner legen immerzu, das ganze Jahr, mal ein bißchen mehr und mal ein bißchen weniger. Die Gans aber ist ein vornehmes Tier, der Besitzgier des Menschen macht sie keine Konzessionen, sie legt ihr Quantum im Frühjahr, grad genug zur Erhaltung der Art, die brütet sie aus, und Schluß damit.

Frau Tiedemann grübelte sich in einen tiefen Kummer hinein: Was war los mit ihren Gänsen? Sie legten und sie legten nicht. Die Ganter hatten ihre Schuldigkeit bei den Damen getan, das hatte Frau Tiedemann selber ein paarmal gesehen, und nun kamen keine Eier? Wieso kamen keine Eier? Lag es am Futter? Hatten sie zu wenig Kalk?

Und eines Tages sagte sie aufgeregt zu ihrem Hannes: „Du, Hannes, die Weiße mit dem grauen Stutz hat heute bestimmt gelegt. Ich hab's ihr gleich am frühen Morgen angesehen, die hat was. Richtig, sie geht in den Stall. Ich warte noch 'ne Weile, weil ich sie nicht stören will. Dann hör ich sie schimpfen, ich geh rein, sie hat gelegt, aber kein Ei ist da. Sie schimpft, einer hat es ihr geklaut, daß so ein armes Biest keine Sprache hat. Diese Räuber . . ."

Und sie sah drohend über den Hof.

Tiedemann bemerkt: „Da bist du selbst dran schuld, meine Mäten. Hundertmal hab ich dir gesagt: Mach deinen Hühnerstall dicht. Aber da steht ja alles offen."

„Alles ist dicht", protestiert sie.

„Alles ist offen", sagt Hannes Tiedemann. „Vergangenen

Donnerstag, als die Klütensuppe angebrannt war, bin ich selber drin gewesen und hab vier Hühnereier ausgetrunken."

„Du bist das gewesen!" schreit sie. Aber er ist schon weg.

Nun bekommt der Stellmacher zu tun, Drahtgeflecht wird gekauft, enges, engeres, ganz enges. „Die Hühner gehen in den Safe", sagt Tiedemann nun.

Aber es hilft alles nichts, es bleibt Baisse in Gänseeiern. Frau Tiedemann lebt unter immer stärkerem Druck, sie schläft nicht mehr, als Nachtgespenst durchirrt sie den Hof, sie fängt an, vom Fleisch zu fallen. Eines Tages explodiert sie, sie bestellt den Landjäger. Sie bestellt ganz einfach den Landjäger, und sie sagt es Tiedemann.

Tiedemann ist baff. Aber er sammelt sich. „So ein Grüner kommt mir nicht auf meinen Hof. Den bestell man wieder ab."

Sie protestiert: „Wo die andern schon alle ihre Gänse auf den Eiern sitzen haben! Und ich soll . . . Was nimmst du ewig solch pollackisches Gesindel auf den Hof."

„Pollacken sind augenblicklich grade nicht da. Alles gute Pommern", sagt er und wird plötzlich nachdenksam und bricht ab. Nach einer Weile wieder: „Also, den Grünen bestellst du ab. Du kriegst deine Gänseeier wieder."

„Aber . . ."

Der langen Rede kurzer Sinn: sie bestellt ab.

Tiedemann geht über den Hof in den Geflügelstall, keine Schleichwege, kein Hühnereier-Austrinken, er hat ganz ordentlich die Schlüssel bei sich. Saubere Arbeit muß man sagen, der Stellmacher hat gut gewerkt, dicht ist das. Aber noch sauberer hat der andere gewirtschaftet, mit einer haarscharfen Zange das Drahtgeflecht durchgeknipst und so hübsch wieder hingebogen, da braucht man eine Lupe, um das zu sehen. Tiedemann pfeift tiefsinnig, als er die Schlüssel wieder abliefert. „Alles in Butter, Mutting", sagt er.

„Aber . . .", sagt sie.

Aber Tiedemann ist schon weg.

Tiedemann zieht es in den Kuhstall, Tiedemann geht in den Kuhstall. Dort ist es vormittäglich still und friedlich. Die Schweizer sind nicht da, sind beim Futterholen, die

Kühe stehen und liegen, wie es ihnen Spaß macht, sie käuen wieder, oder sie ziehen noch ein paar Halme durchs Maul. Sie sehen dabei einander an, immer zehn Stück reihauf, reihab schauen einander an, zwischen ihnen läuft der Futtergang. Der hinterste Futtergang an der Mauer ist nicht benutzt, der Stall ist nicht voll besetzt. Dort haben die Schweizer ein paar Ballen Streustroh liegen, alte Futterkrippen, der Rübenschneider steht dort, lauter Schurrmurr.

Tiedemann ist tiefsinnig. Er geht gangauf, gangab, manche Kühe sagen Muh, manche kauen nur, der Oberschweizer muß mal wieder gründlich durchputzen. Tiedemann geht weiter und kommt auf den leeren Futtergang. Er raschelt durch das Stroh, nun ist der Futtergang beinahe zu Ende, Tiedemanns Fuß stößt im Stroh an was. Er bückt sich, er wühlt das Stroh ein bißchen auseinander: ein etwas starker Osterhase, was? Elf Gänseeier. Da soll der Donner . . .!

Tiedemann steht und denkt. Das Garn ist leicht aufzuheddern: Da ist einerseits Albin mit Vorkenntnissen, andererseits Mathilde, die Kätnertochter aus dem Dorf. Auch Kätner lieben Gänse, es ist dies kein Privileg der Gutsbesitzerklasse. Einfache Vorgeschichte, man könnte die Eier nehmen und zur Frau bringen . . .

Aber wie der Tiedemann so dasteht und auf die Eier glotzt, da ist es, daß sich die Grappen in seinem Kopf rühren, die dicken Brummer brummen durch sein Gehirn. Sachte wühlt er das Stroh wieder zu. Elf Gänseeier bringt man nicht in der Hosentasche ins Dorf, dazu muß es Feierabend und dunkel sein. Alles hat seine Zeit, auch Gänseeier. Tiedemann geht über den Hof zurück zum Gutshaus.

Auf dem Hof trifft er mich. Ich bin so eine Art Mädchen für alles auf diesem Hof, ich führe die Bücher und schreibe die Briefe, ich löhne die Leute, gebe das Futter aus und nehme auch mal ein paar Pferde. Es ist kein anstrengender Dienst.

Tiedemann bleibt vor mir stehen und sieht mich glupsch an. „Sagen Sie mal, Fallada, Sie können ja wohl Englisch?"

„Na, was man so können nennt, grade nicht", sage ich.

„Erwarten Sie Engländer?"

„Laut lesen können Sie ja wohl Englisch?" fragt er mich.
„So getragen und weihevoll wie ein Paster?"

„Das kann angehen, Herr Tiedemann", sage ich.

„Und Sie haben was Englisches zum Vorlesen hier?"
fragt er mich.

„Ja", meine ich zögernd. „Eigentlich nicht. Nur so englische Verse von einem Omar Khayyam."

„Omar? Ist das Englisch?"

„Das ist ein Perser", sage ich. „Aber ein Engländer Fitzgerald ..."

„Hören Sie lieber auf", winkt er ab. „Ich habe heute morgen noch keinen Kognak getrunken. Das Leben ist schon kompliziert genug. Fünf Minuten vor Feierabend gehen Sie mit Ihrem englischen Perser in den Kuhstall und langen sich den Albin. Mit dem kommen Sie dann zu mir auf meine Stube."

„Wird gemacht, Herr Tiedemann", sage ich, und er geht weiter, ins Gutshaus, zu seinem vormittäglichen Rührei mit Speck und einem Kognak.

Fünf Minuten vor sechs bin ich im Kuhstall.

„Albin, sollst zu Herrn Tiedemann kommen."

„Nu, was denn? Jetzt ist doch gleich Feierabend. Was soll ich denn da noch?"

„Komm man", sage ich, und wir schieben ab.

Um sechs Uhr abends im zeitigen Frühjahr muß man schon Licht brennen, auch Hannes Tiedemann brannte in seinem Zimmer Licht, aber wie sah es aus! Rot sah es aus, geheimnisvoll sah es aus, mystisch war das. Über alle Glühbirnen hatte Tiedemann rotes Papier gemacht, das Licht war trübe und schwer, es wehte einen an: Sprich leise hier!

Auf dem runden Eichentisch stand eine Extralampe mit der roten Glühbirne aus der Dunkelkammer, daneben stand der große Lehnstuhl.

„Setz dich hierhin, Albin", sagt Tiedemann sacht und betrübt. „Setz dich hierhin, mein Jung."

„Herr Tiedemann", fängt Albin an.

Aber Tiedemann drückt ihn auf seinen Platz. „Nicht ganz hoch genug. Dein Kopf muß grade in der Höhe von der roten Birne sein. Warte mal . . ." Und er schleppt ein dickes Buch an. „So, jetzt langt es."

„Herr Tiedemann . . .", fängt der Junge wieder an.

„Psssst", macht Tiedemann. „Kein Wort. Sonst geht es nicht."

Der Junge ist still. Ich bekomme meinen Platz ihm grade gegenüber, am Tisch, und Tiedemann stellt sich neben ihn, so daß der Kopf von Albin zwischen Lampe und Tiedemann ist.

Stille. Tiefe Stille. Die große Uhr macht unendlich langsam ticke-tacke. Das Licht ist geheimnisvoll rot.

Tiedemann räuspert sich. „Fangen Sie man an, Fallada."

Ich fange an. Meine Aussprache des Englischen ist nicht schön, ich habe Englisch in Leipzig von einem sächsischen Lehrer gelernt, so was verwächst sich nie. Aber an diesem Abend war ich weit über meinem sonstigen Standard. Es war vielleicht kein korrektes Englisch, es war eine mystische Sprache, aus Urmenschentagen.

Ich fing an mit dem Vierzeiler: „Oh Thou, who Man of baser Earth didst make . . ."*

Ich war noch nicht ganz auf der Höhe, Tiedemann schüttelte ernst den Kopf. „Noch nicht ganz das Richtige. Bitte weiter. Etwas Stärkeres."

Ich fuhr fort: „There was the Door to which I found no Key . . ."**

„Gut. Das ist das", sagte Tiedemann, und bauz! nahm er von seinem Schreibtisch ein Riesenteleskop, so einen Fernkieker, ganz aus Messing, wie ihn die Seeleute früher hatten. Muß noch von seinem Großvater mütterlicherseits sein, Kapitän auf kleiner Fahrt, denke ich. Setzt das Ding dem Jungen an die Schläfe, der zuckt. Sitzt wieder totenstill. Hannes Tiedemann kiekt durch.

Ich lese: „Ah, my Beloved, fill the Cup that clears Today of past Regrets and future Fears –."***

* Du, der den Menschen schuf nur Mensch zu sein . . .
** Da war die Tür, die mir kein Schlüssel zwang . . .
*** So schenk den Wein, mein Lieb: Wein klärt den Tag
    von Furcht und Gram, was kam und kommen mag!

71

„Albin", fragt Tiedemann mit Grabesstimme. „Albin, an was denkst du?"

Albin ist blaß und still.

„Du denkst an den Kuhstall, Albin, du denkst an den Futtergang. Du denkst an den letzten Futtergang an der Wand . . ."

„Indeed, indeed, Repentance oft before I swore . . ."*

„An das Stroh denkst du, Albin, was dort liegt. Du denkst . . ., warte, warte . . . Herr Fallada, feste! Lauter, Herr Fallada! Du denkst . . ." Ganz schrill: „Albin, Albin, wie kommen die Gänseeier in dein Gehirn –?"

Totenstille.

„Albin!!!!"

Und da kommt es, leise und zermalmt: „Herr Tiedemann, Herr Tiedemann, ich will's Sie sagen: Ich hab sie gestohlen. Herr Tiedemann, ich hab sie gestohlen."

„Fallada! Laufen Sie! Du lügst ja, Jung. Sehen Sie im Kuhstall nach. Im letzten Futtergang. Im Stroh."

Ich laufe schon. Da sind sie. Die Jacke aus. Die Jacke voll Gänseeier. Zurück.

Albin starrt blöde auf die Eier.

„Ich hab sie gestohlen . . ., ich stehl hier nie wieder . . ."

„Geh, mein Sohn Albin", sagt Tiedemann. „Es ist in Ordnung. Es ist alles glatt."

An der Tür macht Albin halt, er steckt den Kopf von außen wieder herein. „Ich zeig Sie an, Herr Tiedemann, bei der Polizei. So was ist Vergewaltigung, von so was kann man verrückt werden. Ich hab gemerkt, mir ist was kaputtgegangen im Hirn, wie Sie's durchleuchtet haben."

„Raus!" sagt Tiedemann nur.

Albin ist nicht zur Polizei gegangen. Albin ist nicht einmal vom Hof fortgegangen. Albin melkt weiter die Kühe. Ich glaube, Albin hat nie wieder bei uns geklaut. Im Dorf so ein bißchen, dafür will ich keine Hand ins Feuer legen, aber die konnten ihn ja auch nicht durchleuchten. Das konnte nur Tiedemann.

* Hab wohl auch Reue oft genug bekannt –

72

Der Gänsemord von Tütz

Geht man die Straße vom Dorf her, so kommt erst das Schloß mit dem großen, alten Park. Da sitzt der Ritterschaftsdirektor von Pratz. Dann folgt der Gutshof mit seinen Ställen, Scheunen und dem Beamtenhaus, wo ich, der Rendant, hause. Die Straße geht weiter, und was folgt, ist erst einmal wieder ein ganzes Stück Park, der also im Halbkreis die Hofstätte umschließt, und dann die Villa des jungen Herrn, des Rittmeisters.

Die Sache ist so, daß vor ein paar Jahren der alte Herr das Gut an Tochter und Schwiegersohn übergab. „Wirtschaftet, junge Leute", sagte er. „Ich habe genug Kartoffeln gebaut in meinem Leben." Für sich behielt er Schloß, Park und Forsten. In die fährt er täglich mit seinem Jagdwagen, und er ist ein alter Rauschebart der Art, daß er von jeder Ausfahrt mit einem Bündel Reisig heimkommt. „Zu schade zum Verfaulen", sagt er. „Damit kann ich im Winter heizen." Auf die jetzt schwiegersöhnlichen Felder geht der alte Pratz, v. Pratz bitte, nicht gern. „Hat Landwirtschaft studiert, der junge Herr", sagt er zu Elias, seinem Kutscher. „Merkst du was?" Elias merkt was, und die beiden lachen.

Wenn nun auch der Rittmeister von der Landwirtschaft nichts verstehen soll, seine Felder liebt er doch. Er hört nicht gerne über sie lachen. „Der Alte ist ja ein Rest aus der Steinzeit, Fallada", sagt er zu mir, wenn wir ihn mit seinen Knüppeln aus dem Wald kommen sehen. Und dann lachen wir beide.

Der Gänsekrieg jedoch, der mich stellungslos machte,

wurde gar nicht zwischen dem alten und dem jungen Herrn geführt, sondern zwischen dem jungen Herrn und der gnädigen Frau. Die gnädige Frau ist natürlich die Frau vom alten Herrn. Die Frau vom Rittmeister heißt die junge Frau. Jeder, der einmal in hinterpommersche Rittergüter gerochen hat, weiß das. So daß im Grunde dieser Gänsekrieg der uralte Krieg zwischen Schwiegermutter und Schwiegersohn war. Nur war ich, der Rendant, der Leidtragende. Nebst sieben Gänsen. Davon ist nun zu erzählen.

Es ist schon gesagt worden, daß der Schloßpark alt war. Er war sogar uralt und besaß als Prachtstück einen viel bewunderten Tulpenbaum. Ich fand immer, der Tulpenbaum war ein Versager. Gradeheraus gesagt war er langweilig; seine Blüten hatten nicht die Idee einer Ähnlichkeit mit Tulpen. Aber bei den alten Herrschaften konnte solch Ausspruch von mir nicht überraschen. Ich war anrüchig, seit Elias, das Faktotum, mich mal erwischt hatte, wie ich die Geflügelmamsell abküßte.

Ich bin schon auf dem rechten Wege mit meiner Geschichte. Es geht alles der Reihe nach. Die Geflügelmamsell zum Beispiel war eine Angestellte der gnädigen Frau; sie hatte die Hühner unter sich und die Gänse. Wenn die alten Herrschaften auch das Gut abgegeben hatten, den Wunsch nach einem frischen Ei hatten sie doch. Die Hühner liefen auf dem Gutshof; auf der Dungstätte und in den Scheunen wurden sie satt: Dagegen sagte auch der Rittmeister nichts.

Die Gänse aber ergingen sich offiziell im Park, jenem großen Park mit den uralten Bäumen. Nun ist es mit den Gänsen so, daß die Gans ein delikater Vogel ist, nicht nur, wenn man sie ißt, sondern grade auch, wenn sie frißt: Das Beste ist ihr kaum gut genug. Die Gans, ein heiliger, schwieriger, kapriziöser Vogel, ist scharf auf junges, delikates Grün. Und gab es das in diesem uralten Park? Man kann das eine haben, man kann das andere haben, man kann nicht beides haben. Uralte Bäume und junges Grün, das verträgt sich nicht. Im Schatten wächst altes, saures, schlampiges Gras.

Es schmeckte den Gänsen nicht, und eine Gans denkt natürlich nicht daran, sich mit schlechtem Futter abzufinden. Die Ganter mit den vergißmeinnichtblauen Augen führten ihre Schönen zielbewußt durch den ganzen Park. Dann durchstieß die dreidutzendköpfige Schar den Zaun, überquerte in der nächsten Nähe der rittmeisterlichen Villa den Weg, flatterte durch den Graben – welch Geschnatter, welche Aufregung! –, und siehe da, Kanaan ist erreicht, das gelobte Land, die Gras- und Schnabelweide! Sie sind im Wickgemenge, wo sie gar nichts zu suchen, noch weniger zu finden haben. Es war ein delikates Wickgemenge. Sie dachten hierzubleiben. Der Park konnte ihnen gestohlen werden.

Sechsunddreißig Gänse haben einen beträchtlichen Appetit; sie verdrücken was. Es hätte nicht des Geschnatters bei der Grabenüberquerung bedurft, um den Rittmeister auf den Einbruch in seine Felder aufmerksam zu machen. Es ist schon gesagt, daß er seine Felder liebte, und nun war es eine Schande, wie dies Gemenge aussah, und grad an dem Wege, den all seine Gäste fuhren!

Es fing wie alle Kriege mit Verwahrungen, Einsprüchen, kleinen Reibungen an. Der Rittmeister sagte zu mir: „Hören Sie mal, Fallada, das können Sie aber der Geflügelfee ausrichten: Mit den Gänsen, das geht unmöglich. Sie sollen ja da Beziehungen haben . . ."

Ich sagte es ihr.

Der Rittmeister sprach: „Herr Fallada, die Schweinerei mit den Gänsen hört mir auf! Wozu stichelt denn meine Schwiegermutter ewig über Sie und die Mamsell, wenn Sie das nicht mal erreichen?"

Ich sagte es ihr.

Die Dörte sah mich an mit ihren schönen, dummen Kirschenaugen und klagte: „O Gott, Hannes! Die Gnädige hat doch gesagt, daß die Gänse sich schon mal in den Wicken satt fressen dürfen. Wozu steckst du ewig mit dem Rendanten zusammen, hat sie gesagt. Du sollst ja sogar auf seinem Zimmer gewesen sein, hat sie mich gefragt."

Die Dörte weinte. Sie war auf meinem Zimmer gewesen.

Machtlos war ich. Der Rittmeister sagte . . ., vieles sagte er. Dann sagte er nichts mehr. Er schritt zur Selbsthilfe. „Unser" Kutscher, Kasper, erzählte mir, daß der Rittmeister wie der Teufel aus dem Wagen zwischen die Gänse gesprungen war und sie mit der Fahrpeitsche verdroschen hatte.

Am Abend weinte Dörte. Die Gnädige hatte sooo gescholten: Eine Gans war lahm!

Nun kann man Gänse einmal verdreschen, man kann sie auch zweimal verdreschen, dreimal aber bestimmt nicht. Sie kannten ihren Rittmeister. Kam der Wagen leer, so ästen sie weiter; kam er gefüllt mit der jungen Frau, so ästen sie weiter; kam er gefüllt mit dem Rittmeister, so breiteten sie ihre Flügel. Unter wildem, höhnischem Geschnatter zerstreuten sie sich über den ganzen Gemengeschlag. Der Rittmeister probierte es mit einem Reitpferd und einer Reitpeitsche. Das Gansgetier zerstreute sich einzeln in alle Himmelsrichtungen, dem Tobenden zu entgehen. Der Rittmeister ritt seinen Gaul schäumend naß und sein Blut ins Sieden. Das Geschrei der Gänse gellte höhnisch in seinen Ohren: Er erreichte nichts.

Es ist morgens, so um fünf; die Knechte füttern; vor einer Viertelstunde ist auch das Geflügel aus dem Stall gelassen. Zwei Schüsse tönen. Nanu! denke ich. Der Förster schon im Gang? Und so dichtebei?

Dann geht bei mir das Telefon. Der Rittmeister sagt atemlos: „Fallada, kommen Sie gleich rüber zu mir."

„Ja, Herr Rittmeister", sage ich.

„Bringen Sie 'nen Jungen mit", sagt er. „Irgend jemand, der die Leichen trägt."

„Ja", sage ich.

Der Pott ist entzwei, denke ich. Ich hole mir einen Pferdeknecht aus dem Stall, und wir tippeln los. Vor der Villa im Vorgarten liegen sie gewissermaßen aufgebahrt, sieben Stück, so jung noch, so mager noch, in der Blüte ihrer Wochen dahingerafft. „Warten Sie, Karl", sage ich und gehe ins Haus.

Der Rittmeister sitzt in einem Sessel und trinkt Kognak, am frühen Morgen, auf nüchternen Magen. Das Mordgewehr liegt noch auf der Fensterbank. Vom Fenster aus hat er sie geschossen, sieben junge Gänse, vielversprechend.

„Morjen", sagt er. „Sie haben wohl schon den Salat gesehen. Meine Frau weint. Finden Sie, daß das ein Grund zum Weinen ist? Über meine Wicken hat sie nicht geweint."

„Die Frau Mutter wird ungehalten sein", sage ich.

„Wird sie", bestätigt er. „Also, bestellen Sie ihr einen schönen Gruß von mir. Und es täte mir ja leid. Aber sie wäre an allem schuld."

„Ja", sage ich.

„Geben Sie ihr die Gänse", sagt er. „Sie soll sehen, was sie damit macht. Und sagen Sie ihr, ich wollt sie ihr bezahlen. Sie soll sagen, was sie dafür haben will."

„Ja", sage ich.

„Kein angenehmer Auftrag, Fallada", sagt er. „Trinken Sie 'nen Kognak. Nehmen Sie 'ne Zigarette. Das Leben ist kompliziert."

„Ja", sage ich.

Um halb sechs kann ich nicht mit den Gänsen ins Schloß rücken, ich komme um halb acht. Da weiß die gnädige Frau schon alles; sie hat sicher in der Küche auf mich gelauert.

„Nehmen Sie die Tiere wieder mit", weint sie. „O Gott, ich kann sie nicht sehen. Zwei Zuchtgänse sind dabei. Dörte, sieh nur, die mit dem grauen Stoß am Flügel ist auch dabei, o Gott!"

Dörte sah mich an wie ein flammender Engel. Die Gnädige weinte haltlos. Ich komme mir ziemlich schäbig vor. „Sagen Sie meinem Schwiegersohn, daß er ein schlechter Mensch ist, ein Mörder . . ."

Durch den Sonnenschein gehe ich mit meinem Stalljungen und den sieben Gänsen zur Villa. Siehe da, mein Chef ist nicht aufs Feld geritten; er hat auf mich gewartet. Er verfinstert sich, als er die Leichen sieht. „Sie haben die Gänse immer noch? Habe ich Ihnen nicht ausdrücklich befohlen . . .?"

Er sagt „befohlen", er sagt überhaupt sehr viel, und kleinlaut berichte ich.

„Alles Unsinn! Wie können Sie sich von Weibern düsig

weinen lassen! Grüßen Sie meine Schwiegermutter und bestellen Sie ihr, die Gänse gehörten ihr, nicht mir. Daß Sie mir nicht wieder mit den Gänsen kommen!"

„Nein, Herr Rittmeister", sage ich.

Kehrt! Ein Rendant, ein Stallbursche, sieben tote Gänse in die Schloßküche. Heißer Empfang. Die Tränen sind versiegt. „Ich verbiete Ihnen das Haus, verstehen Sie! Es ist Hausfriedensbruch, wenn Sie noch mal mit den Gänsen kommen! Sagen Sie meinem Schwiegersohn . . ."

Ich werde mich hüten. Wieder stehen wir auf dem Hof. „Wat moken Se nu, Herr Rendant?" lacht der Stallbursche.

„Grien du und der Affe", sage ich wütend. „Schmeiß die Biester hier ins Büro hinter meinen Schreibtisch. Schmeiß 'nen Sack drüber. Am Ende wird doch einer Vernunft annehmen."

Die Stunden gehen dahin. Um zwölf kommen die Knechte vom Feld, ich geh auf den Boden, gebe Pferdefutter aus. Als ich wieder aufs Büro komme, steht der Rittmeister hinter dem Schreibtisch. Den Sack hat er mit dem Fuß weggeschoben, starrt auf den Salat.

„Was heißt das?" fragt er scharf. „Haben Sie nicht verstanden, was ich Ihnen befohlen hatte, Herr?!!!!"

Jawohl, ich hatte verstanden. Und ich erkläre.

„Quatsch! Hausfriedensbruch! Bestellen Sie meiner Schwiegermutter, sie hat 'nen Vogel. Hysterische Schraube. Wegen ein paar dämlichen Gänsen sich so zu haben. Ich will die Biester nicht mehr sehen. Verstanden?!!"

„Jawohl, Herr Rittmeister", sage ich und mach mich wieder auf den Weg. Mönchlein, du gehst einen schweren Gang. Und ganz nutzlos. Elias hat auf der Lauer gelegen, er verpfeift mich. Gleich ist die Gnädige da. Man trägt mir wieder Bestellungen an den Rittmeister auf, dann stehe ich wieder draußen . . .

„Und nun?" fragt der Stallbursch.

„Das will ich dir erzählen", sag ich wütend. „Die Gänse können mir den Puckel runterrutschen. Komm mit."

Ich geh gar nicht erst mit ihm auf den Hof; heimlich gehen wir hintenrum in die große Scheune. „Da! Steck die

Biester unters Stroh. Gut tief rein. Gottlob, nun sind sie weg."

„Dat's gaud", sagt er. „Nu denkt die Gnädige, er hat se, und er denkt, die Gnädige hat se."

„Richtig, mein Sohn", sage ich und gehe aufs Büro.

Gegen Abend besucht mich der Rittmeister. Wir klönen über dies und das. „Übrigens", sagt er im Gehen, „die Sache mit den Gänsen ist erledigt?"

„Ist erledigt", sage ich.

„Gut", sagt er und geht.

Eigentlich ist längst Feierabend, aber ich habe viel Zeit versäumt; ich muß noch Löhne eintüten. Das Telefon rasselt. „Ja? Hier Fallada!"

„Sie haben die Gänse meiner Schwiegermutter gebracht, was? Sie haben meinen Befehl erledigt, wie? Belogen haben Sie mich, Herr!!! Auf der Stelle bringen Sie die Gänse der gnädigen Frau! Sie will sie nun doch haben, der Federn wegen. Auf der Stelle . . ."

Diesmal hole ich mir nicht erst jemand. Ich stürze allein in die Scheune. Ich wühle im Stroh. Nein, hier ist es nicht gewesen, mehr links. Verdammt dunkel ist das hier. Rechts? O Gott, nur schnell . . . Eine Stallaterne . . . Licht. Rechts. Links. Oben. Unten. Hier. Dort. Nichts. Ins Dorf. „Jung, wo haben wir die Gänse hingesteckt? Rasch!"

Am Büro vorbei, ich höre das Telefon drinnen schreien, brüllen, ächzen, gellen. „Nur rasch, Jung!"

Wir suchen zu zweit. Der Junge läßt die Hände sinken. „Hier waren sie bestimmt, Herr Rendant. Sehen Sie, hier ist noch blutiges Stroh."

Stimmt. Wir sehen uns an.

„Da hat einer aufgepaßt, wie wir hier rein sind, und hat die Gänse gestohlen, Herr Rendant. Sehen Sie, hier ist noch blutiges Stroh."

Ich seh ihn an, er sieht mich an. Der Jung hat sie nicht geklaut. Der ist ehrlich; so viel kann ich sehen. Er sagt kummervoll: „Ja, Herr Rendant, das ist ja nun nicht leicht. Was der junge Herr ist, der ist ein büschen hitzig."

Stimmt wieder. Mir bubbert das Herz, als ich anrufe.

„Nun?!!!!"

Ich beichte. „Und nun hat einer doch die Gänse gestohlen . . .!"

Soll ich „Wutschrei" sagen? Nun gut, ich sage „Wutschrei". Jedenfalls habe ich den Hörer fein sachte hingelegt. Ich konnte ans andere Ende vom Büro gehen, der Wutschrei blieb klar verständlich. Auch dauerte er noch länger. Nach einer Weile habe ich dann angehängt, bin auf mein Zimmer gegangen und habe meine Sachen gepackt. Kasper hat mich noch in derselben Nacht zur Bahn gefahren. Aus. Fertig. Schluß. Arme Dörte.

Und der verdammte Kerl, der die sieben klapperdürren Gänse im Jahre 1920 auf Rittergut Tütz aus der Scheune geklaut hat, der soll sich nun endlich bei mir melden und sich wenigstens entschuldigen, verdammt noch mal!

Ein Mensch auf der Flucht

Wie Sänftlein zu seinem Namen Sänftlein kam, weiß er nicht mehr. In den Akten einer ganzen Reihe deutscher Staatsanwaltschaften tritt er unter einem andern Namen auf, doch der tut hier nichts zur Sache. Jedenfalls entspricht Sänftlein nicht ganz dem Bild eines großen Ganoven, das man sich nach der Lektüre von Kriminalromanen macht. Er hat wasserblaue, treuherzige Augen, einen birnenförmigen Kopf, blondes Strubbelhaar, einen Körper tolpatschig wie der eines jungen Hundes, ein guter Junge alles in allem.

Das Interview, das er mir gewährte, fand auf einem Gefängnishof statt, wir trugen beide blaue Tracht. Sänftlein äußerte sich absprechend über die beruflichen Qualitäten einiger Mitgefangener: „Das sind – Gelegenheitsarbeiter sind das. Denen ist nur mal die Hand ausgerutscht."

Ich meinte, es wären doch ein paar tüchtige Jungen darunter.

Sänftlein war Verachtung. „Die? Tüchtig? Na, vielleicht nach deinen Begriffen. Ich möchte wissen, was die machen wollten ohne Kleider, im Winter, in einer fremden Stadt, ohne einen Pfennig Geld, Kohldampf im Magen und die Greifer hinter sich. Ja, mein lieber Scholli, da zeigt sich, was ein Ganove ist."

Ich fragte, was *er* denn täte. Und da erzählte er mir, was er getan hatte, und ich merkte es mir, ich schrieb es mir sogar auf.

In Hamburg hatten sie mir acht Jahre Knast aufgebrummt, noch dazu Zet, nun sollte ich nach Kassel auf Termin, wegen Bettelns mit der Waffe. Besser war, ich ging vorher stiften.

Unterwegs über Nacht lag ich mit noch zweien auf der Zelle, einer war stikum, der andere ein richtiger Stubben von der Portokasse, nichts für unsereinen. Ich brach ein Stück Eisenbeschlag vom Bett los, mit dem Ganoven bog ich's zurecht, daß es über der Hüfte auf dem bloßen Leib von selbst festsaß. Dann rissen wir dem Schemel ein Bein aus, ich brauchte einen Hebel. Der Halbseidene wurde getrampelt, daß er uns nicht verpfiff, und der Wachtmeister pennte halb bei der Filzerei, ich bekam die Sachen mit auf die Bahn.

Den ganzen Tag hielt unser Expreß in jedem Kaff, erst um zehn sollten wir in Kassel sein. Nach vier war also die beste Zeit zum Türmen, da wurde es dunkel. Es war übrigens kalt draußen, zwei, drei Grad, manchmal schneite es auch. Der Halbseidene muckste nicht, es war auch egal, ob er mitmachte oder nicht, wenn er nur das Maul hielt. Übrigens war ich ganz ruhig, ich wußte bestimmt, die Sache würde klappen.

Kurz vor fünf hielten wir irgendwo endlos. Ich zog mich aus, nahm Brechstange und Schemelbein vom Leib und blieb erst mal in Hemd, Hose und Strümpfen. Als der Zug wieder anfuhr, hatte ich schon die Scheibe aus dem Fenster, es war ohne Laut abgegangen.

Die verdammte erste Gitterstange brachte mich in Schweiß, ich hatte keinen rechten Raum, mein Brecheisen anzusetzen. Es krachte ein paarmal schrecklich. Wir hörten die Transporteure auf dem Zellengang reden, aber uns hatten sie nicht gehört.

Als die erste Stange einmal los war, brachen die andern weg wie Harzer Käse. In fünf Minuten hatte ich das Fenster frei und hing mit dem halben Leibe draußen. Der Wind pfiff mich an, es war dunkel, bitterkalt. Ich wollte grade zurück, als ich merkte, daß der Zug langsamer fuhr, in der Ferne sah ich die Lichter einer Station.

Mit dem zertrümmerten Gitterfenster konnten wir unmöglich auf einen Bahnhof; ich fuhr rein ins Abteil, schrie den andern zu: „Ich hau ab, Station!" und turnte, diesmal mit den Beinen zuerst, aus dem Fenster. Einen Augenblick hing ich am linken Arm, der Wind biß unsinnig in mein Gesicht, die Stationslichter kamen erschreckend schnell nahe, dann warf ich mich mit aller Gewalt nach rechts, um nicht unter die Räder zu kommen.

Der Zug schrie mit Geknatter und Steinspritzern an mir vorbei, ich lag auf dem scharfen Schotter im Nachbargleis. Als ich aufstand, waren die Knochen heil, aber die Hose hing in Fetzen, an den Beinen lief mir das Blut herunter, und die Hautflächen waren bloßes Fleisch.

Vorne fing Geschrei an, der Zug stand, Schatten liefen. Ich machte, daß ich von der Bahn kam. Dabei flog ich über die Signaldrähte, rollte die Böschung hinunter und landete im Graben, in Eis und Wasser. Es brannte wie Feuer, der Atem blieb mir lange weg.

Ehe ich noch hoch war, sah ich sie oben laufen, die Greifer. Auch am Grabenrand kamen zwei, darum blieb ich liegen, wenn mich die Eissuppe auch so krumm zog, daß ich dachte, ich käme nie wieder hoch.

Als sie vorbei waren, rappelte ich mich auf. Ich war krumm wie eine Kanone, und für die ersten hundert Schritte brauchte ich wohl eine Stunde. Hemd und Hosen waren aus Eis und schabten mir das bißchen Haut ab, das der Schotter mir noch gelassen hatte. Aber nach einer Weile fühlte ich nichts mehr und lief weich wie in Butter.

Ich hatte mir geschworen, nichts anzufassen im ersten Dorf wegen Kleidern und Essen. Überall waren Leute unterwegs, und Lichter brannten, so schlug ich mich durch die Felder, bis ich auf eine Chaussee kam, die ich weiterlief.

Es mochte gegen neun sein, als ich in dem bißchen Mond wieder ein Dorf sah. Aber die Häuser lagen verdammt eng, und die Mistbauern schliefen noch nicht, so schlich ich lange herum, ohne was Rechtes zu finden. Schließlich machte ich, daß ich weiterkam.

Ich war müde, auch das Frieren hatte wieder angefangen. Ich hatte das Gefühl, als ob meine Füße, von denen der

83

letzte Fetzen Strumpf längst abgefallen war, immer dicker wurden. Ich mochte gar nicht hinfassen.

Schließlich kam ich an einen Ausbauhof, ganz einsam gelegen, grade das Rechte für einen Mann in meiner Lage. Im Wohnhaus brannte Licht. Gardinen gab's keine, so konnte ich die beiden Bauersleute hocken sehen. Er qualmte, sie nähte. Ich wollte keine faule Sache anfangen, ich dachte, warte lieber, bis sie schlafen sind. Eine Ewigkeit stand ich vor dem Fenster, alle Viertelstunde sagte sie ein Wort, aber er antwortete nicht einmal. So ein blödes Pack, diese Bauern!

Unterdes versuchte ich, die Hände ein bißchen warm zu kriegen. Die Finger standen krumm wie die Backen einer Zange, ich bog sie mit Gewalt grade, steckte sie in den Mund: keine Möglichkeit. Ich war steif wie eine Latte. Darum ging auch alles schief. Als ich die Scheibe eindrückte, fiel sie ins Zimmer, es gab Lärm, Hunde bellten, ein Fenster wurde hell – ich mußte sehen, daß ich weiterkam.

Eine bildschöne Wut hatte ich im Leib, ich lief los, ich weiß nicht, wie lange. Am liebsten wäre ich hingefallen und verreckt, aber ich mochte den Bullen nicht den Spaß machen, mich so dämlich selbst in die Pfanne zu hauen.

Gegen zwölf kam ich wieder in ein Nest, und nun mußte ich zum Schluß kommen, so viel war klar. Gleich im ersten Hof stand der Wagenschuppen auf, ich kroch rein, konnte aber nichts finden. Eine Weile lag ich im Kutschwagen unter dem Knieleder, döste auch einmal ein. Aber die Kälte hatte mich gleich wieder wach.

Hinter einer Wand hörte ich das Rasseln von Kuhketten. Gegen das Vorlegeschloß brauchte ich nur ein paarmal mit einem Stein zu schlagen, dann war es offen. Ich hängte es in die Krampe, als hätten sie vergessen, es zuzuschließen, und zog die Tür sachte hinter mir zu.

In die warme, dunkle Luft hineinzukommen war wie ein Tannenbaum zu Hause bei Muttern. Ich machte nur ein paar Schritte, dann warf ich mich blindlings aufs Stroh zwischen zwei Kühe. Sie blieben liegen, ich wühlte mich immer tiefer ein, ich hätte heulen mögen vor Wonne.

Fünf Minuten lag ich so, langsam zog die Wärme in meinen Körper, dann begannen die Schmerzen. Ich preßte Faust und Stroh ins Maul, um nicht laut zu brüllen. Hände und Füße schnitt es mit Messern, meine abgescheuerten Schenkel brannten wie der Teufel. Ich rieb mich ganz mit Kuhdreck ein. Das half eine Weile, aber dann legten die Schmerzen wieder los.

Irgendwie ging die Nacht vorüber. Als es gegen Morgen war, kroch ich die Leiter hoch zum Heuboden. Es war dort wenigstens windgeschützt und einigermaßen warm. Dann kamen die Weiber zum Melken. Ihre Stimmen und die Strullgeräusche der Milch in den Eimern regten mich auf, nach dem langen Knast. Ich schlief aber schließlich darüber ein. Am Nachmittag war ich wieder soweit, daß ich mich runtertraute und eine Mahlzeit von Milch, Futterrüben und Kleie hielt, die mir guttat.

Aus dem Hin- und Hergehen und aus den Gesprächen hatte ich gemerkt, daß der Pferdestall mit der Knechtekammer direkt an den Kuhstall stieß. Nun kam es darauf an, ob alle auf einmal zum Abendessen ins Wohnhaus rübergehen würden oder ob einer bei den Pferden blieb. Als die Türen klappten, war ich schon halb die Leiter vom Heuboden runter. Weder im Kuh- noch im Pferdestall war einer. In der Knechtekammer brannte sogar Licht, eine gewöhnliche Kerze, auf ein paar Haken in der Wand hingen eine Menge Sachen.

Ich glaubte, jemand ginge über den Hof, ich war viel aufgeregter als draußen beim größten Bruch. Ich griff mit beiden Armen um das Paket Sachen, riß sie mit einem Ruck von den Haken. Die Aufhänger zerplatzten, und ein paar Haken gingen auch mit. Ich schoß hinaus auf den Hof ins Dunkle, lief hinter die Scheune, schmiß den ganzen Klumpatsch auf eine Kartoffelmiete und lauschte. Nichts.

Ich hatte ungefähr eine Ahnung von dem, was ich gegriffen hatte, ich konnte mich von unten auf anziehen. Zwei Hemden, zwei Unterhosen, eine dicke gestrickte Weste, eine Tuchweste, eine Joppe und eine Manchesterhose. Ich wurde noch mal so dick, wie ich gewesen war, und eine Masse Zeug ließ ich noch liegen. Nur keine Mütze, keine

Strümpfe und keine Schuhe. Ich überlegte, ob ich nicht noch mal reingehen sollte, aber ich hatte keinen rechten Mumm, wollte lieber bis zum nächsten Dorf warten.

Es war bitter, wieder mit den bloßen, wunden Füßen durch den Schnee zu marschieren, aber ich reparierte das bald. Ich holte mir aus einem Stall ein Paar Holzschuhe. Auch eine Mütze bekam ich, als ich kurz nach zehn auf der Chaussee einem Arbeiter begegnete. Ich markierte betrunken, rempelte ihn an und schob ihm mit dem Arm die Mütze vom Kopf. Dann stellte ich mich mit dem Fuß drauf, als wüßte ich von nichts. Es war ein gräßlich hartnäckiger Kerl, über eine halbe Stunde stand er und bat mich, von seiner Mütze runterzugehen, aber als ein Betrunkener brauchte ich nicht ein Wort davon zu verstehen. Endlich zog er schimpfend Leine. Ich war scharf auf seine Schuhe und Strümpfe, aber das hätte die Polente sofort auf meine Spur gebracht, so war ich einfach ein Besoffener aus dem nächsten Dorf.

Ich lief die ganze Nacht und das beste Stück des nächsten Tages mit viel Kohldampf im Bauch. In all den Taschen hatte sich nicht ein Groschen gefunden, nicht eine Tabakkrume, ich bekam mal wieder einen richtigen Begriff von diesen Kerlen auf dem Lande.

Schließlich kam ich auch so nach Kassel, drückte mich zuerst auf den Wartesälen rum, aber es roch da sauer nach Schmiere, so machte ich, daß ich wieder fortkam und lief durch die Straßen. Ich kannte in Kassel keinen Schwanz und keine Gelegenheit, aber irgend etwas mußte ich drehen, und das heute abend noch, soviel war klar. Ich kam durch verschneite Anlagen, in denen fast kein Mensch war, dann durch Villenstraßen, dann in ein Arbeiterviertel.

Einmal kam ich hinter einen Rollwagen; er hielt bald da, bald dort und lud seine Kisten ab. Waren die Kolli zu groß, so half auch der Kutscher dem Ablader, sie trugen dann gemeinsam die Kiste ins Haus.

Ich suchte mir ein Frachtstück aus, nicht zu groß, so ein Dings, das aussah, als könnte was drin sein, mich in Gang zu bringen. Die Kiste schnappte ich mir ruhig, als die beiden im nächsten Haus waren, und ging in einen Torweg. Da war eine Kellertreppe; ich stieg hinunter und setzte mich vor den Keller.

Nun kam es darauf an, ob die Brüder gleich merken würden, daß die Kiste fehlte. Aber eine halbe Stunde verging, und nichts rührte sich. So machte ich mich denn mit meinem Kolli auf die Socken. Ich kam wieder durch die Proletengegend, dann durch die Villenstraßen. Unterwegs simulierte ich, was drin sein könnte. Es war viel leichter, als ich taxiert hatte, höchstens dreißig Kilo. Bloß nichts zu saufen, dachte ich. Denn dann betrank ich mich mit meinem hohlen Magen und wurde gekitscht, soviel war mir klar.

In den Anlagen war es still und dunkel, es schneite, kein Mensch zu sehen. Hinter einem Gebüsch warf ich die Kiste ab. Sie war mit einem Eisenband zugemacht, verdammt schwer aufzukriegen. Ich mußte meinen Holzschuh als Hammer und Stemmeisen nehmen, natürlich ging die Sohle zu Bruch.

Ich spannte nicht schlecht, als ich unter den Deckel faßte, aber es war schon richtig: Flaschen. Ich steckte mir ein paar ein und ging zur nächsten Laterne. Dralles Birkenhaarwasser! Es gab Schlimmeres, aber viel Marie brachte die Sore nicht. Als ich mir die Taschen vollsteckte, merkte ich, daß doch noch anderes in der Kiste war. Ich geriet auf Kartons, in denen Parfüms und Seifen waren, so Geschenkpackungen zu Weihnachten. Auch davon steckte ich Proben ein, warf auf die Kiste Schnee, zog den kaputten Holzschuh an und ging wieder los.

Bei den Proleten suchte ich mir einen Babutz. Das Geschäft war schon zu, aber ich klingelte an der Wohnung und fragte die Frau nach dem Meister. Ich möchte gern noch rasiert werden. Sie ließ mich rein, ich sah ihr wohl so aus, als könnte ich Rasieren brauchen.

Ich merkte gleich, daß ich den Richtigen gefaßt hatte, einen kleinen Gelben, der gern was verdient, wenn es nichts kostet. Von Rasieren sagte ich nichts mehr, ich zog meine Proben aus der Tasche und fragte, ob er die Sachen brauchen könnte. Die Frau stand dabei und sah mich nur

an; sie hatte auch schon gemerkt, daß mein einer Holzschuh kaputt war.

Erst tat er zach, mit so ein bißchen Kram gebe er sich
nicht ab. Ich meinte, wo das herkäme, wäre vielleicht noch
mehr. Er gab mir fünf Mark und wollte aufbleiben, bis ich
wiederkäme, lieh mir auch einen Rucksack, daß ich mich
nicht nachts mit der Kiste über die Straßen zu schleppen
brauchte.

Alles ging glatt, ich kriegte noch sechzig Mark, und er ra-
sierte mich. Die Frau gab mir ein Essen und, ohne daß ich
ein Wort sagte, ein Paar Trittlinge von ihrem Mann.

Dann zog ich in eine Kneipe, wo Musik und Weiber und
die richtigen Jungens waren. Ich trank diesen Abend fast
nichts, alles ging gut. Ich schlief mit einer kleinen Blonden,
die mir noch Hemd, Kragen und Schlips von ihrem Stenz
schenkte.

Aber in der Nacht fingen die Schmerzen in den Füßen
wieder an. Zwei Tage hielt ich's aus, dann ging ich zum
Arzt. Der sagte, so was hätte er noch nicht gesehen. Vier
Zehen wurden mir abgenommen, aber da war das nicht
mehr schlimm, ich hatte schon wieder reichlich Kies und
gute falsche Flebben.

Ich fragte Sänftlein, wie lange er denn nun draußen in
der Freiheit gewesen sei.

Er grinste etwas verlegen. „Keine drei Wochen, da
kitschten sie mich wieder. Es war eine grausame Sache."

Wie es denn gekommen sei?

„Weil man nie genug weiß, weil man nichts Vernünftiges
lernt!" schrie er wütend. „Hast du gewußt, daß Räucher-
lachs keinen Frost verträgt?"

„Direkt gewußt nicht. Aber das kann man sich schon
denken."

„Denken ... Denken ... Hinterher sind alle Doofen
schlau. Weil ich das nicht gewußt habe, darum haben sie
mich gekitscht."

„Na, erzähl schon, Sänftlein", sagte ich.

Und da erzählte er.

Kassel war mir auf die Dauer für die Arbeit zu klein, ich hatte nicht den rechten Mumm, da etwas Großes zu drehen. So machte ich nur ein paar kleine Sachen, bis ich genug Marie auf der Tasche hatte, und fuhr wieder nach Hamburg, wo ich die Gelegenheiten kannte.

Ich hatte immerhin schon drei Jahre abgerissen, als ich hinkam. Alles hatte sich verändert. Die alten Kumpels waren weg, was ich so an Jungens fand, war halbseiden. Geld hätten sie schon gern gehabt, nur nichts anfassen dafür, so waren die. Schließlich hatte ich drei Mann, die mir stikum schienen.

Es war ein schlechter Winter. Ich selbst konnte nicht gut baldowern, in Hamburg kannte mich die ganze Schmiere, weil ich mal einen von ihnen angeknallt hatte; so mußte ich die Jungens auf die Tour schicken. Was sie brachten, war alles Mist, viel zu schwere Brecharbeit für solche Anfänger oder keine vernünftige Sore zu erwarten.

Schließlich kamen sie an eine große Lachsräucherei, ganz leicht ranzukommen. Sie machten mir einen Qualm, was Lachs kostete, ich mochte auch nicht immer nee sagen, also zittern wir los. Es war eine mistige Nacht, ich hatte gleich kein gutes Gefühl, die Kumpels stritten sich untereinander, sie hatten noch nicht einmal einen Schärfer für die Sore. Ich kriegte langsam eine bildschöne Wut.

Auf den Hof, wo die Räucherei lag, kamen wir leicht genug, einer blieb draußen Schmiere stehen.

Wie wir vor der Tür sind, was soll ich sagen, da haben die Kerls die Tändel zu Haus liegenlassen! Da stehen wir wie die Ochsen, das Schloß ganz einfach und kein Tändel! Die Brüder kriegen sich schon wieder bei den Haaren, wer dran schuld ist: Ich brüll sie an, ich hab sie richtig angebrüllt, es war mir ganz egal, ob einer hörte. Dann sag ich: „Umkehren? Gibt es nicht!" und nehm den Kuhfuß und stoß und splittere die Türfüllung raus. Das machte einen Krach, der ganze Hof krachte mit, manchmal hielt ich inne und dachte, das kann nicht gut gehen. Aber kein Schwein wurde wach.

Meine Herren Kollegen waren längst getürmt, Luft diesig, Gewitterneigung. Ich machte das Loch schön groß, weil ich nachher mit den Koffern durch mußte, stieg rein. In fünf Minuten hatte ich zwei Zentner Lachs abgehängt und eingepackt und ging nach Haus. Von den andern kein Schwanz zu sehen.

Ich überlegte die ganze Zeit, wo ich mit den Koffern abbleiben sollte, auf die Bude wollte ich sie nicht mitnehmen. Schließlich stell ich sie zwei Straßen weiter in einen Neubau. Da war jetzt doch nichts los, fünfzehn Grad Frost, da bleiben die Maurersleut bei Muttern.

Nachts im Bett bei meiner Kleinen sinnier ich und sinnier ich, was fang ich an mit der Sore? Ein Schärfer, der mich nicht kennt, trampelt mich und gibt zehn Mark; die, die mich kennen, schieben alle Knast oder sind fort. Ach was, denk ich, sei auch einmal frech. Kies muß her, was soll das schlechte Leben nützen? Am Morgen seh ich mir die Preise in den Schaufenstern an, dann geh ich auf den Bau, mach mir einen Handkoffer mit so sechzig Pfund zurecht, schmeiß mich in die feinste Kluft und zitter los.

Ich komm also in so ein Delikatessengeschäft, frag nach dem Chef; er läßt mich gar nicht reden: Nein, danke, kein Interesse. Der nächste hat Lachs genug bis übers Jahr, und so ging es weiter, die ganze Tonleiter rauf und runter, eine feine Sore das, mein Köfferchen brauch ich gar nicht erst aufzumachen.

Schließlich denk ich, was machst du mit den kleinen Krautern, geh zu den großen. Die Warenhäuser haben auch Lebensmittel. Richtig, Offertenabteilung, Lebensmitteleinkäufer, alles in Butter. Was haben Sie für Ware? Zeigen Sie mal her. Sehr schöne Fische. Sehen gut aus. Wollen mal eine Probe nehmen.

Nimmt das Messer, säbelt einen Fetzen ab, probiert, sieht mich an. „Aber, mein Herr, der Fisch hat Frost gekriegt!"

„Nanu", sag ich. „Hat der Fisch Frost gekriegt? Das ist ja wohl nicht möglich."

„Der Fisch hat Frost gekriegt. Der wird ja schon weich."

„Weich wird er?" frag ich. „Nun, ich geb ihn auch billig."

„Nein", sagt der Mann, „das muß ich Ihnen zeigen, das

90

ist ja ein schwerer Schaden für Sie. Herr Soundso, holen Sie mal einen von unseren Lachsen."

Wir warten, der bringt den Lachs. „Sehen Sie, der schneidet sich fest, und Ihrer schneidet sich weich."

Er säbelt los; da bleibt ja nichts nach, denke ich.

„Nun wollen wir mal noch einen Augenblick warten", sagt er. „In Ihrem Fisch sitzt noch Frost. Sie sollen sehen, wenn der erst ganz raus ist, wie weich dann Ihr Fisch wird, ein Pudding, sage ich Ihnen."

„Warten kann ich jetzt grade nicht", sag ich. „Ich muß jetzt erst mal . . ."

„Das können Sie hier", sagt er. „Deswegen brauchen Sie nicht fortzugehen. Ich will Sie ja vor Schaden bewahren."

„Das wollen Sie", sage ich. „Da habe ich das feste Vertrauen, Herr Einkäufer, daß Sie das wollen. Aber wenn Sie wissen, daß dreitausend auf mich ausgesetzt sind, so wissen Sie auch, daß es bei mir leicht knallt."

Und dabei zieh ich die Kanone halb aus der Tasche und seh ihn an. Er wird ganz weiß, und die andern Leute sehen mich auch alle an, aber keiner tut einen Mucks.

Ich geh rückwärts und sag noch: „Den Fisch behalten Sie man, Herr Einkäufer, der ist ja doch weich. Den schenk ich Ihnen für Ihre Tapferkeit, daß Sie mich haben wollen in die Pfanne hauen."

Und damit bin ich draußen und die Treppe runter und über den Hof und auf der Straße. Ich nehm mir 'ne Droschke und dann ein Auto, und dann fahr ich ein bißchen auf Landpartie, und abends geh ich auf meine Bude, und wie ich am Bau vorbeigehe, denk ich: Da steht Lachs! Wenn den die Maurersleut im Frühjahr finden, denken sie auch, da hat einer 'ne Madenfarm eingerichtet.

Am nächsten Morgen, es wird so grade hell, bin ich wach und denke: Da wispert doch was! Meine Tür war mit einer Milchglasscheibe, und dahinter der Gang war hell, so sah ich recht hübsch zwei Köpfe mit Pinselhütchen. Also haben sie dich doch, denke ich. Na, die Tür ist verschlossen, denke ich, und bis ihr drin seid, bin ich in den Hosen und raus aus dem Fenster.

91

Ich überleg grad noch, ob ich meine Kleine wecken soll, da bewegt sich die Klinke. Drückt ihr man, sage ich, ihr könnt lange drücken – da – ich habe keine Worte – geht die Tür auf. Hab ich das Dings nicht abgeschlossen, ich sag schon, in den Tagen war ich richtig von aller Vernunft verlassen.

Also die beiden Kerls von der Schmiere stehen im Zimmer, die Kanonen natürlich in der Hand. Den einen kannte ich sogar.

„Sie sind ja früh auf, meine Herren", sag ich. „Erschrekken Sie bloß die Dame nicht."

„Machen Sie keine Geschichten", sagen die. „Sie kennen wir. Wenn Sie eine Bewegung machen, funken wir los. Wir lassen uns nicht von Ihnen anknallen."

„Seien Sie bloß friedlich", sage ich. „Ich bin ja ein nackter Mensch. Und lassen Sie das Mädchen raus, die hat nichts mit der Sache zu tun."

Die Kleine lag neben mir und zitterte und klapperte in einer Tour.

„Stehen Sie auf", sagt der zu mir. „Stellen Sie sich hier in die Mitte vom Zimmer. Fräulein, machen Sie, daß Sie rauskommen."

Die Kleine raus, gar nicht erst angezogen, die Lumpen überm Arm, im Hemd. Es sah richtig komisch aus, solche Angst hatte die.

„Anziehen werde ich mich ja wohl dürfen, Herr Kommissar", sage ich.

„Bleiben Sie stehen, wo Sie stehen. Wenn Sie einen Mucks tun, ich habe verdammt Lust, Ihnen eine zu knallen von wegen Sie wissen schon."

Ich wußte schon, sie dachten an den von der Schmiere, den ich angeknallt hatte. Der eine nahm meine Sachen vor, ein Stück nach dem andern. Wenn er's nachgesehen hatte, warf er mir's zu. Da war nichts zu machen, der andere hielt mir seinen Revolver immer unter die Nase, und meiner lag auf dem Waschtisch, halb unter der Schüssel.

So zog ich mich langsam an, ich redete immer gemütlich mit denen, sie sollten nicht denken, ich hatte was vor. Aber ich kam beim Anziehen doch langsam einen halben und einen ganzen und wieder einen halben Schritt dem Fenster näher, und dem Bullen wurde der Arm mit der Knarre auch steif, er hielt ihn gegen die Erde.

„Also fertig", sagt der.

„Nur noch meine Zahnbürste", sage ich und greife nach dem Waschtisch.

„Halt!" brüllt er, aber schon funk ich zweimal ganz rasch, und dann werf ich mich mit dem Rücken in die Fensterscheiben. Sie dachten natürlich, zweiter Stock, da ist nichts zu machen, aber unter meinem Fenster war ein Vordach von einer Veranda.

Ich prassele durch die Scheiben; die knallen auch, aber viel zu hoch, weil ich gleich nach unten wegsacke. Und schon geht es die Veranda runter. Ein Blauer steht auf dem Hof; ich schieße gleich, er läuft fort und versucht dabei, seine Pistolentasche aufzukriegen, und ich schon über den Hof.

Ich war in Wut, ich sah alles rot. Ich laufe los, durch den Torgang nach der Straße zu, die Kanone immer in der Hand. Im Torweg steht ein Weib; sie schmeißt sich ganz in die Wand, käsebleich, wie ich komme. Schön habe ich nicht ausgesehen, blutend von den Scheiben, den Revolver in der Flosse.

Auf der Straße steht Schmiere. „Fort, ihr Hunde!" brülle ich und schieße. Schon laufen sie, und auch ich laufe, die Straße hinauf und um die Ecke, die andere Straße entlang. Ich denke, ich kann mich unter die Leute verstecken; aber die laufen vor mir, sie spritzen nach allen Seiten auseinander, die Straßen werden leer vor mir. Und wenn ich mich mal umdrehe, kommen sie hinter mir, eine dichte, schwarze Masse mit tausend weißen Gesichtern, die schießen auch schon.

Ich denk, ich muß meine Kanone wegstecken, und halt sie nur fester. Ich denk, in den Anlagen, da sind Büsche; aber die Büsche sind kahl, es wird immer leerer um mich, was lauf ich noch? denk ich.

In ein Haus, denk ich, die Treppen rauf, über die Dächer

weg, daß sie meine Spur verlieren, die Bullen, und renne rein, mitten in einen Laden.

Wie ich mich umsehe, stehe ich in einer Sparkasse, in einem großen Raum, eine Tür nach außen. Ich schrei gleich: „Raus, ihr Hunde! Raus mit euch!" Und die laufen, immer an mir vorbei, zur Tür raus, und draußen stehen sie in einem großen Kreis, auf der andern Seite vom Platz, alles schwarz und trauen sich nicht näher. Als letzter lief ein Dicker, Fetter an mir vorbei, er war ganz weiß und wollte leise laufen; er fiel über einen Schirmständer und lag da, platt und sah mich an und bewegte den Mund wie ein Fisch. Ich funkte noch einmal, das war mein letzter Schuß, und er kroch raus aus der Tür, und ich war allein.

Da stand ich nun mit meinem Talent und der leeren Kanone und konnte nicht weiter. Auf dem Kassentisch lagen Haufen von Geld, so viel Geld hatte ich in meinem Leben noch nicht gesehen. Aber es interessierte mich nicht, nichts interessierte mich, ich mußte daran denken, wie sie alle vor mir fortgelaufen waren, und ich stand hier. Das Mädchen war auch fortgelaufen.

Draußen klingelte es, die Feuerwehr, dachte ich, brennt es denn irgendwo? Und da fuhr es schon zum Fenster herein, ein Wasserstrahl, ich weiß nicht, wieviel Atmosphären Druck. Ich lag glatt am Boden, es schmiß mich um wie nichts, es prallte auf mich, es war, als hätte ich alle Knochen im Leibe gebrochen. Nicht den kleinsten Finger konnte ich rühren.

So lag ich da, und sie spritzten eine ganze Weile mit dem vollen Strahl auf mich, und dann ging die Tür auf, und die Bullen kamen, mich holen.

* stikum = zuverlässig; Stubben = zahlender Kunde einer Prostituierten; trampeln = einschüchtern, erpressen; Trittlinge = Schuhe; Stenz = Zuhälter.

Blanka, eine geraubte Prinzessin

Mitten im Trubel der Silvesternacht sagte der Vater: „Nun komm." Der Sohn schlich hinter dem Alten aus dem lärmenden Haus über die Hofstatt zum Kuhstall. Es fror leicht, die Sterne funkelten. Der Vater zog die Tür auf, und sie kamen in warmes Dunkel. Überall knisterte Stroh, eine Kuh käute wieder, Halfterketten rasselten. Die Stallaterne wurde angebrannt, ein Fenster geöffnet. Die kalte Winterluft drang ein, kämpfte mit der Wärme und war plötzlich überall. Der Junge stand im Schatten beim Rübenschneider und schwieg. Da deutete der Vater zum offenen Fenster: Die Glocken begannen zu läuten, Silvester vorbei, das neue Jahr hatte begonnen. Der Vater ging zur ersten Kuh, er sagte kein Wort, aber er verbeugte sich vor ihr und bekreuzte sie dreimal. So tat er bei der nächsten, bei der dritten, bei der vierten. Bei der fünften, der einzigen, die stand, stutzte er einen Augenblick, der Knabe sah es wohl. Aber dann ging er weiter, reihauf, reihab, zweiundzwanzigmal. Das Jungvieh beachtete Vater nicht, auch nicht die Pferde. Er ging wieder ans Fenster und schloß es. „So, nun darfst du wieder reden, Alwert", sagte der Vater und nahm den Jungen bei der Hand. „Jetzt will ich dir etwas zeigen."

Die beiden kletterten über die Krippen weg, gingen zwischen zwei Kühen durch und zu jener fünften, die gestanden hatte und noch stand. Da sah Alwert freilich gleich, um was es ging: Die Kuh bekam ein Kalb. Die Vorderpfoten und der Kopf schauten schon heraus, der Vater faßte die Pfoten, zog leicht, und nun war es, als schlenkere er etwas unendlich Langes, Schwarzweißes auf die Erde. Da lag das

Kälbchen, auf der Seite, den Kopf von sich gestreckt und atmete hastig. „Lauf und hole Schrot", sagte der Vater, und Alwert lief und holte Schrot. Damit wurde das Kalb bestreut und der Kuh zum Ablecken hingelegt. Der Vater sprach: „Grade zur zwölften Stunde in der Silvesternacht hat es das Licht erschaut, das wird kein gewöhnliches Kalb." Und nun zeigte er dem Sohn, daß es auch nicht wie die andern einen weißen Fleck, einen Stern, auf der Stirn trug, sondern eine Krone. Man konnte es ganz leicht erkennen, daß es eine Krone war, und jetzt wurde es noch sicherer, daß dies kein gewöhnliches Kalb war. „Es ist ein Kuhkalb", sagte der Vater, und beide gingen wieder in das Haus hinüber. Die Magd wurde in den Stall zum Ausmelken und Tränken geschickt. Sie aber traten wieder in das Wohnzimmer, wo der Besuch war.

Viel Geschrei und Gelächter, der dicke Gemeindevorsteher rief: „Du alter Heide, kannst du gar nicht von deinen Heidentücken lassen?!" Es war wohl gar nicht so sicher, daß er selbst erhaben über Heidentum war, wer weiß, vielleicht hatten sein Sohn oder seine Frau daheim zur gleichen Stunde das gleiche getrieben, vielleicht hatten sie sich gar unter eine aufgestellte Egge gesetzt und versucht, in die Zukunft zu schauen. Aber zugegeben durfte dies keinesfalls werden, und Alwert war ganz glücklich, als der Vater antwortete: „Heidentücken? Was meinst du denn, Adolf? Meine Klio hat eben gekalbt, darum bin ich mit dem Jungen in den Stall gegangen. Sind das Heidentücken?" Welches Geschrei, welcher Unglaube! Sie zogen alle in den Kuhstall, und da sahen sie nun freilich das Kalb und mußten still sein. Sie taxierten es auf achtzig Pfund und fanden, es sei ein strammes Kalb, das war alles.

Alwert verachtete sie tief, sie hatten die Krone nicht gesehen, das Geheimnis nicht erraten. Das Geheimnis war geheim geblieben, es war nicht verlorengegangen. Alwert brauchte sich nur in den frühen Dämmerstunden, wenn die Kühe satt und still waren, in den Stall zu setzen und sein Kalb anzuschauen, dann war das Geheimnis wieder da. Das war keine Kunst, dachte Alwert, zu entdecken, daß hinter den Augen einer Kröte eine verzauberte Prinzessin wohnt, jeder, der diese schönen, traurigen Augen in dem häßlichen Leibe sah, mußte es gleich erraten. Aber die Verzauberung seines Kalbes, das Wunderland, aus dem seine Seele sicher kam, war viel schwerer zu erraten. Daß sie mit Menschen nichts zu tun hatte, war sicher. Mit menschlichen Wundern hatte sie nichts gemein. Da war nun die Wanderung der Kinder Israel durch das Rote Meer, von der sie solches Geschwätz in der Schule machten. Das war doch nur ein menschliches, ein ausgerechnetes Wunder. Diese Mauern, die das Wasser bildete, und sie gingen trockenen Fußes über den Sand, Gott ja, aber ein Tunnel war ebensolch ein Wunder. Es war alles einfach, es war gar nicht rätselhaft und geheimnisvoll.

Nimm nun einmal ein Kalb, das ist es, was ich ein Wunder nenne! Kann man sich etwa einbilden, es hätte je schon auf einer Graswiese, über die Menschen hingehen können, geweidet? Das war einfach lachhaft. Man nehme die feinste, zarteste Prinzessin, die Krötenprinzessin etwa: Schon aus der Art, wie eine Kröte hüpft, sich hinsetzt, das Maul auftut, sieht man, sie weiß auf der Erde Bescheid, sie ist immer hier gewesen. Aber sieh nur ein Kalb aufstehen, die ersten Torkelschritte machen, nach einem Euter tasten, und du begreifst sofort, daß es ganz neu auf der Erde ist, daß es alles von Anfang an erlernen muß. Es ist eben einfach nicht auszudenken, wie es früher war. Vorstellen läßt sich da nichts, man muß das träumen.

Selbstverständlich kamen auch sehr schwere Zeiten für Alwert und das Kuhkalb. Es kam die Zeit, wo es nicht mehr saugen durfte, wo es Milch aus dem Eimer zu trinken bekam, und da trieb es natürlich Unfug mit allem, was es von Alwert zu fassen bekam. Es saugte an Händen, Haaren und dem Rock, es leckte die Wichse von den Stiefeln ab, von oben bis unten machte es ihn mit seinem Speichel naß. Es wäre ganz zwecklos gewesen, darüber böse zu werden und nach ihm zu schlagen, alles kam daher, daß es noch nie auf dieser Welt gewesen war. Langsam mußte es sich an sie gewöhnen, und vielleicht würde es sich nie ganz an sie gewöhnen können, keine Möglichkeit lag zu solcher Veränderung seiner Augen vor.

Dann kam die Zeit, wo der Vater den Entschluß fassen mußte, ob das Kalb angebunden werden sollte oder ob es der Fleischer bekam. Alwert wurde weiß vor Angst, aber er verbarg es und wurde dafür belohnt: Das Kalb sollte hierbleiben. Die Mutter schalt zwar darüber, über das viele unnütze Jungvieh, diese Fresser, aber der Vater nickte Alwert zu. Nun wurde er glühend rot, er verkroch sich mit seinem Kopf unter den Tisch: Hatte der Vater etwas von seinen Besuchen im Kuhstall gemerkt? Aber er beruhigte sich wieder, der Vater sprach davon, daß dies Kalb in der Neujahrsnacht geboren sei und daß er es deshalb behalten wolle. Nichts wußte man von seinen Besuchen, er konnte sich weiter in den Stall schleichen zur stillen Stunde und mit ihm sprechen und bei ihm träumen und mit ihm spielen. Ganz ruhig konnte er den Vater fragen, wie denn dies Kalb heißen solle, und der Vater war einverstanden, daß es einen Namen bekam, da es doch nun unter den Nachwuchs des Stalles aufgenommen sei. Und als Alwert den Namen Blanka vorschlug, war er auch damit einverstanden. Es war ein sehr vornehmer Name für ein Dreimonatskalb, nun mußte es sich zeigen, ob es dieses Namens auch wert sei.

Jetzt vergingen zwei glückliche Jahre für Alwert und Blanka. Alwert wurde vierzehn Jahre alt und konfirmiert, aber das war gar nichts, wenn man bedachte, wie Blanka wuchs und gedieh. Sie wurde eine starke und schöne Queene, eine wahre Pracht. Den ganzen Sommer, solange sie auf der Weide getüdert wurde, lag er bei ihr mit seinen Büchern, und sie lernten alles sozusagen gemeinsam. „Nun höre einmal zu, Blanka, was das wieder ist", konnte Alwert sagen, und dann kam ein schreckliches Wort aus seinem Chemiebuch. Blanka hörte zu, sie hob den Kopf hoch und sah ihn an, sie stieß den warmen Laut aus, den sie nur für ihn hatte, sie hörte das Wort an, und auch ihr erschien es ganz ungeheuer, was sich diese Menschen da wieder ausgedacht hatten. Dann senkte sie den Kopf und fraß weiter. Blanka mußte alles hören über die Perser- und Griechenkriege, sie wußte, was der Kleine und der Große Katechismus war, sie ertrug auch eine Rechnung mit drei Unbekannten. Und das Schönste war, daß dies beider Geheimnis blieb, kein Mensch ahnte, daß Blanka und Alwert überhaupt etwas miteinander zu tun hatten. Wer weiß, wie der Junge es fertigbrachte, wieviel hundert Lügen er ersann, um sein ewiges Fortsein, sein Nie-Zeit-Haben zu erklären, er brachte es fertig, und es sollte sich ja dann zeigen, daß er später noch viel Schwereres für Blanka fertigbrachte. Aber dies waren doch die glücklichsten Jahre.

Für seinen Vater waren sie nicht so glücklich. Er hatte Pech gehabt auf den Feldern, ein Pferd war ihm gefallen, das Geld ging aus. Eines Tages hieß es beim Mittagessen, daß es nun nichts mehr hülfe, morgen käme der Händler, alles Jungvieh, das bloß fresse, sollte verkauft werden. Der Junge neigte die Stirn, er verbarg sein Gesicht im Schatten. Blanka fort! Blanka verkauft! Es war unmöglich. Er fühlte, wie stark sein Herz pochte, und auch dieses Pochen sagte ihm, daß es unmöglich sei. Blanka war nicht zu verkaufen. Den ganzen Nachmittag lag er bei ihr und weinte. „Da gehst du, Blanka", schluchzte er, „und frißt. Du weißt nichts von dieser Welt, dein Herz sehnt sich erst, wenn wir getrennt sind." Er zerbrach sich den Kopf, hundert Pläne waren da, aber keiner ausführbar. Wie, wenn man zum Vater ginge und alles gestände, daß er Blanka liebte? Aber der Vater würde ihn nur auslachen. Und selbst wenn er ihn verstehen würde, da war die Geldnot, sie war ja nur eine Fresserin, die nichts brachte. „Blanka! Blanka!" schluchzte er und legte die Arme um ihren Hals. Und da wußte er es, plötzlich wußte er es. Nun hatte er immer diese Bücher gelesen, den Robinson, den Karl May, den Stevenson, große Abenteuer geschahen, und er hatte gemeint, daß sie draußen seien, auf den Meeren, an fremden Küsten, unter wilden Völkern. Aber nein, das Abenteuer war hier wie dort, es war auf jedem Hof und in jedem Wald, am Grugenteich war's und in Vaters Kuhstall. War nicht Abenteuer genug, was ihm schon geschehen? Er liebte eine verzauberte Prinzessin aus fernen Landen, er allein wußte um sie, und sie stand als Kalb in seines Vaters Stall. Welchem andern Jungen geschah dies? Und darauf kam es nun an, sich dies Abenteuer nicht fortnehmen zu lassen, nicht zu werden wie die andern. Alle Abenteuer kamen zu uns. Robinson hätte auch zu Haus bleiben und Kaufmann werden können, nichts zwang den Arzt Gulliver, sich immer von neuem einzuschiffen: Sie wollten das Abenteuer! Auch er wollte es! Seine Blanka, seine ... Auch er wollte es.

Am nächsten Morgen war der Kuhstall erbrochen und Blanka gestohlen. Es war eine Sache, von der das Land noch nach Monaten redete. Der dicke Landjäger kam jeden Tag auf den Hof und sprach mit dem Vater. Dann betrachteten sie das Vorhängeschloß, das so seltsam zerschlagen war, so unsinnig zerwütet mit einer Axt, und kamen wieder zu dem Schluß: „Ein Neuling hat das getan." Aber diese Kalbe war ja nicht zu verkennen, sie mußte wieder auftauchen, hatte Alwert nicht den Vater daran erinnert, daß sie eine Krone auf der Stirn trug, eine weiße, etwas verwischt gezeichnete Krone? Nun, an dieser Krone würde man sie wiedererkennen. Und in der Folge machte der Vater manche lange Reise über das Land, wenn ihn das Gerücht über ein Auftauchen seiner Blanka irgendwohin rief.

Unterdes lag der Knabe im Wald, und Blanka graste bei ihm. Der Wald war groß und dicht, hier fand sie keiner. Nur der Großvater hatte gewußt, daß sich durch dieses Tannendickicht ein Wildwechsel schlängelte, der zum Grugenloch führte. Das war ein Teich, ein kleiner Teich, mitten in den Tannen. Hierher war Alwert mit dem Großvater gekommen, und die beiden hatten sich auf den Grugenstuhl gesetzt, eine abgehauene Tanne. Und der Großvater, dieser seltsame Mann, mit dem langen weißen Bart, dieser Mann, der nie Hosen trug, sondern die Enden seines unmäßig langen Leibrocks in die Schäfte seiner Stiefel steckte, der Großvater hatte ihm von den Grugen und Quacken erzählt, die an diesem Teich ihre Wunder trieben.

Nun waren die andern Wunder gekommen. Der Großvater war gestorben, und mit ihm waren die ein wenig künstlichen Wunder der Quacken- und Grugengeister vergangen, nun hatte Alwert sich seine echten Wunder selbst geholt. Da graste Blanka, schon hatte sie sich an das härtere, spärliche Waldgras gewöhnt. Sie sah prall und voll aus, ihr ging nichts ab, das sah man. Und neben ihr liegend, in der Sonne, unter dem leisen Rauschen der Tannenzweige, durch die raschelnd die Vögel schlüpften, träumte Alwert davon, wie er jahraus, jahrein zu seiner Blanka kommen würde, zu diesem blauen Geheimnis, an dem niemand teilhatte. Er begriff nicht, daß man anderes lieben könnte als dieses Tier. Das war ein Wunder. Menschen lieben? Menschen sind der Alltag, sie sagen etwas, sie tun etwas, und man konnte sie erraten, man konnte hinter sie kommen, und plötzlich scheint die Sonne klar durch sie hindurch: Menschen sind nichts. Wer aber kam hinter Blanka? Da lag sie und käute wieder, aber das war nur ihr Vorwand, den man nicht beachten durfte. Wenn man in ihre Augen sah, begriff man, daß sie dies alles, Bäume, Sonne, Wasser und Alwert dazu nur obenauf sah, was aber sah sie tiefer drin, was sah sie wirklich?

Nicht, daß alles leicht war. Gewiß, dort war Blanka, und hier im Bett lag Alwert. Aber diese Blanka war so unvernünftig, da lag sie nun in der dunklen Nacht allein im Walde, konnte nicht die Sehnsucht nach den andern, nach Alwert, sie überkommen? Konnte sie sich nicht losreißen und auf den Hof laufen? Das war es, daß man ihr nicht erzählen konnte, sie wurde verkauft. Sie war eben eine Prinzessin, sie begriff nichts von diesem Leben, alles mußte man für sie tun. Und indes der Regen gegen die Fensterscheiben strich, sagte er immer wieder zu sich: „Da liegt sie draußen, die Blanka, und ich hier." Auch das war ein Rätsel, daß man eines liebt, an es dachte und getrennt war von ihm. Es war so eine dicke greifbare Sache, die die andern sich ausgedacht hatten. Gewiß, nach den Augen, mit dem Verstande war es wahr, daß sie dort war und er hier. Aber war es nicht vielleicht doch unwahr? Lag er nicht etwa auch neben ihr in der Mulde, die er für sie gegraben, unter dem Tannendach, das er für sie geflochten? Er war hier und war dort, das war die eigentliche Wahrheit, ebenso wie Blanka hier und in einer andern Welt war. So ging das zu.

Es war ein glücklicher Sommer! Es war ein seliger Sommer! Endlose Träumereien des Knaben auf dem Grugenstuhl, indes oben langsam Wolken dahinzogen, sich ballten, zergingen. Dann schien die Sonne. Sie waren wunderbar, diese Wolken, aber sein größeres Wunder hatte er sich aus seines Vaters Kuhstall geholt. Er hatte es gezwungen, wahr zu sein, und gegen sie alle hatte er es behauptet. Die kleinen Grashalme um ihn, die Tannenzweige um ihn, das Wasser vor ihm, der Himmel über ihm, sie bestätigten es. Da graste sie, sie war schwarzweiß, in einer Neujahrsnacht war sie geboren, sie trug eine Krone auf ihrer Stirn. Sie hätte ein Kalb wie alle Kälber werden können. Er hatte sie vereinzelt. Er hatte ein Schicksal geschaffen, abseits von allen andern. Da saß er auf seinem Grugenstuhl, mit seinem langen braunen Jungengesicht voller Sommersprossen, ein Bauernjunge wie alle andern, der in die Dorfschule bis zu seinem sechzehnten Jahr lief und sommertags barfuß ging: ein Junge wie keiner. Solch endloser Sommer! Die kleinen Fliegen schwirrten und die kleinen Mücken sangen: Ji-ji, und die Zeit rauschte ganz fern. Oh, meine Blanka!

Dann kam der Herbst mit seinen langen sonnigen Tagen, und das Futter wurde knapp. Er hatte daran gedacht, für den Winter Heu zusammenzutragen, aber das wenige, was er herbeigeschafft hatte, war im Umsehen zu Ende. Was Blanka auch fraß! Und es war natürlich ausgeschlossen, daß man ihr etwas abgehen ließ, nun mußte man eben jede Nacht mit einer Traglast Heu zu ihr. Dann war er den ganzen Tag müde, er wurde blaß, er wurde mager, er schlief ewig, wenn er zu Haus war. Und sie paßten so auf, nun! Eines Nachts war der Vater in seinem Zimmer gewesen und hatte sein Bett leer gefunden, da mußte er nun endlose Lügengeschichten erfinden, um sich zu retten. Nun blieb nichts, als ein paar Nächte zu Haus zu bleiben, aber dann das Muhen, mit dem ihn Blanka empfing! Er zitterte, er kroch zu ihr, er sprach sanft zu ihr. Es quälte ihn namenlos, daß sie leiden mußte um seinetwillen. Wo waren die sorgenfreien Sommertage hin? Und dies war erst der Herbst.

Aber noch gab er den Kampf nicht auf, noch gab er sich nicht zu, daß er sich zuviel vorgenommen hatte. Dies war zu sehr Teil seines Lebens, als daß er es hätte aufgeben können. Nun blieb eben nichts anderes, als wach zu liegen, bis der Vater gekommen war, und dann zu gehen. Aber das hieß die ganze Nacht opfern, überhaupt nicht mehr schlafen. Und doch führte er es durch. Er gewöhnte sich auch daran, er stahl sich am Tage die Stunden, er war ein Nachttier geworden. Und alles war belohnt, und alles war gut, wenn er bei Blanka war, Blanka war nicht mehr Blanka, Blanka war der Weg, aber Blanka war auch das Ziel, Blanka war seine Stellung zu den Menschen, gab er Blanka auf, gab er sich auf.

Dann fiel der erste Schnee. An ihn hatte er nicht gedacht. Nun waren Spuren da, jeder konnte ihm nachgehen, jeder konnte Blanka finden. Er wurde eiskalt, als er dies dachte. „Nun ist das Ende da", sagte er, aber er glaubte es noch nicht. „Ich werde etwas finden", beharrte er. „Ich habe jedesmal etwas gefunden. Auch diesmal muß es mir glükken."

Der einzige Ausweg, auf den er geriet, war der, Blanka vorläufig im hintersten Keller des Hauses zu verstecken. Dorthin kam niemand. Es war ein schlechter Ausweg, das wußte er, ein besserer würde ihm später einfallen. In der Nacht nahm er Blanka am Strick, er führte sie auf den Hof, er führte sie die Treppe hinauf ins Haus, die Treppe hinab in den Keller. Auf dieser Treppe glitt Blanka aus und fiel. Es gab einen ungeheuren Lärm. Mit der Lampe stand der Vater da und fragte: „Was machst du in aller Welt da mit der Kuh?" Der Junge starrte ihn totenbleich an. Der Schein der Lampe fiel auf Blankas Stirn. „Aber das ist ja Blanka! Das ist ja Blanka!"

Es war eine Katastrophe. Es war ein maßloser Skandal. Niemand glaubte dem Jungen, daß er das Tier „nur so" geliebt habe. Zuerst begriff er nicht, was sie meinten, was sie alle meinten, aber sie sorgten schon dafür, daß er begriff.

Blanka, seine Blanka, und er! Von da an war ihm alles gleich. Er wurde von der Schule gejagt, am liebsten hätte man die Konfirmation rückgängig gemacht. Und dann war natürlich kein Gedanke daran, daß er je den Hof bekam, ein Mensch, der sich in so jungen Jahren schon so schwer verging. Man gab ihn auf ein Schiff und schickte ihn auf fremde Meere, daß die Schande nur aus den Augen kam. Oh, meine Blanka!

Ich bekomme Arbeit

1

Als es gegen den Herbst ging, füllte sich die große Stadt mit Arbeitslosen, die Preise wurden höher und unsere Aussichten, ein paar Mark zu verdienen, geringer. Da beschlossen Willi und ich, in eine kleinere Stadt zu gehen: Wir wählten Altholm. Dort war eine Holzwarenfabrik, in der Willi einmal im Akkord Kisten genagelt hatte. Er hatte damals gut verdient, er erinnerte sich dessen gern, er hoffte, es würde wieder klappen mit solcher Arbeit. Bei mir war der Fall schwieriger, ich war zu körperlicher Arbeit untüchtig, aber auch für mich würde sich schon etwas finden.

Wir schickten unsere Sachen in einem Korb mit Fracht voraus und walzten die hundertfünfzig Kilometer. Es war ein schöner, windiger, sonniger Herbst, es tat uns gut, ein paar Tage draußen zu sein und nicht nach Arbeit zu krampfen. Das Essen kostete uns fast nichts: Äpfel gab es genug an den Bäumen, und Brot schnorrte Willi bei den Landbäkkern. Wir paßten stets ab, daß eine Frau im Laden war, dann ging Willi hinein und stellte sich hin. Er hatte eine spaßige Art, mit seinem kugeligen Seehundskopf die Frauen anzusehen, sie lachten und gaben ihm, soviel er wollte. Um Geld baten wir nie, wir waren noch gut im Zeug, hatten unsere schönen blauen Anzüge an, dazu ich einen Gummimantel und Willi seine Windjacke.

Mit Äpfeln und Brot kann man gut bestehen, wir hatten übrigens schon seit einem halben Jahr nicht mehr warm gegessen und fanden uns wohl dabei. Nachts schliefen wir für zehn Pfennig bei den Bauern im Stroh. Ehe wir schlafen gehen durften, suchten sie immer unsere Taschen nach

105

Streichhölzern und Rauchbarem ab. Sie gaben uns das dann am andern Morgen wieder, einer schenkte uns sogar einmal ein paar Zigarren dazu.

So kamen wir in sechs oder sieben Tagen nach Altholm und fanden in der Starenstraße bei einem Lederarbeiter ein Zimmer für sechs Mark die Woche. Es hatte nur Tisch, Stuhl und ein Bett, in dem wir zusammen schliefen, aber die Nächte waren jetzt schon kühl, und so war das nur angenehm. Willi hatte wirklich Schwein, er bekam schon den dritten Tag Arbeit in seiner Holzwarenfabrik. Diesmal nagelte er Fallennester für Hühner, auch Akkord, und brachte die Woche fünfundzwanzig, manchmal auch dreißig Mark nach Hause. Es war eine kleine Fabrik, die nur mit ungelernten Leuten ohne Tarif arbeitete. Wir wußten, es war unrecht, da mitzumachen, aber wir hatten zu lange Kohldampf geschoben, um wählerisch zu sein.

2

Stellen für mich waren nie in der Zeitung ausgeschrieben, aber ich lief viel in der Stadt umher und sah, wo ich zufassen konnte. War in einem Geschäft einmal rechter Andrang, ging ich hinein und fragte, ob ich helfen dürfte. Manchmal bekam ich eine Stunde Pakete zu packen und brachte einen Fünfziger nach Haus. Zuerst lungerte ich auch viel auf dem Bahnhof herum, weil den Menschen, wenn sie reisen, das Geld lockerer sitzt, und richtig durfte ich auch mal einen Koffer tragen. Aber ein Dienstmann hatte mich gesehen und lief hinter mir und dem Reisenden her und schimpfte mich Schwarzarbeiter. Er nannte mich mit allen möglichen Namen, Streikbrecher, Stempelbruder, Wohlfahrtskrebs, und von da an, wenn er mich nur von weitem sah, fing er schon an, mich zu beschimpfen. Ich paßte sehr auf, daß ich ihn möglichst wenig traf, und ging auch nicht wieder auf den Bahnhof.

Vor allem hatte ich Willi zu besorgen. Morgens stand ich zeitig auf, machte ihm Kaffee, schmierte seine Stullen und weckte ihn dann. War er fort in die Fabrik, räumte ich das Zimmer auf, wusch auch die Wäsche, dann ging ich los auf Arbeit. Um drei mußte ich wieder im Haus sein und sein Essen kochen. Jetzt, wo er wieder Arbeit hatte, wollte er warm essen, mit viel Fleisch. Ich selbst blieb bei meiner alten Diät: Brot mit Margarine und mittags ein Bückling, aber es wurde mir manchmal verflucht schwer, sein Fleisch zu braten, und dann naschte ich. Er merkte es fast immer, er wußte genau, wieviel ein halbes Pfund Fleisch war. Dann stritten wir uns.

Wir stritten uns überhaupt viel mehr als damals, wo wir beide keine Arbeit hatten. Das kam natürlich daher, daß er jetzt das Gefühl hatte, mein Ernährer zu sein, immerfort mußte er an mir rummäkeln und kritteln. Ein paarmal kam er auch am Freitag, dem Lohntag, angetrunken nach Haus, dann war das Bett natürlich für uns zu klein, und er schmiß mich raus. Ich war auch verärgert und gereizt durch meine ständige Erfolglosigkeit, darum hielt ich den Mund nicht, so ging unser Streit oft stundenlang.

Am meisten ärgerte er sich immer darüber, daß ich Kragen trug, steife, gestärkte Stehkragen. Darin war er wie ein Kind, er sah nicht ein, daß ich nie eine Bürostellung kriegen würde, wenn ich ohne Kragen herumlief. Seiner Ansicht nach trug man nur sonntags Kragen, alltags mit einem Kragen zu laufen war Fatzkerei. Ich konnte ja meine Kragen nicht selbst stärken und bügeln, aber dafür wollte er mir nun nie Geld geben. Ich stahl es ihm dann aus der Tasche, wenn er angetrunken war, aber er merkte es ja doch, wenn ich wieder einen frischen umband, und dann ging es erst recht los.

Einmal hatte ich gar keinen mehr, und ich band seinen Sonntagskragen um. Ich dachte, den Tag bestimmt eine Stellung zu kriegen. Aus der Stellung wurde zwar nichts, aber ich kam mit dem Kragen in den Regen, und ausgerechnet den Abend wollte er mit einem Mädchen ausgehen und fand seinen Kragen aufgeweicht. Er kriegte einen Wutanfall, wir brüllten uns an, und er schmiß mich aus dem Zimmer. Er hätte es mit mir satt, und ich könnte wohnen, wo ich wollte. Schließlich nahm mich der Lederarbeiter in sein Zimmer, ich schlief auf dem Sofa, seine Frau und er schliefen im Bett.

Am andern Morgen kochte ich wie immer für Willi Kaffee, und er sagte auch keinen Ton, wir schwiegen uns an. Als er aus der Tür ging, blieb er noch einmal stehen und sagte, ich sollte es doch einmal bei den Pfarrern versuchen, in seiner Fabrik sei auch einer durch die Pfaffen untergekommen. Dann ging er. Es war das seine Art, sich versöhnlich zu zeigen, schließlich konnte ich ihm nicht böse sein. Es ist nicht leicht, wenn einer endlich mal ein bißchen Geld verdient, jemanden durchzufüttern, der einen eigentlich nichts angeht.

3

Die Adressen von den Pfarrern besorgte ich mir auf der Zeitung. Es gab zwei Zeitungen am Ort, eine große und eine kleine. Bei der großen war ich nur einmal gewesen, da waren sie mächtig hochnäsig und bellten einen an, wenn man um eine Auskunft bat. Bei der kleinen aber waren sie sehr nett, hatten immer Zeit zu einem Klön und rieten einem, was sie konnten. Es gab fünf Pastoren im Ort, ich brachte einen ganzen Tag damit hin, sie aufzusuchen und mein Anliegen vorzutragen. Sie hörten mich alle sehr freundlich an, fragten mich dies und das, aber im Grunde machten sie mir den Eindruck von Leuten, die ganz anderes Elend gewöhnt waren, als ich ihnen berichten konnte. Sie suchten mich denn auch möglichst schnell loszuwerden, Arbeit wußte keiner für mich.

Willi war sehr nett, als ich ihm meinen Mißerfolg erzählte, er nahm mich zum Trost sogar ins Kino mit; um mich dankbar zu zeigen, ging ich ohne Kragen. Abends im Einschlafen sagte er noch, ich sollte doch morgen zum katholischen Pfarrer gehen, die Katholischen hätten die Macht. Ich wollte nicht dagegenreden, ich wollte es auch tun, und so besorgte ich mir die Adresse. Der Geschäftsführer auf der Zeitung war wieder sehr nett, ich mußte ihm von den Pastoren erzählen und ihm versprechen, daß ich am nächsten Tage Bericht über den katholischen Pfarrer machen würde.

Da empfing mich eine Nonne oder was das war, man sah fast nichts von ihrem weißen Gesicht unter der großen Haube, und schließlich kam auch der Pfarrer. Er war ein großer starker Mann mit ganz weißen Haaren, sehr langsam und leise im Sprechen, sicher ein Bauernsohn von der Wasserkante, da sind sie so leise und stark. Er hörte mich lange an, fragte auch dazwischen, man merkte, er verstand, wie unsereinem zumute ist, der schon über vier Jahre nach Arbeit krampft. Schließlich sagte er ganz kurz: „Ich gebe Ihnen ein Schreiben an den Prokuristen von der Lederfabrik. Ich sage nicht, daß das Schreiben Ihnen was nützt. Aber ich gebe es Ihnen." Er setzte sich hin und schrieb, einmal sah er hoch und fragte: „Von meiner Konfession sind Sie nicht?" Ich hatte mit Willi besprochen, daß ich ihn auf diese Frage belügen sollte, aber ich sagte doch die Wahrheit, als er mich ansah. Er sagte bloß „gut" und schrieb weiter.

Ich gab den Brief in der Wohnung des Prokuristen ab und wurde auf den nächsten Tag bestellt. Als ich dann kam, gab mir das Dienstmädchen dreißig Pfennig und sagte, ich brauchte nicht noch einmal zu kommen. Ich stand ziemlich traurig auf dem Treppenabsatz. Als ich sie dann wieder in der Küche hantieren hörte, steckte ich die dreißig Pfennig durch den Briefkastenschlitz und lief schnell die Treppe hinunter, als die Groschen im Kasten klapperten.

4

Ich ging zu meinem Freund auf der Zeitung und erzählte ihm alles. Er meinte, er hätte nichts anderes erwartet, und ich sollte in seine Wohnung gehen und seiner Frau helfen, die Möbel zu rücken. Sie hatte großes Reinemachen, ich half ihr tüchtig, klopfte die Teppiche, scheuerte und bohnerte – und am Abend kam der Geschäftsführer, und ich durfte mit ihnen essen. Er sagte, er hätte mit dem Besitzer der Zeitung gesprochen, und wenn ich für sie Abonnenten werben wollte, so wäre er einverstanden. Ich fragte gar nicht nach den Bedingungen, ich sagte gleich ja, so sehr freute ich mich. Ich hörte dann, daß ich einen Quittungsblock kriegen würde mit Abonnementsquittungen auf einen Monat. Den ersten Monat sollte ich gleich kassieren, und das Geld durfte ich als meine Provision behalten. Das war eine Mark fünfzig jedesmal. Ich sollte vor allen Dingen erst einmal zu den Handwerksmeistern gehen, denn das Blatt brachte jede Woche einen Artikel von dem Innungssyndikus über Handwerkerfragen. Den Frauen sollte ich sagen, daß die Romane in der „Chronik" anerkannt besser seien als die in den „Nachrichten". Ich sollte mir den neuen Roman durchlesen. Dann war noch zu beachten, daß den Leuten, die um den Fünfzehnten herum abonnierten, die Zeitung für den Rest des Monats umsonst geliefert würde. Ich fand das alles sehr gut, kam ganz begeistert nach Haus und erzählte Willi davon. Der war erst stinkwütend, daß ich ihm sein Mittagessen nicht gemacht hatte, aber schließlich fand er es auch gut und meinte, ich müsse eine Masse Geld verdienen.

Am nächsten Morgen ging ich zeitig auf die „Chronik", so hieß meine Zeitung, um mir die Handwerkeradressen herauszusuchen. Es war aber noch zu früh, um loszugehen, vor halb zehn durfte ich die Leute nicht stören, meinte der Geschäftsführer. So las ich erst noch einen Artikel von dem Syndikus, den ich sehr langweilig fand, und ein Stück Roman, der in den höchsten Sphären spielte. Um halb zehn ging ich los.

Mir klopfte doch das Herz, als ich vor der Tür meines ersten Kunden stand. Ehe ich die Klingel zog, wartete ich, daß es ruhiger ging, aber es ging nur immer stärker. Ich klingelte, und ein junges Mädchen machte mir auf. Ob ich Herrn Malermeister Bierla sprechen könnte? „Bitte schön", und „Vater, da ist jemand." Ich kam in ein großes Zimmer, am Tisch saß eine nette ältere Frau und schnitt Kohl. Der Meister stand mit einem andern Herrn im Gespräch am

Fenster. „Bitte schön", und was ich wünsche. Ich verbeugte mich hübsch, auch vor der Frau, auch vor dem Gast. „Guten Morgen", und ich käme von der Redaktion der „Chronik" mit der Anfrage, ob Herr Malermeister Bierla sich nicht entschließen könnte, unser Blatt vielleicht erst einmal probeweise zu beziehen. Ich hatte mir eine richtige kleine Rede ausgedacht, daß „wir" ja immer grade für die Interessen des Handwerks kämpften, daß das Handwerk in diesen schweren Zeiten zusammenhalten müßte, dann kam der Syndikus, seine wichtigen Aufsätze, und schließlich, mit einem Seitenblick auf die Frau, unsere anerkannt guten Romane.

Plötzlich war meine Rede zu Ende, ich wußte nichts mehr, keiner hatte ein Wort gesagt, es war still. Es war so still, daß ich noch einmal loslegte, aber ich verfing mich gleich, stotterte und schwieg wieder. Dann sagte die Frau vom Tisch her: „Wir können's ja mal versuchen, Vater", und er: „Was kostet denn die ‚Chronik'?" Nun hatte ich wieder zu reden, es kam die Gratislieferung, der eine Monat Abonnement, ich schrieb das Zettelchen aus und gab es dem Meister, der mich damit aber zu seiner Frau schickte. Er redete schon wieder mit dem Gast. Ich bekam mein Geld, eine Mark fünfzig für fünf Minuten reden! Als ich auf der Straße war, ging ich auf die andere Seite und sah das Haus an. Es war ein gutes Haus, ein brauchbares Haus, ich mochte es gern. Es war schön unter Farbe gehalten, das verstand sich bei einem Malermeister von selbst, im Erdgeschoß war ein Laden mit Räucherwaren von Johannsen. Ich hatte einen Augenblick den Gedanken, auch zu Johannsen hineinzugehen, aber ich entschloß mich, nicht aus der Reihe zu tanzen, sondern bei meinen Handwerkern zu bleiben. Ich warf noch einen Blick auf das Haus und ging weiter.

Der nächste Meister war nicht zu Haus, auch nicht seine Frau. Der nächste war böse auf den Syndikus, der sei ein Klugschnacker, kriege das viele Geld von den Innungen und tue nichts dafür. Dann der nächste war sehr zufrieden, daß ich kam, er hatte schon immer die „Chronik" abonnieren wollen. Die „Nachrichten" hätten ganz falsch über ihn berichtet, als er wegen ein paar Überstunden, die sein Lehrling gemacht hatte, zu einer Geldstrafe verdonnert worden war. So ging es weiter. Manchmal mußte ich lange Strecken durch die Stadt gehen, die Sonne schien noch schön, die letzten Blätter fielen von den Bäumen.

Um halb zwei machte ich Schluß. Ich merkte, ich war nicht mehr frisch, leierte nur noch meinen Spruch, außerdem kam ich den Leuten ins Essen. Ich hatte in vier Stunden sechs neue Abonnenten geworben von einundzwanzig, die ich besucht hatte. Neun Mark hatte ich in der Tasche. „Das ist kein schlechter Anfang", sagte der Geschäftsführer, dem ich die Adressen der neuen Leser gab, damit sie gleich am nächsten Tag die Zeitung bekämen. Dann besorgte ich etwas Essen, kochte und briet, aber auch für mich diesmal. Als Willi kam, war alles fertig, er freute sich auch. „Da kannst du ja auf sechzig Mark die Woche kommen! Manning! Manning!" Wir machten haushohe Pläne, dann wuschen wir uns und gingen gemeinsam ins Kino.

5

Der zweite Tag war nicht so gut wie der erste, und der dritte war viel schlechter als der zweite. Ich begriff, daß ich meinen besten Tag gehabt hatte und daß er nicht wiederkommen würde. Es lag nicht daran, daß die Maler nun alle waren und ich erst an die Schmiede, dann die Bäcker geriet, die ganz andere Leute waren. Es lag daran, daß ich den Schwung verloren hatte und leierte. Man muß zum Werber geboren sein, den fünfzigsten Kunden muß man mit demselben Eifer werben können wie den ersten. Man muß glauben an das, was man sagt, oder man muß zum mindesten die Leute glauben machen, daß man daran glaubt. Wenn mir gesagt wurde: Aber wir lesen seit zehn Jahren die „Nachrichten", und die „Nachrichten" sind besser als die „Chronik", warum sollen wir wechseln? – so mußte ich ihnen innerlich recht geben. Mein Widerspruch war küm-

112

merlich. Eigentlich begriff ich nie, warum die Leute sich entschlossen, die „Chronik" zu halten. Die „Nachrichten" waren immer vier, oft acht, oft zwölf Seiten stärker, sie umbrachen vierspaltig, was viel lebendiger aussah als unser dreispaltiger Umbruch. Sie hatten alle Familienanzeigen und dreimal soviel Geschäftsanzeigen wie wir. Sie sahen sauber aus, denn sie waren richtig gesetzt, während wir zum größten Teil gematert aus Berlin kamen. Auf all dies lernte ich achten, der Meister meckerte dies und jener das. Wenn ich dann mit dem Geschäftsführer darüber sprach, wurde er oft ärgerlich: „Wenn wir die ‚Nachrichten' wären, brauchten wir Sie nicht auf Werbung zu schicken."

Ich ging nicht mehr an einem Tage zu einundzwanzig Kunden, manchmal wurden es zehn, manchmal nur drei. Hatte ich gleich am Morgen zwei Mißerfolge hintereinander, so traute ich mich nicht weiter. Ich ging dann lange vor einer Schmiede auf und ab, die hämmerten drinnen, das Feuer warf einen roten Schein auf die Fenster, schließlich entschloß ich mich und trat ein. Der Meister schnitt einem Pferd den Strahl aus und probierte das Eisen auf den Huf, zwei Gesellen waren dabei, auf die Felgen eines Rades den Reifen zu treiben. Ich stand unter der Tür und wartete. Ich hatte gelernt, daß man die Leute bei der Arbeit nicht stören durfte, man mußte unter der Tür stehen und warten. Während ich dastand und das stiebende Feuer ansah und dem Fauchen des Blasebalges lauschte, hörte ich, daß sie von mir redeten. „Is nichts", rief der eine Geselle zum Meister. „Wieder ein Nichtstuer." – „Geht spazieren, statt zu arbeiten", verkündete der andere Geselle. Und der Lehrling rief schrill: „Kauft Hosenträger, Knöpfe, Sicherheitsnadeln! Leute kauft!" – Dann wurde es wieder ruhig, die Gesellen hatten mit ihrem Reifen zu tun, der Meister gab dem Hufeisen auf dem Amboß die rechte Paßform. Der Lehrling hielt das Eisen mit der Zange auf dem Amboß. Der Kutscher hatte den Huf des Pferdes hochgehoben, er lag auf seinem Oberschenkel. Die arbeiteten alle, sie hatten ihr Brot. Ich dachte daran, daß auch ich einmal zu bestimmter Stunde auf ein schönes sauberes Büro gekommen war und

113

schöne saubere Arbeit geleistet hatte. Jetzt lief ich rum und
war den Leuten lästig. Am ersten Tage der Werbung hatte
ich es gekonnt, da kam ich in das Zimmer des Malermeisters wie ein leutseliger Fürst, der Abgesandte der Großmacht Presse, aber das konnte ich nicht mehr. Jetzt war ich
ein kleiner Stadtreisender, der den Leuten etwas aufschnakken wollte, was sie nicht wollten.

Die Tür ging auf hinter mir, und jemand kam herein. Ich
sah ihn an: Es war noch ein Reisender. Er stellte sein Köfferchen neben sich, rief laut „Guten Morgen" und sah mich
forschend an, ob ich Konkurrenz sei. Ich bewegte verneinend den Kopf. Die Gesellen fingen wieder an zu schimpfen: „Laß sie stehen, Meister, bis das Dutzend voll ist, und
schick sie dann weg. Es ist zu arg!" Der Meister kam zu
uns. „Was wollen Sie?" Nach drei Worten unterbrach er
mich: „Abonnieren, weil ihr fürs Handwerk eintretet? Habt
ihr gesorgt, daß die Steuern niedriger werden? Euer Syndikus, das ist ja lachhaft, was der schreibt! Der ist ja dicker
Freund von dem Rat im Finanzamt. Nein. Ist erledigt. Sie
brauchen nichts mehr zu sagen. Danke!" Er wandte sich an
den andern: „Und was wollen Sie?"

Ging es zweimal nacheinander so, traute ich mich oft
den ganzen Tag zu keinem mehr, sondern ging stundenlang im Stadtpark spazieren. Dann träumte ich davon, daß
ich Geld finden würde, viel Geld. Ich ging stets mit gesenktem Blick und suchte die Wege ab, aber ich fand nie etwas
außer einem Taschentuch und abgeplatzten Knöpfen. Es
gab viele Tage, an denen ich überhaupt kein Geld nach
Haus brachte. Willi war längst wieder mürrisch geworden.

Eine ewige Hoffnung von mir war ein Bäckermeister in
der Lohstedter Straße. Er sagte nie ganz nein, er sagte:
„Kommen Sie noch einmal vor. Ich will es mir überlegen."
Und wenn ich dann wiederkam, mußte er es sich wieder
überlegen. Er begrüßte mich immer freundlich mit Handschlag, er sagte: „Na, junger Mann, ist Ihnen noch ein
Grund eingefallen, daß ich die ‚Chronik' abonnieren
könnte? Die alten reichen nicht ganz. Beinahe, aber nicht
ganz." Dann quälte ich irgendwas heraus. Es dauerte sehr

114

lange, bis ich merkte, daß ich zu seinen Hofnarren gehörte, die ihm die Zeit vertreiben mußten. Sicher hatte er viele, die so zu seiner Belustigung beitrugen, es liefen unser ja genug in der Stadt herum.

Aber die meisten liebten das gar nicht, daß so viele Reisende zu ihnen kamen, für die meisten waren wir eine Landplage. Manchmal hörte ich schon, wenn ich ins Haus trat, klingeln, ich hörte von unten den andern Reisenden reden, manchmal lebhaft aufmunternd, mal demütig bittend. Dann wartete ich, bis der Kollege wieder runterkam, und wir gingen ein Stück gemeinsam und schimpften. Alle schimpften, das war nun ganz gleich, ob sie als feine Leute mit Staubsaugern gingen oder einen Bauchladen mit Heftpflaster und Wäscheknöpfen trugen. Wir schimpften, wie häßlich wir behandelt würden, und nach einer Weile gaben wir dann zu, daß die Leute „eigentlich" recht hatten, daß viel zuviel herumliefen und namentlich manche, die nur Gelegenheit zum Klauen suchten.

Ich fand es immer besonders bitter, wenn ich für so einen gehalten wurde. Ich hatte geklingelt und stand vor der Tür, und nach einer Weile hörte ich einen Schritt schlurfen, und in dem Guckloch erschien ein Auge. Es sah immer sehr dunkel mit sehr viel Weiß aus, man konnte auch nie herauskriegen, ob es ein Männer- oder ein Frauenauge war. Da stand man dann, eine lange Weile schien es, und wurde betrachtet, und dann fiel mit einem leisen Klick die Klappe vor das Guckloch, und der Schlurfeschritt entfernte sich wieder. Oder die Tür ging auf, aber die Kette blieb davor, und man fing an zu reden durch den Spalt, und plötzlich, mitten im Satz, fiel die Tür wieder zu, und man stand und würgte an dem angefangenen Satz und schlich dann leise die Treppen hinunter.

Manchmal hatte ich das Gefühl, als sammelten sich all diese Demütigungen in meiner Brust und ich würde nie mit ihnen fertig werden und eines Tages würden sie mich erdrücken. Ich verstand es immer besser, daß fast jeder Reisende irgendwann einmal explodierte, mit geballten Fäusten brüllend gegen eine besonders häßlich geschlossene

115

Tür trommelte oder eine kurz angebundene Hausfrau mit
Beleidigungen überhäufte. Ich verstand es gut, aber ich
meinte, davor sicher zu sein, da mir dies alles immer noch
nur wie ein Übergang erschien: Schließlich würde ich doch
wieder auf einem hellen sauberen Büro sitzen.

6

Dann kam auch mein Tag.
Ich war nun bei den Schneidermeistern angelangt. Unter
denen gab es auch eine Meisterin, ein Fräulein Kehding.
Der Geschäftsführer auf der „Chronik" hatte mich gewarnt:
„Das ist keine Frau, das ist ein Teufel. Die ist das bösartig-
ste Frauenzimmer in ganz Altholm. Gehen Sie lieber nicht
hin zu ihr." Nun, ich ging doch, es war immer eine Ab-
wechslung nach so vielen Männern.
Von der Treppe kam man gleich in die Schneiderstube.
Es war hier nicht alles in Ordnung, das eine Nähfräulein
weinte herzzerbrechend, die andern saßen gedrückt und
wußten nicht, was sie für Gesichter machen sollten. Die
Meisterin lief in der Stube hin und her und hörte erst mit
Schelten auf, als sie mich sah. „Was wollen Sie denn?"
fragte sie mich, aber nicht unfreundlich. Eigentlich ent-
täuschte sie mich, für einen Teufel sah sie ganz manierlich
aus mit der langen graden Nase, den hellen Augen und den
frischen Farben. Während ich mein Sprüchlein sagte, stand
sie, die Hände auf dem Rücken, und sah mich an. Sie war
eine, zu der sich gut sprechen ließ, hörte zu und sagte auch
einmal ein Wort: „Ach, unser Syndikus schreibt für Sie?" –
„Richtig, das Handwerk muß zusammenhalten."
Als ich fertig war, hatte ich einen neuen Abonnenten geworben. Alles ging glatt, und ich schrieb schon die Quittung. Fräulein Kehding stand etwas zur Seite, zwischen
dem Schreiben sah ich hinüber zu den Nähmaschinen,
grade zu dem verheulten Nähmädchen. Es war ein hüb-
sches Mädchen, zwischen ihren Tränen lächelte sie mich
an. Ich lächelte zurück.

Da hörte ich so etwas wie ein Fauchen neben mir, einen unterdrückten Wutlaut, ich sah zur Meisterin. Sie war weiß vor Zorn, es gefiel ihr wohl nicht, daß ich mit ihrem Mädchen lächelte. Vorsichtig hielt ich ihr die Quittung hin. „Bitte, eine Mark fünfzig."

Sie nahm die Quittung, sah sie an. „Ist das eine Quittung?" fragte sie. „Solche Dinger kann sich jeder machen lassen."

„Es sind die Quittungen von der ‚Chronik'", sagte ich. „Die sind so."

„Sind die so?" fragte sie höhnisch und kam immer mehr in Fahrt. „Die lassen Sie sich selbst machen und bringen die Leute um ihr Geld, und eine Zeitung kriegt man nie. Wo haben Sie Ihren Ausweis?"

„Ich habe keinen Ausweis, die Quittung ist Ausweis", sagte ich.

„Wo haben Sie Ihren Wandergewerbeschein?" schrie sie. Nun schrie sie schon. „Sie müssen einen Wandergewerbeschein haben, wenn Sie so in die Häuser laufen." Ich hatte keinen, ich wußte auch nicht, ob ich einen brauchte. „Ein Betrüger sind Sie!" schrie sie. „Aber bei mir kommen Sie an die Unrechte. Elfriede, sofort läufst du zu Wachtmeister Schmidt herum! Hier wäre ein Betrüger." Die Verheulte stand ängstlich auf und ging gegen die Tür. „Fräulein", sagte ich, „hier sehen Sie meinen Quittungsblock, die Abschnitte, das sind alles Namen von Ihrer Innung."

„Gehst du, Elfriede!" schrie sie. „Soll ich dir Beine machen?! Das paßte dir wohl so, daß der Lump ausreißt, der Betrüger?!" Die Kleine lief, ich wurde auch heiß. „Fräulein", sagte ich, „geben Sie mir meinen Quittungsblock wieder. Ich will Ihr Geld gar nicht. Lassen Sie mich gehen."

„Nichts!" rief sie. „Daß Sie ausreißen, was? Toni, schließ die Tür ab."

„Fräulein", rief ich, „Sie sind gemein. Ich weiß wohl, warum Sie das machen: weil ich Ihr Fräulein angelacht habe. Sie müssen nicht alle Hübschen weinen machen, weil Sie keinen abgekriegt haben!"

Es wurde eine schöne Brüllerei zwischen uns, der

Wachtmeister Schmidt verstand kein Wort, sicherheitshalber nahm er mich mit auf die Wache. Als ich dort auf der Pritsche saß, kam rasch die Ernüchterung. Ich bereute, daß ich so hitzig geworden war. Außerdem hatte ich Abonnenten zu werben und nicht Mädchen anzulächeln, und die Kehding hatte „eigentlich" recht.

7

Nachdem sich die von der Polizei erkundigt hatten, ließen sie mich laufen. Ich ging langsam zur „Chronik", mir war trübe zumute. Es überraschte mich nicht, daß die Meisterin schon dort gewesen war und sich beschwert hatte. „Schluß", sagte der Geschäftsführer. „Die macht das ganze Handwerk gegen uns rebellisch, wenn ich Sie weiter werben lasse. Sie hätten nicht hingehen sollen, ich habe es Ihnen gleich gesagt."

Er schenkte mir noch fünf Mark, er war immer ein anständiger Kerl. Als ich in die Starenstraße kam, war Willi noch nicht zu Haus. Es ekelte mich schon, wenn ich an seine Vorwürfe dachte. Ich tat meine Sachen in den Koffer und gab ihn der Wirtin in Verwahrung. Ich würde danach schreiben. Dann ging ich aus dem Haus, aus der Stadt, auf die Landstraße. Es war erstes Drittel Dezember, leichter Frost, etwas Schnee. Ich hatte noch neun Mark. Ich wollte in eine größere Stadt und sehen, ob ich dort irgendwie unterschlüpfen könnte.

Der Pleitekomplex

Als Annemarie Geier mit vierzehn Jahren die Schule hinter sich hatte, sandten ihre Eltern sie auf eine Handelslehranstalt. Dort brachte man ihr zwei Jahre hindurch Schreibmaschine und Stenographie, einfache und doppelte Buchführung einschließlich Bilanzen, Handelsgeographie, Handelsrecht, bürgerliches Recht und noch einiges mehr bei, die Abschlußprüfung bestand sie mit der Gesamtnote „gut, teilweise besser". Nun, mit sechzehn Jahren war sie fertig, eine Stellung zu bekleiden, sechzehn Jahre hatten die Eltern Kapital in Annemarie investiert, nun sollte sie den Rest ihres Lebens dieses Kapital verzinsen und amortisieren.

Da Annemarie ein gutaussehendes Mädchen war, bekam sie schon nach kurzem Suchen ihre erste Stellung bei Hess & Co. Sie sah nicht so übertrieben gut aus, daß die Kolleginnen flüstern könnten: „Warum der Alte die engagiert hat, das ist doch klar." Aber sie war immerhin ein feingliedriges, schlankes, mittelgroßes Geschöpf mit einem bräunlich-blassen Teint, braunem Haar in eigenwilligen Schwingungen und braunen Augen. Das beste an ihr war eine stille, sachte, verhaltene Art, auf die manchmal ein kindlich-frohes Vergnügtsein hellere Lichter setzte. Man hatte sie gern.

Hess & Co. waren eine altangesehene Firma in Putz. Putz en gros. Früher hatte man dort die Hüte mit hundert Prozent kalkuliert, jetzt war man, dem Ernst der Zeit folgend, mit fünfundsiebzig Prozent zufrieden, die teureren Preislagen kalkulierte man sogar nur mit sechzig. Hess &

Co. hatten ein eigenes Geschäftshaus, einen etwas pompösen Sandsteinbau aus den neunziger Jahren durch fünf Etagen. Dort saß Annemarie in einem hellen, winters gut durchwärmten Büro vor einer phantastisch schönen Schreibmaschine, einer „Noiseless", und tippte ihre Briefe. Diese Briefe waren nicht übermäßig interessant, obwohl sie Putz betrafen, aber Annemarie war zufrieden. Sie verdiente sechzig Mark netto im Monat, und sonntags ging sie mit andern im Jugendbund auf Fahrt. Das Leben hatte angefangen.

Allmählich wurde aber alles anders bei Hess & Co. Man war bisher dort sehr vornehm gewesen, Angestellte hatte man dort nicht angebrüllt, nicht etwa, weil man Angestellte überhaupt nicht anbrüllen soll, sondern weil man einfach zu vornehm dazu war. Jetzt konnte Hess senior, der alte gepflegte Herr mit den Koteletten, tobend durch die Räume rennen, und bat eine Angestellte Hess junior um einen Hut mit dem üblichen Angestelltenrabatt, so sagte der junge Mann sardonisch: „Fräulein, Sie denken wohl, wir haben den Laden nur für Sie? Ihre Sorgen in meinen Kopf!"

Dann tauchte ein dicker, mussolinihaft aussehender Herr auf, die Buchhalter stürzten ständig mit Kontoauszügen und Bilanzen in das Chefbüro, Mussolini telefonierte, ordnete an, schnauzte. Es kam der Letzte, es kam der Erste, kein Angestellter wurde zur Kasse gerufen, es gab kein Geld. Und schließlich holte man Annemarie in das Chefbüro, Mussolini saß dort am Chefschreibtisch mit einer dikken Zigarre, Hess senior rannte auf und ab, Hess junior starrte zum Fenster hinaus. Mussolini diktierte an alle Gläubiger der Firma ein Rundschreiben, man sei leider genötigt, die Zahlungen einzustellen, man hoffe auf einen Vergleich, man bäte die Wechsel zu schonen. „Schreiben Sie das auf Wachsmatrize, Fräulein!" – „Wie?" fragte Annemarie.

Sie hatte noch nicht auf Wachsmatrizen geschrieben. Rundschreiben gab es bisher nicht bei Hess & Co., alle waren individuell behandelt worden. Nun das Geld alle war, gab es Klischeebriefe. Es gab überhaupt viel Neues, das Telefon rasselte den ganzen Tag, im Vorzimmer gab es immerzu Herren, die durchaus Herrn Hess sprechen wollten, und Herr Hess war durchaus nicht zu sprechen. Es gab endlose Arbeiten auf den Lägern, Inventur wurde gemacht, noch eine Inventur wurde gemacht, und da beide nicht miteinander übereinstimmten, machte man noch eine dritte. Annemarie wurde der Arm lahm vom Aufmessen der Stoffballen, tagelang stand ihre „Noiseless" verwaist, und dann mußte sie wieder bis in die späte Nacht Aufstellungen tippen. Gehalt gab es immer nur tröpfelnd, zehn Mark, fünf Mark dann, wieder zehn Mark.

Annemarie war längst „vorsorglich" gekündigt, sie mußte zuerst gehen, sie war die Jüngste. Sie erlebte noch, daß Mussolini durch einen kleinen vertrockneten Mümmelmann ersetzt wurde, den Konkursverwalter, der Vergleich war gescheitert. Dann war Annemarie Geier wieder zu Haus, das Berufsleben erst einmal alle, sie ging stempeln.

Nicht sehr lange, einen Monat, im zweiten hatte sie schon wieder Stellung. Bei Sommerling, Getreide und Futtermittel. Eine ganz andere Branche, Annemarie hatte nachgeholfen, daß es eine andere Branche wurde. Der Konkurs war ihr in die Glieder gefahren, sie dachte, Getreide brauchen die Menschen immer, Brot müssen sie essen, nie wieder Putz!

Bei Sommerling war es ganz anders, viel kleiner, aber auch sonst ganz anders. Es kamen dort immer Herren mit grünen Hütchen, von denen Annemarie bisher gedacht hatte, sie wären nur zur „Grünen Woche" in Berlin. Im Zimmer, wo Annemarie saß, stand ein kleiner runder Tisch mit Stühlen. Dort saßen die Wartenden, und zu Annemaries Pflichten gehörte es, ihnen einen Kognak einzuschenken und eine Zigarre anzubieten. Dann gingen die Herren in das Privatbüro vom Chef, wo Jagdstücke hingen und Geweihe, und dort wurde weitergetrunken. Korrespondenz gab es fast gar nicht, dafür aber Frachtbriefe über Frachtbriefe.

Herr Sommerling war ein zutraulicher Mann, manchmal war er auch ein zärtlicher Mann, wogegen Annemarie sich wehren lernte. Er schüttete ihr sein Herz aus über seine zänkische Frau, die Kartoffelgeschäfte und seine Einsamkeit. „Ich trinke ja nur, weil ich so schrecklich einsam bin, Frollein."

Eines Abends war Herr Sommerling ernst und bleich, er sprach gar nichts. Dann trat er zu Annemarie und reichte ihr einen Hundertmarkschein. „Weil ich so zufrieden bin mit Ihnen, Frollein! Weil Sie nie mit mir ausgegangen sind, Frollein! Weil ich so einsam bin, Frollein . . .!" Er schien ganz außergewöhnlich betrunken. Annemarie wollte ihm seinen Schein am nächsten Tag wiedergeben. Es wurde nichts draus. Am nächsten Tage kam Herr Sommerling nicht wieder, er floh das sinkende Schiff. Es war ein großer Moment, als der bestellte Konkursverwalter den Geldschrank öffnete. Es konnte keinen leereren Geldschrank geben. Kündigung, Entlassung, bis dahin stille Wochen, es gab fast nichts zu tun. Annemarie saß stundenlang und stickte Decken und stopfte Strümpfe. Erschien der Konkursverwalter, so verschwand alles in der Schieblade, und Annemarie sah träumerisch aus dem Fenster.

Dann saß sie wieder einmal zu Haus, ihre Eltern waren bekümmert, die Freunde zogen sie auf: „Wo du dich nur sehen läßt, gibt es eine Pleite." Oder: „Du bist der wahre Pleitegeier, Annemie, die Pleitegeierin, die Pleitegeiersche." Annemarie hörte es an, sie lächelte etwas mühsam, aber sie sagte nichts, eine kleine scharfe Falte stieg senkrecht von der Nasenwurzel in die Stirn. Sie dachte sehr angestrengt nach in diesen leeren Tagen, und das, worüber sie nachdachte, war: Sie ordnete ihre Erinnerungen unter zwei Rubriken: Ich bringe Unglück – ich bringe kein Unglück. Das Ergebnis war unsicher.

Nun hat Annemarie längst wieder eine Stellung, seit über einem Jahr ist sie bei Lohmann & Lehmann, hygienische Artikel und Gummiwaren. Ein goldsicheres Geschäft, keine stotternden Gehälter, der Umsatz steigend. Doch die kleine Falte auf Annemaries Stirn ist geblieben, sie sitzt an ihrer Schreibmaschine, sie tippt, sie denkt: Hamburger soll den Wechsel noch einmal umlegen, ist das ein schlechtes

Zeichen? Die Mahnungen an die Schuldner gehen diesen Monat zwei Tage früher hinaus, brauchen wir so nötig Geld? Bei Hess & Co. sah auch alles glatt und herrlich aus, und plötzlich . . . Herr Lehmann hat gesagt, es sind schwere Zeiten. O Gòtt, daß ich nur kein Unglück bringe!

Sie hat sich vertippt und radiert.

Es kommt immer mehr Konkurrenz. Wenn man darauf achtet, sieht man es doch, wenn wir auch nicht richtig inserieren dürfen. Aber wenn mehr Konkurrenz ist und es geht deswegen schief, habe ich keine Schuld? Oder kommt so viel Konkurrenz, weil ich hier bin?

Die Falte gräbt sich tiefer. Der Prokurist kommt. „Stenographieren Sie, Fräulein Geier: Wir sind leider nicht in der Lage", Annemaries Herz setzt aus, „Ihren geschätzten neuen Auftrag vom 15. currentis in der gesetzten Lieferfrist zu effektuieren", das Herz fängt wieder an, „da unsere Gesamtproduktion für die nächsten vier Wochen voll verkauft ist", das Herz jubelt. „Wir werden uns jedoch bemühen, Ihren Auftrag dazwischen einzuschieben, da wir verstehen können, daß Sie Ihre Kundschaft nicht ohne Ware lassen können, bitten Sie aber als Gegenleistung, unbedingt auf Barzahlung innerhalb vier Wochen ab Fakturendatum zu sehen", zögernder Herzschlag, „da wir wegen Zahlungseinstellung einiger Kunden", Herz setzt aus, „im Augenblick nicht so flüssig sind, wie wir möchten", völlige Verzweiflung.

Natürlich bringe ich Unglück. Wo ich hinkomm, da gibt's 'ne Pleite.

Eine schlimme Nacht

Wrede kam in mein Zimmer und fragte böse: „Warum sind Sie noch nicht unterwegs? Es ist nach acht."

Ich nahm ein neues Butterbrot. „So früh gehen die Leute noch nicht klauen. Im Dorf brennt noch zu viel Licht."

„Wenn der Rittmeister sieht, daß Sie noch nicht weg sind", sagte Wrede, „macht er einen Heidenstunk."

„Das Mädchen hat mir ja eben erst das Essen gebracht."

„Ich will, daß Sie pünktlich losgehen!" schrie er. „Sie haben um acht loszugehen. Jetzt ist es halb neun. Wenn Sie nicht tun, was ich Ihnen sage, sorge ich, daß Sie rausgeschmissen werden."

„Sorgen Sie man, daß Sie nicht rausgeschmissen werden", sagte ich böse.

Wrede ging und warf die Tür. Ich aß mein Brot weiter. Als ich mit Essen fertig war, holte ich die Pistole aus dem Schrank und putzte und fettete sie. Das war grade erledigt, da kam Wrede wieder. „Ich geh schon!" sagte ich eilig und zog meinen Wachtpelz an.

Aber er war jetzt freundlich. „Was haben Sie denn da?" fragte er. „Donnerwetter, eine Kavalleriepistole! Wo haben Sie denn die her?"

„Vom Herrschaftskutscher", sagte ich. „Er hat sie aus dem Feld mitgebracht. Hundertfünfzig Schuß Munition sind auch dabei."

„Was haben Sie dafür gegeben?"

„Zwanzigtausend."

„Zwanzigtausend Mark!" schrie er. „Das sind noch keine vierzig Pfund Roggen, kein Dollar. Den haben Sie schön reingelegt." Ich lachte. „Wissen Sie, Mensch", bat er plötzlich, „verkaufen Sie mir das Dings. Sie haben doch Ihre nette kleine Ortgies, was brauchen Sie das olle schwere Dings. Ich gebe Ihnen vierzigtausend."

„Ausgeschlossen", sagte ich. „Ich verkauf die noch nicht für vierhunderttausend."

Wrede überlegte einen Augenblick. „Ich gebe Ihnen fünfhunderttausend", sagte er feierlich.

Ich hielt den Atem an. „Gleich?" fragte ich dann.

„Gleich!" sagte er.

Fünfhunderttausend Mark, dafür bekam ich, wenn ich morgen früh sofort in die Stadt fuhr, einen Anzug und Schuhe. Und ich brauchte sie nötig. Ich war ganz abgebrannt. „Ist gemacht", sagte ich.

„Gut", sagte er. „Ich hole das Geld."

Ich hörte, wie er ins Büro ging. Er konnte noch so leise schließen, die Geldschranktür ächzte doch. Bequem, dachte ich. Na, mir soll es gleich sein, woher er das Geld nimmt, ich habe sie rechtmäßig verkauft. – Ich holte die Munition aus dem Schrank, legte sie auf den Tisch, füllte das Magazin, schob es ein und sicherte die Pistole.

Wrede kam und gab mir das Geld. „Da", sagte er, „zählen Sie nach." Er war schon wieder schlechter Laune. „Zählen Sie genau nach, daß Sie mir morgen früh nicht vorjammern, es hat nicht gestimmt." Er hantierte auf der andern Seite vom Tisch mit der Pistole.

„Es stimmt schon", sagte ich. „Wer es so bequem hat, da stimmt es immer."

Er sah hoch. „Wie meinen Sie das? Sagen Sie mir sofort, wie Sie das meinen!"

„Gar nicht meine ich das!" lachte ich. „Weil Sie immer passendes Wechselgeld haben, meine ich das. Wie soll ich nun die Fünfzigtausender kleinkriegen? Die wechselt mir doch keiner."

„Sie Schwein", sagte er. Plötzlich merkte ich, er hatte getrunken. Eine ganze Welle von Schnapsgestank kam über den Tisch. „Wrede!" rief ich. „Die Pistole ist geladen, nehmen Sie sich in acht. Wie der Hebel jetzt liegt, ist sie ungesichert."

„Gesichert ist sie!" rief er wütend. „Wenn ‚S' zu lesen ist, ist sie gesichert."

„Quatsch", sagte ich. „Wenn der Hebel das ‚S' verdeckt, dann ist sie gesichert. Jetzt ist sie ungesichert."

„Quatsch?" schrie er. „Was haben Sie Quatsch zu sagen zu mir? Ich will Ihnen was mit Quatsch. Jetzt ist sie gesichert. Das will ich Ihnen zeigen." Er hob die Pistole und legte sie auf mich an.

„Machen Sie keinen Unsinn", schrie ich. „Sie ist ungesichert!" Ich warf mich zur Seite. Der Schuß krachte im Zimmer wie der Donner, er war über meinen Kopf fortgegangen. Ich rannte zum Fenster. Gardine und Scheiben waren glatt durchschossen, gegenüber mußte es in die Scheunenwand gegangen sein.

Ich stand einen Augenblick am Fenster und atmete. Die Leute schimpften auf dem Hof, aber keiner kam. Sie waren es gewöhnt von uns. Wir hatten schon ein paarmal, wenn wir angetrunken waren, von unserm Zimmer zum Büro Scheibenschießen gemacht. Daß Wrede noch mal schießen würde, darum hatte ich keine Angst.

Als ich wieder ganz ruhig war, drehte ich mich um. Wrede stand am Tisch, die Pistole hatte er noch in der Hand, er war weiß wie ein Tuch. Ich nahm meine Ortgies, steckte sie in die Pelztasche und ging ohne ein Wort hinaus. Mochte er dort stehen bleiben, mir war es egal.

Draußen war es kalt, windig und dunkel, es lag noch kein Schnee. Ich ging quer über den Hof, im Kuhstall war es schon finster, in den Pferdeställen brannte noch Licht. Vor dem Schlößchen hielt das Auto vom Chef, der Chauffeur Siebert rannte auf und ab, um sich die Beine zu vertreten.

„Wo soll's denn noch hingehen?" fragte ich.

„Die wollen ja ins Theater. Und die Gnädige ist wieder nicht fertig. Warum haben Sie denn geschossen?"

„Ich nicht. Wrede. Nur so."

„Ihr ballert euch was zurecht. Daß ihr noch immer lebt."

„Gute Ware hält sich."

126

„Und Unkraut vergeht nicht."

Der Rittmeister kam mit der Gnädigen aus dem Portal. Sie war in ihrem Pelz, über den Haaren nur ein Seidentuch. In den großen plumpen Überschuhen lief sie hastig über die Stufen hinab, der Rittmeister hielt sie, daß sie nicht fiel. Ihr Hals sah sehr weiß aus.

Der Chef und Siebert verstauten sie unter Decken. Der Chef sagte dabei, er solle fahren wie der Teufel, damit sie wenigstens zur Pause zurechtkämen. Ich wäre für die Welt gerne mitgefahren, statt die lange kalte Nacht Wache zu schieben. Die ganze Auffahrt roch nach dem Parfüm der Gnädigen.

Dann rief der Rittmeister mir zu: „Passen Sie besser auf. Letzte Nacht sind wieder zwei Kartoffelmieten offen gewesen. Los, Siebert!" Und das Auto surrte ab.

Ich ging langsam weiter in der entgegengesetzten Richtung, auf die Felder, gegen den Wald. Es war ganz dunkel, der Wind pfiff nur so über die leeren Schläge. Ich hielt mich immer auf der Mitte vom Weg und suchte die Schatten von den Alleebäumen auszumachen. Alle zwanzig Schritt knipste ich die Blendlaterne an und leuchtete ein Stück Weg ab, so gut es ging.

Jetzt war es neun. Bis morgen früh sechs mußte ich hier rumlaufen, in der Nacht, nach Felddieben, mir war trostlos zumute. Wrede würde mich heute sicher nicht ablösen, ich hatte ihn zu sehr geärgert. Zwei Mieten offen gewesen, das war ein Vorwurf vom Rittmeister. Er sollte hier mal Wache schieben. Da konnte man gar nichts machen.

„Hallo! Hallo!" Es war der alte Förster Maison, den ich angeleuchtet hatte. Er kam langsam gezockelt, als er mit mir auf gleicher Höhe war, blieb er stehen. Er war zwei Schritt von mir, trotzdem war er nicht mehr als ein dunkler Fleck. „Sie sind das, Maison?" fragte ich.

„Ja. Gehen Sie jetzt los? Verdammtes Wetter."

„Es wird wieder kälter."

„Ja. Der Roggen wintert schon aus. Es müßte Schnee kommen. Passen Sie auf", sagte er. „Im Jagen 73 habe ich einen Haufen Kartoffeln gefunden, mit Tannenzweigen zugedeckt. Den haben sich die Diebe da sicher versteckt. Sehen Sie ein bißchen dahin."

„Verdammt will ich sein, wenn ich in solcher Nacht allein in den Wald gehe", rief ich. „Mache ich die Laterne an, bin ich das beste Schußziel für die Brüder, und geh ich im Dunkeln, seh ich nichts und kriege plötzlich einen über den Ballon."

„Kommt Wrede nicht?"

„Ich weiß nicht."

„Hören Sie", knarrte Maison geheimnisvoll mit seiner alten Stimme aus dem Dunkel. „Der Wrede redet schlecht von Ihnen im Dorf. Haben Sie sich gezankt?"

„Nichts Besonderes. Wieso redet er schlecht von mir?"

„Na ja, wegen seinem Geld. Er sagt, seine Kasse stimmt immer nicht."

„Und –?"

„Na, Mensch, Sie verstehen doch!"

„Ich will Ihnen was sagen", sagte ich, und mir war plötzlich heiß. „Ihr könnt mir alle den Buckel runterrutschen mit dem Wrede seinem Geschwätz. Wenn seine Kasse nicht stimmt, dann sollten Sie mal den Krüger und sein Weibsbild fragen, wieviel er jeden Abend da läßt. Und dann sehen Sie mal in seinen Schrank, wieviel Anzüge er da hängen hat. Und fragen Sie mal in Stettin, womit er sein Motorrad bezahlt hat."

„Ich sage nur, was er geredet hat. Ich habe nicht gesagt, daß ich das glaube."

„Aber Sie schwatzen es weiter. – Guten Abend, Herr Förster Maison, am besten gehen Sie jetzt gleich aufs Rentamt und erzählen dem Wrede, was ich gesagt habe. Und dann können Sie ihm auch sagen, wenn er noch mal schießt, schieße ich wieder. Sie verstehen nicht? Er wird schon verstehen. 'n Abend!"

Ich lief los. Er brabbelte noch was. Mochte er brabbeln, ich hatte es dicke. Der Wrede war ein großer Mann, er ließ sie alle mitsaufen, und das taten sie, als glaubten sie, er könne das alles mit seinem bißchen Inflationsgehalt ehrlich und anständig beschicken. Und krochen vor ihm, weil er vor dem Rittmeister kroch und dessen Ohr hatte. Ich schob die Nacht Wache, und wenn der Monat um war, dann war mein Gehalt nicht so viel, daß ich mir die Schuhe besohlen lassen konnte. Aber jetzt hatte ich Geld, und wenn der Wrede mir heute Nacht dumm kam, dann haute ich ab, dann war ich morgen früh nicht mehr hier, mochten die sehen, wie sie die Stettiner von ihren Kartoffelmieten fernhielten.

Das konnte ich übrigens auch nicht. Zwei Kartoffelmieten offen gewesen, das wollte ich wohl glauben. Da lagen sie im Dunkeln wie endlos lange, noch viel dunklere Tiere, ein Regiment von langen Erdwällen, jeder zweihundertzwanzig Meter lang, anderthalb Meter hoch, an die dreißig Stück, achtundzwanzigtausend Zentner Kartoffeln, die dort gegen den Frost mit Stroh und Erde eingepackt waren. Nun, es kamen genug Leute nachts die fünfzehn Kilometer Weg her von Stettin mit ihren Handwagen und Säcken, um sich in diesen teuren Zeiten Kartoffeln billig zu besorgen. Wie sollte man sie kriegen? Das Stück Feld, auf dem die Mieten lagen, stieß auf zwei Seiten an den Wald. Aus dem kamen sie. Und dann wühlten sie an den Mietenenden wie die Maulwürfe. Kam man die lange Seite herunter, so huschten sie hinter den nächsten Wall, sie spielten im Dunkeln Schabernack mit einem. Meistens bekam man gar nichts von ihnen zu sehen oder nur ein paar Schatten, die liefen.

Aber am nächsten Morgen, wenn der Rittmeister kam, *der* sah es. Dann war hier eine Miete offen und dort. Und das Schlimme waren nicht die drei oder vier Zentner, die sie gestohlen hatten, nein, das Schlimme war, daß in die offenen Mieten Frost eingedrungen war. Die erfrorenen Kartoffeln, die faulten, und die Fäulnis steckte die andern an und fraß weiter in der großen Miete, und am Ende blieb fürs Frühjahr nichts als ein Berg Fäulnis auf dem Komposthaufen.

Konnte ich es ändern? Nein, ich konnte es nicht ändern. Ich lief auf und ab, ich ließ es mir sauer werden, und am Ende wurde ich doch angebrüllt.

Ich war traurig diese Nacht, wie ich da Wache schob, ich

war wütend über den Wrede, den Förster, den Rittmeister. Aber ich war doch nicht ganz verzweifelt traurig wie sonst, in meiner Wut war etwas Wurstigkeit. Ich hatte fünfhunderttausend Mark in der Tasche, das war ein bißchen Freiheit. Während ich lief und die Blendlaterne ab und zu aufleuchten ließ, dachte ich mir aus, was ich mit dem Geld alles anfangen könnte. Und als ich es verbraucht hatte, bekam ich neues. Ich fand es in einem Eisenbahnabteil und kaufte mir noch mehr. Und schließlich richtete ich mir eine ganze kleine Wohnung ein.

Als das besorgt war, war es nach zwölf. Ich stellte mich unter die Bäume in den Windschutz, packte mein Brotpaket aus und fing an zu essen. Jetzt quälte mich wieder die Geschichte mit Wrede. Es konnte ja sein, daß er absichtlich auf mich geschossen hatte, aber wahrscheinlich war er nur betrunken gewesen und hatte mit der Sicherung nicht Bescheid gewußt. Also hätte ich dem Förster nichts sagen sollen. Ich überlegte mir, wie ich mich morgen rausreden könnte, wenn der Wrede mich zur Rede stellte, denn der Förster tratschte sicher, aber . . .

Meine Gedanken waren fort. Ich hatte ein Geräusch gehört. Ich stand ganz still, und nun hörte ich es deutlich, immer wiederholt und dumpf: Jemand ging mit einer Hacke auf die gefrorene Miete los. Es war ein Stück ab, die sechste oder siebente Miete von hier, auf dem Kopfende nach dem freien Feld zu, ein verrücktes Ende, damit anzufangen, denn wenn der die Waldseite nahm, konnte er immer unter den Bäumen untertauchen, wenn ich kam.

Ich trank einen tüchtigen Schluck von dem Viertelliter Korn, den ich jede Nacht bekam, nahm die entsicherte Pistole in die eine, die Blendlaterne in die andere Hand und ging los. Das Hacken war ganz deutlich zu hören. Ich kam gut vorwärts, machte auch kein übertriebenes Geräusch, man kann natürlich nicht über den scholligen hartgefrorenen Boden wie über Parkett laufen. Das Klopfen war immer näher. Nun war ich ziemlich dran, nur noch um einen Mietenkopf, und der Kerl war drei Meter von mir ab. Ich wollte ihn gleich mit der Laterne blenden.

130

Ich horche auf das nächste Hacken. Aber es bleibt still. Ich denke, die Zeit kommt dir nur so lange vor, gleich hackt er wieder. Aber er hackte nicht. Hat er mich gehört?

Endlich entschließe ich mich. Ich mache die drei Schritte um die Miete herum und knipse an. Nichts! Bin ich betrunken? Nichts ist zu sehen. Hier hat er eben fünf Minuten mindestens gehackt, und die Miete ist heil. Was ist los? An der Miete ist nichts zu sehen. Hier hat er gehackt. Was?

Es klopft wieder. Am andern Ende der Miete, zweihundertzwanzig Meter weiter, auf dem Kopfende am Wald. Ich bin doch nicht betrunken. Hier ist doch was nicht in Ordnung. Ach was, ich gehe nach Haus. Hier stinkt doch etwas. Es sind schließlich meine Knochen, die ich riskiere, nein, danke, ich nicht.

Und doch gehe ich ganz langsam die Miete entlang gegen den Wald. Es klopft, es klopft immer stärker, immer lauter, alle zwanzig Schritt bleibe ich stehen und lausche. Dann merke ich, daß auch mein Herz klopft. Ich kann immer noch umkehren, es sind noch fünfzig Meter. Es klopft. Diese verdammte Dunkelheit. O Gott, eigentlich habe ich Angst. Es klopft noch. Zehn Meter.

Es ist still. Ich lausche. Es ist still. Dann gehe ich langsam die letzten Schritte, richtig, hier hat einer zehn Minuten in der Miete herumgehackt, und es ist nichts zu sehen. Die Miete ist heil.

Es war mehr eine Ahnung als ein gehörtes Geräusch; ich lasse die Blendlaterne fallen und mache einen Riesensatz zur Seite. Der Schuß donnert, das Echo wirft der Wald zurück. Ich laufe. Den Knall kennst du doch. Ich renne um mein Leben. Schon wieder knallt es. Es ist Irrsinn, die lange Miete entlangzulaufen, das ist zu leichtes Ziel. Ich werfe mich gegen eine Wand.

Da kommt er gelaufen, ich kann seinen Schatten ganz gut sehen, er funkt wieder, das Mündungsfeuer beleuchtet sein Gesicht, er schießt noch einmal. Er läuft an mir vorbei, denkt mich vor sich.

131

Ich drücke mich tief in die Mietenwand hinein, er bemerkt mich nicht, nun schießt er noch einmal, schon dreißig Meter von mir ab. Dann wird alles still.

Ich bewege mich nicht, es ist wie eine Erstarrung über mir, plötzlich ist die Angst da, die ich den ganzen Abend nicht gespürt. Wieder sehe ich das Mündungsfeuer aufleuchten, sehe sein blasses, verzerrtes Gesicht, vom Suff verzerrt, von der Wut auf mich verzerrt. Und doch ist nicht er es, vor dem ich mich ängstige, es ist dies Leben, dieses trostlose schmutzige Durcheinander, das mir plötzlich angst macht. Diese nächtlichen Wachtgänge nach kleinen armen Dieben, diese tollen Saufereien, dies sinnlose Schießen, diese Vorgesetzten, die immer schimpfen, diese Jagd nach ein paar Geldscheinen, die, kaum in der Hand, wertlos geworden sind – nein, nichts mehr von der Art.

Die Schritte kommen zurück. Nun entscheidet alles der erste Augenblick. Ich löse mich ganz rasch aus dem Schatten, ich sage: „Guten Morgen, Herr Wrede!" und trete dicht an ihn heran. Er macht eine Bewegung, aber ich sage schnell: „Sie haben geschossen? Es waren Diebe da? Haben Sie getroffen?"

Er sagt nichts. Ich nehme noch einen Anlauf: „Ich will weg, Wrede. Sie müssen mir helfen. Ich will noch heute nacht weg. Ich habe das alles so über. Wollen Sie mir nicht helfen?"

Er sagt: „Gehen wir nach Haus." Er räuspert sich. Wir setzen uns in Marsch.

Ich sage: „Helfen Sie mir?"

Er schweigt eine Weile, dann fragt er: „Was würden Sie beispielsweise anfangen?"

„Ich fahre zu einem Freund. Da kann ich bleiben, bis ich eine neue Stellung habe."

„Und was würden Sie dem Rittmeister schreiben?"

„Was soll ich ihm schreiben? Ich bin weggelaufen aus dem Dienst, da ist doch nichts mehr zu schreiben."

„Gut", sagt er. „Ich werde Ihnen ein Zeugnis über Ihre Zeit hier geben."

„Danke, Wrede", sage ich.

„Sie werden also nicht schreiben?" fängt er nach einer Weile wieder an. „Niemandem ein Wort schreiben?"

„Warum?" sage ich. „Wenn Sie mir ein Zeugnis geben."

„Ihr Ehrenwort?"

„Mein Ehrenwort", sage ich. Seine Hand sucht die meine, wir schütteln sie uns.

Dann sind wir auf dem Hof. „Packen Sie schnell Ihre Sachen", sagt er. „Ich spanne die Senta vor das Gig. Ich fahre Sie selbst runter."

„Danke, Wrede!" sage ich wieder.

Schließlich steht er am Zuge, ich sehe noch aus dem Fenster. Er sagt: „Lassen Sie es sich gut gehen. Sie werden schon wieder eine Stellung bekommen." Er sieht nach dem Mann mit der roten Mütze. „Geld gebe ich Ihnen nicht mehr. Sie haben genug. Sonst machen Sie noch Dummheiten." Er ist ganz ernst.

Plötzlich frage ich: „Sagen Sie mal, Wrede, wie haben Sie denn das gemacht mit den Mieten, daß Sie da gehackt haben und sie blieben doch heil?"

Er zuckt mit keiner Wimper. „Mit einem Brett habe ich draufgeschlagen", sagt er. „Einfach geklopft, nicht wahr?"

„Ich Idiot!" sage ich.

„Ja", sagt er.

Der Zug fährt an. Er steht noch am Bahnhof und sieht mir nach. Einmal winkt er kurz mit der Hand. Dann sehe ich ihn nicht mehr. – Ich habe ihn nie wiedergesehen und wüßte doch gern, was aus ihm geworden ist. Er war ein kurzer, untersetzter Mann, sah ganz aus wie ein töffliger Bauer.

Die offene Tür

Lini und Max Johannsen heirateten Anfang Dezember. Er war ein alter Junggeselle – um die Fünfunddreißig –, er hatte jahrelang auf seinem Hof herumgebrüllt, er war kein sanfter Mensch, und für die Heirat war er auch nicht gewesen. Sie war fünfundzwanzig, zart und blauäugig, und sehr verliebt hatte sie ihren Max herumgekriegt. Schließlich hatten sie beide vor dem Altar „Ja" gesagt und jenen Bund geschlossen, der . . . Das weiß man.

Die ersten Differenzen zeigten sich kurz vor Weihnachten. Er hatte einen Anzug aus dem Schrank genommen. Er hatte dabei eines ihrer Kleider vom Bügel gestoßen. Sie hatte gescholten. Da hatte er ihre Kleider aus dem Schrank geworfen. „Weil wir verheiratet sind, brauchen wir noch nicht denselben Kleiderschrank zu benutzen."

Sie fand ihn schrecklich brutal. Das war der Anfang.

Das Weihnachtsfest bekam Max Johannsen gar nicht. Er saß im Hause herum, hatte nichts zu brüllen, irgendwo anzufassen, zu treiben, sich zu betätigen. Er mußte immerzu essen, trinken, rauchen und hatte Gelegenheit, seine Frau den ganzen Tag zu sehen. Ihm fiel auf: Sie kam in sein Zimmer, sie sagte ihm was. Sie ließ die Tür offen, er schloß die Tür. Sie sprachen. Sie ging. Die Tür war auf. Er machte sie zu. Das fiel ihm auf.

Wie gesagt, er war eben unbeschäftigt. Ohne Weihnachten wäre vielleicht nichts erfolgt. So sagte er: „Lini, mach die Tür zu."

Er sagte: „Die Tür steht auf, Lini."

Er bat: „Bitte, schließ die Tür, Lini."

134

Er stellte fest: „Ihr scheint zu Haus Säcke vor der Tür gehabt zu haben."

Sie war strahlender Stimmung. Sie kam ins Zimmer gestürzt, erzählte etwas eifrig. Er sah von seinem Zimmer über das Wohnzimmer durch den Vorplatz in die Küche. Er sprach: „Die Tür ist wieder nicht zu, Lini."

Sie sagte: „Ach, entschuldige!" und stürzte zu ihrem Putenbraten. Natürlich blieb die Tür offen.

Im Grunde seiner Seele war Max Johannsen ein geduldiger Mensch: Wer mit Tieren umgeht, muß geduldig sein. Die zweite Phase seiner Bemühungen um die offene Pforte war die, daß er Lini verwarnte: „Lini, du mußt die Türen zumachen."

„Lini, es gibt Krach, wenn du die Türen nicht schließt!"

„Zum Donnerwetter, die verfluchte Tür steht schon wieder auf!"

Lini sagte: „Verzeih" und schloß die Türen oder ließ sie offen, wie es sich grade traf.

Am Abend des zweiten Feiertages sagte Johannsen warnend: „Lini, wenn du jetzt die Türen nicht zumachst, bring ich es dir auf eine Art bei, die dir unangenehm sein wird."

„Aber ich mach doch die Türen zu, Max", sagte sie erstaunt, „fast immer." Ging hinaus und ließ die Tür auf.

In dieser Nacht wachte Johannsen auf. Es zog kalt an seine Schulter, die Tür stand offen. Leise fragte er: „Lini?", aber Lini war weg. Johannsen stand frierend auf und schloß die Tür. Er lag wartend. Lini kam, sie legte sich ins Bett. Johannsen spürte wieder den kalten Zug an seiner Schulter. Er wartete eine Weile, dann stand er auf und schloß die Tür.

Am nächsten Morgen um fünf Uhr hatte er im Ochsenstall eine Unterredung mit Stachowiak. Stachowiak war ein galizischer Bengel, achtzehn oder neunzehn, keine Schönheit. Einige Silbermünzen klingelten, Stachowiak grinste.

Um sechs Uhr stand Frau Johannsen auf. Sie trat aus ihrem Schlafzimmer, beinahe bekam sie einen Schreck: Da stand ein Kerl. Der Kerl grinste, er sagte: „Morgen, Madka", und dann machte er die Schlafzimmertür zu. Frau Johannsen ging in die Küche. Stachowiak ging auch in die Küche. Sie hatte die Tür aufgelassen, er machte die Tür zu. Frau Johannsen sagte sehr hastig und erregt etwas zu Stachowiak, aber vielleicht war er des Deutschen nicht so mächtig: Er lachte. Frau Johannsen sagte sehr laut: „Raus! Stachowiak, raus!" und zeigte auf die Küchentür. Stachowiak lief zur Tür, probierte die Klinke und nickte beruhigend: Die Tür war zu.

Lini bekommt eine Idee, sie stürzt auf den Hof und ruft nach ihrem Mann. Stachowiak stürzt hinterher und macht die Türen zu. Herr Johannsen ist aufs Feld geritten.

Zum Frühstück ist Max wieder da. Er sitzt an einem Ende des Tischs, seine Frau am andern. Zwischen ihnen sitzen Inspektor und Eleve, Rechnungsführer und Mamsell. Hinter Frau Johannsen steht Stachowiak. Frau Johannsen sieht, daß das Salz fehlt. Sie stürzt in die Küche, türschließend stürzt Stachowiak nach.

Der Eleve bekommt einen Lachanfall, Johannsen fragt sehr scharf: „Wie bitte, Herr Kaliebe?" Langsamer taucht Frau Johannsen mit dem Salz auf, hinter sich Stachowiak. Das Frühstück verläuft wortlos.

Auch die Unterhaltung nach dem Frühstück zwischen dem Ehepaar ist kurz. Max ist Stahl. „Bitten haben nicht geholfen, nun lernst du es so."

„Ich finde das einfach brutal!"

„Möglich, aber es hilft."

„Wie lange soll dies Theater dauern?"

„Bis ich überzeugt bin, es hat geholfen."

„Gut. Du wirst aber sehen . . ."

Was er sehen wird, bleibt unklar. Vor der Tür steht jedenfalls Stachowiak.

Und der Hof erlebt das Schauspiel: Wo Frau Johannsen auftaucht, taucht Stachowiak auf. Lini ist ernst, gehalten, düster, sie merkt diesen Ochsenknecht gar nicht. Der Hof merkt ihn sehr. Sie muß das Geflügel besorgen. Stachowiak besorgt mit. Sie sieht nach dem Jungvieh. Stachowiak sieht mit. Ach, Gut Wandlitz ist so weit aus der Welt . . ., auf dem Hofe, zwischen Stall und Scheune, stehen zwei grüngestrichene Häuschen mit herzförmigem Türausschnitt, Frau Johannsen ist nur ein Mensch. Nun gut, Stachowiak hält treue Wacht, obwohl sie diese Tür bestimmt schließt. Es wird Abend. Es wird Nacht. Es wird Morgen. Ein zweiter Morgen mit Stachowiak. Die Auseinandersetzung an diesem Mittag zwischen dem Ehepaar ist sehr lebhaft und hat ein Ergebnis: Frau Johannsen langt dem Stachowiak eine! Und wie! Drauf ruft Johannsen den Bengel in sein Zimmer. Wieder klingelt Geld . . ., und der Türschließer ist gegen weitere Ohrfeigen gefeit.

Doch am schlimmsten ist es am dritten Tag. Frau Johannsen ist grade auf dem Hof, ein Kutschwagen fährt auf die Rampe, Besuch! Frau Johannsen stürzt hin, Stachowiak stürzt mit. Es ist Frau Bendler vom Rittergut Varnkewitz . . . Ach, es ist so peinlich, sie gehen in das Haus, und Stachowiak geht mit. Wie sie über den Vorplatz, durch das Herrenzimmer kommen, macht Lini Bewegungen und Laute, wie wenn sie ein Huhn scheucht, aber Stachowiak ist nicht zu verscheuchen. Was muß Frau Bendler denken!

Nun, die Frauen reden eine ganze Weile miteinander. Wenn die Tür aufgeht und das Mädchen mit dem Tablett hereinkommt, sehen sie den Stachu, wie er höflich von draußen die Tür hinter dem Mädchen zumacht. Nun, das öffnet das Herz. Die Frauen weinen und lachen, sie flüstern und sie lachen wieder: Es dauert eine lange Zeit. Schließlich kommt Johannsen auch noch dazu, er kann noch die Einladung für sie beide annehmen, zu Bendlers auf Silvester . . . Eine große Ehre ist das. Sicher hat ihm das gut getan . . . Er summt und flötet den ganzen Abend, und am Morgen ist Stachowiak wieder bei seinen Ochsen.

Es ist ein Jammer, daß die junge Frau am Silvesterabend nicht mitkommen kann! Es ist ihre erste Gesellschaft, und sie kann nicht mit! Sie ist krank. Nein, sie ist nicht etwa beleidigt, sie ist sogar sehr nett: Unbedingt soll er fahren. Schließlich fährt er.

Ach, es ist herrlich auf Varnkewitz zu Silvester! Was für ein Essen! Was für reizende Frauen! Was für Weine! Was für Schnäpse! Was für Zigarren! Und sie sind alle so nett zu ihm. Sie prosten ihm zu. Sie schenken ihm immer wieder ein. Sie müssen ihn ja trösten, zum ersten Mal in seinem Leben ist er Strohwitwer ... So eine reizende Frau. Na, trink, Brüderlein, trink!

Hat Johannsen überhaupt noch die zwölfte Stunde erlebt? Er weiß es nicht mehr. Sicher erinnert er sich nur an eines: Auf der Rampe ist Wacker mit dem Jagdwagen vorgefahren, sein braver Kutscher Wacker, genau wie sein Name. Johannsen will einsteigen, aber so ein Jagdwagen hat zwei höllisch steile Stufen, er schafft es nicht. Er lacht und nimmt einen Anlauf, er schafft es nicht. Die andern Herren lachen auch. Schließlich fassen ihn zwei bei den Armen. Sie geben ihm einen Schwung. Ja, er ist drin in seinem Wagen, aber ..., er ist auch schon wieder draußen, auf der andern Seite, glatt durchgefallen, wie eine Kanonenkugel hindurchgefeuert.

Die Herren sind schrecklich bestürzt ..., er hat sich doch nichts getan? Sie helfen ihm wieder, sie geben ihm wieder einen Schwung, o Gott, da ist die Lehne, ich muß mich festhalten. Wieder draußen! Nein, so geht es nicht. Ein anderer Wagen fährt vor, eine Strohschütte liegt darauf. Sie legen ihn weich, gleich schläft er. Sie könnten Kühe vor diesen Kastenwagen spannen, er würde es gar nicht merken. Aber so sind sie nicht, sie nehmen Ochsen.

Es ist Nacht, als Johannsen aufwacht, ihm ist schrecklich schlecht. Und mit der Klarsichtigkeit der Verkaterten weiß er plötzlich: Sie haben ihn zum Narren gehabt, sie haben ihn nicht ohne Grund so angeprostet ... Sie haben ihn nicht aus Versehen durch den Wagen geworfen. Das einzige, worin sie die Wahrheit gesagt haben, das war das mit der reizenden Frau. So ein sanftes kleines Wesen, und er solch ein roher Schuft ...

Er liegt eine Weile still, es ist ganz dunkel. Sein Bett kommt ihm komisch vor ... Ausgezogen ist er auch nicht ... Hier schnarcht doch was ... O Gott, ist ihm schlecht!

„Lini?" fragt er leise. Stille.

„Lini?" fragt er lauter.

„Liebe Lini?" Er tastet neben sich.

Er faßt in Stoppeln. Eine rauhe Stimme fragt: „Panje?"

Licht wird es. Über ihn beugt sich Stachowiak. „Was zu trinken, Panje?"

Er liegt in der Kammer vom Stachu, beim Stachu.

Was ist noch zu erzählen? Max Johannsen ist ganz sanft und leise über den Hof in sein Haus gegangen. Er hat sich in sein Zimmer gesetzt und hat nachgedacht. Ziemlich lange Zeit hat er gehabt, dann war der Neujahrsmorgen da, und die Lini kam ins Zimmer.

Er hat Zeit gehabt zum Nachdenken. Um so besser ist es ihm geglückt, ihr ein neues Jahr zu wünschen, und mit „neues" hat er wahrscheinlich wirklich etwas Neues gemeint, was die meisten Gratulanten nicht behaupten können.

Das Groß-Stankmal

Bericht aus einer deutschen Kleinstadt von 1931

Wie alle Geschichten – nicht nur die aus der Kleinstadt – fängt es mit einem Garnichts an, und wie alle Geschichten wird es später riesengroß – für eine Kleinstadt.

Pumm, der stellungslose Junglehrer Pumm, der sich im Nebenberuf ein paar Groschen durch die Berichterstattung für die sozialdemokratische „Volksstimme" verdiente, dieser Pumm also war an einem schönen Sonntagnachmittag von seinem derzeitigen Mädchen versetzt worden und schlenderte etwas ziellos über den Markt seines Heimatstädtchens Neustadt. Am Ende des Markts stand auf einem Holzpodest Wachtmeister Schlieker und regelte den Verkehr, der heute wirklich lebhaft war. Der ganze Autoverkehr von Hamburg zu den Ostseebädern geht über Neustadt. Vielleicht darum, zur Hilfe, stand hinter Wachtmeister Schlieker ein zweiter Wachtmeister, Weiß, mit einem Notizbuch.

„Was machen Sie denn da?" fragte Pumm. „Sind Sie Autofalle, Weiß?"

„I wo, Herr Pumm", krächzte Weiß. „Wir brauchen doch kein Geld. – Ich statiste."

„Was sind Sie? Statist?"

„Statistik", belehrte den Lehrer der Stadtsoldat Weiß erhaben. „Statistik, Herr Pumm. Ihr Genosse, Bürgermeister Wendel, will wissen, wieviel Kraftfahrzeuge an einem Sonntag durch Neustadt fahren."

„Warum denn?" fragte Pumm. „Sagen Sie es schon. Ich gebe 'ne Zigarre aus."

„Keine Ahnung, Herr Pumm. Ehrenwort. Keine Ahnung."

140

Pumm dachte scharf nach, fragte nach den bisherigen Zahlen, sagte erstaunt: „So viele" und blieb stehen, mit zu zählen. Bis Mitternacht. Sie lösten sich manchmal ab, einen heben, aber im allgemeinen zählten sie gemeinsam und genau.

Wie gesagt, damit fing es an.

Am nächsten Tag stand in der „Volksstimme" an der Spitze des lokalen Teils ein längerer Riemen, und zwar dahin gehend: „Unsere schöne Vaterstadt Neustadt ist gestern von morgens sechs bis Mitternacht von 13 764 Kraftfahrzeugen passiert worden. Durch Rückfrage bei den Gastwirten am Marktplatz wurde festgestellt, daß 11 (elf!) auswärtige Wagen in Neustadt Station gemacht haben. Das ist noch nicht eins pro mille!! . . . Wir unterbreiten diese Feststellungen unserm sonst so rührigen Verkehrsdezernenten, Herrn Bürgermeister Wendel, zur Kenntnisnahme. Hier muß etwas geschehen, hier muß ein Anreiz geschaffen werden, um diesen unerhörten Strom kapitalkräftigen Großstadtpublikums unserer Stadt nutzbar zu machen . . . Wie wäre es mit der Errichtung einer modernen Großtankstelle auf dem Marktplatz?"

Der Artikel erschien am Montagmittag um ein Uhr. Den ganzen Nachmittag suchte der Magistratsdiener Wrede den Lehrer Pumm. Neustadt hat vierzigtausend Einwohner, ein Mensch muß also in der Stadt zu finden sein. Gegen sieben fand Wrede Herrn Pumm im Café von Gotthold. Gottholds Café ist berühmt für sein gutes Gebäck und für sein Hinterzimmer. Herr Gotthold, der in eigener Person serviert, kommt nie ungerufen in dies Hinterzimmer, und auch dann räuspert er sich noch vernehmlich.

Dort setzte Pumm das Honorar für seinen Artikel in Kaffee, Kuchen und Liebe um. Die verpaßte Verabredung wurde nachgeholt.

„Sie sollen zum Bürgermeister kommen", sagte Magistratsdiener Wrede.

„Ja, ja", sagte Pumm und war sauwütend. „Glotzen Sie nicht so, Mensch, das ist ein Mädchen! Haben Sie noch nie ein Mädchen gesehen?!"

„Ich soll Sie mitbringen, Herr Pumm", sprach Wrede und

141

starrte unerschütterlich auf die Beine der Dame. „Ich suche Sie schon seit drei."

„Wenn Sie ein Wort reden –!" schrie Pumm und besann sich. „Also trinken wir einen Kognak?"

„Immer, Herr Pumm", sagte Wrede.

Der Bürgermeister war wirklich noch auf dem Rathaus, um sieben Uhr fünfzehn.

„Sie haben da einen Artikel geschrieben, Genosse Pumm."

„Ja –?" fragte Pumm.

„Den Artikel hätten Sie nicht schreiben sollen, Genosse Pumm."

„Nein –?" fragte Pumm.

„Der Artikel erregt böses Blut. Die Gastwirte am Marktplatz fassen ihn als eine Beleidigung auf, daß sie nicht anziehend genug sind für die Großstädter."

„Aber . . .", fing Pumm an.

„Sie hätten mich vorher fragen sollen, Genosse", sagte der Bürgermeister ernst.

„Aber, Herr Bürgermeister", begann Pumm flehentlich, denn hier ging es um mehr als einen Artikel, hier ging es um seine Anstellungsmöglichkeit in Neustadt. „Ich habe doch schon öfter für die ‚Volksstimme' geschrieben . . ."

„Weiß ich", sagte der Bürgermeister, „weiß ich alles. Aber hier handelt es sich um etwas anderes, hier handelt es sich um eine Idee!"

„Eine Idee –?"

„Mit der Großtankstelle, ja. Eine neue Idee. So etwas darf nicht unvorbereitet kommen. Jetzt weiß kein Mensch, was er davon halten soll, und alle denken sich selbst was aus. Was glauben Sie, was Sie da angerichtet haben!"

Schließlich ging Pumm nach Haus, er war durchgerüttelt und durchgeschüttelt. Er hatte dem Bürgermeister in die Hand versprochen, fürder keine Ideen ohne Erlaubnis mehr zu haben, keine neuen jedenfalls.

Doch konnte solche interne Abmachung den Gang der Ereignisse nicht aufhalten. Es geschah einiges, zum Beispiel dies:

Im Neustadter „General-Anzeiger" erschien eine Entschließung der Gastwirteinnung, die mit Entrüstung die Verdächtigung zurückwies, ihre vollständig auf der Höhe der Großstadt stehenden Lokale könnten keinen Anreiz auf die Automobilisten Hamburgs ausüben. Der „General-Anzeiger" selbst bezweifelte die Richtigkeit der Statistik.

Die Drogisten Maltzahn und Raps, der Fahrradhändler Behrens, die auf stadteigenem Bürgersteig Tankstellen an den Zufahrtsstraßen zum Markt hatten, erhoben Einspruch dagegen, daß ihnen von ihrer eigenen Verpächterin, der Stadt, Konkurrenz durch Errichtung einer Großtankstelle gemacht werden sollte.

Derop und Shell, bisher in Neustadt noch nicht vertreten, bewarben sich um die neue Großtankstelle.

Ilona Linde, Wirkerin in der Strumpffabrik von Maison, hatte einiges von ihren Eltern und Mitarbeiterinnen wegen eines gewissen Gotthold-Geschwätzes auszustehen. (Der Kognak hatte Wredes Mund nicht plombiert.) Ob es wahr sei, daß sie ihre Strumpfbänder in Gegenwart des Boten Wrede festgemacht habe?

Für Pumm fielen die Nebeneinnahmen von der „Volksstimme" fort. „Soviel Scherereien, wie ich von Ihrem Quatsch habe!" schimpfte Redakteur Kaliebe.

Schweigen um die Großtankstelle. Aber jedenfalls mancher Gastwirt dachte: 13 764 Kraftfahrzeuge . . . Hätten wir doch! Aber . . . Kann man jetzt noch etwas tun, nach dieser Entschließung? Nein, aber ein anderer . . .

Schweigen um die Großtankstelle. Bis Maurermeister Puttbreese, der bekanntlich fast alle städtischen Bauten bekam, im Wirtschafts- und Verkehrsverein einen Antrag einbrachte, durch den städtischen Verkehrsdezernenten den Magistrat zu ersuchen, ob nicht vielleicht doch eine zu errichtende Großtankstelle den Verkehr zu heben geeignet sein würde. Welche Pachtsummen waren etwa für die Stadt zu erzielen?

Bürgermeister Wendel, Vorsitzender des Wirtschafts- und Verkehrsvereins, ersuchte Bürgermeister Wendel, den städtischen Verkehrsdezernenten, einen Antrag an den Magistrat und die städtischen Kollegien auszuarbeiten ... Einstimmig angenommen!

Einstimmig angenommen!! „Großtankstelle auf dem Marktplatz gesichert", schrieb die „Volksstimme". „Unsere Anregung einer Großtankanlage von den städtischen Körperschaften aufgenommen", schrieb der „General-Anzeiger".

Pumm durfte wieder für die „Volksstimme" schreiben. „Das war ja so ein Quatsch damals", sagte Redakteur Kaliebe.

Pumm hatte eine Unterredung mit dem Bürgermeister. „Vielleicht vorläufig aushilfsweise beim Gymnasium. Mal sehen", sagte der Bürgermeister. „Ihr Vorschlag ist gar nicht so übel. Trotzdem mir ja allerdings bei der Zählung ähnliches vorschwebte."

Das städtische Hoch- und Tiefbauamt wurde mit der Ausarbeitung der Pläne für die Großtankanlage beauftragt. Nun war die Sache so: Stadtbaurat Blöcker war Stahlhelmmann, wenn nicht Schlimmeres. Jedenfalls hatte er sich zum Volksentscheid Landtagsauflösung eingetragen. Andererseits mußte zugegeben werden, daß der Marktplatz, durch die Grotenstraße geteilt, in zwei Hälften zerfiel. Auf der einen Hälfte steht die 1926 mit Kommunalanleihe gebaute einzige städtische Bedürfnisanstalt für Herren und Damen. Kostenaufwand seinerzeit 21 000 Mark. Auf der andern Hälfte des Marktplatzes hinwiederum steht das Kriegerdenkmal 1870–71. Gußeisernes, übermannshohes Gitter (gotisch), vier rotpolierte Granitstufen, dann mehrere Granitwürfel, grau und schwarz, mit erzenen Adlern, unordentlich hingepackten Kanonenrohren, alles mit Lorbeer verziert, und obenauf ein Mann mit einer gußeisernen Fahne an einem abgebrochenen Eisenstecken.

„Um", stellte der Vorbericht von Stadtbaurat Blöcker fest, „um eine ungehinderte, verkehrspolizeilich einwandfreie Zu- und Abfahrt zu der geplanten Großkraftstoffabgabestelle zu schaffen, müßte entweder auf der nördlichen Marktplatzhälfte die städtische Bedürfnisanstalt oder aber auf der südlichen Hälfte das Heldenmal entfernt werden.

Vor Ausarbeitung der endgültigen Pläne wird um Entscheidung dieserhalb stadtbauamtlicherseits gebeten."

„Da haben wir den Salat", sagte Bürgermeister Wendel. Immerhin half Totstellen nichts, weiter mußte man. Durch eine wirklich geschickt vom Bürgermeister eingefädelte Indiskretion gelangte der Vorbericht des Stadtbauamtes zuerst in die Redaktion des „General-Anzeigers", der folgendermaßen Stellung nahm: „Man sieht einmal wieder", schrieb der Leitartikler, „wie wenig vorausschauende Wirtschaft von den Herren Roten getrieben wird. Hätte man die mit einem enormen Kostenaufwand auf sozialdemokratischen Antrag hin erbaute Bedürfnisanstalt gleich in das äußerste nördliche Ende des Marktplatzes gesetzt statt fast in die Mitte, würde es jetzt keinerlei Schwierigkeiten für unser großzügiges Verkehrsprojekt geben. Eine Verlegung des Heldenmals unserer Altvordern, das in diesen Zeiten der Demütigung so manchem stillen Trost und Erhebung gibt, kann natürlich nicht in Frage kommen."

Die „Volksstimme" schwieg.

Auf der Redaktion des „General-Anzeigers" aber erschien Kinobesitzer Hermann Heiß mit einem „Eingesandt": „Warum nicht im Heldenhain?" Der Einsender, von vaterstädtischem Feuer belebt, regte an, das Heldenmal 1870–71 in den Heldenhain am Stadtpark zu überführen. „Dort ist der gegebene Ort, bei unsern Gefallenen aus dem Weltkrieg!" Zähneknirschend mußte die Redaktion des „General-Anzeigers" dieses „Eingesandt" ihres besten Inserenten bringen, obwohl sie die Schiebung durchschaute: Heiß war Reichsbannermann.

Am nächsten Tag brachte die „Volksstimme" einen kurzen, aber entschiedenen Bericht, in dem sie sich den so überraschend sachlichen und zweckmäßigen Vorschlag des „General-Anzeigers" zu eigen machte: „Das Heldenmal in den Heldenhain!"

Darauf brachte wieder der „General-Anzeiger" erstens einen Hinweis, daß Anregungen unter „Eingesandt" ohne Verantwortung der Redaktion erschienen. „So beachtenswert der Vorschlag unseres geschätzten Mitbürgers Heiß

145

auch sein mag, halten wir die Frage doch noch nicht für geklärt genug, um endgültig dazu Stellung zu nehmen. Wir geben darum zweitens Herrn Stadtmedizinalrat Sernau Gelegenheit, sich dazu zu äußern." Und Sernau: „Treten wir unsere Kulturgüter mit den Füßen?!" – „Jawohl, schleppen wir nur alles, was uns an eine Zeit erinnert, in der wir siegreich und stark waren, aus unseren Augen! Wälzen wir uns in unserer Schmach! Statt eines Heldenmals ein Groß-Stankmal, das sind die Zeichen unserer Zeit! Bürgermeister Wendel mag erst einmal dafür sorgen, daß die Wege zum Heldenhain bei Regenwetter passierbar sind! Der Vorschlag, der hier unter ‚Eingesandt' erschien, wird jeden Deutschgesinnten empören! Sollen wir die Erinnerungen an unsere Siege verstecken? Das paßte gewissen Herren so! Niemals!!!"

Am Heldendenkmal lag darauf ein viel beachteter Kranz mit schwarzweißroter Schleife „In Treue fest". Am Häuschen aber fand sich eine Inschrift „Rotfront lebt".

Die Bürger zerbrachen sich tagelang die Köpfe: Von wem diese schwer zu entfernende Bemalung? Von den Kommunisten? Von den Nationalsozialisten? Von den Stahlhelmern? Oder von den Sozis? Allen war es zuzutrauen. Nein, keinem! Doch, den Kommunisten schon! Die sind nicht so dumm! Da haben Sie auch wieder recht.

Die nächste Sitzung der städtischen Kollegien zeichnete sich durch das aus, was manche Reporter „brechende Tribünen" nennen. Es ging um ziemlich wichtige Geschichten: eine Kläranlage für eine und eine halbe Million, die Erwerbslosenbeihilfen zu Weihnachten, den Verkauf von vier städtischen Grundstücken, die langersehnte Konzession einer Autobuslinie nach Mellen – alles interesselos. Was wird mit der Großtankstelle? Nein, mit dem Groß-Stankmal!

Jede Partei schickte ihren Hauptredner vor. Die Deutschnationalen dagegen. Die Deutsche Volkspartei dagegen. Nazis dagegen. Reichswirtschaftspartei: einerseits nein, andererseits ja; freie Entschließung ihrer Mitglieder. Staatspartei: andererseits nein, einerseits ja, dito. Zentrum nicht vorhanden. Sozis ja. Kommunisten: Gebt uns lieber was zu essen. – Abstimmung: elf Stimmen für die Großtankstelle, fünf gegen das Groß-Stankmal. Die andern enthalten.

Gebrüll: Schiebung. Schlägerei auf den Tribünen. Sehr beachtete Auseinandersetzung zwischen dem städtischen Medizinalrat und Herrn Kinobesitzer Heiß:

„Euch Korpsstudenten kennen wir doch!"

„Mit Großstadtunzucht unsere Töchter verseuchen!"

„Sie haben ja gar keine, Herr Medizinalrat!"

„Das geht Sie einen Dreck an!"

Immerhin, das Ergebnis war da, die Großtankstelle prinzipiell genehmigt, das Stadtbauamt wurde um Entwürfe, auszuführen am Platze des jetzigen Heldenmals, ersucht. Lange Zeit, sehr lange Zeit. Dann kamen die Entwürfe. Die Überführung des Heldenmals wird 3200 Mark kosten, die Errichtung einer Großtankstelle 42375 Mark. Krieg, wilder Krieg bis ans Messer.

Pumm hat wieder keine Zeitungsarbeit, und Ilona ist jetzt sicher, daß sie ein Kind erwartet. Pumm wird nicht mehr vom Bürgermeister empfangen, er wittert Morgenluft und tritt zu den Nazis über.

Architekt Hennies (BDA) macht einen Gegenentwurf, Kosten 17000 Mark inkl. Versetzung des Heldenmals.

Wütender Streit zwischen Stadtbaurat Blöcker und Hennies.

Einem Adler am Heldenmal wird ein Flügel abgebrochen, und in der nächsten Nacht bekommt der Mann obenauf ein mennigrotes Gesicht.

Die Stadtsoldaten müssen von da an Nacht für Nacht am Denkmal Wache schieben. Macht pro Mann eine Stunde Dienst mehr wöchentlich. Das Denkmal wird gereinigt, der Flügel des Adlers bleibt allerdings verschwunden, trotzdem hält der Stahlhelm eine Feier zu Füßen des Denkmals ab. Am Abend dieses Tages kommt es zu heftigen Zusammenstößen zwischen Stahlhelm und Kommunisten, Reichsbanner und Nazis. Die gereizte Stimmung entzündet sich beim Anblick des neuesten SA-Mannes Pumm. „Verräter!" – „Ihr Gestänkler!" – „Hau dem Kerl doch eines in die Fresse!"

147

Es geschieht, Ergebnis: ein Toter, drei Schwerverletzte. Der Regierungspräsident legt daraufhin (auf Kosten der Stadt) eine Hundertschaft Schupo nach Neustadt, da die städtische Polizei sich der Lage nicht gewachsen zeige. Der Bürgermeister bekommt einen Rüffel. Im „General-Anzeiger" erscheint ein ungezeichneter Artikel: „Wenn man zum Bürgermeister mit einer Idee kommt."

Die Stadt brodelt, Neustadt kocht.

Was man angefangen hat, muß man fortsetzen. Eine Lawine hört erst auf zu rollen, wenn sie unten liegt. Neuerliche Sitzung der städtischen Kollegien: Voranschlag Stadtbaurat Blöcker; Kennwort: „Großkraftstoffabgabestelle"; 42 375 plus 3200 Mark. Voranschlag Architekt Hennies (BDA); Kennwort: „Modern"; 17 000 Mark. Mit den Stimmen der Sozialdemokraten, der Staatspartei, eines Teils der Reichswirtschaftspartei und der Kommunisten (sic! sagt der „General-Anzeiger") wird der Voranschlag Hennies' angenommen.

Der Bau der Großtankstelle ist beschlossen.

Gebrüll. Gelächter. Gebrüll.

Da erhebt sich Fabrikant Maison (deutschnational) und begründet namens seiner Fraktion folgenden Zusatzantrag: „Die städtischen Kollegien wollen beschließen, daß die geplante Großtankstelle so eingerichtet wird, daß an ihrer Erpachtung paritätisch sämtliche größeren Benzinproduzenten teilnehmen. Begründung: Es erscheint unbillig, einer Firma gewissermaßen ein Monopolrecht auf Brennstoffe in unserer Stadt einzuräumen. Auch würde damit der Zweck verfehlt werden, auf *alle* Kraftfahrer der Großstadt, die bekanntlich die verschiedensten Brennstoffe benutzen, einen Anreiz auszuüben. Man erbaue die Tankstelle so, daß vier oder sechs Firmen gleichzeitig nebeneinander ihre Brennstoffe anbieten und abgeben können."

Bürgermeister Wendel verliert den Kopf. „Aber das ist unmöglich, meine Herren. Ich appelliere an Ihre Vernunft! Jede Firma hat natürlich nur ein Interesse daran, wenn sie die Tankstelle allein kriegt."

Fabrikant Maison: „Ich danke Herrn Bürgermeister für

sein Kompliment. Mit solchen Beschimpfungen stützt er seine Meinung schlecht. Nach meiner kaufmännischen Erfahrung läßt sich das ausgezeichnet machen. Ich stelle mir das sehr hübsch vor, sehr anziehend: sechs, acht Kojen mit den verschiedenen Beschilderungen nebeneinander. Sechs, acht Tankwärter, sind wir gleich sechs, acht Arbeitslose los."

Gebrüll, Gelächter, Gerede, nein, bitte, Reden. Abstimmung.

Der Zusatzantrag Maison wird mit sieben Stimmen Mehrheit angenommen. Das paritätische Großtankmal ist gesichert. Bleich erhebt sich am Pressetisch Architekt Hennies. „Bei diesen Veränderungen wird mein Kostenvoranschlag natürlich hinfällig."

Herr Stadtmedizinalrat bittet um Auskunft, wieso Herr Hennies am Pressetisch sitzt. Der Bürgermeister weiß es nicht, Herr Hennies ist rausgegangen.

Aus dem allgemeinen Tumult erhebt sich der Stadtverordnetenvorsteher Genosse Platau. „Meine Herren!" ruft er. „Meine Herren!" Es wird still, denn Platau erfreut sich selbst auf dem rechten Flügel gewisser Sympathien, da er im Felde zwar seinen Arm verloren, aber das EK I bekommen hat. „Meine Herren, ich halte es nicht für richtig, daß wir diese Sache so in der Schwebe lassen. Einerseits ist nun beschlossen worden, die Großtankstelle –"

„Das Stankmal!"

„Ich mag Benzin eigentlich ganz gerne riechen. – Einerseits also soll sie errichtet werden, andererseits soll sie für sechs oder acht Firmen ausgebaut werden. Und dann kriegen wir keinen Pächter."

„Sehr richtig!"

„Unter diesen Umständen schlage ich vor, wir beschließen: Eine Großtankstelle wird *nicht* errichtet. Dadurch ersparen wir der Stadt Kosten, vernichten einen Streitapfel und erhalten dem Marktplatz seinen schönen gewohnten Charakter. Das ist auch produktive Arbeit. Meine Herren –!"

Allgemeine Verblüffung. Ernste, nachdenkliche Gesich-

149

ter. Der Antrag ist formal nicht richtig eingebracht, es erhebt sich aber kein Widerspruch, daß sofort über ihn abgestimmt wird. – Es wird abgestimmt.

Spannung. Atemloses Schweigen. Spannung.

Ergebnis: einstimmig (einstimmig!) angenommen! Von Rechts bis Links Einigkeit: keine Großtankstelle! Strahlende Gesichter. Neustadt hat wieder Frieden.

Ein stark anrüchig gewordener Herr Pumm verläßt unter Hinterlassung eines kräftigen Knaben seine Vaterstadt. Er hat fest beschlossen, nie wieder eine neue Idee zu haben.

Fröhlichkeit und Traurigkeit

Der Mann kam gegen sechs Uhr vom Holzstehlen nach
Haus, es war noch dunkel. Er brannte eine Laterne an
und zerkleinerte die Stammabschnitte, damit der Landjäger, falls er doch einmal auf die Suche nach den Holzdie-
ben ging, nichts zu beanstanden fand. Während er arbeitete, hörte er auch die andern in den Nachbarlauben sägen und hacken: Sie gingen immer zu vier oder fünf
Mann los, alles Arbeitslose, damit der Förster sich nicht
an sie traute.

Als der Mann mit seiner Arbeit fertig war, ging er in die
Laube. Es war nun sieben Uhr und fing an, hell zu werden.
Die Frau schlief noch, aber das Kind war wach, es saß in
seinem Bett und sagte immerzu: „Pepp-Pepp" und „Memm-
Memm". Der Mann legte seiner Frau sacht die Hand auf
die Schulter und sagte: „Sieben Uhr, Elise." Sie wurde
schwer wach, sie hatte gestern den ganzen Tag gewaschen.
Heute würde sie wieder gehen.

„Darf ich das Kind noch ein Weilchen zu dir setzen,
Elise?" fragte er, und sie murmelte etwas Verschlafenes.
Das Kind war sehr fröhlich und lachte, als der Vater es auf
den Arm nahm und neben die Mutter setzte. Dann sah es
den Wecker und rief „Tick-Tick" und griff nach der Uhr.
Der Vater gab sie dem Kind. Es spielte neben der Frau, der
Mann machte im Herd Feuer, setzte den Kaffee auf und
wärmte die Milch für das Kind.

Nach einer Weile saßen sie beim Frühstück, das Kind aß
schlecht. „Wir müssen sehen", sagte der Mann, „daß wir
wieder etwas gute Butter für den Jungen kaufen."

151

Die Frau sagte: „Zwei Tage wasche ich noch diese Woche, das bringt zwanzig Mark."

„Und fünfundzwanzig kriege ich heute Stempelgeld. Ich werde ein halbes Pfund Butter mitbringen."

„Ja", sagte die Frau, „das ist besser für ihn als die Margarine. Vielleicht kriegt er dann auch die Zähne leichter."

„Wir müssen aber auch die Miete für die Laube zahlen."

„Ja, tu es gleich, wenn du heute in der Stadt bist."

„Tu ich", sagte der Mann.

Das Kind war fröhlich, es saß auf der Erde und zerriß eine Zeitung in kleine Stücke, wozu es „Bi" sagte, was Bild und dann alles Gedruckte hieß. Kurz vor acht machte die Frau sich zum Fortgehen fertig.

„Wird es heute spät?" fragte er. „Weil ich zum Stempeln muß. Ich bin nicht vor sechs wieder hier."

„Ich will sehen, daß ich um fünf hier sein kann", sagte die Frau. „Vielleicht schläft er solange."

„Hoffentlich", sagte der Mann. „Es ist immer ein ungemütliches Gefühl, wenn er so lange hier allein ist."

„Ja", sagte die Frau. „Aber was soll man machen?" Dann ging sie.

Der Mann räumte das Zimmer auf und legte die Betten zum Lüften ins Fenster. Er wusch das Geschirr ab und schälte schon die Kartoffeln und schabte die Mohrrüben zum Mittagessen. Das Kind lief im Zimmer hin und her und drückte seinen Kopf in die herunterhängenden Enden der Betten. Dann sagte der Mann: „Noni ist weg. Noni ist ganz weg", und das Kind sah wieder hoch und jubelte. Es lief gegen den Vater und drückte seinen Kopf gegen die Beine des Vaters. Nach einer Weile sagte der Mann dann: „Es ist gut, Noni. Es ist gut, mein kleiner Freund." Und das Kind lief wieder an sein Spiel.

Als die Hausarbeit getan war, zog der Mann das Kind zum Ausgehen an, er setzte ihm einen weißen Pudel auf und zog ihm ein Mäntelchen und Schuhe an. Dann stieg das Kind in seinen kleinen weißen Karren, und die beiden gingen los. Im Garten war nichts mehr zu tun, es war Vorwinter, das Land war umgegraben und die Erdbeeren schon mit Stroh zugedeckt. Sie fuhren zwischen den Parzellen hin. Nur die wenigsten waren noch bewohnt, wer irgend die Miete aufbringen konnte, wohnte jetzt zum Winter in der Stadt. Nach einer Weile kamen sie auf eine schöne glatte Zementstraße, der Mann hielt das Wägelchen an, schnallte den Halteriemen los und sagte: „Nun steig aus, Noni, und schieb." Das Kind sah den Vater fröhlich lächelnd an, dann streckte es ein Bein aus der Karre, blinzelte und zog das Bein wieder zurück. „Steig jetzt aus, Noni", mahnte der Vater. Das Kind streckte wieder das Bein aus und zog es wieder zurück. Es war das ein Spiel, das es mit dem Vater trieb, eine kleine Neckerei, die es sich ausgedacht hatte. „Dann geh ich allein", sagte der Vater und ging fort, ließ Wagen und Kind allein stehen. Sofort stieg das Kind aus und rief aufgeregt „Pepp-Pepp!" Der Mann drehte sich um, das Kind zeigte auf den Halteriemen, es hatte Ordnungssinn, es war unordentlich, daß der Halteriemen herunterhing, der Vater mußte ihn festmachen.

Nun schob das Kind die Karre, es ging manchmal rasch, manchmal lief es sogar, und dann blieb es wieder stehen und sah einen Hund an, zu dem es „Wau-Wau" sagte. Immer mußte der Vater dann auch „Wau-Wau" sagen, das Kind wiederholte das Wort so lange, bis der Vater es bestätigt hatte. Wenn es Hühner sah, sagte das Kind „Piep-Piep", und der Vater sagte: „Ja, Noni, das sind die Putten und die Tucken." Auch dann war das Kind zufrieden, obgleich es diese Wörter nicht wiederholen konnte, es war erst anderthalb Jahre.

Das Kind entdeckte den Spanndraht eines Telegrafenmastes, der aus fünf oder sechs Einzeldrähten bestand, die etwas auseinanderstanden. Das Kind konnte zwischen den einzelnen Drähten sehr gut einen Finger durchstecken, es tat das viele Male. Der Vater rief häufig und kam immer weiter voraus, aber Noni konnte sich von seinem Draht noch nicht trennen. Da versteckte sich der Vater hinter einer Ecke, und als das Kind merkte, der Vater war fort, lief es die Straße hinunter, um ihn zu finden. Da steckte der

Vater den Kopf hinter seiner Ecke hervor, und als das Kind sah, daß der Vater noch da war, machte es rasch wieder kehrt und lief zu seinem Draht zurück.

Als es nun genug hatte an diesem Spiel, war der Vater noch viel weiter gegangen, er war sehr weit ab, dem Kind schien es viel zu weit. Das Kind lief ein Stück, aber der Vater kümmerte sich nicht mehr um das Kind und ging langsam immer weiter. Das Kind blieb stehen, es sah den Weg entlang, es rief laut „Pepp-Pepp!", dann griff es an den Rand seines Pudels und zog die Mütze mit einem Ruck über das ganze Gesicht bis zu dem Kinn. Der Vater hatte sich umgedreht, als er das Kind rufen hörte, da stand sein kleiner Junge mit der Mütze über dem ganzen Gesicht, vollkommen blind. Er taperte ein bißchen auf seinen Beinen, hierhin und dorthin, nahe am Fallen. Der Vater lief und lief, daß er schnell genug hinkam, sein Herz klopfte sehr, er dachte: Anderthalb Jahre, und nun ist er von allein daraufgekommen. Macht sich blind, daß ich ihn holen muß. – Er zog dem Kind die Mütze aus dem Gesicht, der Junge strahlte ihn an. „Was bist du für ein Schalksnarr, Noni, was für ein Schalksnarr!" Der Vater sagte es immer wieder, er hatte Tränen der Rührung in den Augen.

Eine Weile nach zwölf hatte der Vater das Kind gewaschen und ausgezogen, er hatte ihm sein Essen gegeben, selbst etwas gegessen und es dann zu Bett gelegt. „Gute Nacht, Noni, gute Nacht", sagte der Vater und trat in den Schatten des Schrankes, daß das Kind ihn nicht mehr sah. Nun kam es darauf an, daß Noni schnell einschlief, denn um drei mußte der Mann auf dem Amt sein, um seine Unterstützung zu erheben. Der Mann wartete regungslos, das Kind papelte noch ein Weilchen, dann rief es und lockte ihn: „Pepp-Pepp", aber der Vater rührte sich nicht. Dann schlief Noni ein.

Der Mann schloß die Laube ab, versteckte den Schlüssel für die Frau und machte sich auf seinen Weg. Er hatte gut zwei Stunden zum Arbeitsamt zu gehen, offiziell wohnten sie noch in der Stadt, ihm war nicht genehmigt worden, dort draußen in einer andern Gemeinde zu wohnen. Es war immer eine Angst, das Kind solange allein zu lassen, aber daran war nichts zu ändern. Der Mann ging sehr rasch, er wiederholte sich oft, daß er Butter kaufen mußte und Bananen, die der Junge „Niä" nannte und die in der Stadt auf den Wagen nur fünf Pfennig kosteten, während man draußen den Räubern fünfzehn Pfennig zahlen mußte. Dann war die Miete zu bezahlen, fünfzehn Mark, aber die Frau würde zwanzig Mark verdienen, sie kamen also diese Woche sehr gut durch. Immerhin war es schwer für sie, vor einem Vierteljahr hatten sie noch über dreihundert Mark im Monat verdient, ehe der Mann abgebaut worden war.

Er behob sein Geld und ging dann zu jenem Angestellten, von dem er die Laube gemietet hatte. Aber der war nicht zu Haus, er würde erst gegen sieben kommen. Der Mann beschloß, dann noch einmal vorzusprechen, und ging wieder auf die Straße hinunter. Er erledigte seine Einkäufe, und weil er in der Nähe der Friedrichstraße war, ging er dorthin, um sich einmal wieder die Läden und den Betrieb anzusehen. Er ging langsam hin und her, früher hatte er viel hier verkehrt, als er noch Junggeselle war. Damals hatten nicht soviel Mädchen hier an den Ecken gestanden. Er besah sich, die jetzt dastanden, manche sahen wirklich gut aus, aber die meisten waren ganz aussichtslos. Öfters wurde er angesprochen. Dann kniff er die Augen etwas ein und bewegte lächelnd den Kopf von rechts nach links.

Es wurde dunkel, die Laternen brannten, die Schaufenster wurden so hell. In den Cafés war überall Musik. Der Mann war sehr traurig, es wurde ihm immer schwerer, den Kopf verneinend zu bewegen, wenn er aufgefordert wurde. Was ist denn mit mir? fragte er sich unruhig. Ist es darum, weil ich so ganz draußen bin, weil alles so hoffnungslos ist, daß ich so traurig bin? Er lief immer die Friedrichstraße auf und ab, von der Leipziger bis zum Bahnhof, es wurde spät. Einmal lief er einer mit einem grünen Hut sehr lange nach, aber sie achtete nicht auf ihn oder wollte nicht, weil er ein so angstvoll böses Gesicht machte. Schließlich machte er sich mit einem Ruck frei und ging in ein Café hinauf. Das

Café war trostlos leer, er setzte sich hin und bestellte ein Bier und einen Kognak. Was will ich? fragte er sich. Will ich denn mit so einer schlafen? Nein, gar nicht. Also warum denn? Ich könnte längst zu Haus sein, und die Miete habe ich auch nicht bezahlt. Dazu ist es nun zu spät.

Es war nach neun Uhr. Der Mann bezahlte, es machte zwei Mark vierzig, er bekam einen großen Schreck. Der Alkohol wirkte sehr stark auf ihn; als er wegging, hatte er einen neuen Beschluß gefaßt: Werde ich bis zum Bahnhof von keiner angesprochen, fahre ich sofort nach Haus. Und wenn ich angesprochen werde ... Er wußte nicht, was dann.

Er wurde nicht angesprochen und stieg in den Zug. Auf dem Schlesischen Bahnhof mußte er umsteigen, zwischen den beiden Bahnsteigen ergriff ihn die Unruhe neu, er lief aus dem Bahnhof und in die nächste Straße. Ein Mädchen fragte: „Na, Kleiner?"

Er blieb stehen und sagte: „Du kannst mit mir mitkommen und einen Schnaps trinken, bis mein Zug geht."

„Das kann ich nicht", sagte sie. „Ich muß Geld verdienen, mein Kleiner."

„Ich geb dir drei Mark, komm schon", sagte er, und sie hängte sich bei ihm ein.

In der Wirtschaft saßen sie einander gegenüber und tranken einen Curaçao, der nach Sprit schmeckte. Er fragte das Mädchen: „Hast du ein Kind?", aber sie sagte, sie hätte keines. Er war sehr enttäuscht, er hätte so gerne mit ihr von Kindern gesprochen. So sprachen sie von den schlechten Zeiten, sie hatte seit ein paar Wochen Schuhe zur Reparatur gegeben, sie sollten eine Mark achtzig kosten; immer, wenn sie dachte, sie hätte das Geld zusammen, ging es wieder weg für Essen und Miete. Er erzählte ihr von seiner früheren Stellung, wie gut sie gelebt hatten, dann von seiner Frau, dann doch von dem Kind.

Nach einer langen Zeit standen sie auf, um den letzten Zug zu erwischen, aber dann gingen sie doch wieder in ein anderes Lokal. Er mußte mit ihr zusammensein, ihr erzählen. Sie tranken ziemlich viel, er gab ihr drei Mark und dann noch drei Mark. Eine Weile nach Mitternacht war das Geld alle, sie gingen auf die Straße. „Nun kommst du mit mir nach Haus und trinkst Kaffee", sagte er zu dem Mädchen.

„Dann haut mich deine Frau ja raus", sagte sie.

„Sie haut dich nicht raus, sie gibt uns Kaffee. Und du kriegst noch einmal fünf Mark, wenn du mitkommst."

Das Mädchen hängte sich wieder bei ihm ein, und sie gingen los. Er erzählte ihr immerzu, damit sie nicht merkte, wie weit der Weg war. Manchmal blieb sie stehen und wollte nicht weiter. Dann lockte er sie mit den fünf Mark. Er war geschwätzig und gut aufgelegt, dabei wuchs die Traurigkeit in ihm immer mehr.

Nach einer langen Zeit kamen sie in die Laubenkolonie. „Dort wohne ich", zeigte er. „Laß mich lieber gehen", meinte das Mädchen. „Deine Frau macht Krach. Gib mir die fünf Mark und laß mich gehen."

„Ich hab das Geld ja drinnen", antwortete er.

Sie klopften, Elise machte rasch auf. Sie trug ihren Bademantel, sie hatte rosige Backen vom Schlafen und sah sehr hübsch aus. Das Mädchen war ein Garnichts gegen sie. „Mach uns Kaffee", sagte der Mann. „Sie hat mich rausgebracht."

Die Frau gab dem Mädchen die Hand und sagte: „Setzen Sie sich. So ein Weg, das bringt nur er fertig, Sie hier rauszuschleppen."

Das Mädchen sagte verlegen: „Ja, es ist ein weiter Weg."

Die Frau machte Feuer und setzte Wasser auf. Sie räumte Tassen her und Zucker. „Die Milch muß aber für den Jungen bleiben", sagte sie.

„Es ist gut, Elise, wir trinken auch ohne Milch", antwortete er. „Gib dem Fräulein fünf Mark, ich habe sie ihr versprochen."

Die Frau sah den Mann einen Augenblick an, er schloß die Augen und bewegte den Kopf langsam nach vorn, um ihr seine völlige Ergebenheit auszudrücken. Elise nahm aus ihrer Tasche fünf Mark und gab sie dem Mädchen. „Danke schön", sagte das Mädchen. „Nun hole ich morgen meine Schuhe."

157

Der Mann nahm das Mädchen bei der Hand und sagte: „Nun will ich dir noch meinen Jungen zeigen." Sie gingen in den Winkel zum Bettchen. Das Kind schlief fest. Die blonden dünnen langen Haare waren ganz verstrubbelt, es hatte eine Faust gegen die roten Backen gestemmt, der Mund stand halb offen. „Nun kann ich es Ihnen auch sagen", meinte das Mädchen. „Ich hab auch ein Kind, es heißt Gerda, es ist drei Jahre alt."

„So", sagte der Mann. „Der Junge ist anderthalb. Er ist sehr fröhlich."

Nachdem sie Kaffee getrunken hatten, sagte das Mädchen: „Ich möchte jetzt nicht länger stören."

„Wollen Sie nicht warten, bis es etwas heller geworden ist?" fragte die Frau.

„Wer soll mir was tun", sagte das Mädchen. „Nein, jetzt gehe ich." Der Mann brachte sie bis zur Gartentür.

Als er zurückkam, hatte die Frau das Geschirr schon abgeräumt und lag wieder im Bett. Der Mann zog sich schweigend aus. Nach einer Weile sagte er: „Wie wird es mit dem Geld?"

„Hast du die Miete bezahlt?" fragte sie dagegen.

„Nein", antwortete er. Sie waren eine Weile still, dann sagte die Frau: „Es wird schon irgendwie gehen. Wir müssen uns die nächsten Wochen sehr einrichten."

„Ja", sagte der Mann. „Es war wie eine Krankheit, Elise. Ich konnte nicht dagegen an."

„Nein", sagte sie, „das weiß ich ja. Du mußt nur sehen, daß es nicht so schlimm wird. Du weißt doch: Noni."

„Ja", sagte er. „Natürlich. Es ist, glaube ich nur, weil alles so hoffnungslos ist."

„Ich weiß alles", sagte die Frau. „Du brauchst dich doch nicht zu entschuldigen. Und nun versuch noch ein bißchen zu schlafen. Du hast morgen wieder den ganzen Tag den Jungen. Ich muß waschen."

„Ja", sagte er. „Also dann gute Nacht."

„Gute Nacht", antwortete sie und machte das Licht aus.

Gegen jeden Sinn und Verstand

Eine merkwürdige Begebenheit

Im Jahre 1923 machte ich ein paar Wochen auf einem großen Rittergute in der Neumark den Feldschutz. Im Dorfe wohnten außer unsern Landarbeitern viele industrielle Arbeiter, und da die Inflation auf der Höhe war und die Leute sich für ihre paar Milliarden Mark kaum die nötigsten Lebensmittel kaufen konnten, war der Felddiebstahl stark im Gange. Dabei fiel das Gestohlene nicht einmal so ins Gewicht wie das Verwüstete, das Zertrampelte, die heruntergebrochenen Obstbaumäste, die abgelassenen Karpfenteiche.

Der Besitzer mußte sich wehren, das war keine Frage, aber es war doch eine unsympathische Tätigkeit, obwohl den Erwischten eigentlich nichts geschah: Wir nahmen ihnen das Gestohlene ab und zeigten sie an. Dann bekamen sie eine Geldstrafe, die bei ihrer Bezahlung kaum ein paar Goldpfennige ausmachte. Darum waren wir Männer vom Feldschutz aber doch im Dorf verhaßt wie die Pest, es war eine grauenhafte Atmosphäre aus Erbitterung, Nervosität, Furcht, Abenteuerlichkeit und Pistolen. Schließlich wurde denn auch einer von uns mit einer Kartoffelhacke totgeschlagen, aber das war erst nach meiner Geschichte.

In dieser Stimmung gingen der kleine Dreyer und ich eines Nachts um zwölf los, wir gingen immer zu zweien. Mit dem kleinen Dreyer, einem untersetzten, dicken ehemaligen Baltikumer, ging ich nie sehr gern, er hatte mit dem Herzen zu tun, regte sich ewig auf und war überhaupt ein Pulverfaß.

Wir gingen zuerst ganz an die Grenze des Guts auf einen Schlag, wo in der letzten Nacht von dem in Garben stehenden Weizen die Ähren abgeschnitten worden waren. Es war eine stickedunkle Nacht, und Dreyer bekam im Weizen auch prompt seinen Anfall, sah und hörte Diebe, wo ich Rehwild sah und Wind im angrenzenden Kiefernwald hörte, jagte herum, knallte, brüllte und war dann erledigt.

Ich lotste ihn sachte in den Wald, fand an einer Lichtung eine nette Jagdkanzel, und da saßen wir denn, rauchten, klönten und ließen Wachtdienst Wachtdienst sein. Unterdes ging die Sonne auf, und ich meinte, wir könnten nun wohl wieder nach Haus wandern und nachschauen, ob unsere Betten noch da seien. Wir gingen los, Dreyer nach der Aufregung nur sehr stöckerig, und als wir auf eine kleine Lichtung kamen, keine drei Minuten von dem Landweg, der schnurgrade zum Gut hinführte, setzte er sich hin, erklärte, er könne nicht mehr weiter, sah sehr blau aus und hatte schreckliche Beklemmungen.

Eine Weile wartete ich, aber es wurde nicht besser, es ging ihm wirklich sehr schlecht. So sagte ich, ich würde rasch die halbe Stunde zum Gut laufen und ihn mit der Spinne holen. Eine Spinne ist ein Einspännerwagen mit hohen Rädern. Dreyer konnte nicht recht antworten, vielleicht hatte er auch nicht mehr recht verstanden, er hatte Todesangst, ich bekam sie auch und lief los.

Ich habe schon gesagt: drei Minuten Waldschneise, die Schneise stößt im rechten Winkel auf den Landweg, der noch etwa fünfhundert Meter durch den Wald führt, dann noch reichlich zwei Kilometer durch Felder, immer schnurgrade auf den Hof zu.

Ich laufe, ich laufe. Mir war trotz des strahlenden Sommermorgens trübe und trist zumute, ich beschloß, ein Ende zu machen hier, selbst ohne Kündigung. Ich erinnere mich genau, wie ich gelaufen bin, die Bäume flitzten nur so an mir vorbei. Dabei sah ich mich ständig um, ob Leute kämen oder ein Gefährt, aber es war noch zu früh, kaum fünf. Ich laufe.

Ich komme auf den Gutshof, ich renne nach dem Stall,

um das Pferd zu holen, da kommt schräg von rechts, aus dem Beamtenhaus – Dreyer auf mich zu!

Ich stehe und starre. „Wo sind Sie solange gewesen?" fragt er böse.

„Aber –! Wie kommen Sie . . ."

„Schön unkameradschaftlich, mich so liegenzulassen!" Und Dreyer macht kehrt und geht wieder ins Haus.

Aber wieso –?

Nein, bitte, ich bin pausenlos durchgelaufen. Dreyer hat auf keinem Weg an mir vorbei können, und Dreyer war vor mir auf dem Hof!

Aber –!

Ja, ich verstehe es eben auch nicht. Es hilft nichts, es gibt keinerlei Erklärung. Es wurmt mich, es bekümmert mich, ich kann mir nicht helfen, es ist unsinnig, und doch habe ich es erlebt!

Frühling in Neuenhagen

In den Ausflugsorten ist der Frühling eine Sache der Gastwirte und des Fremden- und Verkehrsvereins. Bei uns daheim, in Neuenhagen, ist das so:

Ein Nachbar spricht durch den obligaten Parzellendrahtzaun mit dem Nachbarn: „Ich denke, du willst dein Haus noch streichen?"

Antwort, sehr lang gedehnt: „Nee, hat keinen Zweck mehr. Zu spät."

Überraschung: „Nanu! Wieso zu spät?"

Mit ungeheurem Nachdruck: „Die Bäume blühen doch schon!"

Hier sehen Sie den auf die Parzelle geflohenen Städter, Besitzer einer Wohnstätte, die nicht mehr Laube und, trotz nachbarlicher Schmeichelei, noch nicht Haus ist, der vor der Natur kampflos die Waffen streckt. Wir sind Menschen, wir sind nur Menschen, was hat es für einen Sinn, ein Häusel grün und weiß anzupinseln, da die Kirschbäume in Blüten ersticken, die Apfelbäume triefen, die Birnen überschäumen.

Für den Städter, den geborenen Städter, den Städter der Steinstraßen, ist die Sache wesentlich anders; er steht, an einem frühen Abend, sagen wir, auf dem Rathaushügel und sieht den „Blust" zu seinen Füßen: weiß, rosa, weiß. Das fliegt in den Himmel, ergriffen flüstert er zu „Seiner": „Wie schön das ist! Gott, altes Mädchen, begreifst du auch –? Fünf Monate Sommer, Wärme, Sonne, fünf Monate Grün – nein, wie schön das ist!"

„Wie schön –!" flüstert „Seine".

162

Keine Ahnung haben die! Da ist der Mann, der Flüchtling, der entflohene Städter auf seiner Parzelle. Gut, seine Obstbäume blühen, der Steinstraßenmann geht vorbei und sagt: „Wie schön. Nein, diese Natur..." Keine Ahnung... Da hat der Mann seine Obstbäume, im Winter dann, im zeitigen Frühjahr, ehe noch die Säfte zu steigen anfingen, hat er die Leiter geholt, Schere oder Messer oder Säge, er hat angefangen zurückzuschneiden, bei jedem Zweig hat er sinniert: Die oberen Knospen sind kräftig, aber die unteren sind schwach. Laß ich die kräftigen ganz stehen, wird der Ast länger und länger, blüht oben, unten ist keine Kraft, da kümmert er. Schneide ich also etwas ab, daß die unteren Knospen auch Saft kriegen – los, schneide ich, wo –?

Die Schere schnappt. Weg das Ende mit den herrlichen Blütenknospen. Er seufzt: „Habe ich es auch richtig gemacht? Wir werden es erleben, wenn wir es erleben." Und die Unsicherheit ist noch nichts, die klammen Finger, die starren Füße, oben auf der Leiter, im Winter, im klapprigen Frühling mit Eiswind, es heißt auch noch Baumscheiben graben, es heißt jauchen – in Süddeutschland nennt man das, glaub ich, Gülle –, es heißt die Rinde von Ungeziefer reinigen, es heißt kalken, es heißt Raupenringe kleben...

Eine Angelegenheit der Gastwirte, ein Werk der Natur... Der Mann im Laubenfenster weiß, warum er sein Haus nicht streicht. Es ist Arbeit gewesen, Kälte, Ungewißheit, ein bißchen weiß der Nachbar, ein bißchen entnimmt man dem Buch, das Beste gibt das Herz dazu. Elf Jahre hat der Jänecke mit Muttern gespart, dann war die Parzelle da in Neuenhagen, es läuft immer weiter, es frißt das Leben, die Pflasterkasse, die Steuern, der Wasseranschluß, das Häuschen, Woche für Woche, Monat für Monat, Jahr um Jahr. Nun schaut er, die Bäume stehen in Blüte, schön ist das, diesen Frühling haben wir mal wieder geschafft, grade richtig geschnitten, das Beste haben wir dazu getan (in Neuenhagen).

Das Beste dazu getan: Da ist der Mann, der zwischen Narzissen und Tulpen, zwischen Maiglöckchen und Tausendschönchen ausgebrannte Glühbirnen pflanzt, innen mattiert, in regelmäßigen Abständen. Nun ja, es ist billig zu grinsen – auch das ist Frühling. Ich sehe den Mann, wie er durch seine Wohnung suckt, halb wünscht er, bald brennte wieder eine Birne aus, denn es fehlen ihm noch drei auf dem Beet, und jetzt im Frühling sehen so viel Leute über seinen Zaun. Da ist der Mann, der alte Ofenkacheln um seine Stauden pflanzt, Herbstastern, Dahlien, Goldruten, grüne Kacheln, rosa Kacheln. Welche Mühe, welches Herz!

Was nun die Kinder angeht, je weniger man über den Fall spricht, um so besser. „Blü-e!" sagt mein zweijähriger Sohn. Als wir säten und auspflanzten, war ihm der Begriff eines Beetes nicht beizubringen, über das schön Geharkte, über die schlummernde Saat latschte er. „Er lernt es nicht und lernt es nicht!" klagte die Frau.

Er hat es gelernt, der Frühling hat es ihn gelehrt. Seht, die grauen Erdbeete sind nun grün geworden, er tritt auf kein Beet mehr, tiefsinnig steht er davor, ganz leise zupft er an einem Triebblatt, mit scheuem Seitenblick zu seiner Mutter. „Blü-e!" sagt er. „Blüüüü-e!"

Nein, wie gesagt, über den Kinderfall kann nicht genug gesprochen werden: Seinen kleinen Eimer fülle ich ihm halb mit Wasser, er geht bedachtsam die Stiefmütterchenreihen ab, sieht sie an ... Plötzlich ein Guß, eine Traufe. „Blü-e Wä (Wasser), sagt er. „Pappa, Blüe mehr Wa!" Frühling als Sache der Kinder. Der Uli schafft's.

Sie haben natürlich keine Ahnung, wo Neuenhagen liegt. Bei einer Rennbahn liegt es. Hier haben die großen Rennställe ihre Pferde. Eine Trainierbahn ist da. Die Birken um sie herum werden so angenehm grün, man denkt ununterbrochen an Moselweintrinken.

In den Rennställen merkt man den Frühling auch. Bis dato ritten die Jockeis um sieben, acht oder neun mit ihren Pferden zur Arbeit hinaus, jetzt, im Frühling, heißt es um sechs Ausritt. Fünf Pferde, fünfzehn Pferde, dreißig Pferde – es gibt immer noch große Ställe, es gibt immer noch berühmte Trainer. Die Jungen – fast alle sind jung, denn von den Älteren schaffen die wenigsten das Gewicht noch –, die Jungen hocken auf den Gäulen mit blassen, faltigen Gesichtern. Die Pferde gehen dahin wie die Puppen, es sind schöne Pferde, gepflegte Pferde, ihnen tut kein Hufnagel in den miesen Zeiten weh. Aber dazwischen sitzt ein Bengel, er hat sich ganz unvorschriftsmäßig zurückgelehnt, die Zügel bammeln, Deubel auch, wenn das der Trainer sieht!

Er sieht es nicht. Der Junge pfeift, der Junge singt. Über ihm ist das grüne Birkengeweh, das Gras ist grün, in manchem Garten flammt noch eine Forsythia gelb. Er singt, pfeift, das Pferd setzt Fuß vor Fuß – o Jugend, o Frühling, o grünes Gebäum!

Es gibt einen Stolz Neuenhagens, ein Monstrum, einen achtzehnjährigen Jockei, der nur dreißig Pfund wiegt. Mein zweijähriger Sohn wiegt auch dreißig Pfund. „Baby!" ruft mein Sohn aufgeregt. „Baby Hott!"

Es ist ein Glück, daß es die Kinder und den Frühling gibt, ein wahres Glück, sie korrigieren die Geschichte, sie machen den Menschen sehend: „Baby" sagt er. „Monstrum" weiß er. Geschnitten oder ungeschnitten: die Bäume blühen sich tot. Nein, blühen sich zur Frucht.

Die Kinder haben ihre Chance für sich, das ganze Jahr: jung, jung, jung... Wir haben einmal im Jahr diese Chance. Lieber Gott, laß die Bäume blühen... Und der Winter währet sieben Monate... Laß sie blühen –!

Die Fliegenpriester

In einem Krug im Schleswigschen saß der dicke Krüger eines Morgens recht behaglich am Tisch und gähnte. Seine Leute waren mit der Frau längst draußen zum Heuen, die Fliegen burrten und brummten so recht schön in der warmen Stube, und es war überhaupt alles herrlich ruhig und gar keine Aussicht, etwas tun zu müssen, bis der Postbote mit der Zeitung kam. Also versuchte der Krüger immer wieder ein Nickerchen, obwohl er gar keinen Schlaf mehr hatte.

Ärgerlich wurde er aber doch, als in solch mißglücktes Schläfchen Stimmen klangen, die Tür aufging und zwei junge Leute hereinkamen, Männlein und Weiblein, mit bloßen Knien und Rucksäcken. Der Krüger blinzelte und wünschte die beiden zehn Kilometer weiter, tat aber, als schliefe er. Die jungen Leute besahen sich die Gaststube, die Fliegen, die Tröpfelbierneige auf der Theke, schließlich auch den dicken schläfrigen Mann am Tisch.

„Ob man hier einen Kaffee kriegen kann?" fragte der junge Mann ermunternd.

„Ja, mit dem Kaffee, das ist so eine Sache", meinte der Krüger zweifelhaft und entschloß sich, um seine Ruhe zu kämpfen.

„Warum eine Sache? Gibt es keinen Kaffee?"

„O doch, den gibt es schon."

„Und also –?"

„Ja – ob die jungen Leute das trockene Kaffeemehl essen mögen?"

„Gibt es denn hier kein Wasser?"

„O doch, das gibt es schon!"

„Was gibt es denn nicht?"

„Feuer gibt es nicht. Die Frau hat die Streichhölzer mit aufs Feld genommen." Und nun schließt der Krüger wieder die Augen, er glaubt, jetzt hat er Ruhe. Als er aber wieder blinzelt, weil die gar nicht gehen, liegt eine Schachtel Streichhölzer vor ihm. Der Krüger seufzt schwer, aufstehen, Feuer anmachen, Wasser aufsetzen, Kaffee brühen –: „Trinken denn die jungen Leute den Kaffee auch ohne Milch?"

„Hier gibt es doch Kühe, warum gibt es denn keine Milch?"

„Weil die Milch schon abgeliefert ist an die Molkerei."

„Ob man eine Kuh nicht ein wenig strippen kann? Soviel zu etwas Kaffee, sowenig Milch gibt sie doch immer!"

Was die denken? Nichts ist schädlicher für eine Kuh! Nein, Milch gibt es nicht. Und Zucker auch nicht, den hat die Frau eingeschlossen.

Nun, werden sie den Kaffee schwarz und bitter trinken, das macht schön, erklärt das junge Ding, und hat es wahrhaftig nötig, so ein magerer Stecken.

Als der Krüger einsieht, es hilft nichts, steht er langsam auf und verkündet, es werde wohl eine Weile dauern mit dem Kaffee. Das macht aber nichts, erklärt der junge Mann und lacht, sie haben Zeit. Und er soll dann gleich Brot mitbringen und Butter und Wurst und Käse und vier weichgekochte Eier . . . Und ein paar Scheiben Schinken!

Der Krüger seufzt kummerhaft und verschwindet. Hartnäckige Menschen gibt es. Aber schließlich und endlich ist an allem die Krügerin schuld, warum läßt sie ihm nicht wenigstens ein Mädchen im Hause?

Die jungen Leute in der Gaststube stecken die Köpfe zusammen. Sie sind auf der Wanderschaft, sie wollen nach Husum, in die Geburtsstadt Theodor Storms. Heute nacht haben sie im frischen Heu geschlafen, sie hätten Kopfschmerzen davon bekommen müssen, aber sie haben nur die Köpfe voller Streiche. Jetzt wollen sie dem dicken düsigen Krüger einen Streich spielen.

Als der zurückkommt – es ist eine lange Zeit vergangen, trotzdem er den Schinken fortgelassen hat, für den hätte er ja in die Räucherkammer hinauf gemußt –, also, als der Krüger zurückkommt, sind seine beiden Gäste eifrig beschäftigt: Er hat eine weiße Tüte in der Hand, und sie hat auch eine weiße Tüte in der Hand. Und in den beiden Tüten burrt es und brummt es und surrt es. Das junge Mädchen schreit: „Du, da an dem Bild sitzt ein ganz dicker Bock!"

Und da macht der junge Mann einen Griff, und burr! schwirrt auch diese Fliege gefangen in der Tüte.

Der Krüger setzt den Kaffee hin und brummt: „Also, da ist Ihr Frühstück!"

„Ja, setzen Sie nur hin", sagt der junge Mann. „Sie haben ja hier herrlich viel Fliegen!"

„Gott, jetzt hab ich aber eine feine Ziege!" ruft das junge Mädchen. „Die bringt sicher einen Groschen!"

„Psscht!" macht der junge Mann warnend.

Die fangen und fangen, und nach einer Weile sagt der Krüger, dem es um seine Arbeit leid ist: „Ihr Kaffee wird kalt."

„Gleich!" sagt der junge Mann.

„Gleich!" ruft das junge Mädchen. Und sie jagen weiter.

Dann trinken sie auch was, dann essen sie auch was, aber nur ganz eilig, im Stehen, im Laufen und Fangen, und wie es immer so weitergeht, da fängt es doch auch im Krüger an zu burren und zu summen. „Solche Fliegenpriester!" sagt er ärgerlich. „Die werden ja doch nicht alle. Aus dem Kuhstall kommen immer frische."

„Im Kuhstall haben Sie auch welche?" schreit der junge Mann. „Nicht wahr, Sie sind so gut, wir dürfen da nachher auch noch fangen?"

Wird man um was gebeten, soll man nicht gleich ja sagen. „Nein", sagt der Krüger. „Ihr macht mir die Kühe wild mit euerm Hopsen."

„O bitte!" ruft das junge Mädchen. „Sicher sind da viele. Das bringt wieder schönes Geld."

„Psscht!" macht der junge Mann warnend.

Es kommt langsam beim Krüger, aber es kommt. „Wozu

168

braucht ihr denn die Fliegen?" fragt der Krüger nach einer langen Weile.

Die beiden jungen Leute sehen sich an und setzen sich fein still und friedlich an den Kaffeetisch.

„Wozu braucht ihr denn die Fliegen?" fragt der Krüger noch mal.

„Na, Sie werden's ja gelesen haben", sagt der junge Mann mürrisch.

„In der Zeitung?" fragt der Krüger.

„Weiß ich nicht. Im ‚Reichsanzeiger‘."

„Im ‚Reichsanzeiger‘ –?" fragt der Krüger wieder und versinkt in Sinnen.

Die beiden haben ein Weilchen ganz brav gegessen und getrunken, aber nun ist die Leidenschaft wohl wieder über sie gekommen, erst sind sie einmal und noch einmal aufgesprungen, und nun jagen sie wieder im Zimmer herum.

„Also sagen Sie es!" verlangt der Krüger.

„Was?"

„Wozu Sie die Fliegen brauchen."

„Sie haben's doch gelesen."

„Sagen Sie's."

„Abliefern", sagt der junge Mann.

„Apotheker", sagt das junge Mädchen.

Irgend etwas vom Krieg dämmert in des Krügers Hirn. Da mußte man auch alles mögliche abliefern und wußte nicht, warum. – „Wozu abliefern?" fragt er.

„Für die Impfversuche", sagt der junge Mann.

„Gegen Grippe", sagt das junge Mädchen.

„Von Reichs wegen", sagt der junge Mann.

„Grippe kommt von Fliegen", sagt das junge Mädchen.

„Ach so", sagt der Krüger. „Wir haben hier keine Grippe."

„Das ist das Gute daran", sagt der junge Mann.

„Und das bringt Geld?" fragt der Krüger.

„Etwas", sagt der junge Mann.

„Es lohnt sich kaum", sagt das Mädchen.

„Wieviel?" fragt der Krüger.

„Je nachdem", erklärt der junge Mann.

169

„Bis zu fünf Pfennig", sagt das junge Mädchen.

„Das Pfund?" fragt der Krüger.

„Das Stück", sagt das Mädchen.

Und nun sitzt der Pfeil und zittert im Herzen. Aber eine Weile passiert nichts. Die fangen noch ein bißchen, aber dann ist es leergefangen. „Möchte zahlen", sagt der junge Mann. „Oder dürfen wir noch in den Kuhstall?"

„Das sind meine Fliegen", sagt der Krüger.

„So dürfen Sie mir nicht kommen", sagt der junge Mann. „Was macht das Frühstück?"

„Geben Sie mir meine Fliegen", verlangt der Krüger.

„Das hätten Sie vorher sagen dürfen, daß wir hier nicht fangen dürfen."

„Dann hätten wir hier nichts verzehrt."

„Ich will meine Fliegen", beharrt der Krüger. „Sie haben hier alles leergefangen."

„Ich denke gar nicht daran", erklärt der junge Mann. „Ich leg hier drei Mark hin fürs Frühstück."

„Behalten Sie Ihre drei Mark", sagt der Krüger. „Ich will meine Fliegen."

„So was gibt es ja gar nicht", protestiert das junge Mädchen. „Eher laß ich die Fliegen fliegen!"

Der Krüger überlegt. „Sie sollen das Frühstück umsonst haben, aber meine Fliegen will ich. Sonst ruf ich den Landjäger an."

„Das ist ein schlechtes Geschäft", schilt der Kerl. „Wir haben sicher für zwanzig Mark Fliegen in den Tüten."

„Aber es sind meine Fliegen!"

„Ich würd mich nicht sträuben", sagt plötzlich das junge Mädchen. „Du siehst doch, was das für einer ist. Droht gleich mit dem Landjäger."

„Und ich tu und tu es nicht."

„Also, ich ruf an", warnt der Krüger.

„Wenn es gar nicht anders geht..." Und das Geschäft wird abgeschlossen. –

Zwei Stunden später kommen zwei junge Leute lachend aus der Apotheke der Kreisstadt, und auch der Apotheker lacht, und auch der Provisor lacht.

170

Vier Stunden später steht der Krüger in der Apotheke. Ganz sicher ist er doch nicht mehr, er hat unterdessen mit seiner Frau gesprochen. „Ich hab hier so Fliegen", sagt er fragend.

„Recht viele?" fragt hoffnungsvoll der Apotheker.

„Über tausend Stück sicher", sagt der Krüger stolz.

„Gut", sagt der Apotheker. „Das ist noch ein Geschäft!"

„Und was zahlen Sie?"

„Das kommt auf die Ware an. Geben Sie mal her." Der Apotheker bekommt eine Tüte und späht lange hinein. „Ja", sagt er gedankenvoll, „die kann ich aber nicht brauchen. Sie haben ja alles durcheinander gesteckt: die Böcke und die Ziegen!"

„Wie –?!!" fragt der Krüger.

„Sortieren müssen Sie die!" sagt der Apotheker.

„In Böcke und Ziegen", schreit der Provisor.

„In weiblich und männlich", schilt der Apotheker.

„Wie –?!!" fragt der Krüger.

„Die müssen sortiert werden", sagt der Apotheker und dreht sich um. „Nehmen Sie sie wieder mit und bringen Sie sie sortiert."

Der Krüger steht lange stumm. „Oh, da soll doch –!" schreit er plötzlich und ist strahlend hell im Hirn. „Solche verdammten Fliegenpriester –!"

Die ganze Apotheke burrt von Fliegen.

Mit Metermaß und Gießkanne

Aus dem Leben
des Abteilungschefs Franz Einenkel

Wenn Franz Einenkel, Vorsteher der Konfektionsabteilung im Warenhaus von Haarklein & Co., in diesen Sommerwochen vor der Zeit aufwachte – und jetzt, wo der Verkauf so schlecht ging, wachte er meistens zu früh auf –, dann dachte er an die Katz.

An vielerlei hatte er zu denken: an die unbezahlten Raten auf das Haus, an das schwindende Gehalt, an den Bronchialkatarrh von Gerda – „die Ärzte hier draußen verstehen eben einfach nichts" –, an den Verkäufer Mamlock; nein, Einenkel dachte an die Katz.

Neben ihm, im andern Bett, zog Lotte ihre geruhige Schlafsträhne; im nächsten Zimmer, zu dem die Tür aufstand, schliefen sachte und still noch die Kinder Gerda und Ruth, auf den rotbraunen kunstseidenen Vorhang schien von draußen schon wieder die Sonne... Es wurde also wieder ein schöner Tag ohne Regen, wenigstens die Gemüsebeete würde Einenkel sprengen müssen, die Wasserrechnung in diesem Sommer wurde ein Grauen – aber was zum Teufel, jetzt war es kaum fünf, und vielleicht war die olle Muthesius – Viecher-Muthesius – doch schon auf und hatte ihren Kater Peter zur Hintertür hinausgelassen, und seine Sandkiste...

Also: Grünheide, wo Einenkel sein eigenes Siedlungshäuschen auf Raten hatte, in einer Reihe von fünfzig andern, Grünheide hatte schweren Boden: Lehm bis zu Ton. Und Ruthchen war diesen Sommer zwei Jahre alt geworden, hatte also unbedingt eine Sandkiste zum Spielen haben müssen. Fünf Kilometer weit hatte Einenkel zwei Fuhren schönen weißen reinen Sand holen lassen, ein Objekt von vierzig Mark, es war ein herrlicher Sandspielplatz geworden, mit einer Brüstung zum Kuchenbacken – am meisten und mit dem größten Entzücken spielten die Besucher von Einenkels, nicht Ruthchen, in der Sandkiste –, also und nun kam die Katze von der ollen Muthesius . . .

Gut, es war noch nicht fünf, und die Sonne schien herrlich, es würde ihm nur gut tun, im Bett zu liegen und noch ein bißchen zu dösen, dreiundsiebzig unverkaufte blaue Trenchcoats waren auch noch auf Lager, darüber mußte er unbedingt nachdenken, aber da war ihm nun das mit den Kartoffeln eingefallen . . .

Mit einem Seufzer ließ Einenkel die Beine über den Bettrand, Lotte murmelte im Schlaf: „Franz, stehst du schon auf?" und schlief gleich weiter. Die nackten Füße in den roten Babuschen, schlich Einenkel, wie er war, im blaugestreiften Pyjama in den Keller.

Wo hatten diese Weiber wieder die Kartoffeln? In der zweiten Kiste rechts sollten sie sein, die erste war für Ruthchens Mohrrüben, Mohrrüben sind für kleine Kinder das gesündeste, außerdem aß Ruthchen sie mit Leidenschaft – nein, keine Kartoffeln. Nun hatte er Lotte so oft von der Ordnung in seiner Konfektionsabteilung erzählt, jeden Anzug, jeden Mantel konnte er im Dunkeln finden, sie begriff es nicht! Sie waren zwölf Jahre verheiratet, nein, sie begriff es nicht, die Kartoffeln fanden sich in einem großen Pappkarton, der gar nichts im Keller zu tun hatte, Kartons gehörten auf den Dachboden, der Keller war für sie viel zu feucht – er würde wieder einmal unmenschlichen Krach schlagen müssen, und er war schon so abgekämpft von dem schweren Geschäft!

Er suchte sich sechs oder acht große Kartoffeln aus und stieg, leise vor sich hin seufzend, hinauf in die Küche. Die Kartoffeln wurden auf das Küchenfenster gelegt, das Fenster wurde aufgemacht, der Garten lag vor Herrn Einenkel. Da steht er, er wartet auf die Katz, auf den ollen Kater von der ollen Muthesius – Viecher-Muthesius –, den er im Verdacht hat, daß er ausgerechnet in der sauberen Sandkiste von Ruthchen sein Geschäft verrichtet, also, der Garten ist vor ihm. Er liebt seinen Garten, der mit Büschen und Bäumen, sanft grünem Gras – „hab ich Stickstoff gegeben, ist tadellos geworden, der beste Rasen in der Siedlung" –, der mit Blumen und Gemüsebeeten sich vor ihm ausbreitet.

Aber er sieht ihn nicht, der Morgenwind bewegt leise die Äste, sie tanzen ein bißchen, er sieht nur das gelbe Quadrat der Sandkiste, er hat die Kartoffeln vor sich, er wird sie dem Kater in die Rippen schmeißen: Soll die Olle keifen, es ist die letzte Möglichkeit. Klein, ein bißchen dicklich, sorgenvoll steht er da, das Leben müßte so schön in Ordnung sein, er tut doch wahrhaftig, was er kann, er ist friedfertig, planmäßig, aber alles geht verquer. Er kauft ein Haus auf Abzahlung, und zweimal wird sein Gehalt gekürzt, er ist für äußerste Ordnung, und Lotte findet das albern und pedantisch, sie hatten sich so nett mit Gerda eingerichtet, und nun kam Ruthchen noch nach neun Jahren und warf alle Dispositionen über den Haufen – es ist ein schweres Leben!

Er hat Frau verwitwete Rechnungsrat Muthesius höflich gebeten, er hat ihr geschrieben, er hat sie oder vielmehr ihren alten Kater Peter bei der Polizei angezeigt, nichts half; hier steht er hinter acht Wurfgeschossen, ein wenig fröstelig, vielleicht würde er sich noch ein Tesching kaufen müssen . . .

Also die Spatzen tschilpen, in den Kirschen sind wieder die Stare, er möchte sie gerne verscheuchen, aber dann kommt womöglich die Katz nicht. Gegen sechs fängt auch das kleine Dienstmädchen Rosa an, in ihrer Kammer zu rascheln, die darf ihn hier nicht so treffen, und im Augenblick seines Aufbruchs huscht natürlich etwas Schwarzweißes durch seinen Garten: der Peter. Er stürzt rufend aus der Hintertür, er verwirft seine Kartoffeln, zwei Gärten weiter sagt die alte Muthesius zu ihrer ältlichen Lehrerinnen-Tochter vernehmlich: „Und so was will ein gebildeter Mensch sein!" Herr Einenkel zieht sich zurück, nicht einmal klagen kann er, überlegt man es sich genau, so ist das keine Beleidigung; es war ein Mißerfolg – das wird ein Tag, das wird wieder einmal ein Tag werden!

Eine Stunde später – für Ruthchen ist es jedenfalls ein herrlicher Tag. Die Eltern sitzen an zwei Seiten des Kaffeetisches, an der dritten Gerda, und der Pappi versucht herauszubekommen, was Gerda für Französisch heute „auf" hat. Aber an der vierten Seite des Kaffeetisches, auf der Couch, steht Ruthchen, den Becher „Kullermann" mit ihrer Milch vor sich, eine Semmel in der Hand. „Nun iß aber auch, Ruthchen!" mahnt Einenkel.

„Pappi – biettä!" sagt das kleine Geschöpf und führt die Semmel zu Pappis Mund.

„Nein, Ruthchen, selbst!"

„Pappi – biettä!"

„Aber Ruthchen! Ruthchen muß ordentlich essen, damit sie groß und stark wird!"

„Pappi – biettä!"

Einenkel wird weich, er beißt ab. In den Fenstern liegt die Sonne, die Gardinen sind noch von der Pfingstwäsche her blütenweiß. Ruthchen ist ein herrliches Stück Leben; es scheint, daß Gerda für die Schule ausgezeichnet vorbereitet ist. Licht tanzt im goldenrötlichen Tee und wirft kleine strahlende Kringel an die Decke. Es ist doch alles gut so, es ist doch schön, es war richtig, daß sie aus der Mietswohnung in der Bleibtreustraße rausgingen, wenn auch das Haus eine schwere Last ist ... Aber in zwei Jahren ist auch das ausgestanden, und dann kann man vielleicht an einen kleinen Wagen auf Abzahlung denken, zuerst allerdings wird man eine Garage bauen müssen, zugleich mit einer vernünftigen Waschküche, aber es kommt freilich immer etwas dazwischen.

„Läßt du mir ein wenig Geld da, Franz?" fragt Frau Einenkel sanft.

Er macht eine Bewegung. Und: „Mach, daß du in die Schule kommst, Gerda, es wird höchste Zeit!" Und rufend: „Rosa, Rosa, bringen Sie das Kind in seine Sandkiste!"

„Aber Ruthchen hat ja noch nicht ordentlich gefrühstückt!"

175

„Es soll sich an seine Zeit gewöhnen. Zum Donnerwetter, es kann nicht zwei Stunden lang frühstücken! – Wieso hast du kein Geld mehr? Heute ist der Zweiundzwanzigste!"

Reden, Gerede, Hin- und Hergekakel, Geschwätz. Schließlich gibt er zwanzig Mark. „Damit hast du aber auszukommen!" Natürlich wird sie nicht damit auskommen, so geht es seit zwölf Jahren. Sie lernt es nicht. Lotte lernt es nie. Zwei Sonntage mit fünf Gästen werfen ihren Etat um. Keine Dispositionen. „Überlege doch, Lotte, wenn ich mit meinen Sommerulstern so disponieren würde wie du mit deinem Geld ..."

Sie hört zu, sie sagt „ja". Natürlich hört sie nicht zu, soweit kennt er ihr Gesicht, denkt an irgendeinen bunten Schmarren von Kaffeedecke, den sie unbedingt haben muß, und sie hat drei oder vier.

Plötzlich fällt ihm etwas ein. Er sagt feierlich: „Vielleicht sind heute die grauen Sommermäntel mit Steppfutter eingetroffen. Ich sage dir, Lotte, so etwas hat Berlin noch nicht erlebt! Das wird ein Taumel werden! Wir können die Mäntel für dreiundzwanzig fünfzig verkaufen!"

Er strahlt, er ist selig, beschreibt Stoff und Muster. Plötzlich verdüstert er sich. „Wenn nur Herr Krebs nicht wieder Schwierigkeiten macht! Ich habe so was gehört, er will fünfundfünfzig Prozent Unkosten aufschlagen! Dann kämen die Mäntel über fünfundzwanzig. Und es ist so wichtig, daß sie darunter bleiben, heute, wo keiner Geld hat!"

Abschließend, aufstehend: „Also, ich muß zur Bahn. Gib Ruthchen ein Küßchen vom Pappi. Und mit den zwanzig kommst du aus! – Auf Wiederschauen!"

Ganz gewohnheitsmäßig setzt er sich in einen leichten Trab, kaum daß er die Tür hinter sich zugezogen hat. Aus Haus Siebzehn schießt Herr Wrede dazu. „Guten Morgen!"

„Also guten Morgen! Herrliches Wetter heute!"

„Ja, wundervoll!"

„Aber man wird wieder sprengen müssen, ist Ihre Wasserrechnung auch so hoch?"

„Nein, meine Frau versteht sich glänzend einzurichten. Das Badewasser nimmt sie immer zum Einweichen der Wäsche."

Herr Einenkel ist etwas pikiert. „Meine Frau ist auch sehr tüchtig. Sie macht Ihnen aus Resten ein Mittagessen: die reine Delikatesse!"

„Bei uns bleiben nie Reste!"

Keiner von den beiden weiß, was der andere verdient, jeder glaubt zu wissen, daß der andere weniger hat.

„Ich denke ja jetzt an den Ankauf eines Autos. Nichts Übermäßiges, aber einen hübschen Wagen."

„Gehen Sie mir mit einem Auto! Wie wollen Sie es denn mit der Garage halten? Ihr Garten ist doch auch nur ein Tortenstück!"

Plötzlich ein Schrei von Wrede: „Aber lieber Herr Einenkel, wissen Sie es noch gar nicht?! Dingeldeys müssen doch raus, drei Raten haben sie schon nicht gezahlt, haben die Wechsel einfach platzen lassen."

„Was Sie nicht sagen! Aber ich habe es immer gesagt!"

„Alles haben sie doch auf Abzahlung: Staubsauger, Teppiche, Möbel, und nun einfach nicht einlösen, manche Leute sind doch zu naiv!"

Dingeldeys reichen die halbe Bahnfahrt. Es sind andere Herren dazugekommen, Herren, die nicht in dieser Siedlung „Waldheim" wohnen, aber auch diese Herren haben Interesse, im Abteil bequatschen sie es gründlich, dieser Dingeldey muß ein doller Bursche sein, nichts Solides, an einem ganz gewöhnlichen Wochentag geht er einfach auf der Straße spazieren, ohne Urlaub, bleibt einfach zu Haus, „habe heute fürs Geschäft keine Lust", ich bitte Sie, bedenken Sie –!

„Das ist es, woran unser heutiger Staat krankt: Mangel an Pflichtgefühl!"

„Richtig, Herr Einenkel, wenn jeder täte, was er könnte . . ."

„Dann gäbe es keine Arbeitslosigkeit!"

„Also, ich sage Ihnen, bei uns war eine Fensterscheibe gesprungen, nach hinten, nach dem Garten zu, es wäre noch gegangen. Ich sage zu meiner Frau: Laß sie machen, was auf mich ankommt, soll jeder Arbeit haben . . ."

„Darf ich um Feuer bitten?"

Todesstille.

Dann bietet Herr Einenkel seine Zigarre an. „Bitte, Fräulein!"

In diesem Abteil zweiter Klasse (man muß Abonnement Zweiter haben, jeder, der in der Siedlung in Frage kommt, fährt Zweiter) – also in diesem Abteil hat neben fünf Männern ein junges Mädchen gesessen, unbeachtet, die täglichen Fahrtgenossen haben über sie weg geredet: Dingeldey, Arbeitsbeschaffung . . .

Nun sitzt sie da und raucht. Sehr nett angezogen, sieht famos aus, ja wenn man so was jeden Tag um sich hätte, diese Füße, so ein Bein kann einen verrückt machen . . .

„Waren Sie eigentlich in der letzten Zeit mal im Theater?"

„Sie wollen doch auch verreisen? Ach, die See, wissen Sie, das Meer, verstehen Sie! Ich brauche das . . ."

„Da habe ich in der Friedrichstraße ein Original-Ölgemälde gesehen, mindestens zwei Quadratmeter, aber so etwas Ausgezeichnetes, und gar nicht mal teuer!"

Das junge Mädchen sitzt da und raucht. Sie sieht zum Fenster hinaus, das Land fliegt vorüber, Sonne, Schatten, grüne Bäume, Felder . . .

Die Herren reden sehr gewichtig und langsam, sie vermeiden das Wort „Schönheit", sie denken auch nicht daran, aber sie haben jetzt andere Gesprächsthemen als vorher. Das junge Mädchen raucht, einmal, ach, einmal war es so schön . . . Jung, Hoffnungen, ein Buch gelesen . . . „Diese Woche gehe ich bestimmt noch mal ins Kino! Man darf nicht so einrosten." –

Punkt acht Uhr dreißig betritt Herr Einenkel die Abteilung Herrenkonfektion im Warenhaus Haarklein & Co. So ist er nun nicht, daß er gleich in jeden Winkel der Abteilung schnüffelt, ob auch alle seine fünf Verkäufer da sind nebst den drei Lehrlingen. Er stellt sich an sein Pult, er schreibt und rechnet ein wenig im Ein- und Ausgang-Journal, und dazwischen guckt er. Heller geht natürlich an sei-

nem Pult vorbei, macht ein Dienerchen und sagt: „Guten
Morgen, Herr Einenkel!" Nötig ist so etwas nicht, Heller
bleibt deswegen doch ein schlechter Verkäufer, aber gut tut
es schon. Die Lehrlinge bürsten das Lager durch, alles in
Ordnung, bloß Mamlock –

„Also hören Sie, Herr Mamlock", sagt Herr Einenkel
ganz friedlich um acht Uhr fünfundfünfzig, „ich habe das
satt mit Ihrer Unpünktlichkeit. Wenn Sie sich nicht entschließen können, die Zeit einzuhalten . . ."

Mamlock sieht Herrn Einenkel bloß an. Hitziger sagt
der: „Ich finde das unverantwortlich von Ihnen! Man hat
doch Anstand in den Knochen! Acht Uhr fünfundfünfzig
ist nicht acht Uhr dreißig! Was Sie sich dabei denken – !"

Mamlock scheint nichts zu denken, er sieht nur. Mit Erbitterung denkt Einenkel an die Wechsel auf sein Haus, die
er auf die Minute einzulösen hat. „Sie sind ein lässiger
Mensch!" schreit er. „Kurz und gut: ich werde Herrn Liep-
mann Ihre Entlassung vorschlagen! Mit solchen Menschen
arbeite ich nicht zusammen!"

Mamlock hat keinen Ton gesagt. Mamlock ist ins Lager
gegangen. Wenn der sich darauf verläßt, daß er der tüchtig-
ste Verkäufer ist – ! Herr Einenkel wirft die Bücher hin
und her. Wer soll da rechnen können! In diesen Zeiten, wo
alles so schwer ist, zweihundertzehn kriegt Mamlock, ob er
sich mal überlegt hat, wieviel verkauft werden muß, bis so
ein Gehalt herausspringt! Wer kauft denn noch . . . Der
Umsatz ist s-o-o zurückgegangen!

Und plötzlich lächelt Herr Einenkel, er hat es aus bester
Quelle, seine Abteilung hat noch mit am besten abgeschnitten. Und wenn nun erst die grauen Ulster kommen! Das ist
der große Schlag, das Glück, das ihm gefehlt hat, er wird abschneiden – ! O je, o je, o je, wenn nun der Fabrikant nur
genau wie Muster liefert!

Er steht hinter seinem Pult, er lächelt, er träumt Kassen-
rapporte, daß Herr Krebs auf den Rücken fällt. Herr Haarklein, der große Haarklein, wird zu ihm sagen: „Sie haben
Ihre Abteilung in Schuß, Einenkel, Ihre Abteilung ist erst-
klassig!"

Und während er dies träumt, kommt die übliche Morgen-
erwartung über ihn, ein leichtes, nicht unangenehmes
Prickeln im Rücken. Neun Uhr dreizehn, um diese Zeit
kaufte gestern schon der erste Kunde. Und die leise Angst:
wenn heute bis zehn, bis elf, bis halb zwölf kein Käufer
kommt?

„Das ist ja gar nicht wieder aufzuholen", murmelt er,
murmelt er noch, da schon der erste Käufer da ist. Hesse
hat ihn. Gut. Hesse wird keine Pleite schieben, Hesse
macht es. Und der nächste Kunde. Und der nächste Kunde.
Es wird voll, alle sind in Gang, verkaufen, noch keine
Pleite, kein Käufer ist weggegangen bisher: „Komme noch
mal wieder. Will es mir überlegen."

Herr Einenkel ist überall, schwierige Fälle bedient er
selbst, greift auch einmal ein, vorwurfsvoll: „Aber Herr Heller, zeigen Sie dem Herrn doch mal unsere Sportanzüge!
Wir haben doch so modische Muster!"

Und: „Nein, wie Ihnen der Mantel steht! Aber glänzend,
finde ich: Finden Sie nicht auch, Herr Mamlock? Einfach
glänzend!"

Und schon ist er auf einen Sprung an der Kasse, bisher
sechshundertzehn, das ist für elf Uhr dreißig einfach vor-
züglich. Oh, welch Glück! Menschen kommen, man verkauft ihnen, manche sind schwierig. Warum der dicke Herr
wohl durchaus schräg geschnittene Taschen in seinem
Sakko haben will –? „Aber selbstverständlich machen wir
Ihnen das. Ich verstehe sehr gut" (total meschugge) – und
ist schon wieder bei Mamlock, sagt so ganz nebenher: „Also
Sorgen müssen Sie sich nicht machen, Mamlock, man sagt
manchmal ein Wort, nur die Pünktlichkeit! Die rechte
Pünktlichkeit, ich bitte Sie sehr, Mamlock!"

„Herr Einenkel möchten doch mal zu Herrn Krebs kommen!"

O Gott, die Mäntel sind da, die grauen Mäntel. Dieser
Krebs soll etwas erleben, wenn er sie über fünfundzwanzig
ansetzt, er schlägt ja solchen Krach, bis zu Haarklein geht
er damit . . .

Aber natürlich schlägt er nicht eine Spur von Krach. Se-

180

hen Sie, also Frau Krebs geht es doch noch immer gar nicht gut, zu traurig ist das, Herrn Einenkel tut es ja so leid, ob sie nicht einmal zu ihnen zur Erholung rauskommen möchte, seine Frau würde sich so freuen, sie haben da ein richtiges Landhaus, und die Luft ist so gesund ...

„Also, mein lieber Herr Krebs, Sie sehen es ja ein, ich verstehe Sie ja, aber grade ein Kalkulator wie Sie, der seinen Kram aus dem Tezett versteht ... Sie sind durch die Geschäftsleitung gebunden? Aber, Herr Krebs, Sie doch nicht! Ein Mann wie Sie doch nicht! Ihnen ist doch alles möglich ..."

Herr Einenkel schmust eine Stunde lang, dann geht er. Morgen früh sind die Mäntel in der Abteilung, herrlich, ganz nach Muster ausgefallen, und: vierundzwanzig neunzig! Man wird groß inserieren, er sieht die Leute, alle seine Kunden, ihre Stuben, die ganze Stadt – sie lesen, sie kommen, sie kaufen. Wenn er singen könnte und wenn er im Dienst singen dürfte, jetzt würde er singen. Seine Frau Lotte hat das, wenn plötzlich, nach einem Frühlingsregen, die Wicken aufgegangen sind, schnurgrade, Reihe um Reihe, hellgrün, wenn ihr was zuwächst, gedeihlich: Dann singt sie plötzlich. Einenkel weiß das Wort nicht, er bemüht sich auch nicht darum, aber es lautet: Glück. Dreihundert graue Ulster, vierundzwanzig neunzig: Glück! Kummer ist die Katz, Sorgen sind die Raten, dies aber ist das Glück!

Aber natürlich kann man nicht eine Stunde fort sein, und auf der Abteilung ist es nicht so, wie es sein sollte. Zwischen den Garderobenständern entdeckt Herr Einenkel einen blassen, pickligen Jüngling –: „Eine Stunde laufe ich hier herum! Hier soll man wohl nicht bedient werden! Nein, danke, danke, jetzt nicht mehr. Sie denken wohl, wie es Ihnen paßt ..."

Der Jüngling hat einen Wutanfall, höchstselbst bemüht sich Herr Einenkel, aber es wird doch eine Pleite: Pickelhering läßt sich nicht beruhigen. Nachher, wie er unbekauft weggegangen ist, bekommt Herr Einenkel seinen Wutanfall, es ist die stille Stunde in der Tischzeit, kein Kunde in Sicht, er kann es sich leisten, zu brüllen. Mamlock, Hesse,

Heller, Ziebarth, Zeddies und die Lehrlinge, wie sie gebakken sind, alle kriegen sie eins aufs Dach, und wie! Herr Einenkel rennt schweißtriefend auf und ab, er ist rot, er brüllt, nicht mal auf den Schränken ist ordentlich Staub gewischt, dann geht er zum Essen.

Sie haben da ihren Tisch für sich in der Kantine, die Herren Abteilungsvorsteher, es hat sich so rausgebildet. Einenkel findet, es sind gräßliche Kerls dabei, aber natürlich würde es jede Autorität untergraben, wenn sie sich mit Verkäufern zusammensetzten.

Gottlob bekommt Einenkel trotz des eben genossenen Ärgers, der ja, wenn der Himmel und der Tag es so wollen, immer weitergehen kann, den netten Platz mit dem Ausblick auf einen Verkäuferinnentisch. Da sitzt also wieder diese reizende, zierliche Bachstelze aus der Damenhutabteilung, schüchtern schaut Herr Einenkel sie drei- oder viermal an. Dies Anschauen *muß* einfach sein, je nachdem, ob es gelingt oder ob er mit dem Rücken zu ihr sitzt, ist ein Tag gut oder schlecht. Es ist nicht sicher, ob Fräulein Bild von den Damenhüten etwas von der Existenz von Herrn Einenkel weiß, jedenfalls hat sie aber nicht die geringste Ahnung, was für eine Rolle sie in seinen Träumen spielt.

Ja, wenn er diese zierliche Bräunliche vor netto fünfzehn Jahren getroffen hätte! Lotte ist gar nicht schlecht, aber Lotte ist der Alltag. Wenn man ihre Adresse unauffällig erfahren könnte, er würde ihr morgen einen herrlichen Strauß schicken, Rosen oder Flieder, natürlich anonym, bloß, daß sie sich einmal richtig freut.

Und dabei sagt er: „Ja, ich habe ein bißchen Krach geschlagen – Sie haben es gehört? Man muß diese Verkäufer mal zusammenstauchen, eingebildet sind diese Menschen –! Sagen Sie selbst, meine Herren, was haben *wir* arbeiten müssen, als wir so jung waren?"

Und nun kommen all die alten Geschichten von dunnemals, als die Verkäufer noch keinen freien Sonntag kannten: immer die Jalousien rauf und runter ziehen, die Sonnensegel stellen, die Schaufensterbeleuchtung an- und ausknipsen am Sonntag.

„Ich hatte mal in Rogasen einen Chef . . ."

Und: „Haben Sie noch den Lehmann gekannt? Er hieß nur der ‚dolle Lehmann‘, reiste 'ne Zeitlang für Hübsch & Niedlich –?"

Es wird Viertel nach vier, bis Herr Einenkel wieder auf die Abteilung kommt. Aber er hat nichts versäumt, der Glanz ist vom Tag runter, es wird ein langer, zäher, schwieriger Nachmittag mit vier Pleiten und einer minimalen Kasse. Herr Einenkel steht hinter seinem Pult. Erst hat er noch eingegriffen und angefeuert, nun steht er blaß und traurig da, auf den dreiundsiebzig Trenchcoats wird er sitzenbleiben, und was soll dann werden? Er ist ein schlechter Abteilungsleiter, hundsgemein ist es von ihm, die Verkäufer anzugrobsen, kein bißchen besser ist er als die . . .

Er seufzt tief auf, er geht langsam zwischen den Garderobenständern hin und her, um Viertel neun kann er erst zu Haus sein, Ruthchen wird schon schlafen, Gerda wahrscheinlich auch. Lotte sagt, die Vögel singen jetzt so nett im Garten; wenn er kommt, ist alles schon still, und rasch wird es dämmerig.

An einem Kleiderständer steht der Lehrling Krieblich, ein ängstlicher, verschüchterter Bengel. („Aus dem Jungen wird nie ein Verkäufer, keinen Mumm!") Jetzt ist er wachsweiß, hält sich an ein paar Mänteln, taumelnd.

„Um Gottes willen, Krieblich, Junge, was ist mit dir?!"

Der Junge kann nicht antworten, oder er hat schon wieder Angst. Aber jetzt würde er gefallen sein, mit dem ganzen Ständer vielleicht über sich, wenn ihn Einenkel nicht umgefaßt hätte. „Sachte, sachte, mein Junge, krank bist du . . . Mamlock, Sie übernehmen die Abteilung, ich gehe mit Krieblich mal aufs Lazarett . . ."

Oh, was ist der strenge, erregbare Herr Einenkel plötzlich für ein guter Papa! „Komm, mein Junge, halt dich ordentlich fest an mir. Nur noch ein paar Schritte. Komm, komm, es wird schon besser, gleich legst du dich lang hin."

Es ist keine schwierige Untersuchung, es ist Unterernährung, gradeheraus gesagt, der Junge hat vor Hunger schlappgemacht. Nichts zu essen haben die, arbeitslos sind die, und der Junge verdient ja auch so gut wie nichts ...

Aufgeregt läuft Herr Einenkel auf und ab. „Nicht satt zu essen! Also, nein, nein, das geht natürlich nicht, da muß etwas getan werden. Warte nur, Krieblich, Junge ..."

Herr Einenkel fährt seinen Lehrling mit der Autotaxe nach Haus, er bezahlt selbst die Taxe, er läßt einen Schein da, es ist etwas über seine Verhältnisse, aber so ist er nun auch wieder ... „Und natürlich wird da geholfen werden. Wir haben da so einen Fonds bei Haarklein & Co. Gleich morgen nehme ich das sofort in die Hand. Nicht satt zu essen, es ist die Höhe ...!"

Nun lohnt es schon nicht mehr, jetzt noch ins Geschäft zu fahren, und so kommt Herr Einenkel zwei Züge früher als gewohnt nach Haus. Ruthchen steht grade in der Badewanne, sie kreischt und spritzt und panscht, sie wirft Pappi mit dem Gummischwamm. Welche Wonne dann, dabeizusitzen, während sie ihren Brei futtert; dann Küssing beim Schlafengehen, großes Winke-Winke, kleines Winke-Winke, wie Sonntag ist das.

Und während Lotte mit Rosa das Abendessen richtet, geht der Vater mit Gerda im Garten auf und ab und hat einen ernsthaften Plausch mit ihr. Es ist still, ein leiser Wind geht in den Bäumen. Also, das Kind hat wirklich schon ernsthafte Probleme. Da sind nun diese Sterne am Himmel; glaubt Pappi, daß sie bewohnt sind? Ja? Es ist möglich? Und hat Gott da auch Menschen gemacht, und hat er seinen Jesus auch dahin geschickt, auf alle Sterne? Auf *alle*?!

Ja, Abteilungsvorsteher Einenkel ist richtig verlegen und gerührt, er nimmt die kleine graue Mädchenhand in seine. „Ja, ich weiß es auch nicht, Gerdchen. Es wäre schrecklich, nicht wahr? Hoffentlich sind die Menschen da besser ..."

Er sitzt noch einen Augenblick neben ihrem Bett; sie gibt ihm unaufgefordert einen Kuß, ihm fällt ein, sie hat das seit vielen Monaten nicht getan. Was hat man nicht alles verpaßt, durch dieses Geschäft und diesen Betrieb und diese Sorge mit den Raten ... Nun, es ist natürlich nicht

184

anders möglich, aber es ist doch komisch ... mit den Sternen, er hat sie eigentlich nie recht angesehen. Also welche Probleme solch ein Kind hat –! Vielleicht hätte er ihr das mit den Mänteln zu vierundzwanzig neunzig erzählen sollen, sie hätte sich gefreut, und ihr Herz wäre ein bißchen leichter gewesen.

Aber dann ist auch alles vorbei, sowie er beim Abendessen sitzt, ist er schrecklich müde. „Ich lege mich dann gleich hin", sagt er zu Lotte und überlegt, ob er ihr seinen Entschluß mitteilen soll, ihr noch einmal ganz freiwillig weitere zwanzig Mark für den Monatsrest zu geben. Aber er schiebt es dann doch lieber für morgen früh auf. Wollen mal abwarten, was ich dann für Stimmung habe!

Und im Einschlafen geht ihm alles durcheinander: das bräunliche Fräulein mit den schmalen Knien, die neuen Ulster. Fräulein Bild mit den seidenen Rehbeinen und der hungrige Krieblich. Früher wird er aufstehen müssen wegen der Katze, aber er kauft sich jetzt bestimmt ein Tesching, gleich nach dem Ersten, die Sterne und Gerda, und hoffentlich ist Mamlock morgen pünktlich, daß er sich nicht sofort ärgern muß.

Und dann, im Einschlafen, hat er noch so eine Art Nachtgebet, nicht richtig in Worten, etwas Verschwommenes, aber Sehnsüchtiges: Lieber Gott, laß mich morgen eine gute Kasse haben! Lieber Gott –!

Aus! Eingeschlafen! Schluß!

Der Bettler, der Glück bringt

Sein Aufstieg war langsam gewesen und zäh, Jahr um Jahr, Lehrling, dritter Verkäufer, zweiter Verkäufer, erster Verkäufer. Achtunddreißig Jahre alt war er, als er Abteilungsvorsteher wurde, zweiundzwanzig Jahre Weg mit Lächeln, Geschmeidigkeit, hinuntergeschluckten Anschnauzern, Getretenwerden, Bücklingen. Sein Absturz ging rasend schnell, Kündigung zum nächsten Termin. „Die schlechten Zeiten, Herr Möcke ... Sie verstehen ... Wir müssen den teuren Vorsteherposten einsparen, Herr Möcke ..."
Wie er nach Hause gekommen war, er wußte es nicht. Schließlich lag das Häusel in der Sonne vor ihm, ein richtiges Siedlungshäuschen zur Miete, fünfundsechzig Mark im Monat und tausend Mark Genossenschaftsanteil. Die Rosen im Vorgarten standen wie die Puppen, er hatte sie selbst gekauft, gepflanzt, gepflegt, die Fensterscheiben schimmerten wie die Spiegel, die bunten Gardinen wehten ein bißchen. Herr Möcke wachte auf, als er das sah, er seufzte, dann ging er hinein, Linni Bescheid zu sagen.
Sie waren besser daran als zehntausend andere, die Mökkes. Sie hatten keine Kinder, und die Einrichtung war schon seit über einem Jahr abgezahlt. Außerdem würde Möcke rasch wieder Arbeit bekommen, vielleicht als erster Verkäufer, sicher als zweiter, man kannte ihn in der Branche, untüchtig war er nicht. Dann kam der Entlassungstag, das letzte Mal Gehalt, und der Personalchef Kunze sagte: „Na also, Herr Möcke, vielleicht sehen wir uns schon in aller Kürze wieder, verstehen Sie."
Möglich, es war das nur so eine trostreiche Redensart,

möglich aber auch, daß was dahintersteckte. Nach drei Tagen, als Möcke zum ersten Male mit einem andern Herrn aus der Siedlung zum Stempeln marschierte, war er überzeugt, es steckte was dahinter. Kollege Wrede war immer ein Schwein'gewesen.

„Wissen Sie, Herr Möcke", sagt der andere Herr, „glauben Sie, ich zahle noch Miete? So blau! Ich wohne einfach den Genossenschaftsanteil ab. Für die tausend Mark kann ich noch lange wohnen."

„Bei mir ist es ja anders", sagt Herr Möcke vorsichtig. „Ich bin leider einer Intrige zum Opfer gefallen. Aber die Sache steht direkt vor der Aufklärung. Unser Personalchef hat mir da bestimmte Zusagen gemacht . . ."

„Ach, Sie denken, Sie kriegen noch Arbeit?" sagt der andere. „Das denken im Anfang alle. Sie sind doch bald vierzig, da kriegen Sie doch nie im Leben mehr Arbeit. Bedenken Sie doch, Ihr Tarifgehalt ist um Dreiviertel höher als das von einem Neunzehnjährigen."

„Mir sind Versprechungen gemacht . . .", beharrt Herr Möcke.

Dann ist er drin in der grauen Flut der Stempelbrüder, die an den Schaltern vorüberströmt, ist drin, Wochen, Monate. Es ist sehr schwer, sich aus einer solchen Flut herauszuhalten. Herr Möcke zwingt es, ihm sind Versprechungen gemacht worden. Jeden Tag kann jetzt Herr Kunze schreiben. Mittlerweile kriechen sie zusammen. Sechsundneunzig Mark Unterstützung, fünfundsechzig Mark Miete, aber es muß durchgehalten werden, er darf seinen Ruf nicht schädigen, wenn Herr Kunze Erkundigungen einzieht . . .

Linni hört seit vier Monaten von Herrn Kunze, Linni geht nicht zweimal wöchentlich in die graue Flut vom Arbeitsamt, die ihren Mann hoffen lehrt, Linni sagt kurz und böse: „Ach, dein Kunze, der schreibt doch nie . . ."

Möcke sieht seine Linni an, dann geht er aus dem Zimmer, er geht die Treppe hinunter, er geht in den Garten, da steht er und guckt; ein nasser, herbstlicher Garten ist ziemlich trostlos, ein grauer Himmel, ein jagender Wind – trostlos. Linni hat ja eigentlich recht, denkt Möcke. Kunze könnte endlich auch schreiben. Und zehn Minuten später: Werde ich Kunze schreiben!

Ein großer Entschluß, ein heroischer Entschluß, aber, alles in allem, das Ei des Kolumbus. Am Abend setzt sich Herr Möcke hin und schreibt an Herrn Kunze, bittet ihn um eine Unterredung. Als er am nächsten Morgen mit dem schicksalsschweren Brief aus der Haustür will, klingelt es grade, Möcke macht auf, ohne durch das Guckloch gesehen zu haben – ein Bettler steht vor ihm.

Nun ist die Sache so: Früher, als Möcke noch Arbeit hatte, machte er oft einem Bettler die Tür auf, und wenn der Mann dann seinen Psalm runterbetete von arbeitslos, sagte Herr Möcke kurz: „Tut mir leid, bin selber arbeitslos." Als er dann wirklich arbeitslos wurde, hat er manche Nacht wach gelegen und gegrübelt: Das hätte ich nicht sagen sollen. Ich habe es berufen. Das Schwein Wrede ist nicht allein schuld, ich habe es berufen mit meinem Geschwätz. Seitdem machen Möckes Bettlern überhaupt nicht mehr auf. Erst sehen sie durch den Spion, wer klingelt.

Diesmal aber, in seinem Eifer über den Brief, hat es Herr Möcke verpaßt. Der Bettler steht vor ihm, und der Bettler sagt: „Herr Doktor, nur 'ne Kleinigkeit."

Herr Möcke sieht den Bettler an, der Bettler ist ein großer, schwerer Mann mit starken Knochen, er hat ein blasses, glattes Gesicht mit einem blonden Schnurrbärtchen, aber vor allem hat er rasche, zupackende Augen. Herr Möcke steht da mit seinem schicksalsschweren Brief in der Hand, er hat so viele Bettler fortgeschickt ...

„Einen Groschen, Herr Doktor", sagt der Mann. „Ich bring Ihnen Glück. Ich hab schon vielen Leuten Glück gebracht." Herr Möcke greift in die Hosentasche. „Ich spuck auch dreimal gegen Ihre Tür, daß es runterläuft."

„Das ist nun grade nicht nötig", sagt Herr Möcke, aber er gibt dem Mann einen Groschen.

Der Mann spuckt dreimal gegen die Tür, es läuft richtig runter. „Sehen Sie, Herr Doktor, Sie kriegen Glück. Ihre

188

Frau darf es aber nicht abwischen. Ich frag mal wieder nach", sagt der Mann und geht zur nächsten Türklingel. Auf seinem Wege zum Postamt schüttelt Möcke heftig den Kopf über diesen tollen Aberglauben von den Leuten. Aber schaden kann es jedenfalls nicht. Und dann fällt der Brief in den Kasten.

Ist solch ein Brief abgesandt, so wird es manchmal heller in dem Absender, verschiedene Schleier fallen. Was eigentlich hat Kunze gesagt? Gar nichts, Trost, Quatsch – auf dem Wege zum Arbeitsamt sieht alles anders aus, als wenn solch Brief abgesandt ist. Nun gut, Möcke wartet, aber eigentlich richtig wartet er nicht, dazwischen denkt er auch an den spuckenden Bettler und schüttelt wieder den Kopf.

Gut, fünf Tage hat Möcke gewartet, da kommt ein Brief für ihn: Kunze wird sich freuen, den alten Möcke in dem und dem Café zu der und der Stunde zu treffen. Herzlichsten Gruß. Wie steht Möcke im Garten! Wie spricht Möcke mit Linni! Wie macht Möcke dem Bettler die Tür auf am Tage des Rendezvous! Ja, seht, genau an diesem Tage klingelt der Bettler wieder.

„Na, Herr Doktor", sagt er. „Wie ist das mit uns? Hat es geholfen oder hat es nicht geholfen?"

Herr Möcke lächelt dünn, es ist Blödsinn, es ist natürlich wüstester Aberglauben, aber er sagt doch lächelnd: „Das werde ich heute nachmittag sehen."

„Wie ist es denn damit?" fragt der Mann mit den starken Knochen. „Wär's gut, wenn ich noch mal spuckte?"

Möcke sieht den Mann an, zu sehr darf man sich auch nicht kompromittieren. „Wenn Sie meinen, daß es hilft? Ich habe nichts dagegen."

„Macht 'ne Mark, Herr Doktor", sagt er. „Das vorige Mal, das war nur das erste Mal so billig. Mein Spucken hilft immer."

Nun wird Herr Möcke doch böse. „'ne Mark, wo ich stempeln gehe! Sie sind ja verrückt! Ich denke ja gar nicht daran. Machen Sie, daß Sie wegkommen von meiner Tür!"

Möcke geht wieder mal in den Garten, er hat seine Rosen

189

einzupacken wegen dem Frost, er hat seine Beschäftigung. Dazwischen seufzt er. Voreilig ist er doch gewesen, für einen Fünfziger hätte der Mann es getan . . .

Ja, also, Fahrt in die Stadt, Café, billig ist so was nicht, und eigentlich hat Herr Kunze nur mal klatschen wollen mit dem alten Möcke, sein Herz ausschütten, Zustände sind das jetzt im Betrieb! Aber natürlich denkt er an Möcke, gleich morgen fühlt er vor, erster Verkäufer, warum sollte sich das nicht machen lassen, er schreibt, so rasch er was weiß . . .

Möcke wartet. Schnell weiß Kunze nichts, das dauert lange. Manchmal, wenn er spazierengeht, begegnet er auch dem großen Bettler, Herr Möcke geht an ihm vorbei und sieht steil gradeaus. Womöglich hat der Mann durch seine übertriebene Forderung alles verkorkst, auf dieser Welt weiß man nichts.

Weg zum Arbeitsamt. Stempeln. Die immer anschwellende Flut. Ach, das Herz wehrt sich: Ich bin nicht wie die andern, ich habe noch Aussichten, Kunze wird schreiben. Kunze schreibt nicht. Und schließlich sitzt Herr Möcke doch einmal in einer Erwerbslosenversammlung, man muß sich das doch ansehen. Und gut ist das schon anzuhören, was die für Forderungen stellen. Herr Möcke lächelt, wenn er auch einsichtiger ist, so geht es wohl doch nicht, aber dem Herzen tut es gut, das anzuhören.

Neben Herrn Möcke sitzt der große Bettler, und in seiner milden Stimmung sagt Herr Möcke zu ihm: „Also, hier sitzen Sie doch, trotzdem Sie so gut Glück bringen."

„Sitz ich, sitz ich", sagt der Bettler, „das ist es doch grade: Wenn ich mir Glück brächte, könnte ich andern doch kein Glück bringen, klar, was?"

Verblüfft sitzt Herr Möcke da, eigentlich hat der Mann ja recht. Und dann fragt er nach einer Weile: „Wann kommen Sie denn einmal zu mir?"

Der Mann sagt kurz: „Das Spucken hilft nicht mehr, das haben Sie sich selbst verschlagen."

Möcke schweigt, Möcke brütet, zwischendurch hört er auch auf den Redner oben, aber er wird nicht mehr richtig froh über dessen Forderungen, ihm ist, als sei ihm die letzte Chance weggerutscht. Der Bettler schweigt stur.

Nun, nachher, nach der Versammlung, kommen sie doch wieder ins Gespräch –: Ob gar nichts mehr zu machen sei? Der Herr Doktor wartet auf einen Brief, und der Brief will nicht kommen. Nein, der Bettler kann nichts machen, das hat Möcke verprellt, aber der Bettler weiß eine Frau: Die schafft den Brief! Hin- und Hergerede, Gewisper, die Chaussee auf, die Chaussee ab, die Frau kann es, es ist eine fabelhafte Frau, dem hat sie das besorgt und dem das. Ob er ein Bild von diesem Kunze hat? Nun, es geht auch ohne Bild. Sie kann alles!

„Kostenpunkt?"

Der Bettler sieht seinen Mann an. „Sie laufen ja doch wieder weg, Herr Doktor. Glauben Sie, daß so 'ne Frau billig ist?"

Nein, Herr Möcke wird nicht fortlaufen, er wird es sich anhören, ganz ruhig. Nein kann er ja noch immer sagen.

Das kann er. Also, weil es der Herr Doktor ist und weil der Herr Doktor erwerbslos ist, auf und ab fünfzig Mark, wenn das nicht billig ist . . .

Also Möcke ist doch wieder weggegangen, er hat nicht einmal nein gesagt. Und nun wartet er wieder und geht wieder zum Arbeitsamt und stempelt, und als das Frühjahr kommt, rutscht er fein sachte aus der „Arbeitslosen" in die „Krisen", und wenn sie nicht noch ein paar Mark hätten, müßte er es machen wie der Bekannte: einfach keine Miete mehr zahlen.

Und wie Möcke lange genug gewartet und gegrübelt und sich gewehrt hat, fährt er wieder in die Stadt. Er stellt sich an den Personalausgang seines ehemaligen Geschäfts und wartet auf Herrn Kunze. Nein, wie ist Herr Kunze erfreut, seinen alten Möcke wiederzusehen! Immerzu hat er an ihn gedacht, ein paarmal ist es schon soweit gewesen, aber dann kam grade immer was dazwischen, aber schon in den nächsten Wochen vielleicht . . .

Möcke fährt nach Hause, sein Kopf dröhnt, er weiß nur, es ist beinahe soweit gewesen, dann kam etwas dazwischen.

Er weiß, was dazwischenkam: eine Mark, dann fünfzig Mark.

Von dem Letzten, von dem Allerletzten, nimmt Möcke fünfzig Mark und geht durch die Straßen und sucht seinen Bettler. Er sucht ihn vier Tage lang. Eigentlich müßte etwas getan werden im Garten, Linni schilt, der Möcke hat nur eine Idee, sogar in seinen kurzen, unruhigen Schlaf dringt sie: die fünfzig Mark an den Bettler.

Dann, dann wird alles wieder gut! Er sieht das Geschäftslokal vor sich, den sauberen, hellen Raum, matt gebohnert, die Waren auf den Regalen, die Käufer kommen, er verbeugt sich, er verkauft – wie ist das Leben hell!

Am fünften Tag trifft Möcke seinen Bettler. Er ist verwirrt, maßlos aufgeregt, er kann nicht einmal deutlich sprechen. „Hier", sagt er. „Für die Frau", sagt er. „Sie wissen ja, was ich will", sagt er. „Arbeit . . . !"

Hinter der Gardine im Eßzimmer steht Tag um Tag Herr Möcke. Von hier aus kann er den Aufgang beobachten, es kann ja auch ein Eilbrief sein, ein Telegramm. Von morgens bis abends steht er und wartet, nachts fährt er hoch: „Hat es nicht eben geklingelt, Linni?"

Aber Linni antwortet nicht, sie weint, sie weint sich noch ihre Augen aus. Während Möcke weiter wartet, wartet, wartet . . .

Wie vor dreißig Jahren

Damals, als Gotthold sich in sie verliebte, war Tini ein junges dunkelblondes schlankes Mädchen. Sie war frisch aus Thüringen gekommen und bediente die Gäste am Mittagstisch ihrer Verwandten, irgendwo im Norden Berlins. Sie hatte „Schnecken" über den Ohren, lachte gern und war sogar zu Gotthold nett.

Gotthold war der Sohn eines ehrgeizigen Lehrers, aber trotz nachdrücklicher körperlicher und geistiger Nachhilfe hatte es nicht weiter als bis Obersekunda gereicht. So war er in ein Bankgeschäft abgeschoben worden. Bei seinem Vater in Ungnade, saß er vor dem Kontokorrent und dachte mit Bitterkeit an alle, die es weiterbrachten im Leben, die begabter waren und häufiger lachten.

Heute, da sie dreißig Jahre verheiratet sind, weiß Tini längst, daß Gotthold sie nie „richtig" geliebt hat. Er hat sie nur den andern wegnehmen, ihr Lachen, ihre Fröhlichkeit für sich haben wollen. Damals war er eine glänzende Partie für das arme Serviermädel, das nicht einmal richtig Deutsch konnte, heute . . .

Heute . . . Also, sie sind eigentlich, fünfzig und dreiundfünfzig, mit ihrem Leben durch. Die beiden Kinder, Sohn und Tochter, sind richtig gut verheiratet. Sein Ehrgeiz, Depositenkassenvorsteher zu werden, ist unerfüllt geblieben. Bei der letzten Rationalisierung haben sie Gotthold pensioniert. Da sitzen sie nun beide in einem kleinen Haus in der Vorstadt, mit ein wenig Gartenland . . . Sie haben bis an ihr Lebensende ihre kleine sichere Pension . . . Und was haben sie sonst?

Er ist gelb und knitterig geworden, der Gotthold. Mit seinem gelben kleinen armen Vogelkopf püttjert er den ganzen Tag im Hause und im Gärtchen herum. Hier wischt er was, dort nagelt er was, nun poliert er was.

„Wie kommt die Schramme ans Büfett, Tini?" quäkt er. „Gestern war noch keine Schramme da, heute ist eine da. Das hast du wieder gemacht!"

Er wischt, er holt Möbelpolitur und macht Wachs warm. Nie liest er ein Buch, aber er läuft hinter Tini hinterher. „Wo hast du die kleine rote Vase mit dem weißen Engel gelassen, die uns Hempels zur Hochzeit geschenkt haben? Heute nacht ist es mir eingefallen. Ich habe sie seit zehn Jahren nicht gesehen!"

„Längst kaputt", sagt Tini. Oder sie sagt nichts. Sie ist dick geworden, ihre Beine sind unmöglich, aber sie versucht heute noch, nach dreißig Jahren, liebenswürdig zu sein. Sie versucht es immer wieder. Sie fegt durch ihren Haushalt wie ein eiliger Wind. Eigentlich hat sie kaum noch etwas zu besorgen; die Kinder sind fort, aber was sie besorgt, muß schnell gehen. „Rasch, Gotthold, rasch! Wredes haben schon ihre Erdbeerpflanzen gesetzt. Lauf in die Gärtnerei."

„Aber wie komme ich denn dazu? Lauf du!"

„Die werden schön über uns lachen, wenn wir die letzten mit Erdbeerensetzen sind. Aber wie du willst."

Er putzt an seiner Azalee herum, er zupft ein Blatt ab, das krank aussieht. Dann betrachtet er das Blatt, ob es auch wirklich krank war. „Sicher hast du wieder an meine Azalee gestoßen." Keine Antwort. „Also sag mir wenigstens, wieviel Erdbeerpflanzen wir brauchen. Nie sagst du mir richtig Bescheid."

Nun hat die Tochter geschrieben: Sie hat einen Pelzmantel gesehen . . ., nur vierhundert Mark . . ., sie hat ihn sich so lange gewünscht . . ., ob die Mutter nicht helfen will? Es wäre sooo nett! Die Eltern haben dreihundert Mark Pension, der Schwiegersohn hat siebenhundert Mark Einkommen . . . Aber natürlich hilft die Mutter. Solche Briefe kommen an die Adresse der Nachbarin. Der Mann darf sie nicht sehen, er darf überhaupt nichts merken. Wenn man eine tüchtige Hausfrau ist, kann man schon fünfzig Mark vom Haushaltsgeld einsparen, und der Mann merkt nichts. Man muß auch wieder zum Arzt, das Bein tut so weh ... Sicher ist eine Ader gerissen. Da freut er sich, da gibt er gerne vierzig Mark, sechzig Mark.

„Siehste", sagt er. „Tut es weh? Ich hab's dir ja gesagt ... Du sollst nicht soviel rumlaufen. Tut es ganz richtig weh?"

Das ist sein Glück, wenn es ihr schlecht geht, wenn sie Kummer hat. Der Sohn hat nicht zu ihrem Geburtstag geschrieben? „Siehste! Ich hab's dir immer gesagt. Du hast den Bengel stets in Schutz genommen. Der achtet dich wie nichts. Recht hat er, wo er Amtsgerichtsrat ist, und du kannst nicht mal richtig Deutsch."

Sein kleiner gelber Kopf tanzt auf den schmalen Schultern. Er lacht. „Weißt du noch, wie ich dem Bengel eine Ohrfeige geben wollte, Weihnachten 1909, und du hast dich vorgestellt, und ich habe dir eine geklebt? Siehste!"

Er lacht, dann schusselt er ab, ins Dorf. Heimlich geht er in ein Café, frißt sich an mit Kuchen und Torte. Das ist seine Leidenschaft, aber er verträgt's nicht: Die Galle schreit. Nachts steht sie, macht Umschläge. „Heißer!" brüllt er. „Noch heißer! Weil du nie was Richtiges kochst."

„Sicher hast du wieder Kuchen gegessen, Gotthold!"

„Wie kannst du so etwas behaupten?!"

„Schrei nicht so, Gotthold, daß wenigstens nicht die Nachbarn ..."

„Grade schrei ich. Alle sollen sie wissen, was ich für 'ne Frau habe. So ein Weib, das nicht mal richtig Deutsch kann."

Fünf Jahre, zehn Jahre, zwanzig Jahre, dreißig Jahre ... Wie viele Jahre noch? Dreißig Jahre vielleicht noch? Sein Vater ist uralt geworden. Manchmal verzweifelt sie, dann schließt sie sich ein zum Weinen. So ist sie wenigstens eine Weile sicher. Dann rüttelt er an der Tür. „Was schließt du dich ein? Seit wann schließt du dich ein vor mir? Hast du wieder Geheimnisse? Wer will Geld von dir? Diese Ausbeuter!"

„Nichts, Gotthold. Mir war ein bißchen schlecht."

„War dir schlecht? Siehste, habe ich dir nicht gesagt, du

sollst den Gurkensalat nicht abends essen? Mir bekommt so was nie."

Ja, sie verzweifelt ..., aber sie verzweifelt zehn Minuten ..., wenn es hoch kommt, eine halbe Stunde. Ihr ist eben eingefallen, als sie das letztemal beisammen waren, hat die Schwiegertochter einen so häßlichen Jumper getragen, sie wird ihr einen hübschen Jumper stricken, rasch Wolle, rasch los, acht Tage acht Stunden gestrickt, die Augen tun ihr weh ...

„Tun sie dir auch richtig weh? Ich habe dir ja gesagt ..." Aber es muß rasch gehen. Sie freut sich schon auf die Freude der Schwiegertochter. Fertig, zur Post, abgesandt. Sie wartet drei Tage, eine Woche, drei Wochen, dann kommt eine Karte: „Herzlichste Grüße vom herrlichen Ostseestrand. Helga. Hans. P. S. Der Jumper ist sehr nett."

Aber sie hat längst etwas anderes. Ihr ist etwas eingefallen. Da haben sie nun das kleine halbe Zimmer für etwaige Besuche, aber nie kommt jemand zu Besuch. Sie wird Gottholds Bett da hineinstellen, sie wird ihr Schlafzimmer für sich haben. Seit dreißig Jahren hat sie keine Nacht allein geschlafen.

Natürlich wird er nie einwilligen. Nächtelang liegt sie, überlegt. Da ist ihre Schwester in Lüneburg. Sie muß Gotthold dringend auffordern, zu kommen. Eine Vermögensberatung. Er ist ja der Bankfachmann der Familie. Sie muß ihn zwei, drei Tage festhalten.

Unterdes wird sie mit einem Mann die Möbel umstellen. Sie wird sie so umstellen, daß er sie nicht allein zurückkriegt. Dazu ist er zu schwach. Er wird fluchen, schimpfen, brüllen, aber einen Mann nimmt er sich nicht zu Hilfe, dazu ist er zu geizig. Übrigens wird er gar nicht auf diese Idee kommen. Zuerst wird sie die Tür zwischen den beiden Zimmern auflassen, später anlehnen, dann einklinken, schließlich zusperren. O Gott, sie wird wieder allein schlafen, wie vor dreißig Jahren. Sie träumt, sie phantasiert. Wie vor dreißig Jahren. Lieber Gott, es kann alles noch gut werden, ziemlich gut. Sie kann wenigstens nachts allein sein, wie vor dreißig Jahren ...

Die geistesgegenwärtige Großmutter

Geistesgegenwart ist heutzutage eine sehr notwendige Eigenschaft. Jeder Chauffeur, mehr: jeder gewöhnliche Fußgänger hat Geistesgegenwart zu haben. Ich freilich besitze sie nicht, immer fällt mir eine halbe Stunde später ein, was ich hätte sagen müssen, und ohne die trefflichen Verkehrsampeln wäre ich sicher längst nicht mehr. Ja, ich gehe noch weiter, ich möchte nicht einmal geistesgegenwärtig sein, und wenn ich über den Fall nachgrüble und meine Abneigung gegen diesen Vorzug herzuleiten suche, dann lange ich schließlich stets bei meiner Großmutter an, die einmal in ihrem Leben geistesgegenwärtig war und die das teuer hat bezahlen müssen.

Damals, als die Geschichte passierte, war meine Großmutter freilich noch keine Großmutter, aber doch schon sehr ausgiebig Mutter: Sieben Kinder saßen an ihrem Tisch. Dieser Tisch stand in einem Landpastorenhaus im Hannöverschen, an einer Schmalseite saß mein Großvater, der Pastor, ein gewaltiger Mann mit großem Eifer für die „Ökonomie", was Acker, Kühe und Pferde heißt, am andern Ende meine Großmutter, eine kleine zierliche Frau mit sehr heller Stimme, zwischen den beiden, an den Längsseiten, die sieben Putschenutscher, meine Mutter darunter, damals noch mit Zöpfen.

Die neun aßen zu Mittag, vielleicht saß auch noch Gesinde am Tisch, so genau weiß ich das nicht, es ist nicht mit überliefert worden. Die Suppe war da und zu der Suppe in der gewaltigen Terrine ein Gewitter am Himmel, und grade wollte Großmutter mit Auffüllen anfangen – da flammte es, da tat es einen gewaltigen Schlag, es prasselte, es knackte, und schon kam der Rauch, und alle waren aufgesprungen und schrien: „Es hat eingeschlagen!"

197

Ein Landpastorenhaus im Hannöverschen mit Strohdach, da war nichts zu retten und zu zögern, da war nur zu laufen. Und sie liefen, die sieben Putschenutscher und ihr Vater, und standen dann im Garten mit den Dorfbewohnern und sahen ihr Heim wie eine Fackel brennen, und nichts war zu tun. Die größeren Kinder und der Vater sind sicher sehr aufgeregt und traurig gewesen, und so hat es wohl eine ganze Weile gedauert, bis sie merkten, daß Großmama fehlte. Aber grade, als sie unruhig werden wollten und Großvater wieder in das brennende Haus hinein, da kam Großmutter aus Rauch und Flammen, und in den Händen trug sie . . .

Ja, seht, Großmama hatte es nicht eilig gehabt, Großmama war geistesgegenwärtig gewesen, Großmama hatte retten müssen, und in dem Eßzimmer hatte immerhin Großvaters Schreibtisch gestanden mit Geld (sicher nicht mit viel Geld) und mit Papieren. Was aber hatte Großmutter gerettet? Sie schritt aus den Flammen, und in ihren Händen trug sie die gewaltige weiße Suppenterrine. Und verloren lächelnd sah sie sich um und sagte: „Zu Mittag müssen wir doch essen!" Und nahm den Deckel von der Terrine ab, und siehe, in der Suppe schwamm etwas, was vorher nicht darin gewesen war, Großmutter hatte noch etwas gerettet: In der Suppe schwamm ihr Strickzeug!

Arme Großmama! Sicher hast du deinem Mann und den Kindern mit dem überwältigenden Gelächter, das nun losbrach, über den ersten ärgsten Kummer wegen des verbrannten Heims hinweggeholfen. Aber hast du es eigentlich verdient, daß noch deine Urenkel die Neunzigjährige arglistig fragen: „Und wie, Oma, war's mit der Suppe und dem Strickzeug? Was hast du dir eigentlich dabei gedacht!" Arme Großmama!

Nein, es ist schon so, Geistesgegenwart ist eine höllische Eigenschaft, mal trifft man es, und mal trifft man es nicht. Und immer wird nur von den Treffern geredet, aber was meine Person angeht, so werde ich mir auch in Zukunft meine geistesgegenwärtige Großmutter zur Warnung dienen lassen.

Zweikampf im Weizen

Auf Rittergut Bredenau hatten wir einen Inspektor, der hieß Schönekerl, und einen Eleven namens Edmund Ranft. Manchmal stimmt es mit den Namen, manchmal stimmt es nicht, hier stimmte es. Inspektor Schönekerl war ein Kerl von einem Mann, groß und stark, mit einem roten, blühenden Gesicht, einem Nacken wie ein Stier und einer Stimme wie ein Nebelhorn. Der Edmund Ranft dagegen stellte sich dar als ein schmächtiger Jüngling, blaß, mit braunen Augen und braunem Haar, ein halbes Mädchen. Unnötig zu sagen, daß die beiden sich nicht riechen konnten.

Nun ist ein Inspektor ein großer Mann, ein hochgestellter Mann, er hat Befehlsgewalt über achtzig Leute oder hundert oder zweihundert (darunter die Eleven) – ein Eleve aber ist ein Garnichts, eine Art Renntier, er hat zu laufen, wenn der Inspektor ruft, zu springen, wenn er brüllt, das Maul zu halten, wenn er donnert. Der Inspektor konnte seinen Ranft fein merken lassen, daß er ihn nicht riechen konnte, der Eleve dagegen hatte stille zu sein und höflich zu tun und Knickschen zu machen und nichts als zu parieren.

Inspektor Schönekerl genierte sich keinen Deut, er schickte Ranft um drei Uhr morgens in den Pferdestall, dann ließ er ihn in der Mittagspause auf den Futterboden gehen und Säcke nachzählen und wartete nur ab, bis abends Ranft um neun erschlagen in seiner Klappe lag, um ihn zu einer kalbenden Kuh zu schicken. Wir sagten zu Ranft: „Mensch, such dir eine andere Lehrstelle. Hier hältst du es nicht durch." Aber das sanfte Mägdlein Ranft hatte

199

Energie. „Keine Bohne", sagte er. „Den Spaß soll ich dem machen –? So blau!" Und lief weiter und sprang und machte seine Dienerchen und dachte, er schaffte es.

Er hätte es vielleicht auch geschafft, denn innerlich war er dem dicken Schwein von Inspektor weit überlegen, wenn nicht die Sache mit Wrunka gekommen wäre. Ich weiß nicht, wie Wrunka wirklich hieß, ob Wrunka überhaupt ein Name ist, genug, sie kam aus dem Schlesischen zu uns und wurde unsere Meieristin. Die vorige Meieristin hatte Rosinen im Kopf gehabt, sie hatte Besitzer und Inspektor rum und dumm geredet, bis wir aus unserer guten Milch piekfeinen Camembert machten, den uns nachher kein Mensch abkaufte (schließlich fütterten wir den Schweinen Camembert). Wrunka hingegen machte einen schlichten Backsteinkäse, einen Magerkäse, der nach nichts aussah, aber packte man ihn eine Woche in salzwassergetränkte Tücher, so wurde da ein Käse draus – kurz, der Laden klappte.

Nun, Ranft hatte die Aufsicht beim Melken im Kuhstall, an den Kuhstall stößt die Meierei, in der Meierei wird die Milch abgegeben bei der Meieristin, Ranft hatte die Aufsicht beim Milchabgeben, und Wrunka sah ganz und gar nicht übel aus, eine dunkle Schönheit – und wie sie lachen konnte! Außerdem läßt sich der Name „Wrunka" verdammt zärtlich aussprechen, schon dieser Name ist die reine Verführung.

Warum Schönekerl sich auch mit dieser Geschichte zu befassen hatte, ist klar. Schönekerl hatte eine Frau, eine ständig verweinte, zitternde Frau, und zwei ständig geohrfeigte, brüllerische Kinder. Schönekerl war futterneidisch, und darum befaßte er sich mit der Sache: Eines frühen Morgens um fünf erfüllte er den Kuhstall mit dem Gebrüll einer Nebeltute, und Ranft wurde bei der Milch abgelöst. Kein Kuhstall, keine Meierei, keine Wrunka mehr, dafür Außendienst, auf den entferntesten Schlägen, beim Dungfahren und Getreidehacken, zwei Kilometer vom Hof, vier Kilometer vom Hof.

Man hat es ja in den Naturgeschichtsbüchern gelesen, ein Schmetterling wittert ein gefangenes Weibchen stundenweit und findet zu ihm, Tierlein gesellt sich zu Tierlein: Kaum war Inspektor Schönekerls Pferdeschwanz hinter der nächsten Waldecke verschwunden, so setzte sich Ranft in Trab und rannte zu seiner Wrunka, zweimal am Vormittag inspiziert kein Inspektor die Außenschläge. Die Leute grinsten und halfen dem Eleven noch, dazu ist ein Rittergut mit seinen Scheunen und Ställen und Schuppen eine unübersichtliche Sache, wenn der Inspektor vielleicht auch Feuer roch, Rauch und Flammen bekam er seit jenem Überfall im Kuhstall nicht mehr zu sehen.

Sicher aber roch er das Feuer. Unter des Inspektors Fenster lag ein großer Grasgarten mit vielen Obstbäumen, in andern Jahren hatten wir dort das Jungvieh getüdert. In diesem Jahr erging plötzlich die Order: „Der Schlappschwanz, der Ranft, kann noch immer nicht mähen. Ranft, Sie mähen den Grasgarten." – „Jawohl, Herr Inspektor", sagte Ranft und holte sich eine Sense.

Ranft stand im Grasgarten und befaßte sich mit der Mäherei. Es stand da ein schönes kräftiges Gras, gar nicht schwer zu mähen, aber darin hatte der Inspektor nun wirklich recht: Vom Mähen hatte Edmund Ranft keine Ahnung. Mal ging die Sense in die Erde, mal in einen Obstbaum, mal fielen auch ein paar Gräser um, und zuweilen tat sich oben das Fenster auf, und der Inspektor legte los. Ranft war am ersten Morgen grade dabei, seine Sense, die durch Erde, Stein und Baumrinde ewig stumpf war, zu wetzen, da ertönte von oben dies Gebrüll. Ranft paßte nicht auf, oder er kriegte einen Schreck, und schon lief es schön rot über seine Hand: Ranft hatte sich den Daumen durchgewetzt. Tief hinein in die Daumenkuppe, durch den halben Nagel ging der Schnitt.

Etwas blaß lehnte Ranft die Sense sacht gegen einen Baum, der Inspektor oben prustete los und warf das Fenster zu. Ranft ging auf den Hof und ließ sich den Daumen verbinden, der Inspektor aber erzählte in der Küche seiner verheulten Frau den Spaß und schickte Ranft dann von neuem an seine Mäherei. Am Abend hatte sich Ranft dann auch noch den andern Daumen durchgewetzt, aber das war kein Grund für Krankenurlaub. „Werden Sie lernen, Sie Roß, den Wetzstein richtig anzufassen. So faßt man einen Wetzstein an ...!"

Im ganzen aber kamen weder Inspektor noch Eleve auf ihre Kosten bei dieser Mäherei. Ranft zwar lernte es mit der Zeit einigermaßen, aber sein „Jawohl, Herr Inspektor" klang gar nicht mehr so wie früher, und in unsern Kreisen führte er lästerliche Reden von „dem Schönekerl eins besorgen". Der Inspektor seinerseits entdeckte, daß auch ein unter seinen Fenstern arbeitender Ranft keine völlige Sicherheit bot, schließlich mußte er doch zweimal täglich aufs Feld reiten, und sicher fand sich immer so ein Aas, das dem Ranft einen Wink gab, die Luft sei jetzt rein.

Wie Wrunka selbst zu der ganzen Sache stand, das war schwer auszumachen, rein vom Liebesstandpunkt war Ranft sicher der bessere Partner und Schönekerl nur ein vollgesacktes Schwein, aber schließlich war der Inspektor derjenige, welcher ... Welcher nämlich die Löhne auszahlte und die Milchtantieme berechnete und der einem armen, alleinstehenden, hilflosen Mädchen viel Schaden tun konnte. Wenn Schönekerl schon lange Feuer roch, so roch es in letzter Zeit der Ranft nicht weniger ... „Wenn ich den Bullen mit der Wrunka erwische –!" drohte er düster.

Die Weizenernte kam uns in diesem Sommer nach einer vierzehntägigen Dürre wie ein Gewitter über den Hals, es war nicht nachzukommen, so rasch hintereinander wurde Schlag um Schlag reif. Binder und Ableger mähten vom Morgengrauen bis in die Nacht, aber es half alles nichts, schließlich mußte jeder, der nur eine Sense halten konnte, antreten zum Weizenmähen auf dem Großen Weisel.

Es war eine scheckige Mähmannschaft, die dort am frühen Morgen zusammenkam: junge Ochsenknechte und wacklige Altenteiler, der bucklige Schweinemeister, der Gutsschmied, zwei städtische Elektriker, die grade im Herrenhaus eine neue Lichtleitung legten, und natürlich auch mit uns jüngeren Beamten der Eleve Edmund Ranft.

„Na, nun ist es gut, Ranft, daß du im Grasgarten mähen gelernt hast", sagten wir.

„Ach rutsch!" antwortete Ranft wütend. Er sah nicht gut aus, das Ränftlein, er sah käseweiß aus, und seine braunen Augen wirkten schwarz, so finster sah er. Sicher war er wieder die ganze Nacht unterwegs gewesen, hatte hinter der Wrunka spioniert. Ob er nun wütend war, weil er was gesehen hatte oder weil er immer noch nichts gesehen hatte, gleichviel, er steckte so voll Wut, daß wir kein Wort weiter zu ihm sagten, sondern ihn seinem Mähen überließen.

Wir waren sie ja alle nicht mehr gewöhnt, diese Mäharbeit im schweren Winterweizen. Um sechs Uhr früh war es losgegangen, und um halb sieben schien uns die Frühstückspause um acht schon endlos fern, und als sie dann schließlich doch da war, wären die meisten von uns sicher ganz gerne wieder ins Bett gegangen, so weh taten die Knochen. Aber das Aas von Schönekerl war so schlau gewesen, uns einen richtigen Tagelöhner mitzuschicken, der das Mähen gewohnt war, und der stand Punkt halb neun wieder auf und sagte: „Na, denn man wieder los!" Und mähte uns voran, und wir mußten nach, es half alles nichts. Wir konnten es uns so leicht machen, wie wir wollten, wir konnten den Schwad so schmal nehmen, daß es eine Schande war, immer kam der Moment, wo man nicht mehr mitkam, wo der Hintermann brüllte: „Paß Achtung, Nachbar!", und seine Sense nur noch ein paar Zentimeter hinter unserer Hacke zischte. Und dabei brannte die Sonne wie ein höllisches Feuer, und unser Gaumen war trocken wie eine staubige Landstraße, und von Zeit zu Zeit wurde es schwarz in unserm Hirn, und wir dachten nichts mehr und mähten nur so hin in einem Taumel, und dann wurde plötzlich alles feuerrot, und wir dachten wieder: Ich kann nicht mehr! O Gott, wird es denn nie zwölf?

Aber erst einmal wurde es elf, und kurz nach elf kam der Inspektor Schönekerl zu uns auf den Großen Weisel geritten, Schönekerl, schön hoch zu Roß, in blütenweißem Hemd, rotbraun gebrannt..., und da brach er los wie ein Platzregen, als er unsere Mähleistung und unsere Mähkünste sah. Es prasselte nur so von „stinkenden Faultieren", von „Trotteln", von „Schlappschwänzen", von „Nachtmüt-

203

zen". Aber im Grunde hatten wir andern nicht viel auszustehen, er nahm sich gleich nach den ersten zehn Sätzen
seinen Freund Ranft vor die Binde, und was der da zu hören bekam, war wirklich selbst für Schönekerl eine saftige
Leistung.

Aber vielleicht hatte Ranft wirklich diese Nacht was zu sehen gekriegt, diesmal hielt er das Maul nicht, sondern sagte
ganz vernehmlich: „Halt die Klappe, dämlicher Hund!"

„Wie?!" schrie der Inspektor, der vielleicht nicht ganz
verstanden hatte oder sich nicht getraute zu verstehen.

„Hab gesagt, daß ich Sie noch nie habe mähen sehen",
sagte Ranft brummig.

„Was?!" schrie der Inspektor, und nun ging es los: ... in
Ranfts Jahren ..., und was so ein Schnösel sich einbil-
dete ..., und so ein Gewitschel und Gepritschel mit der
Sense mache ihn krank ... Und plötzlich brüllte er: „Weg,
Stachu, nimm den Gaul! Mir die Sense! Dir wollen wir's
zeigen, fauler Knochen! Du mähst vor und ich mäh
nach ... Und wehe dir –!"

Nun ging es los, und das mußte man schon sagen, eine
feine Fahrt legte der Ranft vor, und einen Schwad nahm er
wie der Stärkste, alles, was recht war. Ein Schlappschwanz
war der Jüngling nicht, aber einen Rochus hatte er im Bauch,
darum konnte er so mähen. Doch hinter ihm der Inspektor,
der konnte auch mähen, und während der Ranft immer wortlos weiterzog wie eine Lokomotive, brüllte der Inspektor
hinter ihm ununterbrochen: „Du fauler Hund, du! Dir will
ich es zeigen! Nimm deine Haxen in acht, ich mäh dir deine
Haxen ab! Bei den Mädels bist du ein Kerl, was, aber hier ..."

Es war schon ein Theater, und wir gingen eigentlich nur
so ein bißchen hinterher und fiddelten mit unsern Sensen,
daß das Kind einen Namen hatte, und wünschten inbrün-
stig, daß der Ranft die Tour durchhielt bis oben an die
Chaussee, wo wir anhalten mußten ... Und er hielt durch,
einen phantastischen Murr hatte der Bengel, und mit all
seinem Geschrei und seinen Viechskräften war ihm der Inspektor nicht einmal näher als einen halben Meter auf die
Pelle gerückt.

Da standen wir nun oben und wetzten unsere Sensen und gingen langsam wieder zurück zum Anfang des Schwads, und die ganze Zeit schimpfte der Schönekerl den Ranft und verhöhnte ihn. Der Inspektor sah blaurot angelaufen aus, der Schweiß lief nur so über sein Gesicht, und sein blütenweißes Hemd war klatschnaß. „Dir wollen wir's zeigen, du Schmachtlappen, dir will ich schon deine Haxen abmähen –!"

Dem Ranft ging die Brust auch wie ein Blasebalg, aber Farbe hatte er nicht ein Fitzelchen bekommen, und er konnte' ganz ruhig sagen: „Haxen abmähen –! Mähen Sie mal vor, und ich will Ihnen die Haxen abmähen!" (Das „Herr Inspektor" sparte er sich schon.)

Er sagte das ganz leise und friedlich, aber uns blieb die Spucke weg, wir dachten, der Inspektor haute ihn mit einem Schlag zur Erde. Aber nichts davon. „Das versuch nur, du Weiberknecht", brüllte er. „Das versuch nur! Nicht auf einen Meter kommst du an mich, du Muttersöhnchen. Weg da, los, ich mäh vor!"

Und wieder ging es los, den endlosen Großen Weisel hinauf, vorne Schönekerl, hinten nach Ranft, und schließlich wir, ziemlich außen vor. Der Inspektor legte höllisch los, das hatte er nun doch gemerkt, daß es hier um seine Ehre und sein Ansehen ging, viel sagte er auch nicht mehr, nur manchmal schrie er noch: „Du Schwächling . . ., Haxen . . ., komm ran, wenn du eine Traute hast . . ."

Und hinten nach der Ranft, nun, ich kann wieder nur sagen: wie eine Dampfmaschine, sicher hatte er überhaupt keine Ahnung, was er tat, mähte ganz mechanisch und sah nur vor sich die braunen schicken Reitstiefel von dem Schönekerl in der weißgelben Weizenstoppel. Die Sense zischte, und der Weizen seufzte leise, wenn er sich umlegte, und es war heiß zum Verrecken, und sicher war, daß Ranft aufholte, langsam und allmählich aufholte. Gegen solche Viechsmäherei kam eben auch der Schönekerl nicht an mit seinen Bärenkräften, weil er nicht die richtige innerliche Wut hatte, bei Schönekerl war es doch nur Geblubber.

Aber ebenso sicher ist es, daß Ranft den Schönekerl bis

zur Chaussee doch nicht eingeholt hätte, soviel gab auch die Wut nicht her, und oben wären sie beide ausgepumpt gewesen und hätten nichts mehr angeben können, also, das Rennen wäre sicher tot ausgegangen. Da aber reitet doch den Schönekerl der Teufel, er fühlt sich so sicher, er muß wieder mit Stänkern anfangen und dreht sich um und schreit: „Was nimmst du denn für einen Schwad, Hund, verfluchter, ist das . . .

Oh . . .“, sagte der Inspektor plötzlich ganz sanft und leise.

Sein Mund war rund wie ein Osterei und blieb offen, die Sense rutschte ihm aus den Händen, und er sackte sanft hin auf die Erde.

Und „Oh . . .“ sagte auch Ranft und sah verblüfft seine Sense an, deren funkelnde Schneide einen breiten roten Streifen hatte. Und dann sah er und sahen wir nach dem Schuh des Inspektors, und der Schuh war aufgetan wie ein Mund, und es lief rot daraus . . .

Wir standen alle atemlos, wie die Schafe, wenn's donnert, und nun war der Inspektor auch schneeweiß, genau wie der Ranft.

Aber dann richtete er sich auf, und eine ganz hübsche Portion von der alten Polterei lag schon wieder in seinem Ton, als er ein bißchen schwächlich sagte: „Hast du verdammter Trottel mir wahrhaftig die Haxe durchgemäht. Na, warte –!“

Aber Eleve Edmund Ranft wartete nicht mehr auf Weiteres. Er schmiß seine Sense hin, daß es klapperte, er schmiß Wetzstein und Leibriemen und das Wetzfaß dazu, auch er sagte: „Oh, ich verdammter Trottel –!“ Und lief fort.

Als wir auf den Hof kamen mit dem verwundeten Inspektor, war er schon fort mit all seinen Sachen, nicht einmal der Wrunka hatte er adieu gesagt. Die hatte er sich gleich mit den Haxen, mit dem Elevenposten, mit den landwirtschaftlichen Aussichten, mit dem Durchhalten abgemäht auf alle Zeit und Ewigkeit.

Was der Inspektor Schönekerl sich über den Trottel noch amüsiert hat, trotz der durchgemähten Haxe –!

Schuller im Glück

Es ist Frühsommer, Junimond, der Wald steht im Grün, die Vögel flattern und singen, und durch diese Herrlichkeit wandert ein junger, blonder, gut gekleideter Mann so verdrossen, so mürrisch, so zerfallen mit sich und aller Welt, als sei es nebliger, nasser Herbst oder schneestürmender Winter.

Der junge Mann ist ein Schneidergesell aus der alten Stadt Halle an der Saale, aber nicht rechtliche Wanderschaft hat ihn in diese schönen pommerschen Wälder geführt, sondern es ist schon lange, daß Willi Schuller sich auf die liederliche Seite gelegt hat. Und nun sind die Greifer hinter ihm her, und abseits jeder Eisenbahn, jedes manierlichen Menschen, jeder glückbringenden Aussicht wandert er ziellos dahin, ohne Geld, mit Kohldampf.

Der Wald will nicht enden und der Magen nicht schweigen, immer dunkler wird das Gesicht des Willi Schuller – nun stolpert er auch noch über eine Wurzel, und mit einem Fluch setzt er sich in das Waldmoos.

Aber es ist, als hätte dieser Fluch eine Antwort gefunden, ein melancholisches Muh ertönt, nun knackt es in den Zweigen, der Wanderer springt auf, durch das Haselgebüsch schiebt sich ein weißstirniger Kopf, und Kuh und Wandersmann sehen einander an.

„Muhtsche", bricht zuerst der Schuller das Schweigen. „Komm, meine gute Muhtsche! Komm, meine liebe Muhtsche!"

„Muh", sagt die Kuh und kommt. Warum dieses Rindvieh hier allein wie er im großen Wald spazierengeht, sieht der Schuller nun auch, sie ist irgendwo durchgebrannt, der Strick vom Zaun hängt zerrissen. Doch er sieht noch etwas anderes: daß das Euter prallvoll ist, und wenn er auch der neuen Freundin noch nicht so weit traut, daß er sich direkt unter sie legt, auch in einen Filzhut kann man melken. Und so strippt und strullt er sich denn nach bestem Können eine kräftige Mahlzeit in den Hut. Die Kuh steht still, der Magen sagt ja zu der Mahlzeit und da capo. Das läßt sich machen, auch die zweite Mahlzeit wird verdrückt, und plötzlich sieht die Welt ganz anders aus: Der Wald ist nett, und die Vögel sind nett, und der stille Weg ist eigentlich auch nett. Besser jedenfalls, als gingen Gendarmen darauf.

Willi Schuller sieht die Kuh etwas zweifelhaft an. Dann schwenkt er den Hut, daß die letzten Milchtropfen spritzen, sagt lustig-verlegen: „Guten Tag und danke schön, Mühtsche" und nimmt seinen Weg wieder unter die Füße. Die Kuh antwortet „Muh" und hat denselben Weg. Schuller geht hastiger, die Kuh hat es auch eilig. Schuller bleibt stehen. „Gehst du weg, Muhtsche!" Die Kuh sieht ihn an. Als er weitergeht, streckt sie ihm gleich den Kopf über die Schulter, daß sie auch in Kontakt bleiben. Und weil das lästig ist, faßt er sie beim Strick und denkt bei sich: Vielleicht verdiene ich mir als Finderlohn Mittagessen und ein Nachtquartier.

Nach einer Weile Wanderschaft lichtet sich der Wald, Schuller nebst Kuh sehen Felder vor sich, Wiesen, ein Flüßchen zwischen Weiden und Pappeln und rechter Hand einen Bauernhof. Auf einer Wiese am Weg steht der Bauer und mäht.

Schuller ist es nicht ganz gemütlich, mit der Kuh am Strick beim Bauern vorbeizugehen, er läßt den Strick so lang, wie es geht, als hätte er nichts mit dem Rindvieh zu tun, murmelt hastig „Guten Tag" und will weiter.

„He", ruft der Bauer.

Schuller marschiert eilig weiter.

„Holla!" ruft der Bauer. „Sie da! Das ist doch die schwarze Bleß vom Müller?"

„Ja?" sagt Schuller dämlich und muß stehenbleiben, denn die Kuh ist stehengeblieben.

„Will er sie nun doch verkaufen?" fragt der Bauer. „Bringst du sie auf den Markt nach Pyritz?"

„Ja", sagt Schuller.

„Du bist wohl der neue Müllerbursche? Was will er denn für haben?"

„Dreihundert . . .", sagt Schuller und schwitzt.

„Der Esel! Der Dickkopf!" schimpft der Bauer. „Und mir hat er sie dafür nicht lassen wollen!"

„Guten Tag", sagt Schuller und zieht an dem Strick.

„He!" ruft der Bauer wieder. „Holla! Für dreihundert nehme ich die schwarze Bleß auch, und du sparst den Weg auf Pyritz. Und ein Schwanzgeld kriegst du obendrein."

„Wieviel?" fragt Schuller.

„Zehn", sagt der Bauer.

„Fünfzehn", verlangt Schuller.

„Ist gemacht", sagt der Bauer, und sie geben sich die Hand.

Nachher, in der Bauernstube, nachdem der Schuller die Dreihundertfünfzehn in Empfang genommen hat, steht der Bauer nachdenklich und dreht ein Fünfmarkstück in der Hand. „Du", sagt er zögernd. Der Schuller schweigt. „Du sparst doch den Weg auf Pyritz, ja?" fragt der Bauer.

„Ja", sagt der Schneider.

„Du könntest mir einen Gefallen tun, und ich geb dir fünf Mark. Ich hab meinen Braunen an den Bauern Scheel in Puttgarten verkauft – möchtest du ihn dem nicht hinbringen?"

„Ja . . .", meint Schuller zögernd.

„Es ist knapp eine Stunde Weg. Du mußt nur aufpassen, daß der Müller dich nicht sieht. Weil er doch denkt, du bist auf dem Markt . . ."

„Meinethalben", läßt sich Schuller erweichen.

„Ja – und paß auf, daß der Müller dich nicht sieht. Der wollte auch gerne den Braunen kaufen, aber der Scheel zahlt dreihundertfünfzig."

„Ich laß mich nicht sehen", sagt Schuller und reitet ab.

Wie er in den Wald reitet, fängt er an zu pfeifen, dreihundertzwanzig Eier in der Tasche und von Schusters Rappen auf den Braunen gekommen. Der Magen satt, der Beutel satt – es ist eine vergnügliche Welt.

Aber dann hört Schuller wieder mit Pfeifen auf, der Braune macht behutsam Bein für Bein trapp-trapp, und Schuller denkt nach.

Eine Weile später kommt der Kreuzweg, wo es zur Wassermühle links und nach Puttgarten zum Scheel rechts geht. Schuller reitet links ab. Es kommt ein Wiesentälchen im Wald, wieder sieht der Schneider das Flüßchen mit seinen Weiden und Pappeln, und da ist auch schon das rote Dach der Mühle. Schuller steigt ab, klopft gegen ein Fenster und ruft: „Hallo!"

Die Tür tut sich auf, und der Müller kommt heraus. „Na?" fragt er und betrachtet sich Roß und Reitersmann.

„Guten Tag", sagt Schuller und läßt dem Müller alle Zeit, sich den Gaul gründlich anzusehen.

„Wie kommt denn Vossens Brauner zu dem Reiter?" fragt der Müller.

„Ich bin Schneider", sagt Schuller und lügt einmal nicht.

„So", sagt der Müller.

„Ich bin aus der Verwandtschaft von Voß", sagt Schuller und gerät dabei wieder in sein richtiges Lügen-Fahrwasser.

„So", sagt der Müller wieder. „Und was hat der Braune damit zu tun?"

„Mein Onkel muß eilig was zahlen", erzählt Schuller. „Und da läßt er fragen, ob Sie den Braunen jetzt für Dreihundert wollen?"

„Na ja", sagt der Müller und denkt nach. Er denkt lange nach, dann sagt er: „Zweihundertfünfzig."

Schuller sagt nur „Nein" und macht Anstalten, wieder auf den Gaul zu kraxeln.

„Halt!" ruft der Müller. „Wo willst du denn nun hin?"

„Zum Scheel nach Puttgarten", sagt der Schuller bloß.

„So, also zum Scheel. Na also, dreihundert, meinethalben, aber ein Schwanzgeld kriegst du nicht."

„Aber . . .", sagt Schuller.

„Kriegst du nicht", sagt der Müller. „Bind den Gaul an und komm rein, daß ich dir das Geld gebe."

Schuller hat sein Geld eingestrichen und trinkt mit dem Müller einen Schnaps, da hört er draußen vor dem Haus Weibergeschrei und Gekreisch, und eine dicke rote Frau kommt in die Stube gestürzt und weint: „Oh, Vadding, Vadding! Use Kauh is weg! Use Bleß is weg!"

Dem Schneider wird es heiß und kalt.

„O verdammt!" schreit der Müller. „Hast du doch keinen neuen Tüderstrick genommen?! Da soll doch der Henker –! Unsere beste Kuh –!"

Die Frau weint, der Müller flucht, da sagt Schuller: „Ihre Kuh ist weg? Ich weiß, wo die ist."

„Was . . .?" sagen die beiden und sperren Nase und Mund auf.

„In Onkel Vossens Klee hat sie gestanden", berichtet Schuller. „Da hat sie der Onkel gepfändet wegen dem Feldschaden . . ."

„Meine Bleß gepfändet!" schreit der Müller. „Der olle düsige Voß und meine Bleß pfänden! Da soll doch das Wetter . . .!"

Stürzt aus dem Haus, springt auf den Braunen, klappert die Straße runter, schreit zum Schuller: „Du kommst gleich nach, du! Du bist Zeuge . . ." Weg ist der Müller um die Waldecke.

Der Schuller ist lieber nicht nachgekommen. In einer Waldecke hat er die Marie gezählt, und vor Lachen hat er sich immer wieder verzählt, wenn er sich ausgemalt hat, wie Müller und Bauer sich wegen Kuh und Pferd auseinandergesetzt haben . . . Müller mit Vossens Braunem, Bauer mit Müllers Bleß, und so rechtlich beide bezahlt . . . Schuller lachte noch lange.

Später aber, vorm Richter, der auch hat lachen müssen, hat der Schuller wieder gesagt: „Es ist alles von selbst gekommen, Herr Richter, ich hab nichts dazu getan. Man muß nur das Genie haben, dann hat man auch einen glücklichen Tag. Getan hab ich nichts dazu . . ."

Der Richter ist anderer Meinung gewesen.

Fünfzig Mark
und ein fröhliches Weihnachtsfest

Wir waren frisch verheiratet, Itzenplitz und ich, und hatten eigentlich gar nichts. Wenn man sehr jung ist, dazu frisch verheiratet und sehr verliebt, macht es noch nicht viel aus, wenn man „eigentlich gar nichts" hat. Gewiß, manchmal kamen so kleine seufzerische Anwandlungen, aber dann war immer einer von uns, der lachend sagte: „Es braucht ja nicht alles auf einmal zu kommen. Wir haben doch alle Zeit, die Gott werden läßt . . ." Und die kleine Anwandlung war vorbei.

Aber dann erinnere ich mich doch an ein Gespräch, das zwischen uns im Stadtpark geführt wurde, wo Itzenplitz aufseufzend sagte: „Wenn man doch nicht immer gar so sehr mit dem Pfennig rechnen müßte –!"

Ich hatte keinen rechten Begriff von der Sache. „Na und?" fragte ich. „Was dann –?"

„Dann würde ich mir was anschaffen", sagte Itzenplitz träumerisch.

„Und was denn zum Beispiel?"

Itzenplitz suchte. Sie mußte wirklich erst suchen, ehe sie sagte: „Zum Beispiel ein Paar warme Hausschuhe."

„Ach nee!" sagte ich ganz verblüfft und war völlig außer Fassung über meines Weibes Elisabeth (wurde Ibeth, wurde Itzenplitz) Sinnen und Trachten. Denn wir führten dies Gespräch im Hochsommer, die Sonne prallte, und was mich anging, so gingen meine Wünsche in diesem Augenblick nicht weiter als zu einer kühlen Brause und einer Zigarette.

Doch müssen als Niederschlag dieses Hochsommergesprächs dann unsere Weihnachtswunschzettel entstanden sein. „Weißt du, Mumm", hatte Itzenplitz gesagt und energisch ihre lange, spitze Nase gerieben, „wir sollten jetzt schon anfangen, jeden Wunsch, der uns einfällt, aufzuschreiben. Nachher zu Weihnachten geht alles in einer Hatz, und man schenkt sich womöglich etwas ganz Dummes, was man nachher nicht braucht."

Auf einen Zettel aus meinem Abonnentenwerbeblock schrieben wir also den ersten Weihnachtswunsch: „Ein Paar warme Hausschuhe für Itzenplitz", und darunter, weil es doch streng gerecht bei uns zugehen sollte, setzte ich nach vielem Stirnrunzeln und Nachdenken: „Ein gutes Buch für Mumm!" Mumm bin ich. „Fein", sagte Itzenplitz und fixierte den Wunschzettel so begeistert, als könnten sich aus dem Papier Hausschuhe und Buch stracks loslösen.

Und dann wuchs unser Wunschzettel aus dem Hochsommer in den Spätherbst, in den ersten Schlackerschnee, in die ersten weihnachtlichen Schaufenster, wuchs, wuchs . . . „Das macht gar nichts, daß so schrecklich viel darauf steht", tröstete Itzenplitz. „Dann haben wir die Auswahl. Eigentlich ist es doch mehr eine Streichliste. Kurz vor Weihnachten streichen wir alles, was nicht geht, jetzt haben wir das Wünschen doch noch frei." Sie dachte nach und sagte: „Wünschen kann ich mir doch, was ich will, nicht wahr, Mumm?"

„Ja", sagte ich leichtsinnig.

„Schön", sagte sie, und schon schrieb sie, schon stand da: „Ein bleuseidenes Abendkleid (ganz lang)." Sie sah mich herausfordernd an.

„Na, weißte, Itzenplitz", bemerkte ich.

„Wünschen ist frei, hast du gesagt."

„Richtig", stimmte ich zu und schrieb: „Ein Vierröhrenradioapparat" – dabei sah ich sie herausfordernd an. Und dann gerieten wir in einen heftigen, mit ungeheurem Scharfsinn geführten Streit, was wir nötiger brauchten, Abendkleid oder Radio – und wußten beide ganz genau, daß weder das eine noch das andere in den nächsten fünf Jahren auch nur in Frage kam.

213

Aber das alles war viel, viel später, vorläufig stehen wir beide noch im sommerlichen Stadtpark und haben unsere ersten beiden Wünsche aufgeschrieben. Ich habe schon ein paarmal Itzenplitz' Nase erwähnt, „Entenschnabel" sage ich manchmal auch dazu. Also mit dieser Nase wittert sie immer herum, und dazu hat sie die raschesten Augen von der Welt. Sie fand immerzu was, und so rief sie auch in diesem Augenblick: „Da ist er ja! Oh, Mumm, da ist unser erster Weihnachtsgroschen!" Und sie stieß ihn mit der Fußspitze an.

„Weihnachtsgroschen?" fragte ich und hob ihn auf. „Dafür hol ich mir jetzt im Schützenhaus drei Zigaretten."

„Gibst du ihn her! Der kommt in unsere Weihnachtssparbüchse!"

Lauter neue Dinge. „Hast du denn eine Sparbüchse?" fragte ich. „Nie so 'n Ding bei dir gesehen!"

„Ich find schon eine, du! Laß mich man suchen." Und sie sah sich unter den Parkbäumen um, als sollte das Suchen gleich losgehen.

„Wir machen es so", schlug ich vor. „Wir überschlagen uns, was wir uns zu Weihnachten spendieren wollen, sagen wir mal fünfzig Mark ... Bis Weihnachten gibt's noch sechsmal Geld, und da legen wir uns jedesmal acht Mark, nein, acht Mark fünfzig zurück. Und jetzt hole ich mir meine Zigaretten."

„Der Groschen gehört mir! Und überhaupt, so was Dummes und Ausgerechnetes wie deinen Quatsch eben, das ist eine stramme Leistung. Das machen wir ganz anders ..."

„Ach nee –? Wie denn?"

„Wenn wir sonntags vom Ausflug ganz müde sind und möchten mit der Bahn nach Haus fahren, dann nehmen wir die fünfzig Pfennig und latschen zurück, und je schwerer es uns fällt, um so schöner ist es ..."

„Wahrhaftig!" höhnte ich.

„Und wenn du 'ne Brause möchtest und ich Schokolade, und wenn wir sonntags Rouladen möchten und essen statt dessen saure Linsen – und überhaupt: ein ganz dummer Junge bist du! Und mit dir rede ich drei Tage kein Wort, und auf der Straße gehe ich nun schon überhaupt nicht mit dir . . .!"

Und damit ließ sie mich stehen und peste allein los, und ich ging langsam hinterher. Aber als wir nachher in die Stadtstraßen kamen, ging sie auf der einen und ich auf der andern Seite, als hätten wir nichts miteinander zu tun. Und nur wenn so ein richtiger dicker Haufe sonntäglicher Bürger daherkam, wurde ich furchtbar gemein und rief nach der andern Straßenseite hinüber: „Pssst! Frollein! Hören Sie doch mal, Frollein!" Die Bürger machten Stielaugen, und sie kriegte ein rotes Gesicht und warf den Kopf wütend in den Nacken . . .

Aber einmal lief sie doch zu mir rüber, da war ihr eingefallen, daß wir ja eine leere Büchsenmilchdose hätten, nur mit den zwei Löchern drin, und da könnte ich doch mit dem Stemmeisen einen Schlitz reinhauen, und wir hätten eine knorke Sparbüchse. Wo es doch sogar Büchsenmilch „Glücksklee" war . . .

„Großartig", höhnte ich. „Wie das Geld wohl aussehen mag, wenn es ein halbes Jahr im Milchschlamm gelegen hat!" Weg war sie, und: „Psst! Frollein!" Sie war richtig auf achtzig.

Aber dann fiel *mir* was ein, und ich raste zu ihr rüber und schrie: „Hör mal, du, daran haben wir ja gar nicht gedacht, zu Weihnachten gibt's doch fünfzig Mark Gratifikation!" Erst wollte sie mich ja anfunkeln und fing schon an, wer mir Trottel wohl eine Gratifikation geben würde, aber dann überlegten wir den Fall doch ernsthaft und grübelten, ob es in diesem Jahr bei den schlechten Geschäften überhaupt eine Gratifikation geben würde, und vielleicht doch ja, beinahe sicher doch ja, und kamen zu dem Ergebnis: „Wir wollen so tun, als käme keine. Aber herrlich wäre es . . .!"

Nun muß ich aber noch berichten, wieso wir eigentlich so mit dem Groschen rechnen mußten und wovon wir eigentlich lebten, und was für Aussichten wir eigentlich mit der Gratifikation hatten. Es ist gar nicht so einfach, auseinanderzusetzen, was für eine Art Tätigkeit ich hatte, und ich muß heute selber den Kopf schütteln, und klar ist mir nicht mehr (so kurze Zeit das auch nur her ist), wie ich meine mancherlei Tätigkeiten miteinander vereinigte. Vormittags ab sieben jedenfalls saß ich erst mal auf der Redaktion eines Käseblättchens und machte die Hälfte des lokalen Teils voll, während mir gegenüber Herr Redakteur Preßbold saß und die ganze sonstige Zeitung mit Hilfe von Bildern, Matern, Korrespondenzen, Radio und einer sehr defekten Schreibmaschine füllte. Dafür bekam ich achtzig Mark im Monat, und das war unsere einzige feste Einnahme. War das aber überstanden, dann ging ich los auf Abonnenten- und Inseratenfang, dafür bekam ich Tantieme, eine Reichsmark fünfundzwanzig für jeden Abonnenten und zehn Prozent von jedem Inserat. Dazu hatte ich aber auch das Inkasso einer freiwilligen Krankenkasse (drei Prozent der Beiträge) und die Erhebung der Mitgliedsbeiträge eines Turnvereins (fünf Pfennig pro Mann und Monat). Und um die Sache recht zu krönen, fungierte ich auch noch als Schriftführer des Wirtschafts- und Verkehrsvereins, aber davon hatte ich nur die Ehre und die Spesen und die etwas nebulose Aussicht, daß die Herren mal was für mich tun würden, wenn sich grade mal was fände.

An Tätigkeit fehlte es also nicht, und das Betrübende an der ganzen Geschichte war nur, daß alle Tätigkeiten zusammen kaum soviel einbrachten, um Itzenplitz und mich am Leben zu erhalten – „was anschaffen" war Fremdwort. So manchesmal kam ich vergnittert und trostlos nach Haus, wenn ich den halben Tag umhergelaufen war, an fünfzig Türen geklingelt und keine fünf Groschen verdient hatte. Heut bin ich fest davon überzeugt (wenn sie's auch immer noch nicht wahrhaben will), daß Itzenplitz nur darum so voller aufreizender Einfälle war, um mich in Fahrt und damit auf andere Gedanken zu bringen.

Es muß so im Herbst gewesen sein, nasses Nebelwetter und mieseste Stimmung bei mir, und unsere Weihnachtssparbüchse hatte noch immer keine rechte feste Form angenommen, daß ich nach Haus kam und Itzenplitz mit einem Küchenmesser in der einen und einem der Länge nach durchgesägten Brikett in der andern Hand vorfand.

„Was in aller Welt machst du da?" fragte ich erstaunt, denn sie war dabei, mit der Messerspitze dies halbe Brikett auszuhöhlen. Die andere Hälfte lag vor ihr auf dem Tisch. „Still, Mumm!" flüsterte sie geheimnisvoll. „Überall sind schlechte Menschen." Und sie zeigte mit dem Messer nach der nur mit Tapete überklebten Tür, hinter der jener Nachbar hauste, den wir unter uns nur Klaus Störtebeker nannten.

„Also, was ist los?" Und nun erfuhr ich es denn im Verschwörerton, sie hatte das Brikett halbiert und wollte es aushöhlen und einen Schlitz reinmachen und mit Syndetikon wieder zusammenkleben, und das sollte unsere Weihnachtssparbüchse werden, und zwischen die andern Briketts wollte sie's stecken. Und ihre Augen funkelten vor List und Geheimnis, und ihre lange Nase schnüffelte mehr als je ... „Und vollkommen meschugge bist du!" sagte ich. „Und außerdem, Weihnachten, der Heber hat gesagt, an eine Gratifikation ist dies Jahr überhaupt nicht zu denken, der Chef ist sooo, weil's Geschäft schlecht geht ..."

„Fein", sagte sie, „erzähl mir alles schön der Reihe nach, damit ich richtig weiß, wer das Brikett am Weihnachtsabend an den Kopf kriegt."

Ich habe schon berichtet, unser Redakteur war Herr Preßbold. Das war ein feiner Kerl, schnauzig, polterig, immer dicker werdend, aber zu sagen hatte er nichts, soviel er auch sagte. Zu sagen hatte alles Herr Heber, der die Kasse unter sich hatte und die Bücher führte und das Ohr des Großen Häuptlings besaß. Den Großen Häuptling bekamen wir kleinen Indianer nur alle halbe Jahr mal zu sehen, der karriolte ewig mit seinem Mercedes im Lande umher und hatte hier ein Sägewerk und da 'ne kleine Provinzzeitung und hier ein Zinshaus und da ein Gütchen.

Aber bei uns war seine rechte Hand Herr Heber, ein langschinkiger, dürrer, trockener Zahlenmann, und bei dem hatte ich eine Bohrung angelegt von wegen Weihnachtsgratifikation und fünfzig Mark, aber ich war nicht fündig geworden, im Gegenteil, er hatte sich bei mir erkundigt, ob ich denn schon vom ersten diesjährigen Frost was abbekommen hätte und ob ich 'ne Ahnung hätte, was das hieße, in einem Verlustbetrieb zu arbeiten, und ich sollte froh sein, wenn der Saustall nicht zu Neujahr zugemacht würde.

Und was das Schlimmste war, Preßbold, mit dessen Unterstützung ich fest gerechnet hatte, tutete auf demselben Horn und machte mir noch Vorwürfe wegen meiner Rosinen, ich sollte froh sein, wenn wir nicht abgebaut würden, und den Großen Häuptling bloß nicht reizen. Und während die beiden so auf mich einredeten, dachte ich, daß mir Verlustbetrieb und die Sorgen des Großen Häuptlings ganz piepe seien, und an meinem Auge rauschten die Wunschzettel vorbei, weggeweht wie vom Herbstwind, und es tanzten dahin die warmen Hausschuhe und das Abendkleid und das gute Buch mit der Weihnachtsente.

Ja, richtig, die Weihnachtsente, sie bietet mir Gelegenheit, eine neue Person (nur einmal flüchtig erwähnt) in meinen wahrheitsgetreuen Bericht einzuführen: unsern Nachbar hinter der Tapetentür, genannt Klaus Störtebeker. Wie Störtebeker richtig hieß, das haben wir wohl nie gewußt, er hatte jedenfalls die nördliche, wie wir die südliche Mansarde hatten. Er war ein richtiger schwarzer Mann, eigentlich kann ich ihn nur so zeichnen, daß ich berichte, daß er völlig schwarz wirkte: schwarze struppige Haare, schwarze wild funkelnde Augen und einen schwarzen strubbligen Bart. In der Stadt und namentlich bei der Polizei war er eine sehr bekannte und gefürchtete Persönlichkeit, weil er ein Säufer und ein Krakeeler war. Nebenbei war er noch Heizer im städtischen Elektrizitätswerk. Wir wohnten dicht bei dicht: Und wenn er sich im Bett umdrehte, hörten wir das, und so wird er denn von uns ja auch alles gehört haben.

Das mit der Ente jedenfalls hatte er gehört, das war auch eine Weihnachtsdiskussion zwischen uns gewesen. Bei ihr wie bei mir war im elterlichen Haus zu Weihnachten die Gans traditioneller Vogel gewesen, aber darauf gerieten wir nun doch bei der Debatte, daß eine Zwölfpfundgans („wenn sie weniger wiegt, sind's nur Haut und Knochen") für uns zwei beide etwas zuviel war. Also eine Ente, sozusagen Gans in Oktav statt Folio, grade das Richtige für zwei, aber wo kaufen und wie teuer ...?

In diesem Augenblick erklang in Störtebekers Kammer ein Gebrüll, ein rauhes, unverständliches Gebrüll, und eine Minute darauf schlug eine Faust gegen unsere Tür. Schwankend, aber wild anzusehen wie ein Urwaldbiest, direkt aus dem Bett, so stand Störtebeker in unserer Tür, nur in Hemd und Hose, die er mit einem strammen Griff der linken Hand hochhielt. „Besorg ich euch, den Weihnachtsvogel", krächzte Störtebeker und funkelte uns an.

Wir waren ziemlich erschrocken und verlegen. Itzenplitz rieb sich die Nase und murmelte immerzu nur was von „sehr freundlich" und „sehr liebenswürdig", und ich versuchte einen Sermon, daß wir noch nicht völlig entschlossen wären, vielleicht käme doch eine Gans in Frage oder ein Truthahn ...

„Dussels!" brüllte Störtebeker und schmiß die Tür, daß der Kalk von der Decke flog.

Er muß uns aber unsere „Dusselei" trotzdem nicht übelgenommen haben, das Entenangebot erneuerte er zwar nicht, aber als er eine Woche vor Weihnachten Itzenplitz auf dem Vorplatz traf, wie sie versuchte, aus zwei Brettern einen Tannenbaumfuß zusammenzuhämmern, nahm er ihr die Bretter fort und erklärte: „Mach ich. Hab ein gehobeltes Brett beim Kessel. Schenk ich euch zu Weihnachten. Prima Fuß."

Aber das ist schon wieder vorgegriffen, eigentlich sind wir noch bei der Gratifikation. Mein erster Angriff also war abgeschlagen, und gewissermaßen zum Troste unternahmen wir nun eine Überprüfung unserer Finanzlage, stellten fest, was wir denn nun eigentlich seit dem großen Weihnachtssparentschluß beiseitegebracht hatten. Das war gar keine so einfache Feststellung, denn Itzenplitz hatte ein ganzes System von Einzelkassen: Wirtschaftsgeld, Taschengeld, Mumms Geld, Kohlenfonds, Neuanschaffungskasse, Mietefonds und Weihnachtskasse. Und da in fast allen Schachteln und Schächtelchen entsprechend unserer Finanzlage meistens Ebbe herrschte, schliefte das bißchen Geld, das da war, wie ein Dachs aus einer Kasse in die andere, und anzusehen war dem Rest nicht, in welche Kasse er gehörte.

Itzenplitz rieb viele Male ihre immer röter werdende Nase, legte hierhin und dorthin, nahm weg, tat zu, während ich am Ofen stand und sarkastische Bemerkungen machte. Schließlich schien festzustehen, daß der Weihnachtsfonds innerhalb dreier Monate auf sieben Mark fünfundachtzig angeschwollen war, vorausgesetzt, daß die Briketts bis zum Ersten reichten. Falls nein, gehörten noch zwei Mark fünfzig in den Kohlenfonds.

Wir sahen uns an ... Aber es kommt kein Unglück allein, und so tauchten ausgerechnet in diesem Moment vollständiger Pleite in Itzenplitzens Hirn erstens Schwiegermama, zweitens Tutti und Hänschen auf, Nichte und Neffe –: „Mama und den Kindern habe ich doch immer was zu Weihnachten geschenkt. Das muß gehen, Mumm!"

„Bitte, bitte ..., aber wenn du mir verraten möchtest, wie –?"

Itzenplitz verriet es nicht, sondern tat etwas Geniales, sie holte mich mal wieder ab vom Käseblättchen und spann dabei den ollen, langweiligen Knochen von Heber in eine geradezu hinreißende Unterhaltung. Ich sehe ihn dort noch sitzen mit seinem langen, betrübten Pferdegesicht, ordentlich mit ein bißchen Rot auf den Backen, sitzen an der einen Seite der Schranke in der Expedition, Itzenplitz auf unserm einzigen Rohrstuhl auf der andern Seite der Schranke, Itzenplitz in Glacéhandschuhen und ihrer rotgetupften, weißseidenen Bluse zum Trägerrock, in ihrem billigen Sommermäntelchen. Und sie packte aus, sie plauderte, sie brabbelte, sie schwätzte, sie klönte! Sie gab ihm das Gift, das er haben wollte, sie fütterte sein olles, verstocktes Junggesellenherz mit Klatsch, sie erfand vom Fleck weg, sobald nur ein Name fiel, die schönsten Geschichten. Sie klatschte über Leute, die sie nie gesehen, verlobte, entlobte, es war ein Wirbel, setzte Kinder in die Welt, ließ Erbtanten sterben, aber die Köchin von Paradeisers –!

Und in Hebers alte, glupsche Fischaugen kam richtiges Leben, seine Knochenfaust schmetterte auf die Schranke. „Von dem habe ich mir das doch immer gedacht –! Nein, so was!!" Und sachte, sachte pirschte sie sich von der Liebe ins Geld, von den teuren neuen Gardinen bei Spieckermanns, wie die das könnten, und wir könnten es jedenfalls nicht, und bei Leisegangs sollte es auch wackeln, aber hier sähe es ja, Gott sei Lob und Dank, glänzend aus, kein Wunder, bei der Geschäftsführung –: „Und überhaupt rechnen wir fest darauf, daß Sie beim Chef ein gutes Wort für uns einlegen wegen der Weihnachtsgratifikation. Herr Heber, Sie können's erreichen . . ."

Sie saß da, leergepumpt, aber ihre Augen hatten förmlich einen Strahlenkranz von Eifer und Entzücken und Beschwörung – und ich konnte nicht anders, ich schlich mich hinter sie und stieß sie drei-, viermal mit den Knöcheln in den Rücken, um ihr meine Begeisterung merklich zu machen. Aber das olle lange Ekel von Heber war natürlich keine Spur gerührt, er räusperte sich nur trocken und erklärte mit erhobener Stimme und einem Seitenblick auf mich, er wüßte schon Bescheid und mit Speck finge man Mäuse, ihn aber nicht, und wer sich die Pfoten verbrennen wollte, der möchte nur immer selbst zum Chef gehen, bitte schön –!

Es war eine vollkommene, schmähliche Niederlage. Mit kläglichem Gestammel flohen wir aus der Expedition, und Itzenplitz tat mir schrecklich leid. Mindestens fünf Minuten sagte sie kein Wort, sondern schnüffelte nur kummervoll vor sich hin, so zerschmettert war sie.

Aber wie dem auch sein mochte, wie tief auch die Aussichten auf Gratifikation stehen und wie düster unser Weihnachtsausblick auch sein mochte – am 13. Dezember schneite es in diesem Jahr zum ersten Mal. Es war ein richtiger trockener Kälteschnee, der auf gefrorenen Boden fiel und da liegenblieb, und wir hielten es natürlich nicht aus, sondern liefen los in Frost und Gestöber.

Gott, die kleine, olle, langweilige, geduckte Kleinstadt –! Die Gaslaternen brannten im Schneegestöber für gar

nichts, und in unserer Vorstadtstraße liefen die Leute wie
blasse Schemen einher. Aber dann kamen wir in die Breite
Straße, und alles war strahlend hell von den vielen Schaufenstern. Und die ersten Weihnachtskerzen (olle elektrische)
brannten, und wir lehnten mit den Köpfen gegen die Scheiben und diskutierten dies und zeigten uns das. „Sieh mal, das
wäre grade für uns richtig!" (Siebenundneunzig Prozent der
ausgestellten Sachen waren grade für uns richtig.)

Und dann war da das alte gute Feinkostgeschäft von Harland, und eine Welle von Leichtsinn hob uns, und wir gingen hinein und kauften ein halbes Pfund Haselnüsse, ein
halbes Pfund Walnüsse, ein halbes Pfund Paranüsse. „Nur,
damit es ein bißchen weihnachtlich wird bei uns. Nußknak-
ker brauchen wir nicht, wir knacken zwischen der Tür."
Und dann kamen wir zu der Buchhandlung von Ranft, und
siehe, da war etwas Herrliches: „Buddenbrooks" für zwei
Mark fünfundachtzig... „Und, sieh mal, Itzenplitz, die haben sicher bisher zwölf Mark gekostet und jetzt zwei Mark
fünfundachtzig, das sind doch bar gespart neun Mark fünfzehn... Und es muß doch was an Inseraten zu Weihnachten einkommen!" Und wir kauften die „Buddenbrooks" und
kamen zum Kaufhaus von Hänel und gingen hinein, bloß
um mal zu sehen, was für Mutter und Tutti und Hänschen
in Frage käme, und wir kauften für Mutter ein Paar
schwarze, sehr warme Handschuhe (fünf Mark fünfzig)
und für Tutti einen Ball, phantastisch groß, für eine Mark,
und für Hänschen einen Roller (eine Mark fünfund-
neunzig). Und noch immer trug die Woge und hob uns,
und noch sehe ich Itzenplitz unter dem Gewimmel von
Käuferinnen vor einem Spiegel stehen und den kleinen
weißen Kragen auf ihrem Mantel probieren, mit so einem
ernsten, glücklichen Gesicht (welch glücklicher Ernst!) –:
„Und etwas schenkst du mir ja doch zu Weihnachten, nicht
wahr, Mummimännchen, und später ist vielleicht der Kragen nicht mehr da – ist er nicht süß?"

Es schneite noch immer, als wir nach Haus wanderten,
wir gingen dicht eingehängt, ihre Hand in der Ulstertasche
bei meiner, und richtig wie richtige Weihnachtskäufer wa-

ren wir mit Paketen behängt. Und waren unglaublich glücklich, und die Inserate würden schon kommen . . .

Aber während zu Haus Itzenplitz die Bratkartoffeln zum Abendessen fertigmachte, packte ich, der ich ein ordentlicher, beinah pedantischer Mann bin, die Pakete aus und legte die Einkäufe zusammen, und dann steckte ich das ganze Einwickelpapier in unsern kleinen Kochofen, genannt Brüllerich, und er brüllte auf und prasselte. Wir waren so glücklich beschwingt über unsere Bratkartoffeln, und plötzlich sprang Itzenplitz auf und rief: „Sei nicht bös, Mumm, ich muß und muß mal schnell den kleinen süßen Kragen anprobieren!"

Ich gewährte es, aber – wo war der Kragen? Und wir suchten, nein, nein . . . „O Gott, du hast ihn sicher mit dem Einwickelpapier verbrannt!" – „So blöd werd ich sein, Kragen zu verbrennen, gar nicht mitgebracht hast du ihn . . ." Und sie riß den Ofen auf und starrte in die Glut, starrte, starrte („er war sooo süß"), ich aber raste los und drang in das geschlossene Kaufhaus und ängstigte müde Verkäuferinnen beim Zusammenpacken um ein verschwundenes Paket und ging langsam, langsam wieder nach Haus . . . Und bedrückt und still schlichen wir umeinander herum, bis es Schlafengehzeit war . . .

Aber immer wieder wird es Morgen, man wacht auf, und noch liegt der Schnee, blinkend und strahlend unter dem klaren Winterhimmel. Und ein Kragen ist nicht die Welt –: „Warte nur, wieviel Kragen wir uns noch in unserm Leben kaufen können . . ." – „Wir sind die Richtigen, haben's ja dazu, mit Kragen für drei Mark zu heizen –!"

Doch es war nun der Vierzehnte, und zwei mal sieben ist zweimal meine Glückszahl, und ob ich nun besonders früh auf die Zeitung kam oder ob die olle Lenzen verschlafen hatte, jedenfalls spukte sie da noch rum bei ihrer Reinmacherei, unsere olle Lenzen, ein Reibeisen, mit einem Gesicht wie ein Reibeisen, die neun Kinder großgezogen hatte, unfaßbar wie, aber alle taten nicht gut und ließen lieber ihre olle Mutter für sich arbeiten, als daß sie einen Finger krumm machten.

Und die olle Lenzen erzählte mir krächzend und spuk-kend, wie sie bei Hesses im Schokoladengeschäft – da machte sie auch rein – einen großen Weihnachtsmann aus Schokolade geschenkt bekommen hatte ... „Bald 'nen hal-ben Meter hoch, war ja man bloß hohl, aber was hätten meine Enkelkinder für 'nen Spaß gehabt! Und ich stell ihn auf das Vertiko und hab all die Tage meine Freude dran, und wie ich ihn heute beim Staubwischen anfasse, da hat doch das Aas, die Friedel, meine Jüngste, die jetzt in die Spinnerei geht, der verfressene Balg, hat sie doch von hin-ten den ganzen Weihnachtsmann aufgefressen, nur noch das bißchen Vorderseite ist da ... Hatte 'ne Vase hinter-gestellt, daß er bloß nicht umfällt ..." Sie krächzte, schnaubte, röchelte gradezu vor Wut. „Aber warte, wenn ich von Heber meine zwanzig Mark zu Weihnachten kriege, nicht einen Pfennig kriegt sie ab, und wenn sie mir das ganze Weihnachtsfest rumtückscht, daß sie nicht zu Tanz gehen kann ..."

Wozu ich bemerkte, daß es dies Jahr mit den Heberschen Gratifikationen wohl Essig sein würde. Aber die olle Len-zen ..., ein Pulverfaß, wie sie spuckte und spie! „Dem werde ich es zeigen, dem Jammerknochen, dem elenden! Der soll von mir noch was zu hören bekommen! Zu Weih-nachten kein Geld? Ach, hauen Sie doch bloß ab, Herr Mumm! Glauben Sie, der Olle kippt einen Klaren weniger wegen der schlechten Geschäfte? So blau! Aber immer auf die kleinen Leute! Der soll was hören!"

Und Heber bekam zu hören. Da stand sie, die Lenzen, grauslig anzuschauen, zerschlissen, verschabt, verrunzelt, und sie gab an ... Der Lärm zog sogar Preßbold aus seiner Höhle, und seltsam, dieser selbe Preßbold, der mich schnöde im Stich gelassen hatte, jetzt, da die Lenzen los-legte, gab auch er Töne von sich, sachte Begleitmusik: „Richtig finde ich es ja auch grade nicht, Heber ..." Und: „Da hat Frau Lenz ganz recht ..."

Bis Heber, kalkweiß vor Wut, ausbrach: „Raus hier alle aus meiner Expedition! Bewillige ich die Gratifikationen –? Verrückt seid ihr alle, meschugge! Aber warten Sie,

Mumm, Sie sind der Stänker, Mumm..." Ich wartete nicht. Wieder ein Angriff abgeschlagen. Trübe Aussichten...

Mein Bericht aber über unser erstes Weihnachten wäre nicht vollständig, wenn nicht Kinder darin vorkämen. Sprachen Itzenplitz und ich von unsern früheren Weihnachtsfesten, so waren es die Feste unserer Kinderzeit, die lebendig wurden. Später gingen sie ineinander über, wie damals hatten nie wieder die Tannenbäume gestrahlt – und ich konnte Itzenplitz noch alles erzählen, wie es gewesen war, als ich das Puppentheater bekam und dann, zwei Weihnachten später, die Bleifiguren zum Robinson Crusoe...

„Richtig schön ist es nur mit Kindern. Ein bißchen allein wird es ja sein bei uns..." Und Itzenplitz sah langsam um sich, sah in die Winkel, wo die dunklen Schatten standen...

Und dann bekamen wir doch noch ein Kind, kurz vor Weihnachten. Es war der 18. Dezember, aus dem Schnee war Schmutz geworden, grausige, alles durchdringende Nässe, trübe, zähe Nebel, Tage, die nicht hell wurden. An einem dieser Nachmittage, die nicht Tag und nicht Nacht waren, hatte es vor unserer Zimmertür geklagt und geweint, fast wie ein kleines Kind, und als Itzenplitz die Tür aufgemacht hatte, da kauerte dort etwas, halbtot vor Nässe und Kälte: eine Katze, eine junge, grauweiße Katze.

Ich bekam unsern Gast erst ein paar Stunden später zu sehen, als ich nach Haus kam von der Werbung, er sah schon ein bißchen trocken aus und glatter, aber auch da war es kein Zweifel, daß dieses kleine, grauweiße Biest mit einem schwarzen Fleck über das halbe Gesicht eine richtige hundskommune Straßenkatze war... „Hule-Mule", sagte Itzenplitz. „Unsere Hule-Mule..."

Ja, da war nichts dagegen zu sagen, diese Nacht würde sie noch in der Sofaecke schlafen, und morgen würde Itzenplitz sehen, daß sie beim Kaufmann eine alte Margarinekiste bekam und Flicken darein für Hule-Mule (obwohl in einem so jungen Haushalt selbst Flicken knapp sind) –

nun, und so hatten wir jedenfalls ein Kind und würden nicht ganz, ganz allein sein.

In dieser Nacht aber wachte ich auf, es mußte spät sein, aber das Elektrische brannte, und am Sofa stand eine weiße Gestalt im Nachthemd, stockstill. „Itzenplitz", rief ich. „Komm doch, du erkältest dich ja . . ." Sie machte nur eine abwehrende Bewegung, und nach einer Weile stand auch ich auf und trat neben sie.

„Sieh doch", flüsterte sie. „Sieh doch!" Das Kätzchen war wach geworden. Es strich mit den Vorderpfoten den Kopf entlang, dann streckte es eine rosige Zunge aus und gähnte. Es dehnte sich. Itzenplitz sah atemlos zu. Mit zwei Fingern kraulte sie die Katze leise unterm Kopf.

„Hule-Mule", flüsterte sie. „Unsere Hule-Mule . . ."

Sie sah mich an.

So was vergißt sich nicht. Eigentlich hatte ich mein Weihnachten schon weg und Ostern, Pfingsten und alle großen Festtage dazu. „Unsere Hule-Mule!"

Und aus dem Achtzehnten wurde der Neunzehnte, und die Tage gingen weiter, und das Geld blieb knapp, und das Annoncengeschäft hielt nicht, was es versprach, und die Aussichten waren düster. Am Zweiundzwanzigsten abends fing Itzenplitz zu bohren an, ob Heber sich denn gar nichts merken ließe und ob ich denn nicht einmal mit dem Großen Häuptling selber sprechen wollte, und es wäre doch keine Art, und es müßte einem doch Bescheid gesagt werden . . .

Am Dreiundzwanzigsten strich ich um Heber herum wie ein Bräutigam um seine junge Braut, aber er ließ sich nichts merken und war so knochig und fischig wie je. Und am Dreiundzwanzigsten abends hatten Itzenplitz und ich unsern ersten richtigen Krach, weil ich nichts gesagt hatte, und außerdem hatte Hule-Mule aus einem Alpenveilchen, unserm einzigen Alpenveilchen, das uns Frau Preßbold geschenkt hatte, alle Blütenstiele rausgezogen, und außerdem hatte Störtebeker den Tannenbaumfuß noch immer nicht abgeliefert, sondern Itzenplitz wieder mal auf „morgen" vertröstet.

Morgen brach an, der 24. Dezember, Weihnachtstag, und

226

sah aus wie ein ganz gewöhnlicher, diesiger, grauer Wintertag, nicht warm und nicht kalt. Um zehn ging Heber zum Chef, und ich hab gesessen und auf seine Rückkehr gelauert, hab einen Kohl über den Weihnachtsfilm, der im Olympia-Kino lief, geschrieben, der war nicht von schlechten Eltern. Heber kam wieder und sah knochig und fischig aus wie eh und je und setzte sich an seinen Platz und rief brummig zu mir rüber: „Mumm, Sie müssen gleich zu Betten-Ladewig gehen. Der behauptet, er hat nur 'ne Viertelseite aufgegeben und Sie haben 'ne halbe geschrieben. Immer machen Sie so 'nen Mist . . ."

Und während ich durch die Straßen trabte, dachte ich immer nur: Arme Itzenplitz . . ., arme Itzenplitz . . . Ich war innen ganz zusammengefallen, fünf Mark hatten wir noch im Haus, aber richtig, richtig hatte ich nie an eine Gratifikation geglaubt. Wenn man was ganz nötig braucht, kriegt man es nie.

Bei Ladewig hatte natürlich ich recht, es fiel ihm wieder ein, und er war so anständig, es zuzugeben. Und ich schlich langsam zurück auf die Zeitung und sagte es Heber, und der meinte: „Na also, ich sag's ja immer . . . So was wollen Geschäftsleute sein. Übrigens da, unterschreiben Sie die Quittung, ich hab den Chef doch wieder mal rumgekriegt . . ."

Erst war es wie ein Taumel, einen Augenblick war mir richtig schwarz vor den Augen. Und dann wurde alles hell, strahlend hell, und am liebsten hätte ich den ollen Kabeljau rechts und links abgeknutscht. Und dann griff ich nach dem Fünfzigmarkschein und schrie: „Eine Sekunde, Herr Heber . . ." und raste, wie ich ging und stand, den Schein in der Pfote, die Breite Straße runter in die Neuhäuser Straße, über den Kirchplatz, über den Reepschlägergang in die Stadtrat-Hempel-Straße und stürmte die Treppe hinauf und brach wie ein Hurrikan in unsere Bude und knallte den Schein auf den Tisch und schrie: „Schreib auf, was wir kaufen, Itzenplitz! Hol mich um zwei ab!" Und küßte sie und wirbelte sie rum und war schon wieder unten und wieder auf der Zeitung, und dieser Spiegelkarpfen von einem Heber hatte sich doch wahrhaftig noch nicht von seiner Verblüffung erholt und mümmelte nur ganz kümmerlich vor sich hin: „So doof wie Sie möchte ich nur mal 'ne Stunde am Sonntag sein, Mumm!"

Aber als es zwei wurde und Heber gegangen war, kam sie. Dies aber war der Zettel, unser Weihnachtsbesorgungszettel, unser endgültiger, den sie mir zu lesen gab:

1. *Fürs Essen:*

1 Ente	5.00	
Rotkohl	0.50	
Äpfel	0.60	
Nüsse	2.00	
Feigen, Datteln, Rosinen	3.00	
Sonstiges	<u>5.00</u>	16.10

2. *Für den Baum:*

Unser Baum	1.00	
12 Kerzen	0.60	
Kerzenhalter	0.75	
Lametta	0.50	
Wunderkerzen	<u>0.25</u>	3.10

3. *Für Hule-Mule:*

1 Eimer frischer Sand	0.25	
1 Bückling	<u>0.15</u>	0.40

4. *Für Mumm:*

Handschuhe	4.00	
Zigaretten	2.00	
1 Oberhemd	4.00	
1 Schlips	2.00	
Noch was	<u>2.00</u>	14.00

5. *Für Itzenplitz:*

1 Lotterielos	1.00
1 Schere	2.50
1 Kragen	3.00

1 Schal	6.00	
Haarschneiden und Frisieren	2.00	14.50

Unser Weihnachten: 48.10

„Hör mal zu", begann Itzenplitz im Eilzugstempo, denn um vier war Hebers Mittagspause vorbei, und bis dahin mußte alles besorgt sein. „Hör mal zu. Es ist ja schrecklich viel Geld für die Fresserei, aber die Ente langt mindestens vier Tage, und es ist ja nur einmal Weihnachten. Für meine Näherei muß ich jetzt endlich 'ne richtige Schere haben, mit der Nagelschere, das geht nicht länger. Und die Preise werden alle so ziemlich stimmen, und bis zum Ersten behalten wir grade sieben Mark übrig, für jeden Tag eine Mark, und damit kommen wir gut aus. Wunderkerzen muß ich am Baum haben, weißt du, die so zischen und prasseln, und ich kann wirklich nichts dafür, daß ich fünfzig Pfennig besser weggekommen bin als du, ich könnte ja auf das Los verzichten, aber man muß doch auch nach Weihnachten auf was hoffen, wenn wir auch sicher nichts gewinnen . . ."

„Was ist ‚noch was' –?" unterbrach ich ihren Redestrom.

„Oh, Mummimännchen, daß ich noch 'ne ganze kleine, klitzekleine Überraschung für dich habe!"

„Ich will auch zwei Mark für ‚noch was' haben", erklärte ich drohend.

„O Gott, da bleiben uns nur fünf Mark übrig, und wenn der Gasmann kommt, und ich schneide zwei Mark fünfzig besser ab als du! Und es ist wirklich nicht nötig, ich bin ja soo glücklich über unser Weihnachten!"

„Ich will aber", beharrte ich.

Und dann ging Itzenplitz und holte die olle Lenzen, und die versprach, bis vier mich stellzuvertreten – und eine einladende Stellvertreterin war sie. Aber wer sollte schon am Vierundzwanzigsten nachmittags auf die Zeitung kommen?

Wir aber rasten los, und natürlich stimmten alle Preise nicht, sondern mein Oberhemd kostete sieben, und dafür ließen wir den Schlips fallen und drückten die Handschuhe um eine Mark. Itzenplitz aber fand einen herrlichen Schal,

229

rot und weiß und blau, aus so 'nem gefältelten Seidenstoff für vier Mark fünfzig. Und den gleichen Kragen wie den verbrannten bekamen wir auch! Die Ente aber aus dem alten guten Feinkostgeschäft von Harland wog vierzweizehntel Pfund und kostete fünf Mark fünfundvierzig, was war das aber auch für eine Ente!

Natürlich reichte die Zeit nicht bis vier, aber wir verabredeten, daß ich jetzt rasch, rasch auf die Zeitung sollte, damit der Heber nichts merkte, und um halb fünf sollte ich mir Feierabend erbitten. Bis dahin aber wollte Itzenplitz sich Haare schneiden und frisieren lassen, und dann wollten wir gemeinsam den Rest unserer Einkäufe besorgen.

Fünf Minuten vor vier war ich auf der Zeitung, und siehe, die olle Lenzen hatte einem Brautpaar eine Verlobungsanzeige für neun Mark achtzig abgenommen (alles konnte die Frau), und als Heber kam, ruhte ich nicht, bis er mir meine achtundneunzig Pfennig Tantieme ausbezahlt hatte. Und er war ganz fassungslos, daß ich schon wieder Geld brauchte, wo ich doch grade meine Gratifikation bekommen hatte, aber ich muß sagen, schließlich war er richtig weihnachtlich großzügig und gab mir eine ganze Mark.

Gleich nach halb fünf hatte ich wirklich Feierabend und raste in die Steinmetzstraße, und richtig war der gute Unger wirklich zu Haus, der vor drei Wochen seine Verlobung aufgelöst und sich seine Brautgeschenke hatte zurückgeben lassen. Und wir wurden handelseins, und ich kaufte von ihm die süße dünne Goldkette mit dem Aquamarinanhänger: drei Mark Anzahlung (zwei Mark „noch was" plus eine Mark Verlobungstantieme) und fünfzehn Wochenraten zu einer Mark ab 1. Januar.

Aber wenn ich gedacht hatte, daß Itzenplitz schon wartend vor der Friseurtür stehen würde, so war das nicht so. Alle Mädchen und Frauen schienen sich ausgerechnet heute frisieren zu lassen. Aber dann war ich, trotz meiner kalten Füße, nicht böse, als sie da vor mir mit ihren Locken und Löckchen und Ringelchen auftauchte, und wir stürzten uns wieder in den Strudel der Weihnachtseinkäufe, an meiner Brust aber lag der Aquamarin.

Dann waren wir zu Haus, es war schon lange dunkel, und ich kriegte den Eimer zu fassen und raste los ins Baugeschäft nach Sand, und schön knurrig war der Platzverwalter, daß ich da noch mit so 'nem dicken Auftrag auf Katzensand um drei Viertel sieben angetrudelt kam. Zu Haus aber fand ich Itzenplitz in heller Verzweiflung. Störtebeker hatte sich noch immer nicht mit seinem Tannenbaumfuß gemeldet, aber zu Haus war er, wir hörten ihn rascheln.

Hand in Hand schlichen wir über den dunklen Vorplatz und klopften an seine Tür, hörten, wie er sich im Bett hin und her schmiß, hörten schnarchen, machten leise die Tür auf: In einer Pulle steckte eine Flackerkerze, und mit einer andern, halb geleerten Pulle war der Klaus Störtebeker eingepennt. Wir hatten ja schreckliche Angst vor ihm, aber wir schlichen doch wie die Indianer in die Kammer und suchten nach dem Fuß. Es war nicht viel zu suchen, und der Fuß war eben noch immer nicht da. Grade aber war Itzenplitz dabei, mit echt weiblicher Hartnäckigkeit eine Schublade aufzuziehen, da krächzte es vom Bett her: „Na, ihr jungen Lauser... Tannenbaumfuß? Morgen bestimmt!" Und schlief schon wieder.

Fünf Minuten vor sieben raste ich stadtwärts, und im Eisengeschäft von Günther waren Tannenbaumfüße ausverkauft, und bei Mamlock rasselte vor meiner Nase die eiserne Rolljalousie runter.

Zehn Minuten nach sieben trat ich wieder daheim an, ohne Tannenbaumfuß, und da stand unser Bäumchen in einem Sandeimer, in einem Hule-Mule-Katzensandeimer, herrlich drapiert mit einem weißen Tischtuch – stand unser Weihnachtsbaum, strahlte und funkelte.

Schönes, herrliches Weihnachtsfest – und die olle Itzenplitz fing doch wahrhaftig an zu heulen über den Aquamarinanhänger. „So was Schönes hab ich nun freilich nicht für dich." Und das Feuerzeug war doch wirklich gut. Dann aber standen wir und sahen uns an, wie „unsere Hule-Mule" mit Knacken und Zerren ihren Bückling verdrückte, und leise sagte Itzenplitz: „Im nächsten Jahr brauchen wir keine Hule-Mule."

231

Christkind verkehrt

Ich hatte mir zu Weihnachten ein Puppentheater gewünscht, ein Puppentheater aus Pappe, mit Proszenium,
Soffitten und Hintergrund, mit den Figuren für Wilhelm
Tell – alles aus Pappe. Auf meines Bruders Uli Wunschzettel aber hatte eine Robinsonade gestanden, aus Blei, Robinson und Freitag und Palmen und eine Hütte und das
„Pappchen" in seinem Rutenkäfig, alles aus Blei.

Einmal ist es soweit, und die kleine silberne Bimmel
klingelt, und die Tür tut sich auf, und der Baum strahlt,
und wir marschieren auf ihn zu, wie die Orgelpfeifen, nach
dem Alter: erst Uli, dann ich, dann Margarete, dann Elisabeth. Und nun stehen wir vor dem Baum, rechts und links
von ihm Mama und Papa, und wir sagen jeder etwas auf:
ein Weihnachtslied oder ein paar hausgemachte Verse.
Während das geschieht, ist es verboten, nach den Tischen
zu schielen, aber ich wage doch einen Blick – und da, links
von mir, steht das Puppentheater, strahlend, und der Vorhang ist aufgezogen, und Tell ist auf der Bühne und Geßler
– welches Glück!

Aber wie nun Elisabeth als die letzte ihr Sprüchlein gesagt hat und wir zu unsern Tischen dürfen, da führt mich
Mama nicht nach links, nicht zu dem Puppentheater, sondern nach rechts, wo auf einem großen Brett mit gelbem
Sand und grünem kurzem Moos und blaugestrichenem
Meer die Robinsonade aus Blei aufgebaut ist –: „Dein Bruder Uli", sagt Mama, „ist voriges Jahr viel besser weggekommen als du. Und deshalb bekommst *du* in diesem Jahr den
Robinson, der ist viel schöner."

Und nun standen wir beide da, wie die rechten Küster, und versuchten zu spielen, er mit „meinem" Puppentheater, ich mit „seinem" Robinson, und das Herz war uns schwer, und zu freuen hatten wir uns doch auch. Und ab und an wagten wir einen Blick zum andern und fanden, der konnte gar nichts mit „unserm" Spielzeug anfangen.

Aber das Seltsame an diesem sonst ganz unweihnachtlichen Weihnachtserlebnis war, daß wir – Uli und ich – nun nicht etwa, als die weihnachtlichen Freuden verrauscht und wir mit unserm Spielzeug aus dem Bescherungs- in „unser" Zimmer übergesiedelt waren, daß wir da nicht etwa unsere Weihnachtsgeschenke austauschten und das so falsch Begonnene richtig vollendeten ...

Nein, das Seltsame war, daß Uli leidenschaftlich an seinem Puppentheater hing und daß ich wie ein Hofhund über meinem Robinson wachte. Von all den vielen Weihnachtsfesten meiner Kindheit ist dieses eine nur mir ganz unvergeßlich und deutlich geblieben: mit dem spähenden Entdeckerblick zum Tisch, mit dem „Besser-Wegkommen", mit dem Sich-freuen-Müssen, mit dem verlegenen Schuldgefühl. Kein Spielzeug hat den Glanz dieses falschen Robinsons, es ist mitgegangen mit mir durch mein Leben, und heute noch, wenn ich nicht einschlafen kann, spiele ich Robinson.

Am Donnerstag bekam Vater den Einschreibebrief. Er brauchte ziemlich viel Zeit, ihn aufzumachen und zu lesen, ich sah gut, wie er sich aufregte. Eine ganze Weile saß er da, mit den Fingern in den Haaren, und starrte auf den Brief, als könnte er ihn nicht verstehen.

„Was ist denn das für ein Brief, Vater?" fragte Mutter.

Vater antwortete nicht. Wir gingen wie sonst aufs Feld. Wir mußten noch ein Stück Dung zu Kartoffeln unterpflügen, aber auch da sagte er mir den ganzen Tag kein Wort. Den Brief hatte er in der Joppentasche, doch soviel ich sah, nahm er ihn nicht wieder heraus: Jetzt hatte er wohl schon verstanden, was darin war.

Wir aßen wie sonst zu Mittag, und wir aßen auch wie sonst zu Abend, nur daß Vater vielleicht noch weniger redete als sonst. Ich beobachtete ihn ziemlich genau, aber sonst war ihm wirklich nichts anzumerken. Nach dem Abendessen ging ich noch in den Stall, um dem Vieh etwas Wasser anzubieten, da kam Vater mir nach. Er sah mir stillschweigend zu, die große Blesse, unsere beste Kuh, trank wirklich noch fast drei Eimer Wasser. Als er das sah, seufzte er zum ersten Male und sagte: „Wie wir all das Vieh über den Winter satt kriegen sollen?"

„Aber auf der Krüseliner Wiese steht ja Futter genug", sagte ich.

„Ja, ja", sagte Vater. „Kommst du jetzt mit?"

Ich kam mit. Wir gingen durch das Dorf hindurch. Bei Fingers sah ich den Bauern und die Bäuerin vor der Tür stehen und etwas mit dem Stellmacher Stark bereden, aber als wir näher kamen, waren sie weg. Es konnte ein Zufall sein, aber es kam mir nicht so vor. Irgend etwas war nicht im Lote, das merkte ich immer deutlicher.

Bei Kleinschmidts sah ich mich nach der Martha um, aber sie ließ sich nicht sehen. Man sieht Martha fast nie auf der Dorfstraße, immer ist sie im Haus und tut etwas, auch nach Feierabend. Sie sind bloße Häusler, Kleinschmidts, keine Bauern wie wir oder Fingers, aber ich gehe darum doch sehr oft hinein zu ihnen, ich mag die Martha sehr gerne.

Als wir aus dem Dorf heraus und an den Wald heran kamen, ging Vater hinein, und nun wußte ich, daß wir zu der Krüseliner Wiese gingen. Und wenn ich bedachte, daß wir heute früh den Einschreibebrief bekommen hatten und daß Fingers unsertwegen von der Dorfstraße gegangen waren, so wußte ich schon eine ganze Menge, wenn Vater auch nichts gesagt hatte. Ich hätte nie gedacht, daß Fingers so gemein sein könnten. Die Krüseliner Wiese gehört ihnen, aber wir haben sie seit eh und je von ihnen gepachtet. Nicht mit Vertrag und Geld, sondern wir halten die Wiese in Ordnung, eggen und düngen sie, sorgen dafür, daß die Gräben offen sind, und ernten sie ab. Und von dem, was wir ernten, bekommen wir die Hälfte für unsere Arbeit und Fingers die andere Hälfte, weil ihnen die Wiese gehört. Wir haben auch einen Zaun um die Wiese gemacht wegen des Wildschadens. Wir brauchen die Wiese für unsere Wirtschaft, wir bekämen unser Vieh nie durch den Winter, wenn wir nicht das Heu von der Krüseliner Wiese rechts hätten. Fingers brauchen die Wiese nicht, sie haben noch die Krüseliner Wiese links und ernten so viel Heu, daß sie sogar verkaufen können. Darum ist es so gemein von Fingers, und nun noch mit Einschreibebrief, wo wir nur fünf Häuser weiter wohnen. Aber ich weiß schon, wie es zusammenhängt, und Vater wußte es auch.

Wir standen am Waldrand und sahen auf die Wiese. Es war schon halb dunkel und ein bißchen bodenneblig, doch wir kannten ja die Wiese und wußten, was für ein gutes Futter darauf stand. Wir brauchten sie gar nicht näher anzusehen, aber es war natürlich gut, daß man sie jetzt unter Augen hatte. Darum war ja auch der Vater mit mir hierher gegangen.

„Ja, ja", sagte der Vater. „Die soll nun also weg sein."

„Nein", antwortete ich.

„Wie wir es mit dem Futter machen sollen, verstehe ich nicht", sagte der Vater. „Wir müßten mindestens die Hälfte vom Vieh abschaffen. – Aber das dürfen wir nicht, weil wir dann nicht genug Mist haben."

„Soll es gleich sein, Vater?" fragte ich.

„Ja, noch vor dem ersten Schnitt. – Es ist, weil wir nichts Schriftliches abgemacht haben, darum brauchen sie sich um keinen Termin zu kümmern. Ich hätte es schriftlich machen sollen, aber an so etwas hat man natürlich nie gedacht."

„Ich auch nicht", bestätigte ich.

Wir gingen nun doch noch vom Waldrand weg und auf die Wiese. Sie roch frisch, sie ist eine richtige gute Wiese, mit schönen Untergräsern, das Vieh frißt das Heu von ihr gerne. Es war ein Jammer, daß man solche Wiese verlieren sollte. Wir würden mit der Wirtschaft nie wieder zurechtkommen, sie würde nie mehr das sein, was sie jetzt war.

„Ich rede dir nicht rein, Jochen", sagte der Vater.

„Nein, nein", bestätigte ich.

„Es fragt sich eben, ob du es kannst."

„Ich glaube es nicht", sagte ich.

„Ist es wegen der Martha?"

„Auch", gab ich zu. Ich hatte mit Vater noch nie darüber gesprochen, weil sie bloß eine Häuslertochter ist. Man schämt sich eben doch. „Aber ich glaube, auch ohne Martha ginge es mit Ella nicht."

„Es ist deine Sache", sagte Vater wieder. „Aber du mußt bedenken, ihr habt den ganzen Tag Arbeit genug, und abends werdet ihr immer müde sein. Du brauchst nicht so viel mit ihr zusammen zu sein."

„Das mag angehen", antwortete ich.

Dann gingen wir wieder nach Haus. Es war nun ganz

dunkel, Vater ging vor mir her, er seufzte ein paarmal. Er tat mir leid, er ist schon ein alter Mann und hat sich furchtbar um den Hof geplagt. Er hat ihn richtig in die Höhe gebracht, aber wenn nun die gute Krüseliner Wiese rechts wegging, dann war alles umsonst gewesen. Man kann keine Wiesen kaufen in unserer Gegend. Wir helfen uns mit Serradella, aber wenn wir ein trockenes Jahr haben, versagt die Serradella, und wir sind ohne Futter. Nein, es war sicher, das war nicht wiedergutzumachen, aber darum konnte ich ihm doch nicht helfen, so leid er mir tat.

Beim Krug blieb Vater stehen. „Gehst du noch ein bißchen rein, Jochen?" fragte er.

„Ich?" fragte ich. „Kommst du mit?"

„Nein. Aber du solltest vielleicht einmal gehen. Hier hast du zwei Mark."

„Es hilft zu nichts, Vater", sagte ich. Aber ich wollte ihm nicht auch darin zuwider sein und ging hinein. Es saßen nur Fischer Strasen da und der Krüger selbst. Sie sprachen davon, daß sich dies Frühjahr zu trocken anließe. Es war das nicht die richtige Unterhaltung für mich, ich mußte immerfort an die Wiese denken und an die Seradella auf den trockenen Sandkuppen ohne Regen, aber ich redete mein Wort mit. Dazu trank ich ziemlich schnell. Als es gegen zehn ging, stand ich auf und bezahlte. Die zwei Mark gingen grade glatt auf, es waren acht Korn geworden, ein Bier, eine Zigarre. Ich war ziemlich betrunken, aber es machte mir nichts; ich würde doch nicht tun, was Vater wollte.

Ich ging nicht nach Haus, ich ging hintenrum zu Kleinschmidts und stieg da über den Gartenzaun. Es war längst alles dunkel bei denen, aber ich klopfte doch gegen Marthas Fenster.

Sie war gleich am Fenster. Ich sagte zu ihr: „Komm mal raus!", und sie kam auch gleich raus.

Martha ist einen Kopf kleiner als ich, aber ich mag sie doch sehr gerne. Sie hat so schönes aschblondes Haar, keinen Bubikopf, sondern lange Zöpfe. Und dann hat sie dunkle Augenbrauen und braune Augen und die Backen immer rot; soviel sie auch arbeitet, sie wird nie blaß. Sie ist die schnellste Arbeiterin im ganzen Dorf und nie Pfusch, nein, nie.

Ich erzählte es ihr, und sie hörte mich ganz ruhig an; es war, als wüßte sie schon alles. Natürlich wußte sie schon alles – in einem Dorf bleibt nichts geheim. Daher wußte sie alles.

Wir gingen ein Stück, und dann blieben wir wieder stehen, sie hörte mich ganz ruhig an. Dann gingen wir wieder ein Stück, und nun standen wir unten am See, und die Wellen kamen leise durchs Schilf, und ich war sehr verzweifelt, daß sie nichts sagte. Ich machte es ihr recht klar, daß ich es nicht tun würde und daß ich die Ella nie anfassen könnte, aber sie antwortete nichts. Sie machte mir gar keinen Mut.

Ich redete wieder eine Weile, aber ich sah, es hatte keinen Zweck, und da wurde ich auch still. Wir hatten uns auf einen Stein gesetzt, ganz dicht beieinander, und plötzlich merkte ich, daß sie weinte. Ich hatte sie noch niemals so weinen sehen. Erst redete ich wieder, aber dann nahm ich sie in meine Arme. Sie konnte einen so wundervoll fest anfassen, als wäre man aller Anhalt der Welt für sie, nicht nur ein dummer Bauernjunge, sondern alles auf der Welt in einem. Wir hatten uns noch nie so angefaßt, aber so kam es . . .

Am nächsten Sonntag sind wir dann zu Fingers gegangen, Vater, Mutter und ich. Die erwarteten uns schon, vielleicht hatte Mutter uns angesagt, es war alles wie selbstverständlich, und ich brauchte kein Wort zu sprechen. Von der Pachtkündigung der Krüseliner Wiese war überhaupt nicht mehr die Rede. Nachher gingen wir alle sechs in die Ställe, Ella auch mit, und bei den Schweineboxen richteten die Eltern es so ein, daß wir allein blieben.

Wir standen beide auf dem Rand des Futtertroges und sahen über die Boxenwand in den Stand. Die Muttersau hatte grade in der Nacht geferkelt, es war ein Wurf zu zehnen, und Ella meinte, daß sie nicht alle durchkriegen würden. Darüber gingen die Eltern weg, und ich merkte, wir waren allein. Es war mir nicht gut, daß ich allein mit ihr war, aber das half mir nichts, ich würde noch oft mit ihr allein sein müssen, dreißig, vierzig Jahre lang. An sich ist die Ella gar kein übles Frauenzimmer, groß und stark gebaut, mit einer kräftigen Brust. Sie ist auch tüchtig, aber ich weiß doch von der Schule her, wie kalt und gierig sie ist, mit einem bösen Maulwerk; keinem gönnt sie ein gutes Wort, nicht einmal den eigenen alten Eltern.

Als wir gemerkt hatten, daß wir allein waren, standen wir eine ganze Zeit still auf dem Rand vom Futtertrog und sahen auf das Mutterschwein, an dem die Ferkel sogen. Nach einer Weile merkte ich, daß Ella ihren Arm an meinen heranschob, und nach wieder einer Zeit hatte sie ihren Arm um meine Schulter gelegt. Dann küßte ich sie. Es war gar nicht einmal so übel, sie zu küssen, sie hatte schöne volle Lippen und küßte gerne, sie lehnte sich immer fester gegen mich. Aber plötzlich begriff ich an ihrem raschen Atem, daß sie mich wirklich liebhatte und daß sie sich danach gesehnt hatte, mich zu kriegen – und da war erst alles ganz schlimm für mich, und ich mußte sie gleich loslassen.

Sie merkte auch sofort, wie es mit mir war, und eine lange Zeit stand sie vor mir und sah mich nur an. Aber ich tat ihr den Gefallen nicht und sah sie nicht wieder an, bis sie fragte: „Jetzt denkst du wohl an Martha?"

Da mußte ich sie ansehen, und sie sah mich gar nicht böse und gierig an, sondern ganz unglücklich, daß sie einem hätte leid tun müssen. Darum sagte ich auch: „Nein, nein." Aber sie tat mir doch nicht richtig leid.

„Wirst du mich denn wirklich nie gerne haben?" fragte sie nach einer Zeit.

Ich hätte ruhig tun können, als hätte ich das nicht gehört, so leise hatte sie gefragt, aber ich antwortete doch: „Ja, ja", und dann gingen wir zusammen aus dem Stall und waren an dem Tag nicht wieder allein zusammen.

Fingers hatten es sehr eilig mit dem Aufgebot, schon nach einer Woche hingen wir im Kasten. Die Leute mögen sich schön die Mäuler zerrissen haben, aber ich habe nicht darauf hingehört. Ich habe mich auch nicht um Ella gekümmert: Wenn ich mit dem Gespann bei ihnen vorbei mußte, habe ich stets nach der andern Seite geschaut. Aber auch bei Martha habe ich mich nicht wieder sehen lassen, viele Wochen lang habe ich nichts von ihr gesehen. Ich blieb jetzt ganz gerne für mich allein.

Es war eine sehr schwere Zeit, und ich wußte überhaupt nicht, was ich mit mir anfangen sollte. Am wohlsten war mir noch, wenn ich im Krug saß. Ich ließ Vater die Arbeit tun und setzte mich schon am Vormittag hin, trinken. Dann war niemand in der Gaststube, die Krügersche stellte mir Bier und Korn hin, der Krüger war auch auf dem Felde. Die Fliegen summten und burrten so schön, und es waren immer Flecken von Schnaps und Bier auf den Holztischen. Ich fand, das paßte nun zu mir; früher war ich fast nie in den Krug gegangen, früher hätte es nicht gepaßt. Ob ich in den langen Stunden, die ich dasaß, viel nachgedacht habe, das weiß ich nicht mehr. Ich glaube es aber nicht, ich habe da nur so gesessen und getrunken, ich war innen ganz leer und verbrannt.

Die ersten Male haben mich Vater oder Mutter noch aus dem Krug weggeholt, wenn ich zu lange fortblieb. Vater war sehr weich zu mir, er hat mir nie ein böses Wort gesagt, obwohl er sich bestimmt schämte, daß sein Sohn nun ein öffentlicher Trinker geworden war. Mutter schalt eher einmal. Vater hat mich auch nicht gezwungen, auf der Krüseliner Wiese mit zu heuen. Er verstand schon, daß ich die jetzt nicht sehen mochte. Er hat extra einen Mann statt meiner angenommen. Aber als ich einmal Vater gefragt habe, ob es nicht ginge, daß ich direkt nach der Hochzeit fortreiste, für immer, wir hätten dann doch die Wiese, da hat er nein gesagt. Nein, es ginge nicht.

Als eine ganze Reihe Wochen vergangen war – es war nun nicht mehr weitab von der Hochzeit –, merkte ich, daß es nicht anders mehr zu machen war: Ich mußte die Martha einmal wiedersehen. Aber ich bekam sie nirgends zu sehen, und schließlich erfuhr ich vom Krüger, daß sie gar nicht mehr im Dorf war, sondern in der Stadt als Mädchen in einem Hotel. Da nahm ich mir Geld und fuhr auch in die Stadt. Ich kam erst ziemlich spät an, und deswegen bekam ich sie an dem Abend nicht mehr zu sehen. Aber am Morgen machte sie meine Tür auf, weil ich nach dem Stubenmädchen dreimal geklingelt hatte, wie auf dem Zettel stand – und da war sie vor mir, und diesmal wurde sie so weiß wie der Kalk an der Decke.

Sie lehnte sich gegen die Tür, und nach einer Weile sagte sie: „Ach, lieber Jochen", und die Tränen liefen ihr übers Gesicht.

Ich sagte ihr „Guten Tag" und gab ihr die Hand, und so standen wir eine lange Zeit Hand in Hand, und ich merkte, wie es mich in Brust und Kehle stieß, und wenn ich gekonnt hätte, hätte ich auch geweint. Aber das konnte ich nun doch nicht.

Wir standen lange so, und dazwischen hörten wir die Hotelglocke viele Male gehen, aber sie rührte sich auch nicht. Uns war schon alles egal. Schließlich flüsterte sie: „Ach Gott, Jochen, das hättest du nun doch nicht tun sollen, mir nachzukommen", und ich zog sie näher und näher.

Und dann vergaß ich alles und hatte die dunkelbraunen Augen und die dunklen Augenbrauen und das seidige Haar ganz nahe vor mir, und ich liebte sie so sehr, weil ich sie so gerne mochte, und ich war so wütend auf sie, weil sie es auch gesagt hatte, es müßte mit der Krüseliner Wiese so sein, wie Vater wollte. Ich zog sie immer näher, aber sie machte sich mit einem Ruck frei.

„In zwei Wochen heiratest du", sagte sie. „Und denkst du, ich bin so, daß du zu mir kommen kannst, wenn es dir paßt, nachher wie vorher?"

„Nur jetzt noch –", begann ich zu betteln, aber sie hörte mich gar nicht. Und als ich nicht nachließ, sie zu bedrängen, und sie fangen wollte, und die Hotelglocke ging immerzu auf dem Flure, da wurde sie böse. Ich sah, wie ihre Augen anders wurden, sie funkelten, und ihre Lippen wurden ganz eng, und dann nahm sie die Faust und schlug mich mitten ins Gesicht. „Du trinkst ja", sagte sie. „Es ist ja bloß das Getränk, das mich will, gar nicht du."

„Ich will auch nie mehr trinken, Marthel", sagte ich, aber da hatte ich die Faust schon im Gesicht. Es ist sehr lange her, daß mich einer geschlagen hat, seit der Schulzeit her

241

nicht mehr, und nun noch mit der Faust mitten ins Gesicht. Ich hätte sie beinahe wiedergeschlagen, weil ich rot sah, aber sie kam frei und rasch aus dem Zimmer.

Sie kam nicht wieder, und ich saß lange am Fenster und fühlte, es war alles kaputt und nie wieder heilzumachen, in mir und wegen meinem Gesicht und überhaupt wegen allem, und wenn wir jetzt auf die Krüseliner Wiese verzichtet hätten, es wäre dann doch nichts wieder heil geworden. Auch mit Martha nicht.

Schließlich habe ich nach dem Ober geklingelt und habe mir eine ganze Flasche Kognak bringen lassen, und dann habe ich ihn gefragt, ob mein Zimmer nicht saubergemacht werden könnte. Da hat er die Martha geschickt, und sie hat unter meinen Augen das Zimmer saubermachen müssen, und ich habe still an meinem Fenster gesessen, habe den Kognak getrunken und habe ihr immer zugesehen. Sie hat nicht einmal aufgeschaut, und als sie fertig war, habe ich „Danke schön" gesagt und habe ihr eine Mark hingelegt. Sie hat die Mark liegengelassen.

Ich wollte noch ein paar Tage bleiben und ihr immer stumm zusehen, aber in der Nacht bekam ich plötzlich einen andern Gedanken und bin wieder nach Hause gefahren, und da habe ich dann in vierzehn Tagen geheiratet. Mit meiner Ehe ist es gar nicht so schlimm geworden, weil nämlich Ella Angst vor mir hat. Und trinken tue ich auch nicht mehr.

Aber manchmal überkommt es mich, und dann fahre ich ihr nach, und sooft sie auch wechselt, ich finde sie immer wieder. Dann stelle ich mich in ihre Nähe und sehe ihr zu. Wir haben nie wieder ein Wort miteinander geredet, aber böse ist sie mir nicht mehr. Denn manchmal, wenn es mit ihrer Herrschaft schlecht paßt in der Küche, richtet sie es ein und macht sich einen Weg durch die Stadt, in der sie arbeitet. Dann setzt sie sich auf eine Bank, und ich setze mich auf eine andere Bank, und manchmal sehen wir uns auch an. Es ist nicht viel, aber es macht es leichter. Ich werde nie wieder ein Mädel so gerne haben können wie sie. Nach ein oder zwei Stunden steht sie dann auf und geht nach Haus. Sie geht in ein Steinhaus, und im Torgang dreht sie sich noch einmal um und winkt durch die Glasscheibe. Aber sie tut es nie eher, ehe nicht die Tür zwischen uns ist. Sie versteht schon, wie schwer es für mich ist.

Wenn sie dann weg ist, gehe ich auf die Bahn und fahre nach Haus. Ja, nach Haus.

Die Krüseliner Wiese rechts ist eine gute Wiese, und ohne sie wäre der Hof nicht zu halten. Aber darum verstehe ich es doch nicht, und nun, wo ich es aufgeschrieben habe, verstehe ich es immer noch nicht. Ich habe stets gedacht, ich hätte etwas vergessen, darum verstünde ich es nicht, aber ich habe nichts vergessen. Es ist einfach nicht zu verstehen. Und Müller Schmidtke soll gesagt haben, daß ich ein Feigling erster Klasse bin, und dann wird es wohl auch so sein, aber darum verstehe ich doch nicht, wie ich es hätte anders machen sollen. Wir haben jetzt vier Kinder, und ich habe immer gehofft, eines würde sein wie die Martha. Aber sie sind alle wie die Ella, und so bleibe ich denn wohl allein. Vater ist auch nur noch hinfällig.

Das Schreiben hat auch nichts geholfen, und so werde ich denn morgen losfahren und sie wieder einmal suchen. Ich habe mir vorgenommen, wenn ich fünfzig bin, will ich sie einmal ansprechen. Das ist schon ein Trost, aber es ist noch sehr lange hin, ich bin erst zweiunddreißig. Gute Nacht!

Der gestohlene Weihnachtsbaum

Ein wesentlicher Unterschied zwischen Kindern und Erwachsenen ist der, daß die Großen ungefähr wissen, was sie vom Leben zu erwarten haben, die Kinder aber erhoffen noch das Unmögliche. Und manchmal behalten sie damit sogar recht.

Seit Mitte Dezember der erste Schnee gefallen war, dachte Herr Rogge wieder an den Weihnachtsbaum und die alljährlich wiederkehrenden endlosen Schwierigkeiten, bis er ihn haben würde. Die Kinder aber nahmen allmorgendlich ihre kleinen Schlitten und zogen in den Wald, den Weihnachtsmann zu treffen. Natürlich war es einfach lächerlich, daß es in diesem Lande mit Wald über Wald keine Weihnachtsbäume geben sollte. Überall standen sie, sie wuchsen einem gewissermaßen in Haus, Hof und Garten, aber sie gehörten nicht Herrn Rogge, sondern der Forstverwaltung. Der alte Förster Kniebusch aber, mit dem Herr Rogge sich übrigens verzankt hatte, verkaufte schon längst keine Baumscheine mehr.

„Wozu denn?" fragte er. „Es kauft ja doch keiner einen. Und wenn sie sich ihren Baum lieber ‚so' besorgen, habe ich doch den Spaß, sie zu erwischen, und ein Taler Strafe für einen Baum, den ich ihnen aus den Händen und mir ins Haus trage, freut mich mehr als sechs Fünfziger für sechs Baumscheine."

So würde also Herr Rogge sich entweder den Baum „so" besorgen müssen – was er nicht tat, denn erstens stahl er nicht, und zweitens gönnte er Kniebusch nicht die Freude –, oder er würde achtzehn Kilometer in die Kreisstadt auf

244

den Weihnachtsmarkt fahren müssen, zur Besorgung eines Baumes, der ihm vor der Nase wuchs – und das tat er erst recht nicht, und den Spaß gönnte er Kniebuschen erst recht nicht. Blieb also nur die unmögliche Hoffnung auf den Weihnachtsmann und seine Wunder, die die Kinder hatten.

Gleich hinter dem Dorf ging es bergab, einen Hohlweg hinunter, in den Wald hinein. Manchmal kamen die Kinder hier nicht weiter, über dem schönen sausenden Gleiten vergaßen sie den Weihnachtsmann und liefen immer wieder bergan. Heute aber sprach Thomas zum Schwesterchen: „Nein, es sind nur noch drei Tage bis Weihnachten, und du weißt, Vater hat noch keinen Baum. Wir wollen sehen, daß wir den Weihnachtsmann treffen."

So ließen sie das Schlitteln und traten in den Wald. Was der Thomas aber nicht einmal dem Schwesterchen erzählte, war, daß er Vaters Taschenmesser in der Joppe hatte. Mit sieben Jahren werden die Kinder schon groß und fangen an, nach Art der Großen ihren Hoffnungen eine handfeste Unterlage zu verschaffen. –

Der alte Kakeldütt war das, was man früher ein „Subjekt" nannte, wahrscheinlich, weil er so oft das Objekt behördlicher Fürsorge war. Aus dem mickrigen Leib wuchs ihm ein dürrer, faltiger, langer Hals, auf dem ein vertrocknetes Häuptlein wie ein Vogelkopf nickte. Wenn der Herr Landjäger sagte: „Na, Kakeldütt, denn komm mal wieder mit! Du wirst ja wohl auch allmählich alt, daß du vor den sehenden Augen von Frau Pastern ihre beste Leghenne unter deine Jacke steckst", dann krächzte Kakeldütt schauerlich und klagte beweglich: „Ein armer Mensch soll es wohl nie zu was bringen, was? Die Pastern hat 'ne Pieke auf mich, wie? Und Sie haben auch 'ne Pieke auf mich, Herr Landjäger, wie? Natürlich in allen Ehren und ohne Beamtenbeleidigung, was?" Und bei jedem Wie und Was ruckte er heftig mit dem Häuptlein, als sei er ein alter Vogel und wolle hakken. Aber er wollte nicht hacken, er ging ganz folgsam und auch gar nicht unzufrieden mit.

Wir aber als Erzähler denken, wir haben unsere Truppen

nun gut in Stellung gebracht und die Schlacht gehörig vorbereitet: Hier den alten Förster Kniebusch, der gern Tannenbaumdiebe fängt. Dort den Vater Rogge, in Verlegenheit um einen Baum. Ziemlich versteckt das anrüchige Subjekt Kakeldütt mit großer Findigkeit für fragwürdigen Broterwerb, und als leichte Truppen, die das Gefecht eröffnen, Thomas mit dem Schwesterchen, ziemlich gläubig noch, aber immerhin mit einem nicht einwandfrei erworbenen Messer in der Tasche. Im Hintergrund aber die irdische Gerechtigkeit in Gestalt des Landjägers und die himmlische, vertreten durch den Weihnachtsmann.

Alle an ihren Plätzen –? Also los!

Das erste, was man durch den dick mit Schnee gepolsterten, stillen Wald hört, ist: ritze-ratze, ritze-ratze ... Kakeldütt, erfahrener auf dunklen Pfaden als der siebenjährige Thomas, weiß, daß ein Tannenbaum sich schlecht mit einem Messer, gut mit einer Säge von den angestammten Wurzeln lösen läßt.

Herr Rogge, in Zwiespalt mit sich, greift nach Pelzkappe und Handstock: Hat man keinen Tannenbaum, kann man sich doch welche im Walde beschauen. Kniebusch stopft seine Pfeife mit Förstertabak, ruft den Plischi und geht gegen Jagen elf zu, wo die Forstarbeiter Buchen schlagen. Die Kinder haben unter einem Ginsterbusch im Schnee ein Hasenlager gefunden, hinten ist es zart gelblich gefärbt.

„Osterhas Piesch gemacht!" jauchzt Schwesterchen.

Die alte gichtige Brommen aber hat schon zwanzig Pfennig für den Kakeldütt, der ihr weißwohlwas besorgen soll, bereitgelegt. Ritze-ratze ... Ritze-ratze ...

Förster Kniebusch – die akustischen Verhältnisse in einem Walde sind unübersichtlich –, Förster Kniebusch ruft leise den Hund und windet. „I du schwarzes Hasenklein! War das nun drüben oder hinten –? Warte, warte ..."

Ritze-ratze ...

Thomas und das Schwesterchen horchen auch. Schnarcht der Weihnachtsmann wie Vater –? Hat er Zeit, jetzt zu schnarchen –?! Friert er nicht –? Erfriert er gar – und ade der bunte Tisch unter der lichterleuchtenden Tanne?!

Ritze-ratze ...

Herr Rogge hat die Fußspuren seiner Kinder gefunden und vergnügt sich damit, ihre Spuren im Schnee nachzutreten, mal Schwesterchens, mal Brüderchens. Auch er findet das Hasenlager, auch er spitzt die Ohren. Thomas wird doch keine Dummheiten machen? denkt er. Ich hätte doch in die Stadt fahren sollen.

„Ach nee, ach nee", stöhnt ganz verdattert Kakeldütt, wackelt mit dem Vogelkopf und starrt auf die Kinder. „Wer seid denn ihr? Ihr seid wohl Rogges –?"

„Das ist der Weihnachtsbaum", sagt Thomas ernst und betrachtet die kleine Tanne, die mit ihren dunklen Nadeln still im Schnee liegt.

„Weihnachtsbaum – Weihnachtsmann", brabbelt Schwesterchen und sieht den ollen Kakeldütt zweifelnd an. Ist das ein echter Weihnachtsmann? Enttäuschung, Enttäuschung – ins Leben wachsen heißt ärmer werden an Träumen.

„Ich hab 'nen Baumschein vom Förster, du Roggejunge", verteidigt sich Kakeldütt ganz unnötig.

„Hilfst du mir auch bei unserer Tanne?" fragt Thomas und greift in die Joppentasche. „Ich hab ein Messer."

In Kakeldütts Hirn erglimmen Lichter. Rogges haben Geld. Sie zahlen nicht nur zwanzig, sie zahlen fünfzig Pfennig für einen Weihnachtsbaum. Sie zahlen eine Mark, wenn Kakeldütt den Mund hält. „Natürlich, Söhning", krächzt er und greift wieder zur Säge. „Nehmen wir gleich den –?"

Herr Rogge auf der einen, Förster Kniebusch auf der andern Seite den Tannen enttauchend, sehen nur noch Thomas und Schwesterchen. Keinen Kakeldütt.

„Thomas!" ruft Herr Rogge drohend.

„Rogge!" ruft Kniebusch triumphierend.

„Nanu!" wundert sich Thomas und starrt auf die Äste, die sich noch leise vom weggeschlichenen Kakeldütt bewegen.

Der Sachverhalt aber ist klar: ein abgeschnittener Baum, ein Junge mit einem Messer in der Hand ...

„Ich freu mich, Rogge", sagt Kniebusch und freut sich

ganz unverhohlen. „Stille biste, Plischi!" kommandiert er dem Hund, der in die Schonung zieht und jault.

„Du glaubst doch nicht etwa, Kniebusch?" ruft Rogge empört. „Thomas, was hast du getan?! Was machst du mit dem Messer?"

„Deinem Messer, Rogge", grinst Kniebusch.

„Hier war 'n Mann", sagt Thomas unerschüttert. „Wo ist der Mann hin?"

„Weihnachtsmann", kräht Schwesterchen.

Kinder zu erziehen ist nicht leicht – Kinder vorm Antlitz triumphierender Feinde zu erziehen ist ausgesprochen schwer. „Komm einmal her, Thomas", sagt Herr Rogge mit aller verhaßten väterlichen Autorität. „Was machst du mit meinem Messer? Woher hast du mein Messer?" Er gerät unter dem Blick des andern in Hitze. „Wie kommt die Tanne hierher? Wer hat dir gesagt, du sollst eine Tanne abschneiden?"

„Hier war 'n Mann", sagt Thomas trotzig im Bewußtsein guten Gewissens. „Vater, wo ist der Mann hin?"

„Weihnachtsmann weg!" kräht Schwesterchen.

„Sollst du lügen, Tom?" fragt Herr Rogge zornig. „Ekelhaft ist so was! Komm, sage ich dir . . ." Und mit aller väterlichen Konsequenz eilt er mit erhobener Hand auf den Sohn zu. Ausgerechnet angesichts von Kniebusch als Waldfrevler erwischt! Nichts mehr scheint eine väterliche Tracht Prügel abwenden zu können.

„Halt mal, Rogge!" sagt Förster Kniebusch mit erhobener Stimme und zeigt mit dem Finger auf den frischen Baumstumpf. „Das ist gesägt und nicht geschnitten."

Rogge starrt. „Wo hast du die Säge, Junge?"

„Hier war 'n Mann", beharrt Thomas.

„Und recht hat der Junge, und du hast unrecht, Rogge", freut sich der Kniebusch. „Da die Spuren – das sind nicht deine und nicht meine. – Und du hast überhaupt meistens und immer unrecht, Rogge. Damals, als wir uns verzürnt haben, hattest du auch unrecht. Fische können nicht hören! Du bist rechthaberisch, Rogge, und was war hier für ein Mann, Junge?"

248

„Ein Mann."

„Und wenn ich dieses Mal unrecht hab, aber ich hab's nicht, denn wozu hat er das Messer? – Damals hatte ich doch recht. Und Fische können sehr wohl hören . . ."

„Unsinn – in den Kuscheln muß er noch stecken, Rogge! Los, Plischi, such, du guter Hund! Los, Rogge, den Kerl zu fassen soll mir zehn Weihnachtsbäume wert sein. Los, Junge, faß deine Schwester an, wenn du ihn siehst, schreist du!"

Und los geht die Jagd, immer durch die Tannen, wo sie am dicksten stehen.

„Weihnachtsmann!" ruft Schwesterchen. Die Tannennadeln stechen, und der Schnee stäubt von den Zweigen in den Nacken.

„Also lassen wir es", sagt nach einer Viertelstunde Förster Kniebusch mißmutig. „Weg ist er. Wie in den Boden versunken. – Du kannst doch die Tanne brauchen, fünfzig Pfennig zahlst du, und so hat das Forstamt wenigstens was von dem Gejachter."

Aber wo ist die Tanne? Dies ist der Platz, denn hier steht der Stumpf – aber wo ist die Tanne?

„I du schwarzes Hasenklein!" sagt Förster Kniebusch verblüfft. „Der ist uns aber über, Rogge! Holt sich noch den Baum, während wir hier auf ihn jagen. Na, warte, Freundchen, wenn ich dir mal wieder begegne! Denn die Katze läßt das Mausen nicht, und einmal treffe ich sie alle . . . Gib mir das Messer, Junge, damit ihr wenigstens nicht leer nach Hause geht. Ist der dir recht, Rogge? Schneidet sich elend schlecht mit 'nem Messer, das nächstemal bringst du besser 'ne Säge mit, Junge, weißt du, einen Fuchsschwanz . . ."

„Kniebusch –!" schreit Herr Rogge förmlich. Aber auf diesen Streit der beiden brauchen wir uns nicht auch noch einzulassen, er ist schon alt und wird aller Wahrscheinlichkeit nach noch sehr viel älter werden.

Jedenfalls faßte Thomas auf dem Heimwege seine Meinung dahin zusammen: „Ich glaube, es war doch der Weihnachtsmann, Vater. Sonst hätt er doch nicht so verschwinden können, Vater! Wo der Hund mit war."

„Möglich, möglich, Tom", bestätigte Herr Rogge.

„Aber, Vater, klauen denn die Weihnachtsmänner Weihnachtsbäume?"

„Ach, Tom –!" stöhnte Herr Rogge aus tiefstem Herzensgrunde – und war sich gar nicht im klaren darüber, wie er diesen Wirrwarr in seines Sohnes Herzen entwirren sollte. Aber schließlich war in drei Tagen Weihnachten. Und vor einem strahlenden Tannenbaum und einem bunten Bescherungstisch werden alle Zweifel stumm und alle Kinderherzen gläubig.

Das Wunder des Tollatsch

Mindestens einmal im Jahre, zu irgendwelchen Ferien, wie es grade kam, wurde ich von Tante und Onkel Lorenz eingeladen. Das vergaß Tante nie, obwohl ich gar nicht mit ihnen verwandt war. Ich war nur so ein Waisenkind, das ihnen einmal irgendwie in den Weg gelaufen war und dann nicht wieder vergessen wurde. Tante Lorenz – Anna – liebte ich sehr, ich fand, sie war solch natürlicher, offener, grader Mensch. Es war bewundernswert, wie sie ihrem großen Gutshaushalt vorstand, die vielen Kinder erzog, stets tätig, stets in Eile und doch immer, hatte eines ein wirkliches Anliegen, mit aller Zeit und Teilnahme von der Welt.

Für Onkel Lorenz – Hans – waren meine Gefühle schwankender. Er wanderte meistens stumm mit reichlich mürrischen Falten im Gesicht umher und hatte, erzählte man etwas, eine sehr erschreckende Art, plötzlich dazwischenzurufen: „Döskopp!" Pause. Man brach ab, erstarrte. „Jawohl! Döskopp!" Pause. „Nimm den Löffel, Döskopp, mit der Gabel schaffst du die Erbsen nie!" Und sich an mich wendend: „Du erzähltest, Mimi? Verzeih, dieser Franz ist ein völliger Döskopp." – Zu andern Zeiten war er, was er wohl lustig und aufgeräumt nannte. Dann neckte er jedermann, vor allem Tante Anna, bis aufs Blut, erzählte etwa, wie es hier auf Baumgarten nach seinem Tode aussehen und welche Art Mann sich Tante Anna aussuchen würde – „nach den Erfahrungen mit mir!".

Kurz und gut, Onkel Hans war mir etwas zu unübersichtlich und verzwickt. Hatte er mir aber einmal weh getan und sah Tante Anna mich heulen, sagte sie bloß: „Du bist doch ein rechtes Schaf, Mimi, und es wird wirklich Zeit, daß du aus der Hühnerwirtschaft von Pension und Seminar herauskommst und ein paar Männer kennenlernst. Männer haben nun einmal alle einen Sparren, und einen harmloseren als meinen Hans, der jedes Gefühl sogar vor sich selbst verstecken möchte, wirst du so leicht nicht finden!"

„Aber was haben denn meine rosa Zopfschleifen mit Onkel Hansens Gefühlen zu tun?!" rief ich klagend.

„Er hat vollkommen recht", sagte Tante Anna plötzlich ziemlich spitz. „Du bist wirklich in dem Alter, wo du dir dein Haar anständig frisieren könntest, Mimi, Schnecke oder Dutt oder meinethalben auch Bubikopf, statt mit solchen Hängern wie eine fallenstellende Tochter Evas herumzulaufen. – Und jetzt, bitte, wasche dir das Gesicht und gehe in die Küche und stengele Johannisbeeren ab. Achtzig Pfund hat der Gärtner hereingeschickt, und Mamsell hat keine Ahnung, wie sie die bis Abend bewältigen soll."

So waren meine Nennverwandten, die Lorenzens, und wie ich Jahr für Jahr zu ihnen kam, verlor Onkel Hans auch für mich manchen von seinen Schrecken. Richtig nahe kam ich ihm aber erst am Weihnachtsabend, nein, in der Weihnachtsnacht 1927. Von da an nickte ich verständnisinnig mit dem Kopfe, wenn Tante Anna sagte: „Er ist eben ein Kauz. Laß ihn nur kauzen . . . Es macht ihm Spaß, und uns tut es nichts." Zu jener Zeit war ich schon wohlbestallte, fest angestellte Lehrerin, lehrte die Mädchen und wehrte den Knaben, und auffallende, schmetterlingshafte Zopfschleifen lagen weit dahinten.

Durch irgendeinen Zufall war ich in jener Weihnachtsnacht mit Lorenzens ganz allein. Keines von den Kindern hatte zum Fest nach Haus kommen können, kein Besuch außer mir war, scheint's, geladen worden. Und so saßen wir drei, ganz ungewohnt ruhig, unter dem brennenden Baum, erzählten uns sachte von verrauschten Festen, in denen dies große Zimmer laut gewesen war vom Jubel der Kinder, und waren schließlich ganz froh, als die Uhr auf Mitternacht ging. Tante Anna, immer die erste aus den Federn, war verschwunden, ich weiß nicht wie schnell. Onkel Hans schüttelte mir noch auf der großen, düsteren Diele die Hand, redete abgerissen vom Wetter und ließ mich nicht los.

„Gute Nacht, Onkel Hans", sagte ich schließlich. „Schlaf gut und Dank für alles."

„Ja, ja", sagte er. „Schön. Ist in Ordnung. – Du kennst doch Tollatschen, Mimi?"

„Natürlich", sagte ich sehr verblüfft; denn diese pommersch-mecklenburgische Schlachtespezialität war mir wohlbekannt. Aber was sollte das jetzt? „Es ist", sagte er stockend und schien richtig ein bißchen verlegen, „es ist gewissermaßen noch eine kleine Überraschung für deine Tante Anna. Würde es dir etwas ausmachen, jetzt in die Küche zu gehen und uns Tollatschen zu braten? Recht fett?"

„Jetzt –?" fragte ich verblüfft.

„Jetzt", sagte er. „Natürlich, wenn du zu müde bist . . ."

„Nein", sagte ich, „deswegen nicht. Aber bist du überzeugt, Onkel Hans, daß es für Tante Anna eine angenehme Überraschung sein würde?"

„Für Änne –? Die angenehmste von der Welt! Gewissermaßen ein Genuß. Sie müssen direkt in Fett schwimmen, spare nicht das Fett, Mimi! Und . . ., sagen wir, um zwölf Uhr dreißig klopfst du bei uns – mit den Tollatschen. Es ist wirklich reizend von dir, Kind, daß du mir aus der Verlegenheit helfen willst." Damit drückte er mir die Hände mit ganz ungewohnter Wärme und verschwand die Treppe hinauf.

Ich stand auf der Diele und starrte ihm nach. Hätte ich irgendeinen heimlichen Weg zu Tante Anna gewußt, ich hätte sie trotz aller „Überraschung" doch lieber erst einmal befragt. Aber die lag sicher schon todmüde in ihrem Bett. So ging ich, über die Schrulligkeit der Männer seufzend, in die Küche.

In der Küche roch es, trotz der späten Stunde, angenehm würzig, als sei eben erst frisch gebraten worden. Im Herd brannte ein Feuer. Ein alle Schrullen vorausahnender Jemand hatte einen großen Steintopf mit Blutwurst bereitge-

stellt, dazu süße Mandeln, Rosinen, Bratfett... Während
ich die Blutwurst gut mit Rosinen und Mandeln durchkne-
tete und die Klöße dann in die Pfanne legte, wurde mir immer rätselhafter und wunderlicher zumute. Tollatschen, das
ist eben süße Blutwurst mit Rosinen und Mandeln gebraten, sind – sparsam genossen – ein recht schönes Schlachte-
essen. Aber sie sich in der Weihnachtsnacht eine halbe
Stunde nach Mitternacht ins Schlafzimmer zu bestellen –
das schien mir doch eine Schrulle über alle Schrullen. Und
doch mußte es richtig sein, mußte es seine ganz natürliche
Bewandtnis damit haben, denn wie sonst hätten hier auf
dem Tisch der ordentlichen Gutsküche Wursttopf, Rosinen
und Mandeln sich ein Stelldichein geben können –?

Aus der Diele unten gongte es tief und lang nachhallend
halb, als ich mit meinem Tollatschentablett vor der Tür des
Schlafzimmers stand. Ich wartete, bis auch der letzte Ton
völlig verhallt war, dann klopfte ich zaghaft. Keine Antwort. Doch schien es drinnen hastig zu flüstern, verstohlen
zu tuscheln, heimlich zu zischeln. Noch ein Klopfen, kräftiger schon – und die verschlafene Stimme des Onkels:
„Wer ist denn da?"

„Ich!" rief ich. „Du weißt doch ..."

„Was weiß ich? Daß jetzt Nacht ist und ich schlafen
will!"

„Aber Onkel –!" rief ich, schon verzweifelt und den Tränen nahe. „Die Tollatschen, du weißt doch –!"

„Tollatschen!" schrie der Onkel wütend. „Jetzt Tollatschen –?"

Und Tantes Stimme: „Aber komm doch rein! Was sind
denn das für Tollatschen?"

Mir ist wie zwischen Schlaf und Wachen, wie halb im
Traume befangen. Gedankenlos stoße ich die Tür zum
Schlafzimmer auf, im Schein einer kümmerlichen Nacht-
tischlampe sehe ich den Onkel verstört im Bett sitzen, halb
verschlafen, halb wütend. Die Tante aber hat den Kopf auf
einen Arm gestützt und sieht mir blinzelnd entgegen. „Was
in aller Welt zu dieser Stunde ...", flüstert sie.

„Die Tollatschen ...", antworte ich, ebenso flüsternd.

Dichter und dichter wird das Geheimnis, verworrener. Ich hier mit meinem lächerlichen Tablett in Händen, bestimmt wache ich gleich auf, und Rieke ruft vor der Tür, daß der Krug mit warmem Wasser bereitsteht. „Zeigen Sie mal her", sagt der Onkel, der richtige Onkel Hans Lorenz, und ganz unrichtig, aber wie es im Traum eben wieder ganz richtig ist, redet er mich mit Sie an. „Wahrhaftig Tollatschen! Was sagst du, Änne?"

„Dann wollen wir sie also essen, Hans", sagt meine Tante plötzlich mit ganz heller Stimme. „Es ist wirklich furchtbar nett von dir . . ."

„Natürlich ist es furchtbar liebenswürdig von Ihnen", brummt der Onkel. (Wieder Sie!) „Sie sind doch nicht etwa fett –?"

„Aber du sagtest doch, Onkel!" flüstere ich verzweifelt den Spuk an. Und ich teile Teller und Messer und Gabeln aus. Und der Onkel sitzt, die Knie angezogen, den Teller vor sich, im Bett und brabbelt leise murrend vor sich hin, und die Tante stochert mit der Gabel.

„Nehmen Sie doch Platz", sagt der Traumonkel verbindlich. „Wo Sie sich solche Mühe gegeben haben!"

Ich kämpfe mit den Tränen, aber gehorsam setze ich mich und starre vor mich hin. „Verdammt fett", höre ich den Onkel halblaut sagen. „Kriegst du's runter, Änne?"

„Schlecht", antwortet die Tante. „Aber Tollatschen sind so blutbildend!"

„Auch nach Mitternacht?" knurrt der Onkel. Und dann wieder nur noch das leise kratzende Geräusch von Messer und Gabel auf den Tellern. Vor den Fenstern geht, stark genug, der Weihnachtswind. Jetzt prasselt es, sicher treibt wieder Schnee.

„Ach nein, Hans, bitte, nein", höre ich die Tante aufgeregt flüstern. Ich schaue hoch. Plötzlich ist es, als sei das Licht heller geworden – oder geht solch Schein von Tantes Gesicht aus? Wie Helle liegt es auf ihm – Lächeln und eine Spur Verlegenheit. Doch vor allem Lächeln, heiteres, fröhliches Lächeln. Sie starrt zum Onkel hinüber.

Der ißt jetzt, auch völlig verwandelt, mit fast genießerischem Eifer. Auch sein Gesicht scheint heller – freut er sich denn nun? „Solch ausgezeichnete Tollatschen", sagt er eben. „Doch eine großartige Idee. Ich habe richtig wieder Hunger bekommen." Er legt Messer und Gabel hin und lächelt erst Tante, dann mich an. Und nun – aber was ist das? – greift er mit den Händen auf den Teller, faßt mit den Händen einen Tollatsch, führt ihn zum Munde und fängt an, den Tollatsch abzunagen . . .

Ich reibe mir die Augen. Ich starre. Ich wundere mich. Ich glaube und verstehe nichts – und außerdem will ich es nicht wahrhaben, es bleibt doch dabei: Der Tollatsch hat einen Knochen, den der Onkel zierlich zwischen Daumen und Zeigefinger hält. Der Knochen ist knusprig-bräunlich gebraten, nicht so schwärzlich, wie Tollatschen aussehen – und an dem Knochen hängt gutes, schön gebratenes Gänsefleisch!

„Sehr gute, ausgezeichnete Tollatschen", murmelt der Onkel.

Ich hole tief Atem, nehme alle Kraft zusammen, wende den Blick von der unbegreiflichen Verwandlung ab und sehe auf die Tante. Tante Anna schneidet eben bedachtsam ein schönes Stück Gänsebrust. Keine Spur von Tollatschen, braves, herrliches Gänsefleisch. Bratäpfel sind auch auf dem Teller!

Nein, ich bin Lehrerin – und wenn auch nur bei Abecisten, um so sicherer ist der Grund, auf dem ich lehre. Zweimal zwei macht vier plus fünf gibt neun weniger neun gibt null, und Tollatschen sind kein Gänsebraten. Ich springe auf. In dieser Sekunde wußte ich wirklich nicht mehr, ob ich träumte oder wach war, und außerdem hatte ich damals grade meinen Kummer mit Kurtchen, den ich dann später auch geheiratet habe, und war mit den Nerven nicht ganz beisammen.

„Sehr gute, vorzügliche Tollatschen", hörte ich den Onkel grade noch schmatzen. Jawohl, mein gebildeter, ekelhafter Onkel schmatzte gradezu. Die Tränen stürzten wie Bäche aus meinen Augen, ich lief zur Tür, rannte hindurch und schlug sie mit solcher Gewalt hinter mir zu, daß das

Haus erdröhnte. Dann stand ich wieder auf der Diele; ganz wirklich, sehr müde, völlig zerschlagen und verzweifelt stand ich auf der Diele und schwor mir zu: Morgen mit dem ersten Zug fahre ich. Dieses lasse ich mir denn doch nicht bieten!

Und grade als ich das dachte, fing die große Uhr an zu schlagen, erst die vier helleren Schläge zur vollen Stunde und dann einmal tief und lange nachhaltend: eins!

Geisterstunde vorbei! dachte ich. Ich, eine geprüfte, angestellte Lehrerin, dachte in dieser Stunde an Gespenster, Spuk und dergleichen! Und alles wegen solcher dämlichen Tollatschen, die ich nie wieder anrühren würde. Dann ging ich ins Bett, und ich törichte Gans weinte mich richtig noch in Schlaf. –

Ich bin natürlich am nächsten Morgen nicht gefahren. Dazu habe ich viel zu gut geschlafen, ich habe sogar Riekes Warm-Wasser-Ruf überhört. Aber ein komisches Gefühl war es doch, ins Frühstückszimmer zu treten, und da saß der Onkel vor seinen Briefen und sah genau so trocken und wirklich wie sonst aus, und wenn es mir so vorkam, als werfe mir Tante Anna einen prüfenden Seitenblick zu, so kam es mir eben vielleicht nur so vor!

Aber guter Rat kommt über Nacht – ich tat das Vernünftigste, was ich nur tun konnte, ich packte den Stier bei den Hörnern, stellte mich vor den Onkel hin und fragte ganz unschuldig: „Wie wäre es mit ein paar Tollatschen, Onkel Hans?"

Und in demselben Augenblick warf der Onkel auch schon seinen Brief hin, fuhr hoch, starrte mich an und fing an zu lachen, zu lachen ... Und auch Tante Anna stimmte ein – und aus diesem Lachduo wurde sogleich ein Terzett, denn sofort zerstob auch der letzte Zweifel, der etwa aus der Nacht noch in mir genistet hatte, und ich wußte gleich, daß sie sich nur ihren Spaß mit mir gemacht hatten und daß ich nur den Esel abgegeben hatte, auf dem sie ihre Säcke zur Mühle geschafft hatten. „Die Mimi ist richtig", rief der Onkel begeistert. „Die reist nicht ab wie die Mama!"

Die Mama – da war die Katze nun wirklich aus dem

Sack. Und nun erfuhr ich, mit vielen Zwischenrufen, und keiner von den beiden Erzählern gönnte dem andern das Wort, nun erfuhr ich, daß es hier in Baumgarten vor dreiundzwanzig Jahren eine Mama gegeben hatte – natürlich Tante Annas Mama.

„Und sie war wirklich sehr gut und hilfreich, Mimi. Aber vielleicht war sie ein bißchen zu hilfreich. Und Hans hat sich auch nie überwinden können und hat sie nie anders als mit Sie angeredet. – Nein, Änne, sie war schon ein richtiger Drache, und daß sie ein sanfter Drache war, ändert nichts an ihrem Drachentum. Weißt du noch, wie du eine Woche Haferschleim essen mußtest, weil sie fand, du sähest blaß aus, und dir fehlte gar nichts?! – Ach Gott, ja, und wie sie zum Getreidehändler Dörnbrack fuhr, Hans, mit dem du eine Differenz um zweihundert Mark hattest. Und sie brachte ihm einfach das Geld – ‚Damit mein Schwiegersohn sich nicht mehr so ärgert!‘ –, das Geld, das *uns* zukam, und sie sparte es dann wieder beim Essen ein! – Und weißt du noch...?“

Onkel und Tante verloren sich in Erinnerungen, und die Tollatschen wären wohl ganz vergessen worden, hätte ich nicht sanft daran erinnert. „Ja, richtig, die Tollatschen... Siehst du, man kann doch eine Mutter nicht so einfach aus dem Haus schicken, wenigstens meinte Hans das. Ich hätte es ihr schon sachte mit der Zeit beigebracht...“

„Denkst du! Nie wäre sie gegangen ohne mich!“

„Siehst du, Mimi, so sind eben die Männer. Er hat es viel schlimmer gemacht und sie zu Tode gekränkt, bloß weil er es ihr nicht direkt sagen mochte.“

„Erlaube mal, Änne...“

„Die Tollatschen!“ mahnte ich.

„Also vor Weihnachten wird doch immer so viel geschlachtet – und wo soll man mit all dem Blut hin? So gab es denn Abend für Abend Tollatschen, und so gerne wir sie dann und wann aßen, wir hatten sie recht über. Und ich erkundigte mich bei Mama so leise, was es wohl am Weihnachtsabend geben würde...“

„Aber doch Tollatschen, Kind. Es sind doch noch so viele da, und sie sind doch sooo blutbildend", äffte Onkel mit hoher, piepsender Stimme nach.

„Und da schworen es sich Onkel und ich, daß wir nicht nur Tollatschen zum Weihnachtsabend haben würden. Und als Mama zu Besorgungen in der Stadt war – sie erledigte ihre Besorgungen immer erst im letzten Augenblick –, machte ich uns eine hübsche Gans fertig, und die wollten wir allein für uns essen. Und am Abend rührten wir wirklich die Tollatschen kaum an, und wie dann alles vorbei war und es war still im Haus und jeder in seinem Zimmer, machte ich ihm eine Keule und mir ein Stück Brust warm, und mit unserm Gänsebraten stiegen wir ins Bett und wollten uns recht gütlich tun. Da klopfte es . . ."

„Zwölf Uhr dreißig, Änne", rief der Onkel mit Grabesstimme, „und kaum haben wir die Teller unterm Bett, ist die Mama auch schon im Zimmer und sagt: ‚Ich bring euch was zu essen, Kinder. Ihr müßt ja halb verhungert sein. Ich habe wohl gesehen, ihr habt vor Vorfreude nichts gegessen von den Tollatschen, und da habe ich sie euch noch einmal warm gemacht – mit leerem Magen läßt es sich nicht schlafen!' Und schon hatten wir die Teller in der Hand, und das verfluchte Zeugs . . ."

„Ja, du hättest Onkel Hansens Gesicht sehen müssen, Mimi! Und Mama richtete es sich auch ganz gemütlich ein und fing an, das Fest und alle Geschenke und alle Briefe durchzusprechen, und dazwischen ermunterte sie uns immer wieder, doch auch ordentlich zu essen . . . Da plötzlich fühlte sie es förmlich, wie es bei Onkel riß. Plötzlich war es bei ihm alle, und eins, zwei, drei, als Mama grade nicht hinguckte, hatte er die Teller vertauscht, meinen wie seinen, und nun aßen wir Gänsebraten, statt in Tollatschen zu stochern . . ."

„Jawohl, nach dem ersten Schreck aß deine Tante wacker mit, und so muß eine Frau auch sein, Mimi, mit dem Mann durch dick und dünn. Es war großartig. Und dann das Gesicht von Mama – sie glaubte einfach ihren Augen nicht . . ." Der Onkel freute sich noch, wie vor dreiundzwanzig Jahren.

„Eigentlich tut mir die alte Frau noch heute leid", sagte die Tante ganz nachdenklich. „Sie hat – ganz anders als du, Mimi – gleich begriffen. Wir waren für sie immer wohl Kinder, und dies war eine richtige, sehr böse Kinderungezogenheit, für die wir doch wohl selbst ihr zu alt waren. Am nächsten Morgen war sie natürlich fort. Aber gottlob habe ich es noch erlebt, daß sie uns verziehen hat, sogar gelacht hat sie darüber, und das ist nur gut, sonst möchte ich diese Erinnerungsfeiern gar nicht, Hans!"

„Und so habt ihr denn –?" fragte ich atemlos.

„Jawohl", sagte die Tante. „Das läßt sich dein Onkel nicht nehmen. Jedes Weihnachtsfest seitdem haben wir das Wunder des Tollatsch gefeiert, er nennt es seine Befreiungsfeier."

„Und wer da alles schon an deiner Stelle gesessen hat, Mimi!" schwelgte der Onkel. „Manche haben richtig gekreischt und an Gespenster geglaubt."

„Männer sind eben Kinder", sagte Tante Anna. „Sie können das Spielen nicht lassen."

Ich nickte ernst. Ich dachte an Kurtchen, der mir auch Kummer machte – aber schließlich habe ich ihn doch geheiratet, trotz aller Erfahrungen von Tante Anna mit Mamas, Tollatschen und Onkels.

Hoppelpoppel – wo bist du?

Kindergeschichten
1936

Lieber Hoppelpoppel – wo bist du?

Es war einmal ein kleiner Junge, der hieß Thomas. Dem hatten seine Großeltern zum ersten Weihnachtsfest einen kleinen Hund aus schwarzem Plüsch geschenkt, mit Hängeohren und frechen braunen Augen, eine Art Dackeltier, aber auf Rädern. Und da die Achsen dieser Räder nicht im Mittelpunkt saßen, sondern seitlich, hoppelte und wogte das schwarze Stoffgeschöpf auf und nieder, als haste es wild und über alle Kraft imaginären Hasen nach. Darum taufte der Vater den Hund „Hoppelpoppel", und als Thomas etwas älter geworden war und sprechen konnte, genehmigte auch er diesen Namen. Er liebte den Hund sehr, immer mußte er bei ihm sein, auch im Schlaf durfte er ihn nicht verlassen, und er wachte sehr genau darüber, daß die Eltern nicht nur ihrem Sohn, sondern auch dem Hoppelpoppel gute Nacht sagten. Es war eben eine richtige Liebe.

Nun geschah es, daß Toms Eltern an einen neuen Wohnsitz verzogen, weit, weit weg. Der kleine Thomas blieb während der Umzugstage bei der guten Tante „Kunjä", und mit ihm natürlich Hoppelpoppel – wie hätte Tom sonst bei Tante Kunjä schlafen können? Nach einer Weile war es dann soweit: Tante Kunjä fuhr mit Tom und dem Hund nach dem neuen Häuserchen. Auf dem Bahnhof erwartete sie der Vater, und der kleine Tom war so selig und verlegen über dies Wiedersehen, daß er schnurstracks seinen Kopf durch des Vaters Beine steckte und so den abfahrenden Zug betrachtete.

Dann gingen die drei Hand in Hand durch den Wald zur Mummi ins neue Häuserchen, und da kam plötzlich ein

Augenblick, da Tante Kunjä angedonnert stehenblieb: „O Gott, habe ich nun doch den Hoppelpoppel in der Bahn liegengelassen!"

Der Vater machte rasch eine Kopfbewegung und sagte: „Still! Still! Hier hat der ‚Herr' soviel neue Eindrücke, daß er ‚ihn' einfach vergißt."

Tom sagte noch gar nichts. Er marschierte stramm auf seinen Beinchen zwischen den beiden Großen und sah die herrlich hohen Bäume mit den Pieksenadeln an. Dann kam ein Zwinger mit einem Hund, und nun stand die Mummi unten auf einer Treppe und hielt die Arme weit auf. Sie gingen durch eine große Tür auf einen weiten Balkon, und plötzlich war da unten ein langes, langes Wasser, und ein Dampfer kam um die Waldecke und ein Kahn, zwei Kähne, viele Kähne . . .

Es wurde Abend, und der kleine Junge mußte ins Bett. Er war müde und selig aufgeregt, aber als ihn die Mutter über die Bettleiter hob, sagte er: „Hoppelpoppel!"

Der Vater sagte ernst: „Hoppelpoppel fährt mit der Puffbahn, Thomas. Hoppelpoppel kommt morgen."

Das Kind sah seine Eltern fragend an, erst sagte es nichts, als aber dann das Licht ausgemacht wurde, bat es wieder, dringend: „Hoppelpoppel!"

„Thomas muß jetzt schlafen", sagte die Mutter streng und machte die Tür von außen zu. Die Eltern standen atemlos und lauschten. Nein, kein Gebrüll, kein Weinen, sondern Stille. – „Er wird sich beruhigen", sagte Mummi. „Aber besser ist doch, du gehst morgen zur Bahn und machst eine Verlustanzeige."

„Schön", sagte der Mann. „Obgleich es keinen Zweck hat. Denn der Zug fährt weiter nach Polen, und die werden uns grade einen Hoppelpoppel zurückschicken!"

Am nächsten Morgen machte der Vater seine Verlustanzeige, dann kam der Nachmittagsschlaf – aber nein, es kam kein Nachmittagsschlaf.

„Hoppelpoppel!"

„Hoppelpoppel kommt bald."

„Nun! Gleich!!"

264

„Thomas muß schlafen!"

Gebrüll, Wut, Trostlosigkeit, Jammer, nur kein Schlaf. Und am Abend dasselbe. Das neue Häuserchen und das viele Wasser und der Garten und der Hund im Zwinger und die vielen Dampfer – alles nichts! Hoppelpoppel, lieber Hoppelpoppel – wo bist du? Hoppelpoppel, ein alberner, schwarzer Stoffhund, war eine finstere Wolke am Himmel, nach drei Tagen überhing sie alles!

„Also ich fahre morgen nach Berlin und kaufe einen neuen Hoppelpoppel", sagte der Vater zur Mummi.

„Vielleicht kriegst du solch einen gar nicht?"

„Soll das, bitte, hier so weitergehen?!"

Der Vater fuhr also, und schließlich fand er auch seinen Stoffhund, er fand genau den Hoppelpoppel. Er war lange umhergelaufen, er hatte viel Fahrgeld ausgegeben, aber: Heute nacht wird Tom endlich wieder ruhig schlafen.

Der Vater war so glücklich über den kleinen Hund, am liebsten hätte er aller Welt Gutes getan. Da war im Abteil ein Kind, es war natürlich kein Kind wie der Thomas, nein, sondern ein dunkles, blasses Kind, es war ein meckriges Kind, es war ein schwieriges, störendes Kind, aber es war ein Kind ... Es saßen noch zwei Herren im Abteil, das hielt den Vater nicht ab, er machte Kuckuck mit dem Kind, er lenkte es ab, er half der Mutter, so gut er konnte, aber es verschlug nichts, es blieb ein schwieriges Kind.

Der Vater nahm aus dem Netz das kleine braune Paket, das Kind sah zu. Er schnürte langsam das Paket auf, das Kind sah genau hin.

Was da wohl drin ist?

Er faltete das Papier auf, ließ ein bißchen sehen, mehr ...

„Hoppelpoppel", sagte der Vater ernst.

„Wauwau", antwortete das Kind selig.

Es wurde nun doch eine sehr gute Bahnfahrt. Siehe, der dicke brummige Herr in der Ecke war ein rechter Großvater, er zog den Hoppelpoppel auf der leeren Bank zu sich hin. Hoppelpoppel hoppelte. Der Vater zog ihn am Schwanz zurück. Das Kind jauchzte.

Manchmal ging eine kleine Sorgenwolke über des Vaters Herz. „Wie weit fahren Sie?" fragte er die Mutter des Kindes.

„Bis Neu-Bentschen. Und Sie –?"

„Oh, ich muß viel früher raus. Ihr Junge wird ja den Hund bis dahin überhaben."

„Das weiß ich nicht", sagte die Frau. „Wenn er was liebt, dann liebt er es auch richtig."

„Na, eine Weile fahren wir ja auch noch", sagte der Vater nachdenklich und ließ den Hund bellen.

Der Vater kramte das braune Papier wieder vor und den Bindfaden. „Nun paß auf, jetzt geht Hoppelpoppel schlafen."

Das Kind sah aufmerksam zu, aber dann, als der Hund im Papier verschwand, fing es an zu weinen. „Hoppäpoppä", sagte es klagend.

Alle redeten auf das Kind ein, das Kind weinte stärker, der Vater sagte: „Ich brauche ihn ja schließlich nicht eingepackt mitzunehmen, er kann ihn ja noch den Augenblick halten ..."

Das Kind nahm den Hoppelpoppel in den Arm, es lächelte, es lächelte – lieber Himmel!, es war doch ein sehr ähnliches Kind ...

Der Zug fuhr langsamer, der Zug hielt.

„Nun gib dem Onkel den Hoppelpoppel."

Das Kind hielt den Hund fest.

„Willst du wohl artig sein, gibst du –!"

„Aussteigen –!"

„Du sollst den Hund loslassen!"

„Gib mir doch den Wauwau, bitte, bitte! Ich habe auch einen kleinen Jungen ..."

„Sie wollen noch raus? Bitte, beeilen!"

Alles ging durcheinander, das Kind weinte schmerzlich, der Schaffner schimpfte. Eine Hand (es war die Hand der Mutter) riß an der klammernden Kinderhand, das Weinen wurde lauter. Der Vater stand draußen mit seinem Hoppelpoppel, er dachte verwirrt: Wenn er was liebt, dann liebt er es auch richtig ...

266

Der Zug fuhr an, der Vater riß die Tür wieder auf, warf den Hund ins Abteil. Der Zug fuhr schneller, am Fenster waren Mutter und Kind zu sehen, das Kind hielt den Hoppelpoppel...

Der Mann ging langsam durch den dunklen Wald nach Haus, er hatte es nicht eilig. Wenn er zu Haus ankommen würde, würde sein Junge grade ins Bett gebracht werden, er würde sehnsüchtig betteln: Hoppelpoppel! Der Mann bereute nicht, der Mann schalt sich nicht, er war nur traurig. Irgend etwas war nicht in Ordnung auf dieser Welt, irgend etwas stimmte nicht: Dem einen geben, daß der andere weint –?

Der Mann schloß die Tür auf, oben krähte der Tom. Der Mann ging langsam und leise die Treppe hinauf, er hing leise den Mantel fort, er zog seine Hausschuhe an... Schließlich mußte er doch die Tür aufmachen...

Da aß sein kleiner Sohn am Tischchen den Haferbrei, und auf dem Tischchen stand der Hoppelpoppel! Der Hoppelpoppel mit einem langen, langen Zettel am Hals.

„Sieh nur, Mann", sagte die Mummi.

Auf dem Zettel standen viele bahnamtliche Vermerke, aber da stand auch: „Zbaszyń (Bentschen). Kleine schwazze Hund, särr biese. Beißt..."

„Kleine schwazze Hund, särr biese...", sagte der Vater langsam.

Komisch: plötzlich war die Welt wieder in Ordnung.

Lieschens Sieg

Die Eltern wollten diesmal in der Sommerfrische völlige
Ruhe haben, darum nahmen sie die Oma mit. Oma, Land-
pastorenwitwe aus dem Hannoverschen, bei ihrem letzten
Besuch vor drei Jahren war sie von den begeisterten Kindern „Brummelchen" getauft worden. Oma konnte den Eltern gut und gerne einmal die neunjährige Helga und den
sechsjährigen Dieter abnehmen.

Leider erwies Oma sich als Niete, mehr noch, als Belastung. Der Vater geriet schon innerlich ins Kochen, wenn
er die Ohrfeigengesichter seiner Sprößlinge betrachtete,
die den Märchen und Sagen aus Omas Munde lauschen
sollten. Und dann hatten die Kinder eine verfluchte Manier, mit den engelhaftesten Gesichtern des Himmels
Omas hannoversche Aussprache nachzuahmen. Mit liebe-
vollster Besorgtheit erkundigten sie sich nach „Ömäs Um-
schlägetuch", nein, verbesserte Helga, nach ihrem „Schööl".

Am sechsten Tage brach Oma zusammen und löste sich
ob der Herzlosigkeit dieser modernen Kinder in Tränen
auf; als dann am achten Tage ein versulztes Quallennest in
ihren Zugschuhen gefunden wurde, reiste sie ab.

Freistand es den Eltern, zu überlegen, wie in den letzten
drei Wochen der Erholungszeit das noch unter den Berliner Standard gesunkene Nervenniveau des Vaters zu heben
sei. Nach dem Satz „Kinder werden am besten von Kindern
erzogen" wurde am zehnten Tag ein vierzehnjähriges Fi-
schermädchen aus dem nahen Dorf als Spielgefährte und
Aufsicht für Helga und Dieter eingestellt. In dieser Nacht
kamen die Kinder schlecht zum Einschlafen. Erstens war

ihnen eine richtige Fischerstochter versprochen, mit Namen Lieschen Ahlf, zweitens war sie auch noch ein Stiefkind, denn ihr Vater hieß Albert Bienenweg. Es war das erste Stiefkind im Leben der Kinder nach so vielen Stiefkindern der Märchen, und ein Fischer, der Bienenweg hieß, eröffnete neue Horizonte.

Lieschen Ahlf stellte sich ein und war eine grenzenlose Enttäuschung. Mit ihren derben, wollenen Strümpfen, einem schwarzweißkarierten Sonntagsrock, einem Rattenzopf im Nacken (strohgelb) stand sie ziemlich verlegen vor ihren Schützlingen. Wenn nicht ihre grellen, scharfen Augen gewesen wären, hätten die Eltern gleich wieder den Kampf aufgegeben. So aber erklärte der Vater: „Am besten überlassen wir die drei sich selbst." Und die Eltern machten endlich einmal einen langen Fußmarsch ganz für sich allein.

„Kratzt dich denn die Wolle nicht?" hatte Helga gefragt und auf die braunen Storchenbeine gezeigt.

„Nää", hatte Lieschen schön pommerisch breit geantwortet.

„Warum trägst du denn keine Florstrümpfe?" war die zweite Frage gewesen.

„Dat is Wull von uns' Schoap!"

„Von uns' Schoap!" hatten die Kinder gejauchzt und unter gellendem Kriegsgebrüll einen rasch erfundenen Schafstanz um Lieschen ausgeführt.

Dann waren sie, unbekümmert um ihre Behüterin, an den Strand gestürzt und hatten sich um Verschärfung des Kriegszustandes mit einer Reihe „einfach gräßlicher Kinder" bemüht. Sie hatten, stets gefolgt von dem schweigenden Lieschen, in einer verhaßten Burg mit ihren schwachen Kräften einen Strandkorb umgestürzt, sie hatten die schön aus schwarzen und weißen Muscheln gelegte Inschrift „Nymphenburg" einer bayrischen Feste zerstört, und Lieschen wäre beinahe dafür von einem zornroten Elternpaar in Stücke gerissen worden. Sie rettete sich durch Dooftun und Plattsprechen.

Hätten die Eltern bei ihrer abendlichen Rückkehr nur

269

einen kleinen Teil all dieser und mancher andern Schandtaten erfahren, wäre es wohl rasch mit Lieschens Hüterrolle und Geldverdienst zu Ende gewesen. Da aber Lieschen und die Kinder schwiegen, ging es weiter. Immer das gleiche Lied: zwei unbändige Rangen und ein schweigend folgendes Lieschen.

Bis sie eines Tages sagte: „Morgen kumm ick nich."

„Neese!" hatte der hoffnungsvolle Dieter geantwortet.

„Wat?" hatte Lieschen gefragt.

Und mitleidig hatte Helga erklärt: „Du hast wohl die Neese voll von uns?"

„Ick möt tu Hus blieven, uns Kauh ward melk. Schall en Kalv kriegen."

Stillewerden, Stummheit, Schweigen. Gedankenvolle Ruhe von Helga und Dieter.

Und am nächsten Nachmittag wurden die Eltern mit rührender Besorgnis zum Schlaf geleitet, die Kinder würden auf dem Grasplatz Ball spielen, bis Lieschen käme.

Den dreiviertelstündigen Weg zum Fischerdorf legten Helga und Dieter in einem fast nicht unterbrochenen Trabe zurück. Dann erkundeten sie kühn, sich Hand an Hand haltend, beim Krüger des menschenleeren Ortes das Haus vom Fischer Albert Bienenweg, besahen sich es fünf Minuten von der andern Straßenseite.

Aber nichts rührte sich. Sie klinkten an der Tür. Aber sie war verschlossen. Sie trauten sich auf den Hof. Aber dort waren nur die Hühner.

„Wie findst du das?" fragte Helga empört.

„Hat uns veräppelt", antwortete Dieter. „Ist doch ausgerissen."

Dann hörten sie das Muhen einer Kuh, wagten sich an die Stalltür – und standen vor Lieschen.

Aber es war ein sehr verändertes Lieschen, Lieschen nur in einem Hemd, in einem grüngestrickten Unterrock und in Tüffeln. Lieschen war Stallwache, denn Vater Bienenweg war zum Aalstechen auf dem Bodden, und Mutter Bienenweg mußte unbedingt Kartoffeln hacken. Mit Lina würde es wohl erst in der Nacht soweit sein.

„Doar sünd ji joa!" hatte das veränderte Lieschen nur gesagt. „Dat hev ick mi all lang dacht. Sett juch doar rein still up den Stallemmer!"

Und siehe da, Helga und Dieter, die sonst so Überlegenen, setzten sich wirklich fein still auf die umgekehrten Stalleimer und sahen sich nur mit großen Augen im Stall um, der schön sommerlich von Fliegen durchburrt war. Direkt vor ihnen stand die große schwarzbunte Kuh, schlug mit dem Schweif nach ihren Flanken, warf dann und wann den Kopf leise muhend hin und her und trat ständig von einem Fuß auf den andern.

Nach einer Weile schien es Helga an der Zeit, Erkundigungen einzuziehen. „Wo hat sie denn das Kalb?" fragte sie.

„Du Schoapsmichel!" sagte Lieschen. „In'n Buk!"

Von keinem Menschen hätte sich Helga widerspruchslos Schafsmichel titulieren lassen, jetzt nahm sie es wie selbstverständlich hin. „Wie kann es denn da raus? Schneidest du sie mit dem Messer auf?"

„Dösbartel!" sagte Lieschen nur, aber eine tiefe Verachtung lag darin. „Nu swieg man still. Du stürst Lina bloß."

Sicher saßen die Eltern jetzt längst am Kaffeetisch, aber es war natürlich kein Gedanke daran, aus diesem geheimnisvollen Stall fortzugehen, in dem immer wieder die Kuh sich unruhig nach den Kindern umsah. Leise flüsterte Lieschen: „Töv, Lina, töv. Moder möt glik koamen!"

Und Lina drehte den Kopf zu Lieschen und muhte zurück.

Aber sie wartete doch nicht. Plötzlich hatte sie den Schwanz steil in die Höhe gereckt . . .

„Doar is't all!" rief Lieschen aufgeregt. „Nu möten wi dat Kalv hoalen! Kumm her, Helga, foat an!"

Und ehe Helga noch wußte, was eigentlich los war, stand sie in ihrem weißen Kleid an der Kuh, die ihr ungeheuer groß vorkam, hatte einen wachsgelben, unendlich zarten Kälberhuf in der Hand . . . Und nun kam eine zarte duffe Schnauze zum Vorschein, die blauen Augen, der ganze Kopf . . .

271

Helga schrie auf, aber nicht vor Schreck, sondern aus irgendeinem aufgeregten Glück heraus – und dann war ganz schnell etwas unendlich Langes, Schwarzweißes, Seidiges da und schlenkerte zwischen den Kindern zur Erde.

Da lag das Kälbchen zwischen ihnen – atmend mit hastigen Flanken –: „Loop, hoal Water, Dieter! Wat mötst du ok daun!" rief Lieschen. „Kumm, Helga, wi möten dat Kalv vörhen na de Kauh trecken!"

Und sie faßten es an und zogen die sechzig Pfund Kalb an den Kopf der Kuh und liefen dann selbst nach Wasser, denn Dieter versagte vollkommen vor lauter Aufregung. Und sie wuschen dem Kalb das Maul aus: „Dat stickt sünst!" Und sie streuten es mit Salz ein: „Möt Lina aflicken, sünst givt sei nich Melk naug." Und es war ein Gelaufe und eine Aufregung und frische Streu holen und wieder Warten, bis nach einer halben Stunde das Kalb nun wirklich zum ersten Male torkelnd auf seinen Beinen stand und zum ersten Male nach dem Euterstrich der Kuh schnappte. –

Wolken hingen über des Vaters Stirn, als die Kinder nach Haus kamen am späten Abend, böse sah Mama aus und noch böser, als sie Helgas Kleid sah – aber welch andere Heimkehr als nach den Streichen sonst! Es war nur ein Augenblick, und das Bösesein war verflogen, und die Wolken waren vergangen. Und es war wieder ein Augenblick, und die bedenklichen Mienen der Eltern lächelten. Die Kinder erzählten und fragten, fragten und erzählten. Und spät erst kamen sie ins Bett.

Aber als die Eltern dann noch später schlafen gingen, tauchte ein weißer Schemen neben Mutters Bett auf.

„Darf ich zu dir kommen, Mama?" fragte Helga, und das war seit ein oder zwei Jahren nicht mehr passiert. So lange war es her, daß die Mutter es nicht einmal mehr wußte. Vater schlief darüber ein, so viel hatten die beiden noch miteinander zu flüstern.

Plötzlich war die Welt ganz anders geworden, aus einer Bresche in der Wand herkömmlichen Lebens war Licht gefallen auf das Kind, ein geheimnisvolles Licht, aus einer geheimnisvollen Zukunft leuchtend.

Und als dann am nächsten Tage, als sei alles wieder im alten Gleise, Lieschen Ahlf, Stieftochter des Fischers Bienenweg, bei den Kindern auftauchte, mit den kratzigen wollenen Strümpfen, mit dem schwarzweißkarierten Rock und dem Rattenschwanz im Nacken – da faßten die Kinder beide dieses selbe Lieschen bei der Hand und liefen mit ihr gegen den Wald, voll des Entschlusses, sich von ihr Geschichten erzählen zu lassen, andere Geschichten, als Brummelchen erzählt hatte – dieselben uralten Geschichten, nur in anderer Fassung.

Das Märchen war zu ihnen gekommen, plötzlich waren die sinnlosen Streiche und Zänkereien weit weg. Irgend etwas Neues war eingetreten in ihr Leben, es konnte mit Helga wachsen, man konnte dessen nicht überdrüssig werden, es ging immer mit – Dieter freilich war noch zu klein, er würde es wieder vergessen.

Häusliches Zwischenspiel

Die Post am frühen Morgen hatte dem Vater einen Brief gebracht, einen umfänglichen Brief vom Finanzamt. Gewissenhaft notierte Briefträger Limburg das Datum der Zustellung auf dem Umschlag – genau sah der fünfjährige Thomas dem zu.

„Guten Morgen, Herr Rogge", sagte der Postbote, und die Tür klappte zu. Der Vater saß schon über seinem Brief, er las eifrig, die Stirne gerunzelt ...

„Vater", ließ sich Thomas' helle Stimme hören, „warum hat denn Herr Limburg eine Zwei und eine Drei auf den Umschlag gemalt? Vater, kann ich den Umschlag behalten –? Vater, gib mir mal eine Schere, ich will mir eine Brille aus dem Umschlag schneiden ..."

Das stimmt doch nicht, hatte der Vater gedacht und schon den Schreibtisch auf der Suche nach dem Bankbuch aufgeschlossen, ich habe doch einmal im Juni und einmal im Mai überwiesen ... Aber nun riß die Kette ab. „Gib mir sofort den Umschlag her, Tom! Wie kannst du mir den fortnehmen?! Ich brauche ihn doch noch ..."

„Wozu brauchst du denn den Umschlag noch –? Ollen, dreckigen Umschlag!" Und Tom retirierte gegen die Tür.

„Tom! Den Umschlag!" rief der Vater streng.

„Aber woraus soll ich mir denn eine Brille machen?" fragte Thomas kläglich und öffnete vorsichtshalber die Tür zum Eßzimmer. „Es ist nicht mal 'ne Marke drauf!"

„Hör mal zu", sagte der Vater überredend und sah sehnsüchtig nach dem Brief auf dem Schreibtisch, der sofort beantwortet, richtiggestellt, zurückgewiesen werden mußte.

„Du hast doch gesehen, wie Onkel Limburg was auf den Brief geschrieben hat?"

Keine Antwort, muffiges Schweigen.

Der Vater überging das vorsichtig. Er mußte raschestens an seinen Brief. „Das muß Vater aufheben, was Onkel Limburg geschrieben hat, verstehst du?"

„Gib mir deine Schere, Vater", sagte Thomas mit schwerem Entschluß. „Ich schneide dir das Eckchen raus. – Es ist nur ein ganz kleines Eckchen...", setzte er, wie sich selbst überredend, hinzu.

„Ich will aber nicht das Eckchen, ich will den ganzen Umschlag, Tom!" rief Herr Rogge unmutig, und es war beinahe, als seien die Rollen zwischen Vater und Sohn vertauscht, als sei es jetzt der Vater, der da meckerte. „Und nun mach zu, Vater muß arbeiten."

„Du hast aber gesagt, du willst nur haben, was Onkel Limburg geschrieben hat!" rief Thomas trotzig und retirierte aus dem Eßzimmer auf die Veranda.

„Nun aber Schluß!" schrie der Vater. Ja, es muß gestanden werden, der Vater schrie ganz unlogisch auf eine recht logische Antwort des Sohnes. „Sofort gibst du den Umschlag her!"

„Ich will aber eine Brille haben...", jammerte der Sohn dagegen und lief die Stufen von der Veranda in den Garten.

„Tom!" brüllte der Vater. „Sofort kommst du –!"

Aber Thomas war schon um die Ecke vom Holzstall. Ist man zornig, gibt es kein Besinnen; der Vater stürzte wütend hinterdrein. Jauchzend merkte der Fünfjährige, daß sein Vater mit ihm Haschen spielte, er warf die langen Beine und verschwand, den schon arg zerknitterten Umschlag in der erhobenen Faust, um die Küchenecke. Der Vater stürmte schwerer hinterdrein, seine Beine waren noch schlank, aber sie trugen ein Bäuchlein. Diese elende Kurzatmigkeit! dachte er, um die nächste Ecke stürmend. Ich muß wieder mal zum Doktor... Dieser ungezogene Bengel –!

Aber es kam ihm nicht mehr vom Herzen, der Zorn war verflogen, durch den morgenfrischen, sonnenblitzenden

Garten, immer um das Haus herum, stürmten Vater und Sohn.

Vom Küchenfenster beobachteten Käti, Isi und die Frau Dete den Umlauf mit Staunen. „Was ist denn jetzt los?" rief die Frau.

Stürmend keuchte der Vater: „Umschlag... gemaust... helfen... Tom..."

Aber Tom war schon an den Mistbeetfenstern vorbei zum Stall gerannt und verschwunden. Als der Vater in den Stall kam, sah sich das Hellapferdchen nach ihm um, die Erikuh muhte leise und mahnend nach Wasser, die drei Schweine grunzten übersatt in ihrer Box – aber kein Tom! Herr Rogge sah hinter die Futterkiste, in die Ecke mit dem Pferdegeschirr, er rief drei- oder viermal „Tom!" – natürlich ohne Ergebnis. So gab er denn der Kuh erst einmal Wasser, und da der Schimmel sich so hatte, dem auch. Über dem Warten, daß der Stalleimer ausgesoffen war, beruhigte sich sein außer Rand und Band geratener Atem, und Herr Rogge dachte: Ich könnte das Datum der Zustellung, also den heutigen Tag, eigentlich auch auf dem Brief notieren. Ich brauche den Umschlag gar nicht. – „Aber...", rief er mit einem Stoßseufzer bei sich, „soll denn dieser Bengel immer seinen Willen kriegen? Es ist unerhört!"

Er öffnete nachdenklich den Deckel von der Futterkiste und sagte zu dem eintretenden Fütterer Schulz: „Ist das alles Sojaschrot, was wir noch haben? – Dann muß ich ja gleich was bestellen. – Haben Sie übrigens den Tom gesehen?"

„Sitzt in der Sandkiste und macht Eierpampe, Herr Rogge."

„Eierpampe – na schön, schön. Ich bestell dann also das Schrot." Und Herr Rogge marschierte in sein Arbeitszimmer zurück, erwägend: Ausgerechnet Eierpampe, sprich Sand und Dreck mit Wasser. Und ausgerechnet in meinen Umschlag wird er die Eierpampe füllen. Sehr schön. Was ich in der Jugend zu wenig an Willen gekriegt habe, kriegt Tom zu viel. Bin mal neugierig, was daraus wird. Eierpampe –!

Und damit setzte sich Herr Rogge an seinen Schreibtisch, vor seinen finanzamtlichen Brief, notierte säuberlich auf den Briefkopf das Datum der Zustellung und machte sich an die schwierige, mit viel Rechnerei verbundene Arbeit, die gesamten Haushaltungskosten des verflossenen Jahres zusammenzustellen, aufzuteilen, zu addieren . . .

„Zips . . . Zips . . .", störte ihn die vorsichtige Stimme seiner Frau. „Zips – störe ich –?"

„Einen Augenblick! Sechsundachtzig, dreiundneunzig, hunderteins – hunderteins! Nein, nicht die Spur? Was ist denn?"

„Zips!" sagte die Gattin (wir wagen es nicht, den richtigen Vornamen von Herrn Rogge hierherzusetzen, genug, daß er im häuslichen Leben „Zips" genannt wurde). „Zips, ist das der Umschlag, den dir Tom geklaut hatte?"

„Möglich", sagte Herr Rogge zerstreut, suchte die Zahl „hunderteins" krampfhaft im Gedächtnis zu behalten und musterte das schmutzige, schmierige, nasse Etwas in den braunen Händen der Dete.

„Ist er sehr wichtig?" fragte die Frau vorsichtig. „Wir könnten ihn vielleicht trocknen und bügeln. Freilich, die Schrift ist etwas ausgelaufen. Tom hat nämlich . . ."

„Eierpampe reingemacht, weiß schon. Steck das Ding ins Ofenloch. – Sonst noch was? Ich muß jetzt nämlich rechnen."

„Ja, Zips. Draußen sind nämlich die Herren wegen der Grenze. Aber wenn du eilig zu tun hast, kommen sie vielleicht noch mal wieder?"

„I wo", sagte Herr Rogge und gab sich einen Ruck. „Wir können doch einen Regierungsrat nicht fortschicken, Dete." Er stand auf, warf einen sehnsüchtigen Blick auf Brief und Zusammenstellung, notierte sich nochmals im Kopf „hunderteins" und sagte: „Vielleicht kommen die Herren zum Frühstück rein. Sieh, daß du für alle Fälle was da hast. Tjüs, Dete."

Und er nahm seinen Stock, pfiff dem Hunde Plisch und marschierte hinaus zur Grenze.

Anderthalb Stunden später war er wieder da. Natürlich

hatte nicht Nachbar Bergfeld, sondern er, der Rogge, recht gehabt: Der Steinwall an der Grenze mit den Pflaumenbäumen gehörte noch den Rogges! Jeder, der eine Karte lesen konnte, mußte das sofort sehen! Na ja, na ja, also gut, war auch das erledigt und in Ordnung.

Herr Rogge pfiff vergnügt vor sich hin und zündete sich eine Zigarre an. Nicht erledigt und nicht in Ordnung war noch die Sache mit dem Finanzamt, nun, bis zum Mittagessen war noch gute Zeit: ran an den Kram! Aus der Küche tönte freundliches Töpfegeklapper, Herr Rogge fand in seinem Geist frisch und unversehrt die Zahl „hunderteins" vor, erinnerte sich aber nicht mehr der Spalte, auf die sich diese Zahl bezog, und fing von neuem an zu rechnen.

Wenig später wurde er sich bewußt, daß er nicht mehr rechnete, sondern auf einen Dialog in der Küche lauschte, auf einen Dialog zwischen seinem Sohn Thomas und seiner Haustochter Käti. Die helle Stimme des Jungen klang so verbockt-streitsüchtig-weinerlich wie nur möglich, und auch Kätis Stimme war eine rechte Portion Ärger beigemengt.

„Tom, laß das!"

„Kääääti! – Gib – es – mir – wieder!"

„Du sollst mich nicht hauen, Tom!"

„Aber ich will es wiiiiiederhaaaaben!"

„Es ist doch nicht mehr da, Tom!"

„Mach es wieder da, Käääti!"

„Das kann ich doch nicht, Tom. Geh jetzt aus der Küche, ich muß arbeiten."

„Erst gib es mir wiiiieder!"

„Laß jetzt das Hauen sein, Tom, sonst..."

„Mutti hat es mir gegeben, ich will es wiederhaben."

Mit einem Ruck erhob sich Herr Rogge. Der quenglige, nicht nachlassende Ton seines Sohnes hatte etwas vom Bohrer des Zahnarztes – es war ihm nicht zu widerstehen. Aus mancherlei Erfahrungen zwar wußte Herr Rogge, daß es besser sei, den Sohn seine Streitigkeiten allein ausfechten zu lassen, trotzdem ging er durch das Eßzimmer in die Küche.

„Was ist denn hier wieder los?" fragte er.

Thomas stand am Küchentisch und sah mit dem mürrischsten, zänkischsten Gesicht auf die große Haustochter Käti, die ihn nicht eben billigend betrachtete. „Nun, was ist, Thomas?" fragte der Vater noch einmal, aufmunternd.

Aber Thomas wollte nicht antworten, er sah verdrossen seinen blaugrauen gestrickten Pullover an.

„Dann muß ich Käti fragen. Käti erzählt es mir", sagte der Vater mahnend.

„Olle Käti! Olle Isi!" sagte der Sohn grollend und schwieg wieder.

„Gar nicht so oll", sagte der Vater lächelnd und wandte sich an die Sechzehnjährige. „Nun, Käti, erzähl du!"

Käti berichtete, daß die Mutti einen Pudding gekocht und den Topf dem Thomas zum Auslecken gegeben habe. Aber der Thomas habe den Pudding gewollt und nicht den Schlecktopf, und als er den Pudding nicht bekam, habe er auch den Schlecktopf nicht gewollt. Da hätten sie und Isi sich jede einen Löffel voll aus dem Topf zusammengekratzt – es sei aber noch genug darin –, und jetzt verlange der Tom, daß sie das doch schon Gegessene wieder in den Topf täten, denn es sei sein . . .

Der Vater sah Käti an, dann den Topf, dann den Sohn.

„Nimm Topf und Löffel, Thomas", sagte er. „Es ist noch sehr viel guter Pudding drin."

„Erst soll Käti meines wieder reintun", sagte der Sohn beharrlich.

„Du willst nicht –?" fragte der Vater.

„Erst soll . . ."

Der Vater nahm den Sohn am Ohr, Tom hielt mäuschenstill; er führte den Sohn – am Ohr – durch Eßzimmer und Veranda in den Garten.

„Hier, mein Sohn, spiele, und komm mir nicht wieder ins Haus, ehe du nicht anderer Stimmung bist."

Thomas stand still, das Gesicht etwas gerötet. Der Vater machte noch einen kleinen, zärtlichen Schlußzupf am Ohr und stieg die Verandatreppe hinauf. Im Augenblick, da er dem Sohn den Rücken kehrte, brach dieser in ein ebenso plötzliches wie fürchterliches Wutgebrüll aus. Das war nicht Schmerz wegen des gekniffenen Ohrs, das war nicht Leid um den versäumten Pudding – das war Protest gegen die rohe Gewalt der Großen, Empörung, Rebellentum ...

Der Vater ging in sein Zimmer zurück – das Geheul klang ferne –, er lächelte stumm vor sich hin. Prachtvoll, wie die junge Kreatur sich aufbäumte! Das hätte er, Herr Rogge, mal mit seinem Vater versuchen sollen! Andere Zeiten, andere Kinder – und keine schlechteren, fand er und schmunzelte. Denn prachtvoll hinwiederum war auch, wie der Knabe Thomas dabei parierte! Kein Gedanke daran, daß er so brüllend das Haus betreten, in dieser Stimmung in die Küche eindringen würde. Lauter Protest gegen den Befehl, aber stiller Gehorsam für den Befehl. Keine üble Mischung. Fand Herr Rogge.

Nun aber zurück zum Finanzamt, zu der trockenen Sachlichkeit der Zahlen und Zahlungen! Noch war der Vater sich nicht ganz klar, wo er eigentlich aufgehört hatte und wo wieder anzufangen war, als er merkte, daß er gewissermaßen in einer Wolke von Gebrüll saß.

Wieder stand er auf und trat ans Fenster. Jawohl, direkt unter seinem Fenster, grade unter der großen Blautanne, hatte sein Sohn die Wache bezogen und brüllte herausfordernd das väterliche Fenster an. Hinter der Gardine verborgen, sah der Vater den Brüllerich und schmunzelte. Brüll du, dachte er. Brüllen, sagt der Arzt, ist für die Entwicklung der Kinderlungen recht gesund. Und warum eigentlich –? Wegen eines Löffels Pudding, der doch unmöglich wieder in den Topf zu spucken ist – pfui Deibel! So erfahren bist du auch schon, um das zu wissen, mein Thomas. Also, um Streit mit uns zu suchen, deine Kräfte an unsern zu proben – brülle, Kleiner, brülle!

Der Sohn hatte die zornfunkelnden Augen fest auf die Scheibe geheftet, er brüllte, daß er dunkelrot wurde, er brüllte fast pausenlos, denn auch das Atemholen begleitete er noch mit einem seltsamen Gekreisch. Wäre das Höflein nicht so einsam gelegen, die Leute wären wohl zusammengelaufen über dem Gebrüll des unglücklichen Kindes, das vielleicht gar von seinen Eltern mißhandelt wurde!

Im Hause wußten sie wohl schon von der Ursache des übermächtigen Geschreis: Keine Frauensperson ließ sich sehen – es war ein Duell zwischen Vater und Sohn. Plötzlich schien es Herrn Rogge, es sei vielleicht gar zu bequem, hier überlegen schmunzelnd am Fenster zu stehen und die entfesselten Naturgewalten sich austoben zu lassen. Als sei es mutiger, sich dem Feinde zu stellen. Schon war er im Begriff, das Zimmer zu verlassen, unter der Blautanne mit dem Sohne zu reden, ihn zu überzeugen ...

Da brach plötzlich das Geheul ab, in gewaltiger Eile verschwand Thomas aus dem Gesichtsfeld.

Was nun wohl kommt? wunderte sich Herr Rogge. Das ist doch wohl nicht möglich, das ist ja noch nie dagewesen, daß er so plötzlich einen Streit aufgibt?!

Er hatte nicht lange zu warten: Um die Hausecke, um die er entschwunden, tauchte der Sohn wieder auf, aber gewissermaßen nicht allein, sondern in Gesellschaft eines handfesten Knüppels.

Nanu?! wunderte sich der Vater. Er will mich doch nicht etwa verhauen?!

Nein, das wollte Thomas nicht, etwas anderes lag ihm an. Nun hatte er so lange und so laut unter Vaters Fenster gebrüllt, und der Vater hatte es doch nicht gehört, war nicht einmal ans Fenster gekommen: Also mußte er den Vater aufmerksam machen! Er stellte sich auf die Zehenspitzen, hob den Knüppel, klopfte kräftig damit gegen die Scheibe – und im gleichen Augenblick brüllte er los, so jämmerlich, daß es jedes Mutterherz erbarmt hätte.

Herr Rogge aber in seinem Zimmer schüttelte sich vor Vergnügen. Es gibt Kinder, dachte er, die da gehorsam und artig durch ihre Jugend dahinlaufen, recht nach Erwachsenenart eingeengt durch Gesetze, Rücksichten, Verordnungen. Zu diesen Kindern gehört mein Sohn nicht, oh, weit gefehlt! Dafür wird er von seiner Jugend etwas gehabt haben und später, hoffe ich, seinen Mann stehen.

Herr Rogge zweifelte nicht daran, daß sein Sohn im geheimen das gleiche Vergnügen an dieser Brüllerei empfand wie er, der Vater, beim Anhören.

Doch nun geschah das Unglück: Müde des antwortlosen Gebrülls, hatte der Sohn etwas kräftiger mit seinem Knüppel gegen die Scheiben gepocht. Klirrend, scheppernd sprang das Glas, blitzschnell wurde der Knüppel fallen gelassen, blitzschnell und lautlos verschwand der Sohn um die Hausecke – und der Vater sah stumm durch die zersplitterte Scheibe und hatte die gute Gartenluft nun sozusagen frisch vom Erzeuger.

„I du liebes Gottchen", sagte er sich verblüfft. „Das hätte ich mir ja nun eigentlich an meinen fünf Fingern abzählen können. Wer keine Antwort kriegt, fragt dringlicher, dringlichst, bis die Scheibe platzt. Ich sollte doch meinen Sohn kennen." Und ganz unlogisch, denn eben hatte er ja eigentlich die Schuldfrage schon entschieden, setzte er hinzu: „Na, warte, mein Junge, wenn ich dich kriege . . ."

Höchstselbst löste er die Splitter aus dem Rahmen, höchstselbst, daß die Frauen nichts merkten, holte er Handfeger und Schippe, höchstselbst fegte er das Glas zusammen, und höchstselbst trug er es in die Abfallkiste.

„So", sprach er und begab sich auf die Suche nach seinem Sohn, gänzlich im ungewissen, was denn nun eigentlich mit ihm anzufangen sei.

„Du, Zips", sagte seine Frau Dete zu ihm. „Geh nicht mehr weiter fort, wir essen in zehn Minuten. – Weißt du übrigens, wo Thomas ist?"

„Ich werd mich nach ihm umsehen", sagte Herr Rogge.

„Was hat er denn so gebrüllt? Immer noch wegen des Puddings? Und dann klirrte doch was?"

„Ja, ja", seufzte Herr Rogge schuldbewußt. „Ich bin dann in zehn Minuten mit dem Jungen da."

Herr Rogge ging um das Haus, Herr Rogge sah in Stall und Scheune. Herr Rogge ging in den Garten, er sah hinter Stangenbohnen, Spargelkraut, Himbeeren nach. Herr Rogge ging zum Holzschuppen und sah hinein. Leise rief er: „Tom!"

Herr Rogge ging dann hinter das Haus auf eine kleine Anhöhe und spähte auf die Felder: Still im Sonnenschein lag das Land, leise bewegten im leichten West die Seekante entlang Weiden und Ellern ihre Zweige. Aber kein Tom ließ sich blicken. Herr Rogge schaute auch in die Hundehütte hinein. „Es ist gut, oller Plisch. – Hier ist Tom also auch nicht."

Grade kamen die Leute von der Mittagspause aus dem Dorf zurück. „Hören Sie mal, Schulz, und ihr andern, habt ihr Tom vielleicht im Dorf gesehen?"

„Nee, Herr Rogge."

„Ach, Liebrecht, seien Sie so gut, setzen Sie sich mal auf Ihr Rad und fragen Sie von Haus zu Haus, ob Tom nicht da ist." Und mit einem schweren Seufzer: „Seit einer Viertelstunde ist er spurlos verschwunden."

Natürlich sagte einer: „Er wird doch nicht ans Wasser gegangen sein?"

„Nein, nein", sagte Herr Rogge hastig. „Tom ist vorsichtig, er weiß, wie tief der See ist. – Gehen Sie nur ruhig an Ihre Arbeit. Und wenn Sie Tom zufällig sehen, schicken Sie ihn ins Haus."

Herr Rogge ging nicht an den See, Herr Rogge ging ins Haus. Er ging von Zimmer zu Zimmer, sorgfältig die Frauen, denen er hätte Auskunft geben müssen, meidend. Vor jedem Bett machte er, ein klein wenig ächzend, eine Kniebeuge und sah hinunter. Im Kinderzimmer lagen verstreut Spielsachen. Der Ordnungssinn des Vaters erwachte, er nahm Stück für Stück und legte es in sein Fach.

„Aha!" sagte er sich. „Hier findet sich der Abreißblock wieder, der von meinem Schreibtisch verschwunden ist. Und da ist der Rotstift. – Ich muß hier doch mal gründlich ausmisten . . ."

Dabei überraschte ihn Frau Dete. „Hier bist du, und die Suppe wird kalt. – Wo ist denn Tom?"

„Den suche ich ja grade", sagte Herr Rogge kläglich, Abreißblock und Rotstift in der Hand. Und dann gestand er, nach kurzem Zögern, die Geschichte von der eingeschlagenen Fensterscheibe und dem darauf erfolgten spurlosen Verschwinden des Sohns.

„Aber Zips!" sagte die Gattin nur. Und, als sie sein Gesicht sah: „Na, nun mache dir bloß keine schlimmen Gedanken. Ich sehe es dir ja an, du denkst schon wieder an den See. Es wird schon nicht so schlimm sein. Jetzt werden *wir* ihn suchen, und *wir* werden ihn gleich haben!"

Schon suchten sie, und wie man es merkte, daß sie suchten! Haus, Hof und Garten hallten wider von ihrem Tom-Tom-Geschrei. Frau Rogge mobilisierte auch die Männer, alle guckten in alle Winkel, alle riefen an allen Ecken – und nun kam Liebrecht auch noch mit seinem Rad aus dem Dorf zurück und brachte die Kunde: Dort sei der Tom auch nicht.

Überall suchen sie ihn, dachte Herr Rogge, sehr betrübt, nur am Wasser nicht. Sie haben ja auch ganz recht, am Wasser ist gar nichts zu suchen, vierundzwanzig Meter ist der See tief, und das Ufer fällt bergessteil ab.

Herr Rogge ging an das Seeufer. Er stellte sich auf seinen kleinen Landungssteg, neben ihm schaukelte das Motorbootchen, er sah auf das Wasser hinaus. Blitzend und flimmernd, nur sanft aufgerauht vom leichten West, lag der See in der Mittagsonne. Friedliches Bild – und doch wurde dem armen Herrn Rogge über all dem Frieden immer friedloser zumute.

Er mußte wegsehen, dann weggehen. Unter den Uferweiden lag umgestürzt, sorglich auf Blöcke gelegt, der große Holzkahn, den sie nur im Winter zum Holzfahren gebrauchten. Auf ihn setzte sich langsam Herr Rogge, ließ die Beine baumeln, und sah trübe in den blühenden Garten. Vom Haus her kam eine neue Welle von Tom-Tom-Geschrei –: Ach, ich hätte doch nicht so nahe am Wasser kaufen sollen! dachte der bekümmerte Vater. Wenn auch wirklich nichts passiert ist, *die* Sorge hat man doch immer.

„Tom! Mittagessen, Tom!" riefen sie. „Händewaschen, Tom!" riefen sie.

Es ziepte an Herrn Rogges Bein. Er zog gedankenvoll das Bein hoch.

Ist es *die* Sorge nicht, ist es eine andere, überlegte er. Seinen Sorgen entläuft keiner. Und will es auch gar nicht.

Jetzt ziepte es kräftig am andern Bein.

„Tom, es gibt Pudding!" rief Frau Dete verführerisch von der Verandatreppe.

„Zum Donnerwetter, was kneift denn da?!" rief Herr Rogge unmutig und sah grade noch etwas Weißes unter dem Boot entschwinden.

Wie ein Blitz war er vom Kahn und sah unter ihn. Da saß sein kleiner Sohn, zusammengekauert, teerig, strahlend unter dem Boot. Und lächelte ihn an. Es verschlug dem Vater den Atem.

„Thomas!" sagte er dann, und Freude und Zorn stritten sich um sein Herz. „Thomas, was tust du hier?!"

„Pssssst, Vater!" machte Thomas geheimnisvoll. „Komm, kriech schnell runter zu mir. Dann rufen sie auch nach dir. Es ist sooooo schööööön, wie sie rufen!"

Und er strahlte.

„Thomas", fing der Vater an und wollte eine lange, eindringliche Rede halten von der zerbrochenen Fensterscheibe, nein, von dem verschmähten Puddingrest an bis zu der Angst und Sorge, die sein Verschwinden seinen Angehörigen seit einer halben Stunde bereitet ...

Aber er brach ab. Es hatte doch keinen Zweck. „Komm, Mittagessen, Tom", sagte er und zog den Sohn unter dem Boot hervor.

„Och, Vati", schmollte Tom. „Immer, wenn was Spaß macht, soll ich es nicht."

„Tja, Thomas", sagte Herr Rogge und schritt nun schon, den Sohn an der Hand, aus dem Weidenschatten in die Sonne und den aufatmend strahlenden Gesichtern von Dete, Käti, Isi, Schulz, Liebrecht und andern entgegen. „Das kommt daher, weil ich schon alt und" („dumm" wollte er sagen, aber es widerstrebte ihm doch) „und weise geworden bin ..."

„Vater!" sagte Thomas mit einem tiefen Aufatmen. „Ich will nie alt und weise werden. Nie!"

Keine Angst, mein Sohn, dachte der Vater. Und: Heute, gleich nach dem Essen, mache ich aber den Brief ans Finanzamt fertig. Wenn mir nichts dazwischenkommt.

Gigi und Lumpi

Solange Gigi zurückdenken kann, wohnen sie in der Siedlung „Eigene Scholle". Mutti und ·Pappi – und Gigi dazu – haben dort eine Parzelle, tausend Quadratmeter groß, eine Laube und seit letztem Herbst Anschluß an die Wasserleitung. Daß sie das mit der Wasserleitung im eigenen Garten geschafft haben, daran ist Mutti schuld, sie hilft Pappi beim Verdienen: Aufwartung, Flicken und Stopfen, Neubauten saubermachen, Briketts in die Keller packen, alles, was ihr vorkommt. Mutti sagt nie nein.

Seit Gigi fünf Jahre alt ist, geht das so mit der Arbeit, und seitdem auch besorgt sie das Haus. Mutti kocht morgens das Essen an, Gigi macht es fertig. Gigi wäscht ab, Gigi jätet Unkraut, Gigi putzt Pappis Schuhe. Ihr sehnlichster Wunsch ist, daß sie erst so groß ist, an die Nähmaschine zu reichen, dann könnte sie Mutti „richtig" helfen. Jeden Sonntag muß Pappi Gigi messen, es geht sehr langsam mit dem Wachsen.

Aber es geht doch vorwärts, jetzt ist Gigi sechs Jahre und seit Ostern in der Schule. „Gisela Kößling", sagt sie. „Parzelle 375", sagt sie. „Packer", sagt sie. „Einundzwanzigsten Januar neunzehnhundertsechsundzwanzig in Neukölln", sagt sie.

Es ist herrlich in der Schule. Den ganzen Winter hat sie einsam auf der Parzelle gehaust, das nächste bewohnte Grundstück ist 381. Dort wohnt Herr Krupschert. Aber Herr Krupschert ist alt und dumm, findet Gisela, er war den ganzen Winter keine Unterhaltung für sie.

Jetzt hat sie Unterhaltung durch die Schule, aber sie hat

auch Sorgen: Allein auf Parzelle 375 bleibt Lumpi zurück, ihr Hundchen, ihr Freund. Sie kann ja den Lumpi so lange nicht freilassen, Lumpi ist unverständig, immer macht er im Garten Schaden. Sie muß ihn in der Laube einsperren. Schwer ist für Lumpi, was für Gigi schön ist: der Vormittag.

Eines Tages kommt Gigi von der Schule nach Haus, schon von weitem hört sie Lumpi in der Laube weinen. So weinte er schon, als Gigi heute früh fortging. Gigi begegnet Herrn Krupschert.

„Hörst du das?" sagt Herr Krupschert böse zu Gigi. „Das ist eine Gemeinheit!"

Herr Krupschert ist ein alter Mann mit einem gelblichweißen Bart, von seinem ganzen Rentnervermögen ist ihm nur die Parzelle 381 und eine Sozialrente geblieben. Gigi verachtet Herrn Krupschert, sie findet ihn dumm, weil er nicht einmal seinen Garten bestellt, sondern ihn wüst liegenläßt. Aber Herr Krupschert hat dafür keine Zeit, er muß ausrechnen, von wann an die Inflation böswillig verschuldet ist und bis wann sie gewissermaßen ein Naturereignis war. Wenn Herr Krupschert das ausgerechnet hat, wird er Herrn Reichsbankdirektor Schacht verklagen. Herr Krupschert rechnet schon manches Jahr, es ist sehr schwierig, er wird noch lange rechnen müssen. Aber dann gewinnt er den Prozeß, und alle verarmten Leute werden wieder reich.

Muß man so angestrengt rechnen, kann ein durch drei Stunden kläffender, weinender Hund sehr stören. Darum fragt er Gigi so böse, ob sie den Hund nicht auch bellen hört?

„Lumpi ist nicht gerne allein, Herr Krupschert", sagt Gigi.

„Und ich soll das anhören?!" sagt Herr Krupschert böse. „Wenn ich deine Töle erwische, schlage ich ihr einen über den Deetz. Daß du es nur weißt!"

Gigi steht da und sieht Herrn Krupschert nach. Daß manche Menschen böse sind, weiß sie schon sehr lange, weiß sie schon, seitdem ein Stromer ihr die Hand aufgebrochen und ihr die Mark Einholgeld fortgenommen hat. Also Herr Krupschert ist nicht nur dumm, er ist auch böse.

Gigi denkt den ganzen Tag und Abend nach. Mutti fragt, was los ist, aber sie sagt Mutti nichts, beileibe nichts, Mutti hat schon so genug Sorgen. Solange Lumpi in der Laube ist, entscheidet schließlich Gigi, ist er sicher. Das weiß sie bestimmt, daß keiner eine fremde Laube aufbrechen darf. Jeden Morgen schließt sie Lumpi sehr gut ein, und wenn sie Herrn Krupschert sieht, läuft sie weg.

Aber eines Morgens ist ihr Lumpi ausgebimst, tobt im Garten, läßt sich mit nichts in die Laube locken. Gigi muß in die Schule, sie hat einen Begriff von Pünktlichkeit; wenn Pappi mit dem Halbachtuhrzug kommt, muß das Essen fertig sein – daher weiß sie von Pünktlichkeit.

Gigi geht zur Schule, sie denkt ununterbrochen nach, um sie herum tanzt Lumpi Freudentänze. Was ihr Sorge macht, bereitet ihm große Freude. Nirgendwo kann sie Lumpi abgeben oder einsperren, er könnte ausreißen, und dann haut ihm Herr Krupschert einen über den Deetz.

Gigi nimmt Lumpi mit in die Schule, es bleibt nichts, sie nimmt ihn mit ins Klassenzimmer. Oh, welch Hallo unter den Kindern! Herr Wendel ist noch nicht da, alle Kinder tanzen um Gigi und Lumpi. Lumpi ist ganz verschüchtert und will auf Gigis Arm. So kann ihn Gigi schnell, als Herr Wendel kommt, unter die Bank stecken, neben ihren kleinen Schulranzen. Immer wenn Herr Wendel mal wegsieht, legt sie eine Hand auf seinen Kopf.

Und Lumpi scheint sich ausgetanzt zu haben, oder er hat Furcht, er liegt mäuschenstill, nur einmal macht er einen Schnapper nach einer Fliege, und Herr Wendel fragt sehr laut: „Wie?!"

Die Klasse lacht, und Herr Wendel versteht heute seine Klasse nicht, sie ist des Teufels, keines hört ein Wort von dem, was er sagt. Aber Herr Wendel ist sechsundfünfzig und hat einen Bauch; sicher hat er schon zweitausend Kinder gehabt. Er weiß, man muß Kindern Zeit lassen. Er weiß auch, ein Baum wächst noch viel langsamer. Man darf nichts übereilen, nie heftig werden, weiß Herr Wendel.

Die Stunde ist vorbei, und in der Pause wird es schlimm für Lumpi. Die Jungens sind schrecklich frech, und die

Mädchen wollen alle von ihm Küßchen haben, er hat eine kleine schwarze Affenschnauze und eine süße, flinke, rosa Zunge.

Plötzlich steht Herr Wendel mitten in der Klasse und fragt furchtbar ernst: „Wessen ist der Hund?"

Es ist eine ungeheure Stille, Gigi will grade den Mund auftun, da ärgert den Lumpi wohl der schwarze, dicke Mann, er fährt an gegen ihn mit einem Gejachter.

„Dir, Gisela?" fragt Herr Wendel und ist sehr böse. „Sofort bringst du den Hund auf die Straße!"

Gigi nimmt ihren Lumpi, sie hat ein sehr rotes Gesicht, aber sie sagt keinen Ton. Auf dem Flur schluchzt sie ein bißchen, und als sie die Schulhaustür zwischen sich und Lumpi zumacht, schluchzt sie noch mehr. Nun läuft Lumpi zur Laube, und da kommt Herr Krupschert und gibt dem Lumpi einen über den Deetz.

Also, die Schulstunde geht weiter, es wird eine richtige, gewöhnliche Schulstunde. Die Kinder fingen an, auf Herrn Wendel zu hören, und nur Gigi denkt noch an Lumpi.

Da scharrt es plötzlich an der Tür, da kratzt es, da winselt es, da weint es, da bellt es – alle Kinder fahren zusammen, und Herr Wendel sagt: „Das ist doch unerhört, Gisela! Sofort jagst du den Hund weg!"

Und Gisela steht langsam auf, und Schrittchen für Schrittchen geht sie dunkelrot auf die Tür zu, am Pult vorbei, und grade, wie sie unterm Pult ist, sagt Herr Wendel plötzlich ganz milde: „Das hätte ich nie von dir gedacht, Gigi!"

Da aber ist es mit Gigis Fassung vorbei, die Tränen kommen, und mit den Tränen die Worte, und wenn auch alles sehr wirr und durcheinander ist: Herr Krupschert und die Laube, und Mutti, die auf Arbeit geht, und der Deetz – so viel versteht Herr Wendel doch, daß er früher ganz richtig von Gigi gedacht hatte.

„Also, hol ihn rein, deinen Lumpi. Und nach der Schule sprechen wir weiter."

Welch ein Freudentanz von Lumpi, welch seliges Kindergesicht! Lehrend lernen wir, nun ja, und die Kinder sind jetzt auch musterhaft. Ein Hund in der Klasse muß verdient werden, das hätte Herr Wendel gar nicht erst zu sagen brauchen, das versteht jedes.

Aber dann in der Pause –:

„Sicher, Herr Wendel, Lumpi hat Hunger!"

„Bei mir muß er auch einmal abbeißen dürfen!"

„Ich habe Knoblauchwurst auf der Stulle – frißt er auch Knoblauchwurst, Herr Lehrer?"

Gewimmel. Getriebe. Geschrei. Gebrüll. Kann ein ausgewachsener Mann zwischen solchen Stöppkes verschwinden? Herr Wendel verschwindet. Er schreit: „Kinder, Kinder, das geht doch nicht. Gleich stellt ihr euch da drüben hin! Gisela, hier zu mir stell du dich hin!"

Unmöglich –!

„Lumpi hat von Ernas Stulle abgebissen, dann darf er doch auch von meiner abbeißen, Herr Wendel –?!!"

Also, da steht Gisela mit Lumpi, da stehen dreiundvierzig Kinder, da steht triefend Herr Wendel. „Kinder", schreit er wieder und ist um Auswege nicht verlegen. „Kinder, auf der Stelle legt jeder sein Butterbrot hier auf mein Pult. Nun aber schnell!"

Wirklich, er erreicht es, auf dem Lehrerpult liegen dreiundvierzig Stullenpakete, angebissen, halb verzehrt, unberührt.

„Jetzt gehst du mit Lumpi auf den Flur, Gisela", ordnet Herr Wendel an. „Und jetzt, wenn Gigi raus ist, nehmt ihr euch eure Butterbrote wieder und eßt sie ganz schnell auf – die Pause ist gleich vorbei."

Ist er ein Feldherr, der Herr Wendel, ein großer Organisator, der Mann der raschen, richtigen Entschlüsse? Armer Herr Wendel –!

„Ich habe Stulle mit Klops gehabt, Herr Lehrer, die ist weg!"

„Wo ist meine Käsestulle?"

„Wollen wir tauschen? Ich gebe dir zwei mit Honig, gib mir eine mit Jagdwurst, ja?"

„Herr Lehrer, der Heinz hat sein Brot überhaupt schon aufgehabt, und nun ißt er immerzu!"

Armer Herr Wendel –!

„Du könntest deinen Hund", fragt Herr Wendel zögernd nach der Schule, „nicht weggeben, Gigi –?"

Gigi sieht Herrn Wendel nur an. Daß Götter so schwach sein können!

„Gut", sagt Herr Wendel entschlossen, „dann gehe ich jetzt sofort zu Herrn Krupschert, und er muß mir in deiner Gegenwart versprechen, daß er dem Lumpi nichts tut. Bist du dann ruhig, Gigi?"

„Aber richtig in die Hand versprechen, Herr Lehrer", sagt Gigi.

Und dann gehen sie los. Gigi, Lumpi auf dem Arm, Herrn Wendel an der Hand, zu Herrn Krupschert.

Lange, lange steht Gigi vor Krupscherts Laube, sie preßt den Lumpi so an sich, daß er schnauft. Die beiden reden drinnen und reden, das heißt, meistens redet Herr Krupschert, er erzählt von der Inflation.

Aber endlich kommen sie beide hinaus in die Sonne, und Gigi sieht Herrn Krupschert voller Angst an. Aber Herr Krupschert lächelt, er lächelt mit seinem ganzen weißgelben Bart aus den Nasenlöchern heraus: Herr Lehrer Wendel hat ihm nationalökonomische Bücher aus der Schulbibliothek versprochen.

„Ich habe gedacht", sagt Herr Krupschert und lächelt immer weiter, „daß du schon ein großes Mädchen bist. Das darf man doch gar nicht, einem andern seinen Hund über den Deetz hauen."

Gigi sieht Herrn Krupschert an, sie tut auch manchmal, was man nicht tun darf. „Geben Sie Herrn Wendel die Hand darauf, daß Sie Lumpi nichts tun?"

Herr Krupschert tut es.

„Und nun geben Sie Lumpi die Hand", befiehlt Gigi.

„Na, weeßte...", sagt Herr Krupschert empört. Aber dann denkt er an die Bücher.

„Danke schön, Herr Lehrer", ruft Gisela, und dann läuft sie, läuft sie, läuft sie mit fliegenden Röcken zu ihrer Parzelle. „Lumpi, Lumpi, uns tut keiner mehr was!"

Wie hell plötzlich die Sonne scheint –!

Pfingstfahrt in der Waschbalje

Zu jener Zeit, von der wir erzählen, lebten auf dem Ausbauhof von Karl Päplow außer dem Bauern acht Frauen;
seine Mutter, seine Frau und sechs Töchter in allen Alters-
stufen, aber keine unter Dreißig. Außerdem gab es da noch
einen kleinen Jungen, den Malte. Zu welcher von den sechs
Töchtern der aber gehörte, das war schwer auszumachen;
alle waren alle Stunden wie die Putthennen um ihn, bis der
Bauer es nicht mehr sehen konnte, sondern mit Gebrüll da-
zwischenfuhr.

Das tat er gerne, das tat ihm gut, wenn seine acht Frauen
in Zittern und Zagen davonstoben, denn Karl Päplow war
nicht nur ein Brüller, sondern auch ein roher und gemeiner
Kerl. Dies zeigte sich so recht, als er gestorben war: Die
Frauen konnten zuerst gar nicht an ihr tyrannenfreies Dasein glauben und wurden dann, als er wirklich begraben
war, ganz verdreht. Das erste, was sie ihrer neuen Freiheit
zugute taten, war, daß sie alles, was der Bauer auf dem
Leibe getragen hatte, verbrannten, und um den Scheiter-
haufen tanzten und schimpften die acht. Der kleine Malte,
drei Jahre alt, stand in einem Winkel und sah aus seinen
großen blauen Augen dem abenteuerlichen Beginnen
stumm zu.

Dort fand ihn der Gemeindevorsteher, als sie mit der
Spritze angerückt kamen – und hohe Zeit wurde das, denn
das Reetdach auf der Scheune glimmte schon. Er sah, daß
es so nicht ging mit der Frauenwirtschaft, und besann sich
auf einen verschollenen alten Vetter aus der Greifswalder
Gegend, der im Rufe großer Weisheit stand. Den ver-

292

schrieb er dem Ausbauhof als Knecht, Viehfütterer, Verwalter, Ersatzvater und vor allem als Mann. „Denn ein Mann muß her in diese Kakelei!"

Eines schönen Tages kam dann auch der Vetter aus „Grips", wie man dort für Greifswald sagt, auf dem Hof an, mit einer rotgestrichenen Lade und einer perlengestickten Handtasche. Der neue Herr über die acht Frauen war ein schwerer Mann mit starken Knochen und einem großen Bauch. Sein Gesicht war sehr rot, vor allem die knollige Nase, und alltags wie sonntags ging er in einem schwarzen Tuchanzug, der meist sehr dreckig war.

Als erster von allen erfaßte der kleine Malte die Situation: Er steckte sein kleines, weiches Kinderhänding in die große, harte Pranke des alten Mannes, nannte ihn „Onkel Walli" und zog ihn zu den jungen Hunden.

Aber gleich der nächste, der den Kram erfaßte, war doch Onkel Walli. Als er am Schluß seiner ersten Woche die acht Frauen zum Mittagessen rief und das übliche Gewusel anfing, das Hin- und Hergelaufe, das Schnell-noch-was-Besorgen, da rief er noch einmal klar und deutlich: „Middageten, segg ick, ji Mallen!", wozu bemerkt werden muß, daß „ji Mallen" in jener Gegend der ungeschminkte Ausdruck für „ihr Verrückten" ist.

Natürlich gab es Geschimpf und Gekeif, aber dazu sagte Onkel Walli nur tiefsinnig: „Mall seid ihr und parieren müßt ihr darum!" Sprach es sachlich feststellend, wie etwa ein Arzt einem Kranken sagt, daß er die Grippe hat und daß deswegen dies und jenes geschehen muß.

Und Onkel Walli drang durch. Unerschütterlich bestand er auf Parieren, und kaum waren zwei Wochen vorbei, saß er fester im Sattel, als je der Brüller Karl Päplow gesessen hatte. Allerdings kam zu seiner erdhaften Beharrlichkeit, daß er nicht nur ein tüchtiger Landwirt war – das konnten die Frauen gar nicht so recht würdigen –, sondern daß ihn die Unheimlichkeit des großen „Besprechers" umwitterte. Was krank wurde, das heilte er, sein Ruf verbreitete sich in der Gegend wie die Wasserpest in einem Teich. Die Kühe besprach er, hatten die Schweine Rotlauf, so machte er ihnen einen Schlitz ins Ohr und steckte Kräuter da durch: „Das zieht die Seuche aus dem Leib!" Die uralte Oma setzte er vor sich in einen Stuhl und sah sie piel an mit seinen kugligen, traurigen, runden Seehundsaugen. Eine Viertelstunde lang, ohne ein Wort. „Oh, wat ward mi dat wunnerlich, wenn Onkel Walli mi so dörch un dörch kiekt!" sagte Oma bezwungen. Aber ihr Husten war weg, für diesen Tag wenigstens.

Ja, wenn Onkel Walli auch die Verzweiflung von Arzt und Tierarzt wurde, seine acht Frauen fürchteten ihn und gehorchten ihm, sein kleiner Malte aber liebte ihn. Seht, da waren nun alle diese Tiere auf dem Hof; wenn der kleine Malte mit seinem Onkel Walli auf die Koppel kam, so drängten sich die Kälber um den alten Mann. Sie konnten sich gar nicht genug damit tun, seine schwarzen Tuchrockschlippen durchzukauen und über die fettglänzenden Ärmel zu lecken. Hatte eine Katze gejungt, ohne Fauchen und Kratzen ließ ihn die Alte an das Nest, und er zeigte dem Malte die blinden Miauzer, Tag für Tag, bis sie am neunten die Augen offen hatten. Und dabei erzählte er Geschichten von der Zauberkraft der Katzen und daß eine dreifarbige Katze den Hof vor Feuer schützt.

Der kleine Malte hörte ernsthaft zu, und dann gingen sie mit den Pferden hinaus auf den Kartoffelacker, und Onkel Walli behäufelte die Stauden, und Malte saß auf einem Rain und schlief oder sah zu oder lief durch das Holz oder horchte auch nur auf die Brandung der See.

Haben wir schon gesagt, daß der Hof an der See lag? Ja, er lag am Meer, an einem großen, weiten Bodden. Drüben, das jenseitige Ufer, sah man ganz ferne, grün von Wald und gelb von Sand und ab und zu ein Häuschen, nicht so groß wie ein Daumennagel. Zwischen diesem und jenem Ufer aber lag das Wasser, blau und grün oder grau, oder mit schäumenden, ununterbrochen redenden Wellen. Das gehörte zum Hof, das Meer, zum brüllenden Bauern Karl, zu den verwirrten Frauen, auch zu dem kleinen stillen Malte, und nicht zum wenigsten zu Onkel Walli.

Erst mußte die Frühjahrsbestellung getan sein, aber

dann, als alles wuchs, nahm Onkel Walli den Malte bei der Hand und stieg mit ihm den Uferweg von der Steilküste hinunter. Nun hatte der Hof zwar kein Boot, aber er hatte doch eine Waschbalje, eine kräftige, starke Balje, von einem tüchtigen Böttcher gebaut, mit flachem Rand, der das Rubbelbrett gut auflegen ließ. Und diese Balje hatte nun Onkel Walli sich an den Strand gewälzt, und Malte durfte nun zusehen, wie Onkel Walli vorsichtig, vorsichtig einstieg. Langsam, langsam stakte sich Onkel Walli mit zwei Stöcken auf das Wasser hinaus, atemlos sah Malte zu. Ja, sie trug, die Balje, Onkel Walli schwamm, und nun bettelte Malte, daß er auch mitdürfte. Aber soweit ging nun Onkel Wallis Zutrauen zu seinen Meereskünsten doch nicht, Malte durfte nur zusehen. Wenn einer ins Wasser fallen sollte, so durfte das nur Onkel Walli sein.

Aber er fiel nicht hinein, heute war der Bodden spiegelblank, und als er hundertfünfzig Meter draußen war, steckte er die Stangen in den Grund, machte die Balje dazwischen fest und fing an zu angeln.

Für Malte war dies kein schöner Nachmittag. Da saß sein Onkel Walli draußen auf dem blauen Wasser, und von Zeit zu Zeit zog er etwas weiß Blitzendes aus der Flut – Malte rief und lockte den Onkel, aber der wollte nicht hören. Mit Brüllen versuchte es Malte schließlich auch – umsonst, am Ende schlief er ein. Und nun war Onkel Walli wieder da, die Waschbalje lag am Ufer zwischen den beiden Stangen.

„Morgen gehen wir wieder, mein Malte", sagte der Onkel Walli. „Morgen ist Pfingsten."

Aber Malte antwortete nicht, Malte war böse, und selbst der Eimer mit Fischen konnte ihn nicht versöhnen.

Nun ja, schließlich wurde es Nacht. Über allem Kummer, großem wie kleinem, wird es einmal Nacht. Malte ist zu Bett gebracht, Malte schläft. Denken die Großen. Aber kaum zwei Stunden später kamen jammernd die Frauen zu Onkel Walli: Wo er den Malte hätte?

Onkel Walli hatte keinen Malte; besaßen die Frauen nun schon so wenig Verstand, daß sie nicht wußten, in welches Bett sie ihn gelegt hatten?

Sie hatten Verstand genug – aber wo war Malte? Sie durchsuchten das Haus, sie durchsuchten die Ställe, es war viel Gezeter und Klagen. Vielleicht wurde das Onkel Walli zuviel, er seufzte plötzlich tief auf und ging in die Nacht, stracks hinunter von der Hofstatt. Die hatten gut hinterherschreien.

Aber nach fünf Minuten war er schon wieder da und sagte, sie sollten sich nur ruhig hinsetzen, er wüßte jetzt, wo Malte sei, und in einer halben Stunde brächte er ihn. Lief von allen Fragen fort – oh, wie hastig lief er durch die Nacht zum nächsten Hof, weckte den Bauern, bat um das Boot. Ja, so war es, die Waschbalje war fort, Malte war fort, nur die Stangen hatten noch am Ufer gesteckt.

Sie machten das Boot los und ruderten mit einer Laterne hinaus. Gottlob, es war kein Wind aufgekommen, es war spiegelglatt, aber es lag Dunst auf dem Wasser, es war diesig. Sie fuhren hin und her, dann riefen sie und lauschten: nichts. Das taten sie die ganze Nacht, und dazwischen lief Onkel Walli immer einmal zu den Frauen hinauf und tröstete sie. Nun käme er gleich mit Malte, gleich, gleich brächte er ihn.

Oh, der arme dicke Onkel Walli, der große Hexer und Zauberer! Da stand er dann wieder vor dem Wasser, er stand und starrte. Wie eine schwarze Wolke ging es über seine Seele – wie kann man sein Herz so an eine kleine Hand gewöhnen, die in eine große, alte, verbrauchte sich legt?! Welche Nacht, Onkel Walli – wieviel Versprechungen, wieviel Gelöbnisse –!

Und nun, da wir beinahe am Ende unserer kleinen Geschichte sind, sind wir ganz zweifelhaft, ob wir sie nicht vom andern Ufer her hätten erzählen müssen. Am andern Ufer ging am Pfingstsonntagmorgen ein Fischerehepaar zur Kirche, den Strand entlang. Die hörten eine Stimme singen und hoben die Augen und sahen auf dem blanken, sonneblitzenden Wasser eine Balje schaukeln, und in der Balje saß ein Kind, ein kleiner, blauäugiger Junge, der sang so vor sich hin, wie ganz kleine Kinder tun, wenn sie sehr glücklich sind, selbstvergessen, es ist mehr ein Zwitschern.

Die jungen Fischerleute glaubten an ein wahrhaftiges Pfingstwunder – und das war es ja auch, wenn auch anders, als sie meinten – und starrten nur. Aber nun hatte das Kind sie gesehen und hörte auf mit Singen und rief, und es rief, daß es Durst hätte. Der junge Fischer lief eilig, eilig in seinem Sonntagsstaat in das Wasser, und seiner Frau verging in der letzten Minute noch das Herz vor Angst, daß die Balje umschlagen könnte.

Aber dann war ihr kleiner Moses am Land, und plötzlich waren die beiden Eheleute sehr glücklich und weinten und lachten. Nur Malte wußte von nichts, als daß die Nacht sehr lang gewesen war und daß er geschlafen hatte und war wieder aufgewacht und immer noch Nacht und wieder geschlafen . . . „Und so viel Durst!"

Dann kamen am Nachmittag mit den Kutschbraunen Onkel Walli und die uralte Oma und die andere Oma und Tante Hete und Mammi und Tante Tini. Mehr konnten die Braunen im Kutschwagen nicht ziehen. Es war eine große Zärtlichkeit, nur Malte blieb ungerührt.

„Nimmst du mich jetzt mit zum Fischen, Onkel Walli?" fragte er. „Ich kann gut in der Balje fahren!"

Die verlorenen Grünfinken

Im Garten bei Rogges standen in einer kleinen Reihe beieinander zwölf Beerenobstbäumchen, immer abwechselnd ein Johannisbeer- und ein Stachelbeerbaum. Die Stämmchen waren einen guten Meter hoch, und auf ihnen saßen schöne, gut verschnittene, dunkelgrüne Kronen, so dicht, daß jedes leergepflückte Bäumchen doch immer noch die eine oder andere süße Traube oder Beere, die man übersehen, für den Sohn Thomas in seinem Innern barg.

Es war der Arbeiter Liebrecht, der entdeckte, daß in dem Krönchen der ersten Johannisbeere beim Haus noch etwas anderes saß. Alle Leute im Dorf und nun erst recht die auf dem Hof wußten schon längst, warum sich Rogges keine Katze hielten. So glaubte sich Liebrecht berechtigt, ohne weiteres in das Arbeitszimmer des Hausherrn einzudringen und ihn in den Garten zu holen.

„Was haben wir denn da?" fragte Rogge und bog vorsichtig die Zweige des Bäumchens auseinander – und unterdes zerrte Thomas an den Hosenbeinen des Vaters und bettelte: „Vati, ich auch! Ich auch!"

„So, so", sagte der Vater, und seine Stimme klang ganz tief und glücklich. „Da brütet hier wahrhaftig ein Grünfink! – Ja, sehen Sie, Liebrecht, *die* Freude hätten wir nun wahrhaftig nicht, wenn wir uns Katzen hielten ... Katzen oder Vögel, anders ist es nicht auf dieser Welt eingerichtet. Und ich für mein Teil bin in meinem Garten mehr für Vögel. – Ja doch, Thomas, jetzt sollst du auch sehen ..."

Tom wurde hochgehoben, und nun spähte er durch die Zweige. Da saß der kleine Vogel mit dem schönen grün-

298

lichgelben Rücken und dem aschgrauen Nacken auf seinem Nest. Die Flügel mit dem zitronengelben Rand hatte er wie kleine Fächer neben sich ausgebreitet, und das Köpfchen drückte er ganz eng auf den Nestrand, denn es war wohl etwas ganz Schreckliches, in der grünen, sonnengesprenkelten Geborgenheit zwei solch große, weiße Gesichter aufgehen zu sehen: den großen Mond und den kleinen Mond . . .

„Vati –!" fing Thomas an, und das kleine Vogelköpfchen drückte sich erschreckt noch enger in das Nest, über die blanken, schwarzen Augen ging ein paarmal schnell etwas wie eine grauweiße Haut . . .

„Und du mußt leise sein", sagte der Vater, „sonst fliegt er fort und kommt nie wieder, Tom. – So, nun hast du wohl alles gesehen, ja?"

Und er setzte den Jungen wieder auf die Erde.

„Aber warum fliegt er denn fort, Vati? Wir tun ihm doch nichts?"

„Ein Grünling hat immer Furcht, Thomas, weil er so klein und schwach ist. Du brauchst nur einen Hut in die Luft zu werfen, so denkt er, es ist ein Habicht, und versteckt sich."

„Vati, wirf doch mal deinen Hut in die Luft."

„Aber nein, Thomas, warum sollen wir ihn denn fortjagen? Er sitzt doch auf seinen kleinen Eiern. Und aus den Eiern werden wieder kleine Grünfinken, und die fressen allen Hederichsamen in unserm Hafer auf, und das Schimmelchen kriegt schönen, reinen Hafer."

„Vati, zeig mir mal die Eier, ich will die Eier sehen."

„Das geht jetzt nicht, Tom", sagte der Vater. „Wir dürfen ja den kleinen Vogel nicht fortjagen. Aber ich will dir etwas sagen: Manchmal fliegt die Finkenmutti fort, um sich Futter zu suchen. Nun stell dich hier auf den Weg und sieh immer scharf das Bäumchen an. Kommt sie herausgeflogen, so rufst du mich, ich hebe dich hoch, und wir sehen uns die Eier an."

„Du brauchst mich gar nicht hochzuheben, Vati, ich hole mir meinen Tritt und seh allein hinein!"

Der Vater bekam große Furcht um die kleine Wochenstube in seinem Bäumchen. „Tom", sagte er ernst. „Das darfst du unter keinen Umständen tun, allein hineinschauen. Immer rufst du mich oder die Mutti oder Herrn Liebrecht oder Herrn Schulz. Nie schaust du allein hinein, sonst fliegt der Grünfink fort und wir bekommen keine kleinen Vögel..."

„Und Schimmelchen hat schlechten Hafer... Na schön, Vati."

„Also, du versprichst es mir, Tom?"

„Geh jetzt weg, Vati. Ich steh hier und paß schon auf."

Der Vater verschwand hinter den Büschen, aber er ging nicht weit, er blieb hinter ihnen stehen. Sein kleiner Sohn stand auf dem gelben Sandweg in der hellen Sonne und sah zu dem Bäumchen hinüber. Was das wohl werden wird? fragte sich der Vater sorgenvoll. Wie lange er das wohl aushalten wird?

Der Sohn stand, mit Schatten und Sonne im Gesicht, wie eine Mauer. Der Vater wartete. Recht gerne hätte er sich eine Zigarre angezündet, aber dafür war er nicht weit genug ab. Der Sohn hatte ausgezeichnete Ohren, die ein angerissenes Streichholz wohl hörten, und eine vorzügliche Nase für Zigarrenrauch.

Thomas kratzte mit dem Fuß im Wegesand und stand wieder still. Der Vater fand, er hatte eine unnatürliche Ausdauer. Ihm wurde die Zeit etwas lang. Über dem Garten hing die Sonne, der Wind kam leise, und die Blätter rauschten auf, er ging wieder, und nach kurzem Flüstern wurde es still. Es war so still, daß man den hellen, stählernen Klang der Hacken gegen einen Stein vom Kartoffelfeld hinter dem Haus her hörte.

Dennoch mußte der Vater in der guten Wärme ein bißchen gedöst haben, denn als er wieder hinsah, stand kein Thomas mehr auf dem Gartenweg. Aber das Kind stand unter dem Johannisbeerbäumchen – und klopfte sachte mit dem Zeigefinger an.

Thomas! wollte der Vater rufen und schämte sich doch seiner Spioniererei. Nein, er rief nicht, er ging sogar einen Schritt, zwei Schritte, mehr Schritte zurück. Hab ihm ja was aufgelegt, dachte er, mißvergnügt mit sich, was er gar nicht tragen kann.

Der kleine Neugierige klopfte weiter an. Der Erwachsene, im Widerstreit zwischen Vogelsorge und Pädagogik, ging um die Hausecke, entzündete eine Zigarre und schritt, laut sich räuspernd, auf den Sohn zu.

„Vati", sagte der, gar nicht verlegen im Gegensatz zum Aufpasser Vati. „Ich klopf immerlos an, und immerlos macht der kleine Vogel ‚Piep-piep‘. Vati, heißt das herein?"

„Also sehen wir noch einmal hin", sagte Herr Rogge, in sein Schicksal ergeben. „Aber dann gibst du für heute Ruhe, versprich mir das, Thomas."

„Heb mich hoch", sagte der Sohn, und – burr! – huschte der Grünfink mit „Tschick! Tscheck!" aus dem Geäst.

„Haben wir sie doch zuviel gestört", sagte der Vater betrübt, und nun sahen die beiden in das Nest. Sechs Eierchen, bläulichweiß mit bleichroten Pünktchen, lagen darin.

„Oh, Vati!" sagte Thomas begeistert.

„Ja, Tom", antwortete der Vater, nicht minder froh. „Wie nett das aussieht, nicht wahr? Wir wollen sie nun aber auch gar nicht mehr stören, nicht wahr? Wenn das erst alles kleine Vögelchen sind . . .‘‘

„Piep-piep!" machte es.

„Sieh doch, da sitzt sie ja!" rief Herr Rogge. Und auf der Hängeweide, fordernd „piep-piep" rufend, saß der kleine Grünling und sah die beiden mit seinen flinken schwarzen Augen an. „Nun wollen wir aber gehen und ihn nicht wieder stören. Komm, Thomas."

Keine zwei Schritte waren sie fort, da schwirrte es an ihnen vorüber, zwischen die engen Zweige schlüpfte der Vogel, weg war er!

„Süße, kleine Grünfinkenmutti", schwärmte der Sohn, nicht ganz ehrlich, sondern etwas begehrlich, schien's dem Vater. „Wann kommen die Jungen? Heute noch? Wie kann man sehen, Vati, was eine Finkenmutti und was ein Finkenvati ist? Wo ist der Finkenvati?"

An der Hand nahm der Vater den Sohn mit ins Zimmer,

sah mit ihm Bücher und Bilder an, erst von Finken, dann von andern Vögeln, dann von Eisenbahnen, Autos, Fliegern, bis der Finkensturm beruhigt war, bis der Sohn ohne Sorge wieder in den Garten entlassen werden konnte – mit dem Verlangen, in der Sandkiste eine Autostraße zu bauen, mit Großgarage.

Ja, es war gelungen. Ohne Störung von Katze und Kind konnte das kleine Vogelpaar in den nächsten Tagen und Wochen Brut- und Pflegegeschäft verrichten. Gar manches Mal gingen zwar noch Vater und Sohn unter das Johannisbeerbäumchen, sahen und flüsterten. Aber die erste, die schlimmste Gefahr war abgewendet. Vogelmutter und -vater lernten die beiden Besucher kennen, die großen Monde, und nicht mehr drückten sie ängstlich die Köpfe gegen den Nestrand, gingen sie auf. Sondern sie warteten höchstens einmal mit ungeduldigem „Piep-piep" auf den Untergang der beiden lichtlosen Trabanten oder flogen auch gar, ganz dem Futtergeschäft hingegeben, unbekümmert ein, den gierig aufgesperrten, bettelnden Schnäbeln entgegen.

Jawohl, die Eierschalen waren zerbrochen und über den Rand geworfen worden. Jämmerliche, häßliche, gelbhäutige Bündelchen, schwärzlich gespickt, waren daraus hervorgekrochen. Und nie hatte Thomas glauben wollen, daß aus ihnen eines Tages etwas werden sollte wie die säuberlichen, hübschen Grünfinken, die die Eltern abgaben. Ungestört wuchsen sie, hatten Hunger, und unermüdlich trugen die Eltern ihre Sämereien hinzu.

Enger und enger wurde es im Nest. Kamen Vater oder Mutter mit Futter im Schnabel, so drängten sich die Jungen, einander mit den Flügelstumpen stoßend, auf dem Nestrand, daß man in Furcht geriet, sie möchten sich gegenseitig in die schwindelnde Tiefe stoßen.

„Bald fliegen sie aus, Thomas", sagte Herr Rogge glücklich. Sicher, es war eine kleine, eigentlich etwas lächerliche Freude; aber *das* Leben ist nicht ganz schlecht, das auf dem ersten frühen Morgengang solche kleine Freude bereithält.

„Wann fliegen sie? Heute noch?" fragte Thomas begierig.

„Das weiß man nicht. Heute, morgen, übermorgen – man muß eben warten."

Miteinander gingen sie gegen das Haus zurück, Herr Rogge an seine Arbeit, Thomas entschlossen, im Dorf nachzusehen, ob dort nicht ein Gefährte zum Autospielen zu finden sei.

Drei Stunden später, gegen Mittag, erhob sich Herr Rogge, um seinen gewohnten Rundgang durch Hof, Garten, Feld zu machen. Im Stall traf er Herrn Schulz, und die beiden sprachen ein paar Worte über die Schweine, die jetzt besser fraßen.

„Fischmehl bleibt eben Fischmehl."

„Aber sechs Wochen vor dem Schlachten muß man damit aufhören."

„Sonst ist der Speck gelb ..."

„Und schmeckt tranig."

„Jawohl", bestätigte Herr Rogge und trat auf den sonnigen Mittelsteig des Gartens hinaus. Es war strahlend hell, der Himmel strahlend blau, strahlend grün das Laub, strahlend bunt das Geblüh. Über den Feldern vorne und rechts sangen, jubelten die Lerchen, zwei Wasserhühner jagten sich spritzend auf dem See, friedevoll stieg der Mittagsrauch aus allen dörflichen Schornsteinen drüben auf dem höheren Seeufer.

Friedevoll ...

„Tschick-tscheck!" klang es jämmerlich schreckhaft von der Hängeweide.

Unter dem Johannisbeerbäumchen stand der kleine, dreistufige Fensterputztritt, den der Thomas sich so gerne zum Spielen holte ... Herr Rogge bog die Zweige sachte auseinander ...

Friedevoll ...

Sinnlos leer sah ihn die kleine verwunschene Blättereinsamkeit an ..., nackte Zweige ..., keine Spur eines Nestes ..., leer ..., fort ...

„Tschick-tscheck!" klagte die Grünfinkenmutter.

Herrn Rogges Herz klopfte stark. Es ist nicht möglich, dachte er. So was tut mein Thomas nicht ...

Er sah auf die Erde. Ach, keine Spur, keine verflogene Feder, kein hilfloses Junges, kein Rest des heimlichen Nestes ...

Herr Rogge lief, Trauer und Zorn im Herzen. So sinnlos ..., dachte er. Morgen wären sie vielleicht schon ausgeflogen gewesen ... Vierundzwanzig Stunden – und das Schicksal greift zu! Das Schicksal –?!

Herr Rogge lief. Ja, es war ein Unglück, es war ein Fleck, es war eine Schändung. Er lief, aber nicht nur vom Laufen war sein Gesicht rot, nicht nur vom Laufen waren seine Hände schweißnaß ...

In der Sandkiste war Thomas nicht. Am Wasser war er nicht. Beim Stall war er nicht. Aber in der Schaukel saß er, mit einem andern Jungen schaukelte er – war das nicht der Walter Rehberg aus dem Dorf?

„Och, Vati, sieh mal, wie fein wir zu zweien ...“

Er brach ab, das Gesicht des Vaters erschreckte ihn, auch sein Gesicht verzog sich – in Angst.

Der Vater hielt die Schaukel an, hob seinen Sohn zur Erde, stellte ihn hin – auf den Walter Rehberg achtete er gar nicht –: „Thomas, was ist mit den Grünfinken –?“

Mit zitternden Händen hielt er den Sohn vor sich und sah ihn liebevoll-ängstlich an. „Thomas?!“ bat er.

Das Gesicht des Jungen verzog sich, schon brüllte er los, weinte ...

„Thomas!“ bat der Vater. „Brülle jetzt nicht. Ich tu dir nichts. Aber sage, wo sind die Grünfinken? Unsere kleinen Vögelchen?“

Stoßweise kam es, zwischen Schluchzen und Brüllen, kaum verständlich: „Ich hab sie nicht ins Wasser geschmissen ...“

Der Vater ließ den Jungen los, plötzlich war die Erregung vorüber. Er sah deutlich, wie in einem Traum, in dem man auch machtlos vor dem geöffneten Schreckenspanoptikum seines Ichs steht – er sah deutlich die böse Hand, die nach dem Nest mit der sechsfachen Hilflosigkeit, dem Leben anempfohlen, griff ... Er hörte quälend laut das erschrockene, angstvolle „Tscheck! Tscheck!“ der beraubten

Vögel . . . Er sah den geschäftigen, heimlichen Lauf zum See auf den kleinen Landungssteg . . .

Er selbst lief mit, hilfloser, träumender Schemen, lief mit, stand daneben . . .

Und dann wurde das Nest geschüttelt, sie fielen eines um das andere, vielleicht jammerten sie noch, aber bestimmt jammerten die Eltern in der Luft . . . Es gab genug Menschen in Haus und Hof, aber in dieser Viertelstunde war keiner in der Nähe, das Unheil zu verhindern . . .

Es war kein Unheil, sechs wertlose Vögel . . . Herr Rogge erinnerte sich aus Büchern: Nesterausnehmen war ein beliebter Spaß. Es war pure Sentimentalität von ihm, jawohl!

Der Junge Thomas brüllte seine Leier weg, weil er eben damit angefangen hatte und als vorsorgliche Schutzmaßnahme gegen etwaige Übergriffe des Vaters . . . Aber in seinem Herzen hatte dies nun, was die Eltern bisher sorglich verhindert hatten, Einzug gehalten: die Vergewaltigung des Hilflosen, die dumme, lebensfeindliche, zerstörerische Lehre von der brutalen Macht des Stärkeren . . .

„Ich bin's nicht gewesen!" jammerte der Fünfjährige.

Herr Rogge sah auf. Der andere Junge, der große, zwölf- oder vierzehnjährige (er kam in diesem Augenblick Herrn Rogge unendlich alt, völlig verantwortlich und ganz verderbt vor), stand dabei und grinste.

„Hast du sie reingeworfen?" fragte Herr Rogge.

„Joa!" sagte der Walter Rehberg.

„Aber warum?! Warum in aller Welt?!" drängte Herr Rogge in einem Anfall seiner ersten Erregung.

„Einfach so", sagte der Junge dickfellig. „Olle Dreckvögel."

Herr Rogge atmete tief ein. Er faßte seinen kleinen, geliebten Jungen bei der Hand, und –: „Mörder!" schleuderte er dem andern ins Gesicht. Er machte ein paar Schritte mit seinem Thomas und drehte sich wieder um: „Komm du mir noch einmal auf den Hof –! Spiele du noch einmal mit meinem Jungen –! Deinem Vater werde ich es sagen, deinem Lehrer –! Solche Prügel müßtest du haben –! Marsch, fort! Aus den Augen!"

Herr Rogge schwieg erschöpft. Verlegen grinsend, gänzlich verständnislos setzte sich der junge Rehberg in Trab und verschwand um die Stallecke. –

Hand in Hand gingen Vater und Sohn in den Garten zurück. Das Schluchzen in der kleinen Brust hatte sich beruhigt wie der Zorn in der breiten. Nur ein Gefühl wehmutsvoller Trauer war dem Vater verblieben, und von ihm suchte er dem Sohn ein wenig zu vermitteln, indem er dem Kinde die beraubte Stelle im Bäumchen zeigte. Indem er ihm begreiflich zu machen suchte die Lücke im eigenen Leben, kein froher Anlaß mehr, allmorgendlich ins Grüne zu spähen, Zu- und Abflug der fütternden Eltern zu beobachten . . .

„Och, Vati, sie wären ja doch gleich weggeflogen!"

Etwas unwirsch nahm Herr Rogge seinen Thomas wieder bei der Hand und ging mit ihm hinunter zum See. Ausgerodet mußte werden, ehe sie noch recht anwuchs, die Saat des Unheils. Und auf dem Steg stehend, über die Wasserfläche spähend, suchte er dem Sohne recht klarzumachen, wie jammervoll das Schicksal der armen kleinen Ertrunkenen sei, wie sie nie würden fliegen können, nie Unkrautsamen sammeln in Feld und Garten, nie ihr frohes, kleines Lied singen . . .

Es gelang ihm gut, was er wollte.

In ein recht kummervolles, herzabstoßendes Weinen brachte er sein Kind, in ein Weinen, das nicht aufhören wollte und das immer wieder von dem Ruf unterbrochen wurde: „Mach sie wieder da, Vati! Ich will meine Grünfinken wiederhaben . . ."

Es ist eine schwierige Sache mit der Erziehung der Kinder zu rechten Menschen. Nicht tragbar wäre es dem Herrn Rogge erschienen, daß sein Sohn über diesen kleinen Weltuntergang, ohne ihn überhaupt zu merken, hinweggeglitten wäre. Als er dann aber abends im Bett lag, neben dem Bett seiner Frau Dete, und sie lasen noch ein bißchen, und plötzlich weinte das Kind nebenan auf aus tiefstem Schlaf, und sie liefen hinzu und konnten ihn erst gar nicht ruhig kriegen, und „So ein schlechter Traum! Böser, böser Vogel!" Ja, da war es nun auch wieder nicht ganz richtig geworden.

Und als nun Frau Dete ganz sachte fragte: „Hast du es nicht wieder einmal ein bißchen übertrieben, Zips?" Da konnte Herr Rogge nur reumütig antworten: „Vielleicht. Ja, beinahe sicher. Aber was soll man denn nun eigentlich tun? Man kann doch auch nicht alles laufenlassen, wie es läuft?"

„Der Thomas jedenfalls hätte die Pieper nie ins Wasser geworfen", sagte Frau Dete überzeugt. „Und von einem Fünfjährigen darfst du auch noch nicht deine Altersweisheit verlangen, mein lieber Fünfunddreißigjähriger, du!"

„Ja, ich bin und bleibe ein Schaf", sagte Zips reumütig. „Und ich möchte gerne nur einmal im Leben kapieren, wie die andern so was machen, und wie die andern mit so was zurechtkommen."

„Das ist ein wunderschönes Problem zum Nachgrübeln beim Einschlafen für dich", sagte lachend Frau Dete. „Denn nun machen wir das Licht aus. Wenn mich nicht alles täuscht, gibt es morgen einen recht stürmischen Tag bei unserm Tom, mit aller nur erdenklichen Meckerei und Streitsucht. Und daß wir über den recht ausgeschlafen und ausgeruht fortkommen, ist immerhin wünschenswert."

Und damit ging das Licht wirklich aus bei den Rogge-Eltern, sie schliefen ein, denn es ist nicht anzunehmen, daß Herr Rogge noch besonders lang und besonders eindringlich über die Frage nachdachte: wie denn eigentlich die andern zurechtkamen –?

Aus der Nacht kam der Tag, und es kamen viele Tage; aus dem Frühsommer wurde Sommer und Herbst. Thomas spielte und tollte sich durch das Jahr und war abends so müde, daß kaum je noch ein „schlechter" Traum seinen Kinderschlaf störte. Ob er je der Grünfinken gedachte, das war nicht festzustellen, denn er sprach nie wieder ein Wort von ihnen. Die andern aber erinnerten ihn auch nicht daran, solche Weisung war sofort am nächsten frühen Morgen ergangen. Der einzige, über den Rogges keine Gewalt besaßen, der „infame Bengel", der Walter Rehberg, war nicht mehr als Spielgefährte ihres Sohnes feststellbar – viel-

leicht war ihm der etwas sehr lächerliche Ruf „Mörder"
doch in Knochen und Gewissen gefahren. –

Die Birnen wurden reif, und die Pflaumen wurden reif,
sie nahmen die Äpfel von den Bäumen, und dann hackten
sie die Kartoffeln aus der Erde. Statt Sonnenschein gab es
nun Wolken und Regen, und der Wind pfiff viele Tage um
das Haus. Das Jahr neigte sich seinem Ende zu.

Nicht zu allen Zeiten mehr konnte der Thomas im Garten spielen, manche Stunde saß er bei seinen Sachen im
Kinderzimmer. Wenn ihm das aber langweilig wurde, stieg
er auf den dämmrigen Hausboden hinauf, und da fand er
zwischen altem, enggestapeltem Hausgerät, Koffern voll
seltsam riechender Kleider, Flaschen, Vasen, Schachteln
und Kisten, dem Tannenbaumschmuck des vorigen Jahres
kein Ende des Entdeckens, Bauens, Spielens. Ganze Ent-
deckungsreisen konnte er machen, über die sorgsam ge-
schaufelten, glattgerechten Futterhaufen des Herrn Schulz
fort bis in die fernsten dunkelsten Winkel, wo ein altes
Steuerruder stand und wundervoll bunte Bilder, mit dem
Gesicht zur Wand, und Koffer, vollgeklebt mit vielfarbigen
Zetteln.

Dort, in einem solchen Winkel war es, daß er einen kleinen Karton fand mit seltsam haarigen Halbschalen an langen Drähten, Dingen, deren Verwendung man sich mit keinem Gedanken ausdenken konnte und die doch eine vage
Erinnerung an Eis, Kälte, Gezwitscher aus seinem vergangenen Leben wachriefen. Dieses schemenhafte Erinnern
machte es vielleicht, daß er, den Karton mit beiden Armen
vor der Brust haltend, seinen Rückmarsch antrat. Mit Roggen füllte er seine Schuhe, und mit Erdnußkuchenschrot pu-
derte er sie, aber er kam bis zur Treppe, die hinabführte in
die wärmeren, helleren Bezirke der Einwohner.

Die Bodentreppe war steil, ein Fünfjähriger mußte immerhin mindestens an einer Seite das Geländer anfassen.
Damit aber war der Karton nicht mehr tragbar – und in diesem Zwiespalt nahm Thomas ihn und warf ihn von sich
voraus die Treppe hinunter.

Was man so die Ungezogenheiten der Kinder nennt, ist

oft nur ihr Mangel an Erfahrung. Hätte Thomas das Geschepper und Geklapper der holzigen, haarigen Halbschalen auf den Treppenstufen vorausgesehen, sicher hätte er eine andere Beförderungsart gewählt. So aber stand er verblüfft noch oben, als unten auf der einen Seite der Vater aus seinem Arbeitszimmer, auf der andern die Mutter aus der Küche gestürzt kamen. Meinten sie doch, ein Kind Tom liege auf dem Flur, in viele Stücke zerbrochen. Es waren aber nur ...

„Sieh da, die Kokosschalen!" sagte Frau Dete, etwas spitz. „Zips, hast du mir nicht vorigen Winter gesagt, sie seien verschwunden?!"

„Und das waren sie auch!" antwortete Herr Rogge. „Den ganzen Boden habe ich nach ihnen umgedreht. Weiß der Henker, woher sie jetzt gekrochen kommen!"

„Man muß euch Männer nur einmal forträumen und dann wieder holen lassen", murmelte die Frau, aber doch immerhin so leise, daß Herr Rogge es mit Anstand und ohne Feigheit überhören konnte.

„Thomas, mein Sohn!" rief er. „Du hast helle Buxen an, es hat keinen Zweck, daß du dich da oben ins Dunkle zurückziehst, man sieht dich doch. Steige herab, du gewaltig lärmendes Kind, und erzähle uns, woher du diese Kokosschalen gezaubert hast."

Herrn Rogge verführte sein beweglicher Geist oft, so bilderreich zu reden, und diese bilderreiche Sprache verführte wieder den Sohn, keine vernünftige Auskunft zu geben, sondern „Kratsch" zu machen. Auf das Wort vom Zaubern hin verzerrte Thomas die Züge zu etwas, was er für das furchterregende Gesicht einer Hexe hielt, mit „Hu-Hu!" sauste er die Treppe hinab, grade seiner Mutter in die Röcke, und kniff sie so, daß sie wirklich aufschrie.

Es dauerte eine ganze Weile, bis der Trubel aus Schelten, Huhen, Festhalten sich auflöste und der eine Teil erfuhr, daß die Kokosschalen in der Ecke beim Steuerruder gestanden hätten – Dete: „Aha, dacht ich's mir doch!" Und Zips: „Nun sage mir um alles in der Welt, was du dir gedacht hast! Gar nichts, bitte schön!" –, und bis der andere Teil er-

fuhr, daß diese Kokosschalen vor zwei Wintern zum Vogel-
füttern gedient hätten.

„Und was haben die Vögel letzten Winter gefressen? –
Gibst du den Vögeln nicht jeden Winter zu fressen, Vati? –
Wann ist jetzt Winter? Gleich oder bald? – Mutti, was tust
du in die Schalen? – Mutti, warum sind denn Drähte an
den Schalen? – Vati, was ist Palmin? – Vati, willst du mir
bitte mal ganz genau sagen, wie Palmin gemacht wird?"

Und so weiter und so weiter. Bis das Elternpaar floh, jedes in sein Reich zurück, und Thomas allein blieb mit den
wiedergefundenen, einst heiß umstrittenen Futterschalen,
um die sich doch nun wieder kein „Großes" kümmerte.

Aber in Verlust gerieten sie diesen Herbst doch nicht
wieder. Eine Weile lagen sie ziemlich nutzlos im Kinderzimmer umher, und während dieser Weile elendete Thomas seinen Vater recht mit der Frage: „Vati, wann füttern
wir die Vögel? Vati, ist noch nicht Winter?" Aber dann
fand Thomas eine Verwendung für sie, er machte sie zu
Vorratsgefäßen seines Kaufladens und füllte die eine mit
Erbsen, die zweite mit Bohnen, die dritte mit Bonbons –
und ein Grauen war es, fand Frau Dete, wieviel gute, teure
Kolonialwaren in eine solche halbe Kokosnuß hineingingen. –

Die letzten Blätter waren von den Bäumen gefegt, der
Garten hatte vor Nässe getrieft, alle Wege quatschten, und
alle kleinen Jungenschuhe waren immer feucht vom Waten
durch alle Pfützen. Dann drehte der Wind von West über
Nord nach Ost, in den Nächten – und sie kamen jetzt so
früh – war der Himmel ganz hoch, pechschwarz, strahlend,
funkelnd mit tausend Sternen.

Eines Morgens war es so hell im Zimmer des kleinen
Tom beim Anziehen, und als die Mutter lächelnd die Gardinen zurückzog, war das Land weiß, weiß. Weiß!

„Schnee!" jubelte Thomas. „Mein Schlitten!" schrie Thomas.

„Heute füttern wir die Vögel zum erstenmal", sagte Frau
Dete, aber noch ging das unter in der ersten Seligkeit über
den reinen, kühlen Himmelsgruß. Jauchzend wälzte sich

Tom im Schnee, kugelte Abhänge hinab, stapfte in die tiefsten Wehen – wurde hereingeholt, unter brüllendem Protest, klamm wie ein Scheit Holz im Walde und naß wie ein Schweinsrüssel. Wurde trocken angezogen – und die Mutter sah nur einen Augenblick nach dem Essen, schon war er wieder draußen, jauchzend, jubelnd –: „Rein verdreht ist der Bengel heute!"

Erst nach dem Kakaotrinken am Nachmittag – es dämmerte schon wieder – fand Thomas Zeit und Lust, der Küche einen längeren Besuch abzustatten. Seltsames, unbegreifliches Tun der Frauen! Haustochter Isi hatte einen Haufen alter Speckschwarten vor sich, piekte in jede ein Loch und zog säuberlich einen Bindfaden hindurch, an den sie sorgsam eine Schlinge machte. Haustochter Käti stand am Herd und briet etwas, und die Mutti hatte alle Kokosschalen vor sich stehen und füllte sie aus einer Tüte und der Bratpfanne Kätis.

Eigentlich wollte Thomas zuerst einmal gründlich mekkern wegen der unberechtigten Benutzung „seiner" Kokosnüsse, aber dann war es doch zu interessant, wie die Mutti einen weichen Brei aus Hanfsamen, Sonnenblumenkernen, Raps, Rübsen und Palmin einfüllte, wie die durchsichtige, helle Masse sich langsam mit einer weißlichen Haut überzog und dann grau und fest wurde.

„Morgen hängen wir sie dann den Vögeln hin."

„Morgen –? Heute, Mutti!"

„Heute ist es schon zu dunkel, Thomas. Heute schlafen die Pieper schon."

„Und was haben die Pieper *heute* gefressen?"

Es hatte noch mehr geschneit über Nacht, durch noch höheren Schnee als am vorigen Tage gingen sie von Baum zu Baum, und hier hängten sie eine Speckschwarte auf und dort eine Kokosschale. Der Garten war so still und leer, das Land vom Frost so weit und hell.

„Wo sind denn all die Pieper, Vati?" fragte Thomas. „Es gibt ja gar keine Pieper mehr."

Trotzdem hängten sie weiter auf –: „Du wirst schon sehen, Thomas!" Und die alte Linde vor Toms Fenster bekam zur dicksten Schwarte zwei Schalen! Da stand nun der kleine Thomas, und manchmal lief er auch durch den Garten, aber es war alles nur solch Erwachsenen-Unsinn. „Es gibt ja gar keine Vögel mehr, nur noch die Raben."

Es war langweilig – und mit dem Schlitten die Wiese zum See hinabzugleiten, war tausendmal besser. –

Aus dem Bett, wie sie waren, sprangen Herr und Frau Rogge von einem Schrei. Im Schlafanzug stand der kleine Thomas an seinem Fenster, drückte sich an der Scheibe die Nase breit und jubelte atemlos: „Die Grünfinken... Die Finken! Mutti, Vati – unsere Finken sind wieder da!"

Er sah die Eltern an mit glänzenden Augen, mit Augen voll tiefen, geheimnisvollen Lichts seligster Freude, und dann sah er wieder zu seiner Futterstelle hin. Und wirklich hingen da schaukelnd zwei Grünfinken an den Schälchen, pickten, fraßen...

„Unsere Grünfinkenmutti! Unser Finkenvati –!"

Glück! Glanz aus dem Paradiese. Seligkeit, wie sie später nie wieder kommt.

Noch mehr Seligkeit –?

Es flattert, es huscht um die Stallecke. Mehr Finken, atemlos zählt Thomas: „Eins, zwei, vier, drei, sechs – oh, Vati, die ertrunkenen Pieper sind wieder da! Sechs Stück! Oh, Vati, Mutti, sie sind gar nicht ertrunken, sie sind wieder gut mit mir – unsere Grünfinken!"

Frau Dete hätte gar nicht mahnend die Schulter ihres Zips zu berühren brauchen – was hieß hier Pädagogik?! Was hieß hier Lügen?!

„Richtig", sagte Herr Rogge und räusperte sich. „Unsere Finken sind wieder da – und grade zu dir sind sie gekommen, Tom."

„Unsere versoffenen Finken...", sprach das Kind und atmete selig tief, als sei eine Last von seinem Herzen.

„Tüchtig neblig heute", sagte am 20. Dezember der Bauer Gierke ziellos über den Frühstückstisch hin. Es war eigentlich eine ziemlich sinnlose Bemerkung, jeder wußte auch so, daß Nebel war, denn der Leuchtturm von Arkona heulte schon die ganze Nacht mit seinem Nebelhorn wie ein Gespenst, das das Ängsten kriegt.

Wenn der Vater die Bemerkung trotzdem machte, so konnte sie nur eines bedeuten. „Neblig –?" fragte gedehnt sein dreizehnjähriger Sohn Friedrich.

„Verlauf dich bloß nicht auf deinem Schulwege", sagte Gierke und lachte.

Und nun wußte Friedrich genug, und auf seinem Zimmer steckte er schnell die Schulbücher aus dem Ranzen in die Kommode, lief in den Stellmacherschuppen und „borgte" sich eine kleine Axt und eine Handsäge. Dabei überlegte er: Den Franz von Gäbels nehm ich nicht mit, der kriegt Angst vor dem Rotvoß. Aber Schöns Alwert und die Frieda Benthin. Also los!

Wenn es für die Menschen Weihnachten gibt, so muß es das Fest auch für die Tiere geben. Wenn für uns ein Baum brennt, warum nicht für Pferde und Kühe, die doch das ganze Jahr unsere Gefährten sind? In Baumgarten jedenfalls feiern die Kinder vor dem Weihnachtsfest Lüttenweihnachten für die Tiere, und daß es ein verbotenes Fest ist, von dem der Lehrer Beckmann nichts wissen darf, erhöht seinen Reiz. Nun hat der Lehrer Beckmann nicht nur körperlich einen Buckel, sondern er kann auch sehr bösartig werden, wenn seine Schüler etwas tun, was sie nicht sollen.

Darum ist Vaters Wink mit dem nebligen Tag eine Sicherheit, daß das Schulschwänzen heute jedenfalls von ihm nicht allzu tragisch genommen wird.

Schule aber muß geschwänzt werden, denn wo bekommt man einen Weihnachtsbaum her? Den muß man aus dem Staatsforst an der See oben stehlen, das gehört zu Lüttenweihnachten. Und weil man beim Stehlen erwischt werden kann, und weil der Förster Rotvoß ein schlimmer Mann ist, darum muß der Tag neblig sein, sonst ist es zu gefährlich. Wie Rotvoß wirklich heißt, das wissen die Kinder nicht, aber er ist der Förster und hat einen fuchsroten Vollbart, darum heißt er Rotvoß.

Von ihm reden sie, als sie alle drei etwas aufgeregt über die Feldraine der See entgegenlaufen. Schöns Alwert weiß von einem Knecht, den hat Rotvoß an einen Baum gebunden und so lange mit der gestohlenen Fichte geschlagen, bis keine Nadeln mehr daran saßen. Und Frieda weiß bestimmt, daß er zwei Mädchen einen ganzen Tag lang im Holzschauer eingesperrt hat, erst als Heiligenabend vorbei war, ließ er sie wieder laufen.

Sicher ist, sie gehen zu einem großen Abenteuer, und daß der Nebel so dick ist, daß man keine drei Meter weit sehen kann, macht alles noch viel geheimnisvoller. Zuerst ist es ja sehr einfach: Die Raine auf der Baumgartener Feldmark kennen sie: Das ist Rothspracks Winterweizen, und dies ist die Lehmkule, aus der Müller Timm sein Vieh sommers tränkt.

Aber sie laufen weiter, immer weiter, sieben Kilometer sind es gut bis an die See, und nun fragt es sich, ob sie sich auch nicht verlaufen im Nebel. Da ist nun dieser Leuchtturm von Arkona, er heult mit seiner Sirene, daß es ein Grausen ist, aber es ist so seltsam, genau kriegt man nicht weg, von wo er heult. Manchmal bleiben sie stehen und lauschen. Sie beraten lange, und als sie weitergehen, fassen sie sich an den Händen, die Frieda in der Mitte. Das Land ist so seltsam still, wenn sie dicht an einer Weide vorbeikommen, verliert sie sich nach oben ganz in Rauch. Es tropft sachte von ihren Ästen, tausend Tropfen sitzen überall, nein, die See kann man noch nicht hören. Vielleicht ist sie ganz glatt, man weiß es nicht, heute ist Windstille.

Plötzlich bellt ein Hund in der Nähe, sie stehen still, und als sie dann zehn Schritte weitergehen, stoßen sie an eine Scheunenwand. Wo sie hingeraten sind, machen sie aus, als sie um eine Ecke spähen. Das ist Nagels Hof, sie erkennen ihn an den bunten Glaskugeln im Garten.

Sie sind zu weit rechts, sie laufen direkt auf den Leuchtturm zu, und dahin dürfen sie nicht, da ist kein Wald, da ist nur die steile, kahle Kreideküste. Sie stehen noch eine Weile vor dem Haus, auf dem Hof klappert einer mit Eimern, und ein Knecht pfeift im Stall: Es ist so heimlich! Kein Mensch kann sie sehen, das große Haus vor ihnen ist ja nur wie ein Schattenriß.

Sie laufen weiter, immer nach links, denn nun müssen sie auch vermeiden, zum alten Schulhaus zu kommen – das wäre so schlimm! Das alte Schulhaus ist gar kein Schulhaus mehr, was soll hier in der Gegend ein Schulhaus, wo keine Menschen leben – nur die paar weit verstreuten Höfe . . . Das Schulhaus besteht nur aus runtergebrannten Grundmauern, längst verwachsen, verfallen, aber im Sommer blüht hier herrlicher Flieder. Nur, daß ihn keiner pflückt. Denn dies ist ein böser Platz, der letzte Schullehrer hat das Haus abgebrannt und sich aufgehängt. Friedrich Gierke will es nicht wahrhaben, sein Vater hat gesagt, das ist Quatsch, ein Altenteilhaus ist es mal gewesen. Und es ist gar nicht abgebrannt, sondern es hat leergestanden, bis es verfiel. Darüber geraten die Kinder in großen Streit.

Ja, und das nächste, dem sie nun begegnen, ist grade dies alte Haus. Mitten in ihrer Streiterei laufen sie grade darauf zu! Ein Wunder ist es in diesem Nebel. Die Jungens können's nicht lassen, drinnen ein bißchen zu stöbern, sie suchen etwas Verbranntes. Frieda steht abseits auf dem Feldrain und lockt mit ihrer hellen Stimme. Ganz nah, wie schräg über ihnen, heult der Turm, es ist schlimm anzuhören. Es setzt so langsam ein und schwillt und schwillt, und man denkt, der Ton kann gar nicht mehr voller werden, aber er nimmt immer mehr zu, bis das Herz sich ängstigt

und der Atem nicht mehr will –: „Man darf nicht so hinhö-
ren ..."

Jetzt sind es höchstens noch zwanzig Minuten bis zum
Wald. Alwert weiß sogar, was sie hier finden: erst einen
Streifen hoher Kiefern, dann Fichten, große und kleine, eine
ganze Wildnis, grade, was sie brauchen, und dann kommen
die Dünen, und dann die See. Ja, nun beraten sie, während
sie über einen Sturzacker wandern: erst der Baum oder erst
die See? Klüger ist es, erst an die See, denn wenn sie mit dem
Baum länger umherlaufen, kann sie Rotvoß doch erwischen,
trotz des Nebels. Sind sie ohne Baum, kann er ihnen nichts
sagen, obwohl er zu fragen fertigbringt, was Friedrich in seinem Ranzen hat. Also erst See, dann Baum.

Plötzlich sind sie im Wald. Erst dachten sie, es sei nur
ein Grasstreifen hinter dem Sturzacker, und dann waren sie
schon zwischen den Bäumen, und die standen enger und
enger. Richtung? Ja, nun hört man doch das Meer, es donnert nicht grade, aber gestern ist Wind gewesen, es wird
eine starke Dünung sein, auf die sie zulaufen.

Und nun seht, das ist nun doch der richtige Baum, den
sie brauchen, eine Fichte, eben gewachsen, unten breit, ein
Ast wie der andere, jedes Ende gesund – und oben so
schlank, eine Spitze so hell, in diesem Jahre getrieben. Kein
Gedanke, diesen Baum stehenzulassen, so einen finden sie
nie wieder. Ach, sie sägen ihn ruchlos ab, sie bekommen
ein schönes Lüttenweihnachten, das herrlichste im Dorf,
und Posten stellen sie auch nicht aus. Warum soll Rotvoß
grade hierherkommen? Der Waldstreifen ist über zwanzig
Kilometer lang. Sie binden die Äste schön an den Stamm,
und dann essen sie ihr Brot, und dann laden sie den Baum
auf, und dann laufen sie weiter zum Meer.

Zum Meer muß man doch, wenn man ein Küstenmensch
ist, selbst mit solchem Baum. Anderes Meer haben sie näher am Hof, aber das sind nur Bodden und Wieks. Dies
hier ist richtiges Außenmeer, hier kommen die Wellen von
weit, weit her, von Finnland oder von Schweden oder auch
von Dänemark. Richtige Wellen ...

Also, sie laufen aus dem Wald über die Dünen.

Und nun stehen sie still.

Nein, das ist nicht mehr die Brandung allein, das ist ein seltsamer Laut, ein wehklagendes Schreien, ein endloses Flehen, tausendstimmig. Was ist es? Sie stehen und lauschen.

„Jung, Manning, das sind Gespenster!"

„Das sind die Ertrunkenen, die man nicht begraben hat."

„Kommt, schnell nach Haus!"

Und darüber heult die Nebelsirene.

Seht, es sind kleine Menschentiere, Bauernkinder, voll von Spuk und Aberglauben, zu Haus wird noch besprochen, da wird gehext und blau gefärbt. Aber sie sind kleine Menschen, sie laden ihren Baum wieder auf und waten doch durch den Dünensand dem klagenden Geschrei entgegen, bis sie auf der letzten Höhe stehen, und –

Und was sie sehen, ist ein Stück Strand, ein Stück Meer. Hier über dem Wasser weht es ein wenig, der Nebel zieht in Fetzen, schließt sich, öffnet den Ausblick. Und sie sehen die Wellen, grüngrau, wie sie umstürzen, weißschäumend draußen auf der äußersten Sandbank, näher tobend, brausend. Und sie sehen den Strand, mit Blöcken besät, und dazwischen lebt es, dazwischen schreit es, dazwischen watschelt es in Scharen . . .

„Die Wildgänse!" sagen die Kinder. „Die Wildgänse –!"

Sie haben nur davon gehört, sie haben es noch nie gesehen, aber nun sehen sie es. Das sind die Gänsescharen, die zum offenen Wasser ziehen, die hier an der Küste Station machen, eine Nacht oder drei, um dann weiterzuziehen, nach Polen oder wer weiß wohin, Vater weiß es auch nicht. Da sind sie, die großen wilden Vögel, und sie schreien, und das Meer ist da und der Wind und der Nebel, und der Leuchtturm von Arkona heult, und die Kinder stehen da mit ihrem gemausten Tannenbaum und starren und lauschen und trinken es in sich ein –

Und plötzlich sehen sie noch etwas, und magisch verführt gehen sie dem Wunder näher. Abseits, zwischen den hohen Steinblöcken, da steht ein Baum, eine Fichte wie die ihre, nur viel, viel höher, und sie ist besteckt mit Lichtern, und die Lichter flackern im leichten Windzug . . .

„Lüttenweihnachten", flüstern die Kinder. „Lüttenweihnachten für die Wildgänse . . ."

Immer näher kommen sie, leise gehen sie, auf den Zehen – oh, dieses Wunder! –, und um den Felsblock biegen sie. Da ist der Baum vor ihnen in all seiner Pracht, und neben ihm steht ein Mann, die Büchse über der Schulter, ein roter Vollbart . . .

„Ihr Schweinekerls!" sagt der Förster, als er die drei mit der Fichte sieht.

Und dann schweigt er. Und auch die Kinder sagen nichts. Sie stehen und starren. Es sind kleine Bauerngesichter, sommersprossig, selbst jetzt im Winter, mit derben Nasen und einem festen Kinn, es sind Augen, die was in sich reinsehen. Immerhin, denkt der Förster, haben sie mich auch erwischt beim Lüttenweihnachten. Und der Pastor sagt, es sind Heidentücken. Aber was soll man denn machen, wenn die Gänse so schreien und der Nebel so dick ist und die Welt so eng und so weit und Weihnachten vor der Tür . . . Was soll man da machen . . .?

Man soll einen Vertrag machen auf ewiges Stillschweigen, und die Kinder wissen ja nun, daß der gefürchtete Rotvoß nicht so schlimm ist, wie sich die Leute erzählen.

Ja, da stehen sie nun: ein Mann, zwei Jungen, ein Mädel. Die Kerzen flackern am Baum, und ab und zu geht auch eine aus. Die Gänse schreien, und das Meer braust und rauscht. Die Sirene heult. Da stehen sie, es ist eine Art Versöhnungsfest, sogar auf die Tiere erstreckt, es ist Lüttenweihnachten. Man kann es feiern, wo man will, am Strande auch, und die Kinder werden es nachher in ihres Vaters Stall noch einmal feiern.

Und schließlich kann man hingehen und danach handeln. Die Kinder sind imstande und bringen es fertig, die Tiere nicht unnötig zu quälen und ein bißchen nett zu ihnen zu sein. Zuzutrauen ist ihnen das.

Das ganze aber heißt Lüttenweihnachten und ist ein verbotenes Fest, der Lehrer Beckmann wird es ihnen morgen schon zeigen!

Geschichten
aus der Murkelei
1938

Lieber Uli und liebe kleine Mücke,

zuerst habe ich euch diese Geschichten mündlich erzählt, damit das Essen besser rutschte und nicht so langweilig war. Aber die Geschichten wurden bei jedem Erzählen anders, und das gefiel euch nicht – da mußte ich sie aufschreiben.

Die aufgeschriebenen Geschichten konnte euch nur einer vorlesen, nämlich ich, weil keiner sonst die Schrift lesen konnte. Da mußte ich euch die Geschichten auf der Maschine tippen.

Das Getippte konntest du, großer Uli, nun schon allein lesen, aber da ging die kleine Mücke leer aus. Und Getipptes in einem Schnellhefter liest sich auch nicht so gut wie ein richtiges Buch.

Da sagtest du, Uli: „Der Onkel Rowohlt druckt ja so viele Bücher von dir, Papa, da kann er uns doch auch die Geschichten drucken!" So reisten die Geschichten zum Onkel Rowohlt. Der gab sie erst seinen Kindern zum Lesen und auch großen Leuten, damit er bestimmt wußte, es waren nette Geschichten. Dann sagte er: „Ja, ich will sie drucken!"

Da sagtet ihr Kinder: „Aber es müssen auch Bilder dabei sein, große, bunte Bilder, zu jeder Geschichte eines. Sonst ist es kein richtiges Kinderbuch!"

Nun ging Onkel Rowohlt suchen, und schließlich fand er die Melitta Patz. Die malte die Bilder, genau, wie ihr sie euch dachtet: groß, bunt, zu jeder Geschichte eines.

Da war alles beisammen, und das Buch wurde gemacht! Und wenn ihr jetzt nicht eßt wie der dicke Onkel Willi, dann kommt gleich Onkel Rowohlt aus Berlin und holt sich sein Buch wieder!

Da habt ihr's –!

321

Geschichte von der kleinen Geschichte

Es war einmal ein Kind, das war nicht artig und wollte sein Essen nicht essen. Da stellte es die Mutter zur Strafe vor die Tür und fing an, drinnen den artigen Kindern eine kleine Geschichte zu erzählen.

Als das unartige Kind merkte, drinnen erzählte die Mutter, brüllte es ein wenig leiser, denn es wollte horchen und hätte gerne zugehört. Da rief die Mutter: „Willst du jetzt artig sein und gut essen, Kind, so darfst du bei meiner kleinen Geschichte zuhören."

Doch der Bock stieß das Kind noch, und als es die Mutter rufen hörte, fing es gleich wieder an, lauter zu brüllen, so gerne es auch die kleine Geschichte gehört hätte. Da fuhr eine Maus aus ihrem Loch und fragte: „Was machst du denn für ein Geschrei, Kind? Meine jungen Mäuslein verschlucken sich ja vor Schreck beim Speckessen."

Das Kind antwortete und sprach: „Meine Mutter hat mich vor die Tür gestellt und will mich ihre kleine Geschichte nicht hören lassen. Darum, wenn du willst, daß deine Kinder in Ruhe Speck essen, schlüpfe durch einen Mäusegang ins Eßzimmer und berichte mir, was für eine kleine Geschichte meine Geschwister hören."

Die Maus tat, wie das Kind gesagt hatte, fuhr durch einen Mäusegang ins Eßzimmer und horchte. Die Mutter aber, die hörte, daß das Kind still geworden war, rief durch die Tür: „Willst du jetzt artig sein und essen, Kind?"

Das Kind dachte bei sich: Gleich kommt die Maus und erzählt mir die kleine Geschichte, da brauche ich auch nicht artig zu sein, und fing wieder an, lauter zu brüllen.

Als das Kind eine Weile gebrüllt hatte und die Maus noch immer nicht kam, dachte es: Es ist doch sonderbar, daß die Maus so lange ausbleibt, das muß ja eine ganz herrliche Geschichte sein, daß sie das Wiederkommen ganz vergißt. Ich will einmal die Fliege schicken, daß sie nach der Maus sieht.

Das Kind rief also die Fliege an und sagte: „Liebes Fräulein Krabbelbein, ich habe die Maus ins Eßzimmer geschickt, daß sie auf die kleine Geschichte hört, die meine Mutter meinen Geschwistern erzählt. Aber die Maus kommt nicht wieder – willst du da nicht so freundlich sein und durchs Schlüsselloch kriechen und einmal nach dem Rechten sehen? Ich gebe dir auch morgen früh meinen Zucker, den ich zum Kakao bekomme."

Die Fliege war einverstanden, kroch durchs Schlüsselloch und verschwand. Die Mutter aber, die hörte, das Kind brüllte nicht mehr, rief durch die Tür: „Willst du jetzt artig sein und essen, Kind?"

Das Kind dachte: Gleich kommen Maus und Fliege zurück und erzählen mir die kleine Geschichte, da brauche ich nicht artig zu sein! Und es schrie: „Nein, nein, ich will nicht essen!" und brüllte noch lauter.

Als es aber eine Weile gebrüllt hatte, wunderte es sich, daß weder Maus noch Fliege wiederkamen, und dachte bei sich: Was muß das doch für eine wunderbare Geschichte sein! Mäuslein vergißt ihre Kinder, Krabbelbein denkt nicht an den Zucker – nein, jetzt mache ich nur noch einen Versuch, und wenn ich dann nichts erfahre, will ich gewiß artig sein und essen, damit ich nur die kleine Geschichte höre.

Es rief also eine Ameise an, die grade auf der Diele kroch, und sagte: „Fräulein Schmachtleib, Sie sind so dünn, sicher können Sie unter der Tür durchkriechen. Tun Sie das doch und sehen Sie im Eßzimmer nach, was eigentlich Maus und Fliege machen, die ich geschickt habe, die kleine Geschichte zu hören, die meine Mutter meinen Geschwistern erzählt. Kommen Sie aber bloß schnell wieder. Ich halte es vor lauter Neugierde schon nicht mehr aus."

Die Ameise sprach: „Den Gefallen will ich dir wohl tun",
kroch unter der Tür durch und verschwand. Die Mutter
aber, die hörte, das Kind brüllte nicht mehr, rief durch die
Tür: „Komm bloß schnell, Kind, sei artig und iß. Es gibt
jetzt etwas ganz Feines!"

Das Kind aber dachte: Die Ameise wird mir jetzt Maus
und Fliege schicken, da werde ich die kleine Geschichte
schon zu hören bekommen. Und es schrie: „Ich will gar
nichts essen – auch nichts Feines!", trampelte mit den Füßen und brüllte noch lauter als vorher.

Als es aber eine Weile laut gebrüllt hatte, brüllte es leiser. Einmal, weil ihm der Hals weh tat, dann aber, weil es
dachte: Es muß eine zu schöne Geschichte sein. Die drei,
Maus, Fliege und Ameise, hören zu und vergessen mich
ganz. Ich will jetzt doch artig sein und essen. Und das Kind
hörte ganz auf zu brüllen.

Die Mutter aber, die das Kind dreimal umsonst gefragt
hatte, war jetzt böse auf das Kind und fragte es nicht mehr.
Da dachte das Kind: Meine Mutter ist böse auf mich. Ich
will ein bißchen an der Tür kratzen. Dann fragt sie mich,
ob ich wieder artig sein will, ich aber sage ja und darf hinein. Und das Kind kratzte an der Tür.

Die Mutter hörte es wohl, aber sie wollte das ungezogene Kind nicht mehr fragen, und so schwieg sie. Nun fing
das Kind an zu rufen: „Ich will artig sein! Laß mich herein!"

Da fuhr die Maus aus dem Mäusegang und rief atemlos:
„Gott, was war das für eine herrliche Geschichte! Entschuldige bloß, daß ich nicht kam, aber ich konnte nicht früher
kommen, als bis ich das allerletzte Wort gehört hatte."

Die Fliege schwirrte durch das Schlüsselloch und
summte: „So eine vorzügliche Geschichte hört man wirklich nicht alle Tage. Da war es kein Wunder, daß die Kinder gegessen haben wie die Scheunendrescher – auch nicht
ein Löffel voll blieb in der Schüssel!"

Und die Ameise kroch unter der Tür hervor und ächzte:
„So eine großartige Geschichte und dazu noch Schokoladenpudding und Vanillensoße – so gut möchte ich es auch
einmal haben!"

„Was?!" rief da das unartige Kind. „Es hat Schokoladenpudding mit Vanillensoße gegeben?! Da will ich auch was abhaben!" Und es riß die Tür auf und schrie: „Ich will auch Pudding mit Vanillensoße! Ich will ganz artig sein! Und die kleine Geschichte will ich auch hören!"

Da fingen alle Kinder mit der Mutter an zu lachen und zeigten dem unartigen Kind die Puddingschüssel – da war auch nicht ein Krümchen mehr darauf. Und sie zeigten ihm die Teller, die waren so blank und leer, als wären sie mit der Zunge abgeleckt. Die Mutter aber sagte: „Warum hast du dich nicht zur rechten Zeit besonnen, Kind? Nun ist nichts mehr da."

Das Kind fing an zu weinen und sagte: „Wenn ich denn keinen Pudding mehr bekomme, so will ich doch die wunderbare, die herrliche, die großartige kleine Geschichte hören, die du meinen Geschwistern erzählt hast."

Die Mutter aber antwortete: „Jetzt ist später Abend. Jetzt werden keine Geschichten mehr erzählt, jetzt wird ins Bett gegangen."

Da mußte das unartige Kind ohne Pudding und ohne kleine Geschichte ins Bett gehen, und darüber war es sehr traurig. Hätte es sich aber zur rechten Zeit besonnen, so hätte es Pudding und kleine Geschichte bekommen, und das wäre besser für das Kind gewesen und ebenso für uns, denn dann hätten wir die kleine Geschichte auch zu hören bekommen!

In einem großen Stadthaus wohnte einmal eine Maus ganz allein, die hieß Wackelohr. Als Kind war sie einst von der Katze überfallen und dabei war ihr das Ohr so zerrissen worden, daß sie es nicht mehr spitzen, sondern nur noch damit wackeln konnte. Darum hieß sie Wackelohr. Und dieselbe alte böse Katze hatte ihr auch alle Brüder und Schwestern und die Eltern gemordet, deshalb wohnte sie so allein in dem großen Stadthaus.

Da war es ihr oft einsam, und sie klagte, daß sie so gerne ein anderes Mäusecken zum Spielgefährten gehabt hätte, am liebsten einen hübschen Mäuserich. Aber von dem Klagen kam keiner, und Wackelohr blieb allein.

Als nun einmal alles im Hause schlief und die böse Katze auch, saß Wackelohr in der Speisekammer, nagte an einem Stück Speck und klagte dabei wieder jämmerlich über seine große Verlassenheit. Da hörte es eine hohe Stimme, die sprach: „Hihi! Was bist du doch für ein dummes, blindes Mäusecken! Du brauchst ja nur aus dem Fenster zu schauen und siehst den hübschesten Mäuserich von der Welt! Dabei geht es ihm auch noch wie dir: Er ist ebenso allein wie du und sehnt sich herzlich nach einem Mäusefräulein."

Wackelohr guckte hierhin, und Wackelohr guckte dorthin, Wackelohr sah auf den Speckteller und unter den Tellerrand – aber Wackelohr erblickte niemanden. Schließlich sah es zum Fenster hinaus. Drüben war nur ein anderes großes Stadthaus mit vielen Fenstern, die in der Abendsonne glitzerten, und kein Mäuserich war zu erblicken. Da war Wackelohr ungeduldig. „Wo bist denn du, die mit mir spricht? Und wo ist denn der schöne Mäusejunge, von dem du erzählst?"

„Hihi!" rief die hohe Stimme. „Bist du aber eine blinde Maus! Schau doch einmal hoch zur Decke, ich sitze ja grade über dir!"

Das Mäusecken sah hoch und, richtig!, grade über seinem Kopf saß eine große Ameise und funkelte es mit ihren Augen an. „Und wo ist der Mäuserich?" fragte das Mäusecken die große Ameise.

„Der sitzt dir grade gegenüber in der Dachrinne und läßt den Schwanz auf die Straße hängen", sagte die Ameise.

Wackelohr sah hinaus, und wirklich saß drüben in der Dachrinne ein schöner Mäusejunge mit einem kräftigen Schnurrbart, ließ den Schwanz über die Rinne hängen und sah die Straße auf und ab. „Warum sitzt er denn da, du Ameise?" fragte Wackelohr. „Er kann doch fallen, und dann ist er tot!"

„Nun, er langweilt sich wohl auch", antwortete die Ameise. „So hält er ein bißchen Ausschau, ob er ein Mäusecken auf der Straße sehen kann."

Da bat Wackelohr: „Ach, liebste Ameise, sage mir doch einen Weg, wie ich zu ihm kommen kann. Ich will dir auch all meinen Speck schenken."

Die Ameise strich sich nachdenklich ihren kräftigen Unterkiefer mit den beiden Vorderbeinen, juckte sich mit den Hinterbeinen und sprach: „Deinen Speck will ich nicht, ich esse lieber Zucker und Honig und Marmelade. Und einen Weg zu dem Mäuserich weiß ich auch nicht für dich. Ich gehe immer durch das Schlüsselloch, und dafür bist du zu groß."

Wackelohr aber bat und bettelte, und schließlich versprach die Ameise, sich bis zum nächsten Abend zu überlegen, wie Wackelohr zu seinem Mäuserich kommen könnte.

Am nächsten Abend traf Mäusecken die Ameise wieder in der Speisekammer und fragte sie, ob sie nun wohl einen Weg wisse. „Vielleicht weiß ich einen Weg", sagte die kluge Ameise, „aber ehe ich dir den sage, mußt du mir einen Zuckerbonbon schenken."

„Ach!" rief Wackelohr, „woher soll ich den denn nehmen? Der einzige Zuckerbonbon, von dem ich weiß, liegt auf dem Nachttisch der Hausfrau. Den lutscht sie immer, wenn sie morgens aufwacht, damit der Tag ihr gleich süß schmeckt."

„Nun, so hole den doch!" sagte die Ameise kaltblütig.

„Den kann ich doch nicht holen", rief das Mäusecken traurig. „In dem Schlafzimmer schläft ja auch die alte böse Katze, die meine Eltern und Brüder und Schwestern geholt hat. Wenn die mich hört, mordet sie mich bestimmt."

„Das mußt du wissen, wie du es machst", sagte die Ameise ungerührt. „Bekomme ich den Bonbon nicht, erfährst du den Weg nicht zu deinem Mäuserich."

Da half Wackelohr kein Bitten und kein Weinen und kein Flehen, ohne den Bonbon wollte die Ameise ihm nichts sagen. Also ging Mäusecken auf seinen leisesten Pfoten aus der Speisekammer in die Küche, und aus der Küche in das Eßzimmer, und aus dem Eßzimmer in das Arbeitszimmer, und aus dem Arbeitszimmer auf den Flur. Auf dem Flur aber machte es seine Pfoten womöglich noch leiser und wutschte, sachte, sachte, still in das Schlafzimmer.

Im Schlafzimmer war es für Menschenaugen ganz dunkel, weil die Vorhänge zugezogen waren. Aber Mäuse haben Augen, die besonders gut im Dunkeln sehen können. Und so sah Wackelohr denn, daß – o Schreck! – seine Feindin, die Katze, nicht schlief. Sondern sie lag auf einem schönen Kissen grade vor dem Bett, an dem das Mäusecken vorbei mußte, wenn es zum Nachttisch mit dem Bonbon wollte, dehnte und streckte sich und leckte das Maul, als wäre sie noch hungrig.

Wie Mäusecken das sah, konnte es nicht anders: Es mußte vor Schreck quieken. Sprach die Katze: „Hier ist wohl eine Maus im Zimmer? Ich dachte, ich hätte alle Mäuse in diesem Hause längst totgemacht. Nun, wenn noch eine Maus da ist, werde ich sie gleich haben." Und sie streckte sich, um aufzustehen.

In seiner Angst bat das Mäusecken den Stuhl, unter dem es saß: „Ach, lieber Stuhl, knarre ein wenig. Dann denkt die

Katze, es war nur Stuhlknarren und kein Mäusequieken." Und der Stuhl tat dem Mäusecken den Gefallen und knarrte ein wenig. Die Katze aber legte sich wieder hin und sprach: „Ach so, es hat bloß ein Stuhl geknarrt. Ich dachte schon, es wäre eine Maus. Aber wenn es bloß ein Stuhl ist, kann ich ruhig schlafen." Und damit streckte sich die Katze aus und schlief ein.

Was sollte Wackelohr tun? Direkt an der bösen Feindin vorbei zum Nachttisch zu gehen, dazu fehlte ihr der Mut. Sie fürchtete, sie würde vor Angst mit ihren Nägeln auf dem Fußboden klappern und dadurch die Katze aufwekken. Den Bonbon aber mußte sie kriegen, sonst erfuhr sie den Weg zum Mäuserich nicht. Da beschloß Wackelohr, über das Bett zu laufen und vom Kopfkissen auf den Nachttisch zu klettern. Das war wohl nicht so gefährlich, denn in dem Bett schlief die Hausfrau, und Menschen sind für Mäuse lange nicht so schlimm wie die Katzen, weil sie nicht so schnell wie die Katzen sind und weil sie auch viel fester als Katzen schlafen.

Wackelohr machte sich also auf den Weg. Zuerst kletterte es am Bettbein hoch, wobei es sich mit seinen Krallen sehr festhalten mußte. Dann sprang es ins Bett. Da hatte es nun auf Decke und Kissen eine weiche Straße, wo die Krallen nicht klappern konnten. Es lief eilig voran, weil es aber so eilig lief, paßte es nicht auf, und so kitzelte es mit seinem langen Schwanz die Hausfrau grade unter der Nase.

Die mußte niesen, wachte auf, meinte, es sei die Katze gewesen, die schon manchmal ins Bett gesprungen war, und rief: „Gehst du weg, alte Katze!"

Davon erwachte die Katze, glaubte, sie sei gerufen, und sprang mit einem Satz ins Bett. Darüber wurde die Hausfrau erst recht ärgerlich, schlug nach der Katze und rief: „Mach, daß du fortkommst, Störenfried!"

Die Katze verstand nicht, warum sie erst gerufen wurde und nun wieder nicht kommen sollte und nun gar geschlagen wurde, und miaute zornig. Davon wachte der Hausherr im Bett daneben auf und rief: „Ist die ungezogene Katze schon wieder im Bett? Na warte, Olsch!" Und er machte

Licht, ergriff einen Stiefel und fing an, nach der Katze zu schlagen, die jämmerlich schrie.

Bei all dem Geschrei und Gespringe und Geschlage und Miauen hatte Wackelohr längst den Bonbon ins Maul genommen, war vom Nachttisch gesprungen und durch die offene Tür hinausgewutscht. Da saß es, hörte den Lärm und freute sich, daß seine böse Feindin Schläge bekam.

„Siehst du wohl", sagte die Ameise, als Wackelohr mit dem Bonbon im Maule ankam, „man muß sich nur nicht so anstellen, es war gar nicht so schlimm. – Du hast doch nicht etwa ein Stückchen abgebissen?" Und sie sah den Bonbon mißtrauisch an. Aber der war in Ordnung; obwohl Wackelohr ihn im Maule getragen hatte, hatte es nicht einmal mit der Zungenspitze daran gerührt. Nun wollte es aber auch zum Lohn für all seine Mühe den Weg zum schönen Mäuserich wissen.

„Der ist ganz einfach", sprach die Ameise. „Du weißt doch, oben auf dem Dachboden hält der Hausherr sich Tauben, die den ganzen Tag frei ein- und ausfliegen, soviel sie nur wollen. Bitte eine der Tauben, dich auf ihrem Rücken mitzunehmen – das sind freundliche Vögel, sie werden es schon tun."

Dies schien dem Mäusecken ein guter Rat, und gleich schlüpfte es die Treppe hinauf in den Taubenschlag. Auch die Ameise ging eilends heim, denn sie wollte rasch all ihre Schwestern zusammenrufen, damit jede noch vor Morgen ein Stücklein Bonbon heimtrug.

„Ruckediguck – Guckediruck", schwatzten die Tauben noch in ihrem Schlag, obwohl es schon ganz dunkel war. Sie besprachen sich, wohin sie am nächsten Morgen fliegen wollten, um Futter zu suchen. Im Garten am See waren Erbsen gelegt, aber es war die Frage, ob man sie bekam, denn dort trieb ein großer, gelber Kater sein Unwesen, der gar zu gerne Täubchen aß. „Guckediruck", sagten die Tauben, „mit den Katzen wird es schlimmer und schlimmer – daß die Menschen solch wilde Tiere überhaupt dulden! Ruckediguck!"

„Das sage ich auch", sprach die Maus höflich unter der

Tür. „Mich hätte heute abend auch beinahe die Hauskatze erwischt, hätte nicht ein Stuhl freundlich für mich geknarrt. Das angstvolle Leben in diesem Hause ist mir ganz leid – will nicht eine so freundlich sein, mich morgen früh auf ihrem Rücken zum Hausdach drüben zu tragen?"

„Ruckediguck!" riefen die Tauben erschrocken. „Ein Dieb ist im Schlag. Sicher will er unsere Eier austrinken."

Aber das Mäusecken redete ihnen gut zu, daß es keine böse Absicht auf die Eier habe, sondern nur darum bitte, auf einem Taubenrücken zur andern Straßenseite getragen zu werden. „Ruckediguck", sagten die Tauben da. „Wenn es so ist und du unsern Eiern nichts tust, so wollen wir dir gefällig sein. Aber jetzt ist die Schlagtür schon zu – komm morgen mit dem frühesten wieder. Ruckediguck!"

Da bedankte sich das Mäusecken Wackelohr höflich und ging in seinem Loch unter dem Küchenschrank schlafen. Es träumte aber die ganze Nacht von dem schönen Mäuserich. –

Unterdessen hatte die Katze Keile bekommen und war vor die Schlafzimmertür gesetzt, zur Strafe, weil sie der Hausfrau ins Bett gesprungen war. Da saß sie nun und ärgerte sich gewaltig, und alle Glieder taten ihr weh. „Ich bin der Hausfrau doch nicht mit meinem Schwanz ins Gesicht gefahren, wie sie gescholten hat", sagte die Katze immer wieder zu sich. „Wer kann das bloß gewesen sein?" Da fiel ihr ein, wie sie erst eine Maus piepen gehört, dann aber gemeint hatte, es habe nur ein Stuhl geknarrt. Vielleicht war es doch eine Maus, die mir diesen Streich gespielt hat, dachte sie. Ich will doch einmal im ganzen Hause nachsehen, ob ich eine Spur von ihr finde.

Damit ging sie auf sachten Sammetpfoten los und ließ ihre großen, grünen Augen leuchten wie Laternen, daß sie trotz der dunklen Nacht alles sehen konnte. Sie sah um jede Ecke und roch unter jeden Schrank, und als sie unter den Küchenschrank roch, sprach sie: „Ich finde, hier riecht es mäusisch. Ach, wie gut riecht das doch! Komm heraus, kleine Maus, wir wollen zusammen tanzen!" Aber die Maus hörte die böse Katze nicht, Wackelohr schlief fest in seinem Loch und träumte vom Mäuserich.

331

So ging die Katze betrübt weiter, als nichts auf ihre falschen Lockreden kam, und gelangte in die Speisekammer. In der Speisekammer aber war ein großes Getriebe und Gelaufe von vielen tausend Ameisen, die jede ihr Stück von dem roten Bonbon abbeißen wollte. Da machte die Katze ihre Stimme grob und schalt: „Was ist denn das hier für ein Gelaufe und Geschmatze mitten in der ruhigen Nacht, wo doch alles schlafen soll! Gleich macht ihr Räuber, daß ihr fortkommt!"

Die Ameisen aber hatten keine Angst vor der Katze, denn die Katzen fressen keine Ameisen, weil die Ameisen sauer schmecken, und die Katzen lieben das Süße. Das wissen die Ameisen. „Hihi!" riefen sie darum. „Hihi! Du alte, große Katze! Du läufst ja auch mitten in der Nacht herum, statt zu schlafen, da dürfen wir es auch wohl tun!"

„Bei mir ist das eine andere Sache", sprach die Katze streng. „Ich bin vom Hausherrn als Nachtwächter bestellt, daß sich keine Diebe einschleichen. Was ist denn das für ein roter Bonbon, in den ich euch da beißen sehe? Mir scheint, der ist gestohlen."

„Hihi!" rief die kluge Ameise. „Der Bonbon gehört mir, den habe ich für einen guten Rat bekommen."

„Der Bonbon gehört auf den Nachttisch der Hausfrau", sprach die Katze noch strenger. „Gleich sagst du mir, wer ihn dir gegeben hat, sonst nehme ich ihn dir weg. Wenn du mir aber die Wahrheit sagst, sollst du ihn behalten dürfen."

Da wurde es der klugen Ameise um den schönen Bonbon angst, und sie verriet das Mäusecken und erzählte alles, was sie wußte. Die Katze aber wurde ganz aufgeregt, denn sie verstand nun, daß es das Mäusecken war, dem sie die Prügel zu verdanken hatte, und sie war sehr eifrig, die Ameise auszufragen. „Weißt du denn gar nicht, Ameise", fragte sie schließlich, „wo das Mäusecken sein Loch hat?"

„Nein, das weiß ich nicht", antwortete die Ameise. „Aber wir Ameisen können überallhin kommen, und nichts bleibt uns verborgen, außer was in der Luft schwebt oder im Wasser schwimmt. Ich will alle meine Schwestern ausschicken, so werden wir das Loch schon finden."

Das geschah. Alle Ameisen wurden ausgeschickt, und schon nach einer kurzen Weile kam eine zurück und meldete, daß die Maus unter dem Küchenschrank in einem Loch liege und schlafe. „Das dachte ich mir", sprach die Katze. „Da roch es vorhin schon so mäusisch." Sie begaben sich also zum Küchenschrank, aber sosehr sich die Katze auch mühte, streckte und dünn machte: Der Spalt zwischen Schrank und Boden war zu eng, sie konnte nicht darunterkommen.

„Was machen wir nun?" fragte die Katze ärgerlich. „Kriegen muß ich die Maus, und sollte ich einen ganzen Topf meiner süßen Schleckermilch dafür geben!"

„Läßt du uns alle morgen früh von deiner süßen Schleckermilch trinken", sprach die kluge Ameise, „so wüßte ich schon einen guten Rat." Da versprach die Katze dies der Ameise hoch und teuer, und so sagte die Ameise: „Wir wollen eine meiner Schwestern schicken, damit sie das Mäusecken ins Ohr beißt. So wird es einen Schreck bekommen, hervorlaufen, und du hast es!"

Wie gesagt, so getan. Die Ameise wurde ausgeschickt, die Katze aber setzte sich sprungbereit vor den Schrank und ließ ihre Augen mit voller Kraft leuchten, damit es auch hell genug wäre und sie die Maus gleich sähe. Sie warteten – eine Minute – zwei Minuten – drei Minuten, sie warteten noch länger – schließlich kam unter dem Schrank hervor die ausgesandte Ameise. „Ih, du Faule!" rief die kluge Ameise wütend, „hast du denn die Maus nicht wekken können? Besitzt du denn gar keine Kraft mehr in deinen Beißkiefern und keine Säure in deinem Leibe, daß du eine jämmerliche Maus nicht aus ihrem Schlafe zwicken und zwacken kannst –!?"

Die Ameise aber berichtete, daß sie nach Kräften gebissen und Säure gespritzt habe, die Maus aber sei nicht aufgewacht. Da wurden andere Ameisen ausgeschickt, sie alle aber gingen umsonst: Das Mäusecken wachte nicht auf. Das kam aber daher, daß Wackelohr in seinem Loch auf der Seite schlief, so daß sie nur an das eine Ohr konnten. Das Ohr aber, das oben lag, war das Ohr, das die Katze einmal bei ihrem mörderischen Überfall zerbissen und zerrissen hatte, wovon das Mäusecken ja auch Wackelohr hieß. In diesem Ohr hatte die Maus gar kein Gefühl mehr, und die Ameisen konnten beißen, soviel sie nur wollten – Wackelohr spürte nichts, sondern träumte weiter von seinem Mäuserich.

Schließlich ging die kluge Ameise selbst, aber sie konnte auch nicht mehr verrichten als die andern und ging umsonst. Da kam sie wieder und sprach zu der Katze: „Das Mäusecken läßt sich nicht wecken noch rühren, soviel man auch beißt. Aber ich weiß einen andern Rat. Gibst du uns von deiner süßen Schleckermilch, wenn ich ihn dir sage?"

Die Katze antwortete: „Wenn ich die Maus kriege, sollt ihr süße Milch schleckern dürfen, soviel ihr nur wollt."

Damit war die Ameise zufrieden und sagte: „Morgen mit dem frühesten wird das Mäusecken in den Taubenschlag gehen, um auf dem Taubenrücken zum Mäuserich zu fliegen. Lege du dich nur auf die Lauer und fang sie ab, so hast du sie!"

„Das ist ein guter Rat", sagte die Katze. „Ich muß die Maus aber noch vor dem Schlag fassen, denn in den Taubenschlag einzutreten, hat der Hausherr mir strenge verboten und schlägt mich wohl tot, wenn er mich bei seinen geliebten Tauben erwischt."

„Du hast ja alle Zeit, die Maus auf der Treppe zu fangen", sprach die Ameise. „Gute Nacht." Damit gingen sie zur Ruhe. Die Katze suchte sich ein schönes Kissen auf einem Sofa und schlief ein. Die Ameise aber setzte sich auf die Treppe, damit sie die Katze gleich an die versprochene Schleckermilch erinnern könnte.

Am frühesten diesen Morgen erwachte der Hausherr und stieg gleich auf den Dachboden, seinen lieben Tauben den Schlag zu öffnen, damit sie sich draußen ihr Futter suchen könnten. Weil er seine Augen aber oben im Kopf und nicht unten auf den Schuhen hatte, sah er die kluge Ameise nicht, die auf der Stufe schlief, und trat sie auf den Leib. „Hih –", sagte die kluge Ameise und war tot, und damit hatte sie ihre Strafe weg, daß sie das Mäusecken an die böse Katze verraten hatte.

Der Hausherr hatte gar nichts gemerkt, machte den Schlag auf, und alle seine Tauben flogen aus bis auf eine, die unruhig umherlief und gurrte: „Ruckediguck, wo bleibt die Maus? Guckediruck, ich möchte hinaus!"

Der Hausherr, der ihr Gurren nicht verstand, fragte verwundert: „Was ist dir?"

Indem kam schon die Maus mit fliegenden Beinen angesaust, denn die Katze war gleich hinter ihr. Die Katze bedachte in ihrem Jagdeifer nicht, daß sie nicht in den Schlag durfte, und lief der Maus nach. Der Hausherr, als er die Katze im Schlage sah, ergriff einen Knüttel und ließ ihn auf der Katze tanzen. Die Katze schrie, das Mäusecken sprang auf den Taubenrücken, die Taube klatschte mit den Flügeln und flog aus dem Schlag. Die Katze aber, um den Prügeln zu entgehen und das Mäusecken doch noch zu fangen, sprang hinter der Taube her, konnte aber ohne Flügel nicht fliegen und fiel durch die Luft fünf Stockwerke tief auf die Erde, wo sie tot liegenblieb.

Das Mäusecken Wackelohr aber wurde von der Taube sanft auf das Dach des andern Hauses getragen, fand seinen Mäuserich, heiratete ihn, und sie bekamen so viele Kinder, daß beide nie wieder allein waren.

Geschichte vom Unglückshuhn

Es lebte einmal ein großmächtiger Zauberer, der hatte einen stolzen bunten Hahn und drei Hühner. Von denen konnte das eine Huhn goldene Eier legen, das andere silberne, das dritte aber gar nichts – nicht einmal gewöhnliche Hühnereier. Darüber wurde es sehr traurig, denn die andern Hühner lachten es aus und wollten nicht mit ihm auf die Straße gehen, und der stolze Hahn, den es sehr liebte, sah es nicht einmal an und redete nie mit ihm. Fand es aber einmal einen schönen langen Regenwurm oder einen fetten Engerling, gleich nahmen ihm die andern den Bissen fort und sprachen: „Wozu brauchst du so fett zu fressen? Du kannst ja nicht einmal gewöhnliche Eier legen, geschweige denn goldene und silberne wie wir! Mach, daß du fortkommst, Nichtsnutz!"

Darüber wurde das Huhn immer verzweifelter, nichts freute es mehr im Leben, es saß trübsinnig in der Ecke und sprach zu sich: „Puttputtputt, ich wollte, ich wäre tot. Zu nichts bin ich nutze. Der stolze bunte Hahn, den ich so sehr liebe, schaut mich nicht an, und soviel ich auch drücke, es kommt kein einziges Ei aus meinem Leibe. Puttputtputt, ich bin ein rechtes Unglückshuhn."

Der großmächtige Zauberer hörte, daß das Huhn so klagte, und er tröstete es und sprach: „Warte nur, was aus dir noch werden wird! Deine Schwestern können wohl goldene und silberne Eier legen, dich aber habe ich zu einem noch viel besseren Werke aufgehoben. Aus dir wird man noch einmal eine Suppe kochen, die Tote lebendig macht."

Diese Worte des Zauberers hörte seine Haushälterin, ein

kleines böses Fräulein, das die Hexerei erlernen wollte, und sie dachte bei sich: Eine Suppe, die Tote lebendig macht, ist eine schöne Sache, damit könnte ich viel Geld verdienen.

Als nun der großmächtige Zauberer zu Besuch bei einem andern Zauberer über Land gefahren war, fing sie das Unglückshuhn, schlachtete es, rupfte und sengte es, nahm es aus und tat es in einen Kochtopf, um die Lebenssuppe aus ihm zu kochen. Als das Wasser aber zu brodeln und zu singen anfing, klang das der Hexe grade so, als riefe das tote Huhn im Kochtopf: Puttputtputt, ich Unglückshuhn! Puttputtputt, ich Unglückshuhn!

Da bekam die Hexe einen großen Schreck, sie tat alles vom Feuer, holte sich Messer, Gabel und Löffel und machte sich daran, das Huhn schnell aufzuessen. Denn sie dachte in ihrer Dummheit, wenn sie das Huhn erst im Leibe hätte, würde es nicht mehr rufen können, und so würde der Zauberer nichts von ihrer Untat erfahren.

Derweilen saß der Zauberer mit seinem Freund in dessen Stube, und weil sie sich alles erzählt hatten, was sie wußten, fingen sie an, sich aus Langerweile einander ihre Zauberkunststücke zu zeigen. „Was hast du denn da in der Nase?" fragte der eine und zog dem andern einen Wurm aus dem Nasenloch. Der Wurm wurde immer länger und länger. „Nein, was hast du bloß für Zeugs in der Nase", sagte der Zauberer. „Du solltest sie doch einmal ordentlich ausschnauben!" Und er warf den Wurm, der einen guten Meter lang war, zum Fenster hinaus.

„Und du?" fragte der andere Zauberer, „du wäschst dir wohl nie die Ohren? Wahrhaftig, da gehen schon die Radieschen auf! Sieh doch!" Und er griff ihm ins Ohr und brachte eine Handvoll Radieschen hervor. Danach eine dicke gelbe Rübe und zum Schluß gar eine grüne Gurke, die noch länger war als der Wurm.

„Nun laß es aber genug sein", sagte der andere und hustete. Und von dem Husten flog das ganze Gemüse vom Tisch und einem auf der Straße vorübergehenden Weibe in den Korb. Das meinte, heute schneie es Radieschen, regne Gurken und hagele Rüben, und fing vor Schreck an zu lau-

337

fen, daß seine Röcke flogen. Die beiden Zauberer aber lachten, bis ihnen die Bäuche wackelten.

„Jetzt will ich dir etwas zeigen, was du nicht kannst", sagte der fremde Zauberer. Er zog seine Jacke aus, guckte in den Ärmel und sprach: „Durch diesen Ärmel kann ich überallhin und durch alle Wände gucken."

„Wenn du das kannst", sprach der großmächtige Zauberer, „so sage mir, was du in meiner Stube siehst."

„In deiner Stube", sprach der andere Zauberer, „sitzt ein Fräulein am Tisch, hat eine Schüssel mit Suppe vor sich und nagt an einem Hühnerbein."

„Was?!" schrie der Zauberer im höchsten Zorn. „Hat sie gar das Huhn geschlachtet, aus dem ich die Lebenssuppe kochen will?! Da muß ich eiligst fort!"

Und er schlug dreimal auf seinen Stuhl. Da verwandelte sich der Stuhl in einen riesigen Adler, flog mit ihm aus der Stube und rauschte mit solcher Schnelligkeit durch die Luft, daß kaum eine Minute vergangen war, da war der Zauberer schon bei der kleinen Hexe.

Die ließ vor Angst das abgenagte Hühnerbein aus der Hand fallen, weinte und schrie: „Ich will es auch gewiß nicht wieder tun!" Aber das half ihr nichts. Sondern der Zauberer ergriff eine kleine Flasche, die auf seinem Waschtisch stand, gebot: „Fahre hinein!" Und sofort wurde das Hexlein ganz klein und fuhr wie ein Rauch in die Flasche.

Der Zauberer stöpselte die Flasche gut zu, hing sie dem Adler um und sprach: „Nun fliege wieder heim, mein guter Adler, sonst fehlt meinem Freund ja der Stuhl. Und sage ihm, er soll dieses kleine Hexlein ja nicht herauslassen, es stiftet nur Unfug. Wenn er aber wissen will, wie das Wetter wird, soll er das Hexlein in der Flasche ansehen. Hat es den Mund zu, bleibt das Wetter gut; streckt es aber die Zunge heraus, wird's Regen."

„Rrrrrummmm!" sagte der Adler, flog ab und tat, wie ihm befohlen.

Der Zauberer aber ging durch Haus und Hof und suchte alles zusammen, was das Hexlein von dem Huhn weggeworfen hatte: die Federn vom Dunghaufen, die Eingeweide aus dem Schweineeimer und den Kopf aus dem Kehricht. Nur das Fleisch von dem einen Bein blieb fehlen, das war aufgegessen und nicht wiederzubekommen. „Macht auch nichts", sagte der Zauberer, legte alles schön zusammen und sprach einen Zauberspruch. Schwupp! stand das Huhn da! Nur fiel es gleich wieder um, weil ihm ein Bein fehlte.

„Macht auch nichts", sagte der Zauberer und schickte zu einem gelehrten Goldschmied. Der verfertigte mit all seiner Kunst ein goldenes Hühnerbein und setzte es dem Huhn so künstlich ein, daß es damit gehen konnte, als sei es aus Fleisch und Knochen.

Das gefiel dem Huhn nicht übel, das Bein blinkerte und glänzte herrlich wie nicht einmal die Federn vom stolzen bunten Hahn und klapperte so schön auf dem Stubenboden, wenn es lief, als gackerten zehn Hühner nach dem Eierlegen.

Wie aber ward dem Huhn, als es mit seinem Goldbein vergnügt und stolz auf den Hof hinausklapperte! „Falschbein! – Hinkepot!" riefen die beiden Hühner, die goldene und silberne Eier legen konnten, höhnisch. „Du altes Klapperbein!" Und sie jagten das Huhn mit Schnabelstößen und Krallenkratzen so lange herum, bis es vor Angst auf einen Baum flatterte. Am schlimmsten aber hackte und kratzte der stolze bunte Hahn. „Hier darf nur einer glänzen, und der bin ich!" rief er böse und hackte, daß die Federn flogen.

Nun saß das arme Huhn verängstigt auf seinem Baum und klagte bei sich: „Puttputtputt, ich Unglückshuhn! Ich dachte, nun würde es besser werden, nachdem ich so viel ausgestanden habe, aber jetzt ist es ganz schlimm geworden. Ach Gott, wär ich bloß tot!"

Indem erspähte eine diebische Elster, daß in dem Baum etwas glitzerte und blinkte, dachte, es gebe was zu stehlen, flog hinzu und wollte dem Huhn das Goldbein abreißen. Dazu war sie aber zu schwach, flog also, als sie dies sah, fort und rief Hunderte von ihren Schwestern zusammen, die alle ebenso wild auf Glänzendes waren wie sie.

Da fielen alle Elstern mit spitzen Schnabelhieben über das Huhn her, die Federn stoben in alle Winde, und es gab ein entsetzliches Gezeter und Gezanke, weil jede Elster gern das Goldbein gehabt hätte. Das Huhn aber stürzte wie tot vom Baum, dem großmächtigen Zauberer grade vor die Füße; denn er kam aus seinem Zimmer gegangen, zu sehen, was denn das für ein höllischer Spektakel sei.

Der Zauberer sah das Huhn betrübt an, denn es war keine Feder mehr auf ihm, und die Haut war auch zerfetzt, und er sprach: „Du hast es freilich schlimm, du armes Unglückshuhn. Aber warte nur und halte aus. Du sollst sehen, wenn erst die Lebenssuppe aus dir gekocht wird, wirst du so berühmt und geehrt wie kein Huhn vor dir!"

Damit trug er das Huhn ins Haus. Weil aber der Wind alle Federn fortgetragen hatte, schickte er zu einem geschickten Silberschmied und ließ dem Huhn eine künstliche Silberhaut machen. Die blinkerte und glänzerte so schön, daß es eine wahre Freude war. Dazu klapperte das Goldbein wie frohes Hühnergegacker.

Da wurde das Unglückshuhn froh und stolz und ging hinaus auf den Hof, sich den andern Hühnern zu zeigen. Die andern beiden Hühner kamen mitsamt dem stolzen Hahn eilends herbeigelaufen, zu sehen, was denn das für ein Geglänze und Geglitzer sei. Als sie aber sahen, es war bloß das Unglückshuhn, und merkten, kein Schnabelhieb ging durch die feste Silberhaut, da sagten sie verächtlich: „Nein, dieses elende Huhn! Es hat ja nicht einmal Federn an, es ist ganz nackt – mit einer solchen Person wollen wir nichts zu tun haben!" Und der stolze bunte Hahn krähte wütend: „Ich habe dir schon einmal gesagt, daß ich allein glänzen darf. Warte nur, ich werde nicht einmal einen Regenwurm von dir annehmen, wenn du dein graues Federkleid nicht wieder anziehst."

„Das kann ich doch nicht!" rief das Huhn traurig. Aber der Hahn ging böse weg. Da weinte das Huhn und klagte: „Mit mir wird es auch nie besser, es kann geschehen, was will. Puttputtputt, ich bin ein rechtes Unglückshuhn." Und es saß alle Tage traurig in einer Ecke, und weder Silberhaut noch Goldbein freuten es noch.

Aber es sollte noch schlimmer kommen! Das böse Hex-

lein nämlich, das beim andern Zauberer in einem Fläschlein auf dem Schreibtisch stand, sah all seiner Zauberei zu,
die er tagsüber machte. Es lernte dabei viel und wurde immer böser. Wäre ich nur erst aus der Flasche! dachte es. Ich
wollte denen schon zeigen, daß ich ebensogut zaubern
kann wie sie, und sie mächtig ärgern!

Aber der Zauberer paßte gut auf und hatte den Flaschenkorken noch mit einem Strick am Flaschenhals festgebun-
den, daß es nur nicht herauskam. Da geriet das Hexlein auf
eine List und streckte, als es gutes Wetter zeigen und den
Mund zuhalten sollte, die Zunge heraus, was ja Regen be-
deutete.

Der Zauberer sah es und sprach: „Ach so, es gibt Regen.
Gut, daß ich das weiß. Ich wollte heute nachmittag eigentlich über Land und Tante Kröte besuchen. Nun aber will
ich doch lieber zu Haus bleiben, denn naßregnen lasse ich
mich nicht!"

Der Zauberer blieb also zu Haus, und weil er nichts
Rechtes zu tun hatte, zauberte er aus reiner Langerweile
erst eine ganze Stube voll Apfelreis und dann dreihundert
kleine Mäuse, die den Apfelreis auffressen mußten, was
eine ganze Weile dauerte. Als aber die Mäuslein den Apfelreis aufgefressen hatten, waren sie groß und dick und rund
geworden. Da zauberte der Zauberer dreißig Katzen, die
mußten die dreihundert Mäuslein auffressen. Als die Katzen das getan hatten, legten sie sich dickesatt und schläfrig
in die Sonne.

Der Zauberer sah das und rief erstaunt: „Was denn –?
Ich denke, es soll regnen, und nun scheint immer noch die
Sonne! Was ist denn bloß mit meinem Hexlein los?" Und er
klopfte mit dem Finger gegen das Fläschlein. Das Hexlein
saß ganz still darin und zeigte weiter die Zunge. Nun, es
wird wohl gleich losregnen, tröstete sich der Zauberer und
sah wieder die dreißig Katzen an, die faul und schläfrig in
der Sonne lagen.

Was fange ich bloß mit dieser Bande an? fragte sich der
Zauberer. Sie sind so vollgefressen, sie sind zu nichts mehr
nutze. Sie haben dreihundert Mäuse im Bauch, und die

dreihundert Mäuse haben eine ganze Stube voll Apfelreis im Bauch – nun liegen sie hier rum und tun gar nichts. Und er gab einer Katze einen Tritt. Er war nämlich schlechter Laune, weil er trotz des schönen Wetters im Glauben an das Hexlein zu Haus geblieben war. Die Katze kümmerte sich gar nicht um den Tritt, sondern schlief ruhig weiter.

Da holte der Zauberer eine kahle Haselrute und verwandelte die dreißig faulen Miesekatzen in dreißig Haselkätzchen, die an dem Zweige saßen. „So", sagte er. „Das sieht wenigstens nett aus und liegt nicht im Wege." Und er stellte den Zweig in eine Vase.

Als er dies getan hatte, sah er wieder nach der Sonne. Die Sonne schien noch immer. Dann sah er nach dem Hexlein in der Flasche: Das Hexlein zeigte noch immer die Zunge. „Du!" sagte er und klopfte an das Glas. „Es regnet doch gar nicht, nimm die Zunge rein!" Das Hexlein zeigte die Zunge. Vielleicht hat sich die Zunge zwischen den Zähnen festgeklemmt, überlegte der Zauberer und schüttelte die Flasche kräftig. Das Hexlein zeigte noch immer die Zunge. „Ich werde die Flasche auf den Kopf stellen", sagte der Zauberer, tat es – aber das Hexlein zeigte weiter die Zunge. Ich will ihm doch mal die Sonne zeigen, dachte der Zauberer, dann sieht es doch, daß es falsch Wetter zeigt. Und er trug die Flasche hinaus in den Garten und hielt sie in die Sonne. Das Hexlein zeigte der Sonne die Zunge.

„I du dummes Ding! Wie kannst du dich so verkehrt aufführen!" schrie der Zauberer wütend und warf die Flasche gegen die Wand. An der Wand zerbrach die Flasche, das Hexlein kam hervor wie ein Rauch, und ehe noch der Zauberer ein Zauberwort hatte sprechen können, fuhr es als Rauch empor in die Wolken.

„Weg ist sie!" sagte der Zauberer verblüfft. „Na, hoffentlich macht sie nicht zuviel Unfug." Damit ging er ins Haus und zog sich Stiefel an, denn er wollte jetzt doch noch über Land zur Tante Kröte. Es würde ja doch nicht regnen.

Das Hexlein aber blieb nicht lange in den Wolken, denn dort war es ihm zu kalt, sondern es fuhr dort zur Erde, wo das Haus des großmächtigen Zauberers stand. Dem wollte

342

es zuerst einen Schabernack tun, weil er es in die Flasche gesteckt hatte.

Das Hexlein verwandelte sich aus einem Rauch zurück in seine menschliche Gestalt und sah vorsichtig durch das Fenster ins Zimmer, zu erfahren, was der Zauberer wohl täte. Der Zauberer lag in seinem großen Sessel und schlief ganz fest. Auf seiner einen Schulter saß das Huhn, das silberne Eier, auf der andern das Huhn, das goldene Eier legen konnte, auf dem Kopf aber der stolze bunte Hahn, und die drei schliefen auch.

Wo ist denn bloß das Unglückshuhn? fragte sich das Hexlein. Wenn ich dem das Herz aus dem Leibe reiße und es aufesse, kann er es nicht wieder lebendig machen und ärgert sich fürchterlich. So ging das Hexlein vom Garten auf den Hof, und da saß das Unglückshuhn betrübt in einer Ecke. Das Hexlein fing das Huhn und wollte ihm das Herz aus dem Leibe reißen, aber die Silberhaut war zu fest. Da nahm die Hexe das einzige an dem Huhn, das noch aus Fleisch und Knochen war, nämlich den Kopf, und riß ihn ab. Weil das Hexlein aber den Hühnerkopf nicht selber essen mochte, gab es ihn einem Hund, der grade die Straße entlangkam. Der Hund schnappte den Kopf, fraß ihn auf und lief weiter.

„So!" sagte das Hexlein. „Nun kann der Zauberer sein liebes Huhn gewiß nicht wieder lebendig machen." Damit verwandelte sich die Hexe von neuem in einen Rauch und flog über Land, eine Stelle zu suchen, wo sie neues Unheil stiften konnte.

Der Zauberer schlief sehr fest und hätte noch lange nichts von dem neuen Unheil gemerkt. Aber der stolze bunte Hahn, der auf seinem Kopfe saß und schlief, träumte, daß er einen Regenwurm aus der Erde kommen sah. Er packte den Regenwurm – im Traum – mit einer Kralle. Aber der Regenwurm saß halb in der Erde, er ließ sich nicht herausziehen. Da fing der Hahn – im Traum – an, mit dem Schnabel die Erde aufzuhacken, während er weiter mit der Kralle fest am Wurm zog – und davon wachte der großmächtige Zauberer auf und schrie vor

Schmerzen. Denn der Hahn hielt ihn bei einer Haarsträhne gepackt, riß mit der Kralle daran und hackte mit dem Schnabel in seinen Kopf.

Der Zauberer schalt: „Ihr seid ein ganz freches Gesindel! So etwas würde das Unglückshuhn nie tun", und jagte das Geflügel aus der Stube. Doch gackerte es draußen gleich so laut, daß der Zauberer nachsehen mußte, was da wieder geschehen war. Hühner und Hahn standen aufgeregt um das silberhäutige Huhn, das tot, ohne Kopf, am Boden lag.

Der Zauberer hob es auf und sprach traurig: „Wer hat denn das nun wieder getan? Sicher deine Feinde, die bösen Elstern, die auf deine Silberhaut gierig waren. Aber warte nur, wenn ich erst deinen Kopf gefunden habe, will ich dich schon wieder lebendig machen!" Aber soviel er auch suchte, er fand den Kopf nicht, und das war kein Wunder, denn der lief ja in einem Hundebauch über Land.

Schließlich gab der Zauberer das Suchen auf. „Das Unglückshuhn muß ich wieder lebendig kriegen", sprach er bei sich, „und sollte ich mein kostbarstes Eigentum opfern. Denn ich habe in meinen Zauberbüchern gelesen, daß ich aus ihm einmal die Lebenssuppe kochen und dadurch reich und glücklich werde."

Als er das gesagt hatte, fiel ihm ein, daß er in einer Lade noch einen herrlichen großen Edelstein von seinem Vater her hatte. Er ließ einen kunstreichen Steinschneider kommen, und der mußte ihm aus dem Edelstein den schönsten Hühnerkopf von der Welt schleifen und schneiden. Dann wurde dieser Kopf geschickt auf die Silberhaut gepaßt, angezaubert – und schon stand das Unglückshuhn wieder lebendig!

Aber es sah gar nicht mehr wie ein Unglückshuhn aus, es glänzte und gleißte herrlich, und der diamantene Kopf schimmerte in allen Farben von der Welt und war dabei so hart, daß man mit einem Hammer hätte darauf schlagen können, er hätte nicht den kleinsten Riß bekommen. – „So", sagte der Zauberer zufrieden, „nun bist du so fest gepanzert, daß kein Feind dir etwas tun kann. Geh nur hinaus, Unglückshuhn, und hör dir an, was die Neidhämmel sagen!"

So ging das Huhn hinaus auf den Hof, und als die andern Hühner dies Geglänze und Gestrahle sahen und gar merkten, daß sie mit ihren Schnäbeln gar nichts mehr ausrichten konnten, daß aber das Unglückshuhn einen diamantenen Schnabel hatte, schärfer als ein Messer, da sprachen sie wütend: „Das ist doch höchst ungerecht! Wir legen dem Zauberer alle Tage ein goldenes und ein silbernes Ei, und für uns tut er gar nichts. Aber diese faule Nichtsnutzige schmückt er, als sei sie Kaiserin aller Hühner. Nein, nun wollen wir tun, als sähen wir sie gar nicht, und nie mehr ein Wort mit ihr sprechen."

Und der Hahn war erst recht wütend, denn sein stolzes buntes Kleid sah neben Silberhaut, Goldbein und Diamantkopf des Unglückshuhns blaß und schäbig aus, und er sprach zornig zu dem Unglückshuhn: „Sprechen Sie mich bloß nicht an, Sie aufgedonnerte Person! Der Wurm krümmt sich mir im Magen, wenn ich solch eitles Geprahle sehe! Mit Ihnen rede ich überhaupt kein Wort mehr!"

Da war das Unglückshuhn ebenso allein und traurig wie vorher. Kümmerlich saß es in den Ecken herum und seufzte: „Ach, spräche doch einmal ein nettes Huhn ein paar freundliche Tucktuck mit mir. Ach, sähe mich doch einmal der stolze bunte Hahn liebevoll an! Ach, könnte ich doch einmal ein ganz gewöhnliches Hühnerei legen! Puttputtputt, ich bin ein rechtes Unglückshuhn!"

Unterdessen war das Hexlein weiter über Land geflogen, bis es zu dem kaiserlichen Palast kam. Da saß die Tochter des Kaisers am Fenster und stickte. Das Hexlein sah sie sitzen und merkte, wie schön und lieblich sie war, und es dachte in seinem bösen Herzen: Das wäre doch das größte Unheil, das ich anrichten könnte, wenn ich des Kaisers Tochter krank machte. Flugs verwandelte sich das Hexlein in ein Marienkäferchen und setzte sich auf den Stickrahmen der Kaiserstochter.

Die sah das Marienkäferchen und sprach: „Liebes Käferchen, flieg weiter auf ein grünes Blatt. Hier auf meinem Stickrahmen steche ich dich noch mit der Nadel."

Als sie aber beim Sprechen den Mund aufmachte, flog

ihr das Marienkäferchen direkt in den Mund hinein. Davon, weil das Hexlein so giftig und böse war, wurde die Prinzessin auf der Stelle todsterbenskrank. Sie sank von ihrem Stuhl und war so weiß wie ein Laken auf der Bleiche.

Da ließ ihr Vater, der Kaiser, alle Ärzte zusammenrufen. Und sie klopften und horchten an der Prinzessin herum, sie gaben ihr süße und sauere und bittere Medizinen, sie machten ihr trockene Umschläge und packten sie in nasse Tücher, sie ließen sie schlafen und weckten sie wieder auf, sie gaben ihr zu essen und verboten ihr alles Essen, sie machten ihr Zimmer dunkel und trugen sie dann wieder in die Sonne, sie maßen Fieber und zählten ihr den Puls – kurz, sie taten alles, was die Ärzte nur tun können. Bloß auf das eine rieten sie nicht, daß die Prinzessin ein Marienkäferchen verschluckt hatte, das eine böse Hexe war.

Darüber wurde die Prinzessin kränker und kränker, und es ging mit ihr bis nahe an den Tod. Ihr Vater, der Kaiser, geriet in große Sorge, und er ließ im ganzen Lande bekanntmachen, wer seine Tochter von ihrer Krankheit heile, solle die Hälfte seines Königreichs bekommen.

Viele kamen darauf herbeigeeilt, aber keiner konnte der Prinzessin helfen. Da wurde der Kaiser zornig und sprach: „Ihr seid ja alle Betrüger! Ihr wollt nur gut essen und trinken in meinem kaiserlichen Palaste, meine Tochter aber macht ihr nicht gesund. Wer jetzt kommt und macht sie doch nicht gesund, dem lasse ich als einem Betrüger den Kopf abhauen."

Nun kam keiner mehr, denn davor hatten sie alle Angst. Eines Tages aber trat der Torwächter doch wieder vor den Kaiser und sprach: „Herr Kaiser, drunten steht einer, hat ein silberhäutiges Huhn mit einem Goldbein und einem Diamantkopf unter dem Arm und sagt, er kann Ihre Tochter gesund machen."

„Torwächter", fragte der Kaiser, „hast du ihm auch gesagt, daß ich ihm den Kopf abschlagen lasse, wenn er die Prinzessin nicht gesund macht?"

„Das habe ich ihm gesagt", sprach der Torwächter.

„So schicke ihn herauf!" gebot der Kaiser.

Also kam der Mann herauf in die kaiserliche Halle, wo die Prinzessin sterbenskrank auf einem Bette lag, und es war der großmächtige Zauberer mit seinem Unglückshuhn. „Erlaubt, Herr Kaiser", sprach der Zauberer, „daß ich hier vor den Augén der Prinzessin aus diesem Huhn eine Suppe koche. Das ist eine Lebenssuppe, und wenn die Prinzessin davon ißt, wird sie wieder gesund."

„Man mache hier ein Feuer", gebot der Kaiser, „und bringe einen Kochtopf mit Wasser. – Du weißt aber, wenn es dir nicht gelingt, lasse ich dir den Kopf abschlagen?"

„Es gelingt mir", sprach der Zauberer und warf das Unglückshuhn in den Topf.

Als das Huhn eine Weile gekocht hatte, fragte der Kaiser, der ungeduldig war, seine Tochter wieder gesund zu sehen: „Riecht die Lebenssuppe schon?"

„Nein", sprach einer von seinen Leuten, die dabeistanden und zusahen.

„Wie sieht sie denn aus?" fragte der Kaiser.

„Wie klares Wasser", wurde ihm geantwortet.

„Was tut denn das Huhn?" fragte der Kaiser wieder.

„Es sitzt im Wasser und spricht: Puttputtputt, ich Unglückshuhn!"

„So macht stärkeres Feuer unter dem Topf!" gebot der Kaiser. „Dieses Huhn muß wohl auf gewaltigem Feuer gekocht werden."

Sie taten es, und nach einer Weile erkundigte sich der Kaiser von neuem. Aber alles war unverändert: Die Suppe roch nicht, war wasserklar, und das Huhn saß darin wie in einem Bad und sprach nur: „Puttputtputt, ich Unglückshuhn!"

Noch einmal wurde stärkeres Feuer gemacht, aber alles blieb, wie es war. Da runzelte der Kaiser die Stirne fürchterlich und fragte den Zauberer: „Nun, was ist dies, du Mann? Wird das eine Suppe oder bleibt es Wasser?"

Der Zauberer sprach zitternd: „Mächtiger Kaiser, ich gestehe, ich habe einen großen Fehler gemacht. Diesem Huhn wurde von seinen Feinden sehr nachgestellt, und so habe ich ihm ein Goldbein, eine Silberhaut und einen Diamantkopf gegeben, daß niemand ihm noch etwas zuleide tun kann. Aber ich habe dabei nicht bedacht, daß man Silber, Gold und Diamant nicht kochen kann. Wir könnten dieses Unglückshuhn wohl noch drei Jahre auf dem Feuer haben, das Wasser würde Wasser bleiben und keine Suppe werden."

„So kannst du also die Lebenssuppe nicht kochen?" fragte der Kaiser zornig.

„Nein", antwortete der Zauberer betrübt.

„So muß ich dir den Kopf abschlagen lassen", sprach der Kaiser. „Denn ich habe mein kaiserliches Wort darauf gegeben."

Damit winkte er einem seiner Soldaten, der sofort den Säbel zog. Der Zauberer sah betrübt darein und dachte: Schade, nun muß ich also sterben.

Die Hexe aber, in der Prinzessin Kehle, wollte gerne sehen, wie ihrem Feind, dem großmächtigen Zauberer, der Kopf abgehauen wurde. Sie kroch also aus dem Munde der Prinzessin und setzte sich auf die Lippe, um bequem zuzuschauen. Da sah sie der Zauberer, und mit seinen Zaubereraugen erkannte er, daß dies kein Marienkäferchen war, sondern ein verwandeltes Hexlein. Er rief mit lauter Stimme zu dem Unglückshuhn im Kochtopf: „Pick auf! Pick auf!"

Da flatterte das Unglückshuhn aus dem Topf und pickte das Marienkäferchen und zermalmte es in seinem diamantenen Schnabel. Im selben Augenblick war die Prinzessin wieder so gesund und schön und lieblich, wie sie gewesen.

Der Kaiser aber gebot dem Soldaten, wieder seinen Säbel einzustecken, zu dem Zauberer aber sprach er: „Du hast zwar die Lebenssuppe nicht kochen können, aber dein Huhn hat meiner Tochter das Leben gerettet. Darum sollst du auch dein Leben behalten und die Hälfte meines Reiches bekommen."

Der Zauberer freute sich gewaltig, und zum Dank schenkte er der Prinzessin das Unglückshuhn. Das durfte nun im kaiserlichen Schlosse wohnen und bekam jeden Tag Weizen auf goldenen und Regenwürmer auf silbernen Tellern zu fressen. Ging es aber einmal spazieren, so schritten zehn stolze bunte Hähne voraus und zehn an jeder Seite, und zehn Hähne gingen hinterher. Und alle vierzig Hähne kikeriten aus voller Kraft und riefen: „Platz da! Aus dem Wege! Hier kommt das Huhn der kaiserlichen Prinzessin, das Huhn aller Hühner, das Glückshuhn!"

Das Huhn aber sprach bei sich: „Ach, wenn mich doch meine Schwestern und der stolze bunte Hahn vom Hofe des Zauberers sehen könnten! Aber sie sind nicht hier, und so macht es mir auch keinen Spaß. Puttputtputt, ich bin ein rechtes Unglückshuhn!"

Geschichte vom verkehrten Tag

Als die Mummi am frühen Morgen aufwachte, sah sie, daß der Pappa noch schlief. Er hatte die Steppdecke fein säuberlich vor das Bett gelegt und sich mit dem Bettvorleger zugedeckt. „O weh!" seufzte da die Mummi, „dies wird wohl wieder solch schlimmer Tag, an dem alles verkehrt geht. Da muß ich gleich einmal sehen, was die Kinder machen."

Sie ging ins Zimmer vom Schwesterchen; es schlief noch, aber es hatte die Füße auf dem Kopfkissen und den Kopf unter der Decke. Als die Mummi es richtig legte, sagte das Schwesterchen: „Ich bin aber keine grüne Gurke", lachte und schlief weiter.

Im Bett von Knulli-Bulli war die Decke ganz geschwollen, aber der Junge war nicht zu sehen. Aha! dachte die Mummi, er hat sich wieder einmal verkrochen. Sie schlug die Decke zurück – da lag im Bett Frau Kuh! „Bitte schön, liebe Erikuh, kannst du mir nicht sagen, wo der Uli ist?" Aber die Kuh muhte bloß schläfrig und machte gleich wieder die Augen zu.

„Es ist aber auch zu schlimm mit solch verkehrtem Tag!" seufzte die Mummi. „Ich muß mich wirklich einmal hinsetzen und ausruhen." Sie setzte sich auf einen Stuhl, da fuhr der Stuhl mit ihr in die Küche. Auf der Küchenuhr war es schon acht. „Nein", rief die Mummi, „nun muß ich aber gleich Frühstück machen." Als sie aber nochmals auf die Uhr sah, war sie schon zehn. Da sah die Mummi genauer hin und merkte, daß der Knulli auf einem Zeiger ritt. „Kommst du sofort runter, Uli!" rief sie. „Du bringst ja alle Zeit durcheinander. Hilf mir lieber beim Frühstückmachen!"

Uli setzte sich auf eine Fliege, kniff sie in den Po, und schwupp! war er beim Küchenherd. Nun taten sie Holz und Kohlen auf die Herdplatte und gossen Wasser ins Herdloch. Dann steckten sie das Wasser mit einem Streichholz an, und als Holz und Kohlen zu kochen anfingen, holte Mummi die Eier. „Wieviel brauchen wir denn?" fragte sie. „Wir sind vier Große und zwei Kinder, vier und zwei macht drei", sagte sie und schlug neun Eier auf die Kohlen.

„Was machst du denn, Mummi?" fragte Uli-Knulli.

„Ja, heute ist ein verkehrter Tag", seufzte die Mummi. „Aber ich mache Setzei."

„Nein", rief Knulli, „du sollst Spiegelei machen!"

„Nein", schrie Mummi, „ich mache Setzei!"

„Willst du das noch einmal sagen?!" brüllte Uli. „Gleich gibt es einen Backs!"

Da ging die Tür auf, und herein kam der Schimmel. „Streitet euch nicht, Kinder", sprach er gemütlich, „sonst kriegt ihr alle beide Haue. Spiegelei und Setzei ist doch dasselbe. – Nun zieht euch schön warm an, wir fahren nach Feldberg zur Tante Wendel. Ich spanne gleich den Pappa an."

Damit ging der Schimmel in das Schlafzimmer, Mummi und Uli aber hörten eine feine Stimme rufen: „Ich will auch mit! Ich auch!"

„Das ist doch die Miezi!" sagte die Mummi verwundert und zog die Tischschublade auf. Richtig, da lag die Miezi zwischen Löffeln, Gabeln und Messern. „Nein, habe ich schlecht geschlafen!" gähnte sie. „Eine Gabel hat mich in die Seite gestochen, und ein Löffel wollte mir immerzu den Mund auslöffeln."

„Ich will, daß Sie ordentlicher werden, Miezi", sprach die Mummi streng. „Sehen Sie gleich einmal in Ihrem Bett nach: Sicher haben Sie den großen Auffüllöffel in Ihr Bett gelegt und sich statt des Löffels in die Schieblade."

Sie sahen nach – richtig! Der Auffüllöffel lag in Miezis Bett, hatte ihr Nachthemd an und schlief noch fest. „Rut ut de Betten!" rief Miezi und ließ den Wecker klingeln. Da fuhr der Auffüllöffel mit einem silbernen Geklapper aus dem Bett, warf das Nachthemd ab und fing eilig an, das Waschwasser aus der Waschschüssel in den Toiletteneimer zu löffeln. „So waschen sich artige Löffel", sagte er und lachte dazu silbern.

Der Schimmel knallte schon mit der Peitsche. Er saß auf dem Bock, und Pappa stand angespannt mit hängendem Kopf trübselig vor dem Wagen. Als sie aber einstiegen, drehte er listig den Kopf, um zu sehen, wie viele es wären. Denn wenn es zu viele wären, wollte er nicht ziehen.

„Sind alle da?" fragte der Schimmel. „Hüh, Pappa!"

„Halt!" rief die Mummi, „wo ist denn Tante Palitzsch?"

„Ich bin hier!" rief die Tante mit heller Stimme. „Mich hat der Schimmel hinten als Katzenauge angemacht, sonst schreibt uns Wachtmeister Heuer in Feldberg auf."

„Und wo ist die Peggi?" fragte die Mummi.

„Peggi ist nicht artig gewesen", sagte Tante Palitzsch, „sie darf nicht mit."

„Was hat sie denn gemacht?" fragte Schwesterchen.

„Sie hat mir nicht die Augen ausgewischt!" rief Tante Palitzsch. „Nun muß sie zur Strafe den Fußboden rein lekken."

„Hüh!" rief der Schimmel, und Pappa fing an zu laufen. Er lief, bis er am Berg bei Schönfelds war. Da bockte er und trat rückwärts, und rückwärts schob er den Wagen auf den Hof.

„Wat is di, Pappa?!" rief Uli und faßte den Vater vorne am Zügel. Hinten knallte die Peitsche mit dem Schimmel, und nun ging es immer schneller durch das Dorf. Die Fenster guckten aus den Leuten und lachten, die Schweine nahmen ihre Mützen ab, und der alte Akazienbaum beim Gemeindevorsteher stand vor Vergnügen kopf, daß sich all seine Wurzeln sträubten.

Als sie nun aus dem Dorf waren, sahen sie bei der alten Weide mitten auf dem Weg eine große Pfütze. „Hüh!" rief der Schimmel und rüttelte die Zügel. Aber es war zu spät: Pappa hatte sich schon der Länge nach in die Pfütze gelegt und wollte nicht wieder aufstehen. „Da hilft alles nichts", sprach der Schimmel. „Da müssen wir eben einmal verkehrte Welt spielen. Wir setzen den Pappa in den Wagen und ziehen."

Alle waren damit einverstanden, und rasch kamen sie so nach Feldberg. Frau Wendel stand schon vor der Tür vom „Deutschen Haus" und rief: „Was denkt ihr Rasselfamilie denn –?! Fix her und die Teller abgewaschen! Es wird höchste Zeit!"

Sie wollten alle ins Haus, da kam Wachtmeister Heuer gegangen. „Wo ist denn das Katzenauge an euerm Wagen?" fragte er.

„Erlauben Sie mal, Herr Wachtmeister", sagte der Schimmel, „ich habe selbst die Tante Palitzsch als Katzenauge angemacht."

„Ich sehe keins", sagte Wachtmeister Heuer. „Seht ihr eins?" Sie sahen auch keins.

„Wo ist es nur?" fragte der Schimmel ängstlich. „Ob die Tante abgefallen ist –?"

Aber sie wachte grade auf. „Entschuldigt bloß", sagte sie und gähnte, „es war so heiß, und der Wagen stuckerte so, da habe ich schnell die Augen zugemacht."

„Ja, wenn Sie die Augen zumachen, kann man freilich kein Katzenauge sehen", sagte der Wachtmeister streng. „Ihr habt kein Katzenauge gehabt – da hilft nun nichts: Ihr müßt alle ins Gefängnis."

„Zu Befehl, Herr Wachtmeister!" riefen sie alle. Aber Frau Wendel sagte: „Lassen Sie doch erst die Teller abwaschen, Heuer!"

„Natürlich", sagte der Wachtmeister. „Abwaschen muß man erst, ehe man ins Gefängnis darf. Ich helfe gleich selber mit."

Da gingen sie in die Küche. In der Küche standen alle Tische und Stühle und der Herd und der Fußboden voller Geschirr. „Oje!" rief Mummi. „Das ist ja ein ziemlich langweiliger Tüterkram, wenn wir das alles abwaschen sollen. Und ich wollte so gerne auf Ihrem Klavier Radio spielen!"

„Nein, das geht ganz schnell", sagte der Pappa und nahm einen Teller. „Das Geschirr ist ja aus Gummi und nicht aus Porzellan." Und damit warf er den Teller durch das offene

353

Küchenfenster in den Haussee. Richtig, schwamm der Teller auf dem See. „Wir werfen einfach das ganze Geschirr in den See. Da wäscht es sich von selbst ab, und nachher fahren wir mit dem Motorboot herum und sammeln es sauber wieder ein“, sagte der Pappa.

So taten sie, und die Teller und die Tassen und die Schüsseln und die Aufschnittplatten flogen immer schneller aus dem Fenster, und im See klatschte und spritzte es immerzu, und die Schwäne schwammen ärgerlich zischend fort, denn einen Teller auf den Kopf zu bekommen, auch wenn er bloß aus Gummi ist, ist nicht angenehm.

Plötzlich aber griff Uli-Knulli nach einer ungeheuer großen Suppenterrine. „Nicht die, Uli!“ schrie Frau Wendel. „Die ist bestimmt aus Porzellan und geht kaputt.“

Aber Uli hatte schon geworfen, und er hatte der Terrine solchen Schwung gegeben, daß sie weit über den See fortflog. Sie stieg noch immer höher und höher und hörte nicht eher auf mit Steigen, bis sie als lieber Mond am Himmel leuchtete.

„O Gott, o Gott!“ rief Frau Wendel. „Ich sage es ja, immer diese ollen Jungens! Meine schöne Terrine! In was soll ich denn nun meine Suppe tun?!“

„Da hast du aber was angerichtet, Junge“, sagte der Wachtmeister. „Gleich holst du die Terrine wieder!“

Und Uli besann sich auch nicht lange, sondern er trat vorsichtig auf die glänzende Strahlenbahn, die vom Mond übern See bis ans Küchenfenster lag. Als er aber merkte, sie hielt, ging er immer kecker und schneller weiter und höher. Als das die andern sahen, besannen sie sich nicht lange, sondern stiegen hintennach. Zuerst das Schwesterchen und dann die Miezi und Mummi und der Pappa und Wachtmeister Heuer und Frau Wendel, und ganz zuletzt ging der Schimmel. Der aber hatte sich Tante Palitzsch als Katzenauge an die Hinterbacken gemacht. „Denn mich soll keiner anfahren!“

So stiegen sie immer höher und höher, und zuerst lag das Hotel Deutsches Haus ganz klein unter ihnen, und dann das ganze Städtel Feldberg mit seinem roten, spitzen Kirchturm, und dann die große, liebe, dunkle Erde. Und nun kamen sie den Sternen immer näher, sie wurden größer und groß und funkelten und strahlten unbeschreiblich.

Da waren sie im Monde angelangt, das heißt, in Frau Wendels Suppenterrine, die vom Fliegen so ausgeweitet war, daß alle bequem darin Platz hatten.

„Oje, die ist aber nicht sehr fest angemacht!" rief Uli, denn die Terrine wackelte, als er hineintrat. Da sahen sie genauer hin und merkten, die Terrine hing in einem großen, leuchtenden Netz von weißen Strahlen.

„Ich will schaukeln!" rief das Schwesterchen, und schon fingen Uli und Schwesterchen an, in der Terrine zu schaukeln, und die andern schaukelten mit. Und sie schwangen herrlich durch den ungeheuren Himmel, und einmal waren sie nahe der Erde und dem Städtchen Feldberg und dem Haussee, und dann waren sie wieder unendlich weit fort, ganz allein zwischen den strahlenden Sternen.

„Nicht so toll!" mahnte die Mummi. „Ihr stoßt ja an die Sterne."

Aber sie schaukelten immer wilder und wilder und stießen einen Stern um und einen zweiten und einen dritten und viele, viele. Die umgestoßenen Sterne aber fielen leuchtend durch den Himmel und verschwanden ferne in der Nacht.

„Haltet ein! Haltet ein!" rief die Mummi angstvoll. „Herr Heuer soll uns festhalten!"

Aber da rissen die silbernen Strahlen, an denen die Schüssel hing, und alle zusammen – Uli und Schwesterchen, Miezi und Herr Heuer, Pappa und Mummi, Frau Wendel und Tante Palitzsch, der Schimmel und die Schüssel – fielen, fielen, fielen in den Haussee.

„I gitt, ist das naß!" rief die Mummi und machte die Augen auf. Da war es früher Morgen, und Uli stand vor ihrem Bett, seinen nassen Waschlappen in der Hand, und sagte: „Nun wird es aber Zeit, daß du aufwachst, Mummi. Habe ich dich nicht schön naß aufgeweckt?"

„Gott sei Dank!" sagte Mummi. „Es war alles bloß ein Traum! Das ist nur gut. Der Tag war mir ein bißchen zu verkehrt."

Geschichte vom getreuen Igel

Es war einmal ein Mann von der Stadt aufs Land gezogen, der kannte die Igel noch nicht und wußte nicht, was sie für getreue Gesellen sind. Als der nun eines Abends zur Dämmerung in seinem Garten spazierenging, hörte er unter den Büschen etwas rascheln, und als er genauer hinsah, schien da ein graues spitzes Osterei auf kurzen Beinen einherzutorkeln.

„Höre mal, was willst du denn hier? Dies ist mein Garten!" rief er, aber das spitze Osterei huschte geschwind in ein Erbsenbeet und ließ sich an diesem Abend nicht wieder sehen.

Das nächste Mal war der Mann beim Himbeerpflücken. Da wackelten die dichtstehenden Himbeeren, und ehe sich der Mann versah, war etwas Graues, Spitzes über den Weg gelaufen und zwischen den Spargelbeeten verschwunden.

„Nun schlägt es aber dreizehn!" sprach der Mann. „Das sah ja genau wie ein klimperkleines Wildschwein aus! Sollte ich Schweine in meinem Garten haben? Das wäre doch unerhört!" Und er ging den Zaun ab, der um Haus und Hof und Garten lief, aber der Drahtzaun war neu und gut und kein Loch darin zu finden. „Es ist unerhört!" schrie der Mann noch einmal. „Ich füttere in meinem Garten keine wilden Tiere!"

Als der Mann an diesem Abend, es war schon fast dunkel, aus dem Haus in den Garten trat, sah er auf dem Rasen etwas Rundes, Weißes stehen. Und in das Runde, Weiße reichte etwas spitznäsig Schwarzes und fraß. „Du glaubst es

356

nicht!" seufzte der Mann aus der Stadt empört, „nun frißt der fremde Bursche noch meinem guten Hunde Lümmel das Futter weg!" Und er ging schnell, den Hund Lümmel zu rufen. Als er mit dem aber zurückkam, war der fremde Gast schon fort, und der Futternapf war leergeschleckt.

„Das gefällt mir aber auf dem Lande gar nicht", seufzte da der Mann. „In der Stadt habe ich höchstens einmal eine Maus in der Speisekammer. Hier auf dem Lande aber stehlen die Tauben Erbsen, und die Hühner scharren die Beete auf. Die Stare picken die Kirschen, die Frösche fressen die Erdbeeren und die Wespen die Birnen. Maden sitzen in den Himbeeren, Raupen nagen am Kohl, und Würmer fressen mir die Kartoffeln. So viel Ungeziefer, daß ich es gar nicht sagen kann, muß ich in meinem Garten miternähren – und nun will ein fremder Bursche, der wie ein spitzes Osterei aussieht, auch noch meinem Lümmel die Schüssel leerfressen? Nein, das dulde ich nicht!"

Und er ging und suchte, wo er das fremde Tier fände, aber soviel er auch suchte, er fand es nicht. Als aber der Mann müde im Bett lag, konnte er nicht einschlafen, denn der Hund auf dem Hofe bellte und jaulte wie rasend. Was hat denn Lümmel bloß? überlegte der Mann. Er macht ja ein Getöse, daß man kein Auge zutun kann! Ich muß doch einmal sehen, was los ist. Seufzend stand er auf, und weil es eine warme Sommernacht war, ging er, wie er war, nämlich im Hemd und mit bloßen Füßen, auf den Hof.

Es stand ein bißchen Mond am Himmel, so konnte der Mann sehen, daß ein graues Häufchen auf dem Hofpflaster lag. Und der Lümmel sprang mit einem Satz auf das Häufchen zu, wollte hineinbeißen, jaulte schmerzlich und sprang wieder zurück. Von neuem sprang er vor, schlug diesmal mit der Pfote danach, jaulte abermals vor Schmerzen . . .

„Was ist denn das für ein komisches Häufchen?" fragte der Mann und stieß mit dem Fuß danach. Der Fuß war nackt. „Aua!" schrie der Mann. „Wer hat denn hier Stacheldraht auf den Hof gelegt?" Und er griff mit der Hand zu. „Aua! Aua! Aua!" schrie der Mann wieder. „Wollen Sie mal nicht so pieken, Sie – auf meinem Hof!" Und der Mann hätte am liebsten gejault wie der Hund.

Indes bekam der Stacheldraht vier Beine, raschelte und lief um die Ecke vom Holzschuppen.

„Lümmel!" sprach der Mann zum Hunde. „Jetzt weiß ich es. Ich habe solche Tiere schon in Bilderbüchern gesehen, das ist ein Igel!"

Lümmel blaffte, das konnte ja heißen.

„Ein Stacheligel, ein ganz gewöhnlicher Schweinigel", sprach der Mann. „So was wollen wir nicht bei uns haben: Es piekt und frißt dein Futter weg – nicht wahr, nein –?"

Lümmel blaffte wieder.

„Komm, wir wollen den ollen Igel suchen und aus dem Garten schmeißen", sprach der Herr, machte die Tür zum Garten auf, und Herr und Hund gingen in den Garten. Nun war der Garten sonst dem Hunde streng verboten, weil er sich nicht daran gewöhnen konnte, manierlich auf den Wegen zu gehen, sondern immer auf die Beete trat. Aber an diesem Abend war es dem Manne egal. „Such, Lümmel, such, guter Hund!" sagte er, und Lümmel lief über die Beete und zertrat junge Pflanzen, so viele, wie zehn Igel in zehn Jahren nicht zertreten.

Schließlich fanden sie den Igel im Obstgarten, wo er mit viel Schmatzen eine dicke, überreife, matschige Fallbirne verzehrte. Als der Igel aber die beiden kommen hörte, rollte er sich schnell zu einer Stachelkugel zusammen.

„Siehst du, Lümmel", sprach der Herr traurig zu seinem Hunde, „was das für ein häßlicher Igel ist: Nicht nur dein Futter, nein, auch meine schönen Birnen frißt er weg. Den müssen wir ausrotten. Aber wie –?"

Darauf wußte Lümmel keine Antwort, er jaulte bloß, denn wegen der scharfen Stacheln traute er sich nicht mehr an den Igel heran. Der Mann traute sich auch nicht mehr an den Igel heran, darum stand er eine lange Weile und dachte scharf nach. Als er lange genug nachgedacht hatte, sagte er freudig: „Mir ist etwas Gutes eingefallen, Lümmel: Wir hungern den Igel aus! Jetzt gehe ich in den Holzstall und hole eine alte Kiste. Die stülpen wir über den Igel, und wenn er dann drei Nächte und drei Tage darunter gesessen hat, wird er wohl verhungert sein!"

Lümmel blaffte. Der Mann nahm es für ja und ging zum Holzschuppen. Als er aber zehn Schritte gegangen war, merkte er, daß der Hund hinter ihm ging. Da sprach er: „Nicht so, mein Lümmel! Du mußt bei dem Igel sitzen bleiben und aufpassen, daß er nicht wegläuft, während ich die Kiste hole."

Und er ging zurück mit dem Hund zum Igel, hieß den Hund, sich vor den Igel hinsetzen, und ging wiederum, die Kiste holen. In dem dunklen Holzstall aber erfuhr der Mann nichts Gutes: Eine Kiste fiel ihm auf den nackten Fuß und quetschte ihn, an der zweiten Kiste riß er sich einen Splitter ein, die dritte Kiste stach ihn mit einem Nagel. „Ach, was für ein böses Tier ist doch solch ein Igel!" seufzte der Mann. „Die Leute haben ganz recht, wenn sie ihn Schweinigel nennen." Damit nahm er die vierte Kiste und ging in den Obstgarten unter den Birnbaum.

Aber da waren weder Igel noch Hund zu sehen. Der Mann guckte, so gut er gucken konnte, er pfiff und lockte, so gut er locken konnte, aber nicht Hund noch Igel meldeten sich.

Der Mann stellte die Kiste ab, seufzte schwer und sprach: „Was ist denn nun bloß wieder passiert? Sicher ist der Igel weitergegangen und der Lümmel hinterher, aber jetzt könnte er sich doch einmal mit Bellen melden."

Er suchte und suchte im Garten, aber er fand nichts. Schließlich wurde er des Suchens müde, die nackten Füße waren vom Tau naß, und er fror in seinem Hemde. – Jetzt lege ich mich ins Bett, werde warm und schlafe, dachte der Mann. Der Lümmel wird schon auf den Igel achten.

Als der Mann ins Haus ging, dessen Tür er vorhin in der Eile offengelassen hatte, hörte er in der Küche großes Gepolter und dann fürchterliches Geklirr von zerbrechendem Geschirr. Und als er Licht machte, sah er seinen eigenen Hund, den Lümmel, der war über die Milch geraten, hatte den Kalbsbraten angebissen, die Schüssel mit den Bohnen vom Tisch gestoßen, ein Vorderbein in den Schmalztopf, ein Hinterbein ins Blaubeerkompott gesteckt; mit dem Schwanz war er am Fliegenfänger klebengeblieben, und die Nase hatte er in die Quarkschüssel getaucht.

„I du elender Hund!" schrie der Herr zornig. „Hat der alte Schweinigel dich solche Gemeinheiten gelehrt? Warte, ich will dir!" Und er fuhr mit dem Besen auf den Hund los. Der Lümmel, weil er sah, es sollte Prügel geben, und zwar gesalzene, weil er noch sah, der Herr stand in der Tür und ließ ihn nicht raus, der Lümmel tat einen Sprung und fuhr mit einem fürchterlichen Wehgeheul durch die Fensterscheibe, die klirrend zerbrach. Dann rannte er in die Nacht hinaus und hörte nicht eher auf zu rennen, bis weder Haus noch Licht noch Mensch zu sehen waren.

Der Mann aber räumte seufzend und müde die verwüstete Küche auf und sprach bei sich: „Eigentlich bin ich ja schuld, ich hätte die Küchentür zumachen müssen. Aber eigentlich ist doch allein der alte Igel schuld: Wäre der nicht über den Hof gelaufen, hätte der Hund nicht gebellt. Hätte der Hund nicht gebellt, wär ich nicht aufgewacht. Wär ich nicht aufgewacht, wär ich nicht auf den Hof gegangen. Wär ich nicht auf den Hof gegangen, hätt ich die Küchentür nicht aufgemacht. Hätt ich die Küchentür zugelassen, hätt der Hund nicht reingekonnt. Hätt der Hund nicht reingekonnt, wär alles heil geblieben. Weil also der Igel über den Hof gelaufen ist, ging mein Geschirr entzwei, und mein schönes Essen wurde verdorben. Na, warte, alter Igel, wenn ich dich erwische!" Damit gähnte der Mann nochmals, ging ins Bett, wurde warm und schlief ein.

Am nächsten Morgen war Lümmel wieder da; er wackelte mit dem Kopf, kniff die Augen zu und klemmte den Schwanz ein, als der Herr strafend zu ihm sagte: „Lümmel, ich glaube, du bist ein rechter Höllenhund!" Aber dann besann sich der Mann und sprach: „Aber der Schweinigel, der an allem schuld ist, der ist ein wahrer Höllenfürst!" Damit ging der Mann an seine Arbeit und dachte an den Abend, wo er den Igel fangen wollte. Lümmel aber schlief nach der durchbummelten Nacht friedlich in seiner Hütte und bellte nur manchmal leise im Schlaf, wenn durch seinen Traum ein spitzes Osterei auf vier Beinen wackelte.

Als nun der Mann zu Abend gegessen hatte und es schon fast dunkel war, steckte er eine Lampe in die Tasche und begab sich zu dem Birnbaum, unter dem er am gestrigen Abend die Kiste hatte stehenlassen. Sie stand noch da – aber neben ihr saß wahrhaftig dieses freche Igeltier und fraß schon wieder eine Birne –!

„Halt!" sprach der Mann bei sich. „Die Kiste steht bereit, weg kommt mir dieser Bursche nicht, so kann ich erst einmal zusehen, wie viele Birnen er mir in seiner Unverschämtheit wegfrißt."

Der Mann stand und wartete, der Igel saß und fraß. Der Mann hatte es eigentlich eilig, ins Bett zu kommen, der Igel hatte alle Zeit – er fraß mit viel Genuß und schmatzte dabei wie ein Schweinchen. „Alter Schweinigel", sagte der Mann. „Viele Birnen sollst du mir nicht mehr wegschmatzen."

Als der Igel die Birnen aufgefressen hatte, legte er sich ins Gras auf den Rücken und streckte die Beine zum Himmel. „Nanu!" sagte der Mann. „Das ist ja ein unglaubliches Benehmen! Dir scheint es ja in meinem Garten sehr gut zu gefallen." Der Igel, als hätte er das verstanden, fing an, sich im Grase zu wälzen, und quiekte leise und vergnügt dabei. „Immer schöner!" sprach der Mann grimmig. „Unter meiner Kiste wird dir das Wälzen schon vergehen."

Der Igel stand auf und fing an weiterzumarschieren. „Was denn?" sagte der Mann. „Der sieht ja plötzlich ganz anders aus. Der hat ja lauter Buckel!" Und er knipste seine Taschenlaterne an, den Igel abzuleuchten. Sofort schrie er: „Halt, du böser Birnendieb!" Auf der Stelle rollte sich der Igel zusammen. Der Mann ging an ihn heran, und da sah er nun freilich, daß der Igel ein noch viel böserer Birnendieb war, als er geglaubt hatte. Denn der Igel hatte sich nicht nur zum Vergnügen im Grase gewälzt, er hatte sich dabei fünf schöne, reife Birnen auf die Stacheln gepiekst. Die wollte er nun wohl als Nachtessen in seinen Bau tragen.

„Igel!" sprach der Mann zu dem zusammengerollten Sta-

cheltier. „Böser Igel, Diebsigel, Birnendiebsigel, Fallbirnen-
diebsigel – ach, du alter böser Schweinigel, jetzt mußt du
verhungern und sterben!" Damit nahm er die Kiste, rief
noch einmal: „Siehste, nun kommst du unter die Kiste!"
und stülpte sie über den Igel.

Danach ging der Mann ins Haus und legte sich vergnügt
zu Bett. Als er aber grade im Einschlafen war, fiel ihm ein,
daß er es doch falsch gemacht hatte. Er hatte dem Igel ja
die Birnen auf den Stacheln gelassen, da würde es zu lange
dauern, bis er verhungerte. „Nein, was man für Scherereien
mit solchem Igel hat!" seufzte er, stand auf und ging wieder
in den Garten.

Unter der Kiste raschelte es und quiekte es. Der Mann
klopfte gegen die Kiste. „Du", sprach er mahnend, „ein Gefangener hat leise und anständig zu sein. Roll dich jetzt
wieder zusammen, sonst läufst du mir noch weg, wenn ich
die Kiste hochhebe." Er horchte: Unter der Kiste war es ruhig. Er hob sie vorsichtig hoch, richtig saß der Igel zusam-
mengerollt darunter. „Na, das ist ja schon ganz artig",
sprach der Mann. „Aber jetzt ist es freilich mit dem Artig-
sein zu spät, sterben mußt du doch." Damit sammelte er die
Birnen auf, von denen einige schon aus den Stacheln gefallen waren, stülpte die Kiste wieder über, ging ins Haus,
legte sich zu Bett, machte das Licht aus und schlief ein –
sehr zufrieden mit dem, was er vollbracht hatte.

Den ganzen nächsten Tag war der Mann sehr vergnügt;
immer einmal ging er von seiner Arbeit in Haus oder Garten fort und zur Kiste. Dann klopfte er mit dem Finger gegen die Kiste und horchte, aber es rührte sich nichts darunter. Sicher ist der Igel schon vor Hunger schwach und ent-
kräftet, daß er sich nicht mehr rühren kann, überlegte der
Mann. Aber hoch hebe ich die Kiste jetzt lieber noch nicht.
Vielleicht beißt er mich vor Wut ins Bein, und vielleicht ist
solch Wutbiß giftig, und vielleicht sterbe ich daran, und
vielleicht bin ich dann noch eher tot als der Igel. Nein, das
wollen wir mal lieber nicht machen!

Damit ging der Mann wieder an seine Arbeit, und so
machte er es drei volle Tage, bis er sicher war, daß der Igel

jetzt vor Hunger gestorben sein mußte. Da ging er hin, und leise – vorsichtig – sachte – still – behutsam – ängstlich hob er die Kiste hoch und sah darunter. Und unter der Kiste war – – – nichts!

„Nanu!" sagte der Mann, kratzte sich die Nase und sah den leeren Grasfleck an. Aber es war wirklich gar nichts da. Sollte der Igel vor Hunger ganz zu Luft geworden sein? fragte sich der Mann. Aber das hatte der Igel nicht getan, sondern als der Mann genauer hinsah, merkte er, daß der Igel sich ein Loch unter der Kiste durchgegraben hatte und ausgerissen war.

Nein, dieser Heimtücker! wunderte sich der Mann. Darum war es so still unter der Kiste!

Da habe ich mich also drei Tage umsonst gefreut, ärgerte sich der Mann. Das ist wirklich ein Jammer!

Aus meinem Garten wird er aber ausgezogen sein, tröstete er sich. Er hat sicher eingesehen, daß ich mir seine Frechheiten nicht gefallen lasse.

Darin aber irrte sich der Mann. Er wußte eben noch nicht, was für getreue Gesellen die Igel sind. –

An einem schönen, stillen Abend saß der Mann nun recht zufrieden, seine Pfeife rauchend, auf einer Bank, die beim Komposthaufen stand. Oben auf dem Komposthaufen wuchsen Gurken, unten auf der Bank saß rauchend der Mann. Morgen könnte es ein bißchen regnen, überlegte der Mann. Das ewige Gießen ist mir schon recht über. Aber für meine Gurken ist es mir nicht über – ich will die allerlängsten und allerdicksten Gurken von allen Leuten ernten. Wirklich hingen sehr schöne große Gurken da oben, aber der Mann wollte sie noch schöner und dicker.

Grade als der Mann dies überlegte, raschelte es oben und – pardautz! fiel eine Gurke von dem hohen Komposthaufen auf die Erde. „Das verbitte ich mir!" rief der Mann und nahm die Pfeife aus dem Munde. „Ihr habt zu wachsen, nicht abzufallen, ihr Gurken!" Er bückte sich nach der Gurke, oben raschelte es wieder und – plautz! – fiel ihm eine zweite Gurke auf den Rücken, daß es knallte. „Aua!" schrie der Mann. „Das tut ja weh!" Und er rieb sich den Rücken.

Oben raschelte es noch einmal, aber diesmal fiel nichts, nein, es war, als wenn etwas fortlief. Diebe! dachte der Mann. Gurkendiebe! Und er lief schnell um den Haufen herum. Er sah nichts, der Haufen war zu hoch. „Hallo, Sie!" schrie der Mann. „Gehen Sie mal raus aus meinen Gurken, sonst rufe ich die Polizei."

Plautz, pardautz fiel etwas aus dem Komposthaufen heraus, und als der Mann es ansah, war es wieder einmal der Igel. „Dachte ich es mir doch!" sagte der Mann empört. „Nun sind meine Birnen gepflückt, da gehst du an meine Gurken. Sind meine Gurken alle, wirst du die Kürbisse nehmen. Kürbisernte vorbei – machst du dich an die Rüben. Rüben alle, heißt's Kartoffeln. Kartoffeln ausgebuddelt, ist der Winter da, und du willst womöglich in mein warmes Haus. Nichts da – jetzt ist es völlig alle mit dir – aber unter eine Kiste setze ich dich nicht wieder. Mir sollst du nicht noch einmal ausreißen!"

Damit nahm der Mann eine Schaufel, schob sie unter die Stachelkugel und trug den Igel hinunter an den See und legte ihn ins Boot. Dann ruderte er ein weites Stück auf den See und warf den Igel ins Wasser. „So", sagte er, „du bist weg. Meinetwegen können sich die Fische deine Stacheln in ihre Mäuler pieken." Dabei fiel ihm ein, daß er gut einmal wieder nach seiner Aalreuse sehen könnte. Er ruderte hin, zog sie hoch, und richtig waren zwei schöne, starke Bengel darin. Das geht ja großartig, dachte der Mann. Erst die Gurken, nun die Aale. Grünen Aal mit Gurkensalat eß ich für mein Leben gerne.

Er ruderte vergnügt nach Haus, nahm in jede Hand einen Aal, stieg ans Ufer, ging zum Haus hinauf – wer steht im Wege?

Der Igel! Der Igel – noch ein bißchen naß, aber sonst sehr vergnügt.

Vor Schreck läßt der Mann die Aale fallen, der Igel quiekt und rennt unter einen Rosenbusch, die Aale schlängeln sich fort ins Gras, der Mann schreit und rennt dem Igel nach in den Dornenbusch, wo er sich jämmerlich zersticht und zerkratzt. Die Aale sind fort, der Igel ist verschwunden, aber der Mann hat blutige Hände. Der hat nicht gut geschlafen, diese Nacht!

Nun hatte dieser Mann aus der Stadt etwas in seinem Garten, das er noch mehr liebte als seine Birnen und Gurken. Das war ein kleiner Steingarten, den er sich am Wasser gebaut hatte. Schwitzend hatte er aus eigener Kraft in einer Karre große Feldsteine herangefahren und zu einem Mäuerchen aufeinandergesetzt. In die Fugen zwischen den Steinen hatte er Sand und Erde getan und allerlei Gewächs darin eingepflanzt und ausgesät, wie es am liebsten zwischen Steinen gedieh. Und nun blühte und wuchs das Mäuerchen herrlich mit vielen Pflanzen, die so hießen wie: Gänsekresse und Sandmiere, Wohlverleih und Sterndolde, Lichtblume, Besenheide, Lerchensporn und Mädchenauge.

In diesem Steingärtlein, das ihm doch gar keine Früchte trug, saß der Mann gerne einmal ein halbes Stündchen, ruhte sich von seiner Arbeit aus, ließ sich von der Sonne braten und sah abwechselnd die blühenden Kräutlein an oder auf den See hinaus, der im Sonnenlicht glänzte und strahlte wie ein großer Spiegel.

Am Tage nach dem schlimmen Abenteuer mit dem Igel, der ihm wieder in den Garten geschwommen war, saß der Mann auch wieder dort und ruhte sich aus. Da sah er, daß ein Pflänzlein, namens Helmkraut, in seiner Steinfuge die dunkelblauen Blütchen so traurig hängen ließ, als wolle es völlig vertrocknen. Er ging näher und bemerkte ein Loch, das bei den Wurzeln des Pflänzchens in die Erde ging. „Oh, diese bösen Mäuse!" sprach er recht traurig, „fressen sie dir deine Wurzeln ab, ohne die du doch nicht leben kannst, armes Helmkraut?" Und er stocherte mit seinem Finger in dem Loch.

Aber er fuhr angstvoll zurück, denn aus dem Loch kam ein böses, scharfes Zischen, und hervor fuhr ein kleiner Kopf mit rötlich funkelnden Augen, weit geöffnetem Maul, und zwischen den aufgesperrten Kiefern tanzte eine zweiteilige, dünne Zunge. Nach schob der Leib, grau, mit einem scharfen Zickzackband den ganzen Rücken entlang, und jetzt war die ganze Schlange draußen, und voller Angst sah der Mann, daß es eine Kreuzotter war, die böseste und giftigste Schlange, die im deutschen Lande lebt, so giftig, daß ein einziger Biß von ihr einen Mann töten kann.

Diese Kreuzotter war aus dem Loch gefahren, wütend, daß der Mann sie gestört hatte, und hoch aufgerichtet ließ sie den Kopf vor seinen Beinen auf und ab tanzen, jederzeit bereit, zuzubeißen. Der Mann aber stand da, in Angst vor dem Biß der Schlange, und konnte gar nichts tun. Versuchte er nur, den Fuß zu rühren, um wegzulaufen, so brachte das die Schlange in neue Wut, und sie stieß vor mit dem Kopf, und ihr tödlicher Biß drohte ihm. Er aber hatte nichts zur Waffe als seine nackten Hände, um zuzugreifen, aber mit nackten Händen kann man nicht nach einer Schlange greifen, ohne gebissen zu werden.

Also stand der Mann voller Schrecken bewegungslos da, und er dachte bei sich: Wenn ich nur ganz unbeweglich stehe, so hält die Schlange vielleicht meine beiden Beine für zwei Baumstämme oder Stöcke, und nach einer Weile läßt ihre Wut nach, sie geht in ihr Loch zurück, und ich kann fliehen.

Die Schlange aber tanzte immer weiter zornig vor seinen Beinen, bedrohte ihn mit ihrem Maule und hielt ihn in großer Angst. Da dachte der Mann wieder bei sich: Ich kann hier nicht mehr lange ohne alle Bewegung stehen. Schon schlafen meine Füße ein, und die Waden tun mir weh. Ich muß mich rühren. Wenn ich mich aber rühre, beißt mich die Schlange, und ich muß sterben. Da habe ich mich nun die ganze Zeit hier über alles und jedes geärgert, über jede Fliege, alle Mücken und Wespen, über den Igel und über die Raupen, über Wasserschleppen und abgefallene Gurken. Alle Tage habe ich mich geärgert. Wenn ich mich alle Tage gefreut hätte, hätte ich doch ein vergnügtes Leben gehabt. So habe ich mich jeden einzigen Tag geärgert und habe nur ein dummes Leben gehabt. Wenn ich dieses Mal noch heil davonkomme, will ich mich gewiß nicht wieder so oft ärgern, sondern lieber alle Tage freuen.

Als der Mann sich das vorgenommen hatte, hörte er ein Rascheln, und unter einem Strauch kam der Igel hervor.

Mach, daß du wegkommst, Igel, dachte der Mann, sonst wirst du auch gebissen und mußt sterben.

Aber der Igel raschelte ruhig weiter. Im Zickzack torkelte er auf die böse Kreuzotter zu, und er sah aus, als sei er gewaltig wütend, so dick hatte er die Kopfhaut gefaltet, und so spitz trug er seine Stacheln. Er ging immer näher an die Schlange heran, und die tanzte schon nicht mehr vor dem Manne, sie hielt den Kopf auf den Igel zu und fauchte ihn wütend an. Der Igel aber kümmerte sich gar nicht darum, er hatte keine Angst, und als er bei der Schlange war, beroch er sie mit seiner schwarzen, feuchten, spitzen Nase. Schwapp! – hatte sie ihn hineingebissen.

Armer Igel! dachte der Mann und machte schnell einen großen Satz von der Kreuzotter fort, jetzt mußt du sterben. Aber der Igel schüttelte nur den Kopf und fing an, sich gemütlich die gebissene Nase zu lecken. Schwapp! – hatte ihn die Schlange in die Zunge gebissen.

„Oh! Oh! Oh!" rief der Mann, der jetzt aus sicherer Ferne zuschaute. „Du armer, vergifteter Igel, du!"

Der Igel zog die Zunge ein, guckte die Schlange an und fing wieder an, sie zu beriechen, als rieche sie so schön wie ein Blumenstrauß.

Schwipp – Schwapp – Schwupp!!! Hatte er drei Bisse im Kopf.

„Hin bist du, Igel!" sprach der Mann traurig und wunderte sich bloß, daß der Igel nicht tot umfiel. „Weil du mich aber gerettet hast, will ich dich auch schön begraben unter meinem Birnbaum."

Der Igel sperrte das Maul auf, als müßte er gähnen über diese langweilige Schlange, die nichts konnte als zischen und beißen, und – schwuppdiwupp! – hatte er die Kreuzotter im Maul, biß zu, kaute los – und die Schlange mochte ihren Leib drehen und winden, soviel sie wollte, der Igel fraß sie auf, vom Kopf bis zu der Schwanzspitze. Dann legte er sich in die Sonne und schlief ein.

Der Mann ging hinzu. Es war ihm ganz egal, daß die Stacheln stachen, er nahm den Igel in seine Hände, trug ihn ins Haus, legte ihn in eine Kiste, die er schön mit Heu gepolstert hatte, setzte ihm Milch in einem Schälchen hin und sprach dabei: „Oh, du getreuer Igel! So oft habe ich dich mit dem Tode bedroht und aus dem Garten gewünscht. Du aber bist immer wiedergekommen und hast mir nun sogar das Leben gerettet. Wenn du am Leben bleibst, sollst du mein liebster Geselle sein, bei mir wohnen dürfen, und die allerbesten Birnen und Gurken sollst du auch haben."

Der Igel aber hörte von der ganzen schönen Rede nichts, denn er schlief. Aber er blieb wirklich am Leben, denn Schlangengift tut den Igeln nichts, und er lebte mit dem Manne im Haus und ging überall mit ihm. Da lernte der Mann, was für nützliche Gesellen die Igel sind, die nicht nur die Schlangen töten, sondern auch Mäuse und Käfer und Raupen und Ohrwürmer. Da wurde der Igel, den er erst hatte töten wollen, sein liebster Freund. Auch hielt der Mann sein Versprechen: freute sich mehr und ärgerte sich weniger, so hatte er ein gutes Leben.

Nur eines tat der Mann nicht: Er ließ den Igel nicht mit sich im Bette schlafen. Und das kann man nicht übelnehmen: Als Schlafgefährte war der Igel zu stachlig, auch hatte er wie alle Igel viele Flöhe.

Geschichte vom Nuschelpeter

Es war einmal ein Junge, der war gar nicht mehr ganz klein und hieß Peter. Aber im ganzen Dorf nannten sie ihn nur den Nuschelpeter, weil er niemals ordentlich und deutlich sprach. Sondern er redete, als hätte er eine Riesenkartoffel im Munde. Und hundertmal konnten ihm Vater und Mutter sagen: „Peter, sprich deutlich!" – Peter nuschelte weiter, und es war ihm egal, ob ihn die Leute verstanden oder nicht.

An einem Tage hatten nun die Kinder schulfrei, weil ihr Lehrer krank war, und Peter wäre gern zum Spielen gegangen. Aber die Mutter sagte: „Peter, ich will heute Musklöße machen. Lauf schnell zum Kaufmann Möbius und hole ein Pfund Pflaumenmus." Damit gab sie ihm einen Henkeltopf und ein Fünfzigpfennigstück, und Peter ging los.

Er lief aber gar nicht schnell, und als er zu dem Kreuzweg kam, wo rechts der Weg nach Drewolke und links der Weg nach Gooren abgeht, blieb er ganz stehen. Denn es kam ein Auto langsam dahergefahren, und am Steuer saß ein Mann mit einem roten Bart. Der fuhr noch langsamer, als er den Peter sah, und rief: „Junge, ich bin der Doktor und muß zu einer kranken Frau nach Gooren. Da geht's doch hier lang?" Und der Mann zeigte auf den Weg nach Drewolke.

„Da geht's nach Drewolke!" rief der Nuschelpeter.

Der Doktor aber verstand ihn wegen seines Nuschelns falsch, rief: „Das sage ich ja!", gab Vollgas und haute ab auf dem Weg nach Drewolke, obwohl er doch nach Gooren wollte. Das ist eine schöne Bescherung! dachte der Junge. Aber ich bin nicht schuld daran.

Damit guckte er dem Auto nach, bis auch der letzte Staub sich gelegt hatte. Dann ging er weiter zum Kaufmann Möbius. Als er fünfzig oder einundfünfzig Schritte gegangen war, begegnete ihm die Frau Gemeindevorsteher, die es eilig hatte. Im Vorbeigehen rief sie: „Peter, ich will zu deinem Vater, ist er zu Haus?"

Peter nuschelte: „Vater ist aus", aber die Frau Gemeindevorsteher verstand: „Vater ist zu Haus", rief: „Schön, dann treffe ich ihn ja", und lief noch schneller.

Nuschelpeter sah ihr nach. Das ist eine schöne Bescherung, dachte er. Aber ich bin nicht schuld daran.

Damit ging er weiter und kam zu einer Scheune, die mit Stroh gedeckt war. Auf dem Scheunendach saß der Dachdecker und flickte die Löcher mit Stroh aus. Die lange Leiter aber lehnte am Dach. Peter guckte dem Dachdecker eine Weile bei seiner Arbeit zu. Plötzlich sah er, wie aus dem Hof der Bulle kam, der sich losgerissen hatte und grade auf die Leiter zulief. Da schrie Nuschelpeter: „Paß auf, der Bulle kommt!" Und versteckte sich hinter der Mauer.

„Was?!" rief der Dachdecker. „Der Olle kommt? Den wollte ich ja grade sprechen!" Und er stieg oben auf die Leiter, indes unten der Bulle dagegenstieß. Die Leiter fiel um, der Dachdecker fiel mit und sauste in großem Bogen in einen Lindenbaum, in dem er schreiend hängenblieb.

Als Peter das sah, bekam er es mit der Angst und lief fort. Im Laufen aber dachte er: Das ist eine schöne Bescherung. Aber ich bin nicht schuld daran.

Indem wurde Peter hinter einer Hecke hervor angerufen, und als er hinter die Hecke sah, stand da ein ganz alter Bettler, der sagte: „Junge, hast du nicht ein bißchen zu trinken für mich in deinem Topf?"

Darauf nuschelte Peter: „Im Topf ist bloß Luft."

Da rief der Bettler wütend: „Ich bin doch kein Schuft!"

„Luft! Luft!! Luft!!! Bloße Luft!" rief Peter ängstlich.

„Schuft! Schuft!! Schuft!!! Hosenschuft!" schrie der Bettler wütend. „Warte, dafür hau ich dich, Junge!"

Da mußte Peter laufen, und der Bettler lief hinterher.

Während sie aber liefen, schrie Peter wieder: „Ich habe bloß Luft gesagt!"

Schrie der Bettler: „Sollst aber nicht Schuft sagen!" und lief schneller.

Fiel der Peter über einen Stein, schrie: „Aua!"

Rief der Bettler: „Ja, Haue gibt's!"

War der Topf kaputtgefallen.

Der Peter schrie, der kranke Lehrer sah aus dem Schulfenster und rief: „Wollen Sie mal den Jungen nicht hauen!" Da lief der Bettler weg, denn er hatte Angst vor dem Lehrer.

„Peter, komm mal her!" befahl der Lehrer.

Peter kam heulend ans Fenster, hatte den Topfhenkel, aber ohne Topf, in der Hand und in der andern Hand seinen Fünfziger.

„Hast du den Topf zerbrochen?" fragte der Lehrer.

„Für Pflaumenmus!" heulte Peter.

„Was ist mit deinem Fuß?" fragte der Lehrer. „Zeig mir den Fuß mal!"

„Pflaumenmus!" heulte Peter lauter.

„Ja, ja. Nun zeig doch den Fuß!" sagte der Lehrer ärgerlich.

„Pflaumenmus!" schrie der Peter ganz laut.

„Wenn du jetzt deinen Fuß nicht sofort zeigst", sprach der Lehrer ernst, „gibt's ein paar hinter die Ohren, Peter!"

So mußte der Peter den Fuß herzeigen, obwohl er gar nichts daran hatte. „Na, das sieht nicht schlimm aus", sagte der Lehrer und sah sich den Fuß an. Peter ging nämlich barfuß. „Geh langsam und achte auf den Weg, dann geht dir auch kein Topf kaputt."

„Jawohl, Herr Lehrer!" sagte Peter artig.

Der Lehrer aber rief ärgerlich: „Du sollst doch nicht so nuscheln, Peter! Das klang eben grade so, als hättest du zu mir ‚Alles Kohl' gesagt."

Damit schlug der Lehrer das Fenster zu, und Peter ging weiter, dachte aber dabei: Der Topf ist kaputt, aber ich bin nicht schuld daran.

Endlich kam Peter doch zum Laden des Herrn Möbius, der aber nicht da war. Sondern seine alte Mutter, die schon ein wenig taub auf beiden Ohren war, saß im Ladenfenster, damit sie auch sehen konnte, wer auf der Dorfstraße vorüberging, und strickte einen Strumpf. Peter, der wußte, wie schlecht die alte Frau hörte, dachte: Hier muß ich es gut machen, sonst gibt es keine Musklöße, und schrie, so laut er konnte: „Tag, Frau Möbius, ich möcht für 'nen Fünfziger Pflaumenmus!"

Gott! fuhr die alte Frau in die Höhe! Sie hatte die Ladenklingel gar nicht gehört. „Was für 'nen Schuß? Wo fiel der Schuß?" rief sie zitternd.

„Für fünfzig Pfennige Pflaumenmus!" schrie Nuschelpeter noch lauter.

„Wie –?" fragte die alte Frau und hielt die Hand an die Ohren.

„Pflaumenmus!" brüllte Peter und zeigte ihr das Geldstück.

„Was will er bloß –?" murmelte die alte Frau. „Ich versteh immer: Frau mit Kuß!"

„Pflaumenmus!" brüllte Peter und schrie so, daß die Scheibe klirrte und ihm der Hals weh tat.

Die alte Frau schüttelte verzagt den Kopf. „Jungchen", sagte sie, „laut schreist du wohl, aber du hast so 'ne nuschlige Aussprache. Weißt du was, geh hinter den Ladentisch und such selber, was du haben willst. Ich will schon aufpassen, daß es nicht zu viel wird."

Damit nahm sie ihm die fünfzig Pfennig aus der Hand und machte die Klappe im Ladentisch auf, daß er durchschlüpfen konnte.

Da stand Peter nun wie ein kleiner Kaufmann, und was er sich manchmal im Einschlafen gewünscht hatte, nämlich einen großen richtigen Laden mit allem drin, was er gerne mochte, das hatte er nun. Da waren viele, viele Schubladen mit kleinen Schildern daran, und so viel konnte er schon lesen, daß er verstand, was in den Schubladen war. Wo Salz und Mehl dranstand, da sah er gleich wieder weg, aber wo Zucker und Mandeln und Rosinen und Erdnüsse dranstand, da sah er immer länger hin, und sein Herz fing an, schneller zu klopfen.

Unter den Schubladen aber standen auf der Erde noch Steintöpfe und Tönnchen, auf denen war zu lesen: Saure Gurken, Schmalz, Sirup, Marmelade und Pflaumenmus. Schnell sah Peter wieder weg und – richtig – da stand das, was er schon lange gesucht hatte: zwei schöne, blanke Gläser voller Bonbons.

Der Peter hatte noch immer den Henkel vom Steintopf in der Hand, und er hielt ihn auch weiter fest, aber dabei starrte er auf die beiden Gläser mit Bonbons, daß ihm die Augen übergingen, und dachte: Ach je, wie schön wäre das, wenn ich statt Pflaumenmus für ganze fünfzig Pfennige Bonbons kaufen könnte! Da würde ich mich einmal richtig satt an ihnen essen und brauchte zum Mittag gar keine Musklöße!

Grade als der Peter so schlimme Gedanken bei sich hatte, sagte die alte Frau Möbius ungeduldig: „Na, Jungchen, hast du denn noch immer nicht gefunden, was du holen willst?"

Da sagte der Peter laut „Pflaumenmus!", mit dem Finger aber zeigte er auf die beiden Bonbongläser, und bei sich dachte er: So habe ich doch nicht gelogen. Ich habe Pflaumenmus verlangt, und wenn mir Frau Möbius dann Bonbons gibt, bin ich nicht schuld.

Die alte Frau sagte: „Ach, Bonbons willst du! Das klingt ja komisch bei dir, ich glaube, du bist ein rechter Nuschelpeter." Und damit tat sie in eine Tüte Eisbonbons und in die andere Tüte saure Drops, gab die Tüten dem Jungen und sprach: „Auf Wiedersehen, Jungchen. Verdirb dir bloß den Magen nicht."

Peter aber steckte die eine Tüte in eine Tasche, die andere Tüte in die andere Tasche, nuschelte „Auf Wiedersehen" und ging los. Ganz wohl war ihm nicht, und was die Mutter sagen würde, konnte er sich schon denken, und was der Vater tun würde, fühlte er beinahe schon auf seinem verlängerten Rücken. Aber trotzig dachte er: Ich habe nicht gelogen, und wenn sie mir statt Pflaumenmus Bonbons gibt, bin ich nicht schuld!

Darüber war er sich klar: Die Bonbons würde er alle aufessen müssen, ehe er nach Haus kam, sonst würde die Mutter sie fortnehmen, und er bekam dann jeden Tag nur einen oder zwei. Er ging also schnell die Dorfstraße entlang, und als er am Schulhaus vorbeikam, lief er, so rasch er konnte, damit ihn bloß der Lehrer nicht ansprach.

Dann aber kam der schöne, ruhige Weg am Kirchhof entlang, und – schwupp! – war Peter mit einem Satz über die niedrige Kirchhofsmauer und drückte sich in die Büsche, die dort reichlich wuchsen. Auf einen uralten Grabstein setzte er sich, zog aus der einen Tasche die Drops, aus der andern die Eisbonbons, steckte dafür den Topfhenkel ein und fing an, sehr zufrieden die Bonbons in langen Reihen auf den Grabstein zu legen, denn er wollte sie erst einmal zählen. Gerade hatte er bis hundertsechsundfünfzig gezählt und freute sich, daß er so unglaublich viel Bonbons zu essen hatte, da raschelte es in den Büschen, und angstvoll fuhr Peter hoch, denn ein schlechtes Gewissen hatte er doch trotz aller Freude.

Aus den Büschen kam aber nur Alfred Thode, der größte und stärkste Junge in der Schule. „Du hast aber mächtig viel Bonbons, Peter", sagte der starke Alfred.

„Es sind aber gar nicht meine", sagte Peter voll Angst, denn er fürchtete, der Alfred würde sie ihm wegnehmen.

„Oller Nuschelpeter, daß es keine Steine sind, seh ich auch", lachte Alfred. „Laß mich mal probieren!"

„Nein, nein!" schrie Peter. „Ich geb keine ab! Ich kriege zu Haus fürchterliche Prügel deswegen, da will ich sie auch alleine aufessen!"

„Das glaube ich, die sind fein zu essen!" lachte der starke Alfred, schob eine ganze Handvoll Bonbons zusammen und steckte sie auf einmal in den Mund. „Schmeckt großartig, Peter, willst du auch einen?" Und er hielt ihm einen einzigen hin.

Das war Peter zuviel. Er brüllte: „Hilfe! Hilfe! Diebe!"

„Wer schreit denn hier so jämmerlich um Hilfe?" klang's vom Kirchhof her. Durch die Zweige sah ein Gesicht – und es gehörte dem Dachdecker, der vorhin von der Leiter geflogen war. Kaum hatte der den Peter erkannt, so rief er: „Du bist doch der infame Bengel, der mich auf die Leiter gerufen hat, grade als der Bulle kam? Warte, jetzt verhau ich dich!"

Damit stürzte er sich auf Peter; Peter aber mußte laufen, immer von seinen schönen Bonbons fort, die der starke Alfred alle miteinander aufaß! Der Dachdecker, der von seinem Fall noch lahm war, humpelte, so schnell er konnte, hinter Peter her und schrie dabei: „Warte, Bengel, nimm deine Haue mit! Warte doch, ich habe die Haue schon hier!"

Dies Geschrei hörte der Bettler, sah den Peter laufen, erkannte in ihm den, der ihn „Schuft" genannt haben sollte, lief auch hinterher und sammelte dabei fix Steine auf, die er beim Laufen dem Peter in den Rücken warf, daß der immer lauter schrie und stets schneller lief.

Der Weg vom Kirchhof geht bergab, Peter saust so schnell wie eine Kanonenkugel. Unten kommt die Frau Gemeindevorsteher um eine Hausecke – Peter kann nicht mehr bremsen und saust ihr in den Bauch. Die gute, ein bißchen dicke Frau fällt auf den Rücken und streckt die Beine in die Höhe. Peter fällt über sie.

Gerne möchte er sich ein bißchen ausruhen, doch schon nahen Bettler und Dachdecker: Er muß weiterrennen. Jetzt läuft als dritte auch die Frau Gemeindevorsteher hinter ihm – Peters Zunge hängt schon bis ans Knie, er kann keine Luft mehr kriegen. Aber jetzt sieht er seiner Mutter Haus. Nur zur Mutter, denkt er ... Da kommt in einer Staubwolke das Automobil mit dem Doktor gefahren. „I du elender Bengel, schickst mich nach Drewolke, wenn ich nach Gooren will! Warte, dich krieg ich!"

Nun muß Peter gar noch schneller laufen als das Automobil; es war nur gut, daß das Haus schon nah war – sonst hätten sie ihn gekriegt!

In der Haustür steht Peters Mutter, auf sie stürzt Peter zu. „Mutter, hilf mir, die wollen mich alle verhauen!"

„Ja, ich will dir helfen!" ruft die Mutter zornig. „Läßt mich zwei Stunden auf das Pflaumenmus warten!" Patsch! hatte er eine Ohrfeige weg. „Wo ist das Mus –?!"

„Pott kaputt!" schreit Peter und zieht den Henkel aus der Tasche.

„Mein schöner Steinpott kaputt!" ruft die Mutter – bum! erntet Peter eine Kopfnuß. „Für fünfzig Pfennig kein Pflaumenmus!" – zuck! klebt sie ihm eine Knallschote.

„Recht so!" schreit der Doktor. „Mich hat er nach Drewolke statt nach Gooren geschickt – darf ich auch mal?"

„Immer zu!" sagt die Mutter. „Sicher hat er wieder genuschelt."

„Egal!" sagt der Doktor. „Da hast du von mir einen Bakkenstreich!"

„Mich hat er Schuft genannt!" schreit der Bettler.

„Mich von der Leiter geschmissen!" schimpft der Dachdecker.

„Mich hat er angelogen, sein Vater wär zu Haus, und dann hat er mich noch vor den Bauch gebufft!" ruft die Frau Gemeindevorsteher.

„Peter!" sagt der Vater, der eben nach Haus kommt. „Frau Kaufmann Möbius hat mir grade erzählt, du hast für fünfzig Pfennig Bonbons gekauft – wo hast du denn das Geld her?"

Ach, da hätte der Peter am liebsten ein Mäuslein sein mögen und ein Löchlein haben in der Erde, um sich zu verkriechen! Aber daraus wurde nichts, sondern der Vater nahm den Sohn am Arm, ging mit ihm abseits, und was es da gab, das kann man sich denken. An diesem Tage konnte der Peter auf seinem Po weder sitzen noch liegen, und im Bett mußte er auch auf dem Bauch schlafen: Das Ende von seinem Rücken tat ihm zu weh.

Und doch war trotz aller schlechten Erfahrungen und aller Prügel der Nuschelpeter noch immer nicht ganz vom Nuscheln und Lügen geheilt. Denn am nächsten Tage ging er in der großen Pause zum starken Alfred Thode und sagte ganz frech: „Gib mir meine Bonbons wieder!"

Da sah ihn der starke Alfred mit schrecklichen Augen an und fragte: „Wie viele Bonbons waren es denn?"

„Hundertsechsundfünfzig", sagte Nuschelpeter und dachte, er kriegte Bonbons.

„Weißt du was?" brummte der starke Alfred. „Ich habe all

376

deine hundertsechsundfünfzig Bonbons aufgef-uttert, und davon ist mir so schlecht geworden, daß ich die ganze Nacht habe laufen müssen. Darum will ich dir jetzt für jeden von diesen elenden Bonbons eine Ohrfeige geben ..."
Und patsch! ging es los: „Eins, zwei, drei, vier ..."

„Ich will keine mehr!" schrie kläglich der Nuschelpeter.

„Noch 'ne feine mehr!" verstand der starke Alfred. „Fünf, sechs, sieben, acht ..."

Da sagte der Nuschelpeter laut und klar: „Bitte, keine mehr!", und da verstand ihn der starke Alfred und ließ ihn laufen. Und von diesem Tage an hat der Nuschelpeter nicht mehr genuschelt.

Es war einmal ein kleines Schulmädchen, das hieß Christa, und es war ganz allein und hätte doch gar zu gerne ein Brüderchen gehabt. Alle Tage ging es zur Mutter und bettelte: „Ach, Musch, kriegen wir nicht heut ein Brüderchen?"

Aber die Mutter hatte jeden Tag eine andere Ausrede. Einmal sagte sie: „Du siehst doch, Christel, ich habe heute Waschtag – wie hätte ich da Zeit für ein Brüderchen?!" Und das nächste Mal: „Es friert heute draußen, daß sogar die Hunde den Schwanz zwischen die Beine klemmen – da würde doch solch kleines Brüderchen sich völlig verkühlen!" Und das dritte Mal: „Vorhin habe ich gesehen, deine Püppings liegen in ihrem Wagen wie Kraut und Rüben. Wenn du nicht einmal die besorgen kannst, wie willst du da auf ein lebendiges Brüderchen aufpassen, Christel?"

Aus diesen Antworten merkte das Mädchen, die Mutter wollte kein Brüderchen. Da ging Christa in den Garten, setzte sich in ihre Schaukel und schaukelte sich. Sie dachte: Beim Schaukeln ist mir noch immer etwas Gutes eingefallen. Vielleicht fällt mir heute ein, wie ich ein Brüderchen bekomme. – Und sie schaukelte tüchtig, bis in die Zweige vom Kirschbaum hinein.

Während sie aber so schaukelte, knarrte oben der Balken, an dem die Schaukel hing, und das klang wie „Kraax", und die Ringe knirschten in den eisernen Schrauben, und das klang wie „Piep" – und so ging es immer weiter, während Christa schaukelte: „Kraax-Piep, Kraax-Piep, Kraax-Piep!"

Als Christa eine Weile darauf gehorcht hatte, war es ihr

plötzlich, als spräche die Schaukel zu ihr. Und schon sagte sie nicht mehr: „Kraax-Piep", sondern: „Frag Piep! Frag Piep!" Nun hatte Christa wohl schon von andern Kindern gehört, der Storch bringe den Müttern ihre Kleinen, aber sie hatte nicht recht daran glauben wollen. Als aber die Schaukel immer wieder sagte: „Frag Piep!" – und der Storch ist ja auch ein Pieper, wenn auch ein großer –, da dachte Christa: Ich kann es ja mal versuchen und ihn fragen. Nützt es nichts, so schadet es nichts. Und sie stieg aus der Schaukel und ging zur großen Wiese, wo der Storch meistens war.

Richtig spazierte er dort, langsam Bein vor Bein setzend, und von Zeit zu Zeit steckte er seinen spitzen Schnabel ins Gras und hob ihn nie ohne einen zappelnden Frosch, den er dann behaglich verschlang. War aber der Frosch besonders groß, oder war es gar eine fette Kröte, so flatterte er vor Freude kurz mit den Flügeln und klapperte heftig dazu – das klang so hölzern!

Christa sah dem Storch eine Weile zu, und es gefiel ihr gar nicht, daß er so die braven Fliegenfänger, die Frösche, aufaß und dazu auch noch vergnügt klapperte, was ganz klang, als lache jemand: „Hä! Hä!" Weil sie doch aber gar so gerne ein Brüderchen haben wollte, faßte sie sich ein Herz, ging an den Storch heran und sagte den alten Vers her: „Storch, Storch, guter, bring einen kleinen Bruder . . .!"

Der Storch hob eines von seinen rotlackierten Beinen hoch, sah das kleine Mädchen glupsch von der Seite an, als überlege er sich seine Antwort – und plötzlich klapperte er so laut und heftig los, daß Christa vor Schreck einen Satz hinter sich tat. Es war wirklich, als lachte sie der Storch mit vielen „Hä-Hä's" aus, und als sie genau hinhörte, war es ihr, als ob auch die kleinen Vögel in den Weidenzweigen, die Lerchen in der Luft und ein Volk Krähen, das grade über sie fortrauschte, in das höhnische Lachen des Storches mit einstimmten.

Da bekam sie vor Scham puterrote Backen, und sie fing an zu laufen, schneller, schneller, immer schneller, und sie hörte nicht eher auf zu laufen, bis sie an dem Acker anlangte, den der Vater mit der Liese und dem Hans pflügte. Der Vater sah sein kleines Mädchen an und fragte: „Nun, Christa, wovon hast du denn so rote Backen?"

Da erzählte ihm Christa ihr Erlebnis mit dem Storch und all den Vögeln, die sie ausgelacht hatten.

Der Vater sagte darauf: „Da hättest du freilich nicht zum Storch gehen müssen. Daß der die Kindlein bringt, erzählen die Leute nur so – aber hast du wohl schon mal die Mutter um ein Brüderchen gefragt?"

„Ja", sagte Christa, aber die Mutter habe immer eine Ausrede, mal, daß sie zuviel zu tun habe, mal, daß die Christa nicht artig genug sei.

„Das ist schlimm", sagte der Vater, „denn wenn die Mutter nicht will, wird es mit dem Brüderchen wohl nichts werden. Aber mir fällt etwas ein, Christa. Wir haben doch jetzt den August, und da fallen viele Sterne vom Himmel auf die Erde. Und jeder leuchtende Stern ist eine kleine Kinderseele. Da stelle du dich nur heute abend ans Fenster, und siehst du einen Stern fallen, so wünsche im stillen, so stark du nur kannst: Komm zu uns, Brüderchen! Wenn du das nur stark genug tust und keinem Menschen davon sprichst, werden wir schon ein Brüderchen bekommen. Gefällt dir das, Christa?"

„Ja, Vater", sagte Christa nachdenklich. „Aber die Sterne sieht man doch nur fallen, wenn es dunkel ist. Dann muß ich doch im Bett liegen und schlafen."

„Nun", sagte der Vater. „Dies eine Mal können wir wohl eine Ausnahme machen. Das werde ich schon vor der Mutter vertreten. Jetzt aber muß ich noch eine Weile pflügen. Du kannst hinter mir in der Furche gehen, und wenn du einen Engerling siehst, so trittst du ihn tot."

„Ja", sagte Christa, und nun pflügte der Vater noch ein Weilchen. Christa aber trat fünf Engerlinge tot und dachte nach. Als der Vater nun die Liese und den Hans ausgespannt hatte, um mit ihnen heimzugehen, setzte er Christa auf die Liese, denn Christa ritt gerne. Da fragte Christa den Vater: „Wohin fällt denn der helle Stern, den ich sehen werde, Vater? Fällt er einfach so auf den Hof? Oder fällt er in meine kleine Kinderkrippe, die noch auf dem Boden steht? Oder auf den Strohfeimen? Oder wohin?"

„Nichts von alledem, Christa", antwortete der Vater. „Sondern er fällt deiner Mutter direkt ins Herz. Sieh, es ist ja nur ein kleiner, heller Himmelsfunke, der bei uns hier auf der Erde nicht leben könnte. Jeder Wind würde ihn auswehen, und jeder Regen müßte ihn auslöschen. Aber in deiner Mutter Herz bleibt er warm und hell. Sie gibt ihm von ihrem Blut, und sie nährt ihn von ihrem Fleisch, und davon wächst ein Menschenleib um ihn herum, in vielen Tagen und Wochen und Monaten, solch ganz kleiner Kinderleib, wie du ihn auch gesehen hast. Aber mittendrin sitzt und leuchtet und funkelt der kleine Himmelsstern – du trägst auch solchen Himmelsstern in dir, Christa!"

„Ja", sagte Christa, und als sie nun auf dem Hof angelangt waren, und der Vater sie von der Liese gehoben hatte, ging sie um die Scheunenecke und sah lange zum Himmel empor, denn sie hätte gerne gleich die Sterne, ihre Brüder und Schwestern, gesehen. Dafür war es aber noch zu früh, die Sonne stand am Himmel und erhellte ihn. Am hellen Himmel aber kann man die Sterne nicht sehen, erst wenn er dunkel wird, treten sie, die immer da sind, mit ihrem matteren Schein hervor.

In der Nacht war es Christa im Schlaf, als riefe eine Stimme wie die Stimme ihres Vaters sie an: „Steh auf, Christa, und schau zu den Sternen!" Sie wachte auf und trat an ihr Fenster, zog den Vorhang zurück – da war über dem schwarzen Scheunendach auf der andern Seite des Hofes der ganze Himmel besteckt mit den Lämpchen vieler tausend Sterne, kleinerer und größerer, heller und nur matt leuchtender. Quer hindurch aber zog sich ein sanft leuchtendes, breites, weißes Band wie eine helle Straße durch den ganzen Himmel.

Und plötzlich, als Christa auf dies breite, strahlende Band schaute, löste sich ein Funke daraus, stürzte, immer heller leuchtend, durch den Himmel, und schon verschwand er hinter dem schwarzen hohen Scheunendach. „Ah!" hatte Christa gerufen und vor allem schönen Schauen und Staunen ganz das Wünschen vergessen. Und nun, ehe sie noch tief Atem geholt hatte, lief wiederum ein weiß leuchtender Stern durch den Himmel und noch einer – und wiederum einer ... Und so fiel Stern um Stern, und Christa rief „Ah!" und „Oh!" und „Ach!" und staunte und freute sich. Aber es ging immer viel zu rasch, und zum Wünschen kam sie kein einziges Mal.

Da sagte sie: „Oh, das ist schwer!", und nun, weil sie das Brüderchen doch so gerne haben wollte, nahm sie sich fest vor, nur daran zu denken. Sie machte die Augen zu, damit sie eine Weile nichts sah. Als Christa sie aber wieder öffnete, sah sie genau auf einen helleren Fleck des weißen Sternenweges, und grade, als sie ihn anschaute, lösten sich zwei helle Sterne daraus und liefen nebeneinander, und nun fiel ihre Bahn zusammen, und mit größerer Helle liefen sie weiter, als sei es nur einer.

Da dachte Christa bei sich: Es ist schön, daß es so ist. Der Vater mußte doch auch dabei sein. Denn sie meinte, der zweite Stern sei der Vater gewesen, der dem Brüderchen den Weg zeigte. Und während sie dies alles dachte, wünschte sie doch zu gleicher Zeit: „Brüderchen, komm zu uns!"

Diesmal war der Wunsch zur rechten Zeit getan, denn der Sternzwilling verlosch nicht eher, bis sie ihren Wunsch zu Ende getan hatte. Da ging Christa, freudig aufatmend, ins Bett, und sie war froh, daß jetzt das Brüderchen in der Mutter Herz wohnte, und in dieser Freude schlief sie ein.

Als sie aber eine Zeit geschlafen hatte, träumte ihr, sie sei von einem sanften Licht aufgewacht, und im Traum setzte sie sich im Bett auf und sah in die dunkle Stube. Zuerst sah sie nur Dunkel, als sie aber genauer hinsah, merkte sie auf dem Tisch einen kleinen hellen Schein wie von einem sanften Licht ohne Feuer, in der Form wie eine Kerzenflamme. Und in der Mitte dieses Lichtscheins, der vielleicht so hoch war wie eine Hand, war ein noch helleres Leuchten. Und als sie genau hinsah, hatte dies Leuchten die Gestalt eines kleinen Kindes, so lang wie ein Finger. Christa saß in ihrem Bett und starrte auf das Kind aus Licht.

Da sagte das fremde, fingerkleine Kind: „Siehst du mich nun, Schwester?"

Sagte die träumende Christa: „Ich sehe dich, Brüderchen."

Fragte das Lichtkind: „Warum hast du mich denn aus dem schönen Sternenhimmel fortgewünscht, Schwester? Wir Sterne spielten so schön miteinander, und ich lief grade mit einem andern Sternlein um die Wette durch den ganzen Himmel, daß die Funken stoben – da hast du mich fortgewünscht auf die kalte, dunkle Erde!"

Antwortete die Christa: „Aber ich wollte doch so gerne ein Brüderchen haben!"

Klagte der kleine Stern: „Aber ich bin nicht gerne hier in eurer engen Welt. Schon jetzt sehne ich mich nach dem weiten, funkelnden Himmel. Es ist dunkel hier bei euch; sieh einmal, jetzt soll ich auch dunkel werden, mein Licht wird schon immer schwächer."

Und wirklich, als Christa genauer hinsah, war der Schein um das Sternenkind schon matter, und auch der Leib des Kindes leuchtete nicht mehr so wie vorher.

Da tröstete Christa das Kind und sprach: „Du brauchst ja auch nicht mehr zu leuchten, Brüderchen. Jetzt wirst du in unserer Mutter Herz wohnen und von ihrem Blute warm werden. Nachher aber haben wir die schöne, warme Sonne und den Lichtschein des Feuers im Herd und den guten, bleichen Mond und die Sterne und viele, viele Lampen. Wir haben immer Licht, wenn wir es wollen, daran soll es dir nicht fehlen, Brüderchen, und zu Weihnachten haben wir noch den Tannenbaum."

Das Brüderchen dachte eine Weile nach über das, was Christa gesagt hatte. Aber es war noch immer nicht zufrieden, sondern es klagte weiter: „Ja, wenn es nun auch mit dem Licht besser bei euch Menschen bestellt ist, als ich dachte, Schwester – wie ist es denn aber mit dem Spielen? Wo sind denn hier auf der Erde die tausend fröhlichen Funkelbolde, die mit mir im Himmel waren und mit denen ich um die Wette zwinkern und glimmen konnte? Wo ist denn in euern engen Stuben Raum, wie ich ihn hatte,

383

durch den ganzen Himmel zu sausen, immer und immer weiter, um die Wette und allein, ganz wie ich es wollte?"

Da wurde die träumende Christa in ihrem Bette ganz eifrig, und sie rief: „Ach, Brüderchen, du hast ja gar keine Ahnung, wie schön wir Kinder hier auf Erden spielen können! Wohl hast du dort oben den ganzen blanken Himmel gehabt, aber er ist doch leer bis auf euch Sterne. Wir Kinder aber haben eine Erde, ganz voll von Dingen, mit denen wir spielen können. Aus jedem Strohhalm können wir Seifenblasen wehen lassen oder Windrädchen daraus machen oder aber Ketten; hinter jedem Baum und Busch können wir uns verstecken, von jeder Stufe springen, mit Wasser und Sand backen und bauen, und so noch viele tausend Dinge. Wenn du aber sausen willst, schneller noch als ihr Sterne durch den Himmel, so warte nur auf den Winter, Brüderchen! Hinter dem Dorf ist ein Berg, und wenn du den mit deinem Schlitten hinuntersaust, so bist du schneller als der Wind und meinst, du flögest durch alle Himmel!"

Als dies das Brüderchen gehört hatte, war es schon halb versöhnt und sagte: „Nun, Schwester, das klingt ja alles ganz gut, und beinahe möchte ich dir verzeihen, daß du mich vom Himmel auf die Erde herabgewünscht hast. Aber ganz zufrieden bin ich doch noch nicht. Sieh einmal, wie matt mein Licht geworden ist, seit wir hier miteinander reden, Schwester. Gleich wird es ganz ausgegangen sein. Und unser Schönstes war doch im Himmel, dieses Licht immer recht rein und glänzend zu erhalten. Immerfort rieben und putzten wir an uns herum – und nun soll ich hier als ein ganz lichtloses, graues Wesen herumlaufen und mir all meinen Schein von andern borgen? Nein, Schwester, das kann mich nie freuen, und so war es doch nicht recht von dir, und ich will gar nicht gerne bei euch bleiben!"

Da saß Christa ganz erstaunt in ihrem Bett und rief: „Aber, Brüderchen, zwar haben wir Menschen kein Licht – aber weißt du denn nicht, daß wir ein Herz im Leibe haben?!"

„Du hast schon einmal davon gesprochen", sprach der

kleine Stern. „Aber ich habe dich nicht verstanden. Was ist denn das, ein Herz? So etwas kennen wir Sterne nicht, und ich habe es nicht einmal gesehen, sooft ich auch auf die Erde hinabgeschaut habe."

„Ein Herz", rief Christa ganz eifrig, „ist ein Ding, das wir in der Brust tragen, und es klopft immerzu, Tag wie Nacht, ob wir wachen oder schlafen, es ist immer bei uns. Und wenn wir uns über etwas freuen oder etwas Gutes getan haben, so fängt es ganz stark zu klopfen an und wird immer größer, und dann meine ich, ich kann mich vor Glück nicht lassen und muß immerzu tanzen und singen und springen ... Und dann wird die Welt immer größer, und der Himmel wird heller, und die Vögel singen lauter, und immer stärker und voller klopft das Herz, und ich weiß vor Glück nicht mehr aus noch ein ..."

„Das muß ein seltsam Ding sein, solch Herz", sprach das immer blassere Brüderchen. „Das möchte ich wohl kennenlernen. Erzähle mir mehr vom Herzen, Schwester."

„Ja", sagte Christa, und ihre Stimme wurde leiser, „und wenn ich etwas Schlechtes getan habe, so klopft es auch. Aber ganz anders. Es ist, als wollte es immer stillestehen, und es sticht, und es pocht, und es mahnt, und es ruht nicht eher, bis ich das Schlechte wiedergutgemacht habe und wieder fröhlich bin."

„Schwester", sprach der kleine Stern aus dem Himmel, „nun geht mein Licht aus. Aber es tut mir nicht mehr leid; denn seit ich das gehört habe, was du vom Herzen erzählt hast, habe ich nur den Wunsch, auch ein Herz zu haben. Wenn ich nun geboren werde, bin ich ja ganz klein und werde alles vergessen haben. Willst du daran denken und für mich sorgen, daß mein Herz immer freudig schlägt, wie du es erzählt hast, und nie böse sticht –?"

Das versprach Christa, und als sie das getan hatte, flakkerte das Sternlein noch einmal hell auf und erlosch dann. Christa aber schlief weiter, und als sie am nächsten Morgen erwachte, wußte sie noch, daß sie zwei Sterne hatte fallen sehen und sich zur rechten Zeit ein Brüderchen gewünscht hatte. Danach war ihr aber nur noch, als sei das Brüderchen im Traum wie eine kleine Flamme bei ihr gewesen und sie habe ihm etwas versprochen, was aber, das wußte sie nicht mehr.

Nun gingen viele Tage in das Land, und Christa spielte, ging in die Schule, half der Mutter, ritt auf der Liese und dachte auch manchmal an das Brüderchen, ob es nun wohl bald da sein werde. Und eines Morgens rief der Vater Christa in das elterliche Schlafzimmer; da stand die alte Krippe vom Boden, und in ihr lag das Brüderchen. Da freute sich Christa sehr, und die ersten Tage konnte sie gar nicht genug um das Brüderchen herum sein.

Aber Christa war groß, und das Brüderchen war klein und lag immer in der Krippe, und auch als es laufen lernte, war es eine rechte Last, weil es immer hinfiel und schrie. Und es konnte nicht ordentlich sprechen und zerriß die Bilderbücher, weil es noch dumm war. Da sagte Christa oft: „Olles dummes Brüderchen!" und lief hinaus zu den andern, den großen Kindern, mit denen zu spielen. Wenn aber die Mutter sagte: „Christel, ich muß waschen, spiel ein bißchen mit Brüderchen", so zog Christa ein Gesicht. Und sagte die Mutter wieder: „Du hast dir doch selbst ein Brüderchen gewünscht, Christel!", antwortete sie: „Nicht so eines!"

Nun verging wieder einige Zeit, da wurde das Brüderchen krank. Zuerst achtete Christa nicht sehr darauf, als aber der Vater und die Mutter mit immer traurigeren Gesichtern umhergingen und das Brüderchen rot und mit geschlossenen Augen im Bett lag, da wurde ihr auch angst. Still stand sie in einer Ecke des Zimmers und sah zu dem Bettchen hinüber, in dem Brüderchen lag. Die Mutter wollte dem Brüderchen einen Umschlag machen, Christa hielt das Tuch, die Mutter streifte das Hemd ab, und als sie die hastig atmende Brust sah, legte sie die Hand darauf und sagte traurig: „Wie das klopft! Ach, wie das klopft!"

Da legte Christa auch ihre Hand auf des Brüderchens Brust, und sie fühlte das Herz des Brüderchens klopfen unter ihrer Hand, hastig und angstvoll, immerzu. Und es war ihr, als riefe das Herz immerzu: „Laßt mich heraus! Ich will fort! Laßt mich heim!"

Da fiel der Christa plötzlich ein, was sie der kleinen Sternenflamme in der Nacht versprochen hatte, daß sie nämlich dafür hatte sorgen wollen, daß des Brüderchens Herz froh und glücklich klopfte. Und es fiel ihr ein, wie häßlich sie zu Brüderchen gewesen war und daß sie nichts für seine Freude getan hatte. Da befielen die Christa großer Kummer und Sorge, denn sie verstand, daß es dem Brüderchen nicht auf der Erde gefiel und daß es wieder zurück wollte zu den Funkelsternen, die kein Herz haben. Und Christa überlegte, was sie wohl tun könnte, um das Herz des Brüderchens froh schlagen zu machen, und sie lief hin und holte ihr schönstes Bilderbuch, das sie dem Brüderchen bisher nie hatte geben wollen. Sie legte das Buch auf das Bettchen und sprach: „Da, Brüderchen, das schenke ich dir. Du darfst es auch zerreißen." Da lächelte das Brüderchen.

Von dieser Stunde an ging es dem Brüderchen besser, und bald war es ganz gesund. Nun wurden Christa und Brüderchen die besten Spielgefährten, und immer lachte das Brüderchen, wenn es Christa sah, und es hat nie wieder heim gewollt zu den Sternen, sondern es hat ihm wohl gefallen auf dieser Erde.

Und du und ich, mein Kind, wir haben genau solche Herzen wie Brüderchen und Christa, die sich freuen wollen. Und wenn wir einander froh machen, so gefällt es uns gut auf dieser schönen Erde; machen wir einander aber Kummer, so wollen wir hier nicht mehr weilen, und alles wird dunkel für uns, und der kleine Sternenfunke in uns mag nicht mehr brennen – daran denke, mein Kind.

Geschichte vom goldenen Taler

Es war einmal ein kleines Mädchen, das hieß Anna Barbara und hatte weder Vater noch Mutter; die waren beide schon lange tot. Sondern es wuchs bei einer steinalten Großmutter auf, die war vor lauter Alter schon ganz wunderlich. Und immer, wenn die Anna Barbara der Großmutter etwas erzählte oder sie um etwas bat oder ihr etwas klagte, dann sagte die alte Frau nur: „Ja, Kind, wenn wir bloß den goldenen Taler hätten, dann wäre alles gleich in Ordnung. Aber wir haben ihn nicht, und bringen tut ihn uns auch keiner, und so müssen wir es eben tragen, wie es ist."

Und ganz gleich, was die Anna Barbara auch vorbrachte: „Großmutter, ich hab mir ein Loch ins Knie gefallen", oder: „Großmutter, der Lehrer hat gesagt, ich hätt gut gelesen", oder: „Großmutter, die Katz ist am Sahnentopf!" – die alte Frau antwortete immer nur: „Ja, Kind, wenn wir bloß den goldenen Taler hätten!"

Wenn Anna Barbara aber die Großmutter drängte und fragte, was denn das für ein goldener Taler sei und wie man ihn kriegen könne, schüttelte die alte Frau geheimnisvoll mit dem Kopf und sagte: „Ja, Kind, wenn wir ihn einfach kriegen könnten, so hätten wir ihn schon! Ich bin all mein Lebtage nach ihm gelaufen und habe ihn nicht einmal zu sehen gekriegt, und deiner Mutter ist es auch nicht anders ergangen. Möglich, daß es mit dir anders ist, denn du bist in einer Weihnacht geboren und ein Glückskind."

Mehr bekam die Anna Barbara nicht zu erfahren von dem goldenen Taler, bis sich in einer kalten Winternacht die Großmutter in ihr Bette legte und starb. Ehe sie aber tot war, setzte sie sich noch einmal auf, sah die Anna Barbara scharf an und sprach: „Wenn ich jetzt tot bin, Anna Barbara, läßt du mich auf dem Friedhof begraben, grad zu Häupten von dem Grab deiner Eltern. Auf keinem andern Fleck!"

Das versprach die Anna Barbara.

„Und wenn du mich begraben hast, so bleibst du nicht hier in unserer Hütte. Sondern du schließt sie zu und gehst hinaus in die Welt, und du bleibst an keinem Fleck, die Leute hätten denn dort den goldenen Taler. Um den dienst du so lange, bis du ihn bekommst – und wenn es zehn und wenn es zwanzig Jahre dauert. Denn du wirst doch nicht eher glücklich, bis du ihn hast. Versprichst du mir das?"

Das versprach die Anna Barbara, und als sie das getan hatte, legte sich die Großmutter zufrieden ins Bett zurück und starb. Nun halfen der Anna Barbara die Leute aus dem Dorf, die Großmutter zu begraben, und sie bekam genau den Platz, den sie sich gewünscht hatte: zu Häupten ihrer Kinder. Als aber das Begräbnis vorüber war und die Leute alle nach Haus gegangen waren, stand Anna Barbara allein unter der Kirchhofstür, ein Bündelchen mit ihren Sachen in der Hand, und wußte nicht, wohin sie gehen sollte. Nach Haus konnte sie nicht wieder, das hatte sie der toten Großmutter versprochen, in die weite Welt aber zu gehen, davor fürchtete sie sich. Zudem war es ein eiskalter Wintertag, der Schnee lag hoch, und Anna Barbara fror schon jetzt wie ein magerer Schneider.

Als sie aber so stand und nicht wußte, was sie tun sollte, sah sie einen Schlitten gefahren kommen, mit einem Schimmel davor und einem langen, gelbhäutigen Manne darauf; die beiden sahen so seltsam aus, daß Anna Barbara trotz Kälte und Kummer fast das Lachen ankam. Denn der Schlitten war nichts als eine alte, große Futterkiste, die man auf Kufen gesetzt hatte, und der lange, gelbe Mann darin war so mager, daß Anna Barbara meinte, sie hörte beim Rumpeln des Schlittens seine Knochen klappern. Sein Gesicht aber war ganz ohne Fleisch und so hohl, daß ihm der

Winterwind durch die Backen blies. War der Mann aber schon mager, so war das doch noch gar nichts gegen den Schimmel. Der sah so verhungert aus, daß er bei jedem Schritt hin und her wankte und fast umfiel, und der Kopf hing ihm vor Entkräftung so tief zwischen den Beinen, daß das Maul beinahe den Schnee auf der Straße streifte.

Als der Schlitten nun grade vor der Kirchhofstür war, blieb der Schimmel stehen, als könne er nicht mehr weiter, und so blieb der Schlitten auch stehen. Der Schimmel aber drehte die Augen sehr kläglich nach der Anna Barbara, daß fast nur das Weiße zu sehen war, der Mann aber drehte seine Augen auch nach dem Mädchen, in denen aber war das Weiße gelb vor lauter Galle.

Nachdem der dürre Mann Anna Barbara eine Weile betrachtet hatte, fragte er mit quäksiger Stimme: „Was bist denn du für ein Mädchen, daß du da unter der Kirchhofstür stehst und frierst wie ein Scheit Holz im Winterwalde? Mir täte meine teure Leibeswärme viel zu leid, als daß ich sie so für nichts vom Ostwind wegblasen ließe."

Da erzählte Anna Barbara dem Mann, daß sie ein Waisenkind sei und eben die letzte Anverwandte, die Großmutter, begraben habe. Jetzt wolle sie in die Welt hinaus und sich einen Dienst suchen, wo sie den goldenen Taler gewinnen könne.

„Soso", sagte der dürre Mann und rieb sich nachdenklich seine dünne Nase mit dem Knochenfinger. „Bist du denn wohl auch fleißig und ehrlich und sparsam, früh auf und spät ins Bett, und vor allem genügsam im Essen?"

Anna Barbara sagte, das alles sei sie. Da sagte der dürre Mann: „So steig auf den Schlitten. Du triffst es grade gut: Ich suche eine kleine Magd, die mich und meinen Schimmel Unverzagt versorgt."

Anna Barbara aber zögerte und fragte, wie er denn heiße und wo er wohne und ob sie bestimmt auch den goldenen Taler für ihre Dienste bei ihm bekommen würde.

Da antwortete der Mann: „Ich heiße Hans Geiz und wohne in der großen Ortschaft Überall. Und was den goldenen Taler angeht, so sollst du den bestimmt von mir be-

kommen, wenn du mir drei Jahre treu dienst." Dazu lachte
der Mann ganz freundlich, es klang aber, als ob ein Ziegen-
bock meckerte, und der Schimmel verdrehte die Augen so
fürchterlich und wackelte so sehr mit seinem haarlosen
Schwänzchen, daß es Anna Barbara beinahe mit der Angst
bekommen hätte.

Sie bedachte sich aber noch zur rechten Zeit, wohin sie
denn sonst gehen solle und daß sie großes Glück habe,
gleich auf der ersten Stelle den goldenen Taler zu treffen,
den Mutter und Großmutter ihr Lebtage umsonst gesucht
hatten.

Sie warf also ihr Bündelchen in den Schlitten und sprang
schnell hinterher. Da fuhr Hans Geiz sie böse an und
schalt: „Du fängst ja schön an, mein gutes Schlittenholz so
abzuschurren! Setze dich fein sachte hin, Holz ist eine
teure Sache!" Und als sie traurig nach dem Kirchhof zu-
rücksah und im Gedanken an die tote Großmutter hastiger
atmete, mahnte er sie schon wieder: „Atme fein sachte und
vorsichtig, daß du die Lunge nicht zu sehr abnützest! Du
hast nur eine, und ist die hin, gibt es keine andere."

Danach rührte er mit der Peitschenschmitze den Schimmel an, und unendlich langsam hob der ein Bein nach dem
andern, und unendlich langsam, kaum schneller als eine
Schnecke, fuhren sie zum Dorf hinaus. Zuerst sah Anna
Barbara den Friedhof entschwinden, dann fuhren sie an der
Schmiede vorbei, nun am Haus des Bäckers, wo vor der Tür
die Brennholzschwarten bergehoch gestapelt lagen – und
nun waren sie zum Dorf hinaus.

Leise fing es an zu schneien. Zuerst tanzten nur einzelne
Flocken vom Himmel, aber rasch wurden es mehr und
mehr, und schließlich fielen sie so dicht, daß sie das ganze
Land verhüllten. Nicht Baum noch Haus, nicht Weg noch
Steg sah Anna Barbara mehr, und sie überlegte sich immer
wieder, wie man bei solchem Schneetreiben denn den Weg
finden könne.

Fragte sie aber ihren neuen Dienstherrn, wo denn die
große Ortschaft Überall liege, so antwortete er nur: „Überall!" Und der alte, verhungerte Schimmel lief immer ra-

scher, die Kufen flogen über den knirschenden Schnee, und manchmal war es der Anna Barbara, als führen sie gar nicht mehr auf der Erde, sondern direkt durch die tanzenden Flocken in der Luft, und vom Schimmel sah sie kaum mehr als einen flüchtigen Schatten. Da wollte ihr angst werden; sie sah über den Schlittenrand und meinte, in einen bergetiefen Abgrund voll tanzender Flocken zu schauen, aber dann sah sie wieder ihren Begleiter an und bekam neuen Mut. Denn Hans Geiz hielt ruhig die Zügel, sagte nur manchmal „hüh" oder „hott" und tat, als sei solch sausende Schlittenfahrt nichts Sonderliches.

Schließlich aber war es der Anna Barbara, als senke sich der Schlitten wieder tiefer. Schon meinte sie, durch das Schneegestöber die Umrisse uralter Tannen zu sehen, da hielt mit einem Ruck der Schimmel, und sofort ließ er wieder den Kopf zwischen den Beinen hängen, als wolle er vor lauter Hunger umfallen.

„Da sind wir also wieder zu Haus!" sagte Hans Geiz, aber soviel Anna Barbara auch durch das Schneetreiben spähte, sie vermochte kein Haus zu sehen. Da war nur etwas in dem Schnee, das sah wie ein Haufen altes, verfaultes Stroh aus.

„Wo ist denn das Haus?" fragte Anna Barbara neugierig. Hans Geiz zeigte nur mit einem „Da!" auf das alte Stroh und befahl: „Nun hilf mir erst einmal, den Schimmel Unverzagt ausspannen. Dann wollen wir ins Haus gehen und schön zu Abend essen."

So knüpften und schnallten denn die beiden mit ihren froststarren Händen so lange an dem Schimmel herum, bis er ohne Geschirr dastand. Wieder sah sich Anna Barbara um, wo denn der Stall für den Schimmel wäre. Aber Hans Geiz sagte bloß: „Leg dich, Unverzagt!", und sofort legte sich der Schimmel in den tiefen Schnee, daß eine Grube entstand. „So – und nun schieb Schnee über ihn ...", befahl Hans Geiz.

Das alte Tier rollte die Augen wie Bälle und fletschte dazu seine langen, gelben Zähne, aber es half ihm nichts: Es wurde ganz mit Schnee zugedeckt. „Der Winter ist doch die beste Jahreszeit", lachte Hans Geiz, als das getan war. „Spart Futter und Stall. Da liegt er nun, der Unverzagt, der Frost hält ihn frisch, daß er mir nicht verdirbt, und brauche ich ihn wieder, gieße ich ihm nur ein wenig warmes Wasser auf die Nase, gleich fängt er wieder an zu atmen. – Ja, ja, sparen möchte jeder, man muß es aber auch verstehen! Von mir kannst du viel lernen, Anna Barbara!"

Dem Mädchen tat der Schimmel in der Seele leid, daß er da so im kalten Schnee ohne ein bißchen Futter liegen mußte. Aber sie wagte nichts zu sagen, sondern ging stille ihrem Herrn nach, der auf den alten Strohhaufen geklettert war und nun an einem großen dunklen Loch stand, das in die Erde ging.

„Jaja", sagte Hans Geiz händereibend zu Anna Barbara, „das ist zugleich Schornstein und Tür und Fenster von meinem Haus. Die Menschen sind doch dumm, daß sie sich mit teurem Gelde Wände aus Stein über der Erde bauen, wo sie doch so einfach mit wenig Kosten in die Erde hinein können. Nun also, fahre mir nach, aber warte, bis ich dich rufe, sonst springst du mir noch auf den Kopf."

Damit streckte Hans Geiz seine langen, dürren Beine in das Loch, rutschte, und – bums! – war er verschwunden. Anna Barbara hörte nur ein dumpfes, immer leiser werdendes Poltern aus der Tiefe. Es grauste sie sehr, und am liebsten wäre sie fortgelaufen, gleich in der ersten Stunde aus ihrem ersten Dienst. Aber wohin sollte sie bei solchem Schneegestöber? Sie wäre ja doch nur erfroren am Wege umgesunken!

So ließ sie sich denn, als ein schwacher Ruf aus der Tiefe tönte, wie sie's gesehen, mit den Beinen zuerst hinab. Sausend fuhr sie hinein in den dunklen Erdenschlund, mit geschlossenen Augen fiel sie tiefer und tiefer. Das dauerte endlos lange, aber schließlich landete Anna Barbara ganz sanft auf etwas Weichem, das ihr wie Heu vorkam.

Es war auch Heu, sah sie, als sie die Augen aufschlug. „Nun komm schon", sagte Hans Geiz verdrießlich. „Du hast mich viel zu lange rufen lassen. Von nun an kommst du immer gleich, wenn ich dich rufe." Damit nahm er Anna

Barbara bei der Hand und zog sie aus dem dämmrigen Raum, wo sie im Heu gesessen, durch einen Vorhang in einen riesengroßen, hell erleuchteten Saal.

Da bekam Anna Barbara wiederum einen großen Schreck, denn als sie in den Saal traten, saßen rechts und links vom Eingang zwei große, struppige Hunde mit glühenden Augen – die waren größer als Kälber, und fuhren, mit ihren dicken, eisernen Ketten klirrend, zähnefletschend auf Anna Barbara zu.

„Wollt ihr kuschen, ihr Höllenhunde!" rief Hans Geiz die Tiere an, die sofort zurückgingen, aber mit bösem Knurren. „Das ist die Anna Barbara, die bleibt jetzt hier, und der dürft ihr nichts tun, außer sie will ohne meine Erlaubnis aus der Halle."

Die Hunde funkelten Anna Barbara mit ihren roten Augen tückisch an und leckten ihre roten Mäuler mit ihren roten Zungen. Zu Anna Barbara aber sprach Hans Geiz: „Das sind zwei rechte Hunde aus der Hölle, heißen Neid und Gier, mein Vater, der Teufel, hat sie mir geschenkt. Nimmermüde passen sie auf, daß niemand mir mein armes bißchen Habe stiehlt, und außerdem sind sie mir noch zu manchem andern Geschäfte gut. – Ihr Hunde", sprach er und rieb sich fröstelnd die Hände, „seid doch wieder faul gewesen. Kalt ist es in meiner Halle, wollt ihr wohl gleich heizen!"

Da setzten sich die Hunde Neid und Gier auf ihre Hinterteile, rissen die riesigen Mäuler weit auf – und sofort schlugen große Flammen daraus. Denn die Hunde konnten, wenn sie es wollten, blankes Feuer atmen.

„So", sprach Hans Geiz und rieb sich zufrieden die knochigen Hände, daß sie knackten. „Nun werden wir es gleich warm haben. Ja, man sollte es gar nicht glauben, wie solch Höllenhund Neid oder Gier einem einheizen kann – aber es ist so! – Komm, jetzt wollen wir etwas essen."

Damit ging Geiz tiefer in die Halle, die von einem sanften grünen Licht erfüllt war. Zuerst konnte Anna Barbara nicht erkennen, woher das Licht kam, dann aber merkte sie, daß es von vielen hunderttausend Glühwürmchen ausströmte, die unter der Decke saßen und leuchteten.

394

„Du siehst dir meine Beleuchtung an", sprach Hans Geiz zufrieden. „Ja, das ist auch eine praktische Sache. Bei mir wirst du dir die Hände nicht schmutzig machen mit Lampenfüllen und -putzen. Es sind aber auch alles bewährte, alte Glühwürmchen hier, die mit ihrem Irrlichterieren schon manchen Menschen vom Wege ab und in den Sumpf geführt haben."

Der Anna Barbara wurde es immer angstvoller zumute, sie dachte bei sich: Dieser Hans Geiz ist ja ein ganz schlechter Kerl, der kann doch unmöglich den schönen goldenen Taler in Verwahrung haben, nach dem Großmutter und Mutter ihr Lebtage gesucht haben! Ach, ich wollte, ich hätte nie diesen Dienst angenommen – hier, in dieser Erdhöhle, in die nie die Sonne scheint, in der kein Blümlein wächst und kein Vogel singt, halte ich es nie drei Jahre aus! – Und voller Schrecken sah sie auf das alte, verschimmelte, zerfallende Gerümpel, das an den Wänden der Halle lag.

Das war aber wirklich ein seltsamer Raum, durch den die kleine Anna Barbara mit ihrem Führer ging! Unendlich lang schien die Halle zu sein, und so weit sie schon gegangen waren, es war immer noch kein Ende abzusehen, und der Eingang, von dem sie kamen, war doch schon so entfernt, daß die beiden Höllenhunde, die groß waren wie die Kälber, jetzt so klein aussahen wie Kätzchen. An den Wänden dieser Halle aber lag zu Bergen aufgehäuft alles alte Zeug, das man sich nur denken kann: Berge zerrissener Schuhe, Türme aus alten Matratzen, denen die Wolle aus dem Bezug hing, Pyramiden von alten Flaschen, und so tausenderlei Zeugs mehr – vor allem aber Papier über Papier.

„Jaja, da staunst du, Anna Barbara", kicherte der Hans Geiz. „Das bringe ich alles von meinen Fahrten über Land mit. Ich bin kein ganz armer Mann mehr. Schöne Sachen sind das!" Er grinste und fletschte dabei seine langen, gelben Zähne, daß die Anna Barbara schon wieder ein Grausen ankam. „Die Leute denken, sie brauchen die Sachen nicht mehr, tun sie weg und vergessen sie. Aber ich bewahre alles auf, denn nichts wird vergessen auf dieser Welt. Das sind Stiefel, mit denen sie einander getreten, Matratzen, auf denen sie faul gewesen sind, Flaschen, aus denen sie einander ,Prost, Gesundheit!' zugetrunken haben und im stillen sich doch alles Schlechte wünschten, und dies ist alles Papier von der Welt, auf dem sie einander bewiesen haben, daß weiß schwarz und Recht Unrecht ist."

Immer stiller wurde Anna Barbara, traurig ging sie weiter. Es war der erste Abend im neuen Dienst, und doch wäre es ihr am liebsten der letzte gewesen; sie meinte, ihr Herz müßte brechen in den drei Jahren, die vor ihr lagen.

„So, nun wollen wir etwas Schönes essen", sprach Hans Geiz und fing an, in seinen Taschen herumzusuchen. „Warte, ich habe uns etwas Gutes mitgebracht."

Sie waren in eine kleine Nische an der Hallenwand gekommen, wie ein Stübchen, dessen Wände freilich nur aus schweren, eichenen Türen bestanden, mit dicken eisernen Beschlägen und schweren stählernen Riegeln und großmächtigen Vorlegeschlössern. Anna Barbara wunderte sich, was wohl hinter diesen drei Türen stecken möchte. Aber, dachte sie, das werde ich in den drei Jahren schon noch alles erfahren.

Unterdessen hatte Hans Geiz alles aus seinen Taschen gezogen, was er zu einem guten Abendessen brauchte: nämlich einen Kanten Brot, der war schimmlig, eine Speckschwarte, die hatte in der Asche gelegen, und einen Apfel, dessen eine Hälfte war faul. „Ein feines Essen, ein Lecker- und Schleckeressen!" rühmte Hans Geiz. „Da müssen wir vorsichtig essen, sonst verderben wir uns den Magen." Damit fing er an, den Kanten mit seinem Messer in Stücke zu zerteilen. Anna Barbara aber, die daran dachte, daß sie noch ein Töpfchen reine Butter und einen Laib selbstgebackenes Brot in ihrem Bündel hatte, sagte hastig, sie habe heute abend keinen Hunger.

„Wie du willst", sagte Hans Geiz gleichgültig und schob alles bis auf ein Stücklein Schwarte und ein Ecklein Brot wieder in die Tasche. „Aber denke daran, daß morgen nicht so fett gegessen wird wie heute." Und er strich sachte mit der Speckschwarte über das trockene Brot. „Oh, wie schmeckt das kräftig und gut!" rief er dann. „Die Menschen sind ja dumm, wenn sie meinen, der Speck sei zum Essen da. Zum Einreiben ist er, macht dann schon das Essen so stark, daß man es kaum vertragen kann. Ich reiche mit solch einem Stück Speck fast ein Jahr."

Damit steckte er die Schwarte in die Tasche, biß noch ein Krümchen vom Brot, kaute es lange, sprach: „Gut gekaut ist halb verdaut – oh, wie bin ich gut satt!" und hatte so viel gegessen, daß ein Spatz danach hätte Hunger haben müssen. Er aber stand auf und sprach: „Nun will ich dir zeigen, wo du schlafen kannst. Morgen fängt dann die Arbeit an."

Er führte Anna Barbara in einen kleinen Winkel an der Nische – von ferne hatte es ausgesehen, als sei es nur eine schmale Fuge zwischen zwei Steinen. Als sie aber näher kamen, wurde die Fuge weiter und weiter und ein richtiger Raum. Staubig und rumplig sah's freilich darin aus, die Spinnen hatten ihre Netze kreuz und quer gespannt, und welke Blätter lagen auf der Erde. „Na ja", sprach Hans Geiz grämlich, „hier sind ja Hängematten genug für zwanzig Mädchen wie dich, und auch Decken liegen da, so viele du nur brauchst."

Und im gleichen Augenblick sah Anna Barbara, daß das, was sie für Spinnennetze gehalten hatte, Hängematten waren und daß die welken Blätter auf der Erde braune Decken waren. „Schlaf schnell ein, Anna Barbara!" mahnte Hans Geiz. „Daß du morgen frisch zur Arbeit bist. Und rabantere mir nicht so in der Hängematte, gute Sachen müssen auch gut behandelt werden."

Damit ging er heraus, und Anna Barbara machte, daß sie schnell in ihre Hängematte kam, so müde war sie. Sie schlief auch sofort ein, und im Traum saß die tote Großmutter neben ihr und sprach: „Ja, du bist auf dem rechten Wege, Kind, dir wird es mit dem goldenen Taler wohl nicht fehlgehen." Anna Barbara wollte mit dem Kopf schütteln und sagen, daß ihr diese Stelle gar nicht gefalle. Davon kam aber die Hängematte ins Schwingen, sie schwang immer schneller und höher. Ich werde noch fallen, dachte Anna Barbara im Traum, da fiel sie auch wirklich.

Es tat tüchtig weh, sie schlug die Augen auf, vor ihr

stand Hans Geiz. Sie aber lag auf der Erde, und die Schnur ihrer Hängematte war durchgerissen. „Hast du also doch rabantert!" sprach Hans Geiz. „Bisher bist du noch nicht viel nütze gewesen. – Na, komm. Es ist jetzt droben Morgen, nun will ich dir deine Arbeit zeigen."

Damit ging er ihr voran in die Nische mit den drei eisenbeschlagenen Türen. Eine von ihnen schloß er auf, und sie kamen in einen Keller, an dessen Wänden Dutzende von Fässern standen. In der Mitte des Kellers stand ein Tischlein mit einem Schemelchen. Auf dem Tischlein lagen ein Tüchlein, ein Brötlein, standen ein Täßchen und ein Fläschchen. Und in der Ecke war ein Lager aus Stroh mit Decken.

„Sieh", sprach Hans Geiz, „in den Fässern habe ich viel Kupfergeld, aber es ist mir vom langen Liegen schmutzig geworden und sitzt voll Grünspan. So sollst du es mir wieder blank putzen. Mit dem Tüchlein sollst du wischen, und in dem Fläschlein ist ein Wasser, das nimmt den Schmutz fort. Mußt du aber einmal weinen, so tu das ins Fläschlein, davon bekommt das Putzwasser besonders reinigende Gewalt. Das Brötlein ist für dich da zum Essen, und in dem Täßchen ist ein wenig Milch für dich – sie werden nie alle. Aber hüte dich, sie ganz zu verzehren, dann wächst nichts Neues nach, und du mußt verhungern. Nun spute dich und geh an die Arbeit, Mädchen. Wenn du all diese Kupferlinge blank geputzt hast, daß nicht ein Flecken mehr auf ihnen ist, soll dein erstes Dienstjahr um sein, und du sollst ein Drittel von dem goldenen Taler verdient haben."

Über diese harten Worte fing Anna Barbara bitterlich an zu weinen, und sie rief klagend: „Ach, Ihr hattet mir doch versprochen, ich sollte für Euch und den Schimmel Unverzagt sorgen dürfen, und nun soll ich hier ein ganzes Jahr in diesem traurigen Gewölbe hocken, ohne Sonne und ein grünes Blättchen und ohne eine freundliche Menschenstimme, und Euer schmutziges Kupfergeld putzen – nein, das will ich nicht, und das tue ich auch nicht!"

Und damit lief Anna Barbara, so schnell sie nur konnte, zur Tür. Aber Hans Geiz war noch flinker. Mit seinen langen Beinen sprang er ihr voraus, schlug die Tür vor ihrer Nase zu und rief durchs Schlüsselloch: „Nun sei nur recht fleißig, Anna Barbara, sonst wird dein erstes Jahr gar zu lang."

Weinend blieb das arme Mädchen zurück, viele Male rief es nach dem harten Hans Geiz und bat um Erlösung, er aber ließ nichts von sich hören. Da sah Anna Barbara, es gab keinen andern Ausweg, als fleißig zu putzen, um möglichst schnell wieder hinauszukommen. So holte sie sich eine kleine Schürze Kupferpfennige an den Tisch, tauchte das Tuch ins Putzwasser und fing an zu reiben. Oh, wie lange dauerte es, bis sie nur einen Kupferling blank hatte! Da wollte sie fast verzagen, wenn sie daran dachte, wieviel Kupferlinge auf dem Tische lagen, und wieviel Tausende erst in einer Tonne, und wieviel Millionen in all den Tonnen an den Wänden! Aber sie dachte bei sich: Klagen nutzt nicht! und putzte emsig weiter, bis sie Hunger bekam.

Sie nahm Brot und Täßlein und fing an zu essen und zu trinken. Aber wie sie im besten Schmausen war und grade merkte, das Brot war so knapp, daß es kaum ihren Hunger stillte, sprach eine feine Stimme: „Gib mir auch zu essen und zu trinken!"

Sie sah auf den Tisch, und sie sah unter den Tisch, sie sah im Keller ringsum, aber sie fand nichts, das zu ihr hätte sprechen können. So dachte sie, die Ohren hätten ihr geklungen, und aß weiter.

Aber kaum hatte sie wieder einen Bissen getan, so kam die Stimme von neuem: „Iß mir nicht alles weg, trink mir nicht alles aus – ich habe auch Hunger und Durst."

Diesmal sah Anna Barbara nicht erst lange umher, sondern sie fragte: „Wo steckst du denn? Ich sehe dich nicht."

„In der Flasche", sprach die feine, piepsige Stimme. „Ich halte dir doch dein Putzwasser sauber."

Da sah sich Anna Barbara die Flasche an, und als sie genau hinschaute, sah sie in ihr ein klein winzig Männlein, nicht größer als der Nagel an ihrem Daumen, das saß in dem Wasser.

„Hast du mich jetzt gesehen?" fragte das Männlein. „Nun

hilf mir heraus, daß ich in guter Luft essen kann!" Und als Anna Barbara sich hilflos umsah, wie sie dem Männlein wohl aus der tiefen Flasche durch den engen Hals helfen könne, sagte es ungeduldig: „Nun eile dich doch ein wenig! Meinst du, es ist ein Vergnügen, tagaus, tagein in dem scharfen Wasser zu sitzen?! Hol ein Hälmchen Stroh aus deiner Bettstatt, daran will ich hinausklettern!"

Also holte Anna Barbara ein Hälmchen Stroh, und das Männchen kletterte geschickt daran hoch, setzte sich auf den Flaschenkorken und sprach: „Nun gib mir zu essen und zu trinken."

Da bröselte sie ein Bröckchen Brot ab, tat einen Tropfen Milch in eine Haferschluse und gab ihm beides. Gleich schrie das Männlein: „Mehr! Mehr!!", schlug wütend mit den Armen und fraß und stopfte, daß es blaurot im Gesicht wurde und daß sein Bäuchlein anschwoll wie eine dicke Saubohne. Immer schrie es gleich: „Mehr! Mehr!", und wenn ihm Anna Barbara das Bröselchen nicht schnell genug reichte, so schalt es sie ein faules Mädchen, es werde nun auch faul sein beim Reinigen des Putzwassers.

Schließlich aber war das Männlein gesättigt. Es saß zufrieden auf dem Flaschenkork, baumelte mit den dürren Beinen und sprach: „Oh, wie bin ich schön satt! Das hast du gut gemacht. Nun werde ich dir auch ein Putzwasser bereiten, da sollst du sehen, wie die Arbeit flitzt."

„Kann man denn all die Pfennige überhaupt je blank bekommen?" fragte Anna Barbara ängstlich.

„Das kannst du", antwortete das Männchen kaltblütig. „Wenn du nämlich Ausdauer hast und ich dir helfe."

„Und hat denn Hans Geiz wirklich den goldenen Taler?" fragte Anna Barbara wieder.

„Das wirst du schon erfahren", sagte das Männlein. „Aber so viel kann ich dir heute schon sagen: Er hat ihn und er hat ihn nicht."

Anna Barbara zerbrach sich den Kopf, was das wohl bedeute, da sagte das Männchen: „Nun will ich auch einmal eine Frage tun. Nämlich: wie heißt du denn?"

„Anna Barbara", sagte Anna Barbara.

„Das ist ein schrecklich dummer Name", sagte das Männchen. „Ich werde dich Liebste nennen."

Da mußte Anna Barbara gewaltig lachen, denn daheim in ihrem Dorf nannten die jungen Burschen das Mädchen, das sie einmal heiraten wollten, ihre Liebste. Und wenn sie sich dazu das Männchen ansah, nicht größer als ihr Daumennagel, und bedachte, es wolle sie auch Liebste nennen, so mußte sie eben lauthals lachen.

Sofort wurde das Männlein krebsrot vor Wut und schrie: „Lach nicht so dumm, du albernes Mädchen! Jawohl, Liebste nenne ich dich, und du wirst mich Liebster heißen, und wenn die Zeit gekommen ist, werden wir heiraten . . ."

Da konnte sich Anna Barbara nicht mehr halten. Sie sprang auf, trampelte mit den Füßen vor Vergnügen auf der Erde herum und lachte, so laut sie nur konnte. Denn wenn Anna Barbara das Männchen ansah, mit seinem blauroten, faltigen Gesicht, einem Schädel, blank wie ein Ei, einem strubbligen Bart, mit einem runden Bäuchlein und Armen und Beinen so dürr wie Stecken, und dabei dachte, das sollte einmal ihr Mann werden – so mußte sie eben wie toll lachen.

Das Männchen aber sprang von seinem Korken auf, trampelte auch mit den Füßen auf den Boden, aber vor Wut, und kreischte mit seiner dünnen, piepsigen Stimme: „Warte nur, du böses Mädchen! Wenn du erst meine Frau bist, dann will ich dich für dieses Lachen an den Haaren reißen!"

Und es schüttelte wütend seine Fäustchen gegen Anna Barbara. Als die aber gar nicht mit Lachen aufhörte, fuhr es zornig an der Flasche hoch, sprang hinein und war untergetaucht. Und nur Schaum und Blasen im Putzwasser verrieten noch, daß es weiter darin saß und wütete. –

Bald machte sich auch Anna Barbara wieder an ihre Arbeit, und so flink ging sie ihr vonstatten, daß sie denken mußte: Ist das komische Männchen auch wütend, macht es mir doch das Putzwasser so scharf, daß ich nur einmal über den schmutzigsten Pfennig hinzureiben brauche, und er glänzt wie der liebe Mond.

So arbeiteten die beiden nun viele Tage miteinander. Anna Barbara ließ nicht ab, fleißig zu reiben und zu scheuern, damit ihr Jahr nur recht kurz werde, und jede Tonne, die sie von schmutzigen Pfennigen entleert und mit blanken Pfennigen gefüllt hatte, machte ihr das Herz leichter. Und das Männlein bereitete mit seinen Künsten das Putzwasser immer schärfer, und sie aßen zusammen alle Tage von dem Brot, und sie tranken gemeinsam von der Milch. Aber jedesmal, wenn sie ihre gemeinsame Mahlzeit hielten, gerieten sie in Streit, denn das Männchen hörte nicht auf, sie Liebste zu nennen, und erboste sich jedesmal von neuem, wenn sie darüber zu lachen anfing. Und wenn es sagte, in seinem Hause dürfe sie ihm nur Linsensuppe kochen, aber keine Erbsen, wollte Anna Barbara grade Erbsen und fragte ihn wohl spöttisch, ob sein Haus die Putzwasserflasche sei und ob sie da auch hinein müsse. Er möge nur die Tür, nämlich den Hals, erst ein bißchen weiter machen.

Immer endete es aber damit, daß das erzürnte Männlein ihr schwere Strafen androhte, wenn sie erst seine Frau sei, und wollte er sie am Anfang nur am Haar reißen, kam es nachher so weit, daß er ihr jedes Haar einzeln ausreißen, die Nase abbeißen und die Augen als dicke Erbsen kochen wollte. Zum Schluß aber fuhr das Männchen immer zornig an seinem Strohhalm in die Flasche und warf Blasen, als gurgele es mit dem Putzwasser.

Zwischen Tag und Nacht war in dem lichtlosen Kellerloch tief unter der Erde, in dem nur die Glühwürmchen leuchteten, kein Unterschied, so wußte Anna Barbara nicht, wieviel Zeit vergangen war, als sie an die letzte Tonne mit Kupferlingen ging. Auf dem Boden dieser Tonne aber lag eine kupferne Glocke, und als sie den letzten Pfennig geputzt hatte, sprach das Männlein zu ihr: „Nun läute die Glocke." Fuhr aber gleich danach in seine Flasche.

Anna Barbara schwang die Glocke. Da fing sie sonderbar an zu summen und zu brummen. Es war der Anna Barbara ganz, als treibe der Kuhhirt im Dorfe daheim die Herde in die Ställe, und die große rotscheckige Kuh vom Müller läute mit der Glocke an ihrem Hals der Herde voran. Als sie aber die Glocke weiterschwang, klirrten die Riegel an der Kellertür, die Tür sprang auf, und herein trat der dürre, gelbe Hans Geiz und sprach grämlich: „Bist du fertig? Hast du auch sauber geputzt? Hast du auch keinen Kupferling ausgelassen?" Und er wühlte in den Tonnen.

Als er aber sah, es war alles ordentlich gemacht, sprach er zu dem Mädchen: „So hast du dir den dritten Teil vom goldenen Taler verdient. Komm mit, daß ich dir die Arbeit weise, mit der du dir das zweite Drittel verdienen kannst."

Da faßte sich Anna Barbara ein Herz und bat den harten Hans Geiz beweglich, er möge sie doch gehen lassen, sie halte es hier nicht aus im öden Keller, ohne eine Menschenstimme, ohne liebe Sonne und ohne bunte Blumen. Das Putzwasser in der Flasche fing an zu brodeln und zu spucken, als sei das Männchen überaus wild. Aber der Hans Geiz sagte kalt, Vertrag sei Vertrag, er lasse sie erst gehen, wenn sie ihre Zeit abgedient habe. Damit faßte er sie am Arm und wollte sie in einen andern Keller führen.

Anna Barbara aber riß sich von ihm los und lief aus der kleinen Stube in den großen Saal, und sie rannte zwischen den Stiefel- und Matratzenhaufen und zwischen den Bergen von altem Papier, so rasch sie nur rennen konnte. Der Hans Geiz eilte sich gar nicht, denn er wußte ja, sie kann wegen der Hunde Gier und Neid doch nicht heraus. Die Hunde aber, als sie Anna Barbara heranlaufen sahen, sprangen auf, zerrten an ihren Ketten und warfen aus ihren Mäulern so viel glühendes Feuer in die Luft, daß Anna Barbara von der Hitze ohnmächtig hinsank.

Da nahm sie Hans Geiz auf seinen Arm und trug sie gemächlich in den andern Keller, wo er sie auf ein Lager legte. Als Anna Barbara aus ihrer Ohnmacht erwachte, war sie ganz allein in einem Keller, noch viel größer als der Kupferkeller. Und an den Wänden dieses Kellers standen viele Tonnen mit beschmutztem Silbergeld, und hatten im andern Keller vielleicht zwanzig Tonnen gestanden, so waren es hier vierzig oder gar fünfzig.

Bei diesem Anblick fing Anna Barbara bitterlich an zu

weinen, und sie klagte über ihr jämmerliches Leben, das sie nun ewig putzend in öden Kellergewölben verbringen müsse, und nie, nie werde sie das Putzen dieses Silbers bewältigen.

Als sie aber so weinte und klagte, hörte sie ein böses, hämisches Lachen, und als sie aufschaute, saß das Putzwassermännlein auf dem Tisch, lachte sie aus und sprach: „Geschieht dir ganz recht, du ungetreue Liebste! Hast du mir nicht die Heirat versprochen, und nun wolltest du von mir fortlaufen in die Welt hinaus und mich allein im Wasser sitzen lassen –?!"

Zornig rief Anna Barbara: „Gar nichts habe ich dir versprochen! Glaubst du denn wirklich, ich will einen alten Knacker heiraten mit einem Kahlkopf wie ein nacktes Knie, einer Knollennase, blau wie eine Kornblume, und einem Strubbelbart, der mir bei jedem Kuß die Lippen zersticht? Nie und nie wirst du mein Mann werden!"

„So?" fragte das Männchen giftig, „werde ich nicht dein Mann?! So helfe ich dir auch nicht beim Putzen, und du kommst nie wieder aus dem Gewölbe!"

Damit fuhr es zornig in die Flasche, aber weder Schaum noch Blasen zeigten, daß es im Putzwasser wohltätig wirke. Und als Anna Barbara wieder an ihre Arbeit ging, mochte sie reiben und polieren, das Silbergeld wollte nicht blank werden. Da warf sie sich verzweifelt auf ihr Lager und dachte: Ich werde nichts mehr essen noch trinken, dann sterbe ich und brauche mich nicht mehr zu plagen. Dann bin ich tot wie die liebe Großmutter und bin vielleicht bei ihr und ohne Not.

Darüber schlief sie ein, und im Traum war ihr, als säße die gute Großmutter neben ihrem Lager und spräche: „Was man sich einmal vorgenommen hat, das muß man auch durchführen, Anna Barbara. Nun halte aus, bis du dir den Goldtaler verdient hast. Mit dem Männlein aber mache deinen Frieden, so oder so, denn es kann dir allein aus diesem Gewölbe helfen. Es wird schon kein Unmensch sein und nichts Unmögliches von dir verlangen."

Da seufzte die Anna Barbara im Traum und sprach: „Er

will aber doch, daß ich ihn heirate. Und ich kann doch nicht mit ihm im Putzwasser leben!"

Da verzog die Großmutter das Gesicht recht grämlich und sprach: „Ja, Kind, wenn du nur den goldenen Taler hättest, so ginge auch das wohl!"

Damit entschwand die Großmutter, als zerginge ein Rauch. Anna Barbara aber erwachte davon, daß eine feine Stimme „Hilfe! Hilfe!" rief. Sie sprang auf und sah zwei Ratten, von denen trug die eine das ewige Stückchen Brot im Maul, die andere aber das schreiende Männchen. Anna Barbara griff in die nächste Silbertonne, nahm ein Silberstück und traf die Ratte so geschickt, daß sie das Männlein fallen ließ und quiekend in ihr Loch fuhr. Mit dem andern Silberstück aber traf sie die andere Ratte, daß sie das Brot fahrenließ. Dann lief Anna Barbara zu dem Männlein, hob es auf, trug es an den Tisch und setzte es wieder auf den Flaschenkorken.

Da sprach das Männlein: „Du hast mir nun das Leben gerettet, Anna Barbara, denn die Ratten waren sehr böse auf mich und wollten mich fressen, weil ich ihnen dein Brot nicht lassen mochte. So will ich denn auch nicht weiter in dich dringen, daß du meine Frau wirst, sondern will dir mit dem allerschärfsten Putzwasser helfen, wenn du mir nur versprichst, mich all dein Lebtage bei dir zu tragen und mich nie und in keiner Not zu verlassen."

Anna Barbara aber antwortete: „Putzwassermännlein, das will ich dir gerne versprechen, weil du dich ja um meines Brotes willen so mutig in Gefahr begeben hast. Und ich will dir auch bestimmt nicht wieder fortlaufen."

So machten sie ihren Frieden und Vertrag miteinander, und von da an erzürnten sie sich nicht mehr. Sie putzten aber so eifrig, daß sie die vielen Silbertonnen schneller blank bekamen als die wenigen Kupferfässer. Auf dem Grund der letzten Silbertonne aber fand Anna Barbara eine schöne Silberglocke, und als sie die schwang, war es ihr, als läute der Küsterjunge das Mittagsglöckchen daheim. Da schwoll ihr vor Sehnsucht nach dem Heimatdorfe das Herz, und vor Heimweh hielt sie es kaum mehr aus.

Doch die Riegel rasselten wie das vorige Mal, und herein trat nur der böse Hans Geiz. Er prüfte ihre Arbeit, und als er sie für gut befunden, führte er das Mädchen am Arm in den dritten Keller. Diesmal machte sie keinen Versuch, ihm wegzulaufen, denn sie wußte, an den Hunden kam sie doch nicht vorbei, und sie durfte ja auch das Putzwassermännlein nicht im Stich lassen.

Im dritten Keller nun standen unendlich viele Tonnen mit roten und gelben Goldstücken. Bei ihrem Anblick rief Anna Barbara freudig aus: „Oh, da wird auch mein goldener Taler dazwischen sein!"

Hans Geiz sprach darauf recht böse: „Vielleicht ist er dazwischen. Wenn du ihn aber nicht findest, so bekommst du ihn auch nicht."

Sprach Anna Barbara angstvoll: „Wie soll ich denn meinen goldenen Taler unter so vielen Tausenden erkennen?"

Sagte der Hans Geiz: „Wenn ihn dein Herz nicht erkennt, so hast du ihn auch nicht verdient. Erkennt ihn aber dein Herz und bekommst du ihn nicht sauber, so hast du ihn wiederum nicht verdient."

Damit ging Hans Geiz und schlug die Türe hinter sich zu. Anna Barbara aber sprach zu dem Männlein: „Kannst du mir denn nicht raten und sagen, welches mein goldener Taler ist?"

Sprach das Männlein traurig: „Hier sind meine Hilfe und Macht zu Ende. Horche nur auf dein eigen Herz, vielleicht, daß es dir sagt, welches der rechte goldene Taler ist."

So begann Anna Barbara zu putzen, und bei jedem Goldstück, das sie in die Hand nahm, befragte sie ihr Herz, doch ihr Herz blieb stumm. Es fiel dem Mädchen aber auf, daß das Männlein stets stiller und schweigsamer wurde. Gar keinen Scherz machte es mehr, nicht einmal geriet es noch in Wut, und es rührte auch kaum noch ein Bröckchen von dem Brot und ein Tröpfchen von der Milch an.

Sprach Anna Barbara: „Was ist dir, Männlein? Sprichst nicht, issest nicht, trinkst nicht – du bist doch nicht krank?"

Antwortete das Männlein: „Laß mich, Anna Barbara!"

Sagte Anna Barbara: „Nein, ich lasse dich nicht, Männlein. Ich habe dir ja versprochen, dich nie im Leben zu verlassen. Also verlasse ich dich auch jetzt nicht."

Sagte das Männlein mahnend: „Vergiß das auch nicht, Anna Barbara!", fuhr wieder in seine Flasche und wollte um keinen Preis erzählen, was ihm denn fehle.

So kam nach langer Arbeit schließlich die letzte Goldtonne heran, und immer noch war Anna Barbaras Herz stumm geblieben. Aus der letzten Tonne putzte Anna Barbara Goldstück um Goldstück, aber ihr Herz sagte nichts. Schließlich kam sie auf den Boden der Tonne, aber diesmal lag keine goldene Glocke auf dem Boden, sondern nur Goldgeld. Sie putzte es und sprach dann traurig zum Männlein, das auch traurig und bleich auf seinem Korken saß: „Nun habe ich alles Gold in diesem Keller blank geputzt, und meine Dienstzeit ist herum. Aber es hat keine Glocke auf dem Faßboden gelegen, so daß ich den Hans Geiz nicht rufen kann, damit er uns aufschließt. Und den goldenen Taler hat mir mein Herz auch nicht verraten."

Antwortete darauf das Männlein betrübt: „Ich kann dir auch nicht raten und helfen. Aber vielleicht hat Hans Geiz den goldenen Taler listig versteckt – suche doch einmal."

Da machte sich Anna Barbara ans Suchen, aber so emsig sie auch jedes Eckchen und Fleckchen im Keller durchstöberte, sie fand den goldenen Taler nicht.

Als sie sich nun ganz trostlos an den Tisch setzte, sprach das Männlein: „Ich habe Hunger, Anna Barbara, gib mir ein Bröckchen Brot."

Sagte Anna Barbara: „Wir haben doch heute schon gegessen, Männchen. Es sind nur noch ein paar Krümlein da. Die müssen bleiben, damit das Brot nachwächst."

Sprach das Männlein: „Wenn du mir jetzt nicht gleich zu essen gibst, komme ich vor Hunger um und bin tot."

Da dachte Anna Barbara: Es ist ja nun doch gleich, da ich den goldenen Taler nicht gefunden habe. So ist ja alles doch umsonst gewesen, und ich will ihm gerne die letzten Krumen geben, daß er noch einmal satt wird. Morgen müssen wir dann freilich verhungern. Und sie steckte ihm die letzten Krümlein in den Mund.

Froher schlug das Männlein die Augen auf und fing eifrig an, das nahrhafte Brot zu kauen. Plötzlich aber verzog es das Gesicht im Schmerz, griff in den Mund und schrie: „O weh, mein Zahn! Was ist denn da für ein harter Kiesel im Brot –?!"

Und aus dem Munde brachte es etwas, das sah aus wie ein gelbes Steinchen. Als das Männchen es aber in den Händen hielt, fing's an zu wachsen. Schon wurde es ihm zu schwer, hellklingend fiel es auf den Tisch. Hastig griff Anna Barbara danach und hielt es in den Händen. Sie sah's mit Herzklopfen an und rief freudig: „Das ist mein goldener Taler, ich spüre es, mein Herz sagt es mir! Im Brot, in unserm letzten Restchen Brot hat ihn der böse Hans Geiz versteckt, daß wir ihn nur nicht finden!"

Und auch das Männchen wurde nicht müde, den goldenen Taler zu betrachten, und rief: „Jetzt haben wir es, das saubere Goldfellchen. Oh, wie es gleißt und blitzt! Schnell, putze, Anna Barbara! Sieh doch, was ist da noch für ein böser, roter Fleck!"

Anna Barbara hatte den häßlichen roten Fleck auch schon gesehen, geschwind nahm sie das Tüchlein, goß Putzwasser darauf und fing an zu reiben und zu putzen, daß ihr warm ward. Aber – o weh! – je mehr sie rieb, um so röter ward der Fleck, ja, es war ganz, als riebe sie ihn immer breiter über den goldenen Taler hin. Schließlich ließ sie müde die Arme sinken und sprach: „Ich schaffe es nicht. Der Fleck läßt sich nicht wegreiben."

Da sagte das Männlein eifrig: „Gib nur nicht den Mut auf! Gleich fahre ich in die Flasche und bereite dir das schärfste Putzwasser, das es je gegeben hat."

Und es stieg in die Flasche, und es braute, wallte, wogte und werkte darin, es spülte und trieb um, es mischte und es stieg auf und nieder, daß es brodelte und dampfte. Schließlich kam es wieder heraus, setzte sich müde auf den Flaschenpfropfen und sprach: „Nun putze, Anna Barbara, besseres Putzwasser kann ich nicht bereiten."

Anna Barbara goß von dem Wasser auf ihr Läppchen und rieb, und – siehe! – der Fleck wurde heller, und jubelnd rief sie: „Es gelingt! Er wird blank!"

Aber als sie das Läppchen wieder fortnahm, war es, als ginge eine Wolke über den goldenen Taler, und er war wieder fleckig. Da rief sie traurig: „Es fehlt noch ein kleines bißchen an deinem Wasser, Männlein – weißt du denn nicht, was?"

Sagte das Männlein traurig: „Ich habe alles hineingetan, was hineingetan werden muß – wenn noch etwas fehlt, mußt du es hineintun. Weißt du denn nicht, was?"

Antwortete Anna Barbara: „Ich weiß nichts." Es war ihr aber, als müsse sie wissen, was dem Putzwasser noch fehlte, als falle es ihr nur nicht ein. Das Männlein aber sagte betrübt: „So hilft uns auch der goldene Taler nicht zur Freiheit!"

Da saßen sie beide still und betrübt am Tisch, alle lange Arbeit war umsonst getan, sie kamen doch nicht hinaus. Nach einer Weile aber sprach das Männchen mit schwacher Stimme: „Ich weiß nicht, was mit mir ist, Anna Barbara. Erst habe ich gar nichts essen können, und nun muß ich immerzu essen. Gib mir noch ein wenig Brot."

Anna Barbara aber rief: „Du weißt doch, Männlein, daß du unsere letzte Krume Brot gegessen hast. Nun haben wir nichts mehr zum Nachwachsen."

Da klagte das Männlein: „O weh! O weh! Nun muß ich gewiß sterben." Und es fiel schwach von seinem Korken. Anna Barbara nahm es in die Hand, und als sie den kleinen Mann, der so lange Zeit ihr Geselle gewesen war und ihr getreulich bei aller Arbeit geholfen hatte, bleich und wie sterbend sah, da dachte sie nicht mehr an seine Knollennase, seinen kahlen Schädel und den Strubbelbart, sondern ihre Augen gingen über von herzlichen Mitleidstränen, und sie rief: „Lieber Geselle, laß mich doch nicht allein! Bleibe bei mir, guter Gesell!"

Eine ihrer Tränen aber fiel auf den goldenen Taler, sie zischte auf, als sei sie auf etwas Glühendes gefallen, ein kleines Wölkchen stieg empor, und als es verflogen war, lag der goldene Taler fleckenlos da.

Jubelnd rief Anna Barbara: „Lieber Geselle, wach auf! Der goldene Taler ist blank!"

Mit schwacher Stimme fragte das Männlein: „Meinst du denn wirklich, daß ich dein lieber Geselle bin, der dich nie im Leben verlassen darf?"

„Das meine ich ganz wirklich", sagte Anna Barbara.

„Willst du mich dann auch Liebster nennen, und darf ich dich Liebste nennen?" fragte das Männchen.

„Jawohl will ich das und jawohl darfst du das", antwortete Anna Barbara.

„So gib mir darauf einen Kuß!" verlangte das Männlein.

„Das wollte ich wohl gerne tun, Liebster", lachte Anna Barbara. „Aber du bist ja so klein wie der Nagel an meinem Finger – ich habe Angst, ich werfe dich mit meinen Lippen um!"

„Wenn es weiter nichts ist", sagte das Männchen, „so rühre mich nur einmal mit deinem goldenen Taler an." Das tat Anna Barbara, und sofort fing das Männchen an zu wachsen und hörte nicht eher damit auf, bis es ebenso groß war wie Anna Barbara.

„Wie ist es denn nun mit dem Kuß, Liebste?" lachte es und war eigentlich ganz greulich anzusehen mit seinen Spinnenarmen und -beinen, seiner blauen Nase und dem Kegelkugelkopf.

Anna Barbara aber sagte: „Mein Geselle bist du ja doch, wenn du auch greulich anzusehen bist", und gab ihm einen Kuß. Unter dem Kuß aber spürte sie, wie sich das Männlein verwandelte, und als sie es losließ, stand ein schöner, junger Mann vor ihr und sah sie lächelnd an.

„Ja, ich bin das Männlein aus dem Putzwasser", sprach er. „Und du hast mich erlöst, Anna Barbara. Wie du war auch ich auf der Suche nach dem goldenen Taler, fiel in die Hände des bösen Hans Geiz und mußte für ihn putzen. Aber ich hatte nicht deine Geduld, putzte nur weniges und das schlecht. Da hat er mich zur Strafe ins Putzwasser gesteckt und zum alten Putzwassermännlein gemacht. – Nun aber nimm deinen goldenen Taler in die Hand, und ich nehme meine Flasche mit Putzwasser – wir wollen machen, daß wir endlich wieder die liebe Sonne schauen."

Damit gingen sie an die Tür, und Anna Barbara klopfte mit ihrem goldenen Taler dagegen. Da flogen die Riegel zurück, und die Schlösser sprangen auf, und sie konnten hindurchgehen. Auf der andern Seite der Tür aber stand der böse Hans Geiz, gelber und dürrer als je, und sprach: „Du darfst gehen, Anna Barbara, denn du hast alles getan, was du tun solltest. Aber deinen Liebsten mußt du hierlassen, der darf nicht hinaus."

„Wenn er hierbleiben muß, so bleibe ich auch hier", sprach Anna Barbara mit fester Stimme. Ihr Liebster aber rief: „Laß mich nur machen!" Und er spritzte aus dem Fläschchen Wasser in das Gesicht von Hans Geiz. Da schrie der auf vor Schmerz: „Oh, wie das brennt und wehe tut! Lauft nur immer, ihr Dummen, an den Hunden Gier und Neid kommt ihr doch nicht vorbei!"

Und sie liefen durch den langen Saal mit dem alten Gerümpel, und von ferne sahen sie die Hunde schon an ihren Ketten zerren und Feuer blasen. Als sie aber näher kamen, spritzte der Jüngling wieder Putzwasser aus seiner Flasche, und vor Schmerzen jaulend verkrochen sich die Hunde und ließen die beiden vorüber.

Nun aber standen sie in dem kleinen Vorraum, von dem der dunkle Schacht himmelhoch hinaufging, und ganz oben sahen sie einen kleinen blauen Fleck, das war der liebe Himmel, den sie so lange nicht gesehen. Es gab aber keine Tür aus dem Vorraum und keine Treppe den Schacht hinauf, und sie fanden keinen Weg hinaus.

Sie wollten schon fast verzagen, da hörte Anna Barbara in der Ferne ein Getrapps, und sie machte ihre Stimme laut und schrie: „Hör mich, Schimmel Unverzagt!"

Nach einer Weile verschwand der kleine Himmelsfleck oben, denn der Schimmel schaute hinab und fragte: „Wer ruft?"

„Das Mädchen", rief Anna Barbara, „das du im Winter hierhergefahren, und ihr Liebster. Kannst du uns denn nicht hinaushelfen?"

„Das kann ich vielleicht", antwortete der Schimmel. „Wollt ihr mich dann aber auch immer bei euch behalten und mir gut zu fressen geben und mich im Winter nicht auf Eis legen?"

„Das versprechen wir dir!" riefen die beiden.

„So wartet ein Weilchen", sagte der Schimmel, „bis die Haare an meinem Schwanze lang genug gewachsen sind."

So standen sie ein Weilchen, aber plötzlich sagte Anna Barbara: „Mich kitzelt was an der Backe, Liebster!"

Antwortete er: „Mich krabbelt was im Nacken, Liebste."

„Was mag das wohl sein?" fragten sie, und als sie hinfaßten, hielt jedes ein Pferdehaar. „Wir wollen sehen, ob es fest genug ist", sprachen sie, und sie hingen sich daran. Und das Haar hielt, und sie zogen sich daran empor.

Da waren sie oben, und nach langer Zeit standen sie wieder in der lieben Sonne und sahen das Himmelslicht und das gute Grün von Gras und Baum. Sie hörten die Vögel singen und rochen den Duft der Blumen.

Da sanken sich die beiden in die Arme und waren sehr froh und küßten sich. Dann aber setzten sie sich auf den Schimmel Unverzagt, und er ging fort mit ihnen und hörte nicht eher auf zu gehen, bis sie vor dem Haus hielten, in dem Anna Barbara mit ihrer Großmutter gelebt hatte. Dahinein gingen sie, die jungen Leute in die Stube, der Schimmel aber in den Stall. Und dort lebten und arbeiteten sie nun, und sie waren immer glücklich, weil sie den goldenen Taler hatten. Denn wer den ohne Fleck in allem Glanze hat, der ist immer glücklich.

Der Schimmel Unverzagt aber wohnte noch lange bei ihnen und hatte es gut. Als er aber starb, wurde er hinter dem Haus unter einem Apfelbaum begraben und ihm ein Grabstein gesetzt mit folgendem Vers:

Hier ruht der Schimmel Unverzagt,
Den Geiz in kaltes Eis gepackt.
Der goldne Taler wärmt ihn auf,
Zufrieden war sein letzter Schnauf.
Nun ruht er aus von aller Müh,
Er war ein herzlich gutes Vieh.

Geschichte vom unheimlichen Besuch

Es war einmal ein Junge, den nannten seine Eltern den Husch, weil er stets so eilig weghuschte, und er war überhaupt das schnellste und leiseste Kind von der Welt. Wenn man ihn suchte, war er grade weggehuscht, und wenn seine Mutter sich die Kehle nach ihm ausrief, kam er unter dem Küchentisch hervorgehuscht. Darum hieß er der Husch.

Der Husch aber kannte kein größeres Vergnügen, als sich zu verstecken, daß alle nach ihm suchen mußten. Da half kein Bitten und kein Reden und kein Schelten, er konnte es nicht lassen, er mußte sich verstecken. Und Prügel halfen auch nicht. Sollte es zum Mittagessen gehen, und alle liefen durcheinander, wuschen sich die Hände und riefen dazwischen nach dem Husch, so saß der ganz still und leise in der Holzkiste am Herde, hielt den Atem an und freute sich wie ein König, daß sie nach ihm liefen und lärmten.

Hatte seine Mutter ihn aber am Abend ins Bett gebracht und rief nur schnell den Vater, daß der ihm gute Nacht sagte, so huschte der Husch schnell aus seinem Bett, setzte sich oben auf den Kleiderschrank und sah stillvergnügt zu, wie seine Eltern nach ihm liefen und riefen.

So ging es eine lange Zeit, und der Husch ließ nicht vom Verstecken.

Nun begab es sich, daß der Husch an einem Sonntagnachmittag allein zu Hause saß, denn seine Eltern waren ins Dorf zu Freunden gegangen. Der Husch saß auf einem Stühlchen am Fenster und sah zu, wie es draußen immer mehr und immer größere Blasen auf den Pfützen regnete. Dazwischen malte er aus seinem Tuschkasten ein Bild an, darauf waren eine Sonne, ein Mond und viele Sterne, und alle zusammen lachten und tanzten Ringelreihe. Die Sterne aber waren schwierig auszumalen, wegen ihrer vielen Zakken, darum machte der Husch von Zeit zu Zeit eine Erholungspause und sah aus dem Fenster nach dem Regen.

Als er nun wieder einmal hochschaute, sah er das Hoftor gehen, als käme einer herein, es war aber keiner zu sehen. Der Hofhund an seiner Kette fuhr los, wie wenn etwas Fremdes auf dem Hof wäre, und blaffte böse. Plötzlich aber winselte er, als habe er einen Schlag bekommen, und kroch angstvoll in seine Hütte.

Das kam dem Husch seltsam vor, rasch huschte er hinter die Gardine und versteckte sich so, daß er auf den Hof sehen konnte, ohne gesehen zu werden. Er sah aber gar nichts. Der Hund hockte winselnd in seiner Hütte, und auf den Pfützen regnete es Blasen. Und doch hatte der Husch das bestimmte Gefühl, es sei da etwas Fremdes auf dem Hof.

Nach einer Weile war es dem Husch, als sähe ein Gesicht von draußen durch die Scheibe, durchs Fenster. Wie sehr er aber auch durch die Gardine blinzelte, er sah nichts als das blanke Glas und den Regen auf dem Hof. Das ist doch wunderbar, dachte der Husch. Da ist jemand und ist doch nicht zu sehen. Wenn der sich versteckt, kann er's noch besser als ich.

Indem ging die Küchentür ins Haus hinein. Aber der Husch konnte spähen, daß ihm die Augen vom scharfen Zusehen tränten, er sah keinen hineingehen, und doch ging die Tür so ordentlich wieder zu, als habe jemand auf die Klinke gedrückt. Hineingegangen ist bestimmt jemand, dachte der Husch, wenn ich ihn auch nicht gesehen habe. Nun, wenn der sich verstecken kann, ein bißchen kann ich es auch! Und – husch! – huschte der Husch in den großen Schrank und zog die Tür fest hinter sich zu. Er wußte aber, daß er durch das Schlüsselloch alles sehen konnte, was in der Stube vorging.

414

Eine Weile sah er gar nichts als eben die Stube, dann aber sah er, wie langsam und leise die Stubentür nach der Küche hin aufging. Er sah, wie die Klinke niedergedrückt wurde, aber die Hand, die auf der Klinke lag, sah er nicht. Das war doch eine ganz tolle Geschichte! – vor lauter Aufregung und Staunen vergaß der Husch fast das Atmen.

Nun ging die Tür wieder zu, und der heimliche Besucher war wohl in der Stube, aber zu sehen war er noch immer nicht. Dafür hörte der Husch etwas, er hörte, wie eine rauhe, tiefe Stimme sagte: „Nein, wie schön warm und trokken ist es in so einem Menschenhaus! Das ist ja noch viel besser als die schönste Höhle im Walde!“

Und eine feine Stimme antwortete: „Habe ich dir das nicht gleich gesagt? Sieh dir bloß mal an, was du dir für ein schönes Lager auf dem Sofa mit all den Kissen und Decken machen kannst!“

Sieh da! Sieh da! dachte der Husch in seinem Schranke ganz verwundert. Es ist also nicht nur einer, es sind sogar zwei, die sich heimlich in unser Haus geschlichen haben! Und alle beide sieht man nicht. Das ist doch wirklich eine wunderbare Geschichte. Und er spähte durchs Schlüsselloch, daß ihm die Augen aus dem Kopf traten.

„Jawohl, das wird ein schönes, warmes Lager für mich werden“, sagte wieder die tiefe Stimme. „In diesem Winter brauche ich nicht zu frieren. Aber erst müssen wir das Menschengesindel loswerden.“

„Das ist doch ganz einfach“, sagte die feine Stimme. „Wenn die Frau und der Mann und der Junge zurückkommen, gibst du ihnen einfach mit deiner Tatze was auf den Kopf, daß sie tot umfallen. Dann haben wir das ganze Haus für uns alleine.“

Oh, wie angstvoll wurde dem Husch in seinem Schranke zumute, als er diesen fürchterlichen Plan hörte! Wie gerne wäre er aus dem Schranke gesprungen, wäre ins Dorf gelaufen und hätte die Eltern gewarnt! Aber das konnte er ja nicht. Die unsichtbaren Besucher hätten ihn sicher totgeschlagen, ehe er aus der Stube kam. Er konnte sie ja nicht sehen, sie aber konnten sofort sehen, wenn er nur die

Schranktür aufmachte. So beschloß er, still im Schrank auszuharren, vielleicht gab es doch noch eine Gelegenheit, zu entwischen und die Eltern zu warnen.

„Ja, das sagst du so", sagte die tiefe Stimme jetzt ganz brummig. „Bei dir klingt das ganz einfach: Tatze auf den Kopf und tot. Ich aber habe die Arbeit davon! Und vielleicht hat der Mann gar etwas zu schießen und schießt mich tot."

„Du bist doch wirklich nicht sehr klug!" sagte die feine Stimme höhnisch. „Wie kann der Mann dich denn schießen, wenn er dich gar nicht sieht?! Ja, wenn wir die Zauberkappen nicht hätten –! Aber das war eben auch mein kluger Gedanke, die den Zwergen zu stehlen!"

„Du magst so klug sein, wie du willst", sagte die tiefe Stimme ärgerlich, „ohne mich kannst du doch nichts machen, und die Hauptarbeit muß ich tun! Und wenn die Zauberkappen auch ganz nützlich sind, so machen sie doch schrecklich warm auf dem Kopfe. Mich juckt es überall, und ich muß mich jetzt kratzen!"

Der Husch guckte durch das Schlüsselloch, was er gukken konnte. Erst sah er gar nichts, dann sah er etwas wie viele Haare, aber es war gleich wieder weg. Nun aber fiel etwas nieder auf die Erde, und – siehst du wohl! – da stand ein riesiger Bär in der Stube, so groß, daß er fast mit dem Kopf an die Decke stieß, und kraulte sich den Schädel mit seinen ungeheuren Tatzen. Dem Husch verging fast das Atmen vor Schreck! So ein böses, wildes Tier hatte er noch nie gesehen! Und wie der Bär nun gar das Maul zum Gähnen aufriß und seine mächtigen Zähne und die dicke, rote Zunge zeigte, da machte der Husch lieber schnell die Augen zu und hielt sich an den Mänteln im Schranke fest, um nicht vor Schreck umzufallen.

Aber hören konnte er deswegen doch noch, und so hörte er, wie die feine Stimme sagte: „Wenn du die Zauberkappe abnimmst, so nehme ich die Kappe auch ab. Die Leute kommen sicher vor Dunkelwerden nicht nach Haus, da können wir noch ein Schläfchen tun. Sieh – daß du es weißt, Bär, hier lege ich die Kappen auf das Tischchen. Da kannst du sie gleich langen, wenn der Mann und die Frau und der Junge kommen."

„Schön!" sagte der Bär, und der Husch hörte, wie er sich auf das krachende Sofa legte. „Nun will ich ein schönes Schläfchen tun, daß ich auch Kräfte genug habe für meine drei Schläge."

Der Husch konnte es nicht lassen, die Neugierde überkam ihn, er hielt sein Auge wieder an das Schlüsselloch, und da sah er neben dem Bären, der sich auf das Sofa geworfen hatte, einen Fuchs stehen, einen richtigen, roten Fuchs, mit dreieckigem Gesicht, grasgrünen Augen und einer schön geschwungenen Lunte.

„Schnarche aber nicht, Bär", sagte der Fuchs. „Sonst kann ich nicht hören, wenn die Leute zurückkommen."

„Ich schnarche, soviel ich will!" meinte der Bär patzig. „Wenn ich ordentlich schlafen will, muß ich auch schnarchen können. Setz du dich nur ans Fenster und paß gut auf – dafür bist du ja da!"

Damit drehte sich der Bär auf dem Sofa um, daß der Husch dachte, es müßte zusammenbrechen, und fing an zu schnarchen, daß die Wände wackelten und die Fensterscheiben klirrten. Warte nur, du oller Bär! dachte der Husch in seinem Schranke wütend. Liegst du mit deinem schmutzigen, nassen Fell auf meiner Mutter schönen, hellen Sofakissen und machst sie ganz dreckig! Warte nur, vielleicht erwische ich dich doch! Und dabei sah er sehnsüchtig nach den beiden Zaubermützen, die nahe beim Schrank auf dem Tischchen lagen.

Aber die waren nicht zu kriegen, denn einmal war die Schranktür dazwischen, zum andern war der Fuchs noch da, und der sah mit seinen listigen, grünen Augen ganz so aus, als ließe er sich nicht so leicht beim Aufpassen betrügen.

Der Fuchs spazierte im Zimmer hin und her und sah sich neugierig alles an. Von Zeit zu Zeit schaute er auch zum Fenster hinaus, und dann bekam der Husch es immer mit der Angst, die Eltern könnten jetzt kommen. Schließlich entdeckte der Fuchs den großen Stehspiegel an der Wand, und der gefiel ihm über die Maßen, denn der Fuchs ist ein sehr eitles Tier und sieht keinen lieber als sich selbst. Er stellte sich also vor den Spiegel, genauso feierlich wie der Husch in der Schule, wenn er ein Gedicht vor der ganzen Klasse aufsagen mußte, legte die eine Pfote auf sein Herz, strich sich mit der andern seinen stattlichen Schnurrbart, zwinkerte sich selber freundlich zu und sprach laut zu seinem Spiegelbilde: „Ei, du schöner Fuchs! Ei, du kluger Fuchs! Du gefällst mir ganz ausgezeichnet! Ich liebe dich, Füchslein!"

Dabei machte er, immer noch die Pfote auf seinem Herzen, eine tiefe Verbeugung vor sich selbst, daß dem Husch im Schrank das Lachen ankam, so stark, daß er es nicht mehr halten konnte. Er fuhr zwar gleich mit dem Kopf in die Mäntel, daß es nicht zu hören sein sollte – die feinen Ohren des Fuchses aber hatten doch etwas vernommen. Mit einem Ruck fuhr der Fuchs herum und sprang auf den Schrank zu.

Der Husch hielt die Schranktür von innen zu, der Fuchs arbeitete mit der Pfote von außen daran. Aber er war nicht groß genug, ans Schloß zu gelangen. Gleich sprang er zum schnarchenden Bären, schüttelte ihn und rief: „Brummbär, ich glaube, es ist wer im Schrank!"

Der Bär schnarchte weiter. So leicht ließ er sich nicht wachkriegen. Der Fuchs schüttelte stärker und schrie lauter. Husch, der merkte, der Fuchs am Sofa sah nicht nach dem Schrank, sondern nur auf den schlafenden Bären, machte die Schranktür ein wenig auf, langte hinaus und – wutsch! – hatte er die beiden Zaubermützen vom Tisch geschnappt.

Die eine steckte er in die Tasche, die andere setzte er auf den Kopf. Eins, zwei, drei! – Zauberei! – sah er sich selbst nicht mehr, nicht seine Hände, nicht seinen Leib, die Beine nicht, auch keinen Anzug, den er doch anhatte – weg war er und war doch da! Faßte sich an die Nase, zwickte sich hinein. Weh tat es, aber es war nichts zu sehen: keine Hand, die die Nase zwickte, und wie er auch schielte, keine Nasenspitze! Das war eine höchst wunderbare Sache, solche Zaubermütze!

Der Fuchs unterdessen hatte mit Schütteln und Rufen den Bären halb wach bekommen.

„Was willst du denn, Fuchs?" fragte der Bär verschlafen. „Sind die Leute schon da, die ich totschlagen soll?"

„Ich glaube, es ist einer im Schrank, Bär!" rief der Fuchs aufgeregt.

„So sag ihm, daß er rauskommen soll", sprach der Bär. „Dann will ich ihn tatzen!"

„Ich krieg die Schranktür nicht auf!" rief der Fuchs.

„Du bist doch zu gar nichts zu gebrauchen, Fuchs", sprach der Bär. „Dann muß ich also aufstehen." Und gähnend setzte er sich auf dem Sofa hoch.

Der Husch hatte schon gemerkt, sie wollten jetzt in den Schrank schauen, schnell war er aus dem Schrank geschlüpft – die beiden sahen ihn ja nicht wegen der Zaubermütze –, und eins, zwei, drei hatte er sich oben auf den Schrank gesetzt.

Der Bär sah mit seinen verschlafenen, kleinen, roten Augen den Schrank an. „Fuchs!" sagte er böse. „Was redest du für Sachen?! Die Schranktür ist ja offen!"

Der Fuchs sah ärgerlich den Bären an. „Wisch dir doch deine kleinen Triefaugen, Bär!" antwortete er. „Ich habe mit meiner Pfote an der Schranktür gewerkt und gearbeitet, sie ging nicht auf."

„Was habe ich für Augen?" brummte böse der Bär und tat einen gewaltigen Tatzenschlag nach dem Fuchs.

Der aber war auf seiner Hut gewesen, machte einen großen Sprung, sah dabei, daß die Schranktür wirklich offenstand, und rief erstaunt: „Wunder über Wunder! Der Schrank steht offen!"

„Siehst du, Fuchs", sagte der Bär zufrieden, „wer hat nun die besseren Augen, du oder ich? Nun wollen wir einmal sehen, ob wenigstens jemand im Schranke steckt."

Damit stand der Bär auf und fing an, mit seinen großen Tatzen im Schrank zwischen den guten Kleidern zu wühlen. Keiner hatte dem Bären die Krallen im Walde geschnitten, so erging es den Kleidern übel: Der Bär riß und fetzte, so daß, was er anrührte, gleich in Lumpen hing. Das ärgerte den Husch sehr, er wußte, die Kleider hatten viel Geld gekostet, er hörte, wie Bänder platzten, Aufhänger abrissen . . . Vaters Schirm hing außen am Schrank – der Husch nahm den Schirm und gab mit aller Gewalt dem Bären einen Schlag über den Schädel . . .

Knacks! sagte der Schirm und brach mitten durch. Der Bär fuhr sich mit der Tatze über den Kopf und sprach: „Fuchs, ich glaube, es gibt ander Wetter, die Mücken stechen!"

Der Fuchs indessen schrie aufgeregt: „Bär, ein Dieb ist in der Stube, unsere Zaubermützen sind fort!"

Der Bär drehte sich um und sprach unmutig: „Was redest du nur heute alles für Zeug, Fuchs?! Erst weckst du mich, weil die Schranktür zu ist – sie steht aber offen. Dann soll jemand im Schrank sein – es ist aber niemand drin. Nun soll sogar ein Dieb im Zimmer sein – ich sehe ihn aber nicht!"

„Bär!" sagte der Fuchs. „Wenn nun der Dieb im Schrank saß?"

„Es saß aber keiner im Schrank!" sagte der Bär.

„Und wenn er dann die Zaubermütze stahl?" fragte wieder der Fuchs.

„Warum hast du sie denn so hingelegt, daß er sie stehlen konnte?" fragte ärgerlich der Bär.

„Und wenn er dann die Zaubermütze aufgesetzt hat?" fragte wieder der Fuchs.

„Und was macht er mit der andern?" fragte dagegen der Bär.

„So kannst du ihn doch nicht sehen!" schloß der Fuchs.

„Da hast du freilich recht, Fuchs!" sagte nach einigem Nachdenken der Bär. „Wenn er die Zaubermütze auf dem Kopf hat, kann ich ihn nicht sehen. – Du hast wirklich ein großartiges Verstandeskästlein, alles rauszukriegen, Füchslein. Was soll ich nun machen?"

„Laß mich eine Weile nachdenken, Bär", sagte der Fuchs. „Die Zaubermützen müssen wir wiederbekommen, soviel ist sicher."

„Das müssen wir", sagte auch der Bär.

„Aus dem Zimmer ist er noch nicht", überlegte der Fuchs. „Stell du dich an die Tür, Bär, daß er nicht raus kann – ich will auf die Fenster aufpassen."

So stellte sich der Bär gegen die Tür, der Fuchs aber saß am Fenster und dachte nach. Dem Husch wurde himmelangst, denn dem Fuchs traute er zu, daß er ihn trotz der Zaubermütze fing.

„Bär", sagte der Fuchs nach einer langen Zeit, und der Husch auf dem Schrank spitzte die Ohren, um auch genau zu hören, welch listiger Plan nun kam. „Bär", sagte der Fuchs traurig.

„Was ist denn, Fuchs?" fragte der Bär. „Was redest du denn so traurig wie eine Eule nachts im Walde?"

„Bär", sagte der Fuchs noch trauriger. „Mir ist nichts Schlaues eingefallen. Wie wir es auch anstellen, den Dieb in der Zaubermütze kriegen wir nicht zu sehen; da ist es schon besser, wir gehen wieder in den Wald zurück."

„Ich geh nicht wieder in den Wald zurück!" sagte der Bär trotzig. „Hier ist es warm und trocken, im Walde aber ist es kalt und naß – ich bleibe hier! Und wenn die Leute kommen, schlage ich sie mit meinen Tatzen tot!"

„Wenn du aber keine Zaubermütze aufhast, schießen sie dich tot", sprach der Fuchs.

Vor dem Schießen hatte der Bär gewaltige Angst. „Nein, geschossen will ich nicht werden", sagte er. „Das tut weh. Aber hier weggehen will ich auch nicht." Er dachte lange nach. „Weißt du was, Fuchs", sagte er dann. „Ich habe gesehen, draußen im Küchenherd ist Feuer. Rücken wir hier die Möbel zusammen, stecken wir sie in Brand, schließen wir die Türe ab – verbrennt der Dieb. – Siehst du, da habe ich nun auch einmal einen schlauen Gedanken gehabt, Fuchs!"

„Das hast du, Bär", sagte der Fuchs lobend. „Da hast du einen Gedanken gehabt, so groß und dick, fast wie dein Kopf." Dem Husch, als er das hörte, wurde auf dem Schranke sehr angst. Er fürchtete, er würde nun gleich verbrannt werden ...

„Aber, Bär", fuhr der Fuchs fort, „ich fürchte, es wird

421

doch nicht gehen. Wenn wir den Dieb verbrennen, verbrennen wir mit dem Dieb nicht auch die Zaubermützen? Und verbrennen wir nicht mit den Zaubermützen das ganze Haus, in dem wir doch wohnen möchten? Nein, nein, Bär, es bleibt uns nichts übrig, wir müssen in den Wald zurück."

Als der Bär das hörte, setzte er sich – plumps! – auf den Boden, wo er stand, steckte die Hinterpfote ins Maul, weinte los und schrie: „Ich will aber nicht in den Wald! Ich will in dem schönen, warmen Haus bleiben! Ich will nicht wieder frieren und hungern!"

„Nun, nun, Bär", sagte der kleine Fuchs begütigend zu dem großen Bären, „weine bloß nicht so! Das hilft nun alles nichts, in den Wald mußt du wieder. Sei ein artiger Bär und komm mit mir!"

Der Bär weinte, daß ihm die blanken Tränen über die Nase liefen, aber er ließ sich ganz brav vom Fuchs am Ohr aus der Stube führen. „So ist es recht, Bär", lobte der Fuchs. „Aber damit du doch noch eine Freude hast, ehe wir beide wieder in den Wald ziehen, gehen wir jetzt in den Schweinestall. Du schlägst ein Schwein tot, und wir essen einen schönen, fetten Schweinebraten!"

„Jawohl, Schweinebraten!" weinte der Bär und fing zwischen seinen Tränen doch schon wieder an zu lachen. „Schönen, fetten Schweinebraten – brumm! Brumm!"

Damit gingen die beiden aus dem Zimmer, machten die Tür nach der Küche zu, und der Husch auf dem Schranke oben war wieder allein. Das ist noch einmal gut gegangen, dachte er, aber er traute den beiden doch nicht ganz. Er kletterte vom Schrank, ging ans Fenster und sah hinaus. Er sah nur den leeren Hof, in den Pfützen pladderte der Regen.

Sind die beiden nun vorbei oder sind sie nicht vorbei –? überlegte er. Aber weil der Hund nicht gebellt hatte, dachte er: Sie sind noch nicht vorbei. Er horchte, aber er hörte kein Schwein quieken, und ein Schwein quiekt doch gewaltig, ehe es stirbt.

Also sind sie auch nicht in den Stall gegangen, überlegte er. Also sitzen sie noch in der Küche. Also hat sich der

Fuchs bloß verstellt, und sie lauern auf mich. Also kann ich auch nicht fort, und ich müßte doch fort und die Eltern warnen. Was mach ich bloß? überlegte er. Aus dem Fenster komme ich auch nicht. Wenn ich das aufmache, sehen sie's aus der Küche. Der Bär stellt sich davor, und ich mag unsichtbar hinauskriechen, er fühlt mich doch – ein Schlag, und ich bin weg!

So überlegte der Husch und grübelte in seinem Kopf, und es war ihm, als könnte er keinen Ausweg finden, müsse als Gefangener sitzen in der Stube und vielleicht gar mit anhören, wie die lieben Eltern in die Gewalt des Bären und des Fuchses gerieten. Plötzlich aber fiel ihm etwas ein. Er griff in die Tasche und zog die zweite Zaubermütze heraus. Nun holte er den zerbrochenen Schirm des Vaters – ein bißchen hielt er noch.

Leise, leise ging er zur Küchentür und lauschte. Erst hörte er nichts, dann meinte er den Bären schnaufen zu hören.

Richtig! Jetzt flüsterte der Bär gar: „Du, Fuchs!"

„Pst!!" machte der Fuchs.

War der Bär ruhig. Nach einer Weile aber hielt er es doch nicht mehr aus, wieder flüsterte er: „Du, Fuchs!"

„Pst!" machte der Fuchs.

„Ich will doch bloß was sagen!" maulte der Bär.

„Stille sollst du sein!" sagte der Fuchs.

„Du, Fuchs!" machte der Bär.

„Pst!!!" machte der Fuchs böse.

„Ich will doch bloß sagen, daß er nicht kommt", sagte der Bär.

„Pst!" machte der Fuchs.

„Du, Fuchs!" rief der Bär.

„Bist du jetzt ruhig?!" schrie der Fuchs wütend.

„Hast du's gehört, Fuchs?" fragte der Bär.

„Was denn –?" fragte der Fuchs.

„Was ich gesagt habe", sagte der Bär. „Ob du das gehört hast?"

„Du sollst aber gar nichts sagen!" schrie der Fuchs wieder ganz wütend.

„Aber ich hab doch nur gesagt, daß er nicht kommt", meinte der Bär.

„Pst!" machte der Fuchs.

„Du, Fuchs?" fragte der Bär.

„Was denn schon wieder?" flüsterte der Fuchs. „Kannst du denn gar nicht das Maul halten, Bär?"

„Fuchs!" flüsterte der Bär. „Die Klinke bewegt sich."

„Seh ich", sagte der Fuchs. „Sei jetzt bloß still."

„Du, Fuchs!" sagte der Bär.

„Was denn nun schon wieder?" fragte der Fuchs ärgerlich.

„Die Tür geht einen Spalt auf", flüsterte der Bär.

„Ich hab selber Augen", flüsterte ärgerlich der Fuchs. „Sei jetzt nur still und schlag zu, wenn ich pfeife."

„Ja, Fuchs", sagte der Bär.

So warteten die beiden. Die Tür aber ging nur ein kleines bißchen auf, und hindurch kam der Schirm, an dessen Ende etwas baumelte.

„Du, Fuchs", flüsterte der Bär, „es ist bloß ein Schirm."

„Warte nur, Bär", sagte der Fuchs ungeduldig, „die Tür wird schon noch weiter aufgehen."

„Pfeifst du dann?" fragte der Bär.

„Dann pfeif ich", sagte der Fuchs. „Sei jetzt nur ruhig, Bär."

„Ja, Fuchs", sprach der Bär. „Da baumelt was."

„Ich seh's auch", sagte der Fuchs. Indem hatte er erkannt, was das war, und rief: „Schlag zu, Bär!"

„Fuchs", sagte der Bär und schlug nicht zu. „Wolltest du nicht pfeifen?"

„Schafskopf!" rief der Fuchs und sprang hoch, „es ist die Zaubermütze." Da hatte er sie schon im Maule.

„Die Zaubermütze?" rief der Bär. „Die will ich haben."

„Ich habe sie gehascht!" rief der Fuchs. „Und ich setze sie auch auf."

„Du hast aber nicht gepfiffen, Fuchs!" rief der Bär. „Hättest du gepfiffen, hätt ich zugeschlagen und hätte die Mütze gehabt. Gib sie also mir!"

„Ich denke gar nicht daran!" rief der Fuchs und setzte die Mütze auf. Weg war er!

„Wo bist du, Fuchs?" rief der Bär wütend.

Während dieses Streites hatten die beiden nicht mehr auf die Tür geachtet, und so war der Husch leise und unbemerkt in die Küche geschlichen und hätte nun ganz leicht hinaus und zu den Eltern gekonnt. Das hatte er ja auch gewollt, und darum hatte er denen die Zaubermütze gelassen, daß sie nicht mehr auf ihn achteten. Wie er die beiden nun so schön streiten und den Bären immer rufen hörte: „Wo bist du, Fuchs?" – der Fuchs aber antwortete gar nicht, weil er die Zaubermütze nicht hergeben wollte –, da kam ihm der Gedanke, ob er nicht allein mit ihnen fertig werden könnte.

Als der Bär also wieder rief: „Fuchs, wo bist du?", machte der Husch seine Stimme so fein wie die des Fuchses und rief: „Hier, Bär!"

„Wo, Fuchs?" fragte der Bär.

„Auf der Herdplatte, Bär", rief der Husch mit der Stimme des Fuchses, „mir die Keulen wärmen!"

„Glaub ihm nicht!" rief der richtige Fuchs. Aber da war es schon zu spät: Der Bär hatte mit seinen Pfoten auf die heiße Herdplatte gehauen und brüllte vor Schmerz.

„Siehst du wohl, das kommt davon!" schrie der Husch und tanzte vor Freude in der Küche herum. Aber das hätte er lieber nicht tun sollen, denn aus seinen Rufen merkte der Fuchs, wo er war, fuhr auf ihn zu und zwickte ihn kräftig mit den Zähnen in die Beine. Da wurde aus Lachen Weinen, der Husch brüllte, der Fuchs zwickte, und der Bär fuhr herzu, die Tatzen schwingend, mit dem lauten Gebrüll: „Wo ist er? Ich schlag ihn tot!"

„Hier", schrie der Fuchs, machte beim Schreien das Maul auf und mußte also den Husch loslassen.

Schwupp! sprang der Husch beiseite!

Bums! traf der Schlag des Bären den Fuchs!

Klatsch! fiel der böse Fuchs um!

Tüt! fiel die Zaubermütze ihm vom Kopf!

Schnetterdipeter! Schnetterdipeter! machen noch des Fuchses Beine, als wollte er laufen.

„Schafskopf Bär!" seufzte er. „Nun hast du mich totgeschlagen!" Und starb.

Husch! sprang der Husch und raffte die Zaubermütze
des Fuchses vom Boden.

„Au weh! Liebes, liebes Füchslein, leb noch ein Weilchen!" klagte der Bär.

Eine Gabel lag auf dem Küchentisch – pieks! stach sie
der Husch dem Bären in den Hintern.

„Aua!" schrie der Bär. „Was piekt denn da?!", und drehte
sich um.

Hopp! war der Husch auch herumgesprungen, und piek!
hatte er zum zweiten Male zugestochen.

„Pieken Sie nicht so!" schrie der Bär. „Oder ich hau!"

Bumm! schlug er zu und traf den Küchentisch.

Knacks! sagten die Beine vom Küchentisch und brachen
ab.

Plautz! fiel der Tisch dem Bären auf die Füße.

„Hoppla!" sagte der Bär. „Das tut weh!"

Pieks! stach der Husch zum dritten Male.

„Ich zieh ja schon aus!" rief der Bär. „Im Walde sticht
mich keiner!"

„Aber fix!" rief der Husch und stach noch einmal.

„Ich renn ja schon!" rief der Bär und rannte auf den Hof.

Blaff! Wauwau! fuhr der Hofhund aus der Hütte und biß
den Bären ins Bein.

Pieks! stach der Husch zum fünften Male.

„Gemeine Bande!" brüllte der Bär und rannte auf den
Wald zu, was er nur rennen konnte.

„Wer läuft denn da so schnell?" fragten verwundert des
Husch Eltern, die grade auf den Hof traten.

„Der böse Bär", sagte der Husch.

„Wo bist du denn, Husch?" fragten die Eltern. „Du sollst
dich doch nicht immer verstecken!"

„Ich habe doch die Zaubermütze auf!" sagte der Husch.

„Was für eine Zaubermütze?" fragten die Eltern und traten ins Haus.

„Was liegt denn da?" fragte die Mutter.

„Ein toter Fuchs!" wunderte sich der Vater.

„Wer hat denn meinen Küchentisch zerschlagen?" klagte die Mutter.

„Und meinen Schirm zerbrochen?" schalt der Vater.

„Wer hat denn alle Kleider zerrissen?" weinte die Mutter.

„Und wer hat das Sofa verschmutzt?" zürnte der Vater.

„Husch, wo bist du?" riefen beide Eltern.

„Unter der Zaubermütze!" rief der Husch.

„Du sollst dich doch nicht verstecken, Husch!" riefen sie wieder.

Da nahm der Husch die Zaubermütze ab und trat vor seine Eltern und erzählte ihnen alles, was geschehen war. Sie wunderten sich sehr und herzten und küßten ihn, weil er so mutig gewesen war und den Bären vertrieben hatte.

Der Vater aber sagte: „Die Zaubermützen müssen wir den Zwergen wiedergeben, die hat ihnen der Fuchs ja gestohlen."

Da legten sie die beiden Zaubermützen unter den Apfelbaum, und am nächsten Morgen lagen dafür hundert blanke, neue Silbertaler da und ein Zettel mit der Schrift: „Als Dank von den Waldzwergen."

Nun kauften die Eltern von dem Geld einen neuen Küchentisch, einen neuen Schirm und viele neue Kleider. Die Sofakissen aber wurden nur ausgewaschen. Und aus dem Fell des Fuchses machte die Mutter dem Husch einen Bettvorleger, und so trat er jeden Abend den bösen Fuchs mit den Füßen, in die ihn der Fuchs gezwickt hatte. Das machte ihm viel Freude.

Der Bär aber traute sich nie wieder in die Häuser der Menschen, lebte im Walde und wurde endlich von einem Jäger totgeschossen. Als der Jäger aber die Haut des Bären abzog, fand er in ihr hinten zwanzig feine Löcher, immer vier nebeneinander, fünfmal – und er wunderte sich sehr und konnte gar nicht raten, woher diese Löcher wohl kämen. Wir aber wissen es!

Geschichte von der gebesserten Ratte

Unter einem Schweinestall wohnte einmal eine alte Ratte, die vielen Schaden mit Graben von Gängen und Wegfressen von Schweinefutter tat. Ja, wenn einmal die Muttersau nicht aufpaßte, nagte die Ratte sogar die neugeborenen Ferkel an. Die Leute auf dem Hof stellten der Ratte auch ständig mit Gift und Fallen nach, aber die Alte war listig und ließ sich weder fangen noch vergiften.

Nun begab es sich eines Tages im bitterkalten Winter, daß die Ratte in ihrem Erdloch unter dem Steinpflaster jämmerlich fror. Da bedachte sie ihre einsame und bedrängte Lage und sprach bei sich:

„Was für ein jämmerliches Leben führe ich doch eigentlich! Überall sind Fallen für mich aufgestellt, ich kann nicht achtsam genug gehen und muß stets meine Augen überall haben. Finde ich aber wirklich einmal einen schönen, lekker gebratenen Fleischbrocken und freue mich auf das gute Essen, so muß ich schließlich stets das böse Gift in ihm riechen und ihn liegenlassen. Immerwährende Sorge und Hunger und Angst sind mein Leben. Wie gut haben es dagegen die Tiere, die sich unter den Schutz des Menschen gestellt haben, der Hund, die Katzen, die Schweine, Kühe und Pferde. Pünktlich alle Tage bekommen sie ihr Futter, ja, der Mensch putzt ihnen sogar das Fell und sorgt für ihr warmes Bett. Sogar die Vögel, die ihm den Sommer hindurch mit Picken und Naschen doch gewiß Schaden genug tun, vergißt er nicht und füttert sie den ganzen Winter hindurch. Was solch jämmerliche Kohlmeise bekommt, das steht mir doch auch gewiß zu, und so will ich denn meinen

428

Frieden mit dem Menschen machen und Freundschaft mit ihm schließen."

Als die Ratte sich das überlegt hatte, paßte sie einen Augenblick ab, in dem der Hund nicht achtgab, und lief eilig vom Stall über die Hofstatt zum Wohnhaus. Nein, wie schön warm und gemütlich ist das hier! dachte sie bei sich, als sie ins Zimmer kam. Viel besser als in meinem kalten, dunklen Stall. Hier will ich gewiß bleiben. Und sie pfiff freundlich.

Der Hausherr, der grade mit seiner Familie beim Essen saß, hörte das Pfeifen, blickte auf und sah die Ratte. „Nein, so was!" rief er, sprang auf und hielt die Gabel in der Hand, „kommt einem das Teufelsgetier nun gar schon ins Haus gelaufen! Na, warte!" Und er schickte sich an, mit der Gabel nach der Ratte zu werfen.

„Bitte, einen Augenblick!" sprach die Ratte. Sie hatte sich auf die Hinterbeine gesetzt und sprach so manierlich, wie es nur eine alte Ratte kann. „Ich komme nämlich in Geschäften und möchte einen Vertrag mit dir machen, Hausherr! Ich habe mir das überlegt: Ich will mich jetzt bessern und Frieden mit dir schließen."

„Nanu!" sagte erstaunt der Hausherr.

„Ja", sprach die Ratte feierlich und verdrehte vor Rührung über ihren eigenen Edelsinn die Augen im Kopf, daß ihr fast die Tränen kamen. „Ich verspreche feierlich: Ich will im Stall keine Gänge mehr graben. Ich will den Schweinen das Futter nicht mehr wegfressen, und ich will auch die Ferkelchen nicht mehr annagen, wenn sie noch so rosig sind." Der Ratte kamen nun wirklich die Tränen, als sie aufzählte, auf was alles sie verzichten wollte, bloß um mit den Menschen Frieden zu schließen.

„Schön von dir, Ratte!" sprach der Hausherr. „Aber ich glaube dir nicht. Du führst bestimmt etwas Böses im Schilde."

Die Ratte versicherte, sie tue das nicht. Eine Gegenleistung, freilich nur eine kleine, müsse sie allerdings verlangen, daß sie nämlich hier im Hause wohnen dürfe und dreimal täglich ihr reichliches Futter bekomme. „Gebratenes

Fleisch esse ich sehr gerne", sprach die Ratte bescheiden. „Und wenn es ein bißchen stinkerig ist, schmeckt es mir noch besser."

„Ach so, Ratte!" lachte der Hausherr. „Das verlangst du also? Das Leben im Stall ist dir wohl unter all den Fallen und dem Gift ein bißchen zu gefährlich geworden? Nein, Ratte, daraus kann nichts werden, wir beide, Mensch und Ratte, wir müssen Feinde bleiben."

„Nun", sagte die Ratte höflich. „Ich verlange nichts Unbilliges. Du gibst ja auch den andern Tieren, die sich unter deinen Schutz begeben haben, Essen und Wohnung."

„So hast du dir das also gedacht", sprach der Hausherr. „Aber du hast vergessen, Ratte, daß zwischen dir und den andern Tieren ein großer Unterschied besteht. Sie bekommen ihr Futter ja nicht umsonst, sie tun auch etwas dafür. Das Pferd spann ich vor meinen Wagen, und es zieht Lasten oder den Pflug durch das Land. Die Kuh gibt mir Milch und alle Jahre auch noch ein Kälbchen dazu. Das Schwein beeilt sich, groß und fett zu werden, damit ich nur bald wieder Wurst und Schinken habe. Unermüdlich paßt der Hund Tag wie Nacht auf, daß sich kein Dieb auf den Hof schleicht, jeden Fremden meldet er mit lautem Gebell an. Auf leisen Pfoten pirscht die Katze durch das Haus, immer bemüht, mich vor Mäuseschaden zu bewahren – und was tust du für mich, Ratte, daß ich dir dafür Kost und Wohnung geben soll –?"

So frech die Ratte sonst war, jetzt schaute sie doch etwas verlegen drein. Denn auf den Gedanken war sie noch nicht gekommen, daß sie für ihr Futter auch etwas arbeiten müsse. Grade zur rechten Zeit fielen ihr noch die Vögel ein. „Und wie ist es denn mit den Vögeln, Hausherr?" verlangte sie zu wissen. „Das unnütze Flattergetier fütterst du doch auch den ganzen Winter hindurch, ohne daß es irgendeine Arbeit für dich tut?"

„Im Winter wohl nicht, da hast du recht, Ratte", antwortete der Hausherr. „Aber den ganzen Sommer über sind sie unermüdlich tätig für mich, fangen die Fliegen und Mükken, töten die Raupen, picken die Schmetterlingseier –

ohne die Vögel würde bald keine Pflanze in meinem Garten wachsen, kein Apfel auf dem Baum ohne Wurmstich reif werden. – Nein, Ratte, wenn dir nichts einfällt, was du für mich tun kannst, so wird aus unserm Frieden nichts werden."

Jetzt saß die Ratte ganz kleinlaut da; daß sie nicht einmal soviel wert sein sollte wie ein armseliger Vogel, das hatte sie nicht gedacht. Schließlich sagte sie bescheidener: „Ich habe sehr schöne, starke Zähne, so scharf wie kaum ein anderes Tier. Wenn ihr hier im Hause vielleicht etwas zu beißen oder zu zernagen hättet? Ich könnte euch die schönsten, die dunkelsten, die gemütlichsten Gänge unter den Dielen nagen."

„Untersteh dich, Ratte!" rief der Hausherr und hob drohend die Gabel. „Wir sind froh, daß wir ein heiles Haus mit festen Dielen haben, wir brauchen keine Rattengänge. – Weißt du sonst noch etwas, was du für uns tun könntest?"

Die Ratte überlegte sich den Fall wieder eine Weile, dann sagte sie: „Ich habe einen besonders schönen, langen, nackten Schwanz – vielleicht könnte ich der Hausfrau mit dem ein bißchen behilflich sein, den Staub wischen und die Suppen umrühren?"

„Um Gottes willen!" rief die Hausfrau und ekelte sich sehr. „Gib das bloß nicht zu, Mann! Wer möchte denn noch eine Suppe essen, die dieser nackte Schwanz umgerührt hat?!"

Nun aber war die Ratte beleidigt. Sie hielt sehr viel von sich, bildete sich etwas ein auf ihre Schlauheit und List und hatte hier doch nur kränkende Reden gehört und war niedriger eingeschätzt worden als der jämmerlichste Vogel. „Ich verstehe nicht", sprach die Ratte also böse, „was an meinem Schwanz eklig sein soll – es ist ein besonders schöner Schwanz, jedes Rattenfräulein hat ihn noch zum Verlieben gefunden. Aber ich sehe, man würdigt hier meine guten Absichten nicht, und so bleibt mir denn nichts übrig, als daß ich wieder in den Stall gehe, meine Gänge unter dem Pflaster grabe, das Schweinefutter fresse und die rosigen Ferkel annage. Ihr habt die Freundschaft mit mir nicht gewollt, also scheltet mich auch nicht, wenn ich weiter euer Feind bin!" – Damit schickte sich die Ratte an, zu gehen.

„Einen Augenblick noch, Ratte!" rief der Hausherr. Er bedachte nämlich, daß die Ratte ihm, wenn sie jetzt im Zorn ginge, noch viel mehr Schaden tun würde als bisher und daß sie als schlaues Tier weder mit Gift noch mit Fallen zu töten war. Da schien es dem Hausherrn ein kleineres Übel, sie gegen ein geringes Futter im Haus zu behalten, wenn sie nur auch hielt, was sie versprach. Also fragte er: „Wirst du denn auch halten, Ratte, was du versprichst, wenn ich dich hier im Hause füttere? Nichts annagen, nichts verderben, nichts naschen, mir keinerlei Schaden oder Schabernack tun, sondern immer an meinen Nutzen denken?"

„Was ich verspreche, das halte ich auch", sprach die Ratte mürrisch. „Aber meinen Schwanz lasse ich nicht schlechtmachen, es ist ein schöner Schwanz."

„Mit deinem Schwanz hat es die Hausfrau nicht bös gemeint, Ratte", tröstete sie der Hausherr. „Meine Frau ist eben an ihre Rührlöffel und Staubpinsel gewöhnt, darum gefallen die ihr besser. – Wenn ich dich aber hier behause und beköstige, Ratte, so mußt du auch etwas dafür tun, in meinem Haushalt kann ich keinen faulen Fresser dulden."

„Sage nur, was ich tun soll", sprach die Ratte, die schon wieder ganz eingebildet wurde, als sie merkte, der Hausherr wollte sie doch behalten. „Was ein anderer tut, das kann ich auch."

„Nein, das wollen wir nicht sagen, Ratte", meinte der Hausherr lächelnd. „Denn zu irgendwelcher nützlichen Arbeit bist du doch nicht zu gebrauchen. Aber wie wäre das, Ratte –? Ich sehe dich da ganz manierlich auf den Hinterbeinen sitzen, pfeifen kannst du auch – wie wäre es, Ratte, wenn du zur Belustigung der Kinder dann und wann ein bißchen tanzen und pfeifen würdest –? Viel wäre das ja nicht, aber doch etwas!"

Eigentlich war die Ratte schon wieder beleidigt, daß sie, die kluge, alte, listige Ratte, tanzen und pfeifen sollte, damit die Kinder was zu lachen hätten. Aber sie dachte an ihr

432

gefahrenreiches Leben im Stall, und so willigte sie denn ein. Nun machten die beiden den Vertrag, daß Frieden herrschen sollte zwischen Hausherrn und Ratte. Der Hausherr aber bedingte sich aus, daß der Vertrag erst einmal auf Probe gelten sollte, denn er traute der Ratte noch immer nicht ganz. Erst wenn sie sich eine Woche gut geführt und keinen Schaden gemacht hätte, sollte der Vertrag Gültigkeit bekommen und Mensch und Ratte auf ewige Zeit Freunde sein.

So wurde denn der Ratte ein Kistchen mit Heu in die Küche gestellt, darin sollte sie wohnen, und in der Küche sollte ihr Aufenthalt sein. Am ersten Tage gefiel es ihr dort auch sehr wohl. Es war warm und trocken, es standen keine Fallen dort, kein Gift war zu fürchten, sondern in einem reinen, irdenen Schüsselchen stand immer ein wenig Futter für sie bereit, mal ein Kleckschen Kartoffelbrei mit zerlassener Butter, mal ein Gemüserestchen, in dem auch ein paar Stücke gebratenes Fleisch verborgen waren. Der Ratte gefiel es ausgezeichnet, und wenn die Kinder kamen und verlangten, sie solle tanzen, so tat sie auch das gerne, und es störte sie gar nicht, wenn die Kinder lachten. Sondern sie sagte sich: „Ein bißchen Bewegung nach so viel Essen ist sehr gesund, und die Kinder sind ja noch dumm, sie verstehen nicht, wie schön ich tanze."

Am zweiten Tage war's schon nicht mehr so herrlich wie am ersten. Die Ratte schnupperte am Futternapf und sagte ohne Hunger: „Schon wieder Kartoffelbrei – die Leute kochen hier wohl alle Tage dasselbe!" Vor den Küchenfenstern war ein schöner, klarer, sonniger Wintertag, und die Ratte dachte mit einiger Sehnsucht daran, wie behaglich sie an solchen Tagen vor ihrem Loch am Stall in der Sonne gesessen und dann und wann einen kleinen, interessanten Spaziergang über den Misthaufen gemacht habe.

„Ach ja, ach ja, solch Stubenleben ist recht schwer!" seufzte die Ratte und fing vor lauter Langerweile an, ihr Wohnkästchen zu benagen. Aber die Hausfrau hörte das Knabbern, rief scharf: „Laß das, Ratz!", und die Ratte mußte es lassen.

Nun lauerte sie darauf, daß einmal die Tür von der Küche zum Zimmer aufstünde, und als es soweit war, schlüpfte sie leise hinüber. Im Zimmer war keiner, und so konnte sich die Ratte, die sehr neugierig war, alles mit der größten Genauigkeit ansehen. Sie kletterte auf jeden Tisch, und wo eine Schranktür offenstand, schlüpfte sie auch in die Schränke und betrachtete sich genau, was in den Schränken war. Sie kroch im Regal hinter die Bücherreihen, kletterte an den Gardinen hoch und sah sich das Zimmer von oben an. Und hinter jedes Sofakissen schlüpfte sie auch. So ging sie von Zimmer zu Zimmer, und da war kein Bett, in das sie nicht gekrochen wäre, keine Waschschüssel, die sie nicht als Schwimmbassin versucht hätte, kein Hausschuh, den sie nicht als Bett ausprobiert hätte.

Die Hausfrau war eine sehr ordentliche Hausfrau, ihre Wohnung strahlte und blitzte nur so von Sauberkeit – aber das war es ja grade, was der Ratte so mißfiel. „Nein, was sind diese Dielen glatt und glänzend!" sagte sich die Ratte, als sie über den Boden lief. „Da kann man ja ausrutschen! Hier müßte überall ein bißchen Stroh und Mist liegen, das wäre doch viel gemütlicher!" Und weil kein Stroh und kein Mist da waren, ließ sie wenigstens schnell ein Kleckschen fallen.

Als sie hinter dem Sofakissen saß, meinte sie: „Außen ist es glatt und kühl, aber innen scheint es weich und mollig zu sein. Man müßte das Innerste nach außen kehren!" Und sie biß schnell ein Loch in den Bezug, freute sich, als die Federn herauskamen, und machte ein kleines Bett aus ihnen. „So!" sagte sie zufrieden. „Die Menschen haben auch gar keine Ahnung, wie man es sich gemütlich macht! Ich muß ihnen das erst einmal richtig zeigen!"

Im Federlager war es der Ratte warm geworden, sie sprang gleich in die nächste Waschschüssel und nahm ein kühles Schwimmbad. „Ei, wie tut das gut!" sagte sie. „Die Sauberkeit ist auch nicht zu verachten!" Und sie wälzte sich zum Abtrocknen in der Asche, die vor dem Ofen vom Heizen her in einer Schippe stand. Dann kroch sie in das nächste Bett.

So hinterließ die Ratte überall Spuren ihrer Tätigkeit, aber sie dachte sich nichts Böses dabei. Sie war eben eine Ratte, kein Mensch, und vom Stall her war sie auch nichts Besseres gewohnt. Am Abend aber wurde die Ratte vor den Hausherrn gerufen und von der Hausfrau bitterlich verklagt. Da wurde alles erwähnt und nichts ausgelassen, von dem Kleckschen auf den Dielen an über das Federlager bis zu der ekligen Aschenspur im Bett. Die Hausfrau war sehr böse, und der Hausherr machte ein grimmiges Gesicht und fragte finster: „Warum hast du das getan, Ratte? Du hast doch gelobt, mir keinen Schaden zu tun?"

Die Ratte ließ Anklage, Zorn und Grimm ruhig über sich ergehen und antwortete kaltblütig, daß sie nichts Böses im Sinne gehabt habe. Dies sei nun einmal so ihre Art, und von ihrer Art könne sie ebensowenig lassen wie der Mensch von der Menschenart.

Der Hausherr sah ein, daß die Ratte wirklich nicht aus Bosheit gehandelt hatte, sondern allein aus Neugierde und schlechten Stallgewohnheiten, und er bedachte, daß man sie darum nicht so ohne weiteres als Feindin zu den Schweinen zurückschicken könne. Er sagte aber trotzdem streng: „Habe ich dir aber nicht gesagt, Ratte, du sollst nicht aus der Küche gehen?"

Die Ratte lächelte listig und fragte den Hausherrn dagegen: „Und wer hat denn die Tür von der Küche zur Stube offengelassen – und alle andern Türen auch? Ich bin neu hier im Haus und weiß nicht, wo die Küche aufhört und die Stube anfängt, wenn keine Wand dazwischen ist."

Über diese unverschämte Antwort mußte der Hausherr fast lachen, die Hausfrau aber, die die Türen offengelassen hatte, lief vor Zorn rot an und war von Stund an die Feindin der Ratte. Die aber wurde noch einmal vom Hausherrn streng ermahnt, sich in die Art des Hauses zu schicken, nicht aus der Küche zu gehen und keinen Unfug zu machen, sonst könne aus dem ewigen Vertrag nichts werden. Die Ratte versprach auch Gehorsam und ging artig in ihr Kistchen am Küchenherd, wo sie sich zusammenrollte und friedlich einschlief.

Der dritte Tag kam, und an ihm erwies es sich, daß es nicht gut ist, in einem Haus die Frau zur Feindin zu haben. Die hatte nämlich noch nicht ihren Zorn auf die Ratte vergessen und setzte ihr bloß ein Wassersüppchen hin, ohne Saft und Kraft gekocht, aber mit sehr viel Salz gewürzt. Die Ratte kostete und fand, das Süppchen schmeckte abscheulich. Die Frau, die die Ratte am Futternapf sitzen, aber nicht fressen sah, sagte: „Schmeckt es nicht, Ratz? Ja, für Nichtstuer und Schmutzmacher habe ich keine bessere Kost."

Die Ratte hörte am Ton der Rede und sah an den Augen der Hausfrau, daß sie böse war. Da erwachte die eigene Bosheit der Ratte, und sie sann auf eine List, wie sie die Hausfrau recht ärgern könne, ohne sich dadurch aber beim Hausherrn in Gefahr zu bringen.

Als die Hausfrau nun von der Küche in die Stuben ging, dort rein zu machen, sprang die Ratte listig hinten an der Hausfrau hoch und hing sich an ihr langes Schürzenband, ohne daß die Hausfrau etwas davon merkte. Sie machte die Küchentür recht schön fest zu, aber das half ihr nichts, die Ratte hing fest am Schürzenband. Als die Hausfrau nun beim schönsten Fegen war, pfiff die Ratte hinten an ihrem Schürzenband, wie eben Ratten pfeifen. Die Hausfrau fuhr herum – aber am Schürzenband fuhr die Ratte mit herum, und so bekam die Hausfrau keine Ratte zu sehen. „Hier hat doch eben eine Ratte gepfiffen!" sagte die Hausfrau und suchte, aber sie fand keine Ratte.

Schließlich dachte die Hausfrau, sie habe sich geirrt, ergriff von neuem den Besen und machte sich wieder ans Kehren. Gleich pfiff die Ratte zum zweiten Mal! Die Hausfrau läßt den Besen fallen, sucht – umsonst! Sie denkt, die Ratte ist im Zimmer versteckt, läuft, so schnell sie kann, in die Küche, am Schürzenband die Ratte kommt ebenso schnell mit. Wie die Hausfrau die Küchentür aufmacht, läßt die Ratte das Schürzenband schnell los, huscht unter dem Küchentisch durch und liegt schon in verstelltem Schlaf in ihrem Kistchen, als die Hausfrau hineinschaut.

Muß ich mich doch geirrt haben, denkt die Frau. Die

Ratz schläft ja ganz friedlich! Sie geht zurück an ihre Arbeit, die Ratte hängt schon wieder am Schürzenband. Die Frau ergreift den Besen, die Ratte pfeift. Die Frau läßt den Besen fallen und sucht: Keine Ratte ist zu sehen. Kehrt wieder, wieder pfeift die Ratte. Die Frau rennt in die Küche: Die Ratte schläft.

So trieb es die listige Ratte an diesem Tage mit der Hausfrau, und sie brachte sie ganz von Sinn und Verstand. Bei dem ewigen Umherlaufen und Suchen wurde keine Arbeit getan, kein Zimmer gesäubert, kein Essen gekocht. Ja, die Ratte trieb zum Schluß ihre Frechheit so weit, daß sie vor den Augen der Hausfrau auf den Betten spazierenging – lief die Frau dann aber in die Küche, hing die Ratte schon wieder an ihrem Bande und kam rechtzeitig in ihr Kistchen.

„Soll ich denn meinen eigenen Augen nicht mehr trauen dürfen?!" rief die Hausfrau und brach vor Ärger, Abgehetztsein und Wut in Tränen aus. So fand der Hausherr sie und fragte erstaunt nach der Ursache ihrer Tränen. Da berichtete ihm die Hausfrau, wie es ihr an diesem Tage ergangen sei, wie sie überall Ratten gehört und gesehen habe und wie sie vor lauter Rattenplage kein Essen habe kochen und kein Zimmer habe rein machen können.

Der Hausherr ahnte gleich, daß eine List der Ratte dahinterstecken müsse, aber er tat freundlich, rief die Ratte aus ihrem Kistchen und fragte sie, wie sie den Tag verbracht habe.

„Gut", antwortete die Ratte. „Ich habe in meinem Kistchen geschlafen."

„Und du bist bestimmt nicht in die andern Zimmer gegangen?" fragte der Hausherr.

„Wie kann ich das?" fragte die Ratte dagegen. „Wo du mir das so strenge verboten hast?"

„So!" sagte der Hausherr. „Und wie erklärst du dir, Ratte, daß die Frau überall, wo sie auch war, Ratten pfeifen gehört hat und Ratten laufen gesehen hat –?"

Das könne sie sich auf keine Weise erklären, sagte die Ratte ganz frech. Es müsse denn sein, daß die Hausfrau ihres schlechten Gewissens wegen immer an Ratten habe denken müssen, weil sie ihr nämlich statt der ausbedungenen Kost nur eine versalzene Wassersuppe hingestellt habe.

Ob das so sei? fragte der Hausherr nun seine Hausfrau. Ob die Ratte heute nichts bekommen habe als ein Wassersüppchen?

Nun wurde die Hausfrau erst recht zornig, erhitzt fragte sie, ob denn solch Wassersüpplein etwa nicht gut genug sei für eine Nichtstuerin wie die Ratte? Ein Süpplein aus Mehl und Wasser, wie man es sogar den Kranken mit ihrem schwachen Magen gebe! Und was das Salz betreffe, so liebe es der eine eben gesalzener als der andere, das nächste Mal werde sie die Ratte fragen, wie sie es am liebsten möge!

Der Hausherr war in einer schlimmen Lage. Fortschicken konnte er die Ratte nicht, denn ein Verbrechen gegen den Vertrag war ihr nicht nachzuweisen. Er sah aber auch, daß es zwischen Hausfrau und Ratte je länger je schlechter gehen müsse. Schon jetzt hatte sein gutes Weib einen rechten Zorn auf das Tier. Kurz und gut: der Hausherr wäre die Ratte gern wieder los gewesen aus dem Hause und wußte nur nicht, wie er's angehen sollte. Er sann darum auf eine List, die aber sehr fein sein mußte, denn die Ratte war auch listig und durchtrieben.

Als er darum eine Weile nachgedacht hatte, fragte er die Ratte: „Sag, Ratte, hast du nicht scharfe Augen?"

Die Ratte, die ja sehr viel von sich hielt, sagte, sie habe die schärfsten Augen von der Welt.

„Und hast du nicht auch scharfe Zähne, Ratte?" fragte der Hausherr wieder.

„Mit meinen Zähnen kann ich sogar Draht, Blech und Zement beißen", sagte die Ratte stolz.

„So will ich dir morgen zeigen, wie du mir in einer Sache helfen kannst", sprach der Hausherr, „in der mir niemand helfen kann als nur du allein."

Die Ratte versprach geschmeichelt ihre Hilfe, und am nächsten Morgen, als die beiden gefrühstückt hatten – und nicht nur eine salzige Wassersuppe –, gingen sie los. Sie stiegen gemeinsam auf den Boden, wo der Hausherr eine geräumige Äpfelkammer hatte, voll der schönsten Winteräpfel, aber ein wenig dämmrig.

„Sieh einmal, Ratte", sprach der Hausherr, „hier habe ich meine Äpfel liegen. Wie es aussieht, eine gewaltige Menge, von der man denkt, sie müsse bis Ostern reichen. Sie reicht aber nie so lange. Das kommt daher, daß, während ich von Haus fort bin, Diebe an meine Äpfel gehen und den besten Teil mausen. Nun habe ich gedacht, du hast scharfe Augen, die selbst hier im Dämmern die Diebe wohl erspähen können, und du hast scharfe Zähne, mit denen du die Diebe am Ohr blutig zeichnen könntest, daß ich sie erkenne, wenn ich wieder nach Haus komme. Willst du nun hier für mich Wache stehen, fleißig nach Dieben spähen und sie zeichnen, einen nach dem andern, wie sie kommen –?"

So sprach er zur Ratte. In seinem Innern aber dachte er, der Ratte werde es schon leid werden, den ganzen Tag Posten zu stehen auf dem kalten, finsteren Boden – und ganz umsonst, denn es gab gar keine Äpfeldiebe, das hatte der Hausherr nur so gesagt.

Die Ratte versprach, getreulich Wache zu halten. Aber auch sie war im Innern entschlossen, den Hausherrn zu überlisten. Als darum der Hausherr gegangen war, nahm sie sich erst einmal einen schönen, rotbackigen, mürben Apfel und fraß das Beste von ihm. Danach untersuchte sie den Boden, fand auch richtig die Räucherkammer und roch den Speck und die Wurst darin. „Obstkost allein schlägt zu sehr durch", sprach sie bei sich und tat sich an Wurst, Speck und Schinken gütlich.

Als sie grade beim besten Schmausen war, hörte sie ein leises Schleichen draußen auf dem Boden, und als sie durch die Tür spähte, sah sie die Hauskatze, die draußen auf Mäusejagd war. Nun hatte die Ratte einen rechten Haß auf die Katze, denn Ratten und Katzen sind Feinde von Urbeginn an; die Katze aber war schon ziemlich alt und bequem und legte keinen Wert mehr auf einen Kampf gegen die scharfen Zähne der Ratte.

Also bekam die Katze einen gewaltigen Schreck, als die

Ratte mit dem Rufe: „Weg, du böser Apfeldieb!" auf sie einsprang. Und als die Ratte sie nun gar mit ihren scharfen Zähnen ins Ohr biß, daß das Blut lief, rannte sie, kläglich „Miau!" schreiend, die Bodentreppe hinunter und stieß in ihrer Angst noch fünf Geraniumtöpfe um, die auf dem Boden in Winterquartier standen.

Die Ratte ging zufrieden in die Räucherkammer zurück, fraß noch ein tüchtiges Loch in den Preßkopf, der dort hing, und suchte sich dann eine bequeme Schlafstätte auf einem Dachbalken in der Äpfelkammer. Als sie da nun recht behaglich und satt im Einschlummern lag, hörte sie einen leichten Schritt vorsichtig die Treppe hinaufkommen. Gleich setzte sie sich auf, spitzte die Ohren und wartete begierig, wer das wohl sein würde.

Es war aber niemand anders als der Sohn des Hausherrn, der grade jetzt vor dem Mittagessen, aber nach der Schule, einen kräftigen Hunger auf Äpfel verspürte, die ihm doch zwischen den Mahlzeiten verboten waren. Ahnungslos schlich der Junge in die Äpfelkammer – schwupp! saß ihm die Ratte auf der Schulter und schlug ihm ihre langen gelben Zähne in das Ohr, daß es blutete und er schreiend nach unten lief. Die Ratte aber legte sich wieder hin und schlief gut und nicht weiter gestört bis zum Abend.

Am Abend mußte der Hausherr wiederum Gericht halten – er tat's mit Seufzen. Seit die Ratte im Haus war, gab's nur noch Streit und Unordnung, und doch war sie nicht loszuwerden. Die Katze hatte ein zerschlitztes Ohr und der Junge ein geritztes, aber dafür verlangte die Ratte noch Lob, hatte sie doch die Äpfel gegen die Diebe verteidigt. Fünf Geraniumtöpfe waren zerbrochen, dafür konnte die Ratte aber nichts, das hatte die Katze getan. In der Räucherkammer waren Wurst, Speck und Preßkopf angefressen – davon wußte die Ratte nichts. In einem Haus, in dem es Äpfeldiebe gab, konnte es ja auch Wurstdiebe geben.

Der Hausherr mochte es drehen und wenden, wie er wollte, er konnte der Ratte keine Schandtat nachweisen und sie darum auch nicht wegschicken. Und morgen war schon der fünfte Tag der siebentägigen Probezeit, gelang es ihm in diesen sieben Tagen nicht, die Ratte fortzuschicken, mußte er sie für immer und ewig als Freundin im Hause behalten. Und davor grauste dem Hausherrn, und der Hausfrau grauste noch viel mehr davor.

Als nun der fünfte Tag herangekommen, sprach der Hausherr zur Ratte: „Komm mit mir, Ratte! Du sollst noch einmal auf Diebe aufpassen, da du dich gestern so gut bewährt hast!"

Es ging dieses Mal aber nicht hinauf zur Äpfelkammer und zum Speck, worauf die Ratte sich schon gefreut hatte, sondern hinunter in den dunklen, feuchten Keller. Dort stand eine Siruptonne, und der Hausherr sprach zur Ratte: „Setze dich hier neben die Tonne und paß fein auf, ob Diebe kommen. Gehe mir aber nicht an den Sirup, Ratte! Du bekommst von uns deine Kost und darfst nicht naschen!"

Damit schloß der Hausherr die Kellertür ab, damit die Ratte nicht hinaus konnte und Unfug stiften, stieg die Kellertreppe empor und pfiff vergnügt ein Liedchen. Er dachte aber bei sich: Die Ratte hält es bestimmt den Tag über nicht aus, ohne an den süßen Sirup zu gehen. Der Sirup aber klebt, im Keller ist kein Wasser, ihn abzuwaschen, so erwische ich sie heute abend als Diebin, kann sie aus dem Hause jagen und bin sie für immer los!

Die Ratte indessen saß trübselig im Keller und dachte: Das ist wirklich ein trübseliges Geschäft. Die Wände sind aus Stein, und die Tür hat er abgeschlossen – wie können da Diebe hereinkommen? Er will mich nur verführen, daß ich an den süßen Sirup gehe – aber das tue ich nicht, und müßte ich zwei Jahre hier unten sitzen! Damit legte sie sich in eine Ecke und schlief ein.

Als sie aber ausgeschlafen hatte, fühlte sie großen Hunger. Sie lauschte und hörte, wie es immerzu „dripp-dripp-dripp" machte. Das war der Sirup, der langsam aus dem Hahn in das Blechschälchen darunter tropfte, denn der Hahn schloß nicht ganz fest. Riechen könnte ich ja mal an dem Sirup, dachte die Ratte. Davon werde ich nicht klebrig.

Also ging sie hin und roch. Sie fand, der Sirup roch süß, und ihr Hunger wurde noch größer davon. Sie sah aber auch, daß die Schale fast vollgetropft und nahe am Überlaufen war. Wenn der Hahn nur ein bißchen stärker tropfte, überlegte die Ratte, würde die Schüssel überlaufen. Der Sirup ränne auf den Boden, und ich könnte nichts dafür, wenn ich klebrig würde.

Lief die Ratte also am Faß hoch, auf den Hahnstutzen und drückte gegen den Hahn. Bumms! war der Hahn ganz zu, und der Sirup tropfte nicht mehr. Nein, so was! dachte die Ratte verblüfft. Das habe ich mir ja nun anders gedacht!

Und sie drückte nochmals gegen den Hahn und kräftig! Bumms! flog der Hahn heraus, der Sirup strömte aus dem Faß, lief über die Schüssel und durch den Keller. Nein, so was! dachte die Ratte. Das habe ich mir ja nun ganz anders gedacht!

Indem fühlte sie ein Kribbeln an ihrem langen Schwanz, der vom Stutzen auf die Erde hing, und als sie zusah, merkte sie, daß dies Kribbeln vom Sirup kam, der über den Kellerboden lief. Das ist gar nicht so schlecht, dachte die Ratte, zog den Schwanz hoch und leckte ihn ab, paßte dabei aber fein auf, daß sie sich nicht klebrig machte. „Ei, schmeckt das süß!" rief sie erfreut. „So kann das immer weitergehen!" Und sie tunkte den Schwanz immer wieder in den fließenden Sirup, paßte aber gut auf, daß kein Härchen ihres Fells klebrig wurde.

Als der Hausherr nun am Abend wohlgemut die Kellertür aufschloß und dachte: Heute habe ich die Ratte aber reingelegt, rutschte er in dem klebrigen Sirup so aus, daß er sich mit Gewalt niedersetzte.

„Was ist das −?!" schrie er mit drohender Stimme.

„Das ist Sirup, Hausherr!" antwortete die Ratte ganz kaltblütig.

„Wie kommt der Sirup aus meinem Faß auf den Kellerboden?" brüllte der Hausherr mit fürchterlicher Stimme. „Ratte! jetzt muß ich dich gewißlich ermorden!"

„Du kannst mich ja nicht ermorden, Hausherr!" sprach

442

die Ratte darauf mit feiner und freundlicher Stimme. „Sieh doch mein Fellchen an. Kein Tröpfchen Sirup klebt an einem Härchen. Allezeit bin ich deine gehorsame Freundin gewesen. Bin ich doch sogar, um dir nicht zu schaden, hier auf das Faß geflüchtet – du aber setzt dich mit aller Gewalt in den Sirup und verdirbst viel von dem teuren Saft!"

Der Hausherr kam fast um vor Wut, und doch konnte er nichts gegen das vorbringen, was die Ratte sagte. Kein Härchen war vom Sirup verklebt, und ihre Füße waren völlig rein. „Wie aber kommt der Zapfen aus dem Faß, Ratte?" fragte er mit schon schwächerer Stimme.

„Wie kann ich das wissen, Hausherr?" sagte die Ratte mit unschuldiger Stimme. „Ich bin ja eine Ratte, kein Zapfen. Erst hat er immerzu getropft, aber dann ist ihm das Tropfen wohl zu langweilig geworden, und er ist herausgesprungen. Vielleicht fragst du einmal den Zapfen, Hausherr?"

Der Hausherr sah die Ratte böse an, schwieg jetzt aber. Er merkte wohl, daß sie ihn bloß verhöhnte, aber er konnte ihr nichts beweisen, und so trug er sie schweigend aus dem Keller in ihr Kistchen am Küchenherd. Dort forderte sie sich gleich frech Futter, und sie fraß so viel, daß der Hausherr wieder zweifelhaft wurde und dachte: Vielleicht hat sie doch die Wahrheit gesprochen und nicht von dem Sirup genascht. So viel könnte sie doch sonst nicht fressen.

Das wurde ein trauriger Abend in der Familie! Ein Faß Sirup ausgelaufen und verdorben, der Anzug des Hausherrn verschmutzt und verklebt und dazu die Aussicht, die Ratte ständig im Hause als Freundin zu haben! Lange noch lag der Hausherr wach und überlegte und beriet mit der Hausfrau, wie sie die Ratte loswerden könnten. Aber gar nichts wollte ihnen einfallen. Und morgen war schon der sechste Tag, und dann kam der siebente, und ging auch der gut für die Ratte aus, so blieb sie für ewige Zeiten als Freundin im Haus.

„Ich halte das nicht aus! Ich will das olle, eklige Tier nicht immer im Hause haben!" weinte die Hausfrau.

„Paß auf, Frau!" tröstete der Hausherr. „Morgen fangen wir gar nichts mit der Ratte an. Wir kümmern uns einfach nicht um sie. Dann hält sie es vor Langerweile nicht aus, macht irgendeinen Unfug, und wir können sie zurückschikken in den Stall."

Damit schliefen die beiden ein. Die Ratte in der Küche aber schlief nicht, sondern sie rannte wie eine Wilde um den Küchentisch herum – immer herum! Immer herum! Ihre Ohren flogen, ihre Brust keuchte, ihr Herz klopfte wild, und den Schwanz hielt sie weit vom Leibe abgestreckt –: Ich will doch sehen, dachte sie beim Laufen, ob ich nicht so schnell rennen kann, daß ich mit meiner Nase die eigene Schwanzspitze treffe!

So trieb sie es die ganze Nacht, rannte immer toller, bis sie am Morgen halbtot vor Müdigkeit in ihr Schlafkistchen kroch. Ihre Schwanzspitze hatte sie zwar nicht getroffen – und so dumm war sie auch nicht, daß sie geglaubt hätte, das ginge –, aber herrlich müde war sie geworden, und so verschlief sie den ganzen sechsten Tag, ohne auch nur einmal aufzustehen. Das hatte sie ja auch grade gewollt, und darum hatte sie sich so müde gelaufen, denn auch sie hatte daran gedacht, daß ihre Probezeit zu Ende ging. Sie wollte nicht wieder als Feindin in den Stall geschickt werden, sondern lieber als Freundin, wenn auch als falsche, im Haus bleiben, und gab sich darum alle Mühe, erst einmal keinen Unfug zu stiften. Lieber verschlief sie den ganzen sechsten Tag.

Nun kam also der siebente und letzte Probetag heran, und grade an diesem Tage hatte keiner Zeit, sich um die Ratte zu kümmern. Denn an diesem Tage war großes Schweineschlachten auf dem Hof, und da hatten alle so viel mit Laufen und Brühen, mit Abstechen und Blutrühren, mit Schrapen und Putzen zu tun, daß kein Mensch an die Ratte auch nur dachte. Sie hätte überall naschen können, sie hätte in den Betten schlafen und in die Teppiche Löcher fressen können – kein Mensch hätte sich nach ihr umgesehen.

Aber die Ratte tat nichts von alledem, sondern sie war

444

neugierig und lief überall mit. Und als die drei fetten Schweine aus dem Stall geführt und abgestochen wurden, war sie genauso aufgeregt wie die Menschen. Überall mußte sie dabeisein, und alles mußte sie sehen und riechen und schmecken, und dies war nun wirklich ein Tag für sie, an dem sie überhaupt nicht an Schadenstiften und Bosheit dachte.

Als aber die Schweine zugehauen wurden, machte sich eines von den Mädchen den alten Spaß, stahl sich den Schweineschwanz und steckte ihn dem Hausherrn mit einer Nadel unbemerkt hinten an die Jacke. Bald merkten's die Kinder, und als sie den Vater über den Hof laufen sahen und hinten baumelte ihm vergnügt das nackte, kahle Schweineschwänzchen – da lachten sie, und alle fingen sie an zu singen: „Vater hat 'nen Schweineschwanz – pfui, Schweineschwanz! Schweineschwanz!"

Das kleinste Kind aber, das noch dumm war, fing an zu weinen und rief: „Vater soll den ollen, häßlichen Schwanz abmachen! Vater sieht aus wie die Ratte! Oller, häßlicher, nackter Rattenschwanz!"

Und die Kinder sangen nun lachend: „Vater hat 'nen Rattenschwanz – pfui, Rattenschwanz! Ollen, häßlichen Rattenschwanz!"

Das hörte die Ratte, und weil die Ratten ja sehr eitel sind und ihren Schwanz sehr schön finden (und je länger er ist und je nackter er ist, um so schöner finden sie ihn), so lief sie zornig herbei und schrie wütend: „Wollt ihr wohl gleich still sein, ihr alten bösen Kinder! Wir Ratten haben die allerschönsten Schwänze von der Welt!"

Unbekümmert aber sangen die Kinder weiter: „Rattenschwanz! Pfui, Rattenschwanz! Pfui, oller, nackter Rattenschwanz!"

Da wußte sich die Ratte nicht vor Zorn zu lassen, sondern sie fuhr los auf die Kinder und fauchte und biß nach ihnen. Die kleineren von den Kindern fingen an zu weinen, die größeren aber sangen nun erst recht: „Rattenschwanz! Pfui, Rattenschwanz!"

Von dem Lärm kam der Hausherr herbei, und er fragte

445

ärgerlich: „Ratte, was tust du da? Warum beißt du meine Kinder?"

Fauchte die Ratte wütend: „Sie sollen nicht singen: nackter Rattenschwanz!"

„Aber dein Schwanz ist doch nackt, Ratte", sprach der Hausherr. „Sie können doch nicht singen: haariger Rattenschwanz!"

„Aber du hast keinen Rattenschwanz am Rock!" schrie die Ratte voll Zorn. „Das ist ein Schweineschwanz."

Der Hausherr faßte lachend nach hinten, fischte sich den Schweineschwanz, machte ihn ab, sah ihn an und sprach: „Freilich ist das ein Schweineschwanz. Aber sie sind alle beide nackt und häßlich: der Schweineschwanz wie der Rattenschwanz!"

„Was?!" kreischte die Ratte, „mein Schwanz ist häßlich –!?! Aber du hast doch am ersten Abend gesagt, Hausherr, die Hausfrau hätte das nicht so gemeint?!"

„Die Wahrheit zu sagen, Ratte", sagte der Hausherr, der merkte, wie er die Ratte noch am siebenten Probetage loswerden konnte, „habe ich das nur aus Höflichkeit gesagt. Je länger ich deinen Schwanz anschaue, um so abscheulicher finde ich ihn. Ja, ich muß gradeheraus sagen: Dein Schwanz sieht aus wie ein nackter, nasser, blinder Regenwurm!"

„Regenwurm!" lachten die Kinder. „Rattenschwanz – Regenwurm! Nackter, blinder Regenwurm!"

Da konnte sich die Ratte vor Wut nicht mehr halten. „Wenn ihr meinen herrlichen Schwanz nicht schön findet", rief sie, „so will ich auch eure Freundin nicht sein! Nein, eure ewige Feindin will ich sein! Mit Nagen, Naschen, Verderben, Beschmutzen will ich den Menschen immerzu Schaden tun, soviel ich nur kann!"

Mit diesen Worten fuhr sie an dem Hausherrn hoch und biß ihn kräftig in die Nase, daß er schrie. Dann aber sprang sie mit einem Satz in den offenen Schweinestall und verkroch sich gleich in ihren alten Gängen, denn der Hausherr und die Kinder stürmten ihr nach, um sie zu erschlagen. Gleich wurden wieder Fallen und Gift aufgestellt, die Kinder aber sangen dabei: „Rattenschwanz – pfui, Rattenschwanz! Oller, nackter Rattenschwanz! Regenwurm – igitt!"

So ist es denn nichts geworden mit der Freundschaft zwischen dem Menschen und der Ratte. Für immer findet der Mensch die Ratte abscheulich und stellt ihr nach, wo er sie nur sieht; die Ratte aber haßt den Menschen und tut ihm noch mehr Schaden durch Verderben und boshaftes Verschmutzen als durch ihr Fressen.

Geschichte von der Murkelei

Es war einmal ein Vater, der wünschte sich viele Kinder, am liebsten ein Dutzend, sechs Jungen und sechs Mädchen. Es geschah ihm aber nicht nach Wunsch, sondern er hatte nur zwei: einen Jungen, den nannte er den Murkel, und ein Mädchen, das hieß er die kleine Mücke.

Weil ihm das aber nicht genug war, dachte er sich noch mehr Kinder aus, zu seinen zweien noch zwei, so daß er doch wenigstens ein drittel Dutzend voll hatte. Von den ausgedachten Kindern nun nannte er das älteste Träumlein. Das war ebenso alt wie der Murkel und seine besondere Gefährtin; und wenn der Murkel ein Junge war, war Träumlein ein Mädchen; war Murkel blond, war Träumlein dunkel; war Murkel wild und laut, war Träumlein sanft und leise.

In Wirklichkeit aber gab es Träumlein gar nicht, der Vater hatte sie sich nur ausgedacht. Keiner konnte Träumlein je erblicken, die Mutter nicht und der Murkel auch nicht. Nur der Vater sagte, er sähe sie immer, wann er nur wolle, und er wußte viel von ihr zu erzählen.

Und genau wie mit dem Träumlein war's mit dem Windwalt, den hatte sich der Vater als Spielgesellen für die kleine Mücke erdacht. Das war ein kleiner Junge, rasch wie der Wind und immer vergnügt. Am liebsten lief er barfuß, und stets vergaß er sein Taschentuch. Oft sagte der Vater kopfschüttelnd zu der kleinen Mücke, wenn ihr die Nase fortlief: „Genau wie dein Bruder Windwalt! Wo hast du denn dein Tüchlein! Und natürlich kann dir Windwalt wieder mal nicht aushelfen, denn er hat auch keines!"

Wenn nun der Vater mit den Kindern ausging, und er machte das Hoftor auf, so liefen erst die Hunde durch: Plischi und Peter. Dann kamen die Kinder: Murkel und Mücke. Dann wartete der Vater ein Weilchen, um auch Träumlein und Windwalt durchzulassen, und nun erst kam er nach und machte das Hoftor wieder zu. Murkel und Mücke faßten den Vater an, eines rechts, eines links, und neben den beiden gingen wieder Träumlein und Windwalt. Wurde der Feldweg einmal sehr schmal, so mußten alle ganz eng nebeneinanderrücken, um Windwalt und Träumlein nicht ins Korn zu drängen. Voran aber tobte der Plischi, der noch jung war, und hintennach zottelte der Peter und ließ sich rufen, denn er war schon alt.

Wenn sie dann eine Weile so nebeneinanderher gegangen waren und hatten alles erzählt, was der Tag mit sich gebracht hatte, Gutes wie Schlechtes, so rief der Vater wohl: „Kinder, nun lauft alle, und wer den Plischi zuerst greift, soll ihm ein Stück Zucker geben dürfen."

Da stoben die Kinder los, und wer sonst sie laufen sah, sah nur zwei: den Murkel und die kleine Mücke. Der Vater aber sah vier, und er hastete hinterdrein, dem keuchenden alten Peter auf den Fersen, und er feuerte die Kinder an und rief: „Mücke, faß doch den Windwalt an!" Oder: „Murkel, willst du mal das Träumlein nicht schubsen!"

Dann streckte die kleine Mücke die Hand aus, und wenn sie auch nichts faßte, so war ihr doch, als liefe sie nicht mehr ganz allein, weit hinter dem Murkel. Und auch der besann sich, sah sich um, wich zur Seite, während der Plischi, der wohl gemerkt hatte, daß die wilde Jagd ihm galt, immer fröhlicher voransprang und immer lauter bellte.

Am Ende aber blieb er doch stehen und ließ die Kinder an sich, denn es war ihm wohl eingefallen, daß solch fröhliche Jagd stets mit einem Stück Zucker endete. Gab es dann Streit, wer ihn zuerst angefaßt hatte, der Murkel oder die Mücke, so war's keines von beiden gewesen, sondern etwa der Windwalt. Dann paßten die Kinder gut auf, wie der Vater dem Windwalt den Zucker gab. Der Windwalt aber war immer so heftig, daß der Zucker fast sofort aus der Hand

des Vaters weiterflog in des Plischi Maul oder aber zur
Erde fiel, von der ihn dann die kleine Mücke aufheben
durfte. Träumlein aber hatte immer lange Zeit, ließ den
Zucker ruhig in Vaters Hand, und der Plischi mußte erst
auf den Hinterbeinen stehen, gehen, tanzen – und machte
er's sehr gut, flog plötzlich der Zucker durch die Luft in
sein Maul – du sahest nicht woher.

Zuerst trauten die beiden Kinder ihrem Vater noch nicht
recht und meinten, Träumlein und Windwalt seien so etwas wie die Frau Holle und das Aschenputtel aus dem Märchen. Aber wie der Vater immer dabei blieb und ernst
sagte, sie seien wirklich da, die beiden, und es gebe alles,
was der Mensch nur ernstlich glaube, da gewöhnten sie sich
völlig an ihre unsichtbaren Geschwister.

Besonders schön war das, wenn es dunkel geworden war,
und die Kinder lagen in ihren Betten, die Eltern aber saßen
noch in einem andern Teil des Hauses. Die Betten der Kinder standen weit auseinander, und sie durften nicht miteinander sprechen, sie taten es auch nicht. Aber flüstern konnten sie, daß es das andere nicht hörte, und das taten sie
denn auch: Murkel mit Träumlein, Mücke mit Windwalt.
Um sie war die dunkle Nacht, vielleicht ging vor den Fenstern grade der Wind. Sie hörten die alte Linde an dem
Hausgiebel rauschen, aber sie waren nicht allein: Eines
sprach und eines hörte, sie durften alles erzählen, das Ver-
botene wie das Erlaubte – Windwalt und Träumlein
schwatzten nicht.

Kam der Morgen und ging der Murkel, der schon groß
war, mit Schiefertafel, Lese- und Rechenfibel in die Schule,
so blieb die kleine Mücke doch nicht allein. Sie saß vielleicht in ihrer Sandkiste und baute aus Kirschkernen, die
immer zahllos von genaschten Kirschen unter dem alten
Kirschbaum lagen, und aus Gänseblümchen einen Garten.
Und wenn etwas nicht gelang, so war der Windwalt daran
schuld, gelang es aber sehr gut, so mußte es der Windwalt
bewundern.

Unterdes saß der Murkel in der Schule, und wenn auf allen Schulbänken vier Kinder saßen, auf der seinen saßen

fünf, ohne daß der Lehrer es merkte: Das war das Träumlein, das an seiner Seite saß. Und es war ein Wunder, was das Träumlein alles wußte und wie es half, wenn man zu rasch gelesen hatte.

„Wie heißt das Wort?" fragte der Lehrer strenge, denn der eilige Murkel hatte „weiche" gelesen, weil er wußte, daß das lange Wort danach „Heuhaufen" hieß, und es war doch richtig, daß die Heuhaufen weich sind.

Sah er das Wort nun aber näher an, so merkte er wohl, es konnte nicht „weiche" sein, es lag kein „ei" in seiner Mitte, wie ein Ei im Hühnernest. Wenn der Murkel das Wort vor dem Heuhaufen immer länger anschaute – und es war wieder mal so ein häßliches Wort, wie er sie gar nicht mochte, oben lang und unten lang – und er kam nicht darauf, und der Lehrer sagte schon ganz ungeduldig: „Na, wird's nun bald –?! Das ist ein ganz leichtes Wort!", da war's dem Murkel, als spräche etwas ganz leise neben ihm das Wort.

Der Lehrer rief ungeduldig: „Willst du mal nicht vorsagen, Ursel!"

Aber darum brauchte sich der Lehrer nicht zu sorgen: Was die Ursula Hartig sagte, dahin hörte der Murkel gar nicht. Auf das Träumlein hörte er. Und das Träumlein flüsterte lautlos, mit dem Mund an seinem Ohr, ja, es war beinahe, als flüstere sie es inwendig: „H und o macht ho – eine Silbe! H und e macht he – andere Silbe! Eine Silbe ho, andere Silbe he . . ."

„Hohe Heuhaufen!" rief der Murkel laut.

„Das wurde aber auch Zeit", sagte der Lehrer. „Setze dich!"

Und der Murkel setzte sich, ganz rot, nicht etwa, weil er sich schämte, sondern weil er so glücklich war. Er war aber so glücklich, weil ihm Träumlein geholfen hatte, und er fühlte genau, das Träumlein gab es wirklich. Der Vater hatte recht, es war in ihm und um ihn, auch ein Kind war nie allein.

Es kam eine Zeit in dem Leben der Kinder, da wurde der alte Hund Peter sehr krank. Die Haare fielen ihm aus, und er bekam Geschwüre über den ganzen Leib. Wenn die Kinder an seine Hütte liefen und fragten: „Wie ist es, Peter, der Vater geht mit uns aus – kommst du nicht mit?", da hob der alte Hund mühsam den Kopf und sah die Kinder traurig mit seinen trüben Augen an und wedelte ein kleines bißchen mit seinem Schwanz.

Da fragte der Vater: „Wer von euch will hierbleiben und dem Peter ein wenig Gesellschaft leisten?"

Aber keines wollte es, nicht der Murkel, nicht die kleine Mücke.

„So müssen wir heute ganz ohne unsere Geschwister Windwalt und Träumlein gehen", sagte der Vater. „Denn die bleiben nun hier. Das wird kein schöner Spaziergang."

Und das wurde es auch wirklich nicht. Soviel die Kinder dem Vater auch zu erzählen hatten, mit der Zeit verstummten sie. Sie sahen über ihre Schultern, sie sahen rechts, sie sahen links – es war nur die Luft da, mit dem Sommerwind darin. Die war auch sonst da, doch sonst wußten sie, das Träumlein und der Windwalt waren in der Luft. Aber diesmal waren sie es nicht, diesmal waren die beiden daheim beim kranken Hunde Peter. – Und auch der Plischi schlich nur traurig mit und sprang nicht lustig wie sonst voraus, auch ihm fehlte sein Gefährte, der Peter.

Da drängten die Kinder, nach Haus zu kommen, so fehlten ihnen Windwalt und Träumlein. Als sie aber auf den Hof traten, war da ein Herr im weißen Mantel, das war der Tierdoktor, der sagte: „Ja, nun ist der alte Hund gestorben."

Murkel und Mücke fingen an zu weinen, und nun tat es ihnen erst recht weh, daß sie nicht bei ihrem alten Freunde geblieben waren und daß sie ihm nicht adieu gesagt hatten.

Sie begruben den Peter unter vielen Tränen auf der Wiese am Wasser, und am Abend fragten sie, ein jedes seinen Gefährten, wie es mit Peter gewesen war, und sie hörten alles, Murkel von Träumlein, Mücke von Windwalt. Nun waren sie schon nicht mehr so traurig, denn es war ihnen, als seien sie doch ein ganz klein bißchen dabeigewesen.

So lebten die vier gemeinsam, und sie erlebten so viele Dinge miteinander, daß es gar nicht zu erzählen ist. Da war das eine Mal, daß die Kinder heimlich ins Boot gestiegen waren, und die kleine Mücke fiel ins tiefe Wasser und konnte doch nicht schwimmen. Der Murkel schrie, aber der Windwalt rannte wie der Wind, und der Vater kam aus dem Haus geschossen, schneller als eine Schwalbe, und holte die Mücke aus dem Wasser.

Ein anderes Mal waren die Kinder in die Priesterfichten gegangen, um die Nester von den alten Krähen hinunterzuschmeißen, die den ganzen Herbst und Winter zu Hunderten um das Haus krächzten, daß es ein Grausen war. Da verstieg sich der Murkel in einer Fichte und konnte nicht vor und zurück, und vor Hilflosigkeit und Angst fing er an zu brüllen. Die kleine Mücke aber lief aus Schreck fort. Da saß der Murkel nun oben, und die Krähen krächzten und schwirrten immer näher. Er meinte, vor Furcht zu vergehen, und hoffte, es käme jemand, der ihm hülfe. Es kam aber keiner.

Schließlich besann er sich auf das Träumlein, und sofort hörte er auch ihre leise Stimme, die immer war, als spräche sie in ihm. Sie wies ihm einen Aststumpen, auf den er den Fuß setzen konnte, einen Zweig, an dem Halt war. Sie sagte: „Mach nun die Augen zu, Murkel, und rutsch!" Und er machte die Augen zu und rutschte. Da war er heil und gesund unten.

Träumlein und Windwalt waren immer da, sie machten, daß ein Kind nie allein war. Sie redeten und sie waren stumm, sie liefen um die Wette und saßen still, sie halfen und sie hatten immer Zeit, ganz anders als die andern Kinder im Dorf.

Nun wurden die Kinder größer und größer – da wurde wieder alles anders. Denn da geschah es, daß die Mutter anfing zu schelten, und sie sagte: „Vater, was ist das für eine schreckliche Murkelei mit unsern Kindern –?! Das halte ich nicht mehr aus, und das mache ich nicht mehr mit! Die Mücke hat ihr Taschentuch verloren. Nein, sagt sie, der Windwalt hat's verspielt. Der Murkel läßt die Tür offenstehen; er soll sie zumachen. Nein, sagt er, er ist nicht zuletzt durchgegangen, das Träumlein war's. So geht es nun alle

Tage: Ist ein Klecks im Schulheft, war's der Windwalt; das Loch hat Träumlein in die Hose gerissen; die Katze Windwalt gezwickt; den Blumentopf Träumlein hinuntergestoßen – nein, was ist das für eine schreckliche Murkelei! Da finde ich nicht mehr heraus!"

Der Vater fragte die Kinder ernst, ob das wohl so wäre, ob alles Schlechte und Verkehrte die unsichtbaren Geschwister, alles Gute und Richtige aber Murkel und Mücke täten. Die Kinder senkten die Köpfe und antworteten nicht. Da sagte der Vater, er wolle es noch eine Woche mit ansehen, sei es dann nicht anders geworden, so müsse er Träumlein und Windwalt in die Welt schicken.

In dieser einen Woche wurde ein Spiegel zerbrochen: hatte der Windwalt getan. Vaters Zeitung lag zerrissen beim Plischi in der Hundehütte statt auf seinem Schreibtisch: hatte keiner verschleppt, vielleicht aber das Träumlein...

So ging es immer weiter, bis der Vater die Kinder an der Hand nahm und mit ihnen hinausging in das Land, auf einen Berg, wo man die Seen, die Wälder, die Dörfer und die weiten, langen Landstraßen sieht. Es war ein grauer, windiger Herbsttag, die Kinder gingen still an des Vaters Hand, traurig zottelte der Plischhund hinterdrein.

Als sie auf die Höhe des Berges gekommen waren und das Land unter sich sahen mit den vielen Straßen, nahm der Vater seine eigenen Kinder bei der Hand, und er sprach: „Nun gehet hinaus in die Welt, Träumlein und Windwalt! Meine Kinder wollen jetzt große Menschen sein, da können sie euch nicht mehr gebrauchen." Und er winkte ihnen zu und rief: „Ihr seid treue und hilfreiche Geschwister gewesen, dafür sollt ihr vielmals bedankt sein. Vielleicht kommt noch einmal wieder eine Zeit, da wir euch brauchen können. Dann kommt ihr wieder zu uns!"

Die Kinder fingen jämmerlich an zu weinen. Denn wenn sie in der letzten Zeit schon nicht mehr so recht an ihre Geschwister geglaubt hatten, sondern immer gedacht hatten, sie seien nur ein Märchen vom Vater – nun, da sie grausam in die herbstliche, windige Welt gestoßen sein sollten, ge-

454

dachten sie, wie die lieben Unsichtbaren Abend für Abend bei ihnen in den Betten gelegen hatten, und sie taten ihnen von Herzen leid. Doch vor allen Tränen hatten sie nicht gesehen, welche Straße Windwalt und Träumlein gegangen waren. Darüber bekamen sie schon auf dem Heimweg das Zanken, der Vater aber ging still nebenher, denn er hatte seine Kinder Windwalt und Träumlein von Herzen liebgehabt.

Die Zeit ging und ging, und die Kinder wurden große Leute, die keiner mehr Mücke und Murkel nannte, sondern Herr und Fräulein, und sie hatten so viel zu tun und zu denken, daß sie ihre alten Geschwister fast ganz vergaßen und gar nie mehr an sie dachten. Nur der Vater, der nun sehr alt geworden war, dachte noch an sie, und er sprach oft mit der Mutter darüber, welch lustige Murkelei doch das Haus gewesen war, als darin noch die kleine Mücke, der Windwalt, das Träumlein und der Murkel lebten.

Nach abermals einer Zeit aber hatten die Mücke wie der Murkel selber Kinder, und als diese Kinder größer geworden waren, verlangten sie, daß ihnen Mücke und Murkel erzählten, wie es gewesen war, als sie selbst Kinder waren. Da besannen sich Mücke und Murkel auf das Träumlein und den Windwalt, und sie erzählten ihren Kindern vieles von den beiden. Und den Kindern war es ganz so, als hätten Träumlein und Windwalt wirklich gelebt, und es waren doch nur ausgedachte Kinder!

So aber ist es auf dieser Welt: Wenn man etwas nur wirklich glaubt, so ist es auch da. Es gibt nicht bloß, was man mit Augen sieht und mit Ohren hört. Vom Windwalt und dem Träumlein und von der ganzen Murkelei hast du eben noch nichts gewußt. Aber nun weißt du von ihnen, und nun sind sie auch da, siehst du wohl!

Letzte Geschichten

1945/1946

Es war einmal ein junger Mann, nämlich ich, der Schreiber dieser Zeilen, den verurteilten in seiner Jugend Ärzte und Eltern, Landwirt zu werden, weil meinen Nerven nämlich das Großstadtleben „nicht bekömmlich" sei. So ist es gekommen, daß ich ein gutes Dutzend meiner Lebensjahre die Füße unter den Tisch der Rittergutsbesitzer habe stekken müssen – und daß die immer großzügige Gastgeber waren, das kann ich nicht behaupten.

Du lieber Himmel, das waren doch damals, besonders vor 1914, noch reiche Jahre, und auf ein bißchen Essen kam es eigentlich wirklich nicht an. Aber viele, die meisten wollten einfach nicht, und namentlich ihre Ehefrauen sahen es als Ehrensache an, uns nicht einmal die eigenen, auf dem Hofe erzeugten Lebensmittel zu geben, sondern schmierten uns auf unsere Stullen statt guter Butter die billigste Margarine und mästeten uns damals schon mit Mehlsuppen, die statt mit Zucker mit Saccharin gesüßt waren.

Ich denke an ein Weihnachtsfest in der Neumark, am ersten Feiertag waren auch wir Beamte an die „Tafel" des Chefs geladen. Es war alles sehr feierlich und ungewohnt herzlich, eitel Güte und Menschenliebe, wie es das Fest verlangt. Als ich aber von der herumgereichten Platte mir ein Stück Fleisch nahm, erreichten mich doch die scharfen, durch keinerlei Feststimmung gemilderten Worte meiner Kommandeuse: „Sie hätten auch gerne das Knochenstück nehmen können! Ich habe es extra für Sie vornean gelegt, Herr Fallada!"

Einmal war ich auch Feldinspektor auf der Begüterung

des Grafen Bibber in Hinterpommern. Es war ein herrlicher Besitz, sieben Rittergüter und drei Vorwerke, achtzehn Kilometer fuhr der Chef über eigenes Land, ein kleiner Fürst! Ich wohnte im Beamtenhaus des Hauptgutes und wurde wie die andern Beamten von Fräulein Kannebier beköstigt. Eines Morgens kam ich durchgefroren vom Acker heim – es war später Herbst, und ich hatte die Aufsicht über die pflügenden Gespanne. Mein Frühstück steht auf dem Tisch, wie üblich zwei Brote mit Wurst und eine Flasche Bier.

Ehe ich noch abgebissen habe, warnt mich meine Nase: Diese Leberwurst stinkt zum Himmel! Betrübt stelle ich meinen Teller wieder zurück – ich war damals noch sehr jung und hatte ewig Hunger –, aber ich denke: So was kann schon mal passieren. Ich trinke meine Flasche Bier und gehe wieder auf den Acker.

Am nächsten Morgen das gleiche: Ich habe die stinkende Leberwurst vom Vortage längst verschmerzt, aber meine Frühstücksbrote erinnern mich, sie stinken wieder.

Zornentbrannt ergreife ich den Teller und eile in die Küchenregionen. Du Aas! denke ich. Das ist kein Versehen mehr! denke ich. Ich bin kein sanftes Schaf, du! denke ich. Ich kann auch anders –!

Und: „Fräulein Kannebier!" sage ich drohend. „Das ist heut das zweite Mal, daß Sie mir verdorbene Wurst zum Frühstück geben. Ich tue anständige Arbeit, ich verlange auch anständiges Essen!"

„Die Wurst ist gut!" behauptet sie und sieht mich mit ihren dunklen Augen abweisend an. Sie hat ein fettes, bleiches Gesicht, ich kann sie nicht ausstehen. Sie frißt bestimmt alles, was sie mir entzieht, und sie entzieht mir, was sie nur irgend kann!

„Die Wurst stinkt!" rufe ich wieder und schiebe ihr den Teller unter die Nase. „Da, riechen Sie doch mal –!"

Sie zieht sich einen Schritt zurück. „Tadellos ist die Wurst!" sagt sie. „Nicht einmal einen Stich hat sie!" sagt sie. „Selbst eingeschlachtete Wurst ist das", sagt sie auch noch.

Zwischen uns ist eine Einigung nur schlecht möglich,

keines will auch nur ein bißchen nachgeben. Ich schlage ihr vor, diese selbst eingeschlachtete köstliche Leberwurst einem andern und mir einfache Margarinestullen zu geben, aber sie will nicht einmal das. Allmählich erhitzt sie sich auch, sie möchte mich aus ihrer Küche loswerden, und ich weiche und wanke nicht. Ich verdiene brutto ganze sechzig Mark im Monat, davon kann ich mir kein Frühstück im Gasthof leisten. Ich will mein reelles Deputat-Frühstück.

Schließlich entschlüpft ihr im Eifer des Disputes der Satz: „Frau Gräfin selbst hat angeordnet, daß ich diese Leberwurst für das Beamtenfrühstück nehme!"

„Fräulein Kannebier!" rufe ich. „Was Sie da sagen, das kann nicht wahr sein! Das ist unmöglich! Frau Gräfin selbst soll –? Ausgeschlossen! Nein, das ist allein Ihr Werk, Fräulein Kannebier!"

„Und doch hat Frau Gräfin es angeordnet!" wiederholt die Kannebier und wendet mir den Rücken. Sie bedauert sichtlich, was sie gesagt, natürlich lügt dieses Weib.

„Ich frage Frau Gräfin selbst!" sage ich drohend.

„Tun Sie doch, was Sie wollen!" ruft die Mamsell ärgerlich. „Bloß: gehen Sie endlich aus meiner Küche!"

Eine Minute später wandert der kleine Feldinspektor Fallada über den Rittergutshof dem Schlosse zu. Er sieht weder nach rechts noch nach links, vor sich trägt er den Teller mit den übelriechenden Frühstücksbroten. Der will ich es zeigen! denke ich.

Ich wandere die Lindenallee durch den Schloßpark hinauf, betrete die Auffahrt, komme in die Vorhalle. Der alte Kastellan Elias, mit dem ich am Sonntagnachmittag manchmal Skat spiele, beschaut mich verwundert. „Was wollen Sie denn hier bei uns?" fragt er.

„Elias!" flüstere ich, wie ein Verschwörer. „Wo ist Frau Gräfin?"

Sein Blick wandert zwischen dem Frühstücksteller und meinem Gesicht hin und her. „Was wollen Sie denn von der Gräfin –?" fragt er argwöhnisch.

„Egal!" winke ich ab. „Sagen Sie mir nur, wo Frau Gräfin ist, alles andere geht Sie nichts an!"

461

Elias hat sich entschlossen. „Im Frühstückszimmer nach der Terrasse zu", flüstert er nun auch. „Geradeaus, dann den Gang rechts, bis zur blauen Tür. – Ich habe Ihnen aber nichts gesagt!"

„Nichts!" bestätige ich. „Wir haben uns gar nicht gesehen. Wiedersehen!"

Ich stehe vor der blauen Tür. Mein Herz klopft jetzt doch ziemlich. Aber das macht nichts, jetzt gibt es kein Zurück mehr. Ich klopfe an und trete ein. Ich bleibe unter der Tür stehen.

Es ist kein Frühstückszimmer, es ist ein ganzer Saal, in dem hier gegessen wird. Die eine Wand des Saales besteht ganz aus Spiegelglastüren, die bunten Tuffs der Blumenrabatten auf der Terrasse leuchten herein, helle und dunklere Baumgruppen der alten Parkbäume – in der Sonne blinkt der See.

Sie sitzen da am Frühstückstisch, vielleicht zwanzig, vielleicht dreißig Personen – das Schloß ist immer gestopft voll von Gästen. Die bunten Friedensuniformen der Offiziere, die hellen Kleider der Damen. Es blitzt von Silber und Kristall, es riecht wunderbar nach Bohnenkaffee, nach hundert guten Dingen – und ich stehe hier unter der Tür mit meinen stinkrigen Leberwurststullen. Eine ganz andere Welt, nichts für kleine Feldinspektoren mit sechzig Mark Monatsgehalt!

Aber ich kann nicht mehr zurück. Frau Gräfin, so jung sie noch ist, hat sofort gemerkt, daß etwas nicht stimmt, schon steht sie vor mir. „Nun, mein lieber Herr Fallada", fragt sie, „wollen Sie den Grafen sprechen? Der Graf ist jetzt nicht hier."

Ich habe nie gedacht, daß Frau Gräfin überhaupt von meiner Existenz schon Kenntnis hat, und nun weiß sie sogar meinen Namen! Ich bin fast überwältigt. Trotzdem trage ich mein Sprüchlein leidlich vor: „Frau Gräfin, ich bekomme heute zum zweiten Male Frühstück mit verdorbener Leberwurst." Ich hebe den Teller leicht an. Frau Gräfin richtet ihre Augen auf die Wurst und tritt einen Schritt zurück. Ich habe eigentlich nicht den Eindruck, daß Wurst

462

und Frau Gräfin sich zum ersten Male sehen. „Die Mamsell behauptet nun, Frau Gräfin selbst hätte die verdorbene Wurst für uns Beamte bestimmt!"

„O diese Kannebier!" ruft Frau Gräfin und hebt den Blick zur schön mit Stuck gezierten und gemalten Decke. „Diese Kannebier ist doch zu dumm! Ausdrücklich habe ich ihr gesagt, sie soll die verdorbene Wurst für die Leute nehmen, nun nimmt sie sie für die Beamten –!"

Einen Augenblick stehe ich überwältigt. Dann sage ich: „Ich danke vielmals, Frau Gräfin!" Geschlagen ziehe ich über den Hof heim: Es sind eben doch zwei Welten!

Am Abend aber besucht der Graf mich auf meiner Bude und setzt mich fristlos an die Luft. Er läßt es sich sogar etwas kosten, diesen roten Revolutionär, der eine Gräfin wegen seines Frühstücks belästigt, loszuwerden: Er zahlt mir ein ganzes Vierteljahresgehalt!

Viele Stellungen habe ich während meiner landwirtschaftlichen Periode gehabt, sehr lange habe ich es nirgends ausgehalten. Doch die kürzeste Dienstzeit absolvierte ich auf einer großen Domäne in Mittelschlesien: Sieben Stunden stand ich dort in Diensten – sieben Stunden nur, und auch wieder wegen des lieben Essens.

Das war im Jahre 1917, ich war in Berlin bei irgendeiner Kartoffelgesellschaft tätig und hungerte und fror mich durch den verdammten Kohlrübenwinter. Da hatte es der Ökonomierat Reinlich leicht, mich zu überreden, auf seiner Domäne die Bücher für eine von ihm gezüchtete Kartoffel zu führen. Schon längst hatte ich bedauert, in die Großstadt gegangen zu sein, das flache Land verlassen zu haben, wo es doch wenigstens immer noch Brot gab und Obst und Milch und Kartoffeln – nicht nur Kohlrüben!

Eines Abends kletterte ich von einem Jagdwagen, der mich von der Bahn geholt hatte, ich war auf meinem neuen Tätigkeitsfeld angelangt. Mein Chef, der Ökonomierat Reinlich, war ein guter alter Mann, übrigens Junggeselle, fett, ein bißchen schwerhörig und ein bißchen schmuddlig – für seine Körperpflege machte er von seinem Namen entschieden nur wenig Gebrauch. Er zeigte mir selbst mein zu ebener Erde gelegenes Zimmer, ganz nett. „Vielleicht richten Sie sich gleich ein bißchen ein. Wir essen in einer halben Stunde zu Abend."

Ich hatte mich kaum gewaschen, da gongte es schon. Alles ging hier recht patriarchalisch zu: An einem Ende der Tafel saß der angeschmuddelte Ökonomierat, am andern seine kleine verhutzelte Schwester, die ihm den Hausstand führte. Dazwischen die mancherlei Beamten: der Feldinspektor, der Hofverwalter, der Milchkontrolleur, der Rechnungsführer, die Mamsell. Und ganz patriarchalisch-ländlich begann auch das Abendessen mit einer Mehlsuppe, einer Mehlsuppe, die durch irgendwelche bräunlich-schwärzlichen Klöße einen ungewohnten Reiz bekam. Dann gab es richtiges Butterbrot mit Wurst und Käse – jaja, es war gut, daß ich hierher gegangen war, hier würde ich lange bleiben. Keine Kohlrüben mehr ...

Die Tafel wurde aufgehoben, und der Ökonomierat sagte zu seiner Schwester: „Ich setze mich mit Herrn Fallada noch ein bißchen aufs Büro und bespreche die Zuchtbücher. Bring uns doch eine Flasche von dem mittleren Mosel!"

Mittlerer Mosel und gleich etwas zu rauchen, gut, sehr gut. Dies halte fest, Fallada!

Herein kommt die Schwester mit dem Mosel. Der Chef schielt unter seiner Brille fort böse nach ihr hin. „Hundertmal habe ich dir gesagt", knurrt er, „daß du den Deckel von der Mehlkiste geschlossen halten sollst. Aber nein! Heute schwamm wieder die ganze Mehlsuppe voll Mäusedreck!"

Da wußte ich es, was ich da für ungewöhnlich reizvolle bräunlich-schwärzliche Klößchen gegessen hatte. Und dachte: Nein, was gleich mit Schiet anfängt, kann nur schietig weitergehen. Schüttele den Staub von deinen Füßen, Fallada, und trolle dich von hinnen!

Ich habe mir dann noch friedlich angehört, was alles mir der Ökonomierat von seiner schönen Kartoffel zu erzählen hatte, habe von seinen Zigarren geraucht und seinen Mosel getrunken – an den Dingen konnte ja bestimmt nichts „dran" sein. Als ich dann wieder in meinem Zimmer war, habe ich still gewartet, bis alles im Hause friedlich schlief. Ich stellte meine beiden Koffer auf die Fensterbank, kletterte hinaus und bin den Weg wieder friedlich zurückgewandert, den ich sieben Stunden vorher mit dem Jagdwagen gefahren war. Und als sie sich auf der Domäne zum ersten Frühstück hinsetzten – vermutlich mit Mehlsuppe mit, mit . . . –, da trug mich schon der Eilzug wieder nach Berlin – mit seiner Kälte, mit seinen Kohlrüben.

Der Ökonomierat aber hat sich nie wieder bei mir gemeldet, hat nie wieder nach mir gefragt. Vielleicht hat er es sogar verstanden, daß es Menschen gibt, die nicht einmal über einen Mäusedreck wegkommen – ich hoffe es jedenfalls.

Die gute Wiese

Das Dorf hatte nie genug Wiesen für sein Vieh gehabt – um so mehr fiel es auf, als Bauer Karwe seine große Wiese am See verkaufte und nicht einmal an einen vom Ort, sondern an den Besitzer vom Gute Waldhof.

„Mit was will er denn seine sechs Kühe satt kriegen", fragten die im Dorf.

„Volle achttausend soll er vom Waldhöfer gekriegt haben, soviel hätte ihm keiner von uns geben können", sagten sie auch.

„Aber recht ist es nicht", nörgelten sie. „Die Seewiese gehört ans Dorf und nicht zum Gut, das schon so zuviel Land hat."

„Der Kurt soll mit seinem Vater deswegen auch Streit gehabt haben", klatschten sie. „Der Alte ist verrückt geworden, hat er im Krug selber zum Erwin Seiler gesagt."

„Der Kurt soll bloß nicht zuviel Maul riskieren", meinten sie. „Wenn der alte Karwe seinen Jähzorn kriegt, kann der Kurt trotz seiner fünfundzwanzig noch Dresche beziehen." –

Der Kurt saß unter der Kuh und strippte die Milch in den Eimer. Eine Kuh weiter tat seine Schwester Rosemarie das gleiche. Auf dem Futtergang stand der alte Karwe und tat, als täte er was, aber er schoß unter seinen buschigen, grauen Brauen nur unmutige Blicke auf den Sohn. „Was ist das für eine gottverfluchte Zucht mit deinem Melken heute, Kurt?" brach er schließlich los. „Aber freilich, wenn man sich einen ansäuft im Krug, muß das arme Vieh es entgelten."

Der Sohn, mit den roten Saufflecken auf dem Gesicht, antwortete nicht.

„Du sollst melken wie ein Christ, verdammter Heide du!" schalt der Alte weiter. „Merkst du nicht, daß du der Blanka weh tust?"

Wieder antwortete der Sohn mit keinem Wort; die Kuh Blanka aber wendete den Kopf, sah nach Euter und Melker hin und muhte leise.

„Weg von der Kuh!" schrie der Alte plötzlich. „Raus aus meinem Stall!" brüllte er noch lauter. „Du Tierschinder, du elender!"

„Und auch runter vom Hof, was, Vater?" fragte der Sohn, „weil mir das mit der Seewiese nicht recht ist?" Er war aber aufgestanden und auf den Gang hinausgetreten.

„Streitet euch bloß nicht so laut!" bat die Rosemarie. „Die Mutter hört's im Bett und ängstigt sich."

„Du hältst als erste das Maul!" fuhr Karwe jetzt sie an. „Ohne dein Weibergezücht . . ." Er brach ab mit einem Blick auf den Sohn. „Ich will dir im Grasgarten was zeigen, Kurt", fuhr er ganz ruhig fort. „Du melkst die Kühe allein fertig, Rose!"

„Dann wird das Abendessen nicht zur Zeit auf den Tisch kommen", klagte die Tochter. „Ich kann nicht alles auf einmal besorgen!"

„Wer verlangt das?" antwortete der Vater und ging vor dem Sohn aus dem Stall.

Im Grasgarten blieb der Alte gleich am Gatter stehen; einen Schritt ab, gegen den Apfelbaum gelehnt, wartete der Sohn. Eine Weile standen sie schweigend, der Alte sah musternd den Sohn an, der Sohn aber blickte auf die Obstbäume, die Äpfel und Birnen trugen in diesem Jahre so reich wie kaum je. Sogar die Zitronenäpfel, die im Vorjahre doch schon eine volle Ernte gebracht hatten, saßen wieder voll; sie hatten in diesem Jahre nicht geruht wie sonst. „Aber was hilft das alles?" dachte der Sohn und hatte es wohl auch laut gedacht.

„Nein, Kurt", bestätigte der Alte. „Es hilft gar nichts, daß du antrotzt gegen die Welt und mich: Die Wiese bekommen wir darum doch nicht wieder."

„Es ist eine Schande", beharrte Kurt Karwe böse. „Wie

467

hast du uns bloß so in die Mäuler der Leute bringen mögen, Vater?!"

„Das andere wäre eine größere Schande gewesen, Kurt", antwortete der Alte und nicht mehr.

Der Sohn fuhr herum, blickte den Vater mit großen Augen an. Lange war es still. Der Vater sah, wie es in dem Sohn arbeitete, aber er kam ihm mit keinem Wort zu Hilfe.

Schließlich fragte der leise: „Der Beese aus Bergfeld?"

Der Vater nickte langsam. „So ist es. Er will zehntausend als Kapital für seinen Kramladen, sonst läßt er die Rose sitzen."

„Soll er sie sitzenlassen!" rief der Sohn zornig. „Sie findet schon einen andern als den stutzigen Städter!"

„In zwei Wochen heiraten sie schon, dann wird es wenigstens ein Siebenmonatskind." Er sah, wie der Sohn fahl wurde unter dem gesunden Braun. Bauer Karwe wartete noch einen Augenblick, sagte noch einmal: „So ist es!" und ließ den Sohn allein im Grasgarten.

Der tat ein paar Schritte hinein, blieb stehen, sah sich um, ob er auch allein sei. Dann ließ er sich schwerfällig in das Gras sinken, lehnte den Kopf gegen einen Stamm und dachte: Es ist, als wären mir die Beine abgehauen.

Er wollte nur an eines auf einmal denken, er wollte Ordnung schaffen in Herz und Hirn, aber es lief ihm alles durcheinander: der Kaufmann Beese aus Bergfeld mit dem listigen gelben Gesicht und den stets ölglänzenden dunklen Haaren, die gelockt waren wie bei einem Schafbock. Dann trat die Schwester vor, die sich eingelassen hatte mit solch einem hergelaufenen fremden Kerl, von dem man nichts wußte, ohne Anhang, einfach einzog. Solch ein Mann konnte im Zuchthaus gesessen haben, und man erfuhr es erst, wenn es zu spät war. – Und jetzt erinnerte er sich, wie er mit dem Vater die Gräben geräumt hatte in der Seewiese, vorm Winter und nach dem Winter. Sie hatten den nahrhaften Schlamm auf die Wiese gebracht. Es war schwere, kalte, nasse Arbeit gewesen, aber ihnen war sie nicht einen Augenblick schwer vorgekommen; beiden, dem Vater wie dem Sohn, war die Arbeit nie schwer erschienen.

468

Die Seewiese war für die beiden wie ein Lebendiges: Man mußte sie gut versorgen, dann dankte sie es mit einem großen Ertrag. Im Vorjahre, da wegen der Dürre niemand Heu erntete im Dorf, hatte die Seewiese drei Schnitt gebracht! Und nun war sie fort, die Gräben waren für andere geräumt, die Seewiese gehörte nicht mehr an den Karweschen Hof.

Der junge Mann stöhnte fast vor Schmerz. Wieder sah er sich hastig um, ob ihn auch nicht etwa einer belauschte, dann sprang er auf und lief los. Er lief nicht auf der Dorfstraße, wo ihn alle mit seiner Schande sehen konnten, er rannte am See entlang, kletterte über die Gartenzäune und ließ nicht eher ab mit dem Laufen, bis er auf der Seewiese stand. Er stieg über den rohen Zaun aus Schleeten, er sprang über den großen Graben weg, er ging bis zum Winkel, wo das Rohrdach stand, das dem Vieh Schutz gewährte vor Regen und Sonnenglut. Dort setzte er sich auf den Tränketrog und sah über die Wiese, die Karwesche Wiese, seine Wiese...

Ja, da war sie, sie hatte sich nicht verändert, sie war dieselbe geblieben. Und doch war alles anders geworden, jetzt war sie keine Karwesche Wiese mehr, jetzt war sie eine Rittergutswiese, eine unter vielen, nicht ein allein strahlendes Kleinod mehr. Man sah es ihr nicht an, daß sie so ganz anders geworden war. Das war auch etwas, was Kurt nicht verstehen konnte: Der Vater und vor ihm der Großvater und noch einer vorher und noch einer und er selbst, sie hatten, jeder ein Karwe, Arbeit in diese Wiese gesteckt. Dadurch war sie eine gute Wiese geworden und hatte alle Arbeit und Liebe gelohnt. Sie war ein Stück der Karwes geworden, ganz wie die Hand, die sie bearbeitete, das Herz, das an ihr hing. Nun aber hatten achtzig blaue Scheine bewirkt, daß sie nichts mehr mit den Karwes zu tun hatte – es war, als hätte man ein Stück des eigenen Herzens verkauft. Und das konnte man doch gar nicht!

Nein, Kurt verstand das nicht, dies war etwas Geheimnisvolles, das er nicht zu Ende denken konnte, umsonst plagte er sein Gehirn damit. Und mit einer plötzlichen Anstrengung schob er alle diese quälenden Gedanken, die doch zu nichts führten, zurück, und sein ganzer Zorn richtete sich auf die Schwester: Hätte die Rosemarie nicht das getan, was sie eben doch getan hatte, so hätte der Vater die Wiese nicht verkauft, und alles wäre heil und in Ordnung geblieben!

So blieb er stumm und grübelnd im Schutzschuppen sitzen und hatte die Kraft nicht, aufzustehen, es war wirklich, als hätten sie ihm die Glieder abgeschlagen! Gerne wäre er in den Krug gegangen, im Geschwätz mit den andern hätte er die quälenden Gedanken vielleicht vergessen, aber er konnte es nicht. Es war auch nötig, daß er mit der Anneliese sprach: Seit der schrecklichen Nachricht von dem Wiesenverkauf hatte er sie nicht wiedergesehen. Er hatte die Verabredung nicht eingehalten; es war unbedingt nötig, daß er mit ihr sprach und hörte, wie sie und ihre Leute über den Wiesenverkauf dachten, denn er war ja jetzt eine ganz andere Art Freiersmann als vorher. Aber er konnte auch nicht zur Anneliese gehen, er konnte hier nur sitzen und mit Wut und Schmerz an die verlorene Wiese denken.

Dann sah er, daß jetzt noch jemand auf der Wiese war, es war der dicke, rotgesichtige Inspektor vom Waldhof. Er saß auf einem Reitpferd, es schien ihm Spaß zu machen, auf der Wiese hin und her zu reiten und im Galopp über die Gräben zu setzen. Die Hufe des Gaules warfen dabei dicke Grasplacken auf. So wurde jetzt mit der guten Wiese umgegangen!

Nach einer Weile hielt der Inspektor bei dem jungen Karwe, er tätschelte dabei den Hals des unruhigen Pferdes und sagte: „Mit ein bißchen Thomasschlacke und Kali sollt ihr sehen, was ich aus der Wiese mache!"

„Die Wiese ist gut genug auch ohne das", gab der junge Karwe zurück. „Sie ist nicht sauer!"

„Gut genug für euch Bauern!" sagte der Inspektor wieder. „Ich hole hier mehr raus, als ihr euch träumen laßt."

„In guten Jahren haben wir vier Schnitt von der Wiese gehabt", rühmte Kurt. „Und was für Schnitt – Schwad lag neben Schwad . . ."

„Ich weiß", gab der Inspektor plötzlich bereitwillig zu. „Dem Chef waren achttausend erst auch zuviel. Ich habe ihm gesagt, die holen wir raus, wir würden auch zehntausend herausgeholt haben."

„Und für wieviel würdet ihr die Wiese wieder verkaufen?" fragte Kurt Karwe leise und fühlte plötzlich sein Herz klopfen. „Für zwölf?"

„Verkaufen?" sagte der Inspektor spöttisch. „Diese Wiese wieder verkaufen?" Er sah den jungen Mann blinzelnd an. „Dir ist es wohl nicht recht, daß dein Vater verkauft hat? Möchtest sie wieder zurückkaufen, später? Das mach dir ab, mein Sohn, diese Wiese wird nicht wieder verkauft, die bleibt am Hof!"

„Aber wenn man euch zwölf gäbe oder gar fünfzehn?" fragte Kurt Karwe hartnäckig weiter. „Nicht, daß ich euch schon ein festes Gebot machen könnte – fünfzehn, du lieber Gott, ich müßte mein ganzes Leben arbeiten, um soviel Geld zusammenzubringen! Aber daß man bloß die Möglichkeit sähe, die gute Wiese einmal wiederzubekommen!" Der Wortkarge war ganz eifrig geworden über dem Sprechen.

Der Inspektor sah es auch, der Junge tat ihm fast leid. „Ach, Karwe", sagte er darum, „und wenn du zwanzig bötest, dies ist keine Sache zum Handeln mehr; was so ein großer Hof hat, das hält er auch. Das bleibt hacken für immer. Dein Vater hat es nun einmal wegrutschen lassen, weiß der Teufel warum, und nun ist es eben weg, für immer, verstehst du?" Der junge Mann sah schweigend dem andern ins Gesicht. Der suchte einen Abgang. „Ihr müßt eben überall Serradella einsäen", riet er, „dann habt ihr auch Futter. Früher ist hier im Dorf viel mehr Serradella gebaut worden, die Saat verkauft ihr, das Heu behaltet ihr – wer da hinterher ist, macht da auch sein gutes Geschäft."

„Ja, ja", sagte Kurt Karwe gedankenlos und dachte dabei an den Vater, der die Wiese hatte „wegrutschen" lassen – für immer. Er an des Vaters Platz hätte der Rosemarie keinen Mann gekauft. Sollte sie das Kind ruhig ohne Mann kriegen, das gab erst ein großes Gerede, und dann fand sich jeder ab damit. Die Wiese aber würde immer dem Hofe fehlen, damit gab es

471

kein Abfinden, nie, solange er lebte, nicht. Aber der Vater dachte in diesen Dingen eben, wie alte Leute dachten, und der Vater hatte noch das Kommando. Er, der Sohn, hatte nur stille zu sein und zuzuhören.

So wäre er am liebsten auch aus der Stube gegangen, als der Vater am Abend vor der Trauung dem künftigen Schwager das Geld auf den Tisch zählte. Nebenan lärmten die betrunkenen Polterabendgäste. Der Schwager Beese stand am Tisch, die Fäuste in die Taschen des Jacketts gestemmt, und sah stumm zu, wie der Vater das Geld auf den Tisch legte. Er tat ganz so, als würde ihm alle Tage solch eine Summe hingezählt. Rosemarie stand neben Beese, den Arm um seine Schulter, ihre Lippen bewegten sich, sie zählte leise mit dem Vater mit . . .

„Achttausendfünfhundert!" sagte der schließlich und legte den letzten Schein hin. „Mit dem Rest mußt du dich ein bißchen gedulden, Erwin. Es ist sehr viel Geld für so eine kleine Wirtschaft, verstehst du." Seine Stimme klang ungewöhnlich bittend.

Der Kaufmann Erwin Beese stand noch immer mit den Händen in den Taschen, er machte keine Anstalten, das Geld von dem Tisch zu nehmen. Er sagte: „Es ist von zehntausend geredet worden und nicht von achtfünf. Es muß eine Reellität sein auch in solchem Geschäft, grade in solchem Geschäft auch! Achtfünf und gedulden ist keine Reellität. Ich heirate ja auch ganz, bleibe nicht mit einem Stück unverheiratet. Nein, die tausendfünfhundert müssen her, Schwiegervater, alles, wie es abgesprochen ist."

„Es ist, weil das Vieh jetzt grade gar keinen Preis hat, Erwin", sagte der alte Mann darauf bittend. „Ich würde zwei Kühe mehr dreingeben müssen. Sieh", setzte er überredend hinzu und wies auf den Tisch mit den Scheinen, „es ist doch auch ohne das so viel Geld. Ich glaube nicht, daß auf dem Tisch je so viel Geld gelegen hat, und der Tisch ist sehr alt, stammt noch vom Urgroßvater her. Das fehlende Geld bekommst du bestimmt sofort, wenn die Fleischer erst besser zahlen."

„Das mit den Fleischern ist deine Sache, Schwiegervater", meinte Beese abweisend. „Damit habe ich nichts zu schaffen. Aber du hast mir gesagt, als wir von der Sache redeten, zehntausend, bestimmt hast du es gesagt, und so muß es bestimmt auch sein. Ich brauche das Geld, ich habe eine neue Einrichtung für den Laden bestellt und viele neue Waren – ich muß reell zu meinen Lieferanten sein, so mußt du reell zu mir sein!"

„Gib mir vier Wochen Zeit!" bat der Bauer Karwe, „es muß ja umschlagen mit den Viehpreisen bis dahin. Die dir deine Waren liefern, werden ja auch nicht ihr Geld alles auf einmal verlangen. Wenn ich jetzt verkaufte, ich machte die Wirtschaft zu arm. Ich habe sie schon viel zu arm gemacht für den Jungen, Erwin . . ."

Als er den Vater so bitten hörte, machte der Sohn eine Bewegung, als wolle er auch etwas sagen, aber der Beese kam ihm zuvor. „Ich hab Einsicht genug", sagte er mit seiner eitlen Stimme, „und ich seh, daß du nicht reell sein willst, Karwe. Du hast zehntausend zum Hochzeitstag versprochen, so ist das Geschäft abgemacht, nicht wahr, Rosemarie?" Es war das erstemal, daß er sich an seine künftige Frau wandte, bis dahin schien sie ganz überflüssig bei dem „Geschäft". „Sag's deinem Vater, daß es so abgemacht ist und daß du willst, daß er reell sein Wort hält."

Das Mädchen sah nicht ihn, es sah aber auch nicht den Vater oder den Bruder an. Es nahm aber auch nicht den Arm von der Schulter des Mannes, als es mit dem Blick auf das hingezählte Geld leise sagte: „Ja, es ist ausgemacht mit den zehntausend, und ich will, daß der Vater dir das Wort hält."

„Siehst du!" sagte Erwin Beese triumphierend. „Da hörst du's von deiner eigenen Tochter. Und", fuhr er fort und nahm jetzt die freie Hand des Mädchens zwischen seine beiden wie zu einer kurzen Liebkosung. „Und du kennst deines Vaters Wirtschaft. Sag du selbst, ob er die fünfzehnhundert noch auftreiben kann oder nicht."

Das Mädchen wand sich verlegen unter dem Blick der drei Männer, Vater Karwe aber sagte eilig: „Du weißt, Rosemarie, ich müßte die vier besten Kühe als Schlachtvieh

verkaufen und auch wohl noch die fette Sau mit dreingeben – es bliebe uns ja nichts auf dem Hofe! Rosemarie, er
ist aus der Stadt, er weiß es nicht so, wie es ist, wenn fast alles Vieh auf dem Hofe fehlt ..."

„Ich will die fette Sau selber nehmen für das, was der
Fleischer gibt", sagte der Beese eilig. „Dann haben wir auch
was Gutes zum Einschlachten. Ist sie gut, die fette Sau, Rosemarie?"

„Die ist gut, Erwin, sie hat an die fünf Zentner, die gibt
Speck so hoch wie meine Hand ..."

„Siehst du!" lachte Beese. „Wir kommen uns schon näher, Schwiegervater, das Geschäft wird noch gut ..."

„Ich denke, Beese", sagte plötzlich der Sohn, „du
brauchst alles Geld, um deine Waren reell zu bezahlen, und
jetzt kaufst du dir davon ein Schwein zum Einschlachten!"

Einen Augenblick war auch der glatte Städter verwirrt,
aber er faßte sich rasch. „Dafür spare ich das Geld, das ich
sonst zum Fleischer trage, und verdiene noch dabei."

„Und", sagte Kurt Karwe immer zorniger, „das ist überhaupt keine Art, wie du hier von der Hochzeit mit meiner
Schwester sprichst. Heiratest du eigentlich die Rosemarie
oder zehntausend Mark?! Immer redest du bloß vom Geschäft, Geschäft – das ist aber kein Geschäft, wenn man
meine Schwester heiratet. Du solltest froh sein, daß du so
ein tüchtiges Mädel kriegst!"

Der Beese verzog seinen Mund zu einem spöttischen
Grinsen. „Tüchtige hätte ich so viele haben können wie die
Finger an meinen Händen. Wenn ich jetzt hier stehe, so
darum, weil es für mich geht um ein Geschäft auf zehntausend Mark!"

Jetzt waren es der Alte und der Sohn, die sich mit einem
raschen Blick ansahen und verstanden, ohne ein Wort.
„Also, du bekommst noch morgen früh, ehe euch der Pfarrer zusammenspricht, die restlichen fünfzehnhundert, Erwin!" sagte der alte Karwe.

„Das ist reell, Schwiegervater", meinte lobend der Beese.
„Und vergiß nicht, die fette Sau nehme ich auch noch in
Zahlung."

„Von einer fetten Sau weiß ich beim Geschäft nichts", sagte wieder der Alte. „Es war nur von zehntausend Mark die Rede."

Und dabei blieb es. So begann es, und wie es begann, so ging es dann auch weiter, nämlich nicht gut. Die Tochter Rosemarie gehörte zu jenen Mädchen, die, einmal verheiratet, das Elternhaus fast ganz vergessen. Sie war zufrieden in ihrer Ehe, manchmal gab es einen kleinen Zank, weil der Beese nicht nur in seinen Geschäften sehr erfolgreich war. Aber daran gewöhnte sie sich, wie sie sich an die Kleinstadt, die Kinder, den Laden gewöhnte, an das langsam wachsende Ansehen, das ihr das Vorwärtskommen ihres Mannes eintrug.

Manchmal sah sie noch den Vater und den Bruder in der Stadt; zuerst fragte sie eifrig, wie es daheim ging, aber langsam ließ dies Fragen nach, da die Antworten nicht gut klangen, sondern immer wie eine Anklage gegen sie.

Wirklich erholte sich der kleine Hof nie von dem Aderlaß, der durch diese Heirat entstanden war. Die Wiese war fort, das Vieh verschleudert, der Alte und der Sohn schufteten, und es gab doch kein rechtes Vorwärtskommen. Sie waren keine richtigen Bauern mehr, es war ein Häuslerhof, der da noch geblieben war. Aus der Heirat mit der Anneliese war natürlich auch nichts geworden, in solch eine arme Wirtschaft gaben die Eltern ihre Tochter nicht. Sie heiratete einen andern Bauernsohn, und der Kurt Karwe blieb allein mit seinem Vater. Manchmal dachte der Sohn wohl, ob der Vater nicht doch die Fortgabe der guten Wiese bedauerte. Er tat ihm leid, wenn er ihn so schuften sah, und es wollte doch nichts mehr recht gelingen. Aber der Alte sprach nie wieder ein Wort von der Seewiese, und Kurt, den es an manchen Abenden doch immer wieder dorthin zog, traf den Alten nie dort.

Darüber gingen die Jahre dahin, die Menschen gewöhnten sich an ihr Leben, und daß die Karwes Leute waren, die man immer eher auf die Liste der Büdner als der Bauern setzte, daran gewöhnten sich die im Dorfe auch. Nur der junge Karwe protestierte dann noch, der alte nicht mehr.

Dem Alten war es auch recht, daß der Junge, der längst kein Junge mehr war, schließlich doch noch heiratete, ein ältliches, sitzengebliebenes Mädchen, das einen achtjährigen Bengel, aber auch eine Kuh mit in die Ehe brachte; er redete kein Wort mehr von Schande. Im Gegenteil: er blühte noch ein bißchen auf; es kamen noch mehr Kinder, und Kinder sind Hoffnung. Kinder sind der einzige wirkliche Reichtum im Leben.

Ein paar Jahre später dann starb der alte Karwe, er löschte aus, wie ein Licht auslöscht, das bis zum letzten Restchen verbrannt ist. Am Abend seines Todestages saß Kurt Karwe wieder einmal auf der Seewiese. Sie war das einzige Geheimnis, das er nicht nur vor seiner Frau, das er vor allen Menschen hatte, und der eine, der davon geahnt hatte, war nun auch dahin. Denn für den jungen Karwe war es immer noch seine Wiese, die Seewiese, die gute Wiese – er hatte sie nie aufgegeben, sich nie innerlich von ihr getrennt.

Wie er da so saß, haderte er längst nicht mehr mit dem verstorbenen Alten: Der Vater hatte gehandelt, wie er handeln mußte, und er handelte, wie es in ihm war; er hielt an der guten Wiese fest, gegen allen Verstand und gegen alle Aussicht blieb sie für ihn die Karwesche Wiese. Viele Jahre nun schon hatte er die Leute vom Rittergut dort Gräben ausheben, Kunstdünger streuen und mähen sehen – und sie hatten zu tun gehabt mit dem Mähen! Oh, sie war eine gute Wiese geblieben, aber grade darum war sie seine Wiese geblieben, wenn schon nicht mehr viel Leute daran dachten, daß diese Rittergutswiese früher eine Karwesche Wiese gewesen war. –

Es gibt ein altes deutsches Wort: Hoffnung läßt nicht zuschanden werden – es muß nur das rechte Hoffen sein. Schlimme Jahre kamen über das deutsche Land: Krieg und Greuel, die schlimmer als Krieg waren. Was ehemals Sorge schien, wog jetzt federleicht gegen das, was nun zu ertragen war. Es brach auch alles zusammen, was gewesen war, aber grade aus diesem Zusammenbruch entstand etwas Neues und Gutes. Die großen Güter wurden aufgeteilt, und da saß die Kommission und redete sich die Köpfe oft heiß.

Wenn sie aber den Karwe fragten: „Was redest du gar nicht? Was willst du eigentlich?", so antwortete er nur: „Ich will meine Wiese wiederhaben, die gute Wiese am See."

Viele stutzten dann, sie wußten gar nicht, welch eine Wiese er seine Wiese nannte, und meist ging dann ein großes Streiten los: Er nehme den Mund gar zu voll, sie brauchten auch Wiesenland.

Er aber blieb hartnäckig dabei, er wolle seine Wiese zurückhaben, es sei stets eine Karwesche Wiese gewesen. Und natürlich setzte er seinen Kopf durch: Es kam der Abend, da saß er wieder unter dem Rohrdach auf dem Tränketrog und sah auf seine Wiese. Kein dicker, rotgesichtiger Inspektor hatte mehr das Recht, darauf herumzureiten und törichte Ratschläge wegen Serradella-Anbau zu vergeben: Die gute Wiese war zu den Karwes zurückgekehrt, kein Gerede mehr von Büdnerei.

Fast fünfundzwanzig Jahre waren vergangen. Kurt Karwe hatte nicht viel dazu tun können, nur hoffen und warten, also getreu sein. Und als habe das Leben selbst ausgestrichen, was an jenem unseligen Abend geschehen war, saß auch die Rosemarie wieder bei ihm im Haus. Das Geschäft hatte der Krieg zerstört, der Mann war verschollen, die Kinder verstreut; nun saß die alternde Frau wieder bei ihm, half ein bißchen, klagte viel, es war alles wie vordem.

Nein, nicht ganz. Zwei Kühe hatte der Hof noch weniger als früher. „Aber die schaffe ich auch noch!" sagte der junge Karwe, den die Leute längst den alten Karwe nannten. „Die schaffe ich auch noch!" Es war ihm, als sei er sehr alt und doch voller Kraft und Verstand, als beginne das Leben erst für ihn, als sei er gar nicht umzubringen. „Die Seewiese ist wieder zurückgekommen und die Rosemarie – werde ich doch auch noch die zwei Kühe schaffen!"

Und er ging in den Futtergang, den Frauensleuten beim Melken zuzuschauen. Dabei schob er den besten Kühen ein bißchen Heu von der guten Wiese heimlich zu.

Kalendergeschichten

1. Der arme Neapolitaner

Diese Geschichte hat sich vor vielen Jahren in der italienischen Stadt Neapel ereignet; sie könnte aber, zumal heute, in jeder Stadt der Welt geschehen, auch in Berlin.

Ein Neapolitaner, der so arm war, daß er nur noch einen Soldo in der Tasche und nicht die geringste Aussicht hatte, sich weitere Soldi zu erwerben, war seines Lebens Not überdrüssig und beschloß, sich im Meere zu ersäufen. Auf dem Wege dorthin kam er an einem Stand vorüber, auf dem ein Händler geröstete Peluschken zum Kaufe feilhielt. Der Mann kaufte sich für seinen letzten Soldo eine Tüte und setzte seinen Weg zum Meere fort, wobei er aus der Tüte von den Peluschken aß und die Schalen auf die Straße spuckte.

Wie er aber so tat, kam es ihm vor, als husche und rasche es hinter ihm, ganz so, als schleiche jemand auf seinen Spuren. Er drehte sich um, konnte aber zunächst niemanden sehen – vielleicht wegen der rasch zunehmenden Dunkelheit, denn es war die Nacht hereingebrochen. Als sich aber das Huschen und Rascheln immer weiter fortsetzte, sah er sich noch einmal und sehr rasch um und entdeckte einen Mann, der auf seinen Spuren schlich, die ausgespuckten Schalen sammelte und aß.

Da blieb der Neapolitaner mit einem Ruck stehen und sagte zu sich: „Was?! Ich habe mich für den Ärmsten der Armen gehalten, und da ist einer, der es nicht verschmäht, von meinen Abfällen zu leben! Für ihn also bin ich nicht arm, sondern reich." Sein Vorsatz, sich im Meere zu ersäufen, war völlig von ihm abgefallen; er machte kehrt und

478

ging in die Stadt zurück, fest entschlossen, sich am nächsten Tage eine Arbeit zu suchen und auch zu finden.

Merke: Es ist keiner so arm, daß es nicht noch einen Ärmeren gäbe. Es ist keiner so voll Sorgen, daß nicht irgendwo ein noch Sorgenvollerer lebe. – Merke auch dies: Keine Lage ist so verzweifelt, daß ein mutiger Entschluß sie nicht verbessern könnte.

2. Der bestohlene Arzt

Diese Geschichte hat sich heutzutage in der Stadt Berlin ereignet.

Einem Arzt in Berlin wurde in der Sprechstunde, gewissermaßen unter seinen Augen weg, von einem Patienten eine Ledertasche gestohlen, in der er für seine Hausbesuche das notwendigste Gerät verwahrte, dazu die wichtigsten, kaum noch ersetzbaren Medikamente, um in höchsten Notfällen Hilfe zu leisten. Der Arzt war sehr ärgerlich über diesen frechen Vertrauensbruch eines bei ihm Ratsuchenden, aber alle Nachforschungen blieben erfolglos: Die Tasche war weg. Das Telefon klingelte, und der Arzt wurde zu einer Schwerkranken gerufen. Scheltend, aber eilig raffte er aus seinen Schränken einiges Ersatzgerät zusammen und lief los.

Unterdes hatte der Dieb sich in den Garten des Arztes geschlichen. Um nämlich nicht mit der Tasche unter dem Arm etwa im Hause ergriffen zu werden, hatte er sie listig an einem Strick in einem unbewachten Augenblick aus dem Fenster gelassen, so daß er sie jetzt nur abzuschneiden brauchte – wie er glaubte. Denn als er in den Garten kam, sah er schon einen andern bei diesem Geschäft. „Hallo!" rief er. „Das ist meine Tasche!" Der andere Dieb antwortete frech: „So rufe jemanden aus dem Hause, der die Tasche als die deine anerkennt."

Nach mancherlei Maulheldentum einigten sie sich schließlich, die Tasche auf Teilung zu verkaufen, und sie machten sich unverzüglich zum schwarzen Markt auf. Während des Wegs dorthin rieten sie nun beide daran, was die Tasche wohl enthalten möge, und sie stimmten darin überein, daß sie bei der Stellung des Arztes mindestens ein oder zwei Päckchen Zigaretten und einiges Geld vorfinden würden. Von ihrer Neugier getrieben, traten sie in einen Hausflur und schauten in die Tasche hinein. Wie enttäuscht waren sie nun, als sie darin nichts sahen als einiges verbrauchtes ärztliches Werkzeug und ein paar Pappschächtelchen mit Medikamenten.

Der zweite Dieb kam aber gar nicht mehr dazu, den ersten wegen solchen wertlosen Diebstahls zu beschimpfen, denn plötzlich trat ein Polizist zu den beiden und forderte sie auf, ihm zur Wache zu folgen. Schon eine ganze Weile hatte er auf der Straße und dann durch das Fenster des Hausflurs ihr Heimlichtun beobachtet. All ihr Protestieren und all ihre Beteuerungen halfen ihnen nichts, die so nutzlos gestohlene Tasche verriet sie deutlich als Diebe.

Unterdes stand der Arzt hilflos bei einer schwer Herzkranken, der er gerne mit einer Spritze Erleichterung verschafft hätte. Aber es fehlte ihm sowohl die Spritze wie das Medikament. Boten wurden ausgesandt, aber sie kamen erfolglos zurück: Nichts von beiden war in einer der näher gelegenen Apotheken zu beschaffen. Eben wollte der Arzt von der Leidenden forteilen, um selbst Nachfrage zu halten, als es an der Flurtür klingelte und ein Polizist ihm die gestohlene Tasche brachte. Der Name des Arztes auf der Innenklappe der Tasche hatte sofort auf den Besitzer hingewiesen, von dessen Wohnung der Polizist dem Arzt zur Patientin nachgeschickt worden war.

Der Arzt eilte an das Krankenbett zurück, machte die Einspritzung, die der Kranken sofortige Erleichterung verschaffte. Er drückte die wiedererlangte Tasche fest unter seinen Arm und ging zum nächsten Patienten.

Merke: Auch ein ganz wertloser Diebstahl kann großen Schaden anrichten – bei andern. Merke weiter: Jeder Diebstahl, ob klein oder groß, bringt dich in Gefahr und in die Hände anderer, Guter und Böser, die mit dir tun werden nach ihrem Gefallen.

3. Der Streit um das Feuerwerk

Diese Geschichte hat sich vor vielen Jahren in einem kleinen italienischen Dorfe begeben.

Dieses kleine, Positano genannte Dorf verehrte besonders zwei heilige: den heiligen Vinzenz und die heilige Maria von Positano. Alljährlich wurde zu Ehren von jedem dieser beiden Sonderheiligen des Dörfchens ein großes Fest gefeiert: für den heiligen Vinzenz im Frühjahr, wenn das letzte Maiskorn im Boden war, für die heilige Maria von Positano aber, wenn im Sommer der erste Weizen geschnitten wurde.

Es wäre nun bei diesen Festen erbärmlich zugegangen, denn die Besitzer des Dörfchens waren blutarm und besaßen nichts, womit Feste zu feiern sind, wenn nicht eben wegen dieser großen Armut alljährlich die kräftigsten Burschen und Männer nach Amerika ausgewandert wären, um dort ihren Unterhalt zu finden. Doch vergaßen sie in der neuen reichen Welt nie das arme Dörflein Positano, und wenn sie ein wenig Geld verdient hatten, sandten sie davon in die Heimat, am liebsten aber mit dem ausdrücklich geäußerten Verlangen, das Fest eines der beiden Dorfheiligen besonders fröhlich zu begehen.

Nun begab es sich einmal, daß eine größere Geldsendung aus Amerika mit dem Wunsche, davon ein Feuerwerk für den heiligen Vinzenz abzubrennen, erst dann in Positano eintraf, als das Fest dieses Heiligen grade gefeiert worden war. Darüber hätte sich beinahe das ganze Dorf verstritten. Die einen waren dafür, das Geld bis zum Fest des heiligen Vinzenz im nächsten Jahre aufzuheben, die andern wollten damit lieber das Fest der heiligen Maria von Positano verschönen!

Darüber erhitzten sich die Köpfe immer mehr, und es war schon nahe daran, daß der Streit nicht nur mit den Zungen ausgefochten wurde; da kam der Priester des Ortes dazu und sagte schlichtend: „Was denkt ihr denn, meine Lieben! Für die heilige Maria dürfen wir das Geld unmöglich verwenden, sonst setzt sich euer dörflicher Streit womöglich noch im Himmel fort, und der heilige Vinzenz verklagt mit Recht die heilige Mutter Maria von Positano vor dem lieben Gott, daß sie ihn um sechshundert Lire oder ein Feuerwerk geschädigt habe. Unmöglich aber dürfen wir das Geld bis zum nächsten Jahre liegenlassen, denn der Spender hat gewünscht, daß es noch in diesem Jahre dem heiligen Vinzenz zugute komme. So ist es wohl am besten, wir brennen schon in den nächsten Tagen als Nachfeier dem heiligen Vinzenz sein Feuerwerk ab."

Über diesen Bescheid beruhigten sich alle Dorfbewohner, besonders schon darum, weil sie auf diese Weise ein drittes Fest im Jahre feiern konnten. Das Feuerwerk wurde wie abgemacht abgebrannt, und von einer Klage der heiligen Maria von Positano beim lieben Gott, der heilige Vinzenz habe in diesem Jahre zwei Feste bekommen und sie nur eines, ward nichts vernommen.

Mit der Entscheidung des dörflichen Priesters in himmlischen Dingen wollen wir uns hier übrigens nicht weiter befassen, wir haben mit den irdischen Dingen genug zu tun. Aber dies merke aus der Entscheidung des Priesters: Man soll dem andern nicht zukommen lassen, was dem einen zusteht; es gibt eine Ordnung auf dieser Welt, die keiner ungestraft antasten darf.

4. Um achtzig Mark

Diese Geschichte ereignete sich vor etwa zwanzig Jahren in Berlin.

Ein junger Mann, der eben die Erlaubnis zur Ausübung der ärztlichen Praxis erhalten hatte, bedachte, daß er nicht die nötigen Mittel zur Einrichtung einer Arztstube mit all ihren Gerätschaften besaß. So verfiel er darauf, daß es für ihn das beste sein würde, die Praxis eines fortziehenden oder eben verstorbenen Arztes zu übernehmen. Aber wie die finden – noch dazu in der großen Stadt Berlin?

Zu jener Zeit gab es nun Vermittlungsbüros, die behaupteten, so ziemlich alles, was man sich wünschte, nachweisen zu können. An ein solches Vermittlungsbüro wandte sich der junge Arzt, und der Inhaber, auch ein junger Mann und, wie es aussah, auch noch in seinen ersten Anfängen, versicherte, er wisse etwas genau Passendes. Er verlangte aber, ehe er die Adresse nannte, einen Vorschuß von achtzig Mark. Der junge Arzt, der sparsam war, verweigerte die Vorauszahlung und damit den Kauf einer Katze im Sack; er wollte erst zahlen, wenn er die Arztwitwe besucht und mit ihr einig geworden wäre.

So stritten sich die beiden – übrigens ohne alle Bösartigkeit –, bis dem jungen Arzt der Ausruf entschlüpfte: „Womöglich wissen Sie gar keine richtige Adresse und wollen nur meine achtzig Mark!"

Darauf antwortete der ebenfalls hitzig gewordene Vermittler: „Wohl weiß ich eine gute Adresse, und ich will Ihnen sogar sagen, wo es ist, nämlich in Südende. Aber die Straße nenne ich Ihnen erst gegen Zahlung von achtzig Mark!" – Kurz darauf trennten sich die beiden, ohne einig geworden zu sein. Jeder behielt, was er hatte, der eine sein Geld, der andere die Adresse.

Der junge Arzt aber grübelte: Südende ist nicht groß, es wäre doch des Teufels, wenn ich die Adresse nicht allein fände und mir meine achtzig Mark selbst verdiente! Er ging also hin in diesen Vorort Berlins und lief dort von Straße zu Straße und aus einem Geschäft ins andere, immer sich erkundigend, ob hier nicht ein Arzt verstorben oder weggezogen wäre. Schließlich, am zweiten Tage, hatte er Erfolg: Er erfuhr die Adresse des kürzlich verstorbenen Arztes und wurde rasch mit seiner Witwe einig. Er freute sich der ersparten achtzig Mark und dachte mit leichtem Spott an den Vermittler, der sich so hitzig verraten und dadurch um sein Geld gebracht hatte.

Später, als die Praxis gut lief, änderte sich dieser Spott in leises Bedauern, den Mann um seine Gebühr gebracht zu haben. Er erwog nachträgliche Zusendung des Geldes mit einem anständigen Aufschlag ohne Namensnennung und ließ es doch. Noch später, als er es schon in Südende zu einem eigenen Haus gebracht hatte, vergaß er den Vermittler ganz und dachte nie mehr an ihn. Doch war es merkwürdig, daß er sein Lebtag eine Abneigung gegen die Summe von achtzig Mark behielt; er kaufte weder Gegenstände, die soviel kosteten, noch lautete je eine seiner Liquidationen über diesen Betrag.

Jahre später wurde er zu einem Schwerkranken gerufen, und der eine erkannte den andern nicht wieder, will sagen, der Arzt nicht den ehemaligen Vermittler, der unterdes auch ein reicher, aber sehr kranker Mann geworden war. Der Arzt behandelte den neuen Patienten mit all seiner Kunst und viel Aufopferung an Zeit und Laune, und es gelang ihm wirklich, den Mann dem fast sicheren Tode zu entreißen. Später sandte er ihm dann seine Liquidation, nicht übertrieben, aber stattlich. Obwohl er nun längst ein auskömmlich gesicherter Mann war, freute er sich doch immer wieder über jeden extrafetten Geldbrocken, der einging, und machte Pläne, wie er am vorteilhaftesten zu verwenden sei. Denn im Grunde seines Herzens war er der sparsame Mann von früher geblieben, den jede liederlich ausgegebene Mark reute.

Er erstaunte darum sehr, als statt des erwarteten Geldbetrages oder Schecks eine einfache Quittung bei ihm einging, in der die Zahlung von achtzig Mark Nachweisgebühr für eine Arztpraxis mit Zins und Zinseszins bestätigt wurde. Es dauerte eine ganze Weile, bis er begriff, um welche achtzig Mark es hier ging und daß der Vermittler in dem bekannt gewordenen Arzt den bescheidenen Anfänger wiedererkannt hatte, der einst in seinem Büro gestanden. Der Arzt hätte nun sehr wohl einen Rechtsstreit um seine Liquidation beginnen können, aber er schämte sich vor der Welt und seinem Patienten, am meisten aber vor sich selbst. So verzichtete er für diesmal auf den Eingang des extrafetten Geldbrockens und strich ihn aus seinen Büchern. Ganz aber konnte er ihn nicht wieder aus seinem Gedächtnis streichen, und je älter er wurde, um so mehr bereute er seine übertriebene Sparsamkeit in Jugendtagen.

Merke: Es ist nie gut, einen übers Ohr zu hauen, die Freude über solche Siege hat keine Dauer. Merke weiter:

Man soll nicht gleich allen Menschen dumm vertrauen, aber zu großes Mißtrauen bringt auch Schaden – ein bißchen Glauben hilft oft. Merke schließlich: Man kann auch zu sparsam sein!

5. Der gestohlene Schimmel

Diese Geschichte begab sich vor nicht langer Zeit in der Mark.

Ein Bauer, dem Anspannung wie Geld knapp waren, tat sich in aller Heimlichkeit um, wo er etwa ein ihm passendes Pferd finden könne. Er entdeckte auch eines in einem ziemlich weit entfernten Dorf, und eines Nachts machte er sich auf und stahl das Pferd, das ein Schimmel war, aus dem Stall.

Noch im Walde färbte er den Gaul mit Farbe in einen Rappen um und hielt ihn dann so lange im Stall verborgen, bis das Gerede über den frechen Diebstahl sich völlig verlaufen hatte. Dann zog er den Rappen aus dem Stall und arbeitete fleißig mit ihm; den Nachbarn erzählte er aber, er habe sich das Pferd in der Kreisstadt gekauft.

An einem Tage stand aber ein fremder Mann an seinem Acker, wich und wankte nicht, sondern sah zu, wie der Bauer das steinige Vorgewende pflügte. Als der nun eine Pause machen mußte, um einen großen Stein aus der Pflugfurche zu wälzen, legte der fremde Mann willig mit Hand an dabei und sprach: „Du hast da ein tüchtiges Gespann beisammen. Aber der Rappe, scheint mir, ist schon ein bißchen alt für solche Arbeit."

Der Bauer lachte spöttisch und antwortete, der Rappe sei ein noch junges Pferd von kaum sieben Jahren. Der andere bestritt das, er faßte dem Gaul ins Gebiß, um sein Alter festzustellen. Dann nickte er und sagte: „Du hast recht: noch nicht sieben Jahre – ich sehe es an dem fehlenden Eckzahn. Genau wie bei meinem Schimmel, der mir gestohlen worden ist."

Darauf schwiegen die beiden eine lange Zeit. Der Bauer erwartete Beschuldigungen und hatte Beteuerungen seiner Unschuld genug bereit. Es erfolgte aber nichts der Art, sondern der andere Bauer sagte nach einer langen Zeit: „Da du gerne mit Pferden zu arbeiten scheinst, wirst du nichts dawider haben, mir mein Holz aus dem Wald zu fahren. Weiß der Himmel, ich komme in diesem Jahre mit meiner Arbeit nicht zu Rande! Der Schimmel fehlt mir, und so wird nichts zur Zeit fertig. Nun, jetzt nimmst du mir jedenfalls das Holz ab. Hier hast du den Abfuhrschein!"

Der andere war schon gegangen, ehe noch der Pferdedieb, den Holzschein in Händen, ein Wort hatte sagen können. Er kratzte sich den Kopf, entschloß sich schließlich aber doch, dem Verlangen des andern zu willfahren, froh, so billigen Kaufes weggekommen zu sein, denn er hatte gewaltige Furcht vor den Gerichten und dem Gefängnis.

Das ganze Frühjahr und den ganzen Sommer hindurch fuhr er nun mit seinen Pferden Holz aus dem Walde für den andern, denn der hatte viel dort zu stehen und kaufte wohl immer noch zu. Indessen blieb seine eigene Arbeit liegen, sie mußte flüchtig und eilig mit müden Pferden nach Feierabend getan werden, und seine Wirtschaft ging den Krebsgang. Manchmal wollte er sich wohl gegen den andern auflehnen, der ihm viel mehr auferlegt hatte, als der ganze Schimmel wert war, aber nach Art vieler heimlicher Diebe war er feige und wagte kein Wort.

Schließlich, es war schon Herbst geworden, sagte der Bestohlene, als die letzte Fuhre Holz auf seinen Hof gerückt war: „So, jetzt sind wir glatt. Gehe hin mit deinem schimmligen Rappen oder rappigen Schimmel und tue so etwas nicht wieder!" – Der Bauer ging, aber er konnte seines Rappschimmels nicht froh werden und verkaufte ihn, sobald sich die Gelegenheit bot.

Merke: So schlau du dich auch dünkst, es gibt noch immer einen Schlaueren, als du bist! Und weiter: Auch der gewinnreichste Diebstahl ist ein schlechtes Geschäft. Du wirst ärmer durch ihn statt reicher, äußerlich und innerlich.

6. Die drei Saufbrüder

Dies ist eine alte Geschichte, doch kann man sie immer wieder erzählen; sie ist jedem von Nutzen.

In der Stadt Berlin saßen einmal drei Männer bei Trunk und Kartenspiel. Sie waren alle drei noch jung und nicht lange verheiratet und hatten von ihrer Junggesellensitte, einmal in der Woche zu einem Trunk zusammenzukommen, noch nicht gelassen. Als es nun spät in der Nacht geworden war, der Wirt schon unverblümt zum Aufbruch mahnte, mußten sie sich zum Gehen bequemen, obwohl sie gerne trotz ihrer weinroten Köpfe noch länger sitzen geblieben wären.

Beim Fortgehen meinte der eine, er habe es gar nicht so eilig, nach Haus zu kommen. Er sehne sich nicht sehr nach dem Empfang von seinem Weib. Der zweite stimmte ihm zu: Auch über ihn falle seine Frau wegen jedes bißchen Ausbleibens und Trinkens her und gebe ihm noch tagelang hinterher nicht nur keine guten Worte, sondern nicht einmal ein anständiges Essen.

Der dritte lachte nur zu diesen durch den Trunk so offenherzigen Bekenntnissen seiner Freunde und rühmte die eigene Frau, die ihm, er möge noch so betrunken nach Haus kommen, nicht Liebes genug erweisen könne. Und als die beiden andern zweifelten, daß ein Eheweib sich so gutwillig benehmen könnte, lud er sie ein, ihn doch zu begleiten. Sie würden dann schon sehen, wie es ihm erginge!

So marschierten sie zusammen heim zum dritten, der, an seiner Wohnungstür angekommen, seinen Saufbrüdern sogleich zeigen wollte, wie wild er es treiben könne: Statt zu klingeln, schlug er mit dem Stock so heftig gegen die Tür, daß die Scheibe klirrend zerbrach.

Trotzdem öffnete ihm die junge Frau mit freundlicher Miene, ließ ihn deutlich die Freude merken, ihn wieder daheim zu sehen, und begrüßte die beiden Zechgesellen ihres Mannes so, als gebe es für sie nichts Schöneres als solch angetrunkenen Besuch nach Mitternacht.

Der Mann aber schrie die Frau an, sie solle gleich Kaffee kochen und was zu essen bringen, mittlerweile ihnen aber die Schnapsflasche auf den Tisch stellen. Auch das tat die Frau mit freundlich lächelnder Miene, der Mann aber fuhr mit Trinken und Prahlen fort, wie er alles tun könne, was ihm behage, und doch nie ein böses Wort höre. Er merkte dabei gar nicht, daß seine beiden Zechkumpane nicht Schritt mit ihm hielten, sondern trübe sinnend vor ihren Schnapsgläsern hockten.

Als nun die Frau mit dem Kaffee und einem schnell bereiteten Essen hereinkam, sprang ihr Mann zornig auf, beschimpfte sie wegen ihrer Langsamkeit und drängte sie dabei auf den Flur und aus der Wohnung: Sie solle ruhig vor der Tür stehen und warten, bis sie fertig wären, und sie nicht stören.

Er glaubte, seinen Freunden nun richtig seine Macht gezeigt zu haben. Der eine von denen aber stand auf und sagte, er sei auch ein wüster Kerl, aber was zuviel sei, sei zuviel. Wenn einer ausgeschimpft werde, so habe er ein Recht, sich zu wehren, aber aus bloßem rohem Übermut die reine Liebe zu schlagen, das dünke ihn feige und gemein. Der andere nickte zu diesen Worten eifrig mit dem Kopf, und so gingen die beiden von ihrem Freunde, der halb verdutzt und halb beschämt dastand, weil diese Sache so ganz anders ausgegangen war, als er erwartet hatte. Schließlich aber gewann die Scham doch in ihm die Oberhand, und von Stund an war er nie wieder so roh zu seiner Frau, sondern lernte ihre Liebe besser verstehen und würdigen.

Dem zweiten gelang es, sein junges Weib von ihrer üblen Scheltgewohnheit zu bekehren, indem er sich in seinen Trinksitten besserte. Bei dem letzten aber blieb alles beim alten, das heißt beim Trinken und Schelten, entweder weil sein Besserungswille nur eine flüchtige Aufwallung gewesen war oder weil sein Weib sich nicht ändern wollte.

Merke: Die Siege der rohen Gewalt haben keinen Bestand. Dauerhafte Siege erkämpfen allein Liebe, Vernunft,

Geduld. Merke auch, Frau: Bloßes Schelten macht nur die Ohren des Gescholtenen taub; mußt du einmal wirklich schelten, so tu es mit Liebe!

7. Der weise Schäfer

Diese Geschichte hat sich vor wenigen Jahren im Lande Mecklenburg zugetragen.

Ein Paar, ganz junge Eheleute, hatte vielen Kummer dadurch, daß die junge Ehefrau mitten im Maienmond ihrer Liebe zu kränkeln anfing. Sie wurde bald blaß, bald rot, aß weniger als ein Spatz und hatte oft trübe Stimmungen – sie wußte selbst gar nicht, warum. Schließlich kamen sie darauf, die junge Frau habe es wohl mit der Lunge.

Da sie im Dorfe weder Verwandtschaft noch Freundschaft hatten, wußten sie nicht, wo sich Rat holen. Zu einem Arzt wollte die junge Frau auf keinen Fall gehen. Sie war in ihrem Leben noch bei keinem Doktor gewesen und wurde feuerrot bei dem Gedanken, sie werde sich vor einem fremden Manne ausziehen müssen. Sie empfand ihr Kranksein als eine Schande, hatte es auch so lange wie möglich vor dem eigenen Manne verborgen und wagte es nicht einmal dem Vater zu gestehen, der mit ihnen in einem Hause lebte.

In ihrer Hilflosigkeit gerieten sie nun auf einen Ausweg, der ihnen besonders gut schien. Im ganzen Dorfe nämlich und in weitem Umkreis wurde ein weiser Schäfer gerühmt, der jede Krankheit schon nach dem Anschauen des Wassers des Kranken erkennen konnte und der Tränklein und Tinkturen gegen jedes Übel wußte. Zu diesem weisen Schäfer wurde also der Mann entsandt mit einem entsprechenden Fläschlein in der Tasche.

Der Ehemann machte sich zeitig nach dem Frühstück auf den Weg, denn er hatte einen langen Marsch vor sich. Als er sich dem Orte seiner Bestimmung näherte, gesellten sich andere zu ihm, die den gleichen Weg hatten, denn dieser weise Schäfer zog die Kranken an wie ein Licht die

Motten. Man unterhielt sich von den Krankheiten und der großen Weisheit des Schäfers, die er schon von seinem Vater und Großvater geerbt hätte, und hörte mit diesem Reden auch nicht auf, als sie vor dem Schäferhaus angelangt waren, das aber gar nicht schäferig, sondern prachtvoll villenmäßig dastand. Dabei merkten die immer weiter schwatzenden Toren nicht, wie Verwandte und Bedienstete des Schäfers zwischen ihnen herumstrichen, auf jedes Wort achteten und es eilig dem weisen Schäfer zur Förderung seiner Weisheit hintrügen.

Als nun unser junger Ehemann fast zitternd vor dem großen Manne stand und ihm sein Fläschlein reichte, sprach der nur nach einem flüchtigen Blick: „Das ist das Wasser einer Frau, die in anderen Umständen ist. Deiner Frau fehlt nichts, aber ein Kind bekommt ihr!" Dann gab er dem jungen Manne noch ein Fläschlein mit einem grünen Saft, der eine leichte Geburt fördern sollte, ließ sich zehn Mark zahlen und schickte ihn wieder nach Haus.

Wie glückselig wanderte der erleichterte junge Ehemann heimwärts! Alle Sorgen wegen eines Lungenleidens waren von ihm genommen, und nur Stolz erfüllte ihn, daß er Vater werden sollte. Seine Gedanken liefen seinen Beinen weit voraus, er konnte nicht schnell genug seiner Frau die glückliche Eröffnung machen.

Endlich war er zu Haus. Die Frau hatte schon vom Gartenzaun nach ihm ausgeschaut, begierig, ihr Urteil zu hören. Er zog sie mit sich in die Stube, und stolz erzählte er ihr, daß sie keine Sorgen mehr zu haben brauchte, sondern daß sie ein Kind bekommen würde. Die junge Frau war darüber ebenso glücklich wie er, und sie waren grade dabei, sich vor Glück und Liebe recht abzuherzen, als ein unbändiges Gelächter sie auseinanderfahren ließ!

Es war aber der Vater und Schwiegervater, der, immer weiter lachend, sagte: „Und das hat der weise Schäfer aus dem Wasser im Fläschchen erkannt –?! Nun, ich will es euch gestehen: Schon lange beobachte ich euer Heimlichtun und ärgere mich darüber, wie wenig Vertrauen ihr doch zu mir habt! So habe ich denn heute früh das Wasser im Fläschchen heimlich ausgewechselt, und der weise Schäfer hat aus meinem Wasser, der ich ein Mann und achtundsechzig Jahre alt bin, erkannt, daß ich ein Kind zur Welt bringen werde!" Und wieder schüttelte sich der Alte vor Lachen.

Die beiden jungen Leute hatten sich das stumm mit glühroten Köpfen angehört, nun aber fing die junge Frau an zu jammern: Sie wisse nun wiederum nicht, wie es mit ihr sei, vielleicht habe sie es doch an der Lunge und müsse bald sterben. Der Vater mußte ihr erst lange gut zureden, bis sie ruhiger wurde, und richtig sicher war sie sich der Sache erst, als sie den Säugling in ihren Armen hielt.

Merke: Zuviel Geschämigkeit ist auch eine Dummheit. Und merke weiter: Es sind nicht alle weise, die von den Leuten weise genannt werden.

8. Die Leiter im Kirschbaum

Hier ist noch ein Stücklein vom weisen Schäfer, das sich vor einigen Jahren im Lande Mecklenburg zutrug.

Einem Bauern fiel beim Kirschenpflücken der Sohn von der Leiter und brach sich dabei ein Bein. Der Arzt aus der Kreisstadt legte es kunstgerecht in Gips; weil der Bauer aber ein Mann war, der andern gerne einen Possen spielte, nahm er ein Fläschchen mit dem Wasser des Sohnes und ging damit zu dem weisen Schäfer, von dem gesagt wurde, er könne jede Krankheit nach dem Wasser des Kranken bestimmen.

Unterwegs traf er Bekannte und erzählte ihnen wichtig, eine wie schwere Nuß er diesmal dem weisen Schäfer zu knacken geben wollte und wie der wohl wie ein Narr vor dem Fläschchen stehen werde.

Als der Bauer nun vor den weisen Schäfer kam, war dem längst hinterbracht worden, weswegen er befragt wurde. Der Schäfer betrachtete lange nachdenklich das Fläschchen, schüttelte es und sprach dann: „Dies ist das

491

Wasser von einem jungen Mann, der beim Kirschenpflük-
ken von der Leiter gefallen ist und sich dabei ein Bein gebrochen hat."

Der Bauer erstaunte gewaltig über die große Weisheit
des Schäfers, wollte seiner Sache aber ganz gewiß sein und
fragte also weiter: „Kannst du mir auch sagen, Schäfer, wie
hoch er von der Leiter gefallen ist?"

Der weise Schäfer schüttelte wieder nachdenklich das
Fläschchen und sagte dann: „Von acht Sprossen hoch ist er
gefallen."

„Das stimmt nicht, Schäfer!" rief der Bauer triumphierend. „Er ist von vierzehn Sprossen gefallen!"

„Ja", meinte der Schäfer kaltblütig, „hast du mir auch alles Wasser von dem jungen Mann gebracht, Bauer?"

„Nein", mußte der zugeben. „Etwas ist zu Haus geblieben. Es ging nicht alles in die Flasche."

„Siehst du!" sagte der Schäfer nun wieder. „In dem zu
Haus gebliebenen Wasser, da stecken die sechs Sprossen,
die ich hier nicht sehen kann."

Da mußte der Bauer sich geschlagen geben und hatte alle
Lacher gegen sich.

Merke: Ein Schelm mag noch so groß sein, er findet doch
seinen Meister. Und weiter: Eine schlagfertige Antwort
kann mehr wert sein als alles klug voraus Ersonnene.

9. Die bunte Papageienfeder

Diese Geschichte hat sich in unsern Tagen in der Stadt
Berlin begeben.

Ein armer Mann in dieser Stadt dachte mit Kummer an
den nahenden sechsten Geburtstag seines kleinen Jungen,
denn er wußte nicht, was er ihm von seinem kleinen Lohn
als Geschenk senden sollte, da alle Dinge übermäßig teuer
waren. Er hätte gern etwas besonders Schönes gesandt, weil
der kleine Sohn mit seiner Mutter immer noch fern von
ihm auf dem Lande lebte und er sich sehr nach ihm sehnte.
Schließlich hörte der Mann von seinen Arbeitskamera-

den, daß in einem bestimmten Laden Süßigkeiten zu kaufen seien zu dem und dem Preis. Er vernahm auch von einer Strickerin, die Kinderhöschen für soundso viel Geld strickte. Er rechnete einmal und rechnete noch einmal und kam zu dem Ergebnis, daß er, falls er auf das Rauchen ganz verzichtete und sich beim Essen stark einschränkte, seinem Söhnchen in einigen Wochen sowohl ein wenig Süßes wie ein neues Strickhöschen würde senden können.

In seiner Freude setzte er sich hin und schrieb dem Söhnchen einen Geburtstagsbrief, in dem er ein Päckchen mit diesen Geschenken ankündigte. Die Mutter sollte dem Kinde den Brief vorlesen. Als der Brief abgegangen war, fühlte er sich froh und glücklich, ganz als hätte er das Päckchen schon abgesandt und die Geschenke gemacht. Vielleicht kam es von diesem Gefühl her, daß er nicht ganz so streng sparte, wie er sich vorgenommen, und als er schließlich in den bestimmten Laden ging, gab es die Süßigkeiten schon längst nicht mehr, und als er zur Strickerin kam, stellte sich heraus, daß sie wohl Höschen strickte, aber nur von gebrauchter Wolle, er aber hatte keine.

Ganz verärgert kam der Mann nach Haus. Seine Frau hatte ihm unterdes geschrieben, wie der Junge sich auf das Päckchen des Vaters freue und jeden Tag zehnmal frage, ob es denn noch nicht gekommen sei? Der Mann war ratlos, was er nun tun sollte. Zu schicken hatte er nichts, er wagte aber auch nicht zu gestehen, daß das Päckchen nie abgeschickt worden war. Er beruhigte sich schließlich: Sie würden denken, das Päckchen sei auf der Post verlorengegangen, und gab das ersparte Geld für Brot und Rauchwaren aus.

Es verging wieder einige Zeit, da kam ein Brief der Frau, die diesmal schon direkt fragte, ob denn das Päckchen auch wirklich abgesandt sei? Der Junge frage sich die Seele aus dem Leibe. Der Mann wagte wiederum nicht, die Wahrheit zu gestehen; er schrieb kurz und nicht sehr höflich, natürlich sei das Päckchen abgesandt worden. Er könne aber nichts für die Bummelei der Post, die Sendung werde schon noch ankommen! Worauf die Frau schlicht antwortete, der Junge frage jetzt schon seltener nach dem Päckchen, er habe die Hoffnung wohl aufgegeben und werde es schließlich vergessen.

Der Mann schämte sich, als er diesen Brief las, er konnte bestimmt das Päckchen nicht mehr vergessen. Kurze Zeit darauf fand er auf seiner Arbeitsstelle eine bunte Papageienfeder. Er hob die Feder auf und sah, daß es wirklich keine bunt bemalte Indianerfeder, sondern eine richtige Papageienfeder war, und er dachte sofort daran, wie sehr sich sein kleiner Junge über diese Feder freuen würde. Der hatte einen Papagei höchstens einmal in einem Bilderbuch gesehen.

Er barg die Feder zwischen seinen Papieren, und am Abend setzte er sich hin und schrieb seinem kleinen Sohn wieder einmal einen Brief, mit dem er ihm die Feder senden wollte. Beim Schreiben dieses Briefes erging es dem Manne aber ganz seltsam. Er hatte dem Jungen erzählen wollen, wie die Papageien aussehen und was sie fressen und wie sie sprechen lernen, aber jedesmal, wenn er das Wort „Papagei" schrieb, klang es ihm in den Ohren, wie sein kleiner Sohn „Papa" rief. Es kam ihm vor, als sei er gar kein richtiger Papa mehr, der diesen Namen verdiente, sondern wie einer, der sich diesen Ehrennamen zu Unrecht geborgt hätte: ein Papagei, der Erlerntes sinnlos am falschen Fleck schwatzt.

Darüber geriet er immer weiter von der Beschreibung des Papageienlebens fort, er schilderte aber nun seinem Sohn, wie es ihm mit dem Päckchen ergangen sei und warum nichts daraus geworden sei, zum größten Teil durch seine eigene Schuld. Obwohl er nun aber durch sein Geständnis das Götterbild des Vaters in des Jungen Augen immer mehr vermenschlichte, fühlte er ein tiefes Gefühl der Erleichterung beim Schreiben, und dieses Gefühl verstärkte sich noch, als der Brief mit der bunten Papageienfeder in den Kasten gesteckt war. Ihm war wie einem lange Gefangenen, der sich endlich entschlossen hat, seine Schuld zu bekennen, und den schon dieses Bekenntnis wie ein Freispruch erleichtert.

Der wirkliche Freispruch kam dann durch einen neuen Brief seiner Frau, die ihm berichtete, wie das Glück über die bunte Feder den Jungen das Päckchen ganz vergessen lasse. Die Feder sei doch viel schöner –!

Merke: Gute Vorsätze sind noch keine guten Taten. Rechne dir nicht zum Ruhme an, was du erst tun willst! Und merke noch: Es ist keiner so stark, daß ein wirkliches Schuldbekenntnis ihn nicht noch stärker machte.

Der Heimkehrer

Die Sonne beschien ihn auf der Bank vorm Hause, auf jener Bank, auf der man nur nach Feierabend sitzt oder auf der die Altenteiler hocken, die zu keiner Arbeit mehr taugen. Und genau so stand es um ihn, obwohl er erst sechsundzwanzig Jahre alt war: Er war zu keiner Arbeit mehr nutze, der Vater hatte ihn von der Arbeit fortgejagt!

Wie oft hatte Erdmann Ziese während der langen Heimfahrt an das alte Haus, den Hof und seine Felder gedacht! Um seinen Arm hatte er sich während dieser Heimfahrt wenig Gedanken gemacht; er hatte sich daran gewöhnt, daß er im Ellbogengelenk steif war; deswegen konnte man doch noch seine Arbeit tun. Viele, viele waren hundertmal schlimmer daran als er!

Die Ärzte hatten immer wieder seinen Arm untersucht; sie fanden nichts, warum das Gelenk noch hätte steif sein sollen. Jeder Muskel und jede Sehne schien in schönster Ordnung. Sie hatten geröntgt und bestrahlt, sie hatten den Arm in Apparate geschnallt, die, in Gang gesetzt, ihn zwangsläufig Bewegungen ausführen ließen – vor Schmerz hatte er aufgeschrien. Ja, der Arm ließ sich eher brechen, als daß das Ellbogengelenk nachgab; es war steif und blieb es. Schließlich hatte ein junger Unterarzt tröstend gesagt: „Passen Sie auf, Ziese, eines Tages können Sie den Arm wieder bewegen. Das kommt ganz von selbst, Sie merken es nicht einmal."

Aber das war nur Geschwätz gewesen, bloß um zu bemänteln, daß die klugen Herren Ärzte mit ihrer Kunst am Ende waren. Auf so etwas gab Erdmann Ziese nichts, und, wie gesagt, zu jener Zeit machte ihm sein steifer Arm noch wenig Gedanken. Er hatte ja alle Tage Dutzende von Krüppeln um sich, die hundertmal schlimmer daran waren als er. Er konnte arbeiten, bestimmt, und er wollte es auch. Arbeit war das Allerbeste im Leben, Arbeit war vielleicht sogar noch besser als Maria. Liebe war gut, etwas Herrliches, kein Wort dagegen, ein Mädchen, die Maria, im Arm halten, ihre weichen Lippen spüren, den Atem; rasch einmal nach den Augen sehen, die sich beim Küssen geschlossen haben – oh, etwas Herrliches –! Glück und Glanz, Sonne und alle Sterne, Wärme, Licht, all das war Liebe.

Aber man konnte einander nicht den ganzen Tag im Arm halten und abküssen. Nach einer Weile war es genug, man ging hin und tat seine Arbeit, die einen freute. Man zog etwa die Pflugfurche so schnurgrade über den Acker, als hätte einer mit dem Lineal daneben gestanden, oder schlug Holz, schneller als alle andern. So war es: Arbeit mußte sein im Leben, ohne sie war das Leben nichts, die Liebe kam dazu.

Aus einem unklaren Gefühl heraus, vielleicht einfach darum, weil er sich schämte, hatte Erdmann bei der Heimkunft nichts von seinem gelähmten Arm gesagt. Er hatte dieses Gebrechen so gut versteckt, daß anderthalb Tage niemand etwas davon gemerkt hatte. Aber heute morgen, beim Holzhauen, hatte der Vater plötzlich gerufen: „Was ist das mit deinem Arm? Du bist doch nicht etwa krüppelig geworden?"

Der Vater hatte mit der eigenen Arbeit aufgehört, er hatte den Sohn Holz hauen und packen lassen und dabei mit seinen scharfen Augen unter den buschigen Brauen immerzu auf den Arm des Sohnes gestarrt. Dem war die Arbeit bei solchem Starren nur ungeschickt von der Hand gegangen. Schließlich war der Vater auf den Sohn zugesprungen und hatte wie ein Rasender an dem Arm gerissen und gebogen. „Was?" hatte er geschrien. „Kannst du den Arm nicht beugen?!! Kein bißchen?!! Verdammte Zucht, erst führen sie einen Scheißkrieg, der die ganze Welt ins Elend bringt, und dann schicken sie uns unsere Kinder als Krüppel nach Haus, grade wenn man denkt, sie können einem ein bißchen Arbeit abnehmen!"

Er hatte jetzt den Arm des Sohnes losgelassen und starrte ihn zornig an. Erdmann Ziese murmelte verlegen: „Ach, Vater, ich kann doch noch eine Menge Arbeit tun! Denk doch an die andern . . ."

Aber der Vater hatte ihn jäh unterbrochen. Sein ganzer Zorn richtete sich jetzt gegen den Sohn. „Was für eine Arbeit kannst du denn noch tun, du Krüppel, du!?! Suppe essen und Strümpfe stopfen! Weiberarbeit! Aber ich brauch einen Mann hier auf dem Hof – nicht so was wie dich! Warum hast du mir das nicht gleich gesagt?! Hast gedacht, du kannst es vor dem Vater verstecken? Ach, mach, daß du mir aus den Augen kommst! Ich will dich bei meiner Arbeit nie wieder sehen! Hab ich einen unnützen Fresser mehr zu füttern!"

So hatte der Vater gesprochen, es waren harte Worte gewesen, die er gesagt hatte, und ungerechte dazu. Denn so untauglich, wie der Vater den Sohn machte, fühlte Erdmann sich nicht. Aber er hatte es dem Vater nicht übelgenommen, der Vater konnte nicht anders sein. Er hatte sich zu sehr plagen müssen auf der zu kleinen Wirtschaft, um die herum lauter große Höfe lagen, die nicht einmal ihr Land ordentlich bestellten und es sich doch wohl sein ließen, während der Vater sich die Haut von den Händen schuftete. Das, grade das hatte den Vater so böse gemacht, daß es so ungerecht zuging auf der Welt. Grade zum armen Mann mußte der Sohn mit einem lahmen Arm aus dem Kriege heimkehren! Immer trugen die Ärmsten die schwerste Last! Das konnte einen Mann wie Vater schon erbittern und ungerecht machen. Nein, Vater war schon in Ordnung, wie er war, wenn es jetzt auch kein Auskommen mit ihm gab. Aber der Sohn hatte ja noch andere Möglichkeiten . . .

Erdmann Ziese nickte auf seiner Bank zu diesen andern Möglichkeiten, stopfte sich nun doch die Pfeife, brannte sie an und ging los. Er mochte hier nicht länger auf der Faulenzerbank sitzen und den Altenteiler spielen. Außerdem mußte er Maria sagen, wie sehr seine Lebensaussichten sich verschlechtert hatten.

Er hatte sie am Morgen hinausgehen sehen mit ihren Leuten, die Kartoffelhacke über der Schulter, und so fand er sie auch richtig auf dem Land oben über der Seekante beim Kartoffelhacken. Erdmann Ziese ließ sich Zeit, er ging erst zum väterlichen Kartoffelland und sah es lange und prüfend an. Ja, hier würde man auch bald hacken müssen. Plötzlich überkam ihn ein wehes Gefühl: Er dachte daran, wie der Vater hier allein mit der Mutter das Land würde hacken müssen, ein großes Stück Acker, und er würde sicher nie vor der späten Nacht Feierabend machen. Der Sohn hätte gut dabei helfen können, aber er kannte den Dickkopf des Vaters: Der würde ihm nicht erlauben, noch einmal eine Arbeit auf dem Hofe anzufassen, dem Krüppel, dem! Bei Köllers, die nicht mehr Kartoffelland hatten als die Zieses, hackten sie zu fünfen: Vater, Mutter, Sohn und die beiden Töchter, das schaffte! Armer Vater!

Während Erdmanns Gedanken so liefen, war er immer näher an den Köllerschen Acker herangekommen. Er bot die Tageszeit und kam rasch mit dem Vater in ein Gespräch über Kartoffeln, und daß es jetzt bald Zeit zur Heuernte werde. Sie sprachen auch von dem Gerücht: Den reichen Rittergutsbesitzern, die alle vor Angst in den Westen geflohen waren, sollte jetzt ihr Land abgenommen werden, um es unter die Landarmen zu verteilen. Aber das war wohl alles nur Gerede; so etwas Schönes konnte man hoffen, aber es wurde nie etwas daraus in diesem Leben!

„Ach ja, Erdmann, der arme Mann muß sich schinden sein Leben lang. Für ihn gibt es nie ein Hochkommen. Arm bleibt ewig arm, und reich bleibt reich. Nun, du siehst es ja alle Tage an deinem Vater. Jetzt, wo er dich zur Hilfe hat, könnte er auch gut zehn, zwölf Morgen Land mehr gebrauchen; er hat ja so fast nie genug Futter fürs Vieh im Winter. Aber daraus wird nie etwas! Du wirst es sehen, Erdmann!"

Erdmann nickte beistimmend mit dem Kopf. Auch er glaubte nicht an die Landaufteilung, lahmer Arm hin und Hilfe für den Vater her – davon brauchten die Köllers noch

nichts zu wissen, das ging nur die Eltern an und grade noch
die Maria. Die Maria aber war während dieses Männerge-
spräches mit dem Hacken etwas zurückgeblieben und arbeitete jetzt zehn oder zwölf Meter hinter den andern.
Sonst hätte der alte Köller sie wohl scharf deswegen ange-
fahren, aber diesmal wurde kein Wort darüber verloren. Es
wurde auch nichts gesagt, als Erdmann plötzlich nicht wei-
tersprach mit dem Vater, sondern auch zurückblieb.

Als er neben Maria war, sagte er hastig: „Mariele!" Sie
nickte ihm lächelnd zu und sagte: „Es ist schön, daß du
wieder da bist, Erdmann, ich freu mich!" Und er, aus seiner
Bitterkeit heraus: „Vielleicht ist es gar nicht schön, daß ich
wieder da bin, Mariele, und du hast gar keinen Grund, dich
zu freuen! Aber davon sprechen wir heute abend. Paßt es
dir um neun an unserer alten Stelle?" Sie nickte nur und lächelte immer weiter, trotz seiner bösen Worte. „Also denn
gut: um neun!" schloß er und noch hastiger: „Hack zu, Mariele, der Vater hat sich schon zweimal nach uns umgesehen!"

So trennten sie sich, und als Erdmann nach drei oder vier
Minuten im Weitergehen sich nach Köllers umschaute,
sah er sie schon wieder in einer Reihe hacken: Maria hatte
aufgeholt. Er nickte befriedigt mit dem Kopf: Das war ganz
ein Mädchen, wie es sein mußte, die Maria! Fest in der Arbeit und treu in der Liebe. Aber solche Gedanken mußte
man aufgeben. Da war dieser verdammte lahme Arm, dieser lächerliche Flunk, wie ein Putenflügel, zu nichts nutze!
Der machte es, daß der Vater nein sagte und die Köllers
nein sagten, und die Maria würde wahrscheinlich auch nein
sagen. Solch ein junges gesundes Mädchen und dazu ein
Mann, der ein Krüppel war!

Unter den andern draußen hatte er es nicht so gespürt,
aber hier daheim spürte er es überall, der Vater hätte ihn
gar nicht so verächtlich zu behandeln brauchen, wie er es
nun wieder den ganzen Nachmittag über tat. Er sprach mit
dem Sohn kein Wort, sosehr die Mutter auch bat und
schalt, und als er Erdmann dabei antraf, wie er den Misthaufen einebnete, nahm er ihm einfach die Forke aus der

Hand und sagte: „Das laß! Ich will keine Stümperarbeit auf meinem Hofe!"

So wurde der Nachmittag endlos, und Erdmann kam sich wie der überflüssigste Mensch auf der Welt vor. Es mußte etwas geschehen, und was geschehen sollte, das wußte er auch schon: Er würde in die Stadt gehen und dort Arbeit finden. Am liebsten bei der Post, die kam jetzt langsam wieder in Gang. Er würde sehen, daß sie ihn zum Landbesteller machten; da kam er doch immer aus der Stadt zwischen die Felder, wenn er die Post in die Dörfer austrug. Er erinnerte sich an einen Briefträger, der hatte auch einen lahmen Arm gehabt, nein, einen wirklich verkrüppelten Arm, Muskelschwund hatte er dazu gesagt, und der hatte doch den Zustelldienst besorgen können! Seinem Arm fehlte doch gar nichts, es war ein gesunder, kräftiger Männerarm, nur daß er im Gelenk ein bißchen steif war – deswegen würden sie ihn doch auf der Post einstellen. Und wenn es mit der Post nichts würde, so wollte er auch jede andere Arbeit anfassen, nur nicht länger hier untätig auf dem Hofe liegen und das versorgte, zornige Gesicht des Vaters sehen!

Über solchen Gedanken wurde es endlich doch Abend, und Erdmann machte sich auf den Weg zum See zu der alten Buche, die ihr Stelldichein war, schon seit sie wußten, daß sie sich liebten. Manches Mal hatten sie sich schon hier getroffen, immer nur hier, während seiner kurzen Urlaubszeiten im Kriege und auch vor dem Kriege schon, als sie noch halbe Kinder waren und die ersten Liebesregungen im Herzen spürten. Damals hatten sie noch still nebeneinander gesessen, oft hatten sie kaum ein Wort gesprochen, und wenn eines zufällig des andern Hand berührt hatte, war ein Zittern über sie gekommen vor erschrockener Seligkeit. Später im Krieg hatte er sie fest in den Arm genommen, als wolle er sie nie wieder loslassen, nie wieder von ihr gehen, und er hatte sich nie satt trinken können an ihren Küssen.

Dieses Mal hatte er den festen Vorsatz, ernst mit ihr zu reden: Es wäre ja wie ein Diebstahl gewesen, wenn er ihre

Zärtlichkeiten hingenommen hätte, ehe sie alles wußte. Aber sie war vor ihm dagewesen und gleich in seinen Arm geglitten, und als er erst ihre suchenden Lippen an seinem Munde gespürt hatte, da gab es kein Widerstehen mehr, und er hatte sie geküßt, hungriger als eh und je. „Mariele, o du mein liebstes Mariele!" – Und: „Erdmann! Daß ich dich nur wiederhabe! Daß du nun immer bei mir bist!" Und Schweigen und Küssen.

Schließlich aber, als der erste Liebeshunger gesättigt war, hatten sie sich unter die Buche gesetzt, die Beschützerin ihrer Liebe, und er hatte ihr alles gesagt, das von seinem Arm und dem zornigen Vater und dann von seinem Vorsatz, in die Stadt zu gehen und Briefbote zu werden.

Sie hatte sich das alles fast ohne ein Wort angehört, nur seinen Arm hatte sie sich zeigen lassen, und wie er wirklich steif war und sich nicht biegen ließ. Als er nun aber sagte: „Du siehst es selbst ein, Mariele, wir müssen heute Abschied voneinander nehmen. Deine Eltern werden es nie zugeben, und du bist auch nicht für ein Stadtleben geboren", da antwortete sie hastig und fast erzürnt: wie er nur so reden könne! Da sehe man es ja, daß er sie nicht richtig liebhabe, wenn er sie so leicht aufgebe. Er müsse nur ein wenig Geduld haben, der Vater werde schon Vernunft annehmen und einsehen, daß auch ein lahmer Arm manch nützliche Arbeit verrichten könne. Sie störe der Arm nicht. Und wenn er denn durchaus in die Stadt gehen wolle, sie störe auch die Stadt nicht. Man werde sich wohl ein Gärtchen pachten können und ein Stück Kartoffelland, so daß sie nicht ganz ohne die gewohnte Arbeit sei.

Dagegen wandte er nun wieder ein, wie eine gegen den Willen der Eltern geschlossene Ehe sie immer bedrücken werde, daß ein Leben in der Stadt doch nichts für sie sei – und so kamen sie immer tiefer in ein heftiges Streiten. Sie blieb dabei, daß sie nicht von ihm lassen wollte, und er wiederholte stets von neuem, daß er heute nacht noch in die Stadt gehe, und sie solle es ihm doch nicht so schwer machen. Zwischen ihrem Streiten küßten sie sich aber – fast wider Willen – immer wieder, und so wäre es wohl die ganze Nacht weitergegangen, wenn er nicht plötzlich mit Entschiedenheit gesagt hätte: „Nun, Mariele, nun muß es Schluß sein. Es bleibt bei dem, was ich gesagt habe! Ich gehe in die Stadt, und wir sehen uns nicht wieder!"

Mit diesen Worten löste er sich aus ihren Armen und stand schwer atmend getrennt von ihr, im Dunkel nach ihrem weißen Gesicht spähend und nun doch mit einiger Angst ihre nächsten Worte erwartend.

Sie aber sagte schließlich nur: „So gib mir wenigstens zum Abschied noch einen Kuß, Erdmann!"

Er zog sie willig fest in seine Arme und küßte sie, wie er sie noch nie geküßt hatte, langsam und zart, als das Schönste und Liebste, was er auf der Welt besaß. Plötzlich aber – mitten im Küssen – ließ er sie plötzlich los, daß sie fast gefallen wäre. Sie stieß vor Schreck einen leisen Schrei aus, er aber achtete gar nicht darauf, sondern stand da und bewegte seinen Arm. Plötzlich mußte er an den jungen Unterarzt denken, der einmal gesagt hatte: „Sie werden es nicht einmal merken, und plötzlich können Sie Ihren Arm wieder bewegen!"

Das war also nicht nur billiger Trost gewesen. Denn als er sein Mädchen umschlungen hielt, hatte er auf einmal gemerkt, daß er sie in seinem Arm hielt und daß dieser Arm sich bog, wie er wollte, vielleicht schon lange, und er hatte es nicht gemerkt! Er hatte das Mädchen im Arme gehalten, und der Arm war nicht steif gewesen, das Mariele aber hatte es auch nicht gemerkt!

Er stand ganz betroffen da und bewegte den Arm hin und her, er hatte Maria im Augenblick fast vergessen. Er zog einen Buchenast zu sich herunter, bog ihn und brach ihn ab, dann peitschte er mit ihm die Luft, und der Arm tat alles, was er wollte. Der Arm war wieder in Ordnung, er war kein Krüppel mehr!

In das tiefe Gefühl von Erlösung, das Erdmann Ziese bei dieser Entdeckung empfand, mischte sich etwas wie Beschämung, daß er so vom Glücke ausgezeichnet war. Er dachte an seine vielen Kameraden, an die Amputierten, denen es nie so gut ergehen würde wie ihm. Wodurch hatte er ein solches Glück verdient? Dann aber dachte er daran, daß er bereit gewesen war, in die Stadt zu gehen, vom väterlichen Hof und von Maria fort, ohne Klage. Und es schien ihm, als gäbe es für jeden einen solchen Ausweg und als sei für jeden ein Glück bereit, vielleicht nicht immer eine Maria, die zu ihm halten wollte auch dann noch, aber immer ein Glück, das vielleicht grade in dem geduldig ertragenen Schicksal lag.

Dieser Gedanke milderte das Schamgefühl, das er über sein Glück empfand. Plötzlich besann er sich wieder auf Maria, die ganz verschreckt immer noch vor ihm stand, und er rief: „Mein Arm, sieh doch bloß meinen Arm! Als ich dich umschlungen hielt, ist mein Arm wieder heil geworden! Ach, du liebstes Mariele, wie glücklich bin ich, daß ich nun auf dem Hofe arbeiten kann und nie von dir gehen muß!"

Und er warf den Buchenast fort und zog sie von neuem in seine Arme.

Es ging schon auf den Morgen zu, als Erdmann sein Elternhaus wieder betrat. Aber es war ein völlig verwandelter Erdmann, der da heimkam: Dies erst war die richtige Heimkehr! Er klopfte kräftig gegen die Schlafzimmertür der Eltern, trat ohne Zögern ein, machte Licht und ging an der Eltern Bett. Hier stand er nun, während die ihn, das eine schon wieder zornig, das andere aber ängstlich, anstarrten, und er rief: „Ich lasse mich hier nicht vom Hofe jagen! – Ich will hier kein Freischluckerleben führen! – Ich will hier arbeiten, genau wie der Vater und mehr noch als der, das will ich!" Und bei jedem Satz schlug er mit der Faust des ehemals lahm gewesenen Armes gegen das Bett, daß sein altes Gestell krachte und ächzte.

Der Vater glaubte, der Sohn sei betrunken, und wollte schon wieder in hellem Zorn auf ihn losfahren, da rief Erdmann wieder: „Ja, wenn ein Schaden da ist, das siehst du sofort, Vater! Aber daß mein Arm jetzt wieder gesund ist, das hast du nicht begriffen! Und wer hat ihn gesund gemacht? Köllers Maria! Und so schnell, wie es geht, heiraten wir, ihr mögt nun einverstanden sein oder nicht!"

Damit tat er einen letzten starken Schlag gegen das Bettgestell und ging glückselig lachend aus der Stube, sich zu einem kurzen Morgenschlaf hinzulegen. Die beiden Alten aber waren trotz der gestörten Ruhe nicht weniger glücklich als der Sohn, und den ganzen Morgen schlichen sie wie auf Filz durch das Haus, lächelten einander an und sagten: „Er soll nur schlafen, der Erdmann! Er schläft sich gesund! Gottlob, daß er gesund heimgekommen ist! Haben wir doch auch einmal Glück gehabt!"

Daß sie bald noch einmal durch die Landaufteilung Glück haben sollten, das wußten sie da noch nicht.

Der Ententeich

Es regnete, oh, wie es regnete!

Der Vater sagte am Frühstückstisch: „Einerseits ist dieser Regen für unsern Garten Gold wert, andererseits muß ich heute mindestens den halben Tag auf den Ämtern rumlaufen, ich werde naß wie eine Katze werden!"

Der vorlaute sechzehnjährige Uli meinte: „Aber, Papa, auf den Ämtern regnet es doch nicht durch! Die haben doch heile Dächer!"

Mißmutig antwortete der Vater: „Aber die Straßen zwischen den Ämtern haben keine Dächer, mein kluger Sohn! Da habe ich die schönste Gelegenheit, naß zu werden!"

Die Mutter unterbrach ein drohendes Wortgefecht und fragte besorgt: „Und was wirst du auf den Kopf setzen, Rudi? Du hast doch deine Mütze verloren . . ."

„Nicht verloren!" widersprach der Vater heftig. „Sie ist mir gestohlen worden." Die Mutter lächelte sanft. „Jedenfalls nehme ich das an; denn die Mütze ist weg", fuhr der Vater fort. „Und was setze ich bei diesem Regen auf den Kopf?"

Er schwieg gedankenvoll. Alle schwiegen. Dann sagte die Tochter, die Mücke: „Du hast doch noch deinen Ententeich, Papa!"

Die Mutter rief erschrocken: „Du wirst doch das alte abscheuliche Ding nicht aufsetzen, Rudi!"

Aber es war schon zu spät. Der Vater hing wie die meisten Männer an den ältesten Sachen am meisten. „Natürlich habe ich noch den Ententeich! Klar, daß ich den aufsetze! Danke schön, Mückchen!"

Alle schauten sie zu, wie der Vater den Ententeich auf-
setzte. Er stand im Regenmantel vor dem Spiegel und zog
sich das Ding vorsichtig ziemlich bis auf die Ohren. Der
Ententeich war ursprünglich ein durchaus normaler, ja fast
vornehmer Hut gewesen. Aber vom ersten Anfang an hatte
der Vater darauf bestanden, statt wie andere gesittete Männer einen Längskniff in den Hutkopf zu machen, diesen
kreisförmig zu vertiefen, so daß eine Art rundes Becken
entstand, das sich bei Regen mit Wasser füllte, irgendwann
von irgendwem „Der Ententeich" benannt. Die Krempe
hing nach allen Seiten herab, aber oben war das Bassin. Der
Vater betrachtete sich zufrieden. „Was du nur immer gegen
den Hut hast, Alma!" sagte er. „Viele wären froh, wenn sie
so einen hätten!"

„Den stiehlt dir keiner!" stellte die Mutter fest. „Einfach
abscheulich siehst du darin aus, Rudi!"

„Wie ein Handwerker!" sagte Uli, aber wohlwollend.

„Richtig!" stimmte der Vater erfreut zu. „Wie ein Tischlermeister. Aus Jever oder Oldenburg. Ich bin sehr zufrieden, sehr!" Damit warf er noch einen letzten Blick auf
sein Spiegelbild und nahm Abschied von den Seinen. Er
trat in den Regen hinaus, mit dem Ententeich.

Von den guten Wünschen seiner gesamten Familie geleitet, hatte der Vater Abschied genommen, ganz still und
leise war er heimgekehrt. Er hatte sich das warmgestellte
Essen aus der Küche geholt, die Mutter fand ihn hungrig
löffelnd im Wohnzimmer. „Hier sitzt du!" rief sie erstaunt.
„Warum meldest du dich denn nicht? War das Essen denn
noch wirklich warm? Sicher hast du Ärger auf den Ämtern
gehabt!"

„Och!" antwortete der Vater und löffelte weiter. Dann
aber hob er doch den Blick. „Weißt du, Alma", gestand er
schuldbewußt, „ich habe da, glaube ich, einen ekelhaften
Schwupper gemacht. Dieser Ententeich hat mich elend
reingerissen!"

„Ich sage es ja!" rief die Mutter. „Nun gibst du mir aber
auch die Erlaubnis, daß ich ihn mit einem von meinen Hüten gegen einen neuen eintausche!"

Aber ehe noch die Erlaubnis gegeben war, brachen die Kinder in das Zimmer ein. „Nun, Meister!" rief Uli. „Was macht das edle Tischlerhandwerk? Immer fleißig den Hobel ausgeblasen?", und er griente den Vater an.

„Schweig mir stille von der Tischlerei", rief der Vater ärgerlich, besann sich aber gleich und sagte ruhiger: „Setzt euch mal hin, Kinder. Ich wollte grade eurer Mutter von einem Fehler erzählen, den ich heute begangen habe. Hört mir zu! Das kann mir gar nicht schaden – und euch auch nicht!"

Sie setzten sich hin, gespannt horchend. Sicher hatte der Vater wieder was erlebt, meist erlebte er was, wenn er in die Stadt fuhr, und konnte dann herrlich davon erzählen.

„Also", fing er an, „ihr erinnert euch doch, wie mich der Uli heute früh zum Tischlermeister gemacht hat. Natürlich habe ich den ganzen Tag nicht wieder daran gedacht, auch nicht, als ich wartend an der Haltestelle der 47 stand und einen Zettel las: ,Säge und Beil zu verkaufen'. Ich dachte: Die Säge könnten wir gut gebrauchen. Ich will doch mal nachfragen. Sie wird ja schon weg sein, aber zum Essen komme ich doch nicht mehr rechtzeitig.

Ich ging hin, vier Treppen, das heißt eigentlich fünf, wenn man das Hochparterre mitrechnet; ein kleiner alter Mann, der mir aufmacht, wißt ihr, so ein Männchen wie aus zerknittertem Papier, zum Umpusten – man versteht nicht, wie solche den Krieg mit Bomben und Hungern überstanden haben. ,Ist die Säge noch da?' frage ich. Ja, die Säge ist da, sie steht hinter dem Schrank. Es ist keine Bügelsäge, wie ich sie gerne für unser Brennholz gehabt hätte, aber eine schöne große Tischlersäge, der Griff ganz poliert von den vielen Händen, die sie angefaßt haben. Ein gutes, breites Sägeblatt …

Ich sehe mir also die Säge genau an, peile das Sägeblatt lang, ob auch kein Zahn fehlt, da sagt das Männlein zu mir: ,Sie sind wohl Tischlermeister?' In demselben Augenblick fällt mir ein, was der Uli am Morgen gesagt hat, und ich lüge munter: ,Jawohl, bin ich. Was soll denn die Säge kosten?' – ,Fünfundzwanzig Mark', antwortet das Männchen und bekommt gleich einen Schreck vor seinem eigenen Mut. ‚Aber wenn es Ihnen zuviel ist?‘ – ‚Wissen Sie was‘, sage ich nun, ‚ich werde Ihnen zwanzig Mark geben, das ist die Säge mir heute wert . . .‘

Er sieht mich an. Ich sehe ihn an, wir grinsen beide, und dann sagt er: ‚Kommen Sie mal in meine Küche, da ist nämlich eine Granate reingegangen.‘ Na, in der Küche sah es nicht schön aus, sie hatten wohl ein Notdach gemacht, aber es regnete durch, und die Möbel waren auch ziemlich ramponiert. Die Küchenstühle saßen mit dem Sitz auf der Erde und hatten ihre Beine fein säuberlich hinter sich an die Wand gelehnt, und in dem Küchenbüfett waren von den Granatsplittern Löcher.

‚Da müßte man Sperrholz drüber machen“, sagte ich. – ‚Ja‘, antwortete das Männlein ganz eifrig, ‚das müßte man. Aber wer gibt mir ollem Mann Sperrholz? Haben Sie was?‘ – Du weißt, Uli, wir haben noch ein paar Sperrholzplatten in der Garage stehen, ich sagte also: ‚Och, etwas habe ich noch. Was Sie hier brauchen, will ich Ihnen geben.‘ – ‚Schön!‘ ruft er schnell. ‚Das ist ein Wort, Meister! Und wann kommen Sie und machen mir meine Möbel?‘

Daran hatte ich nun nicht im Traume gedacht, und ich sagte verlegen, ich hätte soviel Arbeit, vorläufig könnte ich nichts versprechen . . . ‚Ach!‘ sagte das Männlein. ‚So reden sie alle. Nun seien Sie mal nicht so, Meister, ich bin auch nicht so. Ich gebe Ihnen die Säge für zwanzig Emm, und Ihre Arbeit bezahle ich wie alle, nun machen Sie meiner Frau und mir auch die Küche heil!‘ – Na, Kinder, ihr könnt euch denken, ich habe ihm natürlich nichts versprochen. Konnte ich ja gar nicht, ich verstehe ja nichts von Tischlerarbeit, aber er denkt natürlich . . .“

Der Vater brach ab und runzelte unmutig die Stirn. Dann sagte er in die erwartungsvolle Stille hinein: „Aber denkt doch, was für ein Zufall! Morgens sagt Uli Tischlermeister, nachmittags kaufe ich ’ne Tischlersäge und werde für ’nen Tischler gehalten und kriege einen Tischlerauftrag! Wenn das nicht ein komischer Zufall ist! Und alles wegen des Ententeiches . . .“

Wieder schwieg der Vater, und auch die andern schwiegen und sahen ihn nur erwartungsvoll an, als müsse durchaus noch was kommen. Aber es kam nichts mehr.

Dann sagte die Mutter eilig, abschließend: „Gott sei Dank, daß du den Auftrag nicht angenommen hast, Rudi! Er weiß doch nicht unsere Adresse?"

„Nein, natürlich nicht!" rief der Vater, ganz erschrocken bei dem Gedanken.

Nach einer Weile sagte in die Stille hinein der Uli: „Aber die Säge hast du gekauft, Papa?"

„Ja, selbstverständlich. Sie hängt in der Feuerung. Kannst sie dir gleich ansehen. Ist 'ne gute Tischlersäge, Uli!"

„Und was hast du dafür bezahlt, Papa?" fragte der Sohn weiter. „Zwanzig oder fünfundzwanzig Mark?"

„Zwanzig Mark", antwortete der Vater grämlich. „Er wollte doch nicht mehr nehmen, der Opa!"

„Ach, laß doch diese Fragerei, Uli!" sagte die Mutter vermittelnd. „Du siehst doch, du ärgerst bloß den Papa!"

„Wenn du nur zwanzig Mark gezahlt hast, Papa", verkündete der Sohn unerschüttert, „dann mußt du auch dem Opa die Möbel flicken. Das geht einfach nicht anders."

Der Vater wollte zornig werden, aber dann sagte er doch lächelnd: „Darum habe ich ja gesagt, ich habe einen Schwupper gemacht. Ich habe ein schlechtes Gewissen, ich gebe es zu, Söhner. Dieser verdammte Ententeich hat mich reingerissen . . ."

„Gleich morgen tausche ich ihn um!" rief die Mutter eifrig.

„Aber", fuhr der Vater, noch heiterer lächelnd, fort, „aber ich habe doch, fällt mir eben ein, einen recht geschickten Sohn, der ein bißchen mit Hammer und Stechbeitel und Hobel umzugehen weiß." Der Vater wurde über den endlich entdeckten Ausweg immer vergnügter. „Überhaupt", fuhr er fort, „macht der Meister solche Läpperreparaturen nie selbst, da schickt er seinen Gesellen oder auch nur den Lehrling. Wie ist das, Lehrling? Binzstraße 76, vier Treppen, eigentlich fünf, Lorenz heißt der Opa."

„Das möchtest du, Papa!" rief der Sohn und war rot vor Ärger. „Jetzt soll ich deine Dummheiten ausbaden!"

510

„Nun", sagte der Vater bedachtsam, „ich glaube, ich habe schon manchmal deine Dummheiten ausbaden müssen, Uli. Denke zum Beispiel an meinen letzten Besuch bei deinem Direktor. Vielleicht überlegst du dir die Sache noch bis zum Abend und gibst mir dann Bescheid."

Damit wurde von der Sache erst einmal nicht geredet, aber es gab im Verlaufe des Nachmittags doch einige Heimlichkeiten: Der Sohn verschwand still in den Regen, und die Mutter suchte erfolglos nach dem Ententeich, den der Vater versteckt hatte – eigentlich war er doch noch ein sehr brauchbarer Hut!

Beim Abendessen sprach der Sohn heiter zum Vater: „Also, Papa, ich bin bei deinem komischen Opa gewesen, habe alles ausgemessen und mir notiert, was wir brauchen. Ich glaube, wir müssen dem Daddy helfen, und ich werde den Kram schon einigermaßen hinkriegen. Aber du mußt mitkommen, Papa, erstens einmal, weil der Opa gar kein Vertrauen zu Lehrlingen hat, sondern durchaus den Meister dabeihaben will, und zweitens brauche ich dich, daß du mir die Sperrholzplatten hältst beim Zuschneiden und Anmachen."

„Das kann auch der Opa!" rief der Vater eilig. „Ich habe einen Haufen dringende Schreiberei für die Zeitung!"

„Der Opa kann das nicht, Papa!" widersprach der Sohn unerbittlich. „Hast du nicht gesehen, was für zitterige Hände er hat? Nein, du mußt unbedingt mitkommen, Papa, du wirst doch so 'nen ollen Mann nicht enttäuschen!"

„Na also, schön!" entschloß sich der Vater. „Schließlich ist's nur recht und billig, wenn ich für meine Dummheit büße. Aber das sage ich dir, Uli, helfen kann ich dir nichts, ich stehe da bloß rum. Der Opa wird mich für 'nen komischen Meister ansehen."

„Ich werde dich schon anstellen, Papa!" verkündete der Sohn verheißungsvoll, und das tat er denn auch am nächsten Vormittag. „Meesta!" sagte er im schönsten Berlinerisch. „Wie soll ick det denn nu mit de Beene von die Stühle halten? Soll ick die valeimen oder schraub ick die feste?"

511

„Schraube sie an, Uli!" sagte der Meister, und der Opa nickte Beifall.

„Na ja, wie Se meenen, Meesta", sagte der „Lehrling" mit einem tiefen Seufzer. „Ick meene man bloß: Leim, det is reelle Tischlerarbeet, aba Schrauben, det is eegentlich doch bloß Pfuscherei! Bloß, det ick een Wort sare, Meesta, ick tu allens, ick spucke die Beene ooch an!"

„Es ist ein Kreuz heute mit den Lehrlingen, Herr Lorenz", sagte der Meister vernehmlich, „alle sind sie neunmalklug und ewig nichts wie Widerreden!"

Der Opa nickte, aber der Lehrling sagte: „Mit den Meestan is det heute manchmal ooch een Kreuz – nich bei uns natürlich, Meesta, nich bei uns! Sie packen an, Meesta! Sie arbeeten! – Würden Se mir mal den Hobel reichen, Meesta? Ich will hier noch mal 'ne Kante abstoßen!"

„Uli!" flüsterte der Vater zornig, als er dem Sohne den Hobel reichte. „Uli, wenn du weiter hier so angibst, klebe ich dir eine, richtig, wie ein Meister seinem Lehrling!"

„Aber jewiß doch, Meesta!" antwortete der Lehrling unerschüttert. „Jewiß kleben Se mir noch eene für mein Maulwerk. Det sagt schon meene Mutta imma, mit dem Maul schlage ick janz uff meenen Vata! Der ist nämlich ooch imma mit de Schnauze vornwech, Meesta, wissen Se, und nachher sitzt er ewig in de Tinte, vastehn Se, Meesta! – Mit det Sperrholz, wie ha'm Se sich det nu jedacht, Meesta?"

Und so ging es weiter, zwei Stunden Reparatur hindurch.

„Schurke!" sagte der Vater zu seinem Sohn auf dem Heimweg. „Du hast mich ganz schön für meine dummen Lügen braten lassen! Aber warte, das nächste Mal, wo du in der Klemme sitzt, werde ich mich rächen!"

„Bringst du ja gar nicht fertig, Papa!" antwortete munter der Sohn. „Bist du schon viel zu abgeklärt und edel dafür! Solche gemeinen Sachen fressen immer nur wir jungen Leute aus. – Wie ist es übrigens mit den fünf Mark, die du beim Opa kassiert hast? Die kriege doch ich für meine Arbeit!"

„Die sind für mein Sperrholz!" sagte der Vater rasch. „Und im übrigen kriegt sie die Mutter. Ich habe es mir noch einmal überlegt, ich werde den Ententeich doch umtauschen lassen, er bringt mich ständig in faule Situationen und in die Hände von Erpressern. Und bei dem Tausch muß die Mutter zuzahlen."

„Ach, Papa!" sagte der Sohn, „umtauschen hilft doch auch nicht. Du kommst auch ohne Ententeich wieder in die Tinte. Du hast einmal zuviel Phantasie. Wenn dir einer sagt, du siehst aus wie ein Tischlermeister, dann spielst du auch gleich einen. Zuviel Phantasie, Meesta!"

„Gottlob!" rief der Vater. „Gottlob habe ich zuviel Phantasie – wovon lebten wir sonst?! – Im übrigen habe ich mich endgültig entschlossen: Ich behalte den Ententeich. Hier hast du die fünf Mark!"

„Wankelmütiges Alter!" sagte der Sohn und steckte das Geld ein. „Unentschlossener Greiser – außerdem: danke schön!"

Und friedlich marschierten die beiden nach Hause, Uli mit bloßem Kopf und dem Werkzeugrucksack auf dem Buckel, der Vater die Tischlersäge (rechtens nur mit zwanzig Mark bezahlt) über der Schulter und auf dem Kopf den Ententeich.

Sie fragen mich, warum ich als alter Junggeselle hier
sitze, einsam und vergrämt –? Sicher hätte ich auch wie andere Männer heiraten können! Und warum es denn gar
keine Frauengeschichten über mich gebe –?

Natürlich hätte ich heiraten können, und eine Frauenge-
schichte hat es bei mir auch einmal gegeben. Das ist so
lange her, daß es bald nicht mehr wahr ist; nur ich weiß davon und vielleicht Ria. Aber das glaube ich nicht, sie wird
längst nicht mehr daran denken.

Ich nannte sie – bei mir – Ria, ihr richtiger Name war
Erika von Schütz, und ihr Vater war der Besitzer einer großen Begüterung im Osten. Sie waren beide sehr hochfahrende Leute, oft sah ich Vater und Tochter an mir vorüber-
reiten, aber sie erwiderten nie den Gruß ihres armen Inspektors, der im Beamtenhaus Grütze mit Magermilch
essen mußte, während sie eine Tafel mit ich weiß nicht wieviel Gängen absolvierten. Ich nahm es ihnen nicht übel,
daß sie so hochmütig waren und über mich fortsahen, damals empfand man es noch als selbstverständlich, daß es
Reiche und Arme gab, und Armsein war eigentlich eine
Schande.

Nein, ich verehrte Erika von Schütz vielleicht sogar doppelt wegen ihres Hochmuts, sie, die ich innerlich bei mir
Ria nannte und die mein Herz erheben machte, wenn ich
sie nur von weitem sah. Übrigens erschien sie mir ganz unerreichbar. Später, als ich schon länger auf der Begüterung
arbeitete, verwendete sie mich zu mancherlei Botengängen:
Ich mußte ihr Reitpferd auf und ab führen, ein Briefchen

über Land einem gewissen Herrn zustellen, und einmal hatte ich sogar Wache zu stehen vor dem Gartenhaus, als sie mit diesem gewissen Herrn darin war, damit der Vater sie nicht überraschte.

Wenn sie bei solchen Gelegenheiten mit mir sprechen mußte, nahm ihr Gesicht einen gelangweilten, ja fast geekelten Ausdruck an, als sähe sie eine Spinne oder sonst ein ihr widerliches Tier. Und doch liebte ich sie – ich liebte sie mit der ganzen Kraft meines heißen jungen Herzens, und jedes ihrer so verächtlich hervorgestoßenen Worte war holdeste Musik in meinen Ohren. Einmal sagte sie bei solcher Gelegenheit ganz überraschend zu mir: „Wissen Sie eigentlich, daß Sie in Ihrer Art eigentlich ein ganz hübscher Bursche sind, Wrede?" Und gleich darauf wie angewidert: „Aber das werden Ihnen die Hofmädchen oft genug gesagt haben! Gehen Sie, gehen Sie bloß, Mensch, wagen Sie nicht, mich derart anzustarren! Und Punkt vier liefern Sie mir den Antwortbrief ab, verstanden –?!"

Damit ließ sie den Gaul so kurz kehrtmachen, daß er mich mit seiner Hinterhand fast umgestoßen hätte, und ritt ab, einen schmalen Fußweg durch die Büsche des Parks, daß die Ruten ihr um die Ohren pfiffen, aber darum beugte sie ihren Nacken noch lange nicht! Dies war übrigens die einzige Gelegenheit, bei der sie mit mir ein persönliches Wort sprach, mir zeigte, daß sie mein Gesicht je angesehen hatte. Sonst tat sie immer so, als könne sie sich nicht genau auf mich und meinen Namen besinnen. Bei jeder andern hätte ich das albern gefunden, aber sie kleidete es – freilich, ich war auf Gedeih und Verderb verliebt in sie! Oft ging ich spät abends noch in den Stall und brachte ihrem Pferd meine Stullen oder Zucker, um wenigstens jeden Tag etwas für sie zu tun.

Eines Tages bekam ich Krach mit ihrem Vater, dem Herrn Woldemar von Schütz, oder vielmehr, er machte Krach mit mir. Ich sollte einem Arbeiter zu viel Lohn ausgezahlt haben. Er entließ mich fristlos, kaum, daß er mir erlaubte, die Nacht noch auf dem Gut zu schlafen. Ich konnte ihn zwar einen Augenblick später von seinem Irrtum überzeugen, aber er fand, es sei besser, wir ließen es bei der sofortigen Entlassung.

„Was ich einmal gesagt habe, bleibt. Ich mag es überhaupt nicht, daß Leute bei mir lange in Arbeit sind: Sie gewöhnen sich, das taugt nicht. Nur neue Besen kehren gut. Sie dürfen übrigens den Rest ihres Monatsgehaltes aus der Gutskasse entnehmen." Damit ließ er mich stehen.

Ich war sehr verstimmt; ich hatte mir kein Geld erspart, und Stellungen auf dem Lande waren zu der Zeit nur schwer zu kriegen. Als mich kurz darauf das gnädige Fräulein anrief und zu einem Botengang in den Park bestellte, antwortete ich ihr patzig, ich hätte dafür keine Zeit mehr. Ich müßte meine Bücher abschließen und meine Sachen packen, ich ginge! Damit hängte ich den Hörer an und war zum ersten Male froh, ihr auch einmal meinen eigenen Willen gezeigt zu haben, nicht immer ihr demütiger Sklave gewesen zu sein!

Sie ließ mich aber nicht lange in meinen Triumphgefühlen; eine Viertelstunde später war sie bei mir auf dem Zimmer, sah verächtlich auf meine Packerei und setzte sich dann auf die Fensterbank. Sie warf mir eine Zigarette zu, brannte sich auch eine an und sagte grenzenlos hochmütig: „Was ist eigentlich in Sie gefahren, Wrede –?! Wenn ich sage, Sie gehen, so gehen Sie, und wenn ich verlange, Sie bleiben, so bleiben Sie eben hier! Also bleiben Sie hier und machen Sie weiter meinen Postillon d'amour!" Dazu lächelte sie verächtlich.

Auge in Auge mit ihr war mir mein Mut fast ganz entschwunden; ich sagte ihr aber doch, daß es für mich schwierig sei, ihrem Vater und ihr zugleich zu gehorchen. Er habe mich auf die Straße gesetzt, und sie befehle mir zu bleiben!

„Soso!" sagte sie. „Herr von Schütz hat Sie also entlassen? Warum denn –? Sicher wieder eine Mädelgeschichte –!"

Ich sagte ihr den Grund.

„So –?" antwortete sie und betrachtete mich nachdenklich. „Für Sie ist es natürlich schwierig, da einen Ausweg zu finden, zu bleiben und zu gehen. Für mich nicht. Seien Sie

516

heute abend um zehn im Park, an der üblichen Stelle, und bringen Sie Ihren Koffer mit. Vielleicht weiß ich eine Stellung für Sie!"

Ich stammelte ein paar Worte des Dankes. Aber sie unterbrach mich sofort. „Ach was!" rief sie. „Können Sie denn nicht hören? Ich habe ,vielleicht' gesagt. Es ist sehr gut möglich, daß ich Sie die ganze Nacht im Park stehenlasse und daß Sie mich nie wiedersehen. Aber nehmen Sie jedenfalls von allen hier Abschied – auch von Ihren Mädels!"

Bei diesen Worten trug ihr Gesicht wieder diesen angewiderten Ausdruck. Ich versicherte ihr, daß es bei mir keine Mädelgeschichten gäbe, und das war wirklich die Wahrheit. Ich hatte, seit ich Ria kennengelernt, nur in ihr die Frau gesehen, alle andern lebten nicht für mich. Aber sie hörte nicht auf meine Worte. Sie ging aus dem Zimmer, als sei ich Luft, ja, sie ging so nahe an mir vorbei, als sähe sie mich nicht – ich mußte rasch zurücktreten. Dann war ich wieder allein mit meiner Packerei. Ich legte die angerauchte Zigarette, die sie mir geschenkt hatte, vorsichtig in meine Brieftasche.

Natürlich hütete ich mich, von irgend jemandem Abschied zu nehmen – es hätte doch wohl einige Fragerei gegeben, wohin ich so spät noch in der Nacht wollte. Um zehn Uhr war ich pünktlich auf meinem Platz im Park, vorbereitet darauf, die halbe oder die ganze Nacht zu warten. Aber so schlimm wurde es nicht, ich sah sie zwar nicht selbst, aber ihr Mädchen, eine ältliche, wegen ihrer scharfen Zunge gefürchtete Person, kam bald und führte mich ins Herrenhaus. Im Erdgeschoß schien eine Gesellschaft zu sein, alle Fenster waren strahlend erleuchtet. Ich hörte Musik, Gelächter, den hellen Klang von Gläsern. Ich wurde über die kaum beleuchtete Dienertreppe in den Seitenflügel des ersten Stockwerks geführt, in eine Art kleines Abstellzimmer, in dem ausrangierte, verstaubte und defekte Möbel ohne Ordnung zusammengestellt waren. Aber ich war nicht enttäuscht dadurch, wußte ich doch, sie wohnte in demselben Flügel. Ich war auf ein langes Warten gefaßt, aber ich war jetzt doch sicher, ich würde sie diese Nacht noch sehen. Und überhaupt: ich war mit ihr unter dem gleichen Dach, schon das machte mich glücklich.

Lange Stunden saß ich in dieser Rumpelkammer und träumte von dem Glück, sie gleich durch die Tür hereinkommen zu sehen. Ab und an trat ich ans Fenster und sah auf den nächtlichen Park. Die nächsten Bäume waren angestrahlt von dem Licht aus den Parterreräumen: Sie feierten unten immer noch. Aber oben am Himmel die Sterne hatten einen andern festlichen Glanz, ein Ewigkeitslicht über uns kleinen Menschen. In diesen Wartestunden habe ich am besten begriffen, was das heißt: lieben. Ich hatte keine Vergangenheit mehr und keine Zukunft. Ich lebte nur in diesem Warten, das mich selig machte. Ich erwartete nichts als ein paar hochfahrende Worte und einen Botenauftrag, vielleicht allenfalls auch eine Adresse, wohin ich mich wegen einer neuen Stellung zu wenden habe.

Aber das alles interessierte mich nicht. Ich war mit ihr in einem Hause, in diesem Zimmer würde sie zu mir kommen! Oh, wie schön ist es, jung zu sein und noch ohne den peinigenden Stachel des Besitzenwollens lieben zu können! Heute bin ich ein alter Mann, der einiges erreicht hat in seinem Leben, aber wenn Sie mich fragen, wann ich je glücklich war in meinem Leben, so sage ich Ihnen: Es waren jene Wartestunden im Herrenhaus, da ich auf meiner Liebe schwerelos schwebte wie die Seerose auf den Wassern des Teiches!

Ich bin über meinem Warten dann schließlich eingeschlafen, die Jugend verlangte ihr Recht. Ich erwachte davon, daß mir jemand spielend, streichelnd durchs Haar fuhr. Ein unsagbarer Glücksschauer durchrieselte mich. Ich setzte mich auf dem alten Liegesofa hoch und starrte Ria bewundernd an. Sie trug ein tief ausgeschnittenes Abendkleid, der weiße Glanz ihrer Schultern und Brust blendete mich, als hätte ich zu stark in die Sonne gesehen.

„Ach, Werner, Werner!" sagte Ria und hatte ihre liebkosenden Finger noch immer in meinem Haar. „Es geht auf den Morgen, und statt mich zu erwarten, schläfst du! Ich dachte, wenigstens du liebst mich wirklich –!"

518

Ich war so verwirrt, daß ich kein Wort zu antworten wußte. Sie aber umfaßte mich mit beiden Armen und küßte mich auf den Mund. Sie zog mich ganz nahe an ihre atmende Brust, ich roch ihren süßen Duft, unter ihrem Kuß schwanden mir fast die Sinne ... Wir hielten uns aneinander wie zwei Ertrinkende, die doch nur ihr Versinken beschleunigten. Die Wasser unserer Liebe schlugen über uns zusammen!

Nach einer Weile sagte sie: „Komm, wir wollen essen!"

Sie führte mich in ihr Schlafzimmer. Dort war ein Tisch für uns beide gedeckt, Wein stand in einem Kühler. Plötzlich war ich aus einem armen Feldinspektor mit Magermilchgrütze ein großer Mann geworden. Aber ich fand das ganz selbstverständlich, nichts konnte mich noch überraschen, seit das größte Wunder geschehen war, daß sie mich liebte!

„Laß es dir schmecken, Werner!" sagte sie. „Nein, stoße vorher auf die Braut an! Du siehst mich so an – wußtest du nicht, daß ich heute nacht Verlobung gefeiert habe?"

„Ist es –", fragte ich und nannte den Namen des Mannes, zu dem ich so viele Briefe getragen.

„Nein!" Sie schüttelte den Kopf. „Es ist ganz jemand anders. Du kennst ihn nicht. Aber es ist auch gleichgültig, wer es ist – zur Hölle mit ihm!" Und sie warf ihr Glas gegen den Spiegel, daß die Scherben klirrend zu Boden fielen. „Hier sind wir beide – und nach uns die Sintflut!"

So begannen jene verzauberten Tage und Nächte, in denen ich meinte, in einem Traum oder Märchen zu leben. Ria war vollkommen verändert, sie schien nur für mich zu leben. Kein hochfahrendes Wort mehr, keine Bemerkung, die mich hätte kränken können. Am Tage war sie viel draußen, sie kam oft nur für einen Augenblick, weckte mich mit einem Kuß aus meinem Schlummer oder meinen Träumereien und ging wieder. Oder wir plauderten auch eine Viertelstunde miteinander, nie über Dinge unseres Alltags, sondern wir erzählten uns von glücklichen Südseeinseln, von einer Robinsonade zu zweien, von einem Weltuntergang, der uns beide allein übrigließ.

Wir waren die beiden einzigen auf der Welt geworden, und ich sah außer ihr höchstens manchmal ihr ältliches, scharfzüngiges Mädchen, das aber nie ein Wort zu mir sprach, das im Zimmer aufräumte und mich nie sah. Wie lange dieses Glück gedauert haben mag –? Ich weiß es nicht mehr, mein Freund, ich habe die Tage und Nächte nicht gezählt, alles ging mir ineinander über, bis ich sie wieder in meinen Armen hielt. Es kann eine Woche gedauert haben oder zwei – seit wann zählt der Sommer seine Rosen –?! Oh, ich bin glücklich gewesen, übermenschlich glücklich! Es hat für ein ganzes Leben gereicht, wie Sie sehen; ich schwärme noch heute davon wie ein Gymnasiast – trotz des bitteren Endes!

Eines Tages, als ich über den Flur zum Badezimmer ging, stand plötzlich der Herr Woldemar von Schütz vor mir. Ich hatte nie mehr an ihn gedacht, wie auch er wohl meine Existenz völlig vergessen hatte. Einen Augenblick stand er wie eine Gans, wenn's donnert, dann fing er seiner Gewohnheit gemäß zu schreien an – er hatte mich wohl aus dem Zimmer seiner Tochter kommen sehen. Er fuchtelte mir mit der Reitpeitsche gefährlich unter der Nase.

Aber sofort war auch das ältliche Dienstmädchen da. Sie bat schnell und eindringlich, er möge mir doch nichts tun. Sie gestehe frei und offen, sie habe mich als ihren Liebhaber ins Schloß geschmuggelt. Auch sie sei nur ein Mensch, es werde aber auch bestimmt nicht wieder vorkommen. Er möge mir bloß nichts tun, ich würde auch auf der Stelle gehen ...

Ich muß gestehen, sie war ein bewundernswürdiges altes Biest, wie sie sich ohne Zögern vor ihre Herrin stellte. Sie mußte ihre einzelnen Sätzchen in die kurzen Pausen, die ihr seine Brüllerei ließ, einschieben, aber sie tat das äußerst geschickt. Äußerst geschickt war auch ihre immer wiederholte Bitte, er möge mir doch nichts tun! Sie wies ihn dadurch deutlich darauf hin, wie er seiner Wut ein Ventil verschaffen könnte. Ein teuflisch geschicktes Weib! Schließlich begriff der Herr von Schütz. Er zog mir mit der Reitpeitsche eins über das Gesicht, daß sofort die Haut platzte. Und dem ersten Schlage folgten viele: Der Appetit kommt beim Essen. Ich wurde in aller Form aus dem Herrenhaus geprügelt. Ich fing an zu laufen. Er lief hinter mir drein, und die geschwungene Reitgerte pfiff auf meinen Rücken.

Schließlich gelangte ich aus dem Haus. Auf der Terrasse lungerten die Hunde. Er schlug mich weiter und hetzte die Hunde auf mich mit einem scharfen Zischlaut. Schließlich sah er zu, wie ich mich mit Fußtritten und Schimpfen der Köter zu erwehren suchte, immer dem Parkausgang zustrebend. Es muß für einen Zuschauer sehr komisch ausgesehen haben, wie ich mich da mit sechs, acht Hunden herumschlug. Vor allem ein kleiner bissiger Dackel machte mir zu schaffen, der mir immer wieder in die Hacksen fuhr.

Der Herr von Schütz geruhte auch, das komisch zu finden, er fing schallend zu lachen an. Und plötzlich stand Ria neben ihm, meine geliebte Ria, die vor ein paar Stunden noch in meinen Armen gelegen hatte, und auch sie lachte. Sie lachte herzlich und unbekümmert über ihren Liebhaber in Nöten, ja, sie ermunterte die Hunde noch: „Faß, Waldmann! Gib's ihm tüchtig, Harras! Oh, das war ein gemeiner Tritt, armer Rex!"

Und dann lachte sie wieder. Ich hatte dies Lachen noch in meinen Ohren, als ich in der Küche eines unserer Arbeiter stand und mein blutig brennendes Gesicht mit einem nassen Lappen kühlte. Ich hatte dieses Lachen noch Wochen und Monate in den Ohren; ich höre es noch jetzt, da wir beide alte Leute geworden sind, Ria und ich.

Ja, sie lebt noch, ich weiß es zufällig. Aber sie denkt wahrscheinlich nie mehr an das kurze Zwischenspiel mit dem kleinen Inspektor Wrede. Vielleicht besteht ihr ganzes Leben aus solchen kleinen Zwischenspielen. Es gibt viele Frauen, die nie zu einem großen Erlebnis kommen, weil sie sich zu sehr den immer wechselnden Kleinigkeiten hingeben.

Ich hätte sie später wiedersehen können, die Ria. Es hätte nur einer kleinen Nachhilfe von meiner Seite bedurft, der und der Bekannte hätte mich einladen müssen, und wir hätten einmal wieder einander gegenübergestanden: die Herrin und ihr Sklave. Aber was sollte das? Ich bin nicht dafür, in den alten Feuerstätten herumzustochern, die von Asche bedeckte Glut zu neuer Flamme zu entfachen. Das Feuer brennt nie wieder wie in unserer Jugend. Und dann: ich habe einmal ein großes Glück genossen, alles danach konnte nur geringer sein. So das eigene Ich opfernd, so wunschlos liebt man nur einmal im Leben!

Und weiter: Sie werden zugeben müssen, lieber Freund, es war etwas beunruhigend, dieses Erlebnis. Trotz allen genossenen Glückes empfand ich von da an ein tiefes Mißtrauen gegen die Frauen mit ihren unberechenbaren Launen, ihrer Sprunghaftigkeit. Ich konnte mich nie wieder überwinden, mein Herz in die Hand eines solchen Wesens zu geben. So bin ich denn allein geblieben, ein alter, einsam gewordener Junggeselle mit nur einem einzigen Liebeserlebnis in einem langen Leben. Vielleicht werden Sie mich nicht verstehen – aber was wollen Sie: So bin ich nun einmal! Keiner kann aus seiner Haut – und niemand will das auch.

Der Erzähler sah nachdenklich in sein Weinglas, erhob es, er sprach: „Du warst herrlich, Ria! Wie eine Göttin entstiegst du den Wolken und beglücktest einen armen Sterblichen! Dann kehrtest du auf den Olymp zurück!" Er trank das Glas leer und warf es gegen den Spiegel: Klirrend fielen die Scherben zu Boden. „Zur Hölle mit allen Weibern!" sprach er.

Günter Caspar

Hans Fallada, Geschichtenerzähler

Sein „einziges Ideal"
(1910–1912)

Das älteste überlieferte Typoskript Hans Falladas – richtiger: Rudolf Ditzens – ist die Arbeit eines Siebzehnjährigen. Das fünfundzwanzig Seiten lange „Lustspiel in einem Acte" des Titels „Das Kräutlein Wahrheit" folgt den „Salonkomödien". Seine Figuren – Kommerzienrat, Fabrikbesitzer, Arzt, Husarenleutnant, lyrischer Dichter; Ehefrauen, Töchter, Dienstboten – sind weitgehend Klischees. Und doch entbehrt das Stück nicht des Witzes. Die Personen, auch der „lyrische Dichter", werden persifliert. Eine Fee Aletheia, also die Göttin Wahrheit, gibt dem Dienstmädchen Lisette das Kräutlein veritas, das der Bowle beigemengt wird, so daß alle „die Wahrheit" reden; ein Skandälchen folgt dem anderen, bis es zum Happyend kommt.

Die Widmung „Seinen lieben Eltern zum Weihnachtsfeste 1910 zugeeignet" scheint den Schluß zuzulassen, der offensichtlich nicht unbegabte jugendliche Verfasser wachse in einer „heilen" Familie auf. Vater Wilhelm Ditzen, zu dieser Zeit achtundfünfzig Jahre alt, hat Anfang des Jahres 1909 den Gipfel seiner Laufbahn erreicht: Er ist zum Reichsgerichtsrat ernannt worden. Mutter Elisabeth, sechzehn Jahre jünger als ihr Mann, hat vier Kinder großgezogen: Das älteste, die zweiundzwanzigjährige Elisabeth, studiert; Margarete, zwanzig Jahre alt, teils in einem Lausanner Pensionat erzogen, ein „Hausmütterchen", wird in zwei Jahren einen Juristen heiraten; Rudolf besucht die Obersekunda; der Jüngste, Ulrich, der Liebling der Familie, zählt vierzehn.

Man bewohnt, der Stellung des Hausherrn gemäß, eine

Elfzimmerwohnung, Leipzig, Schenkendorfstraße 61, im Erdgeschoß und im ersten Stock gelegen, durch eine Innentreppe verbunden, zentralgeheizt, am Haus ein Garten. Man verfügt über entsprechendes Dienstpersonal. Materielle Sorgen kennt man nicht.

Die Eltern gelten als musisch. Sie lesen viel und machen Musik. Schon seit den Greifswalder Jahren, etwa seit Rudolfs Geburt, 1893, hat der Abend seine feste Regel: Erst wird eine Stunde vierhändig gespielt, dann liest der Vater vor. An Mark Twains „Tom Sawyer" erinnert sich in ihrem Manuskript „Unsere lieben Vier" Elisabeth Ditzen; Wilhelm Ditzen nennt als bevorzugte Autoren Dickens, Raabe und Gustav Freytag.

Doch auch sanfter Zwang führt nicht zum Ziel. Die Mädchen, die den Eltern sonst keine Sorgen bereiten, wünschen sich eines Weihnachtens den Abschluß des Klavierunterrichts, und Rudolf wird aus Protest unmusikalisch. „Ich hatte einen Vater", schreibt Fallada in einem Brief vom 20. Dezember 1939, „der ein leidenschaftlicher Klavierspieler war – und ein guter, wie ich heute weiß –, der aber nicht frei davon war, uns Kinder zu seiner Leidenschaft ein wenig zwingen zu wollen. Gespräche über Fugen von Bach und Sonaten von Brahms waren bei uns obligatorisch, manche Stunde habe ich als Junge neben dem Flügel sitzen müssen und zuhören, was mich immer nicht nur langweilte, sondern empörte. Als ich dann aus dem Haus kam . . ., habe ich mich gewissermaßen an meinem Vater dadurch ‚gerächt‘, daß ich alle Musik in Acht und Bann tat."

Die väterlichen Vorlesungen können zwar Rudolfs „Leidenschaft für Bücher" nicht dämpfen, führen ihn aber sehr früh auf eigene Wege. Der vom Vater ungern gesehene Karl May, auch Dumas und Stevenson genügen ihm bald nicht mehr. Mit elf oder zwölf Jahren, berichtet Fallada, habe er, heimlich in der väterlichen Sammlung von Reclams Universal-Bibliothek stöbernd, bereits Flaubert und Zola, Daudet und Maupassant gelesen. Diese Altersangabe, in „Damals bei uns daheim" gemacht, mag man anzweifeln wollen. Doch Elisabeth Ditzen erzählt schon von dem Kleinkind eine kuriose Geschichte: „Setzte ich Rudolf in seinen Kinderstuhl, hieß es sofort: ‚Vorlesen' und meist: ‚Mackerohr vorlesen'. Das war ‚Max und Moritz'. Bald kannte er es fast auswendig."

Die früh ausgeprägte Sucht nach Büchern hängt wohl mit der Physis des Jungen zusammen. Er entwickelt sich langsam, lernt spät gehen und sprechen, gilt als „reichlich zart" und als der geborene Pechvogel. Er fällt oft und verletzt sich häufig, er macht sehr viele Kinderkrankheiten durch und erleidet mit drei Jahren den ersten Unfall.

Ostern 1901 – der Vater ist seit 1899 Kammergerichtsrat in Berlin – beginnt für Rudolf, fast acht Jahre alt!, die Schule: die Vorschule am Schöneberger Prinz-Heinrich-Gymnasium, das er danach bis zur Quarta besucht. Elisabeth Ditzen meint, Rudolf sei „wohl nie gern zur Schule gegangen". Gewiß, er lernt schwer, bleibt zweimal sitzen („zum Glück nur ein halbes Jahr, denn es gab lauter Doppelklassen"), für manche Fächer interessiert er sich nicht.

Jedoch nicht die Schule stößt ihn ab, abstoßend sind verständnislose Schulmänner, vor allem der Lateinlehrer Marcetus, den er „geradezu haßt". An ihm „rächt" sich Fallada fast dreißig Jahre später mit der Figur des Pastors Marcetus aus „Wer einmal aus dem Blechnapf frißt". Umgeschult auf das Bismarck-Gymnasium in Wilmersdorf, kommt Rudolf, wenn auch mittels Nachhilfestunden, besser voran: Zu Michaelis 1909 will er die Untersekunda beenden.

Doch die Familie muß erneut den Wohnsitz wechseln, als Wilhelm Ditzen zum 1. Februar 1909 an das Reichsgericht berufen wird. In Leipzig erfolgt die Versetzung zu Ostern; Rudolf soll versuchen, dieses halbe Jahr nicht zu verlieren, Ostern gleich in die Obersekunda zu kommen, und er geht mehrere Monate auf die „Presse", eine private Vorbereitungsschule. Doch alle Anstrengungen sind umsonst: Gerade nach Leipzig übergesiedelt, Mitte April 1909, hat er einen schweren Fahrradunfall, der ihn für etwa fünf Monate ans Bett fesselt.

Dieser Unfall trifft den knapp Sechzehnjährigen hart. Er überdenkt das Bild von der Welt, das ihm im Elternhaus, in der Schule, von der Kirche beigebracht worden ist, und macht sich „Gedanken über den Glauben"*. Schon im Konfirmandenunterricht seien ihm Zweifel gekommen, seine Erkenntnis sei gewesen: „Die ganze Bibel ist eine Dichtung", er habe aber noch keinen Ersatz finden können. Dann heißt es:

„Damals traf mich jener Unfall, der so bestimmend in mein Leben eingreifen sollte, meine Anschauungen umstürzen sollte. Ich hatte, da mein Vater in eine andere Stadt versetzt war, ein halbes Jahr in angestrengtester Arbeit gelebt, jede Muße mir geschenkt, mein ganzes Leben der Arbeit gewidmet, um ein halbes Schuljahr zu gewinnen. Es war ein Sonntag, des Montags sollte ich mein Aufnahmeexamen machen, da radelte ich, um mich endlich zu erholen, hinaus mit etlichen Freunden. Erst unterwegs fiel mir ein, daß ich noch einige Arbeiten zu erledigen habe, ich kehrte um und lag am Abend rettungslos, ein aufgegebener Mensch im Krankenhaus. Ich hatte es gehört, daß mir nur eine nach Stunden bemessene Lebenszeit zu Gebote stünde. Die Nacht, die diesem Sonntag folgte, ist die schlimmste meines Lebens ... Wilde Gedanken kreuzten mein Hirn, die sich schließlich alle zu der einen Frage vereinten: Warum? Warum? O du Gott, der du behauptest, der Gütige, der Gerechte zu sein, warum ich! Bin ich ein so schlimmer Sünder? Habe ich nicht gekämpft für dich, warum ich? Gibt es nicht tausend Schlechtere, denn ich bin? Warum ich? Gibt es nicht tausend, die den Tod ersehnen, Alte, Betagte? Warum ich? Stand ich nicht erst an der Schwelle meines Lebens?"

Und Ditzen beschreibt mit romantisierendem Pathos die Absage an den Glauben und eine Vision der Schönheit und

* Die neunseitige Niederschrift ist dem Mitschüler Willi Burlage gewidmet, mit dem Ditzen seit dem Herbst 1910 eng befreundet ist; sie wird aus dieser Zeit stammen. Das Manuskript liegt in den Akten der Staatsanwaltschaft beim Landgericht Rudolstadt „in Untersuchungs-Sachen wider den Unterprimaner Rudolf Ditzen aus Greifswald wegen Tötung im Zweikampf", Zeichen J 1522/11. – Konfirmiert wurde Ditzen am 21. 3. 1909 im Berliner Dom.

schließt: „Wenn ich einmal etwas ganz Gutes und Großes getan habe, so werde ich nicht sagen wie die Christen: ‚Ich danke dir, Gott, daß du mir die Kraft gabst', sondern ich sage: ‚O du schöne, schöne Welt, ich danke dir, daß deine Schönheit so stark war, daß sie mir gab, das Schöne in mir zu entwickeln, daß mich das Schlechte auf Erden nicht auch schlecht macht, sondern daß ich innerlich schön und edel ward.' Und ich genas."

Von solchen Gedanken weiß niemand etwas, als Ditzen nach den Herbstferien 1909 wieder in die Schule geht: in die Untersekunda, die er in Berlin zu dieser Zeit hätte abschließen können. Hier, in Leipzig, im Königreich Sachsen, fühlt er sich wohler als in Berlin. Am Königin-Carola-Gymnasium gewinnt er Interesse vor allem am Deutschunterricht, betätigt sich im „literarischen Verein" der Schule und freundet sich mit zwei Klassenkameraden an: mit Willi Burlage, ebenfalls Sohn eines Reichsgerichtsrates, und mit Peter Krambach.

Ein anderer Mitschüler, Walter Porzig, noch ein Reichsgerichtsratssohn, später ein bekannter Sprachwissenschaftler, sei, so berichtet Johannes Hartenstein*, für Ditzen zu einem „Trauma" geworden, wohl weil man ihm den Primus zu oft als Vorbild hingestellt habe. Auch an Walter Porzig wird Fallada sich „rächen": Heinz Hackendahls Mitschüler Hermann Porzig macht er zu einem „Hämling" und den Porzig aus der Wandervogel-Szene in „Wir hatten mal ein Kind" zu einem „Musterknaben". In ebendieser Szene gibt Fallada mit der Figur des Gymnasiasten Lenz allerdings auch ein bissig-satirisches Selbstporträt.

Ostern 1910 wird Ditzen in die Obersekunda versetzt und bekommt einen neuen Klassenlehrer. In den Sommerferien, Juli/August, unternimmt er zusammen mit einigen Schulkameraden sogar eine fünfwöchige Wandervogelfahrt nach Holland. Doch er ist tatsächlich ein Unglücksmensch: Als einziger infiziert er sich und muß eine Typhuserkrankung durchstehen.

* Bei seinem Gespräch mit dem Herausgeber am 24. 9. 1966 der letzte Überlebende der Ditzen-Klasse am Carola-Gymnasium.

Dieser Ordinarius, Heinrich Degen, Dr. phil. und Oberlehrer, zählt vierzig Jahre; Krankheit hat schon seine Studien – klassische Philologie, Geschichte und Germanistik – verzögert; als „einen kranken Mann" hat ihn auch Ditzens ehemaliger Mitschüler Johannes Hartenstein im Gedächtnis. Degen gibt in der Obersekunda Latein* und leitet den literarischen Verein, der auch mit Theateraufführungen hervortritt. Dort vor allem kommen sich Lehrer und Schüler näher.

Wenn Fallada in seinem Roman „Der eiserne Gustav" dem Heinz Hackendahl jenen Professor Degener zum Lehrer gibt, wenn er Heinz „von der alten schwärmerischen Liebe zu diesem seltenen Mann erfaßt" sein läßt, so spürt man noch nach mehr als einem Vierteljahrhundert das Gefühl des Obersekundaners Ditzen für seinen Lehrer Degen heraus. Gewiß, Professor Degener ist ein „nationaler" Mann, das Waffensammeln nach Kriegsende und der „Flaggenstreit" sind Attribute der Figur – Dr. Degen starb 1914 –, doch die Art und Weise, wie der Lehrer zum Schüler steht, wie Degener mit Hackendahl umgeht, das ist die Art und Weise, wie Degen zu Ditzen stand, wie Degen mit Ditzen umgegangen ist.

Degen spürt, daß der junge Mann Vertrauen zu ihm faßt; Ditzen lernt einen Menschen kennen, der ihm Verständnis entgegenbringt. Degen ist der erste, dem Ditzen seine literarischen Versuche zu lesen gibt. Degen ist der einzige der neun Lehrer aus Leipzig und Rudolstadt, der in der Untersuchung von 1911 versucht, seinen ehemaligen Schüler gerecht zu beurteilen.

Die Aussage Dr. Degens skizziert ein Bild Rudolf Ditzens im Jahre 1910, das man als stimmig ansehen kann. Degen sagt**: „Ditzen war sehr begabt, nahm am Unterricht,

* Der Bericht des Gymnasiums über das Schuljahr 1910/11 nennt für die Obersekunda folgenden Stundenplan: Religion 2 Stunden, Deutsch 3, Lateinisch 7, Griechisch 7, Französisch 2, Hebräisch 2, Englisch 2, Mathematik 4, Physik 2, Geschichte 3.
** Die Protokolle sind per Hand geschrieben und häufig korrigiert. Allein schon aus den Schriftbildern kann man schließen, daß sie die Aussagen nur sinngemäß, nicht aber wörtlich wiedergeben.

soweit er ihn interessierte, lebhaft teil. Er zeigte große Schärfe im Denken und hatte schon damals Interessen, namentlich auf literarischem Gebiet, die über den Rahmen der Schule hinausgingen. Namentlich im literarischen Verein entwickelte er besonderen Scharfsinn. Seine Lebensauffassung war pessimistisch. Das mag an dem vielen Unglück liegen, das er in seinem Leben gehabt hat." Ditzen sei „stark nervös" gewesen und habe „großes Ehrgefühl und ein gesteigertes Selbstbewußtsein" an den Tag gelegt. Und über Ditzens Manuskripte, die er gelesen hat, urteilt Degen: „Seine literarischen Versuche bekundeten ebensoviel Talent wie überspannte Phantasie . . ."

Man kann mit Sicherheit annehmen, daß Rudolf Ditzen im Spätsommer 1910 als Rekonvaleszent zu schreiben beginnt. Erhalten haben sich aus dieser Zeit jene „Gedanken über den Glauben", das erwähnte Lustspiel sowie einige Gedichte. Es sind Versuche, die sich von denen anderer begabter Schüler nicht allzusehr unterscheiden, Versuche, die kaum besonderes Interesse verdienten, wenn Rudolf Ditzen nicht in ebendieser Zeit die feste Absicht geäußert hätte, Schriftsteller werden zu wollen und nichts sonst, und wenn er nicht tatsächlich Schriftsteller geworden wäre.

Während der Wanderung durch Holland, erzählt Johannes Hartenstein, habe Ditzen „dicke Berichte" nach Hause gesandt. Ihm sei das aufgefallen, und er habe eines Abends gefragt – „ich glaube, wir saßen vor unserm Lagerzelt" –, was Rudolf denn einmal werden wolle. Der habe geantwortet: „Ja, weißt du, am liebsten möchte ich Schriftsteller werden. Aber wer Romane schreiben will, der muß eigentlich selbst etwas erlebt haben."

Die Absicht bezeugen für das Jahr 1910 außerdem, so die Untersuchungsprotokolle, sowohl die Mutter und Tante Ada, Wilhelm Ditzens jüngere Schwester Adelaide, als auch Willi Burlage und Käthe Matzdorf. Zu ihr, der sechzehnjährigen Tochter eines Rechnungsrates am Reichsgericht, hat Ditzen offensichtlich eine Zuneigung gefaßt.

Käthe Matzdorf spricht von einer „ziemlich vertrauten Freundschaft"; Ditzen habe ihr allerlei Manuskripte geschenkt: „ein kleines Theaterstück, eine Reihe Gedichte und ein Märchen". Ihr sagt Ditzen nicht nur, Schriftsteller zu werden sei sein „einziges Ideal", zu ihr spricht er auch von seinen Ängsten: Sein Vater wünsche, er solle Jura studieren.

Käthe Matzdorf wird zum Anlaß eines Eklats. Im Februar 1911 schreibt Ditzen – wie er später aussagen wird: unter Zwangsvorstellungen – an die Frau Rätin Matzdorf anonyme Briefe des Inhalts, ihre Tochter stehe „in ganz intimem Verkehr" mit – Rudolf Ditzen. Als die Sache auffliegt, äußert Ditzen zu Freund Burlage den Vorsatz, Selbstmord zu begehen. Die Eltern werden unterrichtet und sind alarmiert: Sofort, am 9. März, nehmen sie den Sohn vom Gymnasium. Zwei Tage später bringen sie Rudolf zu entfernten Verwandten, den Kettlers, nach Mariensee bei Hannover und schließlich am 9. April – auf Veranlassung des Hausarztes Dr. Eggebrecht, der Ditzen für „schwer hysterisch" und „psychisch erkrankt" hält – nach Bad Berka in Dr. Starckes Sanatorium für Nerven- und innere Kranke „Schloß Harth". Später wird Ditzen Einrichtungen dieser Art „Satanorien" nennen.

Die Eltern sind vor allem deshalb alarmiert, weil Ostern 1910 und im Januar 1911 drei Oberprimaner des Carola-Gymnasiums Selbstmord verübt haben* und weil die Schulleitung meint, so Religionslehrer Richter, jedenfalls in zwei Fällen scheine der in den Schülern „durch die Literatur moderner Schriftsteller genährte Pessimismus den Grund zum Selbstmord gegeben zu haben". Und Rudolf Ditzen liest, ohne daraus ein Hehl zu machen, Nietzsche und Oscar Wilde, auch Hofmannsthal und – später in Rudolstadt –

* Ein Schüler des Carola-Gymnasiums, Johannes Johst, Abiturient des Jahres 1911, wird 1917 unter dem Namen Hanns Johst einen Roman „Der Anfang" veröffentlichen, in dem Vater-Sohn-Konflikte und Schülerselbstmorde eine Rolle spielen und in dem auch ein Lehrer namens Schwert auftritt, Gründer des literarischen Vereins. – Es ist derselbe Hanns Johst, der am 30. 4. 1936 Rudolf Ditzens Mitgliedsausweis der Reichsschrifttumskammer als deren Präsident unterschreiben wird.

„ein Buch eines gewissen Mann", das Ditzens Pensionsvater, dem Obersten a. D. Busse, „für einen jungen Menschen seines Alters nicht geeignet" erscheint. Leider hat Busse den Vornamen des „gewissen Mann" nicht genannt; Ditzen mag Heinrich Manns Roman „Zwischen den Rassen" oder Erzählungen Thomas Manns gelesen haben.

Anfang Juni kann Ditzen das Sanatorium verlassen. Dr. Starcke ist auf ihn nicht gut zu sprechen: Rudolf habe zuviel geraucht und auch gegen andere Vorschriften verstoßen, „so daß eine gewisse Disziplinlosigkeit und Nichtachtung gegenüber älteren, ihm vorgesetzten Personen, dafür aber ein krankhaftes, wohl durch falsche Lektüre noch genährtes Überzeugtsein vom Werte seiner eigenen Persönlichkeit hervortrat". Urteile hat dieser die Sprache malträtierende Arzt rasch bei der Hand: „Hierzu gehört auch seine von ihm sehr überschätzte angebliche Begabung zum Dichten und Schriftstellern, die nach den mir zu Gesicht gekommenen Proben als minderwertig zu bezeichnen waren." Ob Dr. Starcke als guter Diagnostiker gelten darf – er konstatiert eine „durch erbliche Belastung verstärkte traumatische Neurose mit eigentümlichen pathologischen Erscheinungen" –, muß dahingestellt bleiben.

Weitere fünf Wochen verbringt Ditzen in Schnepfenthal bei Waltershausen, im Pensionat einer Cousine, Tochter des Forstmeisters Runge. Dann, Mitte Juli, wenige Tage vor seinem 18. Geburtstag, siedelt er nach Rudolstadt über, lebt zuerst bei Generalsuperintendent Dr. Braune in Pension und ab Anfang Oktober – Ditzens Aufenthalt in einem Pfarrhaus führt zu Komplikationen – bei Oberst a. D. Busse.

Rudolfs Rückkehr nach Leipzig wird von Wilhelm Ditzen nicht in Betracht gezogen. So der Sohn wieder fähig zum Schulbesuch sei, solle er den Ort selbst bestimmen. Ditzen entscheidet sich für Rudolstadt, damals ein Städtchen von vielleicht zehntausend Seelen und Residenz der Fürsten von Schwarzburg-Rudolstadt. Dort lebt Hanns

Dietrich von Necker, mit dem ihn schon seit einiger Zeit eine Brieffreundschaft verbindet; getroffen haben sich die beiden zuerst Weihnachten 1910 in Leipzig, dann für ein paar Tage in Schnepfenthal. Jetzt, von Mitte Juli an, werden Ditzen und v. Necker fast unzertrennlich; Grundlage ihrer Freundschaft sei, so Ditzen, die „gemeinsame Neigung zur Schriftstellerei".

Am 9. August 1911 beginnt am Fürstlichen Gymnasium der Unterricht, für Ditzen in der Unterprima. Während der folgenden zwei Monate versäumt er pro Woche zwei bis drei Tage die Schule; er leidet noch immer an Unfall- und Krankheitsfolgen: Kopfschmerzen, Schlaflosigkeit, ist nervös und leicht erregbar. Die „Literaria", der literarische Verein der Schule, und die für Ende September vorgesehene Aufführung des Dramas „Der Menonit" von Ernst von Wildenbruch, in der er die Hauptrolle spielen wird, beschäftigen ihn mehr als der Unterricht.

Er macht wieder Gedichte*. Mitschüler werden später aussagen, Ditzen habe berichtet, v. Necker und er schrieben zusammen ein Lustspiel für eine Aufführung in der „Literaria", und er habe erzählt, eine Zeitungsredaktion – nach anderer Version: eine Verlagsbuchhandlung – habe von ihm eine Novelle zum Druck angenommen. Mag das eine stimmen, das andere Renommisterei sein: An Ditzens Habitus ändert es nichts.

Die Meinung, dieser Schüler sei – so später vom Ordinarius formuliert – „ein dekadenter, fast lebensmüder Mensch, der sich über Sitte und Gesetz erhaben fühlt", scheint sich im Lehrerkollegium festzusetzen. In den Fächern, die ihm liegen, muß man Ditzen jedoch Begabung bescheinigen. Professor Rübesamen meint, er übersetze „Horaz und Homer mit Geschmack und Verständnis"; Professor Haushalter findet in einem Deutschaufsatz „die durchschnittliche Fähigkeit eines Unterprimaners" überschritten; Professor Leisshose nennt Übersetzungen aus

* Justizrat Sommer, der von Wilhelm Ditzen bevollmächtigte Rechtsanwalt, wird dem Untersuchungsrichter Manuskripte vorlegen, die im August und September entstanden sind.

dem Französischen „klar und logisch und besser als viele andere". Den Eindruck, den Ditzen bei seinen Mitschülern erweckt, faßt der Unterprimaner Bernhard Hübner so zusammen: „Er war ein vollständig einseitiger Mensch, mit dem man über andere Sachen als Literatur nicht sprechen konnte."

Am frühen Morgen des 17. Oktober nimmt dann die „Rudolstädter Gymnasiasten-Tragödie" ihren Lauf, die Wellen bis in die Berliner Presse schlägt. Ditzen und v. Necker, beide mit dem Gedanken an Selbstmord vertraut, fingieren ein Duell, um aus dem Leben zu scheiden. Der im Umgang mit Waffen versierte v. Necker verfehlt das Ziel; der kurzsichtige Ditzen trifft den Freund, tötet ihn und jagt sich zwei Kugeln in die Brust.

Über Ditzen wird wegen „Tötung im Zweikampf" Untersuchungshaft verhängt, doch der Haftbefehl bleibt uneröffnet: Der Angeschuldigte schwebt – in der Fürstlichen Landesheil- und Pflegeanstalt liegend – noch in Lebensgefahr. Am 24. Oktober beginnen die Vernehmungen. Fast vierzig Zeugen werden gehört. Doch „die furchtbare und zugleich für normales Empfinden im großen Ganzen unverständliche Erscheinung", so die „Rudolstädter Zeitung" am 19. Oktober, wird nicht faßbarer, weil die Untersuchung den Schleier der gesellschaftlichen Ursachen nicht lüftet und weil, nicht zuletzt, die Familie – Wilhelm, Elisabeth und Adelaide Ditzen sagen aus – mit aller Macht eine „erbliche Belastung" Rudolfs hervorzukehren sucht. Am 12. Januar 1912 beschließt das Gericht, den Angeschuldigten außer Verfolgung zu setzen: Es billigt ihm den § 51 StGB zu.

Die Grundlage dafür gibt das einunddreißig Seiten lange Schriftstück der Großherzoglichen Psychiatrischen Klinik Jena, in der Ditzen vom 15. November bis zum 20. Dezember 1911 beobachtet wurde. Verfasser ist der Geheime Medizinalrat Otto Binswanger, eine Kapazität seiner Zeit. Binswanger zieht für die Darstellung der „Vorgeschichte" auch jene Gedichte, Ditzens „Wandervogelfahrtenbuch" und einige im Bussesschen Garten aufgefundene Skizzen heran, darunter die „Geschichte von Einem, der vor sich selbst floh".

Im „Befund" – der auch diese Beschreibung gibt: „Ditzen ist ein achtzehnjähriger, gracil, fast kindlich gebauter Mensch von blasser Gesichtsfarbe und mäßigem Ernährungszustande, der bei einer Größe von 176 cm bei der Aufnahme nur 108 Pfund wog" –, im „Befund" wird „eine starke einseitige Begabung für Literatur" konstatiert. Das „Gutachten" schließlich stellt die „ungleichmäßige Entwicklung der geistigen Fähigkeiten mit einseitiger Hervorkehrung phantastischer, gewissermaßen künstlerisch-literarischer Begabung" heraus und zählt Ditzen „der Kategorie der degenerativen konstitutionellen Psychopathen" zu. Die Frage, zu welchen Ergebnissen die Psychiatrie heute gekommen wäre, muß unbeantwortet bleiben.

Rudolf Ditzen wird es noch häufig mit Kliniken und Psychiatern zu tun bekommen. Mitte der dreißiger Jahre wird ihn in der Charité Professor Karl Bonhoeffer behandeln, dann im Heidehaus Zepernick sein Schulfreund Dr. Willi Burlage, den Ditzen bei Bonhoeffer wiedergetroffen hat, und in den ersten vierziger Jahren in den Kuranstalten Westend der Bonhoeffer-Schüler Professor Jürg Zutt. Bonhoeffer habe, so überliefert Anna Ditzen, von Fallada einmal gesagt: „Fast ein Psychopath – aber die sind das Salz der Erde."

Erste Versuche
(1912–1920)

Das Gutachten der Jenenser Klinik hat weitere ärztliche Behandlung in einer Anstalt für erforderlich gehalten, und so wird Rudolf Ditzen im Januar 1912 in das Sanatorium des Dr. Tecklenburg nach Tannenfeld bei Nöbdenitz/Sachsen-Altenburg gebracht. Dort bleibt er anderthalb Jahre. Die Familie hält eine zusätzliche Bedeckung für notwendig und quartiert Adelaide Ditzen, Tante Ada, ebenfalls in Tannenfeld ein. Schon in Jena hatte sie Rudolf fast täglich besucht und mit ihm – sie ist polyglott – französische und englische Sprachstudien getrieben. Nun, im Spätsommer dieses Jahres, verweist sie den Neffen auf Romain Rolland, mit dem sie gemeinsame Bekannte hat, und regt den Versuch an, dessen 1906 erschienene Biographie „La vie de Michel Ange" (Das Leben Michelangelos) zu übersetzen.

Ditzen, inzwischen neunzehn Jahre alt, macht sich offensichtlich sofort an die Arbeit. Im September schickt er eine Übersetzungsprobe an den Eugen Diederichs Verlag in Jena, wendet sich gleichzeitig auch an den Insel Verlag, den Xenien-Verlag zu Leipzig sowie an Albert Langen in München und schreibt an Rolland. Eugen Diederichs bestätigt die Probe am 1. Oktober und teilt am 26. d. M. mit, er sei nicht abgeneigt, den „Michelangelo" in Ditzens Übersetzung herauszubringen. Auch Rolland antwortet*, und Ditzen bedankt sich am 28. überschwenglich für den „so freundlichen, ... so schönen Brief".

Doch seine Freude hält nicht lange an. Nur wenige Tage später erreicht ihn die „schlimme, schlimme Nachricht", daß bereits ein professioneller Übersetzer autorisiert sei. Die Antwort an Rolland vom 3. November bezeugt Ditzens Verfassung: übersteigertes Selbstbewußtsein, aber auch Selbsteinschätzung. Er schreibt: „So wie Ihr Michelange ringt und kämpft und unterliegt und wieder ringt und kämpft und unterliegt, so haben auch ich und Sie und wir alle, die wir Künstler sind oder werden wollen, gerungen, gekämpft und sind unterlegen." Er trauere über seine Niederlage: „Durch die Übersetzung Ihres Buches hätte ich mir einen Namen gemacht, ich wäre nicht mehr ein unbekannter Schreibling gewesen ...!" Manchmal geschähen Wunder: „Mir geschehen sie sicher nicht. Und ich will sie auch nicht. Ich will durch mich weiter und nicht durch Zufälle."

Ditzen gibt so schnell nicht auf. Im November bietet er Diederichs die Übersetzung des Romans „Monsieur des

---

* Rollands Briefe sind nicht überliefert. Jean Full, Germanist an der Universität Mulhouse und Fallada-Forscher, hat das kurze Kapitel „Hans Fallada et Romain Rolland" in No. 3 der Zeitschrift „Recherches Germaniques", Strasbourg 1973, abgehandelt.

Lourdines" von Alphonse de Chateaubriant* an; der sagt
ab. Die Verlage Erich Reiß, Albert Langen, S. Fischer, Axel
Juncker, die Verlagsbuchhandlung Boll und Pickardt in Berlin NW 7 und der J. C. C. Bruns' Verlag in Minden/West-
falen zeigen sich ebenfalls nicht interessiert. Doch erst als
ihm der Xenien-Verlag im Februar 1913 die Übersetzungsprobe zurückgibt, weil der Originalverlag illusorische Bedingungen stelle, läßt Ditzen den Plan fallen.

Zu dieser Zeit schickt ihm auch die „Tägliche Rundschau / Unabhängige Zeitung für nationale Politik" ein Manuskript zurück. Gegen den dort am 14./15. November
1912 gedruckten dubiosen Artikel „Deutschland in der heutigen französischen Literatur" polemisierend, hat Ditzen
eine Lanze für Romain Rolland brechen und sich für den
gerade abgeschlossenen, noch nicht übersetzten Roman
„Jean Christophe" verwenden wollen. Nun bittet man ihn
um Entschuldigung, daß seine „freundliche Einsendung in
der Hitze der vorweihnachtlichen Arbeiten versehentlich
liegengeblieben ist".

Ditzen wird in Tannenfeld noch manches andere geschrieben haben. Einen Hinweis gibt er selbst im Greifswalder Gefängnistagebuch. „Ich erinnere mich", notiert er
am 6. Juli 1924, als er den Roman „Der Wetterwart" von
J. C. Heer aus der Anstaltsbibliothek zugeteilt bekommt,
„daß ich vor zwölf Jahren in Tannenfeld eine Kritik auf
Heers ‚Laubgewind' in der Alfred-Kerr-Weis schrieb, eine
beißende Verhöhnung Heers und eine parodistische Nach-
äfferei damals unverstandener Stileigentümlichkeiten
Kerrs." Manuskripte aus der Tannenfelder Zeit kennen wir,
einige Gedichte ausgenommen, nicht.

Selbst in der Jenenser Klinik hat Ditzen Gedichte gemacht, die, wie Binswanger vermerkt, „eine etwas phanta-
stische, melancholische Stimmung" verraten. Gedichte
schreibt er auch jetzt und in den folgenden Jahren. Sie ab-
strahieren stark, erscheinen nachempfunden und tönen

* 1911 bei Bernard Grasset in Paris erschienen; deutsch 1942 unter
dem Titel „Herr von Lourdines / Die Geschichte eines Landedelmannes
um 1840".

manchmal expressionistisch; sie haben fast durchweg dasselbe Vers- und Reimschema, aber kaum originäre Bilder, kurz: sie bieten wenig Eigenes*.

Einige Titel – „An W. B." (Willi Burlage), „Tannenfeld" – lassen auf die Entstehung um 1912 schließen, andere verweisen auf spätere Jahre. So betrifft zum Beispiel das Gedicht „An Jagusch" eine Frau, die Ditzen im Greifswalder Tagebuch seine „Braut" nennt, von der er sich „entlobt" habe. Und die Unterzeile „Auf eine Statuette von Frau F." des Gedichts „Junges Mädchen" deutet auf Lotte Fröhlich hin, Frau eines Malers und bildhauernde Besitzerin eines Antiquitätengeschäfts in Berlin, die Ditzen wahrscheinlich im Winter 1916/17 kennenlernt.

Im Juli 1913 kann er das Tannenfelder Sanatorium verlassen. Ditzen zählt zwanzig Jahre und besitzt das „Einjährige", das Zeugnis der Obersekunda. Vater Ditzen entscheidet sich für die Landwirtschaft, und Rudolf, noch nicht mündig, streckt sich nach der Decke. Am 1. August beginnt er die Lehre auf Rittergut Schloß Posterstein und Vollmershain, Bahnstation Nöbdenitz, nur wenige Kilometer von Tannenfeld entfernt, und wird „in allen Zweigen der Landwirtschaft, im Getreide- und Samenbau, in der Viehzucht, Branntweinbrennerei und Buchführung gründlich" ausgebildet.

Obwohl die Lehre bei Rittergutsbesitzer Herrmann, Rittmeister d. R., der eine Herdbuchwirtschaft führt und Saatgetreide anbaut, gewiß kein Zuckerlecken ist, arbeitet Dit-

---

* Erhalten ist ein Konvolut von etwa siebzig Gedichten in einer 1948 angefertigten Abschrift, die aus dem Nachlaß von Rudolf Kurtz an den Herausgeber gelangte. Kurtz, Chefredakteur des seit dem 7. 12. 1945 erscheinenden „Nacht-Express", mit Fallada durch Paul Wiegler oder Johannes R. Becher bekannt, wollte offensichtlich Ursula Losch-Ditzen bei der Herausgabe behilflich sein: Das Typoskript besteht aus Blättern mit dem Aufdruck „Express-Verlag". In einer „Juli 1948" datierten „Vorerinnerung" berichtet Ursula Fallada (!), das Manuskript dieser Gedichte habe ihr Fallada noch vor ihrer Eheschließung mit der Bemerkung geschenkt: „Es sind die einzigen Gedichte, die ich in meinem Leben geschrieben habe. Vor langer, langer Zeit, ich war noch sehr jung."

zen nebenher und versucht erneut, eine Verlagsverbindung anzuknüpfen. Im Januar 1914 bietet er dem Xenien-Verlag eine Rossetti-Übersetzung an (samt Vorlagen für Illustrationen) sowie eigene Manuskripte: Skizzen und einen Roman.

Offensichtlich* bezeichnet er sich jetzt als Schriftsteller: Der Verlag adressiert ausdrücklich „Herrn Rudolf Ditzen, Schriftsteller, derz. Rittergut Schloß Posterstein". Man erwarte, heißt es in einer Antwort vom 20. d. M., Ende der Woche die Rossetti-Übersetzung, im Februar den Skizzenband und im Mai/Juni den Roman. Am 25. Januar schickt Ditzen die Übersetzung, „Das selige Fräulein"** , ab und erhält im März einen Zwischenbescheid. Von seinen eigenen Manuskripten ist nicht mehr die Rede. Die Rücksendung der Übersetzung wird er noch im Dezember 1916 anmahnen.

Ende August 1914, vier Wochen nach Deutschlands Kriegserklärung, stellt sich Ditzen – der Vater ist dieserhalb nach Posterstein gekommen – in Altenburg als Freiwilliger. Beim Train in Leipzig wird er endlich angenommen, jedoch schon nach wenigen Tagen als „dauernd untauglich" entlassen. Ihm bleibt das Grauen des Krieges erspart, das in vielen seiner überlebenden Altersgenossen eine entschiedene geistig-weltanschauliche Wandlung auslösen wird.

Ditzen profitiert erst einmal davon, daß in der „Heimat" arbeitsfähige Männer mehr und mehr fehlen. Mitte August 1915 endet seine Lehrzeit. Zum 1. Oktober tritt er seine erste Beamtenstelle an, arbeitet im Büro der Gräfl. von Bismarck-Osten'schen Güter-Verwaltung in Heydebreck bei Plathe/Pommern und führt eine Zeitlang die Geschäfte des Güterdirektors. Bereits nach fünf Monaten, zum

---

* Ditzens Briefe sind nur zum Teil bekannt; die Fakten lassen sich den Antworten des Verlages entnehmen.
** Die 144 Verse umfassende Dichtung „The Blessed Damozel" von Dante Gabriel Rossetti, der als Maler zur Gruppe der Präraffaeliten zählt. Auf Rossetti ist Ditzen wahrscheinlich durch Stefan Georges Nachdichtungen der Sonette (1905) gestoßen.

1. März 1916, glückt ihm der Sprung nach Stettin, in die Landwirtschaftskammer der Provinz Pommern, in der er als wissenschaftlicher Hilfsarbeiter für „die der Kammer im Jahre 1916 obliegende Vermittlung von Saatkartoffeln" zuständig ist.

Nach weiteren neun Monaten erklettert er die nächste Sprosse. In Berlin hat man – die Lebensmittel sind bereits katastrophal knapp, der „Kohlrübenwinter" steht vor der Tür – einen Kartoffelbauverein in eine Kartoffelbaugesellschaft m. b. H. umgewandelt, eine Vereinigung von Wissenschaftlern und Praktikern, die wirtschaftliche Maßnahmen im Kartoffelanbau durchsetzen soll und bei der sich Ditzen, inzwischen ein Spezialist für Saatkartoffeln, mit Erfolg bewirbt. Vom 15. November 1916 an leitet er dort, Berlin SW 11, Bernburger Straße 15/16, die Abteilung für Vermittlung von Pflanzkartoffeln, bis er, so das Zeugnis, „aus Gesundheitsrücksichten gezwungen ist, seine Stellung zum 1. August 1918 aufzugeben".

Kann man Zeugnissen trauen? Güterdirektor Friedel in Heydebreck versichert, Ditzen, „seinen Jahren weit voraus", sei „ein durchaus vornehmer Charakter" und als „Hausgenosse bescheiden und solide". Die Kammer lobt „ausgezeichnete Kenntnisse, große Gewandtheit und eine seltene Arbeitsfreudigkeit". Und die Geschäftsführung der Gesellschaft verliert in dem „gewandten und sehr gewissenhaften Arbeiter", der „auf landwirtschaftlichem Gebiete sehr gute praktische und theoretische Kenntnisse besitzt", eine „sehr große Hilfe". Dennoch trügt der Anschein, Ditzen sei im Begriff, Karriere zu machen und eine „bürgerliche Existenz" zu gründen. Jedenfalls in Berlin ist er wiederum bemüht, sich als Schriftsteller durchzusetzen.

Ditzen bietet – aus Berlin-Schöneberg, Akazienstraße 19, zweiter Stock, wo er zur Untermiete wohnt – Anfang des Jahres 1917 mehreren Verlagen seine Gedichte an. Herwarth Walden, Monatsschrift und Verlag „Der Sturm", antwortet am 13. April und verweist auf seine Sprechstunden; Manuskripte möge Ditzen ruhig einsenden, vielleicht eigne er sich zum ständigen Mitarbeiter. Erich Reiß, Erich Reiß

539

Verlag, stellt Ditzen ebenfalls am 13. April anheim, das Manuskript zu schicken; eine Vorlesung anzuhören sei ihm allerdings prinzipiell nicht möglich. Die Verlagsbuchhandlung Bruno Cassirer bedauert am 17. April; Cassirer sei einberufen. Georg Müller läßt sich das Gedichtmanuskript Ende April senden und lehnt es am 4. September ab.

Und auch ein anderer Weg führt nicht zum Ziel: Der Kurt Wolff Verlag dankt am 31. Mai Herrn Wilhelm Burlage, Leipzig, Lessingstraße 1, für Rudolf Ditzens Gedichtsammlung „Gestalten und Bilder"* , muß jedoch der „gegenwärtigen Schwierigkeiten" wegen von neuen Verlagsverbindungen absehen.

Diese Absagen aus fünf renommierten Häusern scheinen Ditzen klarzumachen, daß niemand seine Gedichte drukken wird. Er bietet sie nicht mehr an, er gibt wohl auch das Gedichteverfassen bald ganz auf. Statt dessen versucht er es zum vierten Mal mit einer Übersetzung. Er höre, schreibt er am 29. August 1917 an den Insel-Verlag, man plane eine „Neuausgabe der Rubayat des Omar Khayyam"; seine Übersetzung, die er dem Verlag zu überlassen bereit sei, schließe sich als einzige der ihm bekannten deutschen Versionen „vollständig genau an das persische Versmaß" an**. Der Verlag läßt sich Ditzens Fassung kommen und prüft sie wohl genauer. „Wir haben", antwortet ihm am 8. März 1918 Katharina Kippenberg, „viel Schönes an der Übersetzung gefunden"; dennoch könne sich der Verlag „alles in allem" nicht zur Übernahme entschließen.

Das Lob scheint Ditzen nicht zu ermuntern; es gibt keinen Hinweis, daß er seine Chajjâm-Übertragung anderen

---

* Es liegt im Bereich des Möglichen, daß dieses und das von uns beschriebene Manuskript identisch sind.

** Auf Omar Chajjâm ist Ditzen wahrscheinlich durch seine Beschäftigung mit Rossetti verwiesen worden: Im Kreis der Präraffaeliten galten die Rubâ'ijjât (in sich geschlossene, gereimte, vierzeilige Gedichte) des iranischen Klassikers, genauer: deren englische Übertragung von Edward Fitzgerald, als Losungswort, Erkennungszeichen. Ditzen greift auf Fitzgerald zurück, und zwar auf die dritte Ausgabe von 1872, die 101 Vierzeiler umfaßt. Gedichte Chajjâms erschienen zwischen 1878 (Schack) und 1917 (Klabund) in mindestens sechzehn deutschsprachigen Ausgaben.

Verlagen einreicht, und er unternimmt auch keine weiteren Versuche, sich durch Übersetzungen einen Namen zu machen. Er ist mit anderem beschäftigt; er schreibt Prosa.

Im ersten Winter, den er als Erwachsener in Berlin verbringt, lernt Rudolf Ditzen zwei Frauen kennen, die den weiteren Gang seines Lebens beeinflussen: Anne Marie Seyerlen und die bereits erwähnte Lotte Fröhlich. Der Winter 1916/17 ist sehr streng; die Kriegswirtschaft hat Mangel an allem geschaffen; das Gros der Menschen hungert. Die City indes mit ihrem lebhaften Treiben in Restaurants, Hotels, Theatern usw., Dorado der oberen Zehntausend, der „Kriegsgewinnler" und „Schieber", wirkt auf zeitgenössische Beobachter wie eine Stadt in tiefstem Frieden.

Anne Marie Seyerlen gehört zur „Gesellschaft". Ihr Mann Egmont betreibt irgendwelche Geschäfte. 1913 hat er im S. Fischer Verlag ein aufsehenerregendes Buch erscheinen lassen, den Pubertätsroman „Die schmerzliche Scham / Geschichte eines Knaben um das Jahr 1900". Er ist mit dem 1887 geborenen Ernst Rowohlt befreundet; zusammen haben sie sich – vermutlich gleichen Alters – 1914 als Kriegsfreiwillige gemeldet. Viele Jahre danach, 1951, wird Ernst von Salomon in seiner Autobiographie „Der Fragebogen" den Seyerlen des Jahres 1931 einen „merkwürdigen Mann" nennen, der „in der ganzen Welt zu Hause" sei, und wird andeuten, daß Seyerlens vieles Geld aus dem Schmuggel mit Waffen stammt.

Von Anne Marie Seyerlen wissen wir nur, daß sie mit Ditzen ein Verhältnis eingeht. Er wird ihr von sich erzählen, von seinem Traum, Schriftsteller zu werden; Seyerlens Buch wird ins Gespräch kommen; kurz, ein Einfluß Annia Seyerlens auf Ditzen ist sehr wahrscheinlich. An der Spitze des „Aktenvermerks", in dem er die Umstände der Entstehung zu Papier bringt, hält Ditzen jedenfalls fest: „24. 8. 1917. Begonnen mit den ‚Leiden eines jungen Mannes in der Pubertät', auf Veranlassung von Frau Anne Marie Seyerlen."

541

Möglicherweise gibt die Seyerlen aber auch nur den letzten Anstoß; möglicherweise haben die Manuskripte existiert, von denen Ditzen spricht, wenn er zwei Jahre später, am 19. Mai 1919, an Ernst Rowohlt schreiben wird: „Ich sagte Ihnen bereits, daß dieses Buch Zusammendrängung zweier Vorgänger sei." Schließlich mögen die Ablehnungen seiner Gedichte ein übriges dazutun, daß er nun einen Roman beginnt.

Den Stoff entlehnt er seiner Biographie, hauptsächlich den Leipziger Jahren. Am 10. März 1918 liegt die erste Fassung vor, und Ditzen beginnt sofort die zweite, jetzt bereits unter dem Titel „Der junge Goedeschal". Ende des Monats, als ihm klar wird, daß er das Buch nicht neben seiner Tätigkeit in der Kartoffelbaugesellschaft bewältigen kann, bittet er seinen Vater um Hilfe – wissend, daß das, was er schreibt, den Eltern nicht gefallen kann. Wilhelm Ditzen sagt seine Unterstützung zu, und Ditzen kündigt zum 1. August.

Der förmliche Vertrag, den der Vater – seit dem 1. März Pensionär mit Ruhegehalt – bei allerlei Klauseln und selbstverständlich nicht ohne Vorbehalte am 7. August 1918 aufsetzt, sichert Ditzen neben den hundert Mark monatlich, die er ohnehin als Zuschuß erhält, für sein „schriftstellerisches Versuchsjahr", das rückwirkend mit dem 1. Juli beginnt, monatlich weitere dreihundert Mark als „Vorempfang" auf seinen Erbteil zu. Damit ist Ditzen materiell erst einmal gesichert. Er sucht sich in Berlin-Wilmersdorf, Mainzer Straße 11, eine neue Bleibe. Doch „ruhiges" Arbeiten glückt ihm nur bis zum Herbst.

Das hat etwas mit der zweiten Frauenbekanntschaft zu tun. Auch Lotte Fröhlich fängt in dieser letzten Kriegsphase ein Verhältnis mit Ditzen an; es endet, als ihr Mann „aus dem Felde" zurückkommt und Ditzen – wie er Jahre darauf seiner Frau in einem Brief berichten wird – „weichen" muß. Doch nicht das Verhältnis hat seine Nachwirkung. Mit Lotte Fröhlich bleibt Ditzen in freundschaftlichem Kontakt; Lotte und Max Fröhlich besuchen Ditzens 1936 in Carwitz und emigrieren bald danach, wie Anna Ditzen berichtet, in die USA. Nachwirkung hat Ditzens Freundschaft mit Lotte Fröhlichs Sohn aus erster Ehe, Wolfgang Parsenow. An ihn schließt er sich – so Ditzen in ebendiesem Brief vom 2. Februar 1931 – enger an: „. . . und der brachte mir dann aus dem Feld frisch gekommen das Morphiumspritzen bei." Das Ende des Krieges beschert Ditzen die Bekanntschaft mit dem Rauschgift; im Winter 1918/19* wird er süchtig und bleibt es mehrere Jahre.

Daß Rudolf Ditzen die Novemberrevolution bejaht, läßt sich einer Äußerung entnehmen, mit der Vater Ditzen auf ein – leider nicht erhaltenes – Schreiben des Sohnes eingeht. „Dein Brief", antwortet er am 2. April 1919, und die Verbitterung übertönt die kühle Sachlichkeit des nun sechsundsechzigjährigen Reichsgerichtsrates a. D., der noch am 12. August 1918 seinen Jüngsten, knapp zweiundzwanzig Jahre alt, an den Krieg verloren hat und im November mit dem Kaiser seine höchste Autorität, „Dein Brief enthält ein politisches Glaubensbekenntnis, und Du meinst dann, wir würden ‚in diesen Dingen wohl nicht mehr zusammenpassen'. Unrichtig ist daran nur das zweifelnde Wort ‚wohl', statt dessen Du hättest schreiben müssen ‚durchaus'. – Die Zeit ist schon schwer genug. Wir beklagen tief, daß Du so ganz anderer Ansicht bist als wir." Mit diesem Glaubensbekenntnis korrespondiert gewiß, daß Ditzen – so weiß Hans Joachim Geyer zu berichten, der ihn 1923 auf Rittergut Radach kennenlernen wird – „von der kaiserlichen Regierung . . . gar nichts" gehalten und eine „abgrundtiefe Verachtung für den Hochadel" empfunden habe.

Dennoch geht Wilhelm Ditzen ein übriges Mal auf die Belange des Sohnes ein. Das „Versuchsjahr" sei, heißt es im selben Brief, für Rudolf „voll von Krankheitszeiten" gewe-

* Wilhelm Ditzens Mitteilung vom 1. 10. 1925 an seinen Schwiegersohn Dr. Fritz Bechert, Rudolf habe sich 1917 einem Heilungsversuch in Tannenfeld unterzogen, wird auf einer Gedächtnistäuschung beruhen: Ditzen geht 1919 in das Sanatorium Tannenfeld. – Zu Wolfgang Parsenow siehe auch Band V unserer Ausgabe, Seite 638 f. – Daß Ditzen möglicherweise bei Seyerlens ebenfalls Rauschgift bekommt, dazu vergleiche Band III der im Aufbau-Verlag erschienenen „Ausgewählten Werke in Einzelausgaben", Seite 626.

sen, und so biete er, obwohl er nicht glaube, daß Rudolf sich den Lebensunterhalt „durch Schriftstellern" verdienen könne, eine Verlängerung des Vertrages bis zum 1. Januar 1920 an; denn er wolle des Sohnes „Entschlüssen nicht hindernd im Wege stehen".

Ditzen wird von diesem Angebot kaum Gebrauch gemacht haben, er schließt die zweite Fassung seines Manuskripts am 19. April ab, oft wohl auch während der Arbeit unter Morphium stehend. Am folgenden Tag übergibt er je ein Exemplar an Anne Marie und an Egmont Seyerlen, und Seyerlen empfiehlt den Roman seinem Freund Ernst Rowohlt zur Prüfung.

Rowohlt kommen Manuskripte zupaß. Seinen 1909 in Leipzig etablierten Verlag hatte er 1913 aufgeben müssen; nun, Februar 1919, gründet er in Berlin den zweiten Ernst Rowohlt Verlag. Da ihm „die Idee eines neuen Zentralverlages für die neue junge Literatur" (Kurt Pinthus) vorschwebt, ist Rowohlt vor allem auf Manuskripte neuer Autoren aus. Noch 1919 verlegt er zehn Titel. Er beginnt mit der Flugschriften-Reihe „Umsturz und Aufbau", in der er neben klassischen Texten von Büchner, Marx, Herwegh neue unter anderem von Walter Hasenclever, Rudolf Leonhard und Johannes R. Becher veröffentlicht. 1920 bringt der Verlag fast fünfzig Titel heraus, darunter zwei, die von sich reden machen: Alfons Goldschmidts Tagebuchblätter „Moskau 1920" und die von Kurt Pinthus veranstaltete Anthologie „Menschheitsdämmerung".

Rudolf Ditzen ist ungeduldig. Er fragt, obwohl Rowohlt das Manuskript erst ein paar Tage in der Hand hat, bereits am 5. Mai nach. Es ist dies der erste Brief, den er an den Seniorchef des Verlages richtet, der bis 1943 alle seine Bücher veröffentlichen wird, und auch der erste, den er mit „Hans Fallada" unterzeichnet.

Gleichfalls am 5. Mai bittet Ditzen das Polizeipräsidium um Auskunft, ob die Führung eines Künstlernamens der Genehmigung bedürfe. Die Antwort, durch das zuständige Polizeirevier erteilt, lautet nein; nur sei der Künstlername nicht zulässig im Verkehr mit Behörden und Amtspersonen. Das wird Fallada, wenn er 1934 im „Berliner Tageblatt" über sein Pseudonym plaudert – „dem treuen Schimmelpferd, das da hanget, legte ich noch ein ‚l' zu" –, nicht daran hindern, die Anekdote zu erzählen, Ditzens Antrag auf den Künstlernamen Fallada sei in einem „amtlichen Mitteilungsblatt" veröffentlicht worden.

Am 14. Mai 1919 trifft Ditzen zum ersten Mal mit Ernst Rowohlt und dessen Lektor Paul Mayer zusammen. Am 19. Juni wird der Verlagsvertrag geschlossen: Hans Falladas Roman „Der junge Goedeschal" soll in zweitausend Exemplaren erscheinen; die Tantieme wird zehn Prozent des Broschurpreises betragen. Alles in allem hat der Autor ein Honorar von etwa tausend Mark zu erwarten.

Gleich danach verläßt Ditzen Berlin und fährt zu seinem Freund Hans Kagelmacher, der zu dieser Zeit die Domäne Baumgarten bei Dramburg/Pommern bewirtschaftet. Von dort geht am 10. Juli das noch einmal durchgesehene Manuskript an den Verlag ab. Doch dann tritt ein, was Ditzen noch häufig geschehen wird: Fast jeden Manuskriptabschluß bezahlt er – welches die Ursachen auch immer sein mögen – mit einem Kollaps.

Am 17. August läßt er sich in Tannenfeld aufnehmen. Die „Sanatoriumskur", schreibt er dem Verlag am 1. September, habe die Fahnenkorrektur verzögert. Auch weiterhin verschweigt er den späteren Freunden Ernst Rowohlt und Paul Mayer den Entziehungsversuch und spricht von „Magenblutungen". Am 25. d. M. bittet er, bettlägerig, darum, die Bogenkorrektur in das Sanatorium Carolsfeld bei Brehna zu senden, und aus Carolsfeld schickt er Mitte Oktober den Umbruch zurück. Zwei Wochen später, in einer Phase besonderer Depression, will er das Buch „künstlerischer Unzulänglichkeit" halber zurückziehen; doch Paul Mayer stimmt ihn um.

Anfang Februar 1920 kommen die ersten zwei Exemplare des Buches in Carolsfeld an – Pappband, in Fraktur gesvnrt, mit dem Untertitel „Ein Pubertätsroman" und der Widmung „Frau Anne Marie Seyerlen zu eigen". Ditzen dediziert sie, wie ein Vermerk von fremder Hand festhält, der Seyerlen und dem Leiter des Sanatoriums, Sanitätsrat Schmidt.

Rund zehn Jahre sind vergangen, seit Rudolf Ditzen zum ersten Mal davon gesprochen hat, daß er Schriftsteller werden wolle und nichts sonst, und etwa sechs, seit er sich zum ersten Mal als Schriftsteller bezeichnet hat. Jetzt, in Hans Fallada verwandelt, kann er sich mit Fug und Recht Schriftsteller nennen.

Frühe Erzählungen
(1920–1930)

Fallada schreibt auch in Carolsfeld. Gleich zu Beginn des Jahres 1920, am 2. Januar, kündigt er dem Verlag in Zweimonatsfrist zwei Novellen an; Ende Januar heißt es, eine davon sei druckfertig. Im Frühsommer – neun Monate hat er unter ärztlicher Aufsicht zubringen müssen – wird er entlassen. Am 16. Juni meldet er sich aus Kraffts Hotel, Dramburg, bei Paul Mayer; für den Novellenband brauche er ein weiteres halbes Jahr, und sein neuer Roman sei „leider noch ganz Entwurf". Dann scheint er rückfällig zu werden: Wilhelm Ditzen nennt für das Jahr 1920 auch einen Heilungsversuch in Rinteln an der Weser. Zum Jahresende reist Fallada zu Kagelmacher.

1916, als Ditzen für die Stettiner Kammer Saatkartoffeln des von Kagelmacher bewirtschafteten Gutes Strellin/Kreis Greifswald zu begutachten hatte, haben sie sich kennengelernt; nach und nach freunden sie sich an. Kagelmacher ist ein guter Landwirt, aber auch ein Spökenkieker und Astrologe, von dem sich Ditzen immer wieder Horoskope stellen läßt. Jetzt hat Kagelmacher ein Anwesen in Gudderitz bei Altenkirchen auf Rügen übernommen – gelegen in der reizvollen Landschaft der Halbinsel Wittow, die Fallada sehr ans Herz wächst und die er mehrfach, von „Anton und Gerda" bis „Wir hatten mal ein Kind", in seine Bücher einbringt.

Hans Kagelmacher versucht, dem mühevoll Entwöhnten

546

den Alkohol als Rauschgiftersatz schmackhaft zu machen; außerdem hilft er mit Zeugnissen aus, die über zeugnislose Zeiten hinwegtäuschen sollen. Eines bestätigt, Ditzen habe vom Dezember 1920 bis zum 31. Dezember 1922 in Gudderitz als Buchhalter und Hofbeamter gearbeitet; ein anderes nennt die Zeit vom Dezember 1918 bis zum Januar 1925. Tatsächlich lebt und arbeitet Ditzen 1921 und 1922 lange Zeit bei Kagelmacher; jedoch zeigen Briefe auch andere Arbeitsstellen an: vom September 1921 das Lehrgut Bollhagen bei Doberan/Mecklenburg, vom September 1922 das Dominium Neuschönfeld bei Bunzlau/Schlesien und vom November/Dezember 1922 das Rittergut Merzdorf, Kreis Deutsch-Krone/Westpreußen.

Wahrscheinlich hält Ditzen es nirgendwo lange aus; wahrscheinlich hat er noch weitere Anstellungen. Wenn er 1932 in einem Brief an Walther von Hollander erzählt, er sei viele Jahre Inspektor auf Gütern gewesen, fügt er hinzu: „Grade in Hinterpommern, Regenwalde, Labes, Rummelsberg, Stolp, Schivelbein." Vielleicht wechselt er die Stellen so häufig, daß es manchmal nicht lohnt, die Absenderadresse zu nennen; in den ersten vier Monaten des Jahres 1923 läßt er sich zum Beispiel die Post an die Adresse seiner Eltern, Leipzig, Kaiser-Wilhelm-Straße 33, senden.

In diesen zwei Jahren, 1921 und 1922, schreibt Fallada seinen zweiten Roman, die Geschichte des Bürgersohns Anton und der Prostituierten Gerda, wiederum eine Kritik an den Folgen bürgerlich-wohlanständiger Erziehung. Daß „Der junge Goedeschal" nicht sehr viele Leser gefunden hat – am 22. März 1921 meldet der Rowohlt Verlag den Verkauf von 1283 Exemplaren –, schreckt ihn nicht ab. Die Zeit hat begonnen, in der Fallada nur lebt, wenn er schreibt.

Er fängt im Januar 1921 in Gudderitz mit der Arbeit an. Ende Februar schickt er dem Verlag erst einmal die in Carolsfeld entstandene Erzählung „Die Kuh, der Schuh, dann du". Diesmal läßt Paul Mayer sich Zeit, denn er lehnt, Anfang September, die Geschichte ab, fragt aber nach dem Roman. Ihn beendet Fallada ein Jahr später, im Herbst 1922.

Dem Roman stimmt Mayer zu; auch Franz Hessel, Rowohlts zweiter Lektor, mit „Pariser Romanze" (1920) und „Von den Irrtümern der Liebenden" (1922) ebenfalls Autor des Verlages, befürwortet den Druck; und so schließt Ernst Rowohlt am 18. Dezember über „Anton und Gerda" mit Ditzen Vertrag.

Fallada findet es nun wohl an der Zeit, sich einem Berufsverband anzuschließen: Anfang 1923 tritt er, wie die Mitgliedskarte für „Rudolf Ditzen-Falada [! – G. C.], Gudderitz" ausweist, dem Schutzverband Deutscher Schriftsteller (SDS) bei. Denn er sitzt längst wieder über einem neuen Manuskript – „Ria / Ein kleiner Roman", nach dem Hessel wie Mayer in diesem Frühjahr fragen –, und er wird bis zum Sommer 1924 jedenfalls noch zwei größere Erzählungen schreiben, „Die große Liebe" und „Der Apparat der Liebe".

Als Gutsbeamter führt Ditzen ein bürgerliches Leben; seine Schreibsucht entspringt einem Anti-Bürgertum; bürgerlich wiederum sind seine Entgleisungen: die Süchtigkeit und ihre Folgen. Als das Geld nicht ausreicht, verschiebt er – Herbst 1922 in Neuschönfeld, das Manuskript von „Anton und Gerda" liegt bereits vor – eine größere Menge Getreide und wird ertappt. Die Justiz hat es nicht eilig: Erst am 13. Juli 1923 verurteilt ihn das Bunzlauer Schöffengericht zu sechs Monaten Gefängnis, und erst im Sommer 1924 muß er die Strafe verbüßen.

Trotz der Neuschönfelder Affäre, dank Kagelmachers Zeugnis bekommt Ditzen zum 1. Mai 1923 eine neue Stellung. Sechs Monate arbeitet er auf Rittergut Radach, Kreis Weststernberg/Neumark, als Rechnungsführer. Dort liest er im Juni die Korrektur von „Anton und Gerda". Von dort aus fährt er zum Gericht nach Bunzlau. Dorthin schreibt ihm Ende Juli Franz Hessel und bittet ihn um Mitarbeit an der zu gründenden Monatsschrift „Vers und Prosa". Von dorther schickt er an Hessel unter anderem das Manuskript von „Ria". Dort erlebt er den Höhepunkt der Inflation.

Zum 1. November geht Ditzen als Buchhalter zu Georg Kippferling, Getreide-, Kartoffel- und Futtermittelgroßhändler im nahe gelegenen Städtchen Drossen, und bleibt knapp ein halbes Jahr. Dort erhält er Mitte Dezember eine Zahlung des Verlages von hundert Reichsmark, das erste Nachinflationsgeld. Dort, in der Poststraße 16, erreichen ihn ein paar Tage später die Belegexemplare von „Anton und Gerda".

Zum 15. April 1924 kündigt Ditzen bei Kippferling und kehrt zu Kagelmacher zurück. Von Gudderitz aus fährt er nach Greifswald und tritt am 20. Juni die Haft an. Als er nach wenigen Tagen die Erlaubnis bekommt, in der Freizeit „für sich zu arbeiten", reagiert er, wie nur ein Schreibsüchtiger, ein Schreibbesessener reagieren kann: „Meine Seele jauchzt. Ich darf schreiben! . . . Ich suche aus meinem Koffer Papier und Federn, ich erhalte Tinte. Nun sitze ich auf meiner Zelle. Das Leben ist wieder linde geworden. So leicht. So leicht."

Fallada schreibt auch im Gefängnis. Vom 22. Juni an führt er Tagebuch*, und am 20. Juli – tags darauf wird er einunddreißig Jahre alt – beginnt er, trotz physischer Erschöpfung nach der täglichen, oft neunstündigen Sägearbeit oder den Holzfuhren in die Stadt, mit dem kleinen Roman „Mörder, Liebe und die Einsamkeit". Mitte August überträgt man ihm das Amt des ersten Kalfaktors, und er muß erst das Manuskript und Anfang September auch das Tagebuch abbrechen. Am 3. November wird er, sechs Wochen vorzeitig, entlassen, fährt nach Gudderitz und bringt – nun unter dem Titel „Im Blinzeln der großen Katze" – den kleinen Roman zu Ende.

Sehr bald meldet er sich im Verlag. (Auch aus diesen Monaten sind Falladas Briefe nicht erhalten.) Am 20. November antwortet ihm Franz Hessel: „Das ist schön, daß Sie wieder ‚da' sind, gesund, mitteilsam, froh." Am 12. Dezember bestätigt er Falladas „neues Buch" und berichtet, daß er den „Gefängnis-Essay" an Stefan Großmann gegeben habe. Dieser Aufsatz „Stimme aus den Gefängnissen", Falladas erster Artikel, erscheint am 3. Januar 1925 in der renom-

* Vgl. auch den Anhang zu Band III unserer Ausgabe.

mierten Wochenschrift „Das Tagebuch". Eine Verbindung knüpft sich an: Das Blatt, 1920 von Ernst Rowohlt gegründet, von Großmann und Leopold Schwarzschild herausgegeben, von Carl v. Ossietzky redigiert, wird im April und im August zwei weitere Artikel von Fallada, „Tscheka-Impressionen" und „Stahlhelm-Nachtübung", veröffentlichen, Beispiele für eine progressive politische Haltung.

Bis zur Jahreswende bleibt Ditzen in Gudderitz. Ende Januar 1925 spricht er in finanziellen Angelegenheiten bei Rowohlt vor – er braucht Geld, denn er hat die Absicht, mit Kagelmacher über dessen Gudderitzer Anwesen einen Pacht- und Kaufvertrag zu schließen – und trifft auch Paul Mayer. Besorgt er sich eine neue Arbeit? In den ersten drei Monaten des Jahres 1925 läßt er seine Post erneut nach Leipzig kommen. Jedenfalls im März besucht er seine Eltern und nimmt an Verhandlungen des Tscheka-Prozesses* teil.

Durch Zeugnis ausgewiesen ist, daß er am 26. März in der v. Rohr'schen Gutsverwaltung in Lübgust, Kreis Neustettin/Pommern, Rechnungsführer wird, nach drei Monaten die Stelle aufgibt und auch den ostelbischen Gütern den Rücken kehrt. Am 1. Juli siedelt er nach Holstein über und beginnt die Arbeit in der Gräflich Hahn'schen Gutsverwaltung in Neuhaus, Post Lütjenburg. Beidemal schützt ihn Kagelmachers zweites Zeugnis.

Nach wie vor lebt Ditzen-Fallada doppelgleisig: Er führt die Bücher der Großagrarier, und er schreibt. Anfang Januar 1925 legen Hessel und Mayer Falladas neuen Roman Rowohlt „warm ans Herz", und Hessel freut sich auf die avisierten „Tiernovellen". Ende Januar verlautbart Rowohlt, er werde nach deren Eingang sofort entscheiden, „ob wir erst den Roman oder erst den Novellen-Band veröffentli-

---

* Der sogenannte Tscheka-Prozeß, vom 10. 2. bis 22. 4. 1925 in Leipzig vor dem „Staatsgerichtshof zum Schutz der Republik" verhandelt, sollte, schrieb am 21. 7. 1925 „Die Weltbühne", „den Beweis liefern, daß die KPD Terror-Truppen unterhalte und Mordaufträge gegen Exponenten der kapitalistischen Republik erteile. Er sollte die Parteizentrale auf das Schafott bringen. . . . Nichts konnte bewiesen werden."

chen". Ende März bestätigt Mayer das Manuskript der Novellen, doch die Entscheidung bleibt aus. Der Verlag rührt sich eine Zeitlang nicht – am 17. Juni wird Rowohlt klagen, die „junge Literatur" sei schwer verkäuflich –, versucht jedoch, seinem Autor andere Wege zu öffnen. Vermittler scheint vor allem Franz Hessel zu sein.

Am 14. April fordert Max Krell („Die drei ersten deutschen Magazine: Die große Welt / Das Leben / Der Die Das", Leipzig) von Fallada eine Novelle an, und ebenfalls am 14. bittet die von Rowohlt gerade gegründete „Literarische Welt" um einen Beitrag. Fallada reagiert postwendend; er entnimmt die Stoffe seinen Erfahrungen auf dem platten Land und schreibt gezielt für beide Zeitschriften. Am 5. Mai bestätigt die „Literarische Welt" den Artikel „Was liest man eigentlich in Hinterpommern?" und druckt ihn in der ersten Nummer des ersten Jahrgangs. Am 15. d. M. akzeptiert Krell die Erzählung „Der Trauring" und nimmt sie in das August-Heft des Magazins „Die große Welt" auf. Und die „Neue Rundschau" des S. Fischer Verlages lehnt zwar die Kuh-Schuh-du-Geschichte ab, erwartet aber mit Brief vom 18. Mai des Autors Mitarbeit.

Der Trauring ist die erste seiner Geschichten, die Fallada gedruckt sieht. 1934 wird er sie verleugnen und selbst Übersetzungen untersagen. Dabei gehört dieser Feldunterinspektor durchaus in die Figurengalerie des Autors. Wrede, auf der untersten Stufe der Gutshierarchie, sich nach oben träumend, fieser Antreiber, mieser Dieb, ist ein Vorläufer des Negermeier aus „Wolf unter Wölfen". Und die stickige Atmosphäre aus Aberglaube und Klatsch trifft Fallada hier nicht schlechter als anderswo, wenn auch der Vorfall an die Schauerdramatik eines Zacharias Werner erinnert.

Artikel im „Tagebuch", in der „Literarischen Welt", die erste Erzählung in einem Magazin – allem Anschein nach ist Fallada auf dem Weg in den literarischen Betrieb. Ende März hat er auch eine Verbindung zu Heinz Stroh aufgenommen, der im Verlag J. M. Spaeth, Berlin, als Lektor arbeitet. Den Anknüpfungspunkt gibt die Anthologie „Die Einsamen", die Stroh 1921 im Gustav Kiepenheuer Verlag veranstaltet hat und die der Verlag Spaeth jetzt übernimmt: als „Kindheitsnovellen" bezeichnete Auszüge aus Werken von Hermann Hesse, Robert Musil, Stefan Zweig, Adolf von Hatzfeld, Ossip Dymow, Fjodor Sologub und aus dem „Jungen Goedeschal". Bereits in seinem zweiten Brief fühlt Fallada vor, ob Spaeth wohl ein Buch von ihm bringen würde – er hat ja nun drei seiner Meinung nach druckfertige Manuskripte bei Rowohlt liegen –, und Stroh antwortet am 2. Juni, Spaeth sei nicht abgeneigt; er, Stroh, wolle auch gern helfen, Falladas „kleinere Arbeiten unterzubringen".

Am 7. Juli, er ist noch keine Woche beim Grafen Hahn in Neuhaus, schreibt Fallada an alle seine augenblicklichen Partner – per Schreibmaschine, die wohl im Büro der Gutsverwaltung steht, und mit Kopie. Er erkundigt sich bei Heinrich Fischer von der „Literarischen Welt", bei Krell und Großmann nach dem laufenden. Er fragt Rowohlt und Mayer, wie es mit seinem „Tierbuch" stehe, und bittet, seinen „letzten Roman" freizugeben, da er ein anderes Angebot habe; er arbeite bereits an einem neuen Buch. Hessel bekommt dessen Titel zu erfahren: „Robinson im Gefängnis". Bei Stroh kündigt er eine Novelle an und schickt sie am 14. d. M. ab; er habe „Geld bitter nötig".

Alle antworten postwendend, nur die Rowohlt-Leute nicht. Auch Falladas Brief vom 20. Juli, der dem Verlag mitteilt, er wolle mit dem einen Roman zu Spaeth, bleibt ohne Erwiderung. Ist man verschnupft? Hat es mit der allgemein schlechten Geschäftslage zu tun, von der ebenfalls in Rowohlts Brief vom 17. Juni die Rede war?

Fischer, Krell, Großmann wünschen sich neue Beiträge. Für die „Literarische Welt" will Fallada die beiden bei Spaeth erschienenen Novellenbände von Arnold Zweig besprechen und für Krell – so am 20. Juli an Stroh – „eine Morphium-Novelle anfangen". An Großmann schickt er den schon genannten Aufsatz über den Stahlhelm.

Heinz Stroh bestätigt am 17. Juli die Novelle Länge der

LEIDENSCHAFT und moniert den Namen Ria als zu modern, filmmäßig. Fallada antwortet: „Also, Ria mögen Sie nicht? Jene junge Dame aber, die mir·zu meiner Heldin Modell stand, hieß zufällig wirklich Ria, und so habe ich beim Schreiben mir gar keinen anderen Namen ausdenken können."

Von diesem Modell, Ria Schildt, wissen wir nur wenig. Im Greifswalder Tagebuch taucht sie manchmal in den Träumen auf, die Fallada häufig notiert. In einem Traum sieht er Rias Vater, und ihn „kitzelt das Gefühl, daß er", Schildt, „nicht weiß, ich bin ihr Liebhaber gewesen, daß ich in seinem Hause gewohnt habe manchen Tag". Eine direkte Erinnerung an Ria lautet: „Sie ist entschieden in rein körperlicher Erotik das fröhlichste, befreiteste meiner Erlebnisse." Ob Schildt Gutsbesitzer war oder Administrator und wessen Anwesens – in der Handschrift heißt es statt Baumgarten ursprünglich Neuhof, was möglicherweise auf Neuschönfeld verweist –, das wird kaum mehr zu eruieren sein.

Fest steht, daß „Länge der Leidenschaft" autobiographische Züge hat, daß Fallada Erlebtes, Erfahrenes in eine erfundene Handlung einzubringen weiß. Am sichersten erkennbar sind die „kleine Hafenstadt" und der Sträflingszug. Im Tagebuch von 1924 erzählt Fallada des öfteren, wie er, einer von vier oder sechs Häftlingen, in Gurten vor einen Kastenwagen gespannt, von einem Wachtmeister eskortiert, Kippen „stukend" – „im Nu habe ich den Tabak zwischen Zahnfleisch und Oberlippe geschoben" –, mit der Holzfuhre durch Greifswald zieht.

Die Geschichte, zu Falladas Lebzeiten nicht veröffentlicht, von uns nach dem Manuskript gedruckt, gibt zusammen mit „Der Trauring" eine Vorstellung von seiner frühen Schreibweise. Daß ihm die Liebschaft mit Ria Schildt fest im Gedächtnis bleibt, wird auch von der Erzählung „Alte Feuerstätten" bezeugt, die Fallada 1946 zum Druck geben wird und die – der Zufall fügt es – unsere Sammlung abschließt.

Doch die Annahme, Fallada sei in diesem Sommer 1925 auf dem Wege, professioneller Schriftsteller zu werden, erweist sich als Trugschluß. Das Konvolut der Korrespondenz, dem wir hier folgen, bricht am 6. August abrupt ab. Abgebrochen werden alle Verbindungen zu Redaktionen und Verlagen, unterbrochen wird Falladas Schriftstellerlaufbahn. Er ist noch immer süchtig, er begeht erneut eine Unterschlagung. Später, im Januar 1928, wird er feststellen, daß er „nur unter dem Einfluß von Rauschgiften unehrlich geworden" sei, weil „mit dem steigenden Bedarf an Narcoticis, mit dem Wechsel von Morphium zum Alkohol mein Geldbedarf ständig wuchs".

Am 18. September, in Gramenz/Pommern, der Stadt, in deren Nähe seine vorletzte Arbeitsstelle Lübgust liegt, stellt sich Ditzen der Polizei. Er bezichtigt sich höherer als der begangenen Verfehlungen und erklärt, als ihn Paul Mayer im Untersuchungsgefängnis Berlin-Moabit besuchen darf, sein Verhalten damit, daß die Haft für ihn „die endgültige Alkohol-Entziehungskur" werden solle. Nach monatelangen Untersuchungen, am 26. März 1926, verurteilt ihn das Kieler Schöffengericht wegen Unterschlagung in vier Fällen zu zwei Jahren sechs Monaten Gefängnis.

Hoffmann, der Administrator des Hahnschen Gutes, nimmt Falladas Hinterlassenschaft, die „amtlich eingepackten Sachen des Rendanten Ditzen in Neuhaus", auf das genaueste zu Protokoll. In einem Kabinen- und in zwei Handkoffern sowie in diversen Kartons findet er 341 Gegenstände, die er zu 93 Positionen ordnet. So wissen wir, daß Fallada zum Beispiel noch über 6 Anzüge verfügt, 8 Paar Schuhe, 2 Wintermäntel, 5 Paar Handschuhe, 1 Hut, 17 Schlipse, 47 weiche, Papier-, Umlege- und Stehkragen, 4 Nagelscheren, 2 Pudernäpfchen, 1 Rasierklingenschleifer, 2 Taschenlampen, 1 Bügeleisen, 1 Photoapparat, 1 Amulett und so weiter und so fort und daß 82 Bücher in Neuhaus liegen und „2 Mappen mit schriftstellerischen Arbeiten". Doch die beiden letzten, für uns interessanten Posten schlüsselt der penible Hoffmann leider nicht weiter auf.

Das halbe Jahr Untersuchungshaft wird angerechnet,

zwei Jahre hat Ditzen noch abzusitzen. Das Zentralgefängnis in Neumünster, wohin man ihn übergeführt hat, ist mit der kleinen, patriarchalisch-nachsichtig geleiteten Greifswalder Haftanstalt nicht zu vergleichen. Hier geht es zu wie in dem festen Haus, in dem Willi Kufalt einsitzt. Ein paar Briefe auf den vorgedruckten Formularen, Absender: „Ditzen, Rudolf, Gefangenenbuch-Nummer 91, Abteilung C 4, Zelle 284, die Absendung wird genehmigt. Der Direktor" – das ist alles, was Fallada in diesen zwei Gefängnisjahren schreiben wird.

Zwar versucht er im Oktober 1926 mit der Hilfe seines Schwagers, des Rechtsanwalts Dr. Fritz Bechert, Rowohlt zu einer Äußerung über die beiden letzten Manuskripte, „Im Blinzeln der großen Katze" und „Liebesgeschichten mit Tieren", zu bewegen, doch mit seinem Brief vom 31. August 1927 gibt er auf: „Die Sache Rowohlt lassen wir vorderhand besser ruhen; übrigens komme ich hier auch nicht zu schriftstellerischer Arbeit."

Ditzen denkt bereits an seine Entlassung. Er bittet Fritz Bechert um seine Zeugnisse und teilt ihm mit: „Ich habe meine seit Jahren eingeschlafene Stenographieübung wieder aufgenommen, da es mir am aussichtsreichsten erscheint, als Stenotypist (ev. auch als Buchhalter) unterzukommen. Ich brauche hierfür liniierte Stenographiehefte und Bremer Börsenfedern EF – willst Du sie mir senden?"

Im März 1928 wird Ditzen auf freien Fuß gesetzt. Er hat zwei Jahre normalen Lebens eingebüßt; ihm fehlen zwei Jahre Erfahrungen der politischen Ereignisse, zwei Jahre der kurzen Periode relativer wirtschaftlicher Stabilität, die Ende des Jahres 1923 mit der Sanierung der Mark ihren Anfang genommen hatte. Er geht nach Hamburg, macht alle Nöte des Sich-wieder-Einlebens durch und findet keine Anstellung.

Im August verhilft ihm ein Darlehen von Verwandten zu einer gebrauchten Schreibmaschine; mit gelegentlichem Adressentippen für Geschäftshäuser hält er sich mühselig über Wasser. Am 8. August wendet er sich, deprimiert und kleinlaut, an Ernst Rowohlt: Er suche „irgendeine Stellung, und sei es die subalternste, sei es als Packer". Antwort kommt erst nach zwei Monaten, aber Rowohlt verspricht Hilfe.

Doch selbst in dieser vertrackten Situation macht Fallada sich daran, dies und das zu schreiben. „Solange ich die Maschine nicht habe", teilt er am 17. Juli 1928 seiner Schwester Margarete Bechert mit, „bin ich auf eine Schreibstube angewiesen, wo mich die Stunde Diktat zwei Mark fünfzig kostet, bei meinen Finanzen eine schwer tragbare Ausgabe." Und in dem Brief vom 8. August an Rowohlt ist davon die Rede, daß man ihm die Manuskripte seiner „Tagesschriftstellerei" regelmäßig zurückschicke. Offensichtlich versucht Fallada, journalistische Arbeiten bei Hamburger Tageszeitungen anzubringen.

Einige kurze Manuskripte, die im Hochsommer 1928 entstanden sind, befinden sich im Nachlaß. Zwei Feuilletons von je zwei Seiten Länge – „Ich rate Preisrätsel" und „Snapshots vom Sievekingplatze" – haben Hamburger Vorkommnisse zum Gegenstand. Einige Skizzen erzählen Geschichten über Ganoven; sie sind nicht datiert, jedoch aufgrund der Handschrift datierbar.

Fallada verfügt in den zwanziger Jahren über zwei Handschriften. Die gewöhnliche, die Schreibschrift, wirkt wie eilig hingeworfen, etwas krakelig; gelegentlich läßt sie sich schwer entziffern. Die andere, die Schönschrift, ähnelt der Schreibschrift zum Beispiel in den Großbuchstaben und in den Ober- und Unterlängen, sie ist stark nach rechts geneigt und viel leserlicher. Bei dieser Schönschrift handelt es sich ursprünglich um die (Arbeits-)Handschrift des Rendanten Ditzen, um eine Buchhalter-Handschrift; Fallada benutzt sie aber auch für die zwischen 1920 und 1925 geschriebenen Manuskripte. Daß er beide Handschriften noch im Jahre 1928 gleichzeitig verwendet, zeigen zwei Ende Januar im Gefängnis entstandene Schriftstücke: ein Brief in der Schreibschrift an den Rechtsanwalt-Schwager und in der Schönschrift ein juristischer Antrag. Fallada gibt die Schönschrift auf, als ihm eine Schreibmaschine zur Verfügung steht: Von nun an schreibt er auch Manuskripte in seiner üblichen Schrift und tippt sie danach ab.

Von den GAUNER-GESCHICHTEN – der Obertitel stammt vom Herausgeber – steht „Mein Freund, der Ganove" noch in der Schönschrift, „Besuch bei Tändel-Maxe" und „Liebe Lotte Zielesch" schon in der Schreibschrift; abgetippt hat Fallada sie auf derselben Maschine; das läßt die Datierung als sicher erscheinen. Unser Druck folgt den Typoskripten.

Fallada, während seiner Haft in der Position des Beobachters, des Zuhörers, schlüpft nun in die Rolle des Berichterstatters und bringt die vorgegebene Sachlage – der Reporter wird „auch so ein Seidener", ein „Schreiber", ein „Dokter" genannt – geschickt ins Spiel. Die paar Brocken aus der Ganovensprache, die mit dem „klassischen" Rotwelsch kaum noch etwas zu tun hat, erhöhen den Eindruck der Authentizität. Nur eine dieser Episoden, die mit der „linken Marie", findet später in einer Szene zwischen Kufalt und Batzke („Wer einmal aus dem Blechnapf frißt") erneut Verwendung. Daß Fallada bereits im August/September 1928 Geschichten aus dem im Gefängnis Neumünster gründlich erkundeten Milieu aufschreibt, daß es Arbeiten gibt, die einen „Übergang" dokumentieren, ist für uns Grund zur Veröffentlichung genug.

Im Herbst des Jahres 1928 tritt eine Wende ein. Im Guttemplerorden hat Ditzen – es ist ihm Ernst mit der Abstinenz – einen jungen Mann namens Issel etwas näher kennengelernt. Für eine Zeit kann er das Zimmer von Issels Schwester Anna beziehen. Ihr begegnet er, als sie – siebenundzwanzig Jahre alt, Lageristin bei einem Putzmachereigrossisten, der Vater langjähriges Mitglied der SPD – am 13. Oktober von einer Kur heimkehrt. Sie ist – so Fallada in „Heute bei uns zu Haus" – „ein großes, helles, blondes Mädchen".

Ditzen verläßt Hamburg noch am selben Tag. Einer der Beamten am Gefängnis Neumünster hat ihm eine Arbeit in der kleinen Stadt vermittelt. Doch an den Sonntagen zieht es ihn zurück in die Eiffestraße. „War es nun Liebe auf den ersten Blick, oder war sonst was Rätselhaftes dabei" – Weihnachten verlobt er sich, fünfunddreißig Jahre alt, mit Anna Issel.

Die Stadt seiner Haft lernt Ditzen erst jetzt kennen. Mit der Arbeit ist nicht viel Staat zu machen. Er wirbt dem „General-Anzeiger für Neumünster" auf einer mageren Provisionsbasis Abonnenten und Inserenten und darf für das deutschnationale Provinzblättchen Vortrags-, Kino-, ja Konzertberichte und gelegentlich auch ein Feuilleton schreiben. Da er von Rowohlt nichts hört, richtet er sich notgedrungen in Neumünster ein.

Zum 1. Januar 1929 wird er gegen eine Kaution von zweitausend Mark, die seine Eltern stellen, Sekretär des „Wirtschafts- und Verkehrsvereins Neumünster e. V.", redigiert die „Schleswig-Holsteinische Verkehrszeitung / Nachrichten des Kraftwerkes Neumünster" und ist nebenbei – so berichtet er der Schwester Elisabeth Hörig am 8. Februar – auch „Kassierer und Schriftführer der Reichswirtschaftspartei, Kassierer der Leipziger Fürsorge (einer Krankenkasse), Korrespondenzler und Tarifler der Gastwirtsinnung . . . und z. Z. Mitglied des Großen Rats der Großen Karnevalsgesellschaft". Drei Monate später steigt er noch ein bißchen auf und wird mit netto zweihundert Mark im Monat als „Mädchen für alles" vom „General-Anzeiger" fest angestellt.

Das genügt Rudolf Ditzen als Grundlage, um am 5. April zu heiraten und Anna, von ihm Suse genannt, nach Neumünster zu holen. Fünfzehn Jahre lang wird Suse mit Engelsgeduld und Festigkeit an seiner Seite stehen. Fünfzehn Jahre lang wird Suse für die äußeren Bedingungen und Umstände sorgen, die Fallada zum Schreiben braucht.

Die Hochzeitsreise, die Anna und Rudolf Ditzen machen, fällt bescheiden aus: Sie fahren für ein paar Tage nach Berlin. Wahrscheinlich treffen sie auch mit Ernst Rowohlt zusammen. Ihn jedenfalls läßt Fallada gleich nach der Rückkehr, am 16. April, wissen, daß er die Arbeit an den

„Liebesgeschichten mit Tieren" wieder aufgenommen habe. In einem Brief an Suse, die im Krankenhaus liegt, heißt es am 29. d. M., er arbeite täglich zwei Stunden an „Kuh-Schuh-du". Auch an Kagelmacher berichtet er am 2. Mai ähnliches.

Am 6. Mai geht erneut eine Nachricht an Rowohlt ab: Er schreibe an „Kuh-Schuh-du" weiter, „aus Beharrung", obwohl er wisse, daß es dafür kein Publikum gebe. Dann steckt Fallada den Versuch auf, an die alten Arbeiten aus der Zeit vor der Haft, aus der Zeit der Rauschgift- und Alkoholsüchte anzuknüpfen, und legt die ungedruckten Manuskripte aus den Jahren 1920 bis 1925 in die Schublade.

Ditzen will Neumünster hinter sich bringen, mit Macht zieht es ihn nach Berlin. „Großstadt ist gut, Land ist gut, aber Kleinstadt . . . ist einfach schlimm." Kagelmacher hatte er mitgeteilt, Lore Soldin, eine gute alte Bekannte, bemühe sich für ihn um eine Anstellung an einer Berliner Zeitung, und dem letzten Brief an Rowohlt war der Wink mit dem Zaunpfahl angefügt, daß er mit Sorge dem nächsten Kündigungstermin entgegensehe. Von Berlin verspricht er sich „befriedigende Arbeit, anregenden Umgang, Aussicht auf Weiterkommen".

Nur die alten Sachen legt Fallada beiseite. Von der Schreibsucht ist er nicht entwöhnt. Er sucht neue Wege. Im Sommer 1929, nach einem dreiviertel Jahr Kleinstadtlebens, äußert er zum ersten Mal den Gedanken, seine jüngsten Erlebnisse und Erfahrungen in Neumünster, am „General-Anzeiger" als Stoff zu verwenden. Am 14. August läßt er Rowohlt wissen, er wolle im Winter einen Roman beginnen mit dem Titel „Ein kleiner Zirkus namens Belli", „und die Geschichte einer verkrachten Kleinstadtzeitung wird's".

Vier Tage später, während eines Sonntagsausflugs, den er mit Suse auf die Insel Sylt unternimmt, läuft Ditzen, wie er am 19. August seiner Schwester Elisabeth berichtet, „in der letzten halben Stunde" zufällig Ernst Rowohlt in die

Arme. Und der Verleger macht ihm Hoffnung: Vielleicht
könne er eine Stelle bei Ullstein, am „Tempo" vermitteln.

In jenem Brief vom 14. d. M. erzählt Fallada auch von
den Vorfällen, die seit Anfang des Monats Neumünster in
Aufruhr versetzen (und die letztendlich dem Roman der
Kleinstadtzeitung eine andere Dimension geben werden).
Die schleswig-holsteinische Landvolkbewegung, die den
Lokalreporter Ditzen bisher kaum näher interessiert hat,
macht spektakulär von sich reden. Sie hält am 1. August für
ihren Anführer Wilhelm Hamkens in der Stadt eine Kundgebung ab, bei der es zu blutigen Zwischenfällen mit der
Polizei kommt. Die Bauern antworten mit einem Boykott,
der Neumünster wirtschaftlich empfindlich trifft.

Schließlich strengen die Behörden einen politischen Prozeß an, der vom 28. Oktober bis zum 12. November verhandelt wird und dem Ditzen als Berichterstatter des „General-Anzeigers" auf der Pressebank beiwohnt. Fallada
nutzt seine Chance: Er schreibt einen Aufsatz über den
„Bauern-Krieg wider Neumünster", den „Das Tagebuch" –
erinnert sich Leopold Schwarzschild an den gelegentlichen
Mitarbeiter des Jahres 1925? – in der Nummer vom
14. September veröffentlicht. Und er schickt, während das
konservative Provinzblatt Ditzens Referate druckt, zwei
Berichte über den „Landvolkprozeß" nach Berlin. Sie erscheinen am 23. November im „Tagebuch" und am 3. Dezember in der „Weltbühne".

Noch während des Prozesses wird Ditzen gekündigt. Am
5. November gibt er Rowohlt die Nachricht, daß er zum
1. Januar stellungslos werde und daß seine Frau ein Kind
erwarte. Jetzt reagiert Ernst Rowohlt postwendend. Er bietet Ditzen Arbeit in seinem Verlag mit einer Dienstzeit
von morgens neun bis mittags zwei Uhr, damit Fallada
„nachmittags evtl. für sich schriftstellerisch tätig sein" kann,
und fragt nach dem Existenzminimum. Am 19. Dezember
gibt er endgültigen Bescheid: Dem neuen Angestellten des
Hauses Rowohlt wird bei einem Monatsgehalt von zweihundertfünfzig Mark – das ist nicht kleinlich für eine Fünf-
undzwanzigstundenwoche, denn auch der Samstag bleibt

frei – der Versand der Besprechungsexemplare und das Sichten und Ordnen der Rezensionen obliegen.

Rowohlt erweist sich nicht nur als großzügig, er zeigt sich auch als regelrechter Optimist. Vor zwei Monaten, am 25. Oktober, am „schwarzen Freitag" des großen New-Yorker Börsenkrachs, wurde die Weltwirtschaftskrise eingeläutet, die auch Deutschland mit voller Wucht trifft. Zum Jahresende liegt die Arbeitslosenquote bereits bei fünfzehn Prozent. Ditzen hat – das ist ihm bisher selten widerfahren – ein unwahrscheinliches Glück.

Bei Nothmann, in Berlin NW 40, Calvinstraße 15 a, finden Ditzens für die allerdings horrende Miete von einhundertzwanzig Mark im Monat zwei möblierte Zimmer samt Küchenbenutzung. Der Weg zur Arbeit – von Moabit in die Passauer Straße 8/9, nahe Wittenbergplatz – beansprucht, an Berliner Verhältnissen gemessen, nur eine kurze Zeit. Am 16. Januar 1930, einem Donnerstag, fährt Ditzen ihn zum ersten Mal, wahrscheinlich zwei Stationen mit der Stadtbahn, von Bellevue zum Zoologischen Garten.

Auch für Fallada beginnt ein neues Kapitel. Bereits am 4. Februar bringt er die ersten Seiten des Romans zu Papier, der „Bauern, Bonzen und Bomben" heißen wird. Ab 13. März legt er vierzehn Tage Pause ein: Am 14. wird Sohn Uli geboren. Anfang Juli pausiert er für den Umzug: Ditzens haben am östlichen Stadtrand, in Neuenhagen, Siedlung Grüner Winkel, ein einstöckiges Reihenhaus, die Nr. 23 (später: Nr. 10), mit zweieinhalb Zimmern und einem kleinen Garten für nur fünfundsechzig Mark monatlich mieten können. Hat der Hausherr jetzt auch einen weiten Weg zum Verlag, fünfzig Minuten Stadtbahnfahrt, so freut er sich mit Frau Suse über den „Blick ins Grüne, herrliche, verschollene Grasstraßen".

Nach sieben Monaten, neben der Halbtagsarbeit, am 2. September beendet Fallada die Niederschrift. Er ist neue Wege gegangen. „Jeder Mensch", heißt es in einem Brief an die Schwester Elisabeth, „der einmal ein Buch von mir gelesen, fällt auf den Rücken, wenn er dies liest und beschwört: Fallada? Fallada? Ausgeschlossen!" Vom 15. November bis zum 21. März 1931 druckt das Wochenblatt „Kölnische Illustrierte Zeitung" den Roman in Fortsetzungen ab. Am 20. März liefert der Rowohlt Verlag das 1. bis 6. Tausend von „Bauern, Bonzen und Bomben" aus: das erste Buch des Hans Fallada, der seither, seit nun schon mehr als fünfzig Jahren, in vieler Herren Länder-von einem nach Millionen zählenden Publikum gelesen wird.

Geschichten und Geschichtchen
(1931/1932)

Falladas Rang ist ohne Zweifel der des Romanciers. Zwar beherrscht er die kleinen Prosaformen, doch er kultiviert sie nicht. Geschichten, short stories und Skizzen schreibt er meist nebenher, mal zum Broterwerb, mal im Auftrag einer Redaktion, mal zur „Erholung" nach einer anstrengenden Arbeit. Ihm liegen vor allem die – so sein Jargon – „Wälzer". „Ich kann", sagt er zum „Eisernen Gustav", „nur erfinden, wenn ich schildern, wenn ich in die Breite gehen darf"; das sei die Art seiner Begabung. In dieses Bild fügt sich auch ein, daß Fallada sich nunmehr sehr selten als Schriftsteller bezeichnet, daß er Umschreibungen wie „Bücherschreiber", ja, „Romanvater" bevorzugt.

Von seiner kurzen Prosa spricht er in den autobiographischen Äußerungen knapp und beiläufig. Daß er „Geschichten und Geschichtchen für Zeitungen" verfaßt hat, erwähnt er nur für das Jahr 1931. In dem Kapitel „Ruhe, jetzt wird gearbeitet!" aus „Heute bei uns zu Haus" ist ausschließlich vom Romanschreiben die Rede. Fallada sieht die kleinen Formen als Nebenwerk an. Er hält sich auch konsequent an die Umfänge, die von den Redaktionen der Tageszeitungen, Revuen und Magazine vorgegeben werden. Andererseits spielt aber auch die Mystifikation eine Rolle, mit der er seine schriftstellerische Laufbahn umgibt. Sie ist am deutlichsten von einer Arbeit abzulesen, die erst 1946, also zu einer Zeit entstand, in der Camouflage nicht mehr notwendig gewesen wäre.

562

Er habe zwar, schreibt Fallada in dem autobiographischen Abriß „Wie ich Schriftsteller wurde", „schon 1918 und 1919 zwei Romane geschrieben und veröffentlicht", jedoch nicht aus „eigenem innerem Antrieb", und so erkenne er „diese beiden ersten Kinder nicht an". In den folgenden Jahren seines Daseins als Gutsbeamter habe er „keinen Gedanken an so etwas wie Bücher" verwendet und sogar über das Briefeschreiben geseufzt*. Erst mit siebenunddreißig, in Berlin habe er seinen „ersten richtigen Roman" geschrieben, aber selbst noch, als er dieses Manuskript seinem Verleger übergab, nicht daran gedacht, „je einen zweiten Roman zu schreiben". Danach allerdings habe er „unter einem Zwang" gehandelt, und es habe „kein Aufhalten mehr" gegeben, und mit den Jahren sei er „ein alter Bücherschreiber" geworden. Und er betont, resümierend, noch einmal: Während der ersten sechsunddreißig Jahre seines Lebens habe er nicht gewußt, daß es sein Beruf sei, „Bücher zu schreiben, und nur das, nichts als das".

Würde diese Version stimmen, so hätte Lehnau** recht gehabt, der in der „B. Z. am Mittag" vom 28. Juni 1932 meinte: „Ist Fallada ein Dichter? Schwere Frage. Ich glaube, er ist vorläufig noch ein selbständig gewordener Leser, einer von den Leuten, die es müde sind, in den Zeitungen und Romanen alles mögliche geschrieben zu finden, nur nicht das Leben ihrer eignen Not und ihres eignen Jubels. Diese Leute machen sich selbständig und dichten schließlich selbst ihre Bücher, die uns und ihnen die Berufenen nicht geben können oder wollen."

Fallada scheint dieser Einschätzung zuzustimmen. Drei

* Tatsächlich läßt Fallada in das gängige Schriftstellerverzeichnis „Kürschners Deutscher Literatur-Kalender", Ausgabe des Jahres 1930, diese Daten aufnehmen: „Ditzen, Rudolf (Ps. Hans Fallada). Roman, Geschäftsführer. Neumünster (Holstein), Johannisstr. 4 / Der junge Goedeschal, Anton und Gerda."
** Pseudonym von Walther Kiaulehn, Journalist, z. B. 1930–1933 Redakteur der „B. Z. am Mittag", Autor des Rowohlt Verlages (z. B. mit dem Feuilletonband „Lehnaus Trostfibel und Gelächterbuch", Berlin 1932) und Freund des Seniorchefs („Mein Freund der Verleger / Ernst Rowohlt und seine Zeit", Reinbek bei Hamburg 1967).

Jahre später, am 13. April 1935, antwortet er einem in Schweden lebenden Germanisten, Dr. Heinz Caspari, auf dessen Sprachkritik und schreibt unter anderem: „Ich bin ein reiner Autodidakt, eigentlich ein ganz ‚ungebildeter‘ Mensch, irgendeiner meiner Kritiker hat mich mal einen wild gewordenen Leser genannt – und er hat nicht so unrecht damit gehabt."

Nun, ob wild oder selbständig gewordener Leser – Falladas Lesart, wie er Schriftsteller geworden ist, die nicht aus eigenem Antrieb geschriebenen ersten Romane, die ohne Gedanken an Bücher verbrachten Jahre, der scheinbar voraussetzungslose Eintritt in die Literatur, das alles ist Legende. Mag Fallada auch 1946 noch der Auffassung gewesen sein, er könne die „Fehltritte" seines Lebens, „Tötung im Zweikampf", Rauschgiftsucht, Gefängnisstrafen, Alkoholismus, nur mit einer erfundenen Darstellung umgehen, mag er tatsächlich gemeint haben, sein Debüt sei mit „Bauern, Bonzen und Bomben" erfolgt: Sein tatsächlicher Weg in die Literatur erweist sich – wie wir gesehen haben – als lang, umständlich und mühselig.

Auch nach der Veröffentlichung von „Bauern, Bonzen und Bomben" bleibt alles offen. Der Roman erhält viele Kritiken und macht seinen Autor in Literatenkreisen bekannt, ein größeres Publikum bekommt er nicht*. Fallada, keineswegs bereits auf das Roman-, auf das Bücherschreiben eingeschworen, sieht sich zuerst einmal in der literarischen Szenerie um und erprobt dieses und jenes.

Während der Vorabdruck des Romans noch läuft, versucht er sich – das teilt er am 13. Januar 1931 seiner Frau mit – an einer Dramatisierung. Frau Suse weilt für sechs Wochen zur Erholung in Weimar; Fallada ist bei Bekannten in der Pariser Straße untergekommen, ein paar Minuten Fußweg zum Verlag. Am 24. Januar liegt der erste Akt vor, am 7. Februar bricht er die Arbeit ab. Er müsse sich, schreibt er an Suse, erst mit Problemen der Dramatik befas-

* Erst 1934 druckt der Verlag weitere viertausend Exemplare; insgesamt verkauft er zu Lebzeiten des Autors nur zehntausend Stück.

sen; ihm fehlten die Vorkenntnisse*. Kagelmacher erfährt zur gleichen Zeit, daß es noch andere Abhaltungen gibt: Geld ist eingegangen; für dreitausend Mark hat Ditzen Anschaffungen gemacht „und gelebt".

Am 2. März, zurück in Neuenhagen, beginnt Fallada mit der Arbeit an „Kippe oder Lampen" („Wer einmal aus dem Blechnapf frißt"), schreibt bis zum 17. April hundertachtzig Druckseiten und setzt auch dieses Unternehmen aus. Einen Grund dafür geben wohl die Zeitläufte ab. Die Geschäfte des Verlages gehen schlecht, einige seiner Partner sind zahlungsunfähig, man sitzt mit Wechseln fest, bares Geld ist knapp. Die Zeitungen dagegen florieren, und so probiert Fallada es erneut mit der „Tagesschriftstellerei".

Er arbeitet jetzt ein gutes Jahr in der Rezensionsabteilung und kennt sich in den Feuilletonredaktionen einiger Zeitungen und Zeitschriften aus. Der Name Hans Fallada gilt etwas: Bis Mitte April haben neben anderen „Die Weltbühne" (Kurt Tucholsky), das „Tempo", der „Berliner Börsen-Courier" (Ernst Weiß), das „Berliner Tageblatt" und „Das Tagebuch" (Albert Ehrenstein), linke oder renommierte bürgerliche Blätter also, seinen Roman rezensiert. Er kann erwarten, daß man ihn nicht abweist, wenn er publizistische oder erzählende Beiträge anbietet – vorausgesetzt, er trifft den Ton, den die Redaktionen jeweils anschlagen.

Am 30. April druckt Ullsteins Abendzeitung „Tempo" Falladas erste Buchbesprechung, eine kurze Rezension des Romans „Der Weg zurück" von Erich Maria Remarque, und am 6. Juli – Äußerungen solcher Art gibt es von Fallada nur sehr wenige – seine Antwort auf die redaktionelle Umfrage „Bilder oder Brot?" Ab Anfang Mai erscheint in

* Im Sommer 1931 lernt er den Theatermann Heinz Dietrich Kenter kennen, der seit 1929 an Berliner Bühnen inszeniert. Zusammen schreiben sie ein fünfaktiges Schauspiel „Bauern, Bonzen und Bomben / Die schwarze Fahne" – übrigens mit einem anderen Figurenensemble – und schicken es im Oktober dem Gustav Kiepenheuer Bühnenvertrieb. Vervielfältigt wird das Stück dann vom Max Reichard-Verlag, Freiburg i. Breisgau. Eine Aufführung kommt nicht zustande.

den Nummern 17, 20, 24, 26 und 30 der „Berliner Montagspost" eine kleine Feuilleton„serie".

Daß Falladas Mitarbeit an den Tageszeitungen im
„Tempo" beginnt, mag mit dem erwähnten Vermittlungs-
versuch von Ernst Rowohlt zusammenhängen; der Verleger
kennt viele leitende Leute bei Ullstein, auch Manfred George, den Feuilletonchef des „Tempo". Das 1928 gegründete Blatt läßt sich mit dem Hinweis kennzeichnen, daß es
1932 Balder Oldens „Paradiese des Teufels" in Fortsetzungen abdruckt.

In der „Montagspost", die neben mehreren anderen, nur
montags erscheinenden Zeitungen seit 1920 ebenfalls bei
Ullstein herauskommt und auf zwölf bis vierzehn Seiten
politische Nachrichten und eine umfangreiche Sportbe-
richterstattung mit einem Feuilletonteil verbindet, finden
sich Falladas Beiträge neben solchen von Erika Mann, Ma-
scha Kaleko und Rosa Valetti, Roda Roda, Karl Schnog und
Paul Graetz. Sein Mitwirken dort endet, als im September
ein neuer Redakteur mit dem Charakter des Blattes auch
den des Feuilletons verändert.

In den halb journalistischen, halb belletristischen Arbei-
ten für die „Montagspost" kreist Fallada um „seine" Themen oder visiert sie an. In BAUERNKÄUZE AUF DEM FINANZ-
AMT (4. 5. 1931) erzählt er aus seiner Zeit auf dem flachen
Lande. Das Maß der „Tonnen" verweist zwei der Dönekens
nach Schleswig-Holstein; die Versteigerung wird von der
Landvolkbewegung abgewehrt. KUBSCH UND SEINE PAR-
ZELLE (1. 6.) kann man in Neuenhagen oder sonstwo unter
„Laubenkolonisten" ansiedeln. Hier kommt bereits der
kleine Mann ins Spiel, der sich nur „im Eigenen" wohl fühlt
und der „sein Stück Erdball" braucht. Die einsame alte Frau
in MUTTER LEBT VON IHRER RENTE (29. 6.), deren Kinder
„was geworden sind", kann als typische Fallada-Figur gelten. EINBRECHER TRÄUMT VON DER ZELLE (13. 7.) erinnert an
die „Gauner-Geschichten" und bildet den Schluß des Romans „Wer einmal aus dem Blechnapf frißt" vor.

Selbst eine frei erfundene Geschichte wie WARUM
TRÄGST DU EINE NICKELUHR? (10. 8.) kommt nicht ohne das

autobiographische Detail aus: „Wissen Sie noch", wird Fallada am 24. November 1938 Freund Kagelmacher erinnern, „wie wir mal in der Inflation nach München fuhren und ohne Smokings, ohne goldene Uhr, ohne einen Pfennig Geld vierter Klasse zurückfuhren?" Und auch die Tatsache, daß Fallada Figurennamen gern seinem Bekanntenkreis entleiht, wie hier den des ehemaligen Brotgebers Kippferling, läßt sich schon von diesen Geschichtchen ablesen.

Inzwischen hat sich die Situation des Verlages zugespitzt. Rowohlt stellt die Zahlungen ein und ersucht am 21. Juni seine Gläubiger, zu denen Fallada mit einer Forderung von rund zweieinhalbtausend Mark gehört, um ein Moratorium. Den Angestellten, auch Ditzen, wird vorsorglich zum 30. September gekündigt. Anfang Juli unterbreitet der Verlag Vergleichsvorschläge; die Autoren würden voll honoriert werden; man bitte um Geduld. Am 19. Juli berichtet Fallada an Hörigs, der Verlag verfüge bereits wieder über eine halbe Million Aktienkapital; das Junigehalt jedoch sei nur teilweise gezahlt worden, und so habe er sich in die „Tagesliteratur" gestürzt.

Seine nächste Geschichte, zehn Schreibmaschinenseiten lang, ist kein Geschichtchen mehr; auch in der kleinen Form hat Fallada seine Schreibweise, seinen Stil gefunden. Wie Herr Tiedemann einem das Mausen abgewöhnte erscheint am 1. August 1931 in Heft 31 des im 33. Jahrgang stehenden Scherl-Blattes „Die Woche". Daß der August-Scherl-Verlag seit fünfzehn Jahren zum Konzern des Alfred Hugenberg gehört, deutschnationaler Wegbereiter Hitlers, sieht man dem literarischen Teil dieser Wochenschrift nicht an: In Heft 30 veröffentlicht sie eine Erzählung von Hermann Hesse und in Heft 32 eine von Karin Michaelis.

Den Prototyp für Tiedemann gibt Hans Kagelmacher ab. Auch die Dieberei wird ein Modell haben. Drei Jahre später, in dem Roman „Wir hatten mal ein Kind", wird der Vorgang, auf Johannes Gäntschow bezogen, in diese vier Zeilen gebracht: „Hund, der, der verrückte. Einem Jungen, der bei ihm Eier gestohlen hatte, hatte er auf eine magische

Weise mit Kapitän Düllmanns altem Fernrohr den Schädel durchleuchtet, bis der alles gestand. Und der arme Junge war ja halb verrückt darüber geworden!"

Die Zitate aus den Vierzeilern des Omar Chajjâm wirken in dieser Umgebung exotisch; mehr als ein Gag, ein Vorzeigen von „Bildung" werden nicht geboten. Der Leser muß über die englischen Passagen hinweggehen und sich zufriedengeben. Später nimmt Fallada auf sein Publikum mehr Rücksicht*. Unter dem gängigeren Titel „Gänseeier im Gehirn" und zeitungsgerecht gekürzt, wird die Geschichte, wie künftig fast alle Arbeiten dieser Art, von den Tageszeitungen „unter dem Strich" häufig nachgedruckt.

Die folgenden Geschichten veröffentlicht Fallada wieder in Blättern des Hauses Ullstein. Der 1877 von Leopold Ullstein gegründete Konzern, jetzt im Besitz der fünf Söhne, ein Familienunternehmen, steht in diesen frühen dreißiger Jahren auf seinem Gipfel. Er druckt fünf Tageszeitungen in mehr als einer Million Stück, fünf Wochenschriften in einer Auflage von über vier Millionen und weitere Zeitschriften mit monatlich rund vierhunderttausend Exemplaren, verlegt Bücher, Musikalien und Schnittmusterbogen, betreibt ein Reisebüro, verfügt über hauseigene Anzeigen- und Nachrichtendienste, Vertriebsnetze und Druckereien und beschäftigt zehntausend Arbeiter und Angestellte, darunter zweihundert Redakteure.

Das Fundament des Unternehmens sei, so sagte Larissa Reissner in ihrem 1926 deutsch erschienenen Report „Im Lande Hindenburgs", „die Propaganda der Banalität"; sie nannte das Haus aber auch „im allgemeinen sowjetfreundlich". Zu Hitler stehen die Ullsteins allein schon wegen dessen Antisemitismus in einer klaren Gegnerschaft. Mit den deutschen Kommunisten haben sie nichts im Sinn; umgekehrt bekämpft die KPD diese Großmacht der Meinungs-

---

* „Die Woche" beließ es bei der englischen Version. Wir fügen die deutsche in Fußnoten hinzu; da wir Falladas Nachdichtung nicht kennen, zitieren wir die Übertragung von Henry W. Nordmeyer, die ebenfalls auf Fitzgeralds Ausgabe von 1872 beruht.

manipulation. Man gibt sich bei Ullstein bürgerlich-liberal und macht mit dem Wort Geschäfte. „Ich habe bei Ullstein", äußerte 1926 Kurt Tucholsky, „das mir sehr angenehme Gefühl: er kauft eine Ware . . ."

Ob Ullstein nun Falladas Ware kauft, weil sie in dieses oder jenes Blatt paßt, oder ob Fallada anbietet, was bei Ullstein erwünscht ist: Seine Geschichten eignen sich für das Wochenblatt oder das Monatsmagazin oder das Zeitungsfeuilleton, deren Redaktionen nicht viel mehr vorhaben, als ihre Leser zu unterhalten. Doch auch diese Arbeiten, die Fallada 1931 und 1932 überwiegend bei Ullstein drucken läßt, zeigen in der Schilderung der Figuren, des Milieus, der Vorkommnisse unverkennbar seine Handschrift, und sogar in diesen Arbeiten gelingt es ihm gelegentlich, „die Diskrepanz zwischen Kunst und Unterhaltung aufzuheben" (Johannes R. Becher).

DER GÄNSEMORD VON TÜTZ erscheint am 31. August 1931 in der Sonntags-Zeitung für Stadt und Land „Die Grüne Post", einer 1927 gegründeten Wochenschrift von vier- bis achtundzwanzig Seiten Umfang, die zwanzig Pfennig kostet und mehr als eine Million Auflage hat. Unter Chefredakteur Ehm Welk, der für jede Ausgabe unter dem Pseudonym Thomas Trimm den Leitartikel beisteuert, bringt sie Reiseberichte, populärwissenschaftliche Arbeiten, Artikel zum Naturschutz, über die Jagd sowie für den Kleingärtner und im literarischen Teil Beiträge auch von Autoren wie Marie von Ebner-Eschenbach, Oskar Maria Graf, Hermann Hesse, Stefan Zweig und Michail Prischwin.

Fallada erzählt hier eine „wahre Begebenheit". Daß sich ein solches Gänsegemetzel 1923 auf Rittergut Radach zugetragen hat, das bestätigt Rudolf Ditzens damaliger Kollege Hans Joachim Geyer*. Fallada bildet die Beziehung nach, die er auf diesem Gut zwischen dem Ritterschaftsdirektor von Pappritz und dessen Schwiegersohn, dem Rittmeister d. R. Gustav Schwanecke, vorgefunden hat und die er 1937 in „Wolf unter Wölfen" auf die Figuren des Geheim-

* Am 11. 12. 1963 im Gespräch mit dem Herausgeber.

rats von Teschow und des Rittmeisters von Prackwitz übertragen wird. Auch in „Wolf unter Wölfen" gibt es einen „Gänsemord", und bereits in „Wir hatten mal ein Kind" prügelt Administrator Gäntschow die herrschaftlichen Gänse aus dem herrschaftlichen Roggen.

„Der Gänsemord von Tütz" wird vielfach nachgedruckt, auch im Ausland, zum Beispiel in der „Saarbrücker Zeitung" und im „Berner Tagblatt", und erst diese Neudrucke, die der Feuilletondienst des Rowohlt Verlages vermittelt, machen solche Geschichten finanziell lukrativ.

EIN MENSCH AUF DER FLUCHT kommt im Monatsmagazin „Uhu" heraus, im September-Heft 1931, dem 12. des 7. Jahrgangs. Der „Uhu", 1931 in knapp hundertneunzigtausend Exemplaren gedruckt, auf ein breites Publikum zugeschnitten, flott gemacht, ausgiebig illustriert, gewinnt, und das mag auf das Konto des derzeitigen Redakteurs und späteren Verlegers Peter Suhrkamp kommen, auch Autoren wie Brecht, Tucholsky, Kästner, Ringelnatz, Graf, Balder Olden, Erika Mann zur Mitarbeit und veröffentlicht in Übersetzungen zum Beispiel Gorki, Sinclair Lewis und O'Henry. Fallada findet sich hier in sehr guter Gesellschaft.

Die Erzählung geht auf eine der „Gauner-Geschichten" von 1928 zurück. Zu den drei Skizzen, die wir mitteilen, gehörte ursprünglich noch eine vierte, „Otsches Fluchtbericht", die mit dem Hinweis begann: „Mein Freund Otsche, der Ganove, erzählt". Dieser Bericht, von Fallada fast ohne Korrektur übernommen, gibt jetzt den Teil ab, der zwischen den beiden ersten Blindzeilen steht. Weitergeschrieben wurde die Geschichte wohl deshalb, weil ein Ganove nicht mit „reichlich Kies und guten falschen Flebben" davonkommen darf. So findet Fallada den Rahmen, stürzt den Mann Sänftlein in neue Abenteuer und läßt am Ende die Gerechtigkeit obwalten. Daß in „Ein Mensch auf der Flucht" auch der Berichterstatter „blaue Tracht" trägt, ist bemerkenswert: Zukünftig wird Fallada jedwede Anspielung auf seine eigenen Haftzeiten peinlich vermeiden.

BLANKA, EINE GERAUBTE PRINZESSIN ist am 20. September 1931, einem Sonntag, im Unterhaltungsblatt der „Vossischen Zeitung" zu lesen, der ehrwürdigen, seit 1704 erscheinenden, 1914 von Ullstein aufgekauften „Tante Voß". „Klug, vorsichtig, ausgezeichnet unterrichtet" nennt Larissa Reissner in ihrer Reportage „Ullstein" die „alte Dame", die noch immer den Untertitel „Berlinische Zeitung von Staats- und gelehrten Sachen" trägt. Das angesehene Feuilleton leitet seit 1921 Monty Jacobs.

Es ist eine etwas merkwürdige Geschichte, und sie steckt in der Tat voller hinterpommerscher „Heidentücken". Sicher kann man sie zu jenem verschollenen Manuskript der zwanziger Jahre in Beziehung setzen, von dem wir nicht mehr als die Stichworte „Tiernovellen", „Liebesgeschichten mit Tieren" wissen.

Bereits in dem Roman „Der junge Goedeschal" erzählt Fallada eine ähnliche Episode, wenn er Kais übersteigerte Liebe zu Hans, dem hasenfarbenen Kaninchen, schildert. Der Knabe Alwert, der sich im Chemiebuch und mit den Perser- und Griechenkriegen auskennt, der Defoe, Swift, Stevenson und Karl May liest, erinnert ohnehin eher an einen Kai Goedeschal als an einen vierzehnjährigen Bauernjungen, der die Dorfschule besucht.

Alwert ist ein Träumer. Das in der Neujahrsnacht geborene Kalb mit der „Krone" auf der Stirn wird ihm zur verzauberten Prinzessin, und er hütet sein „blaues Geheimnis". Die Liebe zum Tier – ungewöhnlich nur, daß es sich nicht um Hund, Katze, Vogel handelt – erweist sich als Fluchtposition („Menschen lieben? Menschen sind der Alltag . . .") und als Ersatz („Blanka war seine Stellung zu den Menschen . . .").

Ganz offensichtlich will Fallada die Verhaltensweise kritisieren, aus der heraus Alwerts Beziehung zu Blanka nur als Sodomie mißdeutet werden kann: die Reaktion der phantasielosen Umwelt auf den phantasievollen Außenseiter. Für Fallada hat diese Erzählung Gewicht: Er wird sie ungekürzt in „Wir hatten mal ein Kind" einfügen, den Roman, den er für sein bestes Buch hielt und der den Genretitel „Eine Geschichte und Geschichten" trägt.

Ein paar Tage nach seinem Debüt in der „Vossischen Zeitung", am 24. September 1931, sendet Fallada seinem Verleger das Exposé zu einem neuen Roman, für den er ein halbes Jahr Arbeit veranschlagt; bliebe es bei der Kündigung, brauche er für diese sechs Monate je vierhundert Mark Vorschuß. Am 19. Oktober beginnt er – nun ein freiberuflicher Autor – mit der Niederschrift von „Kleiner Mann – was nun?"; „ich arbeite", berichtet er am 24. d. M. an Rowohlt, „wie eine Lokomotive"; Anfang November liegt fast ein Drittel des Buches vor.

Am 4. dieses Monats unterbricht Fallada für drei Wochen, überträgt die Handschrift in die Maschine – bereits am 18. schickt er einen Teil des Typoskripts an Paul Mayer – und schreibt, vermutlich der sicheren und relativ schnell gezahlten Honorare wegen, Geschichten und Rezensionen. Dann kehrt er an den Roman zurück, schiebt zu Beginn des Jahres 1932 abermals andere Arbeiten ein und schließt am 19. Februar das Manuskript des Buches ab: eine erstaunliche Leistung.

Zu den Geschichten, die im November 1931 entstehen, gehört auch eine, die erst mehr als ein Jahr später veröffentlicht wird: Ich bekomme Arbeit. Am 26. Dezember schreibt Fallada an Rowohlt, Peter Zingler, der Leiter des Feuilletondienstes, möge die Novelle „Ich suche Arbeit", „ehe sie rumliegt", an Reclam schicken. (Gemeint ist die Zeitschrift „Reclams Universum".) Daß „Ich suche Arbeit" identisch ist mit „Ich bekomme Arbeit", daran besteht kein Zweifel. Fallada, der seine Geschichten bei den ursprünglichen Überschriften nennt und nicht bei den redaktionell veränderten der Abdrucke, spricht noch 1936, als er dem Verlag Vorschläge macht, was einer US-amerikanischen Agentur anzubieten sei, von den Titeln „Ich suche Arbeit" und „Otsches Fluchtbericht". Daß die Geschichte „rumliegt", daß sie keiner Redaktion genehm zu sein scheint, geht gewiß auf ihren Charakter und den nicht gerade hoffnungsfrohen Ausgang zurück.

Gedruckt wird sie erst, als die Arbeitslosenquote nahezu fünfundvierzig Prozent beträgt, und auch nur unter der die

Aussage verkehrenden Überschrift von der Zeitschrift „Die Tat" im Dezember-Heft 1932, dem 9. des 24. Jahrgangs. Im Eugen Diederichs Verlag, Jena, erscheinend, seit 1928 von Hans Zehrer geleitet, gilt die „Unabhängige Monatsschrift zur Gestaltung neuer Wirklichkeit", zu der Fallada keine Beziehungen hat, als Sprachrohr der rechts stehenden bürgerlichen Intelligenz. Im selben Heft nennt Joachim Maaß in seinem Artikel „Junge deutsche Literatur" Fallada neben Hermann Kesten, Erik Reger, Ernst Glaeser, Joseph Breitbach und F. C. Weiskopf als Vertreter „zeitkritischer Literatur".

Die Geschichte weist autobiographische Züge auf. Ditzens Übersiedlung aus Hamburg nach Neumünster im Oktober 1928 und seine Erfahrungen als Abonnentenwerber des „General-Anzeigers" kehren im Schicksal des Ich-Erzählers wieder. Der für den Angestellten obligatorische gestärkte Kragen, der dieser Schicht die Kennzeichnung „Stehkragenproletarier" einträgt, kommt gehörig ins Spiel und erinnert uns an Ditzens Kragenvorräte 1925 in Neuhaus.

Drei Episoden aus „Ich bekomme Arbeit" wird Fallada in das sechste Kapitel des Romans „Wer einmal aus dem Blechnapf frißt" teils wörtlich als Erlebnisse Willi Kufalts aufnehmen: des Erzählers Besuch beim katholischen Geistlichen und sein erfolgloser Gang zum Prokuristen der Lederwarenfabrik, seine erste Werbung bei Malermeister Bierla (im Roman: Benzin) und seine vergeblichen Bemühungen um den „Bäckermeister in der Lohstedter Straße" (im Roman: Süßmilch).

Erstaunlich ist – wie auch später in der Erzählung „Fröhlichkeit und Traurigkeit" – Falladas Einfühlungsvermögen in die Welt der Arbeitslosen, zumal ihm die bittere Erfahrung der Erwerbslosigkeit erspart bleibt. Zwar hat er am 24. Oktober 1931 den Verlag „für alle Fälle" um ein formelles Kündigungspapier gebeten, doch das Los des „armen Arbeitslosen mit Kind" wird er sich erst 1942 in dem Erinnerungsbuch „Heute bei uns zu Haus" bereiten.

Während der Zeit, in der Fallada „Kleiner Mann – was nun?" niederschreibt, werden weitere sechs Geschichten gedruckt. Am 12. November 1931 teilt Rowohlts Feuilletondienst mit, das „Tempo" habe die Geschichte DER PLEITEKOMPLEX zum gelegentlichen Abdruck akzeptiert*. Sie ist Widerschein der von Mitte Juni bis Mitte Oktober ungewissen eigenen Lage inmitten der noch immer anhaltenden großen Krise. Für das äußere Bild der Annemarie Geier steht Frau Suse Modell, und von ihr weiß Fallada auch, wie ein Putzgrossist kalkuliert. Das Treiben bei Sommerling, Getreide und Futtermittel – Abklatsch der eben kreierten Figur des Emil Kleinholz –, muß der ehemalige Buchhalter der Drossener Großhandlung Kippferling nicht erfragen.

Neben Ullsteins „Berliner Illustrierten Zeitung", mit fast zwei Millionen Exemplaren die auflagenstärkste, erscheinen illustrierte Wochenschriften auch in Großstädten wie Frankfurt a. M., Köln, Leipzig oder München, herausgegeben meist von regionalen Zeitungsverlagen. Eins dieser Blätter, die „Münchner Illustrierte Presse", bringt in ihrer vorletzten Ausgabe des Jahres 1931, in der Nummer 51 vom 20. Dezember, die Geschichte EINE SCHLIMME NACHT.

Fallada greift erneut auf Erlebnisse aus seiner Gutsbeamtenzeit zurück. Der Hinweis, zwanzigtausend Mark machten keinen Dollar aus, datiert die Begebenheit auf Ende Mai/Anfang Juni 1923, obwohl sie sich im frühen Winter abspielt (auf dem Höhepunkt der Inflation, mit einem Wechselkurs nun schon von Milliarden). Im Mai trat Rudolf Ditzen die Stelle des Rechnungsführers auf Rittergut Radach an, beteiligte sich jedoch auch – wie Schwaneckes Zeugnis vermerkt – am „Feldschutz". Ditzen und er, so erzählt Hans Joachim Geyer, seinerzeit in Radach Feldbeamter, seien, mit vorsintflutlichen Waffen ausgerüstet, jede zweite Nacht auf die Wache gezogen. Diese Vorlage bleibt erkennbar, auch wenn das rittmeisterliche Gut zur „Verfremdung" in der Nähe Stettins angesiedelt ist. In „Wolf

---

* Das „Tempo" des vierten Quartals 1931 stand dem Herausgeber nicht zur Verfügung; so fehlt das genaue Datum der Veröffentlichung. Druckvorlage bildet eine Kopie von Falladas Typoskript.

unter Wölfen" wird Fallada den Stoff noch einmal aufgreifen und Wolfgang Pagel und Herrn von Studmann auf den „Fang von Felddieben" schicken.

Die sichtbar von der Deutschnationalen Volkspartei bestimmte Scherl-Zeitung „Der Tag", in deren Feuilleton die Beumelburg, Binding, Blunck, Dwinger, Griese, Thieß dominieren, veröffentlicht am 25. Dezember Falladas „Lütten-Weihnachten" – 1936 in die Sammlung der Kindergeschichten aufgenommen –, und gleich zu Jahresbeginn 1932, am 3. Januar, druckt „Die Grüne Post" DIE OFFENE TÜR.

Die Unterhaltungsblätter verlangen nach Nichtigkeiten, und Fallada schreibt auch sie. Das Milieu gerät ihm blasser, die Figuren gewinnen kaum Kontur. Über ein wenig Situationskomik, über einen Ulk gelangt er nicht hinaus. Später, wenn er in „Wir hatten mal ein Kind" die Sache mit der offenen Tür Johannes Gäntschow zuschreibt und es bei der „Lehre" für die Frau bewenden läßt, wird Fallada seine Moral der Geschichte mit dem Hinweis verdeutlichen, Ehen seien schon an kleineren Meinungsverschiedenheiten zerbrochen.

Die fünfte Geschichte dieser Gruppe, DAS GROSS-STANKMAL, findet sich in der Monatsschrift „Der Querschnitt", im Februar-Heft 1932, dem 2. des 12. Jahrgangs. Ursprünglich Jahrbuch der Galerie Flechtheim, 1924 von Ullstein erworben und monatlich herausgebracht, erscheint „Der Querschnitt" im Propyläen-Verlag, dem seriösen der beiden Ullstein-Buchverlage. Bereits damit bietet sich die Zeitschrift, zu dieser Zeit in rund zwanzigtausend Exemplaren gedruckt, dem anspruchsvolleren Leser an. Der literarische Teil gibt Benn und Brecht, Gide und Gorki, Hemingway und Huelsenbeck, Majakowski und Musil, Werfel und Virginia Woolf gleichermaßen Raum.

Auch diese Geschichte, in deren Untertitel allein die Jahreszahl anzuzweifeln ist, läßt einen aufmerksamen Beobachter des Kleinstadtlebens erkennen. Als Sekretär des Neumünsteraner Wirtschafts- und Verkehrsvereins, dem der sozialdemokratische Bürgermeister Lindemann vorstand, hatte Ditzen Einblick in die Kommunalpolitik und überblickte die lokale Parteienlandschaft. Das Bild, das Fallada von Neustadt entwirft, gleicht dem Neumünsters weitgehend. Bei der Abstimmung nennt er die Parteien in ihrer Sitzordnung von „rechts" nach „links". (Der „Stahlhelm / Bund der Frontsoldaten" war eine militaristische Organisation, das „Reichsbanner Schwarz-Rot-Gold" eine zum Schutz der Republik.) Fallada macht sich über das Schildbürgertum und auch über das „Parteiengezänk" lustig, verhehlt aber seine Antipathie gegen die Nazis nicht.

Ehe Fallada die Niederschrift des Romans beendet, erscheint, am 2. Februar 1932 in der „Frankfurter Zeitung", schließlich die Geschichte FRÖHLICHKEIT UND TRAURIGKEIT. Die einflußreiche überregionale Tageszeitung verfügt über ein Feuilleton – von Seite eins ihrer beiden Ausgaben an im Wortsinn „unter dem Strich" gedruckt –, mit dem kaum ein anderes Blatt konkurrieren kann. Autoren wie René Schickele, Hermann Hesse, Alfred Döblin, Joseph Roth, Robert Musil, Max Herrmann (Neiße) und S. Kracauer, Walter Benjamin, Ernst Bloch zählen zu den ständigen Mitarbeitern; 1932 werden Roths „Radetzkymarsch" und „Ein ernstes Leben" von Heinrich Mann in Fortsetzungen abgedruckt.

Wahrscheinlich hat Franz Hessel, ebenfalls Mitarbeiter des Blattes, die Verbindung geknüpft. Die Geschichte steht auf den Seiten eins und zwei der Ausgabe „Abendblatt / Erstes Morgenblatt"; an gleicher Stelle erfolgt zwei Wochen später ein Vorabdruck aus Egon Erwin Kischs Reportage „Asien gründlich verändert".

„Fröhlichkeit und Traurigkeit" wirkt wie eine Vorform, wie eine Variante des Nachspiels aus „Kleiner Mann – was nun?", das Fallada zwischen dem 15. und 19. Februar schreiben wird. Ganze Partien entsprechen sich, und das bis zur wörtlichen Übereinstimmung, doch der Tonfall ist grundverschieden. Von der ersten bis zur letzten Zeile – der Mann stiehlt Holz, Pinneberg läßt es; hier der Gutenachtgruß, dort die abgeschmackte Schlußapotheose – empfindet man die Erzählung als härter, ungeschminkter, den Umständen angemessener.

Noch im Februar übergibt Fallada das restliche Typoskript des Romans dem Verlag. Ende März trifft er sich mit Rowohlt zu einem abschließenden Gespräch, in dem über die noch offenen Fragen, Titel, Ausstattung, Honorar, Vorabdruck, debattiert wird. Der Verleger ist sich eines großen Erfolgs sicher. Er bietet seinem Autor per 1. Mai einen Generalvertrag an, der eine monatliche Fixumzahlung – Fallada sagt „Rente" – und vierteljährliche Abrechnung vorsieht.

Anfang April schließt Rowohlt für siebentausend Mark Honorar mit der „Vossischen Zeitung" über den Vorabdruck ab. Am 13. April meldet der Verlag, der Text des Romans sei vollständig gesetzt. Am 17. d. M. schickt Fallada sein Exposé zu „Kippe oder Lampen". Am 20. beginnt die „Voß" mit dem Fortsetzungsdruck.

Währenddessen, im März und April, schreibt Fallada Geschichten. Am 30. April teilt er Peter Zingler mit, daß er vor dem Stichtag des 1. Mai, von dem an alles, was er schreibe, „auf die Rente verrechnet" werde, das Hörspiel „Der Klatsch" und die Erzählungen „Herr Einenkel", „Pfingstfahrt in der Waschbalje", „Die Fliegenpriester" und „Frühling in Neuenhagen" an die jeweiligen Redaktionen abgeliefert habe.

Das Hörspiel „Der Klatsch", seine zweite Gemeinschaftsarbeit mit Heinz Dietrich Kenter, ist Falladas einzige spezifische Arbeit für den Rundfunk und der dramatische Versuch, der an die Öffentlichkeit gelangt: Es wird, inszeniert von Ernst Schoen, am 2. Mai über den Frankfurter Sender ausgestrahlt. Belang hat das Hörspiel nicht. Fallada zeigt, wie ein winziger Irrtum ein riesengroßes Durcheinander anrichtet – „eine geschiedene Ehe, ein Dreivierteldutzend Prozesse" –, weil der Klatsch blüht, dabei aber Verborgenes ans Licht bringt. Unser Interesse erweckt es nur insofern, als es zeigt, daß Fallada sich auch in diesem ja noch jungen Genre versucht und weiterhin andere Möglichkeiten des Schreibens erprobt.

Bei der Skizze GEGEN JEDEN SINN UND VERSTAND, die zunächst, im Mai-Heft 1932 des „Uhu", erscheint, handelt es sich vermutlich um eine Auftragsarbeit der Redaktion, die ein Quartett verwandter Arbeiten bringt: „Merkwürdige Begebenheiten und rätselhafte Erlebnisse – vier wahre Geschichten – erlebt von Georg Britting, Balder Olden, Wilhelm von Scholz und Hans Fallada." Hier läßt sich Ditzens Zeit auf Gut Radach ohne Umschweife erkennen und in der Figur des Dreyer erneut Hans Joachim Geyer, der übrigens erzählt, zu Ditzens und seiner Zeit habe es in Radach keinen Toten gegeben, nur einmal sei ein Förster überfallen worden.

FRÜHLING IN NEUENHAGEN, eine bestellte Arbeit, wie Zingler in seinem Brief vom 29. April wissen läßt, wird von der „Frankfurter Zeitung", Zweites Morgenblatt, in der Kupfertiefdruckbeilage „Für die Frau" am 8. Mai 1932 veröffentlicht. Mit diesem Feuilleton zeichnet Fallada ein Bild seines Wohnortes, dessen Daten in „Meyers Lexikon" 1928 lauten: „Dorf in Brandenburg, Kr. Niederbarnim, (1925) 4736 Ew., an den Bahnen Berlin – Küstrin und Hoppegarten – Alt-Landsberg, hat Realschule, Sägewerke, Gartenbau, liefert Maschinen und Bureaumöbel." Der Garten im Neuenhagener Grünen Winkel 10 ist übrigens kleiner, als er hier erscheint: In Briefen kennzeichnet Fallada ihn mit den Stichworten: siebzig Quadratmeter, Sandkiste, Rasenplatz, Blumenstreif, paar Büsche.

Am 15. Mai 1932, Pfingstsonntag, druckt die Scherl-Zeitung „Der Tag" die spätere „Hoppelpoppel"-Geschichte „Malte in der Waschbalje" – die Redaktionen verändern Falladas Titel recht oft –, und erst am 15. Juni 1932 bringt die „Vossische Zeitung" – man wartet das Ende des Vorabdrucks ab – die Geschichte DIE FLIEGENPRIESTER. Selbst das seriöse Blatt ist auf Ulk erpicht. Die „Humoreske" vom faulen, schwerfälligen Krüger, den die Geldgier packt, bleibt in den engen Grenzen des bloßen Spaßes stecken. So sehr Falladas Vielfalt und Vermögen, die sich in dieser kurzen Prosa beweisen, auch zu schätzen sind, das Bedauern überwiegt, daß er oft unter seinen Möglichkeiten bleibt.

Die Geschichte von Herrn Einenkel, ursprünglich wohl

„Ein Tag wie der andere (Einenkel lebt)" benannt, druckt die Zeitschrift „Uhu" einige Wochen nach der Entstehung in ihrem Juli-Heft 1932 unter dem Titel MIT METERMASS UND GIESSKANNE ab. Seine Branchenkenntnisse verdankt Fallada einem „Konfektionsmenschen" namens Adolf Platau, von dem wir nur wissen, daß er die im Warenhaus Mandel spielenden Partien von „Kleiner Mann – was nun?" überprüft. Einenkel erscheint als positive Variante zu Pinnebergs Chef Jänecke: streng, aber gerecht, pflichtbewußt, aber hilfsbereit.

Fallada bringt die Krise allenthalben geschickt ins Spiel, obschon nur als ein Phänomen, mit dem man zu leben hat. Einenkel wohnt in der Grünheider „Waldheim"-Siedlung – Fallada mag an den Ort bei Erkner denken, in dem Rowohlt ein Landhaus besitzt –, er hat eine „gehobene" Position, doch das Gehalt wird gekürzt und die Abzahlungsraten drängen: ein bessergestellter kleiner Mann. Fallada läßt die Geschichte freundlich ausgehen; die er danach schreibt, bekommt ein böses Ende.

Der Vorabdruck des Romans in der „Vossischen Zeitung" macht viel von sich reden. Doch Fallada ist depressiv gestimmt. Auf Rowohlts Brief vom 11. Mai, der den Erfolg „wirklich als ganz groß" bezeichnet, antwortet er am 19. aus Hamburg, wohin er Frau Suse, die Verwandte besucht, gefolgt ist: Er sei „ziemlich ‚down'", und er bleibe erst einmal.

Aber er arbeitet. Obwohl über die Verfilmung des Romans noch verhandelt wird, entwirft er Skizzen für ein Treatment: Auch diese für ihn neuartige Tätigkeit übt offensichtlich ihren Reiz aus. Und er schreibt Geschichten. Am 30. Mai schickt er drei Manuskripte – „Möcke wartet", „Gigi und Lumpi", „Wie vor dreißig Jahren" – an den Verlag, die Peter Zingler tags darauf an die „Grüne Post", das „Tempo" und an „Velhagen und Klasings Monatshefte" weitergibt.

DER BETTLER, DER GLÜCK BRINGT erscheint am 13. Juni 1932 in Nummer 22 der „Montagspost", die zeitweilig wieder ein Feuilleton hat; Nachdrucke verwenden den ursprünglichen Titel „Herr Möcke wartet". Fallada bereitet Möcke das Schicksal, vor dem er Einenkel bewahrt hat. Möcke muß stempeln gehen, bekommt Arbeitslosenunterstützung und schließlich die noch geringeren Beträge der Krisenfürsorge. Anfangs schüttelt er den Kopf über abergläubische Leute, dann packt ihn die fixe Idee, daß er das Glück verprellt habe. Fallada, selbst nicht frei vom Aberglauben an Horoskope, führt vor, wie die Krise den ohnehin labilen Kleinbürger empfänglich für allerlei Köhlerglauben macht.

„Gigi und Lumpi", die nunmehr dritte aus der späteren Kindergeschichten-Sammlung, findet sich nicht im „Tempo" und nicht in „Velhagen und Klasings Monatsheften"*, und WIE VOR DREISSIG JAHREN wird erst Monate später, am 27. November 1932, in Nummer 48 der „Grünen Post" veröffentlicht. „Aus ‚Wie vor dreißig Jahren', hoffe ich", schreibt Fallada am 30. Mai an Peter Zingler, „wird so was wie ‚Mutter lebt von ihrer Rente', aber vielleicht ist es dafür doch zu düster." Der hypochondrische Kleinbürger, ein Ekel und Haustyrann, die immer noch fröhliche Frau, die ein dreißigjähriges Eheleben, das keines war, auszustreichen versucht – das ist schon eine düstere Geschichte. Leider beläßt es Fallada bei der bloßen Beschreibung einer kleinkarierten Alltagsmisere.

Auch Anfang Juni beschäftigt er sich mit der Verfilmung. Er habe, heißt es am 12. d. M. in einem Brief an Rowohlt, mit Erich Engel und einem Dr. Feld über dem Treatment gesessen. Hörigs erhalten am 1. Juli sogar Nachricht von seiner „wochenlangen" Zusammenarbeit mit Erich Engel, die er „ehrenhalber" geleistet habe; man wolle „den Geldbonzen" einen „unverlogenen Arbeitslosenfilm schmackhaft" machen.

Im Nachlaß finden sich vier Skizzen für den Film unter dem Titel „Kopf hoch!": drei im Umfang von sieben bis neun Schreibmaschinenseiten und eine ausführlichere,

* Den Erstdruck in einer Zeitung oder Zeitschrift kann der Herausgeber nicht nachweisen.

vom 6. bis zum 10: Juni auf einunddreißig Seiten per Hand niedergeschrieben. Ihre Aussagen sind etwas „härter" als die des Romans.

Wenn Pinneberg Schlips und Kragen in die Tasche steckt, heißt es zum Beispiel: „Der Angestellte Pinneberg ist der Proletarier Pinneberg geworden." In einer anderen Fassung leben Pinnebergs am Ende in einer „Zeltstadt", deren Bewohner das Siedlungsgelände urbar machen; sie schließt damit, daß Pinneberg sagt: „Ich glaube, ich schaffe es doch." In dieser Version gibt es auch eine Passage, die an die Geschichte „Fröhlichkeit und Traurigkeit" erinnert: „Sturm auf ein Lebensmittelgeschäft. – Pinneberg von der Schupo weggejagt. – Pinneberg in einer Kneipe als spendabler, großer Herr. Trinkt sich einen an. – Pinneberg auf einer Bank, von der kleinen Nutte erkannt, mitgenommen, abgefüttert, mit einem Hundertmarkschein beschenkt." In der handgeschriebenen Skizze ist Pinneberg schließlich „ein richtiger, braun gebrannter Proletarier", den der Nachbar „tüchtig" nennt.

Die Skizzen haben einen im Prinzip „optimistischen" Schluß: Pinneberg ist zwar „etwas zerschlagen, etwas gedemütigt, aber doch immerhin der Pinneberg seines Lämmchens, der Vater seines Murkels, der warten kann: Es kommt auch wieder besser. Kopf hoch." Daß Fallada zu der reinen Idylle des Romanschlusses Alternativen setzt, spricht auch dann für ihn, wenn man einen Einfluß Erich Engels vermuten will.

Am 10. Juni 1932 druckt die „Vossische Zeitung" die letzte Fortsetzung des Romans; am selben Tag liefert der Rowohlt Verlag die ersten zehntausend Exemplare des Buches aus. „Kleiner Mann – was nun?" wird ein Bestseller. Obwohl das Geld in Anbetracht der mehr als fünf Millionen offiziell registrierten Arbeitslosen überall knapp ist, setzt der Verlag in sieben Monaten achtundvierzigtausend Exemplare um. Anfang Juli verkauft er die Filmrechte – für den Autor springt ein Drehbuchvertrag heraus –, und bis zum Jahresende vergibt er Lizenzen an zehn ausländische

Verlage. Fallada verdient in der zweiten Hälfte des Jahres runde dreißigtausend Mark.

Am 13. Juni fährt er mit der Familie nach Kölpinsee auf Usedom und macht bis Ende August Urlaub. Doch er arbeitet auch während der Ferien. Am 24. Juni schickt er dem Verlag das von ihm redigierte und erweiterte Manuskript des Romans „Gutsbeamter Peter Möcke" von Hans Joachim Geyer. Am 14. Juli teilt er Rowohlt mit, er schreibe an „Kippe oder Lampen". Die Dreizehnjährige, die er zu Ulis Gesellschaft engagiert, regt ihn zu der Geschichte „Lieschens Sieg" an, die am 20. Juli 1932 in dem Wochenblatt „Frankfurter Illustrierte" zu lesen ist (und später im „Hoppelpoppel"-Band). Schließlich zeichnet er eine Familienanekdote auf, die er aus den Erzählungen seiner Mutter kennt (und neun Jahre danach dem Kapitel „Großmutter" in „Damals bei uns daheim" einverleiben wird).

Sie, DIE GEISTESGEGENWÄRTIGE GROSSMUTTER, wird am 20. August 1932 in der „B. Z. am Mittag" gedruckt. Von Ullstein als die „schnellste Zeitung" propagiert, gelangt das Blatt mittels eines eigenen Flugzeugdienstes in das ganze Reich. Larissa Reissner nennt es ein „Straßengrammophon" und trifft seinen Charakter genau, wenn sie sagt, es sei „eine kleine Pfütze, in der sich die ganze Welt spiegelt".

Die „B. Z." – Auflage: hundertfünfundsiebzigtausend Exemplare; im Feuilleton auch Arbeiten von Roda Roda, Hans Leip, Hans Natonek, Dinah Nelken – hat Fallada wahrscheinlich erst jetzt zur Mitarbeit aufgefordert. Sein Beitrag ist eine Art Nachruf auf seine Großmutter mütterlicherseits, Charlotte Lorenz, die, fast vierundneunzig Jahre alt, im Frühsommer dieses Jahres gestorben ist.

Auch wenn Fallada eine Familiengeschichte erzählt, darf man ihn nicht beim Wort nehmen. Die Großeltern Lorenz hatten nur fünf Kinder; sie lebten zwar im Hannöverschen, aber nicht auf dem Lande: Pastor Emil Lorenz war Seelsorger im Zuchthaus von Lüneburg. Und nicht den Großeltern war die Sache geschehen, sondern der Familie des Oberförsters Wilhelm Lorenz, Bruder von Pastor Lorenz, und nicht im Hannöverschen, sondern in Torfhaus, einem Flecken im

Oberharz. Die Geschichte selbst ist verbürgt: Man kann sie in Elisabeth Ditzens Manuskript „Meine Erinnerungen" als Reminiszenz an ihren Onkel Wilhelm nachlesen.

Während Fallada Ferien an der Ostsee macht, spitzt sich die politische Lage erheblich zu. Am 20. Juli setzt Reichskanzler von Papen, seit dem 1. Juni Chef eines Präsidialkabinetts, Preußens sozialdemokratische Regierung gewaltsam ab. Am 31. Juli stimmen nahezu vierzehn Millionen Wähler für Hitlers NSDAP, die ihre Mandate mehr als verdoppelt und mit zweihundertdreißig Abgeordneten in den Reichstag einzieht.

Was Fallada dazu meint, wie er darauf reagiert, das wissen wir nicht. Politik kommt in seiner Korrespondenz mit Verwandten und Bekannten nicht vor. Eine Bemerkung wie die, daß „der Kapitalismus, das ganze heutige Wirtschaftssystem, . . . vollständig verspielt" habe – am 18. April 1931 in einem Brief an Schwester Elisabeth geäußert, also zu der Zeit, in der die Krise auch den Rowohlt Verlag zu packen beginnt –, erweist sich als große Ausnahme. Und irgendeine Art von öffentlichem Auftreten* ist von Fallada, der selbst Vorträge und Lesungen grundsätzlich ausschlägt, überhaupt nicht zu erwarten.

Aus dem Urlaub kehren Ditzens mit dem Entschluß zurück, die Wohnung zu wechseln. Die im Grünen Winkel ist ihnen zu klein geworden. Außerdem drängt Frau Suse darauf, vom Stadtrand weg in die weitere Umgebung zu ziehen. Im Besitz von Geld, viel Geld für seine bisherigen Verhältnisse, erliegt Fallada, so er allein ist, der Versuchung des Alkohols. Vor allem in der ersten Maihälfte – Frau Suse hält sich bei Verwandten in Hamburg auf – gerät er ins Trinken, bis ihn die Depression packt und er seiner Frau nachreist. Er trinkt, sofern er in Berlin zu tun hat, und

* Der Herausgeber kennt nur ein öffentliches Dokument, unter das Fallada – Anfang 1930 erneut dem Schutzverband Deutscher Schriftsteller beigetreten – seine Unterschrift gesetzt hat: die „Solidaritätserklärung für die Opposition im SDS" von Mitte Oktober 1931 (vergleiche dazu: „Aktionen, Bekenntnisse, Perspektiven", Berlin und Weimar 1966).

das ist ja auch in den ersten Junitagen der Fall, wenn er mit Regisseur Erich Engel zusammensitzt.

In Berkenbrück bei Fürstenwalde, eine Bahnstunde von Berlin entfernt, finden Ditzens ein Unterkommen, das ihnen zusagt. Ende September mieten sie im Haus eines älteren Ehepaars namens Sponar die obere Etage, eine Fünfzimmerwohnung, und pachten einen achttausend Quadratmeter großen Garten, in dem siebzig Obstbäume stehen. Das Haus – in der Siedlung Rother Krug, zwanzig Minuten bis zum Bahnhof, zehn zum Ort – liegt idyllisch: direkt an der Spree, die hier ein stilles waldiges Wiesental durchfließt, drei Minuten vom Dehmsee entfernt. Am 15. November ziehen sie ein. Am 27. d. M. schreibt Fallada an die Schwester Elisabeth: „Nun sind wir eigentlich für unser Leben komplett. Wobei das ‚eigentlich‘ wichtig ist, denn es bleiben natürlich noch Wünsche genug."

Bevor ihn die Unruhe des Umzugs erfaßt, muß Fallada noch eine andere durchstehen. Die Einbandzeichnungen von George Grosz stoßen beim Publikum auf so heftige Abwehr – Fallada am 19. Oktober: „Die ganze Provinz protestiert ununterbrochen" –, daß sich Rowohlt entschließt, die Ausstattung des Romans zu ändern und die Verärgerung des berühmten Künstlers in Kauf zu nehmen. Vom 39. bis 48. Tausend an, ab Dezember 1932 erscheint „Kleiner Mann – was nun?" mit einem von Walter Müller-Worpswede entworfenen Schutzumschlag, der dem kleinbürgerlichen Geschmack Tribut zollt. Unter all diesen Umständen kommt Fallada mit „Kippe oder Lampen" nicht voran. Statt dessen, heißt es bereits am 29. September in einem Brief, schreibe er Rezensionen und Geschichten.

Die fünf Prosaarbeiten, die bis zum Jahresende veröffentlicht werden, stehen der Zeit, in der sie erscheinen, sehr fern. Fallada freut sich des guten Berkenbrücker Lebens und bringt, wie es seiner Stimmung entspricht, freundliche, fidele, frohgemute Geschichten zu Papier. ZWEIKAMPF IM WEIZEN, im Unterhaltungsblatt der „Vossischen Zeitung" vom 9. Oktober 1932 gedruckt, geht wohl auf eine Begebenheit zurück, die der Eleve Ditzen vor fast zwanzig Jahren mit angesehen hat: Auf Schloß Posterstein zählte ein Inspektor Schönekerl zu seinen Lehrmeistern. SCHULLER IM GLÜCK, am 11. Oktober 1932 im Ersten Beiblatt der „B. Z. am Mittag" zu lesen, wird in einem Landstrich angesiedelt, in dem der Gutsbeamte Ditzen 1915/16 ansässig war: in der Gegend von Pyritz, Hinterpommern.

Gleich drei Arbeiten sind Weihnachtsgeschichten. Die umfangreichste, FÜNFZIG MARK UND EIN FRÖHLICHES WEIHNACHTSFEST, ist für das Dezember-Heft 1932 des Magazins „Uhu" bestimmt. Das Modell – Ditzens Weihnachten 1929 in Neumünster – läßt sich an vielen Einzelheiten erkennen. Auch Ditzen nennt die Nase seiner Frau den „Entenschnabel". Auch Ditzens bewohnen, seit dem August in der Kieler Straße 42, eine Mansarde: „zwei Zimmer unter einem großen Dach, kleine, aber gemütliche Löcher, mit geweißter niedriger Decke". Auch Ditzens feiern, dank Rowohlts Zusage, ein fröhliches Fest. Und selbst ein entlegenes Detail erweist sich als belegbares Faktum: Der S. Fischer Verlag bringt die Zwei-Mark-fünfundachtzig-Ausgabe der „Buddenbrooks" von Thomas Mann tatsächlich zu Weihnachten 1929 heraus.

Gerät diese Geschichte ein bißchen nostalgisch, so wird es die Skizze CHRISTKIND VERKEHRT ganz und gar. Unter der Hauptzeile „Weihnachten, die wir nicht vergessen" veröffentlicht „Die Grüne Post" am 25. Dezember 1932 in der Ich-Form geschriebene Weihnachtserinnerungen von Lisa Tetzner, Bruno H. Bürgel, Herbert Eulenberg, Helene Voigt-Diederichs, Erich Kästner und Fallada. Fallada berichtet ein Kindheitserlebnis. Seine Geschwister treten, wie es sich für eine autobiographische Äußerung gehört, unter ihren Rufnamen auf, nicht als Itzenplitz, Fiete und Ede wie in „Damals bei uns daheim", dem Buch mit dem Untertitel „Erlebtes, Erfahrenes und Erfundenes". Dort, im Kapitel „Familienbräuche", wird Fallada die Sache noch einmal unterbringen, jedoch mit anderen Details: Sie mag in beiden Fällen teils erlebt und teils erfunden sein.

Ebenfalls am 25. Dezember erscheint in der Weihnachts-

585

nummer der „Vossischen Zeitung" die spätere „Hoppelpoppel"-Geschichte „Kleine schwarze Hund, särr biese". Sie spielt in dem Haus, in dem sie entsteht; wenn Fallada vom Manuskript hochblickt, sieht er, was er dann niederschreibt: „. . . und ein Dampfer kam um die Waldecke, und ein Kahn, zwei Kähne, viele Kähne . . ." Sie ereignet sich in den Tagen des Umzugs nach Berkenbrück; den politischen Ereignissen – seit dem 6. Dezember sitzt Reichswehrminister General von Schleicher auf dem Kanzlersessel – steht sie allein schon vom Stoff her völlig fern. Der Schlußsatz „Plötzlich war die Welt wieder in Ordnung" gilt für die Welt des Kindes. Falladas Irrtum ist es, daß er ihn ebenso auf seine Welt bezieht.

Anfang Januar 1933 liegen die ersten drei Kapitel von „Kippe oder Lampen" in Reinschrift auf Falladas Schreibtisch. Am 8. d. M. beginnt er mit der Neufassung des vierten Kapitels. Dann muß er erneut unterbrechen: Man bittet ihn wegen des Drehbuchs zu „Kleiner Mann – was nun?" nach Berlin. Fallada quartiert sich – der Vorsicht halber zusammen mit Frau Suse – in der im Alten Westen, Lietzenburger Straße, gelegenen Pension Stössinger ein. Sieben Wochen, bis Anfang März, werden ihn die Filmleute mit Beschlag belegen.

Obwohl ihm die Arbeit zu langsam vorangeht und zuviel „technische Angelegenheit" zu sein scheint, gefällt ihm, wie er am 17. Februar der Schwester Elisabeth schreibt, das „sehr nette Kollektiv": „Der Regisseur Berthold Viertel, der vor kurzem aus Hollywood gekommen ist und bald wieder hinfährt, als Drehbuchtechniker Dr. Wendhausen, dann noch außer mir Weill von der ‚Dreigroschenoper', der später auch die Kompositionen machen wird, und Caspar Neher, der Ausstatter der Volksbühne."

Viertel*, dem man inzwischen die Regie angeboten hat, am 31. Januar, am Tag nach Hitlers Ernennung zum Reichs-

---

* Salka Viertel erzählt den Vorgang aus Berthold Viertels Sicht in ihren Erinnerungen „Das unbelehrbare Herz / Ein Leben in der Welt des Theaters, der Literatur und des Films", Hamburg 1970.

kanzler, in Berlin angekommen, schreibt ein paar Tage später an seine Frau Salka: „Wir ... nennen uns ein ‚Kollektiv‘ und erhalten uns als solches, d. h. wir halten zusammen. Und wir haben es auch verdammt nötig, denn unser Produzent, der blonde Riese Neppach ..., und mehr als er die Europa, die Firma, mit der wir unsere Verträge abgeschlossen haben und die sich seitdem in Fleißaufgaben für das ‚neue Regime‘ überbietet, scheinen uns in den äußersten Kitsch abdrängen zu wollen."

Fallada, wenig kommunikativ, eher menschenscheu, ein notorischer Einzelgänger, kann sich der Zugkraft dieses Teams prominenter Künstler, Viertel, Weill, Neher, nicht ganz entziehen. Daß, andererseits, eine kollektive Arbeit seine Sache nicht ist, läßt sich von seinen Briefen und von einem Artikel ablesen, der aus diesen Tagen berichtet. Er beginnt so:

„Hans Fallada sei im Europa-Haus zu treffen. Der Raum, kahl und lang, überbelichtet wie ein Operations-Saal oder ein halbgeräumtes Studio mit kleinen, stehengelassenen Unordnungen, war in Wirklichkeit ein Film-Atelier, wo bei kollektivem Schreiben von Drehbüchern die Nerven gemartert und abgehetzt werden. Jede Beziehung zu dem Raum abschüttelnd, wie ein Übel, das er viel zu lang ertragen hat, eilt mir Fallada entgegen. Nur fort! Jeder Tag bringt hier vierzehn Stunden Arbeit, und an seinem Ende fühlt man sich halbtot. Sie haben eben zum fünften Mal das Film-Manuskript des ‚Kleinen Mannes‘ umgeschrieben, nun steht er im Kampf gegen das Happy-End."

Dieser Artikel*, acht Spalten unter dem Strich, halb Reportage, halb Interview, ist ein Unikum, denn an sich geht Fallada Journalisten grundsätzlich aus dem Weg. Daß die Begegnung zustande kommt, wird an den Umständen liegen: Der Interviewer, H. A. Wyß, ist Schweizer, das Blatt, für das er schreibt, die „Neue Zürcher Zeitung". Wyß gibt das Gespräch mit Fallada teils direkt, teils indirekt wieder, referiert alle biographischen Legenden, die ihm sein Part-

---

* H. A. Wyß: „Neue Aspekte der deutschen Literatur / Welterfolg Fallada", „Neue Zürcher Zeitung", 16. 4. 1933.

ner serviert, bringt aber auch die Stimmung ein, in der sich der Autor befindet. „Es ist Zeit für Fallada, daß er wieder ‚in die Schule‘ muß. Doch auch das Filmschreiben hat in wenig Tagen ein Ende, dann kommt die Zeit, wo er sich wieder selber gehört."

Glaubt Fallada, nach Hitlers Machtantritt, noch daran, den Bonzen einen unverlogenen Arbeitslosenfilm abtrotzen zu können? Wenige Tage später brennt der Reichstag. Viertel und Kurt Weill flüchten nach Prag. Fallada erfährt es wie manches andere auch, denn er sitzt unter Filmleuten mitten in der Metropole, nicht an der Peripherie in Berkenbrück. Fallada bleibt. Ihn – und Frau Suse, Ernst und Elli Rowohlt – erreicht die Brandnachricht am Abend des 27. Februar in den Weinstuben von Schlichter. „Wir hatten", schreibt er, sich in die Situation zurückrufend, mehr als elf Jahre später in den Erinnerungen, „wir hatten doch schon einiges von der Brutalität gelesen, mit der diese Herren ihre Absichten zu verwirklichen pflegten, und doch dachten wir: Es wird so schlimm schon nicht werden!"

Aus dem Film kann Fallada sich herauslösen. „An sich", heißt es in einem Brief vom 7. März an Elisabeth Hörig, „war das Arbeiten im Kollektiv völlig reibungslos und sehr amüsant und interessant, nur wenn die Hersteller und Verleiher mit ihren Wünschen kamen, war es, um sich zu besch......". Er habe erreicht, mit vollem Honorar aus dem Vertrag entlassen zu werden, und müsse sich später nur noch entscheiden, ob er für das fertige Drehbuch als Verfasser zeichnen werde oder nicht. Politische Gründe spielen, so scheint es, keine Rolle.

Fallada zieht eine Konsequenz: Er gibt die „Feuilleton-Arbeiten" auf, wie er – ein „vorläufig" hinzufügend – am 29. März dem Rowohlt Verlag mitteilt. Seine Tätigkeit als Rezensent hat bereits mit dem Februar-Heft der Zeitschrift „Die Literatur" ihr Ende gefunden. Mit der Veröffentlichung der nächsten Erzählung wird er anderthalb Jahre warten. Das Schreiben von Büchern erachtet er wohl als „sicherer".

Der Gedanke zu emigrieren kommt Fallada nicht in den Sinn. Er glaubt, nur in Deutschland leben und arbeiten zu

können. „Ich sitze hier", wird er am 17. Juni 1934 an Kagelmacher schreiben, „so fest im Norddeutschen, daß ich
keine andere Umwelt zum Produzieren mir denken kann."
Und am 4. September 1933 wird in einem Brief an Hörigs
das Credo stehen: „Ich will nicht für zwei- oder dreitausend
Menschen schreiben, sondern für je mehr je lieber."

Falladas Vorsatz, auch in der Nazizeit Massen von Menschen als Leser zu gewinnen, verlangt – und das wird ihm
sehr bald klargemacht – kleine und große Kompromisse
und kleine und große Konzessionen, andere und schwer-
wiegendere als jene, die man ihm bisher abgefordert hat.

Kindergeschichten
(1933–1938)

Im März 1933 bringt der Verlag das 49. bis 59. Tausend
des Romans „Kleiner Mann – was nun?" heraus. Irgendeine
offizielle Stelle scheint zu intervenieren: In seinem Brief
vom 11. April spricht Rowohlt von den „bitter-bösen Tagen
des Boykotts". Fallada, nach Berkenbrück zurückgekehrt,
arbeitet an „Kippe oder Lampen" weiter und schließt am
11. April das fünfte Kapitel ab. Am 12. April, es ist der
Mittwoch vor Ostern, wird er, von seinen Vermietern, den
Sponars, aus sehr eigennützigen Gründen politisch denun-
ziert, in „Schutzhaft" genommen und elf Tage in das Amtsgerichtsgefängnis Fürstenwalde gesperrt – ein groteskes
Beispiel für die im „Dritten Reich" herrschende Willkür*.

Fallada geschieht nichts. Er wird wie ein Untersuchungs-
häftling behandelt und kann sich seine Utensilien kommen
lassen. Buchstäblich schreibbesessen, führt er sogar unter
diesen Umständen den Roman fort: Die ersten vier Szenen
des Kapitels „Selbst ist der Mann" entstehen in der Zelle.
Seine Haltung artikuliert Fallada, wenn er am 20. d. M. auf
einem Briefzettel seine Frau tröstet: „Wir haben unsere

---

* Ausführlich hat der Herausgeber die Sachlage in seinem Nachwort
zu „Wer einmal aus dem Blechnapf frißt" dargelegt; vgl. Band III unserer
Ausgabe, Seite 615 ff.

kleine Insel zu dreien in dieser heute etwas stürmischen Welt."

Am 23. April auf freien Fuß gesetzt, nach einer heftigen Auseinandersetzung mit den Sponars, erleidet Fallada einen Nervenzusammenbruch, verläßt fluchtartig Berkenbrück und zieht wieder in die Pension Stössinger ein. Dort erreicht ihn das inzwischen von Dr. Wendhausen umgeschriebene Drehbuch. Am 3. Mai untersagt er in einem Brief an die Robert Neppach Film AG, Berlin SW 61, Europahaus, seinen Namen als den des Drehbuchverfassers zu nennen; der Film habe nichts mehr mit seinem Buch zu tun. Zwei Tage später, als Peter Zingler in einem Brief andeutet, hier habe Goebbels – der Propagandaminister – seine Hände im Spiel, klappt Fallada erneut zusammen und verkriecht sich für Wochen in das Märkische Sanatorium Waldsieversdorf.

Am 10. Juli läßt er seinen Verleger wissen, er sei wieder frisch und arbeitsfähig. Dann trifft ihn ein Unglück. Am 18. d. M. bringt Frau Suse Zwillinge zur Welt, doch eines der Mädchen stirbt nach drei Stunden. Fallada gerät ins Trinken, fährt dennoch drei Tage später mit Peter Zingler nach Mecklenburg und kauft das Anwesen in Carwitz bei Feldberg. „Carwitz", so schildert er es Kagelmacher, „ist eine Büdnerei mit sechs Morgen Land, einem Pferd, einer Kuh und zwei Schweinen. Schönem Garten mit Obstbäumen. Direkt am See gelegen. Sechshundert Meter Seefront. Keine Ausflüglergegend, ein stilles, abgelegenes Bauerndorf mit etwa dreihundert Einwohnern."

Anfang August mietet Fallada sich und Sohn Uli im Hotel Deutsches Haus in Feldberg ein und beaufsichtigt die Bauarbeiten. Anfang September folgt Frau Suse mit Tochter Lore nach. Am 12. Oktober zieht die Familie in Carwitz ein. Am 15. setzt sich Fallada an den Schreibtisch, bringt in knapp einem Monat die letzten zweihundert Seiten des Romans zu Papier, beginnt unmittelbar danach mit einem neuen Buch, „Wir hatten mal ein Kind", und schickt das Manuskript von „Kippe oder Lampen" Ende November an den Verlag.

Fallada richtet sich auf das Leben unter dem Nazi-Regime ein. Den Schutzverband Deutscher Schriftsteller habe er, heißt es am 27. Juli in einem Brief an Rowohlt, bereits vor einem halben Jahr verlassen; nun sei es „allerhöchste Zeit", dem Reichsverband Deutscher Schriftsteller (RDS) beizutreten. Die Mitgliedskarte Nummer 841 zeigt, daß er es zu Beginn des dritten Quartals tut. Präsident dieses Verbandes ist der Intendant des Deutschlandsenders, Goetz Otto Stoffregen; ein Vorstandsmitglied, Dr. Heinz Wismann, sitzt als Referent im Propagandaministerium; und auch die Namen von Schatzmeister und Schriftführer, Karl August Walther und Hans Richter, dürfte Fallada nie gehört haben. Im Dezember wird der RDS zur Pflichtorganisation der Schriftsteller erklärt und der Börsenverein für die Besitzer und die leitenden Angestellten der Buchverlage: beide Verbände als Glieder der Reichsschrifttumskammer. Das Nazi-Reich beginnt, seine Lenkungs- und Überwachungsapparate auch in den kulturellen Bereichen zu installieren.

Am 10. Dezember klagt Fallada in einem Brief an Kagelmacher, da er nicht persona grata sei, verkauften sich seine Bücher schlecht. So tilgt er in „Kleiner Mann – was nun?" die „Anrempelung der SA" und verwandelt den Nazi Lauterbach in einen Fußballtorwart. Im Januar 1934 schreibt er für „Kippe oder Lampen", nun unter dem von Rowohlt vorgeschlagenen Titel „Wer einmal aus dem Blechnapf frißt", ein kurzes Vorwort, von dem er meint, daß es „manches abbiegt".

Doch alle diese Konzessionen verhelfen zu nichts. Das Buch, Anfang März an den Buchhandel ausgeliefert, wird von der NS-Presse mit scharfen Wendungen abgelehnt, und noch heftiger attackiert wird der Roman „Wir hatten mal ein Kind", den Fallada nach knapp vier Monaten Arbeit Ende Februar abschließt und der im November des Jahres herauskommt. Von nun an hat Fallada alle Mühe, seine „kleine Insel" vor der „stürmischen Welt" zu schützen.

Obwohl die Nazis die Gleichschaltung der Presse weiter vorantreiben – seine Nachricht, daß die „Vossische Zeitung" zum 31. März 1934 zwangseingestellt wird, kommentiert Rowohlt mit der Bemerkung: „Wieder ein schwerer Schlag" –, kann der Verlag über „Wir hatten mal ein Kind" am 24. März mit Ullstein Vertrag über einen Vorabdruck schließen. Für diesen Zweck kürzt und bearbeitet Fallada den Roman. Ende Mai bringt die „Berliner Illustrirte Zeitung" die Photoreportage „Ein Dichter auf dem Lande" und beginnt am 17. Juni mit dem Fortsetzungsdruck. Noch in diesem Monat geht der Ullstein-Konzern durch Zwangsverkauf in den Besitz der NSDAP über.

Vom Mai an wird in Carwitz im Haus und am Stall gebaut. Fallada pausiert. Allein der Aufforderung von Max Krell, Cheflektor des Ullstein-Buchverlages, sich an einer Anthologie zu beteiligen, kommt er nach und schreibt am 26. Juli die auch unter dem Titel „Martha" nachgedruckte, als Novelle bezeichnete Geschichte „Gute Krüseliner Wiese rechts". Doch Krell verwirft sie als „zu erotisch" und nimmt statt ihrer „Fünfzig Mark und ein fröhliches Weihnachtsfest" in den Sammelband „Heimat" auf, der mit der Unterzeile „Die deutsche Landschaft in Erzählungen deutscher Dichter" 1934 im Ullstein-Verlag herauskommt. Die Zeichen der Zeit lassen sich bereits vom Titel ablesen; zu den Autoren gehören u. a. Manfred Hausmann, Hans Leip und Ernst Penzoldt, Georg Britting, Wilhelm Schmidtbonn und Josef Winckler, aber auch braune Barden wie Blunck, Strobl und Zillich.

Krell gibt die „Gute Wiese" an den „Uhu" weiter, doch auch die Zeitschrift – 1933 verboten, 1934 unter dem Titel „Neue Monats-Hefte Uhu" wiederbelebt – muß mit dem September-Heft eingestellt werden. Und so erscheint die Geschichte schließlich in einer Zeitung, an der Fallada zu Ullsteins Zeiten nicht mitgearbeitet hat: in der ganz auf den kleinbürgerlichen Leser ausgerichteten „Berliner Morgenpost", die „die neue große Novelle von Hans Fallada" bereits auf der Titelseite ihrer Ausgabe vom 27. Oktober 1934 anzeigt.

GUTE KRÜSELINER WIESE RECHTS ist die erste Geschichte, die Fallada in Carwitz schreibt. Der Entstehungsort läßt sich ablesen. Ihren Namen verdankt die gute Wiese dem zwei Kilometer südlich von Carwitz gelegenen See Der Krüselin. Die sparsam ins Spiel gebrachte Landschaft, das Beieinander von See und Kuppe, Wald und Wiese, verweist auf die nähere Umgebung. Und Bauern und ihre Probleme lernt der ehemalige Gutsbeamte zum ersten Mal in diesem Dorf aus näherer Tuchfühlung kennen.

Fallada pausiert den Sommer über und im Herbst, fährt mit seiner Frau im Juli ein paar Tage in Mecklenburg umher und im September für eine Woche nach München. Er trinkt, hat Streit mit Suse und flüchtet Anfang Oktober für zehn Tage nach Hiddensee. Das Verdikt gegen „Wer einmal aus dem Blechnapf frißt", dem Anfang November das gegen „Wir hatten mal ein Kind" folgen wird, steckt ihm in den Knochen. Er ist unschlüssig, was er schreiben soll, und sucht nach Auswegen.

Seine Einnahmen sinken rapide, so daß er wieder nach Nebenquellen Ausschau hält. Ein paar Beiträge kann er im „Berliner Tageblatt" unterbringen. Die große bürgerlich-liberale Tageszeitung des Verlages Mosse, unter Chefredakteur Theodor Wolff eines der wichtigsten Blätter der Weimarer Republik, versucht, jetzt unter „Hauptschriftleiter" Paul Scheffer, der völligen Gleichschaltung wenigstens im Feuilleton zu entgehen; zu seinen Mitarbeitern zählen Martha Dodd und Mildred Harnack-Fish, Hermann Hesse, Reinhold Schneider, Ernst Wiechert, Leo Weismantel und Wolfgang Weyrauch, Herbert Ihering und Paul Rilla. Merkwürdigerweise druckt das „Berliner Tageblatt" zwei bereits veröffentlichte Geschichten: am 24. August „Lieschens Sieg" und am 27. November – unter „eingedeutschtem" Titel – „Kleiner, schwarzer Hund".

Am 16. November beginnt Fallada ein neues Buch und schließt es, unzufrieden mit dem Ergebnis, Mitte März 1935 ab: den etwas absonderlichen Roman „Altes Herz geht auf die Reise", von Anfang an als ein nur unterhaltendes Stück Literatur konzipiert. Falladas Unmut mit sich und der

Welt entzündet sich an einer Banalität und gerät zu einem Nervenkollaps, von dem er selbst als einem „manisch-depressiven Zustand" sprechen wird. Vom 16. März an, erst in einer Münchener Klinik, dann in Carwitz, schließlich in einem Berliner Sanatorium, steht er unter ärztlicher Obhut. Ende Mai, als sein Zustand gefährlich erscheint, bringt Frau Suse ihn in die Charité zu Professor Bonhoeffer, wo er zeitweise in der geschlossenen Abteilung liegt. Später läßt er in Briefen verlauten, vierzehn Tage fehlten ganz in seinem Gedächtnis.

Anfang Juni wird Fallada in Begleitung einer Krankenschwester nach Carwitz entlassen. Mitte des Monats beginnt er wieder zu arbeiten, schreibt „Altes Herz geht auf die Reise" um und schickt das Manuskript Ende Juni an den Verlag. Er sei entschlossen, heißt es in einem Brief an die Schwester Margarete Bechert, „erfreulicher zu werden", und der Roman sei ein Übergang dazu. An die Schwester Elisabeth gewandt, formuliert er die eigentlichen Gründe: „Ich kann nicht mehr . . . produzieren, wie ich möchte. Da mir Erzählen wirklich Freude macht, und da man, um recht erzählen zu können, drauflos erzählen muß, ohne Gedanken an Publikum usw., so klappt eben heute alles nicht mehr"; der Roman „Altes Herz" gehe ihn „innerlich nicht viel" an.

Haben zwei Jahre Nazi-Herrschaft genügt, dem Schriftsteller Fallada das Rückgrat zu brechen? Um neue Mißbilligungen zu vermeiden, wird er sich – ein Teufelskreis! – immer weiter in die Unverbindlichkeit zurückziehen.

Im Juni 1935 fällt für Fallada keine Tantieme aus dem Verkauf seiner Bücher an. Er muß andere Geldquellen erschließen. Das einträgliche Honorar für einen Vorabdruck des Romans würde ihm aus der Klemme helfen. So sitzt er Anfang August mit einem Redakteur der „Berliner Illustrirten Zeitung" zusammen und stutzt „Altes Herz geht auf die Reise" zurecht. Erst nach dieser Prozedur kommt der Vertrag zustande, und neue Änderungen werden verlangt, denn Figuren wie „der zu fromme Professor, der verblödete Knecht, der zu böse Schlieker, die epileptische Frau, die untüchtigen Bauern" sind im „Dritten Reich" nicht gefragt. Dann schiebt man den Abdruck monatelang vor sich hin und beginnt ihn, unter dem Titel „Ein Herz geht auf die Reise", im Februar 1936.

Am 11. August schließt Fallada einen Vertrag mit der Ufa, der Universum-Film Aktiengesellschaft. Ein Honorar von viertausend Mark für vierzehn Tage Arbeit reizt ihn, obwohl er die Zeit in Berlin verbringen muß. Er schreibt die Dialoge für den Film, den Reinhold Schünzel – 1935 mit „Amphitryon" erfolgreich – nach dem Stück „Donogoo-Tonka" von Jules Romains dreht. Schünzel, laut Fallada „ein entzückender Kerl", fällt bald danach bei Goebbels in Ungnade und emigriert 1936 in die USA.

Schließlich entsinnt sich Fallada eines alten Angebots. Im Frühjahr 1934 hatte er Rowohlt mitgeteilt, der Reclam-Verlag habe ein Manuskript erbeten; im August war er darauf zurückgekommen mit der Frage, ob er für Reclams Universal-Bibliothek nicht die verstreut publizierten Kindergeschichten sammeln sollte, und im Februar 1935 hatte er angekündigt, nach Abschluß des Romans werde er an das Reclam-Bändchen herangehen. Das tut er jetzt.

An acht Tagen im September redigiert Fallada fünf der 1931 und 1932 veröffentlichten Geschichten, in denen Kinder im Mittelpunkt stehen, schreibt weitere zwei – „Häusliches Zwischenspiel", „Die verlorenen Grünfinken" – dazu und schickt das Manuskript am 29. d. M. an den Rowohlt Verlag. Dort gibt man die neu geschriebenen Arbeiten an die Zeitschriften „Die Dame" und „Die Woche" weiter. Ullsteins exklusive „Dame" und Scherls volkstümelnde „Woche" – in der politischen Ausrichtung unterscheiden sie sich nicht mehr; ihre Adressaten allerdings gehören nach wie vor sehr verschiedenen Schichten an.

„Die Dame", ein auf Kunstdruckpapier hergestelltes, vierzehntäglich erscheinendes Bäderreisen- und Modeblatt für die Damen der „Gesellschaft", bringt im Feuilleton ihres Ersten Dezember-Heftes 1935, dem 25. des 62. Jahrgangs, mit der von Alfred Kubin illustrierten Geschichte

„Die verlorenen Grünfinken" zum ersten Mal einen Beitrag
Falladas. „Die Woche" druckt „Häusliches Zwischenspiel"
in der Nummer 2 des 38. Jahrgangs am 8. Januar 1936. Das
Bändchen HOPPELPOPPEL – WO BIST DU? mit dem Untertitel
KINDERGESCHICHTEN und einem Nachwort von Felix Riem-
kasten kommt in Reclams Universal-Bibliothek, Verlag von
Philipp Reclam jun., Leipzig o. J., Ende Februar 1936 her-
aus.

Fallada stellt die Geschichte „Kleine schwarze Hund, särr
biese" unter dem neuen Titel LIEBER HOPPELPOPPEL – WO
BIST DU? an die Spitze. Der autobiographische Hintergrund
ist unverkennbar. Sohn Uli zählt zur Zeit des Umzugs nach
Berkenbrück gute zweieinhalb Jahre. Vom Bahnhof – an
der Strecke Berlin–Frankfurt/Oder, die über den (damali-
gen) deutschen Grenzbahnhof Neu-Bentschen und das polnische Zbąszyń (bis 1919: Bentschen) nach Poznań weiter-
führt –, vom Bahnhof Berkenbrück zum Rothen Krug führt
der Weg durch einen geschlossenen Wald. An der Front
des Sponarschen Hauses, die zum Fluß steht, fällt der Garten zur Spree hin ab, und auf etwa zwanzig Meter Breite
begrenzt der Wasserlauf das Grundstück. Schiffe, die fluß-
abwärts fahren, biegen, von hier aus gesehen, tatsächlich
„um die Waldecke".

Auch der Stoff, der LIESCHENS SIEG zugrunde liegt, läßt
sich leicht ermitteln. Für die Oma steht Großmutter Charlotte Lorenz Modell, über deren Geistesgegenwart Fallada
ja ebenfalls im Sommer 1932 schreibt; die Sache mit dem
„Schööl" wird er in „Damals bei uns daheim" von sich und
seinen Geschwistern erzählen. (Eine Reise zur Großmutter
ist auch für das Jahr 1899 belegt, als Margarete neun Jahre
zählte und Rudolf sechs.) „Lieschen, ein dreizehnjähriges
Mädchen aus Loddin" leistet Uli, so ein Brief vom 8. Juli
1932, während der Ferien in Kölpinsee am Nachmittag Gesellschaft. Und wie ein Kalb zur Welt kommt – die Szene
klingt an die Schilderung in „Blanka, eine geraubte Prinzessin" an –, das scheint Fallada noch immer zu faszinieren.

Die im September 1935 geschriebene Geschichte HÄUSLI-
CHES ZWISCHENSPIEL bietet ein fast unkaschiertes Bild aus

Falladas „Vaterzeit" und vom Leben auf dem Anwesen in Carwitz. Die Figur des Herrn Rogge, ihre Verhaltensweisen ergeben ein Selbstporträt (Ditzen zum Beispiel ist ständig mit der Steuer befaßt); Frau Dete (nach dem Kosenamen der Schwester Margarete) nennt ihren Mann „Zips", Frau Suse den ihren „Junge"; Tom zählt wie Uli fünf Jahre; Ditzens Hofarbeiter heißen Siebrecht und Schmid, die Haustöchter Käti und Isi. Das Getier wird bei den Namen genannt, Hella, Eri, Plisch, die es bei Ditzens hat.

Das Haus steht mit einer Längsseite zum Hof, zu Scheune und Schuppen, mit allen anderen zum Garten. Von der Veranda an der einen Stirnseite führt ein kleiner Weg an Blumenrabatten vorbei zum See, zum Steg und dem Boot mit Außenbordmotor. Von Falladas Arbeitszimmer, aus dessen drei Fenstern man in den Garten blickt, und von der Küche geht es durch das Eßzimmer auf die Veranda und weiter ins Freie. Das Anwesen, von Äckern begrenzt, liegt an einer Bucht des bis zu dreißig Meter tiefen Carwitzer Sees, auf einer Halbinsel, abseits vom Dorf, in der überaus reizvollen Moränenlandschaft.

Die Geschichte von GIGI UND LUMPI, im Mai 1932 entstanden, spielt im Frühjahr 1932 an einem Ort, der Neuenhagen ähnelt; das Neuenhagener Feuilleton, in dem auch Sohn Uli im kleinen Garten am Grünen Winkel auftritt, wurde gerade, Anfang des Monats, gedruckt. Der schrullige Krupschert ist eine der gar nicht seltenen Figuren Falladas, die durch die Inflation um ihre kleinen Ersparnisse betrogen werden; Krupscherts Feind, der Finanzier Hjalmar Schacht, Reichsbankpräsident seit der Stabilisierung der Mark im Dezember 1923, zählt jetzt längst zu den aktivsten Vorreitern Hitlers.

PFINGSTFAHRT IN DER WASCHBALJE, ebenfalls aus dem Jahr 1932, scheint keine „erlebte" Geschichte zu sein, sondern eine, die Fallada „erfahren" hat, wahrscheinlich in seiner Gudderitzer Zeit. Die Schilderung der Boddenlandschaft deutet auf Rügen hin. Die Waschbaljenfahrt in „Wir hatten mal ein Kind" ist dagegen – im Örtchen Solkendorf am Prohner Wiek – auf dem Festland angesiedelt.

In der Geschichte DIE VERLORENEN GRÜNFINKEN erzählt Fallada ein anderes häusliches Zwischenspiel, ebenso unverhüllt dem Alltag in Carwitz entnommen. Diese jüngst entstandene Arbeit erweist sich als weiteres Beispiel für seine Haltung, man lebe auf einer Insel im Sturm der Zeit. Über den ertränkten Grünfinken, „diesem kleinen Weltuntergang", vergißt Fallada den großen, den politischen, den die Nazis – zum Beispiel mit der Einführung der allgemeinen Wehrpflicht für ihn sichtbar – vorzubereiten beginnen, und zur Einsicht, man könne doch „nicht alles laufenlassen, wie es läuft", gelangt er allein bei der Erziehung des Sohnes. Das „heidnische" Fest, das der 1931 geschriebenen Geschichte LÜTTENWEIHNACHTEN den Titel gibt, hat Fallada ohne Zweifel während der Jahre bei Kagelmacher kennengelernt. Auf der Halbinsel Wittow, zwischen Altenkirchen, Kap Arkona und Mövenort, läßt er es stattfinden. (Nachgedruckt wird „Lüttenweihnachten" auch unter der Überschrift „Ein Mann, zwei Jungen und ein Mädel".) Jahre später, in „Kleiner Mann, Großer Mann – alles vertauscht", greift Fallada diesen Brauch noch einmal auf: Zur Freude von Max Schreyvogel und Tochter Eduarda, genannt Mücke, richtet August Böök ein Hasenweihnachten aus. Die Reihenfolge, die Fallada für das Bändchen wählt, läßt ein ablesbares Ordnungsprinzip nicht erkennen. Liest man die Geschichten in der Chronologie der Entstehung – Lüttenweihnachten, Pfingstfahrt in der Waschbalje, Gigi und Lumpi, Lieschens Sieg, Lieber Hoppelpoppel – wo bist du?, Häusliches Zwischenspiel, Die verlorenen Grünfinken –, dann werden die Bezüge zwischen Stoff und Biographie und die autobiographischen Elemente sehr viel deutlicher. Gerade das wollte Fallada möglicherweise vermeiden.

Am 12. September 1935, während er an dem Reclam-Band arbeitet, erhält Fallada einen Bescheid der Reichsschrifttumskammer, daß er als „unerwünschter Autor" angesehen werde und der Vertrieb seiner Bücher im Ausland sowie der Verkauf von Übersetzungsrechten untersagt sei.

Das Regime hat sich mit den Anordnungen „über schädliches und unerwünschtes Schrifttum" (25. 4. 1935) und „über die Anzeigepflicht bei Verträgen mit ausländischen Verlagen" (25. 5. 1935) neue Möglichkeiten verschafft, Bücher zu verbieten oder Manuskripte, sofern sie der Auslandsverträge halber der Kammer eingereicht werden, zu zensurieren. Der Rowohlt Verlag hat das Manuskript des Romans „Altes Herz geht auf die Reise" eingereicht, und Fallada ist sich dessen sicher, daß, so am 13. September an Hörigs, „die Lektüre des ‚Alten Herzens'" den „Entschluß ausgelöst" habe.

Er fährt nach Berlin, um zu intervenieren. Dann bringt er das Manuskript der Kindergeschichten zu Ende und fängt sofort, am 1. Oktober, eine neue Arbeit an. Er schreibt sie an siebzehn Tagen, korrigiert und diktiert sie an fünfen und schickt sie am 26. d. M. an seinen Verlag. Bereits zu Weihnachten liegt das „Märchen vom Stadtschreiber, der aufs Land flog", einschließlich der Holzschnitte von Heinz Kiwitz* ein Buch von zweihundertfünfundzwanzig Druckseiten, fertig vor.

Ein paar Tage, bevor er „Altes Herz" begann, Anfang November 1934, hatte Fallada einen Band mit „Geschichten für Kinder, Märchen, Dönekens, Erzählungen, alle um Getier und Gewächs und Acker herum" unter dem Titel „Glücklicher Acker" konzipiert und die Geschichte „Märchen vom Unkraut" geschrieben. Jetzt, ein Jahr danach, gewillt, jeden neuen Anstoß zu vermeiden, greift er auf dieses Projekt zurück. Doch die zweite Episode, die von der „Winterarbeit des Landmannes" handeln soll, schwillt und schwillt an, und schließlich läßt er, so entschuldigt er sich in der „Vorrede" zum „Stadtschreiber", „die Feder laufen, wie sie wollte".

* 1936 verlegt Rowohlt ein Bändchen von Heinz Kiwitz unter dem Titel „Enaks Geschichten", eine „Erzählung in Holzschnitten", angeregt von einer Figur aus dem „Stadtschreiber" und von Fallada mit einem kurzen Vorwort versehen. Kiwitz, 1910 geboren, Schüler von Karl Rössing, 1933/34 im Konzentrationslager, entkommt 1937 nach Dänemark, geht über Frankreich nach Spanien, schließt sich den Internationalen Brigaden an und wird 1938 in den Kämpfen am Ebro vermißt.

Die Feder läuft Fallada davon. Er erzählt, mal im Ton des Märchens, mal in phantastischer Manier – als „Paten" ruft er, vergebens, E. T. A. Hoffmann an –, eine glücklich endende Geschichte vom Widerstreit zwischen dem Guten und dem Bösen. Er bemüht ein Aufgebot von Zauberern, überlädt die Sache mit Nebenwerk und kann, von Einfall zu Einfall getrieben, keine Form finden. Weder das „Märchen vom Unkraut" – einem Bauern werden alle Wünsche für den Acker erfüllt, so daß ihm eines Tages die liebe Arbeit fehlt – noch das „Märchen vom Stadtschreiber" tragen wesentliche Züge zum Bild des Geschichtenerzählers bei. Fallada spürt wohl selbst ein Unbehagen; er gibt den Plan zum „Glücklichen Acker" auf.

Bereits am 30. Oktober sitzt er wieder am Schreibtisch und „startet", wie er Rowohlt mitteilt, einen „Wälzer", den Schalksnarrenroman „Wizzel Kien". Doch „nach dem ersten Schwung" arbeitet er schon nach vierzehn Tagen nur „unlustig" – obwohl der Verlag die Rechte für eine Verfilmung von „Wer einmal aus dem Blechnapf frißt" an den Vermittler eines ausländischen Auftraggebers verkaufen und ein dickes Geschäft abschließen kann – und bricht am 21. November die Arbeit ab. Sein, wie er selbst sagt, „Schreibwahnsinn" fordert Tribut.

Wenn Fallada arbeitet, produziert er nicht in einer überlegt-ruhigen Weise, er steigert sich in eine Hetze des Schreibens hinein und setzt sich Tagesnormen von zehn oder zwölf oder mehr Seiten. Nikotin und Kaffee tun das ihre, ihm den Schlaf auszutreiben. Schließlich ist er nur noch ein Nervenbündel, wird depressiv, wenn ihm das Schreiben nicht von der Hand geht, trinkt, hat einen Kollaps und braucht ärztliche Hilfe. Zwei Monate, von Ende November 1935 bis Ende Januar 1936, behandelt ihn im Sanatorium Heidehaus, Zepernick, sein Schulfreund, der Bonhoeffer-Schüler Dr. Willi Burlage.

Anfang Dezember widerruft die Reichsschrifttumskammer ihren Entscheid vom September und nimmt Fallada als ihr Mitglied auf: die behördliche Erlaubnis zu schreiben und zu publizieren. Dem Vorabdruck des „Alten Herzens" in der „Berliner Illustrirten Zeitung" steht nichts mehr im Wege. Fallada, wieder in Carwitz, bis zum 1. März unter der Obhut einer Schwester, sieht noch einmal das Satzmanuskript durch und liest dann die Korrekturfahnen, er schließt das Erste Buch des „Wizzel Kien" ab und schickt es am 17. April an den Verlag. Ende des Monats empört er sich über einen Artikel in der Zeitschrift „Volksgesundheit", der den Fortsetzungsdruck des „Alten Herzens" zum Anlaß einer scharfen Attacke nimmt, reagiert mit Depressionen und flüchtet den Mai über ins Heidehaus.

Dort fängt sich Fallada wieder. Er habe kapiert, schreibt er an Elisabeth Hörig, „daß das beste Sanatorium, der rührendste Arzt und die längste Schlafkur einem nicht helfen, die schwierigen Lebensprobleme zu lösen". Er übernimmt, einem Vorschlag Rowohlts folgend, eine Arbeit, die keine Aufregungen nach sich ziehen kann, und übersetzt im Juni nach einer Vorlage von Tante Ada das Buch „Life with Father" des Amerikaners Clarence Day, das der Verlag – etwa gleichzeitig mit „Altes Herz geht auf die Reise" – unter dem Titel „Unser Herr Vater" bereits im Oktober herausbringt. Das Projekt des „Wizzel Kien", von dem Rowohlt nicht sehr angetan ist, legt er nach einem heftigen Hin und Her ganz beiseite.

Am 21. Juli begeht Fallada seinen 43. Geburtstag; am 20. und 22. schreibt er, zur Aufbesserung der schmal gewordenen Einnahmen, zwei Weihnachtsgeschichten. Da der Rowohlt Verlag seinen Feuilletondienst aufgegeben hat, nimmt er ähnliche Vermittler in Anspruch: das Presse-Büro Gayda, Eisenach, und den Bavaria-Verlag, München. „Die Woche" veröffentlicht am 23. Dezember 1936 die Geschichte „Der gestohlene Weihnachtsbaum" (auch als „Der Weihnachtsbaum auf Umwegen" nachgedruckt) und der – ebenfalls längst gleichgeschaltete – „Simplicissimus" am 27. Dezember 1936 „Das Wunder des Tollatsch", illustriert von Olaf Gulbransson.

Weihnachten gilt für Fallada als das wichtigste Fest, er begeht es nach allen deutschen Regeln im Kreis der Familie. Weihnachtsgeschichten fallen ihm, so scheint es, mühe-

los ein. Für die Geschichte DER GESTOHLENE WEIHNACHTS-
BAUM wählt er erneut die Figuren des Herrn Rogge und des
Tom; nun kommt „Schwesterchen" hinzu. Ihr Vorbild ist
die dreijährige Lore, und wieder steht die Carwitzer Umgebung Modell.

DAS WUNDER DES TOLLATSCH gehört zu Falladas „erfahre-
nen" oder „erfundenen" Geschichten und ist die einzige,
die eine Frauenfigur zum Ich-Erzähler hat. Als ungewöhnlich fällt auf, daß der Autor sie zeitlich genau ansiedelt.
(Ditzen saß am Weihnachtsabend 1927 im Gefängnis Neumünster.) Als sicher kann man annehmen, daß Fallada aber
auch Reminiszenzen an seine Kindheit einfließen läßt.

Wie Elisabeth Ditzen erzählt, hing Rudolf sehr an seiner
Großtante Anna Lorenz, die, unverheiratet, 1918 starb;
vom Tod ihrer Schwester Elise an hatte sie ihrem Schwager
Justizrat Wilhelm Seyfarth zwanzig Jahre lang, bis zu dessen Tod 1913, den Haushalt geführt; im Seyfarthschen
Haus wiederum war Elisabeth Ditzen von ihrem vierten
Lebensjahr bis zu ihrer Hochzeit im Jahr 1887 erzogen worden. Reisen zu Tante Anna und Onkel Seyfarth unternahmen Wilhelm und Elisabeth Ditzen mit ihren vier Kindern
sehr häufig. Und so wird die Erinnerung an Großtante
Anna zur Figur der Tante Anna und an Großonkel Seyfarth
zur Figur des Onkel Hans beigetragen haben. Ein Gut allerdings, noch dazu im Pommerschen oder Mecklenburgi-
schen, hat niemand aus der Lorenz-Sippe besessen.

Fallada hat sich gefangen. Müde des nutzlosen Auswei-
chens in periphere Stoffe, vorerst ohne Gedanken an Veröffentlichung („man schreibt ungehemmter", lautet der
Kommentar für Elisabeth Hörig) und ohne Seitenblick auf
die Zensur, beginnt er am 27. Juli 1936 mit der Arbeit an
einem Buch, das sein Talent wieder herausfordert: dem Roman „Wolf unter Wölfen". Er schreibt nahezu täglich, doch
ohne Hast und Hetze und nimmt nach zwei Wochen neben
dem Roman ein zweites Manuskript in Angriff. In der Arbeitskladde spricht er anfangs von „Geschichten für Uli".
Daß er dem Sohn Geschichten erzähle, hatte Fallada be-

reits im Dezember 1933 Ernst Rowohlt mitgeteilt und hinzugefügt, Suse habe ihm geraten, sie doch auch aufzuschreiben. Jetzt hat er nicht nur den inzwischen sechsjährigen Uli zum Publikum, sondern auch die dreijährige Lore, Mücke genannt. Um die Probe aufs Exempel machen zu können und sicherlich auch, um sein Arbeitstempo zu bremsen, schiebt er nur alle paar Tage eine Geschichte ein. Fünf entstehen im August, drei im September, zwei im Oktober und die elfte und letzte Anfang November. „Immer, wenn eine neue fertig ist", berichtet er am 28. Oktober an Kagelmacher, „wird sie Uli vorgelesen, und es ist ihm sehr gut anzumerken, wie sie wirkt, was haftet, was verfehlt ist, was langweilt . . ."

Hat Fallada bisher Geschichten über Kinder geschrieben, so erzählt er jetzt Geschichten für Kinder. Er ist kein „junger Vater"; als Uli geboren wird, zählt er knapp siebenunddreißig Jahre und fast genau vierzig, wenn Lore zur Welt kommt (und er wird zu Achims Geburt auf sein siebenundvierzigstes Lebensjahr zugehen). Doch er ist, so berichtet Anna Ditzen, ein guter Vater. Einige Carwitzer erinnern sich noch heute* der Kindergeburtstage und auch daran, daß der Hausherr zu diesen Anlässen bei den Spielen mitgehalten habe.

Die GESCHICHTEN AUS DER MURKELEI könnten auch den Titel „Märchen aus der Murkelei" tragen. Fallada verwendet häufig den Ton und den Tonfall des Märchens, er wandelt tradierte Märchenmotive ab und übernimmt die Märchenmoral. Auch viele Zutaten, die sprechenden Tiere, Zauberer und Zauberei, die Tarnkappe und dergleichen mehr, weisen Märchencharakter auf. Da die Geschichten zweckgerichtet entstehen, verwundert der pädagogische Grundzug nicht.

Einige werden direkt und unverhüllt mit didaktischer Absicht erzählt wie etwa die GESCHICHTE VON DER KLEINEN GESCHICHTE oder die GESCHICHTE VOM NUSCHELPETER oder auch die GESCHICHTE VOM BRÜDERCHEN. Andere wollen

* Vergleiche Ruth Werner, „Damals bei ihr zu Haus", in: „Carwitzer Notizen", Der Kinderbuchverlag, Berlin 1985.

durch Vorbilder erziehen, zur Ausdauer etwa wie die GE-
SCHICHTE VOM GOLDENEN TALER oder zum Mut wie die
GESCHICHTE VOM UNHEIMLICHEN BESUCH, oder sie wollen
warnen zum Beispiel vor falschen Freunden wie die GE-
SCHICHTE VON DER GEBESSERTEN RATTE. Das Pechvogel-Mo-
tiv fehlt bei Fallada selbstredend auch in der Märchenver-
kleidung nicht, so in der GESCHICHTE VOM UNGLÜCKSHUHN,
und mehr als einmal, etwa in der GESCHICHTE VOM MÄUSEK-
KEN WACKELOHR oder, ausgeprägter, in der GESCHICHTE
VOM GETREUEN IGEL, will er das Verständnis des Kindes für
die Tiere in Garten, Hof und Stall wecken – und das alles
auf letzten Endes vergnügliche und angemessene Art und
Weise.

Die Geschichten mit einer realen Kulisse spielen – bis
auf die vom Nuschelpeter und vom Wackelohr – auf dem
Carwitzer Anwesen und in der Umgebung, ausdrücklich
die GESCHICHTE VOM VERKEHRTEN TAG, in der gute Bekannte wie Tante Palitzsch, Frau des Autors Otto Alfred
Palitzsch, eine ehemalige Schauspielerin, und die Wendels,
Besitzer des Hotels Deutsches Haus in Feldberg, mit von
der Partie sind. Die GESCHICHTE VON DER MURKELEI
schließlich erweist sich vor allem in ihren Wunschvorstel-
lungen und -träumen als autobiographisch. Man kann von
ihr aber auch Falladas Auffassung über das Leben literarischer Figuren ablesen.

Nachdem er Ende November 1936 die Niederschrift des
Ersten Teils von „Wolf unter Wölfen" beendet hat, tippt
Fallada die Murkelei-Geschichten ab und legt sie beiseite.
„Ich möchte", schreibt er am 6. Dezember an Hörigs, „nicht
in den Ruf eines ‚liebenswürdigen' Autors kommen! Das
könnte denen so passen – erst mal bin ich wieder ganz
pampig!" Anderthalb Jahre später – „Wolf unter Wölfen"
ist erschienen, „Der eiserne Gustav" liegt im Manuskript
vor –, Anfang Juni 1938 kehrt er zu ihnen zurück. Während eines längeren Aufenthaltes in Bad Mergentheim, wo
Frau Suse eine Kur macht, sieht er die Geschichten in einer
Woche durch und schickt sie dem Verlag. Im August, während er den ihm abgeforderten neuen Schluß des „Eisernen

Gustav" herstellt, liest er Korrektur, und Anfang November bringt der Rowohlt Verlag die „Geschichten aus der Murkelei" mit farbigen Illustrationen von Melitta Patz in einer Auflage von dreizehntausend Stück heraus.

Das Buch erweist sich als schwer verkäuflich: Bis zum Jahresende 1940 setzt der Verlag ganze zweitausendvierhundert Exemplare ab. Von „Wolf unter Wölfen" hat er zu diesem Termin mehr als siebenundzwanzigtausend und vom „Eisernen Gustav" vierzehntausend Exemplare vertrieben, obwohl die offiziellen Stellen beide Romane als „nicht zu fördernde Bücher" ablehnen. Den „Geschichten aus der Murkelei" wird dagegen im „Jahres-Gutachtenanzeiger 1939" – „Streng vertraulich! Nur für den Dienstgebrauch!" – keine „eindeutige oder negative Haltung" nachgesagt und die Einstufung „mit Einschränkung" zugebilligt*.

Verlag und Autor können sich den Mißerfolg nicht erklären. (Sie würden sicherlich noch mehr im dunklen tappen, wenn ihnen die Einordnung bekannt wäre.) „Mit der ‚Murkelei‘", schreibt Fallada am 1. Dezember 1939 an den Verlag, „ist es sicher schwierig, liege es nun an den Bildern, liege es einfach daran, daß das Publikum in der Bäckerei immer nur Brot haben will, und den Kuchen nur beim Konditor." An den Illustrationen der Melitta Patz, erzählenden Charakters, bunt und ein bißchen simpel, liegt es gewiß nicht; Kuchen statt Brot hat Fallada eigentlich auch nicht geliefert, und nichts ist knapper in dem völlig verdüsterten Land als geistige Kost.

In die Zeit, die zwischen Niederschrift und Veröffentlichung der Murkelei-Geschichten verstreicht, Sommer 1936 bis Spätherbst 1938, fallen die entscheidenden Kriegsvorbereitungen der Nazis. Vom Juli 1936 an interveniert das „Dritte Reich" zugunsten des Putschisten Franco und erprobt in Spanien vor allem seine „Luftwaffe". Zu Beginn

---

* Dieser maßgebliche Index wird herausgegeben vom „Amt Schrifttumspflege bei dem Beauftragten des Führers für die Überwachung der gesamten geistigen und weltanschaulichen Schulung und Erziehung der NSDAP", das Alfred Rosenberg untersteht.

des Jahres 1938 ernennt Hitler sich zum Oberbefehlshaber der „Wehrmacht", okkupiert im März Österreich und im Oktober die sogenannten Sudetengebiete. Die „Kristallnacht" vom 9. zum 10. November macht endgültig unübersehbar, daß Antisemitismus und Rassismus zu den Staatsdoktrinen zählen. Vier Monate später überfällt Hitler-Deutschland die Tschechoslowakei. Der Weltkrieg als Mittel faschistischer Außenpolitik zeichnet sich am Horizont ab.

Von Falladas Ansichten über die immer bedrohlicher werdende Lage wissen wir im Grunde nichts. Auf seine Haltung läßt sich allerdings indirekt schließen. Da er nach Carwitz nur Verwandte, gute Bekannte und Freunde einlädt, allenfalls einmal Leute, mit denen er zu arbeiten hat, erlaubt es der Umgang, den er in dieser Zeit pflegt, einige Folgerungen zu ziehen.

Im Oktober 1936 kommen Lotte und Max Fröhlich; sie sind auf dem Weg in die Emigration. Im März 1937 bringt Marga Dietrich-Kenter, eine alte Freundin und gern gesehener Gast des Hauses, für ein paar Tage ihren Lebensgefährten mit: Alfred Schmidt-Sas, Lehrer und Kommunist, der eine KZ-Haft hinter sich gebracht hat und 1943 unter Hitlers Fallbeil sterben wird. Und im Oktober 1937 verabschiedet sich Franz Hessel: Er kehrt Deutschland 1938 endgültig den Rücken und wird zwei Jahre später in seinem Exilland Frankreich auf elende Weise ums Leben kommen. Das Sprichwort: Sage mir, mit wem du umgehst, und ich sage dir, wer du bist – gilt es für Fallada?

Bestellte Geschichten
(1938–1943)

Zum Jahresende 1937 bekommt Fallada es gleich mehrmals mit Filmleuten und dem Film zu tun. Am 5. November bedenkt „Staatsschauspieler" Mathias Wieman in einem Rundfunkinterview „Wolf unter Wölfen" mit sehr freundlichen Worten. Die Wirkung bleibt nicht aus, denn Wieman gilt als Goebbels-Protegé, und das Gerücht, der Minister schätze den Roman, geht ohnehin um, auch in der Version*, Goebbels überlege, ob Fallada einen Preis verdiene oder das KZ. Fallada bedankt sich bei Wieman, und Wieman besucht ihn Anfang Dezember in Carwitz. Übers Jahr wird sich daraus der Versuch einer Zusammenarbeit ergeben.

Ebenfalls Anfang November, zwei Tage nach dem Wieman-Interview, fährt Fallada nach Berlin. Einmal muß er sich per Fragebogen, Lebenslauf und „Ariernachweis" bei der Reichsschrifttumskammer registrieren lassen, und zum anderen hat Rowohlt ihn mit Emil Jannings verabredet. Bereits am 12. d. M. schließt Fallada mit der Filmgesellschaft Tobis einen Vertrag und verpflichtet sich, einen Roman zu schreiben, der verfilmbar ist und eine Hauptrolle für Jannings bietet.

Schließlich kann der Rowohlt Verlag Ende Dezember die Filmrechte für „Altes Herz geht auf die Reise" an die Ufa verkaufen. Damit sind Falladas Finanzen wieder einmal und für einige Zeit saniert. Allerdings: der Vertrag mit der Ufa wird ihm keine Freude einbringen und der mit der Tobis wird Malheur um Malheur nach sich ziehen.

Fallada beginnt, das gerade in Angriff genommene Buch „Kleiner Mann, Großer Mann – alles vertauscht" unterbrechend, am 13. November mit der Niederschrift des Romans „Der eiserne Gustav" und schließt sie – siebenhundertfünfzig Druckseiten in zweieinhalb Monaten! – am 29. Januar 1938 ab. Den Februar über, ab Monatsmitte unter ärztlicher Obhut im Zepernicker Heidehaus, diktiert er das Manuskript in die Maschine und schickt es am 28. an die Tobis und an den Rowohlt Verlag. Dann legt er eine Pause ein.

Mit dem vom Tobis-Honorar gekauften Wagen, einem Ford Achtzylinder, neunzig PS, fünfsitzig, den Frau Suse chauffiert, fahren Ditzens im April nach Hamburg und in das Nordseebad Sankt Peter und im Mai und Juni nach

* Sie erwähnt Axel Eggebrecht, damals im Filmbetrieb untergeschlüpft, in seinen Memoiren „Der halbe Weg", Reinbek bei Hamburg 1975

Süddeutschland. Während Frau Suses Kur in Bad Mergentheim macht Fallada die Typoskripte des „Eisernen Gustav" und der „Murkelei" für den Satz fertig. Kaum wieder zu Haus, übersetzt er Days Buch „Life with Mother", das der Rowohlt Verlag unter dem Titel „Unsere Frau Mama" schon Ende Oktober, noch vor der „Murkelei", herausbringt.

Während er, Ende Juni bis Ende Juli, über dieser Arbeit sitzt, hat Fallada mehrfach Regisseur Carl Junghans und andere Ufa-Leute im Haus, denn man filmt in der Landschaft, in der der Roman „Altes Herz" angesiedelt ist: teils in Feldberg und teils, auch mit Laien-Statisten aus dem Dorf, in Carwitz; mit Eugen Klöpfer, dem Darsteller des Kittguß, gibt es ein Mittagessen in Neustrelitz. Vom Juli an kann Fallada in entsprechenden Berichten der regionalen Zeitungen und der Filmjournale auch seinen Namen lesen.

Ende Juli wird er zu Gesprächen mit Jannings und den Herren der Tobis nach Berlin geladen. Man verlangt von ihm ultimativ, die Handlung des „Eisernen Gustav" über das Jahr 1928 hinaus bis in die Zeit der faschistischen „Machtergreifung" weiterzuführen. Fallada kapituliert – „die Welt kotzte mich an, ich mich selbst aber noch mehr"* – und schreibt einen neuen Schluß. Während er daran arbeitet, läßt das Berliner „12-Uhr-Blatt" am 26. August den bereits im Engagement stehenden Regisseur Hans Steinhoff („Hitlerjunge Quex") zu Wort kommen; er spricht von Fallada als dem Autor des Films; im Dezember werde man wahrscheinlich mit der Arbeit beginnen. Doch als im Dezember die Buchausgabe des Romans erscheint, ist das Filmprojekt tief in der Versenkung verschwunden.

Im Oktober muß Fallada einen weiteren harten Hieb hinnehmen. Man hat Ernst Rowohlt aus der Reichsschrifttumskammer ausgeschlossen; das kommt einem direkten Berufsverbot gleich. Der Rowohlt Verlag wird an die Deutsche Verlags-Anstalt, Stuttgart, verkauft; er firmiert zwar unter dem alten Namen, siedelt aber mit Rowohlts Sohn Heinrich

* Vergleiche dazu Falladas Schilderung der Sachlage, zitiert in Band VI unserer Ausgabe, Seite 770 ff.

Maria Ledig als Geschäftsführer nach Stuttgart über – für Fallada weit vom Schuß, zumal Ledig ihm den „Vater" Rowohlt nicht ersetzen kann. Rowohlt vergibt noch eine Lizenz über fünfzigtausend Exemplare von „Bauern, Bomben und Bonzen" an den Vier Falken Verlag, sorgt für einen neuen Gesamtvertrag und führt Dr. Gustav Kilpper, Generaldirektor der DVA, einen integren Mann der alten Schule, in Carwitz ein.

Die „Kristallnacht" hat Fallada so erschreckt, daß er und Frau Suse eine Zeitlang die Emigration erwägen. Der Roman mit dem Kotau vor den Nazis bringt ihn bei Freund und Feind in schlechten Ruf; in ihrem März-Heft 1939 kanzelt die Zeitschrift „Bücherkunde", das Organ des Rosenbergschen „Amts Schrifttumspflege", den Autor des „Eisernen Gustav" gehörig ab. Ebenfalls im März hört Fallada, der Film „Altes Herz" sei mißlungen und werde nicht aufgeführt*. Ernst Rowohlt endlich, sein engster Berater nicht nur in verlegerischen Fragen und ein zuverlässiger Freund, verläßt Deutschland im Februar. Zur Jahreswende 1938/1939 steht Fallada vor einem Scherbenhaufen.

Im November 1938, gleich nach Dr. Kilpper, kommt Mathias Wieman für zwei Tage als Gast nach Carwitz. Er sucht einen Filmstoff, und Fallada sagt zu, eine Geschichte zu schreiben, und schreibt sie in einer Woche. Am 29. d. M. läßt er Wieman wissen, aus seiner Erzählung „Der mutige Buchhändler" könne „gewissermaßen ein deutscher Chaplin-Film" werden. Doch als er vierzehn Tage später das Typoskript absendet, bezeichnet er es als „recht schwach". Wieman kann mit der Geschichte nichts anfangen. Auch Ledig findet sie nicht gut, doch er sorgt für einen Fortsetzungsdruck in der „Kölnischen Zeitung", der – „copyright

* Carl Junghans beantwortete am 1. 2. 1966 eine entsprechende Frage des Verfassers mit dieser brieflichen Auskunft: „Der fertige Film wurde Hitler vorgeführt, und während der erste Teil mit einem großen Waldspaziergang des Pastors (Klöpfer) Begeisterung bei ihm entfachte, stieß der zweite Teil mit dem epileptischen Anfall auf seinen tobenden Widerspruch, und der Film wurde verboten." Er, Junghans, habe daraufhin Deutschland verlassen.

by Rowohlt Verlag, Stuttgart" – vom 26. Februar bis zum 6. März 1939 erfolgt*.

Fallada handelt ein von ihm oft variiertes Thema auf eine sehr simple Weise ab. Werner Quabs, ein versponnener Träumer, Gehilfe in einer Buchhandlung, wartet auf sein großes Abenteuer. Es kommt in Gestalt eines Wanderzirkus, aus dem der Löwe entläuft. Quabs fängt das verängstigte Tier ein und ist von seinem törichten Traum geheilt. Er verläßt die kleine Stadt, die ihrem „Helden" einen Fakkelzug bringen will, und wird noch einmal „von vorne" anfangen.

Die Geschichte ist in der Tat „recht schwach". Sie steht an der Spitze einer ganzen Reihe von Arbeiten, mit denen Fallada völlig in die Unverbindlichkeit ausweicht. Der Schock, den man ihm versetzt hat, reicht tief. Er ist fest entschlossen, zukünftig jedem Zusammenstoß mit dem „Amt Schrifttumspflege" in großem Bogen aus dem Weg zu gehen.

Vom 1. Januar 1939 an setzt Fallada den Ende 1937 begonnenen Roman „Kleiner Mann, Großer Mann – alles vertauscht" fort. Ein dreiwöchiger Sanatoriumsaufenthalt unterbricht die Niederschrift, die Ende März vorliegt. Nach dem Diktat fährt Fallada für zwei Maiwochen zu Verwandten nach Celle und Marburg. Ende des Monats schickt er das Typoskript nach Stuttgart. Ledig schließt mit dem Deutschen Verlag – erst 1937 hat man den Ullstein-Konzern umgetauft – einen lohnenden Vertrag ab: Die immer noch für die „Damen der Gesellschaft" erscheinende Zeitschrift „Die Dame" druckt den in „Himmel, wir erben ein Schloß!" umbenannten Roman zwischen August und Dezember vorab.

Das Buch, betont als „heiter" sowie mit dem Oder-Titel „Max Schreyvogels Last und Lust des Geldes" gekennzeich-

---

* Ein Jahr darauf zeigt sich der J. Bohn & Sohn Verlag in Leipzig interessiert; er veröffentlicht die Erzählung 1941 unter dem Titel „Das Abenteuer des Werner Quabs" als Nummer 5 seiner Reihe „Bohns fröhliche Bücher", illustriert und in Leinen gebunden für 2 Mark 25 und noch einmal 1943 als broschierte „Feldpostausgabe".

net, wird im März 1940 herauskommen, bis Jahresende in fünfundzwanzigtausend Exemplaren verkauft und 1942 verfilmt werden: ein Unterhaltungsroman, an dem die Zensur keinen Anstoß nimmt.

Zu seiner großen Verwunderung erhält Fallada Anfang Juli 1939 von der „HJ-Gebietsführung 20" die Aufforderung, an einer Schriftenreihe mitzuarbeiten, in der Abenteuergeschichten mit „unmerklich erzieherischem Sinn" erscheinen sollen. Auch nach sechs Jahren faschistischer Herrschaft sind unter der Jugend die Heftchen-Reihen mit trivialer Kriminal- und Abenteuerliteratur weit verbreitet; man bekämpft sie mit allen Mitteln und hat es besonders auf Serien wie „Frank Allan, der Rächer der Enterbten", „Tom Shark, der König der Detektive" und „Rolf Torring's Abenteuer" abgesehen.

Fallada fragt in einem Brief an Ledig, ob er dieses Angebot dem Mann verdanke, den man Anfang März als zweiten Geschäftsführer des Rowohlt Verlages eingesetzt hat: Franz Moraller. (Der „Reichskulturwalter" und SA-Brigadeführer, vormals „Leiter des Amtes Kultur in der Reichspropagandaleitung der NSDAP", wird zwei Jahre lang in aller Stille nicht nur Heinrich Maria Ledig überwachen, sondern auch Gustav Kilpper, Verleger einiger „unerwünschter" Autoren, zum Beispiel Jochen Kleppers.) Moraller antwortet am 10. Juli, verneint die Frage, rät Fallada jedoch zu: Eine solche Mitarbeit werde sich „nur günstig auswirken".

Der „Reichskulturwalter", NS-Bonze und Banause, verwechselt Fallada mit Erich Kästner und verblüfft durch seinen Stil: „Ich könnte mir dabei denken, daß Ihre Jungensfiguren aus ‚Emil' in der Auseinandersetzung mit der Inflationsatmosphäre prachtvoll-abenteuerliche Streiche anstellen könnten und genau so unter der Schulbank verschlungen würden, wie wir früher unsere ach so schlechten Zehnpfennigheftchen fraßen."

Fallada akzeptiert auch diesen Auftrag. An einigen Augusttagen schreibt er die Geschichte „Süßmilch spricht" und sendet sie an Ledig. Vergnüglich daran ist allein der Pennälerjargon der Primaner Murr und Maxe; die Figur des

Süßmilch stammt aus der Retorte, und der Vorgang ist abstrus, ja, absurd. Maxens Vater, ein Tischlermeister, der es zu einer kleinen Fabrik gebracht hat, fürchtet zur Zeit von „Inflation und Bruderkampf" um sein Unternehmen. „Es ist ganz einfach", sagt er zu seinem Sohn, „morgen machen meine Arbeiter eine Versammlung, und da erklären sie die Fabrik für ihr Eigentum . . .", denn der „Fanatiker" Süßmilch rede ihnen ein, der Gewinn müsse in gleiche Teile gehen. Am Ende prügeln sich Maxe und sein Freund Murr mit Süßmilch regelrecht „um die Fabrik"; Süßmilch gewinnt, spricht aber auf der Versammlung für Maxens Vater. So erfährt der Leser, „daß man – selten, aber doch – auch durch Niederlagen siegen kann".

Kaum ist das Typoskript abgeschickt, hat Fallada „einen rechten Kater"; „man bekommt Routine", heißt es am 25. August in einem Brief an Elisabeth Hörig, „und die verdirbt alles". Im November meldet Ledig, die Geschichte sei in den „Reihenheften der Hitlerjugend als Rakete Nr. 4" erschienen. Mit dem Untertitel „Ein Abenteuer von Murr und Maxe" kommt „Süßmilch spricht" als Heftchen von vierzig Seiten zum Preis von zwanzig Pfennig im Stierlin Verlag, Aalen, heraus; sieben „Raketen" werden angekündigt; der nach Fallada prominenteste Verfasser ist der Rennfahrer Hermann Lang.

Am 26. August 1939 werden Ditzens Hofarbeiter Schmid und der Gärtner-Chauffeur Räder einberufen. Zwei Tage später beginnt Fallada einen neuen Roman und arbeitet nahezu täglich. Er schreibe, so erfährt Ledig, „genau wie früher", wie es ihm Spaß mache. Doch er meidet wieder jede Sozialkritik; auch „Der ungeliebte Mann" gerät ihm zu einem nur unterhaltenden Buch.

Die tägliche Notiz in der Arbeitskladde lautet am 1. September: „Heiß, trocken. – Luftschutzkeller vorbereitet. Boden entrümpelt. – Kriegsanfang. – Uli aus Zepernick geholt." Und am 2.: „Heiß, trocken. – Luftschutzkeller vorbereitet. Heu einbringen. – Draußen gearbeitet. Sonst nichts." Am Montag, dem 4., sitzt Fallada wieder am

Schreibtisch. Arbeit sei, so meint er in seinem Brief vom 14. d. M. an Ledig, „das beste Gegenmittel gegen das Kopflosherumlaufen". Zwei Mal am Tag höre er Nachrichten; der Leutemangel sei lästig, denn die Bäume hingen voller Obst.

Falladas Briefe aus diesen Tagen erwecken den Eindruck, als stelle er sich auf die Kriegszeit ein wie auf eine Naturkatastrophe. Bienen haben sich Ditzens bereits angeschafft, nun legen sie sich Hühner und Gänse zu. Sie schlachten nur ein Schwein, nicht zwei wie bisher. Der Wagen wird aufgebockt, Einkäufe in Feldberg werden per Fahrrad unternommen. Noch hat Frau Suse – sie ist schwanger – drei Haustöchter zur Hilfe.

Am 25. September unterbricht Fallada den Roman und fährt nach Berlin: Das Tonfilm-Studio Carl Froelich hat um seinen Besuch gebeten. Froelich, für „Traumulus" 1936 staatspreisgekrönt, seit dem Juli Präsident der Reichsfilmkammer und Professor, plant ein Remake seines Stummfilms „Zuflucht" von 1928 und wünscht sich von Fallada die Vorlage für einen „Heimkehrer-Film" – man versucht, der Emigration wenigstens propagandistisch entgegenzutreten.

Obwohl das Thema „natürlich heikel" ist, schlägt Fallada das Angebot nicht aus. Das Honorar wird fünfundzwanzigtausend Mark betragen. Im Film soll, so schildert er Ledig am 27. September den Auftrag, „. . . ein Auslandsdeutscher, der aus Amerika heimkehrt, durch ein Mädchen aus dem Volke mit dem Namen Zarah Leander zum neuen Deutschland bekehrt", aber „kein Wort von Politik geredet" werden. Diesen Auftrag führt Fallada getreulich aus und bringt, „in losen Skizzen", auf zweihundert Seiten, „Dies Herz, das dir gehört (Zuflucht)" bis Anfang November zu Papier.

Das Treatment, voller Melodramatik und mit einem kitschigen Happyend, ist die schlimmste Schnulze, die Fallada bisher geschrieben hat. Er wandelt eines seiner Lieblingsthemen ab, den Kampf zwischen Gut und Böse, stellt dem Träumer, dem schwachen Mann (genannt Hannes Wiebe, die Rolle für Wieman) wieder einmal die starke Frau

(Hanne Lark, dito für Zarah Leander) zur Seite und variiert weitere Figuren, zum Beispiel aus dem „Eisernen Gustav", da gibt es einen Bast im Taschenformat und eine Frau, die an die Gudde erinnert. – Fallada nennt die Arbeit in einem Brief an Peter Zingler kurz und bündig „den Leander-Bockmist".

Bald nachdem er das Elaborat abgeliefert hat, geht Fallada – „mein Schlafquantum ist wieder mal auf drei Stunden in vierundzwanzig gesunken" – für zehn Tage ins Heidehaus. Im Januar 1940 trifft er Froelich und Wieman; bis Mitte Februar arbeitet er „Dies Herz" um; der Film kommt nicht zustande; 1942 wird das Treatment endgültig beiseitegelegt.

Bevor er das Manuskript für Froelich beginnt, schreibt Fallada, Ende September, noch eine Weihnachtserzählung, die ihm Peter Zingler, der jetzt im Deutschen Verlag arbeitet, abgefordert hat. Die Geschichte „Der ertrunkene Buddha" stößt bei den Redaktionen der „Grünen Post" und der „Berliner Illustrierten Zeitung" auf Kritik: Ein Offizier der Handelsmarine dürfe kein Dieb sein. Die Zeitschrift „Die Woche" indes druckt sie unter dem Titel „Das versunkene Festgeschenk" in ihrer Ausgabe vom 20. Dezember 1939.

Die Geschichte ist auf eine fatale Weise larmoyant. Der Offizier eines Frachtdampfers erfüllt seiner jungen Frau einen dringenden Wunsch, kauft auf einer Ostasienfahrt eine daumenlange Buddha-Figur aus Speckstein, verliert sie, stiehlt im Hamburger Museum eine ähnliche, bringt sie voller Scham – natürlich am „heiligen Abend" – dem Museumsdirektor zurück und erfährt zu Hause, daß seine Frau keinen Buddha mehr brauche: Ihr Kind ist geboren.

Zu dieser Zeit formuliert Fallada in einem Brief an Zingler: „Ich muß schreiben, wie es in mir will, sonst wird's bloß Dreck." Die Geschichte vom ertrunkenen Buddha, bestellt, aber geschrieben, wie „es" in Fallada will, unterscheidet sich von den mit Vorgaben bestellten Arbeiten nur dadurch, daß sie keine politischen Konzessionen macht.

Mitte Februar 1940 nimmt Fallada die Arbeit an dem Roman „Der ungeliebte Mann" wieder auf. Einen Monat später liegt die Niederschrift vor. Zu Ostern, Ende März, wird Mücke eingeschult; am 3. April bringt Fallada Sohn Uli nach Templin in das Alumnat des Joachimsthalschen Gymnasiums; am selben Tag kommt Achim Ditzen zur Welt. Im Haus arbeiten wieder die Handwerker; viel Zeit widmet Fallada seinem neuen Hobby: der Imkerei.

Im Mai stellt er das Typoskript her und schickt es dem Verlag. „Der ungeliebte Mann" erscheint, nach einem Vorabdruck in der „Wiener Illustrierten", bereits im November. Die Auflage von zehntausend Stück wird sofort verkauft. Auf der Rückenklappe des Schutzumschlages gibt der Rowohlt Verlag bekannt, daß Falladas Gesamtauflage „weit eine Million Exemplare überschreitet".

Den Juni über arbeitet Fallada an einem neuen Projekt, dem Roman „Unterprima Totleben". Nach „zwei matteren Büchern" wolle er versuchen, schreibt er am 1. Juli an Kilpper, darauf alle seine Kraft zu konzentrieren. Doch schon am 3. d. M. bricht er ab und geht für vierzehn Tage ins Heidehaus. Das Manuskript legt er beiseite; er sei nicht frisch und konzentriert genug, ihm fehle der lange Atem.

Um die Zeit seines Geburtstages herum nehmen – in Briefen an Kilpper, an Sophie Zickermann (eine Krankenschwester, die ihn auch in Carwitz betreut hatte), an Kagelmacher, an Hörigs – Falladas Klagelieder überhand. Ihm fehlten alle Freunde, die Zeit zermürbe ihn; schon seit Mitte Mai stecke er in einer Depression, und „bald kommt die Eiszeit, ich bin jetzt siebenundvierzig"; er leide an „Lebensunlust"; des Schlafmangels wegen sei er ständig gereizt.

Im September schreibt Fallada zu seinem „Privatvergnügen" eine „Idylle", die Geschichte „Zwei zarte Lämmchen, weiß wie Schnee". Mitte Oktober läßt er sich, vollends deprimiert, erneut ins Zepernicker Sanatorium aufnehmen und bleibt dort bis Jahresende.

Silvester erreicht ihn ein Anruf von Ernst Rowohlt: „Väterchen", der seit dem Frühjahr 1939 bei seinem Schwager in Brasilien gelebt hat, ist auf einem „Blockadebrecher", einem Frachtschiff, dem die Fahrt durch die Sperren der Alliierten gelingt, nach Deutschland zurückgekehrt. – Erich Kästner habe, so erzählt Walter Kiaulehn, bei Rowohlts Anblick gesagt: „Die Ratten betreten das sinkende Schiff."

Bis Mitte Januar 1941 steht Fallada unter der Obhut einer Krankenschwester. Wenig später besucht ihn für vier Tage Ernst Rowohlt. Ein Rückfall in die depressive Stimmung ist die Folge: Wochenlang liegt Fallada zu Bett. Als es ihm Ende März besser geht und er wieder „rumzupusseln" beginnt, zählt er mit der Pedanterie des Buchhalters – er gleicht die Schreibexzesse und ihre Folgen ja überhaupt durch ein penibel geführtes Alltagsleben aus – auf das Stück genau zusammen, wieviel Exemplare seiner Bücher der Rowohlt Verlag per 31. Dezember 1940 verkauft hat, und kommt auf mehr als dreihunderttausend.

Anfang April tippt er die Idylle „Zwei zarte Lämmchen" in die Maschine und schickt sie am 20. d. M. „mit einem äußerst unsicheren Gefühl" an Ledig, denn: „Der kleine Scherz, den ich beabsichtigte: ein Brautpaar, das heiratet, ohne je von Liebe gesprochen zu haben usw., scheint mir völlig mißlungen . . ."; an eine Buchausgabe denke er natürlich nicht. Ihm seien, teilt er noch mit, ein paar Kindergeschichten eingefallen, die er in den nächsten Tagen schreiben wolle.

Daraus entwickelt sich, heißt es eine Woche später, „eine Art Kindheitserinnerungen, in der Form etwa wie ‚Unser Herr Vater'". Innerhalb von drei Wochen entsteht das Buch „Damals bei uns daheim"; Ende Mai liegt das Manuskript im Verlag. Schon der Untertitel „Erlebtes, Erfahrenes und Erfundenes" macht deutlich, daß keine autobiographische Familiengeschichte, keine Erinnerungen im Wortsinn geboten werden, sondern eher ein Geschichten-„Kranz", der, mehr oder weniger, auch autobiographische Züge trägt. „Die Dame" allerdings gibt ihrem Vorabdruck, September 1941 bis Januar 1942, den Untertitel „Jugenderinnerungen". Das Buch, im März 1942 erschienen, wird als „Nicht zu fördern" eingestuft; Fallada gerät, nach dem Bann gegen den „Eisernen Gustav", erneut auf den Index.

Mit dem Deutschen Verlag, Paul Wiegler und Erik Reger, hatte Fallada im September des Vorjahrs einen für die „Berliner Illustrierte Zeitung" bestimmten Roman „nach Maß" verabredet. Jetzt, im Juni 1941, schreibt er ihn an siebzehn Arbeitstagen: „Die Stunde, eh' du schlafen gehst", Unterhaltung vom Typ des Eine-Mark-Romans, des gelben Ullsteinbuchs. Doch der Deutsche Verlag und auch Scherl lehnen das Manuskript ab, so daß Fallada am Ende mit der „Münchner Illustrierten Presse" Vertrag über einen Fortsetzungsdruck schließt, der, parallel zu dem der „Dame", vom September bis zum Dezember erfolgt. Da der Buchverkauf, so erklärt er am 22. Juli Kagelmacher die Situation, des Papiermangels wegen stark eingeschränkt, er also auf Vorabdrucke angewiesen sei, müsse er sich „auf ein breites Publikum . . ., den breiten Geschmack" einstellen.

Das Papier ist nicht nur knapp geworden, es wird neuerdings für jedes einzelne Buch bewilligt. Um Papier für seinen Bedarf, auch um Farbbänder muß Fallada beim Verlag betteln. Man spüre zwar in Carwitz „noch nicht sehr viel vom Kriege", heißt es am 15. Juli in einem Brief an Becherts, „der große Garten, die Viehhaltung erleichtern vieles", doch die Auswirkungen treffen auch Fallada mehr und mehr. Der wahnwitzige Überfall auf die Sowjetunion beschäftigt ihn so sehr, daß er seine Regel, sich im Brief auf das Private zu beschränken, verletzt und am 2. August Hörigs wissen läßt, er sei, was die Lage im Osten angehe, „ein ganz großer Pessimist".

Ledig – seit Anfang Juni zum Militär einberufen und bald an der „Ostfront" schwer verwundet – hatte Ende April an den „Lämmchen"-Idyllen bemängelt, die Figur des Vaters gleiche einem Scheusal, und hatte auch sonst Anregungen für eine Überarbeitung gegeben. Nun, Ende Juli/Anfang August, schreibt Fallada die Geschichte um und bringt sie schließlich in einer Zeitschrift unter, die ihn im Frühjahr um einen Beitrag gebeten hatte und zu der er als einem Strohhalm greift. „Der Türmer", ein christlich-konservatives Monatsblatt, das im 44. Jahrgang erscheint und schon seit Mitte der zwanziger Jahre einem „Großdeutschland" das Wort redet, wird „Zwei zarte Lämmchen, weiß wie Schnee" mit dem Genretitel „Acht Idyllen" vom Februar bis zum Juni 1942 in seinen Heften 5 bis 9 veröffentlichen.

Der „kleine Scherz" wäre Fallada möglicherweise gelungen, wenn er die Geschichte mit einem Quentchen Ironie erzählt hätte. Die zwei Lämmchen, Gerhard Grote, Gehilfe in einer En-gros-Handlung für Damenputz, und Rosa Täfelein, ebendort Lageristin, er ein Ausbund an Schüchternheit, ein Träumer und Pechvogel, sie „scheu und lieblich", tränenselig und stets errötend, dennoch die Stärkere, kommen vor lauter Verlegenheit nicht dazu, sich ihre Liebe zu gestehen. Schließlich kämpft Grote doch „wie ein Mann" um seine Rosa und setzt sich gegen ihren Vater durch, nun kein Scheusal mehr, nur noch ein grotesker Sektierer. An situationskomischen Verwicklungen läßt Fallada es nicht fehlen, den Vorgang handelt er todernst ab; eine Idylle in Rosa anno 1940/41.

Nachdem er die Idyllen überarbeitet hat und bevor er die Korrekturfahnen von „Damals bei uns daheim" liest, schreibt Fallada zwischen dem 7. und 13. August 1941 die Geschichten „Vom Entbehrlichen und vom Unentbehrlichen" und „Das EK Eins". Daß sie bestellt worden und für die Zeitschriften „Signal" und „Das Reich" bestimmt seien, hatte er bereits am 22. Juli seinem neuen Partner im Rowohlt Verlag, dem Lektor Alfred Günther, berichtet. Doch sie finden sich weder in „Signal", der Sonderausgabe der „Berliner Illustrierten Zeitung", einem sonderbaren Gemisch aus großmäuligen Kriegsberichten, Erzählungen, Artikeln über Film, Theater, Mode, noch in „Das Reich", der 1940 gegründeten, vor allem an das Ausland adressierten „deutschen Wochenzeitung" mit den diabolischen Leitartikeln des Dr. Joseph Goebbels, und wahrscheinlich hat man sie auch anderswo nicht gedruckt.

Sie hätten – im „Signal", im „Reich" – gedruckt werden

können. Die Geschichte „Vom Entbehrlichen und vom Unentbehrlichen", in der nachgelassenen Typoskriptkopie sieben Seiten lang, gibt ein Gespräch wieder, das während einer Sommernacht des Kriegsjahres 1941 nahe dem stillen Landhaus am Ufer des Sees geführt wird. Man spricht über das, was man im Krieg entbehrt. Die Gastgeberin, Suse genannt, vermißt am meisten das Auto, der Gastgeber die Zigaretten und den Kaffee, der Arzt das morgendliche Bad, das alte Fräulein die gute Seife, der Maler das Licht in den Straßen, das junge Mädchen die Männer zum Tanzen. Nur Frau Veronika kann alles entbehren, bis auf eines: „Und das ist mein Junge, der jetzt irgendwo draußen im Osten kämpft . . ., für mich und alle"; man müsse, heißt es am Ende, „Kleines und Großes zu unterscheiden" lernen.

In der Geschichte „Das EK Eins", zehn Typoskriptseiten umfassend, berichtet ein Ich-Erzähler von seinem Nachbarn. Dieser Tolwe, während des Weltkrieges im selben sächsischen Feldartillerieregiment wie des Erzählers 1918 gefallener Bruder Uli, trägt – im Streit – nun der Familie nach, daß Uli, der Adjutant, ihn zur sächsischen Tapferkeitsmedaille eingab und damit um das Eiserne Kreuz erster Klasse brachte. Jahre später trifft der Erzähler den ehemaligen Nachbarn wieder, als der im Begriff ist, „nach Brasilien auszuwandern", und nach einer weiteren Zeit kreuzen sich ihre Wege erneut: Tolwe, als „Blockadebrecher" heimgekehrt, fünfundfünfzig Jahre alt, wird sich an die Front melden, um sich endlich das EK Eins zu holen.

Auf diese beiden Geschichten, keine zwanzig Seiten, hat Fallada fünf Arbeitstage verwandt. Dennoch sind sie flüchtig gemacht und schlecht geschrieben. Der ersten liegen, leicht erkennbar, Umstände des eigenen Lebens jener Tage zugrunde. Doch auch die unwahrscheinlich anmutende zweite beruht auf Fakten; für sie leiht Fallada Daten aus der Biographie Ernst Rowohlts aus. Der siebenundzwanzigjährige Rowohlt und der knapp achtzehnjährige Ulrich Ditzen trafen sich 1914 als Kriegsfreiwillige im 77. Königlich-Sächsischen Artillerie-Regiment; beide brachten es zum Leutnant; Rowohlt bekam zwei sächsische Orden.

Und Rowohlt, erst „Auswanderer", dann „Blockadebrecher", wird 1941 als Offizier der Wehrmacht in das seit April des Jahres okkupierte Griechenland kommandiert. Der Vermutung, daß die Pointe der – ernst gemeinten – Geschichte auf einen Witz Rowohlts zurückgeht, kann man sich nur schwer entziehen.

Ob Fallada annahm, er könne sich mit opportunen Geschichten einen – wie er es ausgedrückt hätte – weißen Fuß machen? Ob er meinte, im Kriege gebe es keine Parteien mehr, nur noch Deutsche? Daß er in jenem Brief an die Schwester Zweifel am Ausgang des Krieges äußert und wenige Tage später Geschichten für den Krieg schreibt, muß jedenfalls den Widersprüchen zugerechnet werden, an denen sein Leben mehr als reich ist.

Fest steht, daß ihn die vielen Tabuierungen und die Zensur verunsichern. Fallada, der nie über Stoffmangel zu klagen hatte, geht jetzt auf die Stoffsuche. Die ersten drei Septemberwochen verbringt er in Berlin und sieht – Kilpper hat ihm die Wege geebnet – im Justizministerium die Akten des Barmat-Kutisker-Prozesses durch, der im Jahre 1927 die (antisemitischen) Gemüter erregt hat. Doch er scheint unschlüssig zu bleiben; am 9. Oktober trägt er den Satz „Es wird sehr langweilig ohne rechte Arbeit" in die Tageskladde ein.

Da erreicht ihn das Angebot der Wien-Film GmbH, die Vorlage für einen „repräsentativen", durchaus „unpolitischen" Berlin-Film zu schreiben. Fallada sagt sofort zu. Er beginnt den Roman „Der Sohn des Staubes" („Ein Mann will hinauf") am 16. Oktober und schließt die Niederschrift, die er auf tausendeinhundert Typoskriptseiten schätzt, nach drei Monaten ab. Ehe er das Manuskript in die Maschine diktiert, bringt er, Ende Januar 1942, an vier Tagen sechs Geschichten zu Papier.

Doch auch dieser Film wird nicht gedreht. Lediglich ein sehr stark, auf ein Viertel des Umfangs gekürzter Fortsetzungsdruck kommt zustande. Er erfolgt – statt in der „Dame", die nur noch monatlich erscheinen kann – in der ebenfalls vom Papiermangel betroffenen „Berliner Illustrierten Zeitung" zwischen Oktober 1942 und Februar 1943 unter dem Titel „Die Frauen und der Träumer".

Ende Februar 1942 tippt Fallada die Geschichten ab und schickt sie – „Nur Stroh", „Das Ende vom Lied", „Genesenden-Urlaub", „Der Maler", „Auch eine Kriegsgeschichte", „Warmer Strom und das Eis" – an die Redaktion von „Signal". Von dort erhält er offensichtlich eine Absage. So bringt er die Sendung am 10. April erneut auf den Weg, dieses Mal an die „Konkurrenz", den Scherl-Verlag, an Martin Stiebing von der Romanabteilung, mit dem er seit dem vorigen Sommer korrespondiert. Stiebing antwortet nach zehn Tagen, „Nur Stroh" werde in der „Woche" erscheinen, „Das Ende vom Lied" und „Genesenden-Urlaub" im „Silberspiegel".

Auch an diesen zumeist schlecht erfundenen und fast durchweg rührseligen Arbeiten kann man den Geschichtenerzähler Fallada nur schwer wiedererkennen. „Nur ein Fuder Stroh", am 20. Mai 1942 von der „Woche" als „Novelle" gedruckt, spielt auf dem Dorf, noch im Frieden. Seltzer will Brasch das Stroh an einem regnerischen Samstagnachmittag bringen; Brasch sieht nur pure Gemeinheit, Sohn Kurt mag das nicht glauben; als sich Seltzer nicht wieder blicken läßt, bietet der Junge, um dem Vater den Ärger zu ersparen, heimlich seine Sparbüchse als Fuhrlohn an; Seltzer kommt mit dem Fuder Stroh und gibt die Sparbüchse dem Vater; nun weiß Kurt Brasch, „wie gemein Menschen sein können".

„Das Ende vom Lied" und „Genesenden-Urlaub" erscheinen unter dem Obertitel „Hans Fallada erzählt" im Juni-Heft 1942 der im 8. Jahrgang bei Scherl erscheinenden, mit der „Dame" vergleichbaren Zeitschrift „Der Silberspiegel". Ort der Handlung ist wieder das Dorf, nun im Krieg. Ehe Kurt Brasch zu den Soldaten muß, wird er von einem Viehhändlersohn, der „die Weiber" kennt, beim Schnaps in solches Mißtrauen versetzt, daß er mit seinem Mädchen bricht: das Ende vom Lied. In der zweiten Geschichte bekommt Kurt Brasch Genesendenurlaub: Seine Hand ist nach einer Verwundung steif geblieben; der Krieg hat ihn „hart" gemacht, das Mitleid der Mutter ist ein „weibisches Gefühlchen", er meldet sich „freiwillig zurück an die Front"; als er ein Mädchen küßt, kann er, plötzlich, den Arm wieder bewegen. „Am nächsten Morgen war er fort, er hatte von niemandem Abschied genommen."

Die restlichen drei Geschichten überläßt Fallada anscheinend der Agentur Gayda; sie jedenfalls vermittelt die Nachdrucke, wie der Vermerk „Überreicht von der Werkgemeinschaft Schrifttum-Presse im Presse-Büro Gayda, München" auf einer Typoskriptkopie von „Genesenden-Urlaub" zeigt. „Der Maler" erhält in den „Breslauer Neuesten Nachrichten" vom 19. Juli 1942 den Titel „Ein Wanderer ist unterwegs in der Nacht / Begegnung mit dem verrückten Maler". Hier stößt Kurt Brasch, jetzt ein „Berliner Lumich", irgendwann und irgendwo zwischen Oranienburg und Schwerin in einem einsamen Haus auf einen alten Maler, der sich für Rubens hält und seine Pflegerin für Helene Fourment.

Abdrucke der Arbeiten „Warmer Strom und das Eis" und „Auch eine Kriegsgeschichte" wird nur der Zufall zutage fördern, denn selbst zu dieser Zeit gab es noch an die tausend Zeitungen. „Warmer Strom" fehlt im Nachlaß; „Auch eine Kriegsgeschichte" umfaßt zwei Typoskriptseiten. Im ersten Weltkrieg verliebt sich eine Lehrerin in einen „kinderhaft" jungen Soldaten, den der „flandrische Dreck" erwartet; als er nach einem Frontjahr Urlaub bekommt, findet sie nichts Jungenhaftes mehr an ihm; so sucht sie sich erneut einen Rekruten, der „kindlich und hilflos" ist; die Briefe des anderen beantwortet sie nicht mehr.

Daß er in einer Krise steckt, weiß Fallada selbst. „Es ist", schreibt er am 29. März 1942 an Kilpper, „schon lange nichts mehr mit dieser abundantia [Überfülle – G. C.], wenn ich sie je besessen habe. Es kommt mir vor, als sei ich früher übervoll von Geschichten gewesen; seit ich mich hier aber in die Stille zurückgezogen habe, wird es leerer und leerer in mir – ich wiederhole mich zu oft. Und ich habe mein Handwerk schon viel zu gut gelernt; all das

Technische, was mir früher Freude machte, wie ich ‚eine Sache hinkriegte', das langweilt mich heute zu Tode."

Fallada gibt das, was er einst „Feuilletonarbeit" genannt hat, nun völlig auf. Gewiß, die Zeitungen und Zeitschriften werden ohnehin, so im Brief vom 22. Juli an Sophie Zickermann, „alle Tage dünner". (Und man wird sie, nachdem Goebbels am 18. Februar 1943 im Berliner Sportpalast den „totalen Krieg" verkündet hat, gleich dutzendweis einstellen.) Doch die schwindende Publikationsmöglichkeit ist nur ein Grund. Die letzte für die Presse bestimmte Geschichte, die Fallada noch während des Krieges schreibt (und die als verschollen gelten kann), „Die Krone von Bosumbo", entsteht der Arbeitskladde zufolge am 23. und 24. November 1942; der entsprechenden Notiz dort fügt er in Klammern „Ist Mist" hinzu. Fallada wird wohl nicht nur diese Geschichte gemeint haben.

Ende Februar 1942 – die Romanabschriften an die Wien-Film-Gesellschaft und an den Rowohlt Verlag, das halbe Dutzend Geschichten an die Redaktion sind abgeschickt – legt Fallada eine Pause ein. In der zweiten Märzhälfte fährt er nach Celle zu seiner Mutter und nach Stuttgart, um Kilpper zu treffen und Alfred Günther kennenzulernen. Die Abmachungen mit dem Verlag bestätigt er in dem schon zitierten Brief vom 29. März: Er werde den Roman umarbeiten, vorher jedoch das „Jahr des Schriftstellers" schreiben.

Die Niederschrift von „Heute bei uns zu Haus" beansprucht zwischen dem 31. März und dem 12. Mai fünfunddreißig Arbeitstage und wird innerhalb zweier Wochen diktiert. Wenn Fallada im Untertitel – „Ein anderes Buch Erfahrenes und Erfundenes" – auf das Wörtchen „Erlebtes" verzichtet, so tut er das aus gutem Grund. Auch dieser zweite Geschichten-„Kranz" hat mit tatsächlichen Erinnerungen nicht allzuviel gemein. „Ich lüge manchmal schrecklich", eröffnet er seinem Lektor. An Kilpper schreibt er zwar: „Es sind meine ‚confessions'", fügt aber hinzu: „wenigstens soweit das heute möglich ist." Das Buch zeigt Fallada wieder in seinem Element. Daß er vor einigen Wochen miserable, törichte Geschichten verfaßt hat, davon ist hier nichts zu spüren.

Können und Unvermögen liegen bei Fallada dicht beieinander. Ein Tief wechselt, so scheint es, übergangslos in ein Hoch, und das Hoch geht erneut in einen Tiefstand über. Tiefstand, Depression bestimmen die letzten sieben Monate des Jahres 1942. Fallada bringt kaum noch etwas zuwege, und die Umstände werfen ihn nach und nach aus der Bahn.

Während er an „Heute bei uns zu Haus" arbeitet, erschreckt ihn der Krieg zum ersten Mal aus der Nähe: Die Bombardierung Rostocks Ende April legt die halbe Stadt in Schutt und Asche. Auch die Feldberger Feuerwehr wird zu Hilfe gerufen, die Welle der Flüchtenden erreicht Neustrelitz. Der Krieg scheint überhaupt näher zu rücken, auch wenn das Carwitzer Anwesen nur ganz am Rande von den Folgen berührt wird: Im Herbst steht Fallada zeitweilig ohne Hilfskraft da und muß eigenhändig die Kuh versorgen. Die Nachrichten über die Bombardements der Städte häufen sich: Im November wird auch der Rowohlt Verlag betroffen; der Dachstuhl des Stuttgarter Hauses brennt aus, Löschwasser dringt in das Bücherlager ein.

Im Juni und Juli faulenzt Fallada, imkert, angelt, „pusselt rum". Die Arbeiten, die auf ihn zukommen, schätzt er nicht. Bücherschreiben, heißt es in einem Brief an den Verlag, sei meist ein Vergnügen, das „Flickwerk" der Korrekturen jedoch „ein Kotz". Von „Heute bei uns zu Haus" muß er einen Teilvorabdruck für den „Silberspiegel" zurechtmachen, der vom Oktober bis zum Februar 1943 in fünf Folgen erscheint, und die Satzvorlage für den Verlag. Das Buch, Falladas letztes in Krieg und Nazizeit, wird erst im Mai 1943 vorliegen.

Gleich drei Partner beschäftigen ihn mit „Der Sohn des Staubes". Für die „Berliner Illustrierte Zeitung" streicht er den Roman auf zweihundertfünfzig Seiten zusammen (daß beide Vorabdrucke parallel erfolgen, zeugt allein für den Mangel an unterhaltendem Lesestoff); für die geplante

Buchausgabe beginnt er mit den Korrekturen; für die Um-
arbeitung der Filmvorlage melden Produktionsleiter, Regisseur und Propagandaministerium fortwährend neue Wünsche an. Darüber vergehen vier Monate. Im Dezember arbeitet Fallada nicht.

Anlaß zu Klatsch, auch zu Neid, hat der gut verdienende
Außenseiter seiner Umgebung schon immer geboten. Jetzt,
unter dem Druck der Kriegsumstände, bleibt es nicht bei
bloßer Tratscherei. Eine Denunziation, er sei rauschgift-
süchtig – Frau Suse hat eine größere Menge der knapp
werdenden Schlafmittel gekauft –, macht Fallada vom September an zu schaffen.

Vieles kommt zueinander, was ihn immer depressiver
stimmt. Er weicht auch wieder in die Betäubung durch den
Alkohol aus. Da das Carwitzer Haus – dafür sorgt Frau
Suse – „trocken" ist, muß Fallada, so er trinken will, zu
Nachbar Frentz, dem Besitzer des Gutes Hullerbusch, oder
zum Stammtisch nach Feldberg radeln. Vom 14. Mai an, als
er, „reichlich dun", auf dem Nachhauseweg stürzt und sich
einen Fuß bricht, notiert er die „feuchten Besorgungsfahr-
ten" sogar in den Tageskladden.

In den Briefen, die er gegen Jahresende schreibt, häufen
sich die Klagen über „Lumperei und Gemeinheit", über die
„ständigen Anfeindungen", denen er ausgeliefert sei, weil
er auf dem „Präsentierteller" sitze; all das deprimiere selbst
Suse. Hörigs, Kagelmacher und Sophie Zickermann bekommen zu hören, daß Ditzens, wenn es im Kriege nur ginge,
Carwitz am liebsten aufgeben würden.

Mitte Januar 1943 erhält Fallada vom Scherl-Verlag den
Auftrag, für die „Woche" einen Unterhaltungsroman zu
schreiben. Er macht sich umgehend an die Arbeit. Obwohl
er bald danach gute zwei Wochen unter der Obhut von
Professor Zutt in den Kuranstalten Westend, Berlin-Char-
lottenburg, verbringen muß, liefert er die Typoskripte des
Romans „Der Jungherr von Strammin" bereits Ende März
ab.

Rowohlt schließt Vertrag, bekommt jedoch wie schon für
den „Sohn des Staubes" kein Papier bewilligt. Die Verlage,

die dem „totalen Krieg" noch nicht zum Opfer gefallen sind – vierhundert von tausendsechshundert Firmen –, dürfen ausschließlich „kriegswichtige" Bücher produzieren. Die Ufa dagegen kauft für fünfundzwanzigtausend Mark die Filmrechte, und die „Woche" druckt den Roman zwischen August und November in Fortsetzungen ab. Es ist dies Falladas letzte im Krieg geschriebene Arbeit, die noch während des Krieges ihre Leser findet.

Die folgenden anderthalb Jahre halten für Fallada nur Miseren bereit. Seine Handlungsweisen setzen Freunde und Verwandte in Erstaunen. Es hat den Anschein, als komme er mit sich und der Welt nicht mehr zu Rande.

Anfang März 1943 lädt ihn der „Reichsarbeitsdienst" ein, sechs Wochen lang RAD-Lager im okkupierten Frankreich zu bereisen und darüber zu schreiben. Fallada sagt zu. Er habe, teilt er dem Verlag mit, einen solchen „offiziellen Einsatz" kaum ablehnen können.

Zu diesem befremdenden Schritt entschließt er sich in erster Linie wohl deshalb, weil er glaubt, hier biete sich ihm ein Schutzschild. Der Erlaß über den Zwangseinsatz von Zivilisten für Kriegszwecke – im Februar, nach der Katastrophe von Stalingrad in Kraft gesetzt – kann auch ihn treffen. Noch größeren Horror hat Fallada, 1938 als „bedingt tauglich" eingestuft, vor der Einberufung; und so meldet er denn auch dem zuständigen Wehrbezirkskommando postwendend, daß ihn der RAD verpflichtet habe. (Erst im April 1944 wird man ihn ausmustern.)

Sicher kommen andere Gründe hinzu. Wenigstens zeitweise kann er seinen Problemen entlaufen. Außerdem reizt ihn die Reise: Es wird seine erste größere und die erste ins Ausland sein. Zweifellos lockt ihn der Alkohol, den er bei den Stäben in reichlichen Mengen erwarten kann. Nicht sein Fall ist die militärische Sphäre; daß man ihn zum „Sonderführer" im Rang eines Majors ernennt, eröffnet er seinen Bekannten mit ironischen Floskeln.

Am 18. Mai trifft Sonderführer Ditzen in Paris ein. Jeweils etwas länger hält er sich in zwei RAD-Lagern auf: in der Auvergne bei Clermont-Ferrand und am Fuß der Pyrenäen in der Nähe von Perpignan. Er spürt sehr bald, daß hier für die Besatzungsmacht „dicke Luft" herrscht. Er führt – ein verschollenes – Tagebuch und beabsichtigt, einen „ganz persönlichen" Erlebnisbericht zu verfassen; doch dazu wird es nicht kommen.

Am 23. Juni ist Fallada wieder in Carwitz. Seinen 50. Geburtstag, den die Presse weisungsgemäß so gut wie gar nicht zur Kenntnis nimmt, verbringt er im Kreis der Familie. Berichte über den ersten mehrtägigen Luftangriff der Alliierten, der Ende Juli/Anfang August Hamburg zerstört, erhält er von Suses Verwandten aus erster Hand. Das ganze Land gerät in Panik; die Flucht aus den großen Städten beginnt.

Seine zweite, acht Wochen dauernde Reise zum RAD tritt Fallada am 2. August an; im „Sudetengau" soll er sich noch die Ausbildung ansehen. Einen guten Monat verbringt er im nordböhmischen Niemes (Mimoň), nahe Böhmisch-Leipa (Česká Lípa). Dann begleitet er einen Rekrutentransport in das ihm schon bekannte Lager bei Clermont-Ferrand.

Mehr noch als vor ein paar Monaten hat Fallada das Gefühl, „im Feindesland zu sein"; Einheimische hätten zu ihm gesagt, schreibt er am 27. September an Suse, in zwei Wochen würden die Deutschen nicht mehr in Frankreich stehen. Er hingegen sei – angesichts der anglo-amerikanischen Landung in Italien und der sowjetischen Offensiven klingt das doppelt absonderlich – „so optimistisch wie noch nie", und er fügt ganz im Stil der Goebbels-Parolen hinzu: „Wir werden den Krieg doch gewinnen."

Ob Fallada bei den „Arbeitsführern" das militärische Bramarbasieren gelernt hat? Oder steckt er in einer Euphorie? Oder will er – die „Feldpost" unterliegt ja der Zensur – bloß die „defätistische" Äußerung überdecken? Nun, wie dem auch sei: Das Paktieren mit einer faschistischen Organisation hat Fallada in einen politisch-moralischen Tiefstand versetzt.

Kaum ist er wieder zu Haus, muß Fallada den schwersten Schlag einstecken. Am 21. Oktober erreicht ihn die Hiobspost, daß der Rowohlt Verlag stillgelegt wird; der Parteiverlag Eher übernimmt die Deutsche Verlags-Anstalt, nicht aber den Autor Fallada. Die NSDAP ist zu keinem Kompromiß bereit; wie bisher auch beantwortet sie Falladas Konzessionen mit dem deutlichen Hinweis, er sei ihr nach wie vor unerwünscht.

Rowohlt, der Falladas Bücher seit nahezu fünfundzwanzig Jahren verlegt, muß den Generalvertrag zum Jahresende auslaufen lassen und gibt dem Autor alle Rechte zurück. Fallada klappt völlig zusammen. Seine Labilität, in den Kriegsjahren ohnehin angewachsen, hält dieser Belastung nicht stand. Er läßt sich fallen. Für eine Novemberwoche geht er zu Professor Zutt, doch die Bombardierung Berlins treibt ihn nach Carwitz zurück. Ein Feldberger Arzt hilft ihm. Bis Mitte Januar 1944 lebt er fast lethargisch vor sich hin, dann ereignet sich auch eine häusliche Katastrophe.

Nach der Rückkehr von seiner zweiten Frankreich-Fahrt ist Fallada ein Verhältnis eingegangen, mit dem er seine bisherigen „Seitensprünge" überbietet. Anneliese Bentzien, ehemals Haustochter, jetzt Anfang Zwanzig, haust im Dezember zeitweise bei ihm im Gärtnerzimmer, einem Ausbau der Scheune. Der Ehebruch geschieht gewissermaßen öffentlich, denn im Wohnhaus leben – dichtgedrängt – auch Elisabeth Ditzen, mit fünfundsiebzig Jahren im September 1943 hierher geflüchtet, aus Hamburg evakuierte Verwandte von Suse, die Witwe des Ende November bei einem Luftangriff umgekommenen Willi Burlage und andere Gäste. Frau Suse, ruhig, ausgeglichen, nachsichtig, sieht eine Weile zu; dann kommt es bei ihr zu einer – wie sie sagt – „Explosion".

Fallada antwortet mit maßloser Erregung und ergreift zwei Tage später, am 21. Januar 1944, die Flucht nach Westend. Von hier bittet er seine Frau um Verzeihung; mit Anneliese habe er endgültig gebrochen. Trotz heftiger Bombardierungen, die auch die Kuranstalten treffen, bleibt er, bis die Erregungszustände abgeklungen sind und er wieder schlafmittelfrei ist. Am 22. Februar fährt er nach Thüringen und quartiert sich für fünf Wochen in Eisfeld bei den Eltern einer vormaligen Haustochter ein. Frau Suse hat zwar nicht vergessen und vergeben, hofft aber auf seine Versprechungen und schreibt ihm, daß sie nicht mehr an eine „dauernde Trennung" denke und ihn Ende März wieder in Carwitz erwarte.

Inzwischen hat sich, Glück im Unglück, ein neuer Verleger gefunden. Franz Schneekluth, Geschäftsführer des Wilhelm Heyne Verlages, Dresden, möchte, gewiß schon mit dem Blick auf die Nachkriegszeit, Falladas Gesamtwerk übernehmen. Die Verhandlungen, im November 1943 in Carwitz begonnen, im Januar 1944 in Westend fortgesetzt, führen im März in Eisfeld zu einer Vereinbarung: Der Heyne-Verlag wird Falladas Auslandsrechte wahrnehmen und für die Option auf Neuauflagen und neue Manuskripte ein Jahr lang ein monatliches Fixum von tausendzweihundert Mark zahlen.

Als nächstes soll Fallada den Kutisker-Roman schreiben. Das Propagandaministerium, in dem man seit dem Juni 1943 durch den Rowohlt Verlag von diesem Projekt weiß und auf ein antisemitisches Buch hofft, hat Schneekluth das Papier bereits zugesagt. Doch da winkt Fallada ab. Er könne, so läßt er den Heyne-Verlag wissen, den Roman „nie so schreiben, wie man ihn erwartet"; er werde „nicht ein beschimpfendes Wort" verwenden, sondern „dem Leser allein die Beurteilung der ganz objektiv geschilderten Figur" überlassen; und gerade das werde man ihm verübeln.

Zurück in Carwitz, beginnt Fallada Ende April zwar mit der Niederschrift, arbeitet aber nur tageweise und mit großen Unterbrechungen. In einem Brief vom 13. Juni an Ernst Rowohlt spricht er von einem Roman, „der nie zu Ende geschrieben wird". Mitte August sendet er dem Heyne-Verlag die ersten dreihundert Typoskriptseiten.

Daß es mit dem Schreiben nicht vorangeht, hat auch mit Falladas desolatem Zustand zu tun. Trotz seines „endgültigen" Bruchs mit Anneliese nimmt er die Beziehung zu ihr wieder auf und betäubt sich mit Alkohol und Schlafmitteln. Jetzt gibt Frau Suse nicht mehr nach; sie zieht, so schwer es ihr auch fallen mag, den Schlußstrich. Am 5. Juli wird die Ehe geschieden, Ditzen wegen „seit Jahren" und „bis in die jüngste Zeit" anhaltender „ehewidriger Beziehungen" für allein schuldig befunden.

Fallada bewohnt weiterhin das Gärtnerzimmer. Aus dem Wege gehen kann man sich nur in gewissem Grade. Die Spannung kann sich nicht lösen, sie wächst an. Am 28. August, nachdem er zwei Tage lang getrunken hat, provoziert er, völlig alkoholisiert, eine Auseinandersetzung mit Frau Suse und gibt aus einem – so der Strafbefehl – Terzerol einen Schuß ab, um sie zu schrecken. Frau Suse ruft den Arzt zu Hilfe; der schickt den Landjäger.

Das Amtsgericht in Neustrelitz befindet am 31. August, Ditzen sei „dringend verdächtig, . . . seine frühere Frau mit der Begehung des Totschlags oder einer schweren Körperverletzung bedroht zu haben", und verfügt seine „einstweilige Unterbringung in einer Heil- und Pflegeanstalt". Er wird in die Landesanstalt Neustrelitz-Strelitz eingewiesen. Der Strafbefehl vom 28. November setzt eine Haft von drei Monaten und zwei Wochen fest.

Fallada darf schreiben. Unter diesen ganz und gar unzuträglichen Bedingungen zwingt er sich zur Arbeit und arbeitet konzentriert und produktiv wie einst. Zwischen dem 6. September und dem 7. Oktober entstehen der Roman „Der Trinker", einige Geschichten und Erinnerungen an die letzten zwölf Jahre. Vom 14. Oktober an berichtet er Frau Suse, daß er sich mit dem Kutisker-Roman beschäftige, und am 30. November, daß er ihn zwei Tage zuvor beendet habe.

In der Strelitzer Anstalt bestellt Fallada auch sein Haus. Am 27. September setzt er Frau Suse zur „alleinigen Vorerbin" ein, und am 25. Oktober übereignet er ihr das Carwitzer Anwesen als „ein erstes sichtbares Zeichen" seines „festen Willens wiedergutzumachen". In einem Brief an Suse findet sich auch der Satz: „Ich bin in einer harten Schule."

Gleich nach dem Machtantritt der Nazis hatte Fallada – ohne Grund – in einer Zelle gesessen. Ein paar Monate vor ihrem Abtreten sitzt er – nicht ohne Grund, aber wohl unverhältnismäßig bestraft – ebenfalls in einer Zelle. Man kann das als ein Wahrzeichen nehmen: Trotz aller Zugeständnisse an den Nazismus hat er mit dem Nazismus nichts gemein. Selbst im Gewahrsam nutzt Fallada, damals wie jetzt, jede Stunde, die ihm verbleibt, zur Arbeit. Auch das hat etwas Symbolisches: Er vermag nur zu leben, wenn er schreiben kann.

Letzte Geschichten
(1944–1946)

Das „feste Haus zu Strelitz" ist in der Tat eine harte Schule. Nachts teilt Fallada die Zelle „mit einem schizophrenen Mörder, einem schwachsinnigen und entmannten Sittlichkeitsverbrecher und mit einem ebenfalls schwachsinnigen Lustmordversucher". Tagsüber sitzt er in einem kleinen Raum, den man ihm zum Schreiben zugewiesen hat, durch den aber – so heißt es ebenfalls in den Erinnerungen – „ständig andere Gefangene laufen"; und: „Wachtmeister stehen alle Augenblicke bei mir, rauchen eine Zigarette und stellen dumme Fragen nach der Tätigkeit eines Schriftstellers." Er hat auch, das erfährt Suse, mit Grippe, Furunkeln, einem vereiterten Finger „mancherlei Molesten". Aber das alles sei nicht wesentlich: „Die Hauptsache bleibt: Ich kann arbeiten."

Unter solchen Umständen zu schreiben mag wohl nur einem Besessenen gelingen. Daß in diesem Milieu Bekenntnisse wie der Roman „Der Trinker" und die Erinnerungen entstehen können, läßt sich allenfalls noch begreifen. Doch Fallada bringt auch etwas Fröhliches zustande. Am 10. Dezember teilt er Suse mit, er habe für Mücke zu Weihnachten in neun Tagen eine Dachsgeschichte geschrieben und sei gestern damit fertig geworden.

Aus der „Schutzhaft" in Fürstenwalde, 1933, hatte ihn Rowohlts Intervention herausgeholt. 1944 benötigt Fallada erneut einen Nothelfer. Ein Neustrelitzer Psychiater, Medizinalrat Dr. Hecker, erwirkt, daß die Unterbringungshaft, die laut Strafbefehl fortdauern soll, mit dem Ablauf der Gefängnisstrafe ausgesetzt wird.

Am 13. Dezember trifft Fallada wieder in Carwitz ein. Er hat dort kein Wohnrecht mehr. Doch Frau Suse gibt ihm die Chance, um die er sie gebeten hat: Er will sich bemühen, mit ihr in ein freundschaftliches Nebeneinander zu kommen. Bereits am nächsten Tag sitzt er hinter der Schreibmaschine. Innerhalb einer Woche tippt er FRIDOLIN, DER FRECHE DACHS ab, stellt regelrechte Titelseiten her und fertigt einen „Einband" an: Das Geschenk für Mücke soll wenigstens die Attrappe eines Buches sein.

Fallada sieht sich genötigt, eine „völlig wahrhaftige Geschichte" zu schreiben: „buchstäblich wahr und richtig", wie er noch einmal im Nachwort betont. Tochter Lore hat die Jagd auf den Dachs ja miterlebt. Die Zeit, der Ort und die Runde der Beteiligten stehen fest. Dazuerfunden werden muß im großen ganzen nur noch, wie der Dachs' aufwächst, wie es ihn nach Carwitz verschlägt und wie er auf dem Baumwerder haust. Ein paar pädagogische Ratschläge an Lores Adresse lassen sich beiläufig leicht einflechten.

Nirgendwo sonst bei Fallada kommen Ditzens vor. Auch in „Heute bei uns zu Haus" heißt Ditzen nicht Ditzen, sondern Fallada. Wenn Fallada jetzt einen Schnappschuß aus dem Leben der Familie Ditzen bringt, so verdanken wir es ausschließlich der Tatsache, daß die Dachsgeschichte „allein für die Mücke" bestimmt ist. Als er sie schreibt, schließt Fallada die Publikation aus, für die ohnehin keine Möglichkeit mehr besteht. Doch ebensowenig denkt er nach 1945 an eine Veröffentlichung. Er scheidet streng: im Privatleben Ditzen, in der Öffentlichkeit Fallada. Hätte er „Fridolin" drucken lassen, so hätte er gewiß die meisten Namen verändert und wahrscheinlich auch manche Einzelheit.

Im Typoskript werden Zeit, Ort und Personenkreis durch Tatsachen bestimmt. Eine Reihe von Fakten legt fest, daß Ditzens und der Dachs 1943/44 aufeinander treffen.

632

Zum ersten Mal begegnen sie sich im Sommer 1943. Uli, der Templiner Alumne, kommt nur in den Ferien nach Haus. Großmutter Ditzen lebt – obwohl sie bereits im Fünften Kapitel auftritt – seit dem September 1943 in Carwitz. Matjä, der Pole, arbeitet bei den Ditzens seit dem 10. Dezember des Vorjahrs. Und die Hündin Teddy wird im Haus- und Hofbestand erstmals am 1. Januar erwähnt.

Daß der Vater in der Geschichte nur im Hochsommer mitspielt und dann wieder im Herbst, entspricht den Terminen der RAD-Fahrt. Zu Anfang des Achten Kapitels, im folgenden Jahr, arbeitet Ditzen auf dem Acker, streut Mist, legt Mais. Das wiederum bestätigen die Tageskladden, die zwischen Mai und Juli 1944 häufig „Landarbeit" vermerken. Mücke allerdings bezieht – Ditzen begleitet sie im Mai zur Anmeldung und im Juni zur Aufnahmeprüfung – das Neustrelitzer Lyzeum nicht im Frühjahr, sondern im Herbst. Am Ende schließlich muß der Vater bis in den Winter hinein ins Krankenhaus: Mit einem solchen – für sie je gewohnten – Aufenthalt wird den Kindern seine Abwesenheit während der Strelitzer Haft erklärt.

Für den Leser, der aus diesen Details nicht auf die Jahre 1943/44 zurückzuschließen vermag, spielt sich die Geschichte im allertiefsten Frieden ab, zumal dann, wenn – wie in der 1955 postum veranstalteten ersten Edition, der alle Nachdrucke folgen – die wenigen Angaben geändert werden, die auf Nazizeit und Krieg verweisen. In Falladas Original führt nicht – so die Ausgabe des Jahres 1955 – ein Arbeiter die Kuh am Strick, sondern ein Franzose, gräbt nicht der Gehilfe Matthä die Steine ein, sondern der Pole Matjä: Denn auch in Carwitz werden seit dem Spätherbst 1942 französische und polnische Zivilisten beschäftigt: von den Nazis nach Deutschland verschleppte „Fremdarbeiter". Und Ihlenfeldt ist kein schlichter Bürgermeister, sondern der „Ortsbauernführer", der er seinerzeit war, und Fallada schildert die Situation des Frühjahrs 1944, wenn er zu Anfang des Achten Kapitels betont, daß Ditzens weniger Hilfskräfte hätten und das Futter knapper wäre als je zuvor. All diese Zeichen jener Zeit zu korrigieren mag in der Publikation eines Kinderbuches angehen: Sie müssen, versteht man die Geschichte auch als ein – teils autobiographisches – Zeitdokument, erhalten bleiben.

Fallada will „wahrhaftig" sein; es gelingt ihm in Maßen. Die Ditzens, die er darstellt – die „Mummi" mehr im Hintergrund –, leben in einer völlig heilen Welt. Gewiß, die Kinder haben im Juli 1943 eine besonders gute Zeit, denn der Vater sitzt nicht am Schreibtisch. Den Winter 1943/44 über gilt er für sie als krank. Doch auch die Mücke mag gespürt haben, daß nicht alles im Lot ist: Bei Uli entschuldigt sich Fallada in einem Brief vom Januar 1944 aus Westend, daß die Weihnachtsferien für alle nicht gut gewesen seien. Und die Begleitumstände der Scheidung sind der Elfjährigen kaum völlig verborgen geblieben. Wenn Fallada in seiner Strelitzer Schreibzelle ein ungestörtes Familienleben beschwört, so sieht er wohl auch diese Schilderung als eine Art „Wiedergutmachung" an.

Den Ort der Geschichte genau zu beschreiben bereitet ihm keine Schwierigkeit. Vom Hullerbusch, dessen Wald steilrandig zum Schmalen Luzin und zum Zansen abfällt, läßt Fallada den Dachs durch den Garten des Hofes Hullerbusch stracks nach Süden laufen, auf die Kuhkoppel geraten und mit der Leitkuh über den Hauptmannsberg ins Unterdorf. Beim Gang über den Durchfluß, der den Schmalen Luzin und den Carwitzer See verbindet, und nach Carwitz hinein muß Fridolin sich erschrecken und gleich wieder kehrtmachen und sich weitertrollen auf die in den Carwitzer See hineinragende Halbinsel, dort Ditzens abseits liegendem Gehöft einen Besuch abstatten und endlich über die kleine Brücke den kahlen Baumwerder erreichen (auf Karten: Bohnen-Werder).

Auch den Umkreis braucht Fallada seiner Tochter nur in die Erinnerung zu rufen. In der südwestlich von Carwitz gelegenen Mechower Forst suchen Ditzens gelegentlich Pfifferlinge, zum waldbestandenen Conower Werder rudern sie hinüber, um nach Steinpilzen zu sehen. Nach Gut Rosenhof gelangt man, Richtung Neuhof, in wenigen Minuten; und die Dörfer Thomsdorf, Biesterfelde (recte:

Boisterfelde), Conow und Fürstenhagen (Fallada meint wahrscheinlich das näher gelegene Funkenhagen) finden sich südlich und östlich des Carwitzer Sees, teils noch in Mecklenburg, teils schon in der Uckermark. Die Umgebung von Carwitz, die in manchen Romanen und Geschichten Falladas zu entdecken ist, wird hier topographisch präzis und als eine reizvolle Landschaft geschildert.

Man kann annehmen, daß Fallada auch die auftretenden Personen, selbst alle Dorfbewohner, bei ihren Namen nennt. Einige Carwitzer stehen mit Ditzens in irgendeinem näheren Kontakt. Utnehmer zum Beispiel kutschiert den Hausherrn ab und zu nach Feldberg. Güldners Kinder und Uli und Mücke haben vor ein paar Jahren noch miteinander gespielt. Der alte Lewerenz, Ende der dreißiger Jahre bereits ein Achtziger, war zeitweise für die Stallarbeit fest angestellt.

Statt einst sieben hat der Hof jetzt, 1943/44, nur noch zwei Hilfskräfte: eben Matjä und noch einen alten „Futtersmann". Unter der Rubrik „Personenstand" trägt Fallada am 1. Januar 1944 als Haustochter nur Hertha Matuschek in die Tageskladde ein. Die Gäste der Familie, auch die längere Zeit anwesenden wie Suses Schwestern oder Frau Burlage, kommen indes, von Elisabeth Ditzen abgesehen, in der Dachsgeschichte nicht vor.

Das kleine Selbstporträt, das Fallada hier entwirft, darf man nicht überbewerten; es deckt jedoch ein paar selten zutage tretende Züge auf. Der ewige Schreibtischarbeiter entpuppt sich als ein natur- und landschaftsverbundener Mensch. Gewiß, ohne „Brehms Tierleben" vermag er Genaueres über den Dachs nicht auszusagen. Er skizziert aber dessen Naturgeschichte: Fridolins dem Märchen entliehene Fähigkeit zu denken und zu sprechen wird nicht unzulässig vermenschlicht.

Tritt der Vater auf, so kommt Selbstironie ins Spiel. Daß Ditzen so manchesmal auf Wunder hofft, daß er glaubt, alles sei schon gut, wenn nur etwas geschehe, bringt allgemeine Charakterzüge ans Licht. Und es wirkt fast komisch, wie der Hofherr versucht, mittels Tesching und Terzerol die Elstern und den Dachs aus dem Mais zu jagen. Ein Selbstbildnis, das die Bedrängnisse und Fehlleistungen dieser Jahre nicht verschweigt, kann man selbstredend in dieser für die Tochter geschriebenen Geschichte nicht erwarten.

Während Fallada das Weihnachtsgeschenk für Mücke herstellt, unternimmt Hitlers Wehrmacht in den Ardennen einen letzten, vergeblichen Vorstoß. Die Truppen der Anti-Hitler-Koalition stehen an den deutschen Grenzen. Die Rote Armee schickt sich zu ihrer Winteroffensive an. Das Ende des „Dritten Reichs" zeichnet sich ab.

In Carwitz geht der Alltag seinen Gang. „Schönes Weihnachtsfest. Aussöhnung mit Suse", notiert Fallada am 24. Dezember 1944 in die Tageskladde. Fünf Tage später verlobt er sich mit Ulla Losch. Im Sommer, gleich nach der Scheidung, hat er sie in Feldberg kennengelernt. Sie zählt dreiundzwanzig Jahre und ist seit Anfang Mai Witwe. Mit achtzehn hatte sie, die kleine Verkäuferin Ursula Boltzenthal, eine Tochter geboren, die der Vater – Kurt Losch, ein Fünfziger, Seifenfabrikant und Besitzer von rund hundert Filialgeschäften, in Berlin als „Seifen-Losch" bekannt – 1940 durch die Ehe legalisierte. Jetzt, von ihren Schwagern ausgezahlt, bewohnt sie das von Losch 1940 in Feldberg gekaufte, oberhalb des Haussees in Klinkecken gelegene massive Wochenendhaus.

In der kleinen Stadt fällt Ulla Losch auf wie ein bunter Hund: eine alleinstehende, sehr junge, attraktive, gut gekleidete Frau, die das Haar lang trägt, sich auffällig schminkt, Finger- und Fußnägel rot lackiert und sich stets mit einer ellenlangen Zigarettenspitze zeigt. Nimmt es wunder, daß Fallada, den schon vor vier Jahren die kommende „Eiszeit" schreckte, der zu allem anderen auch noch in einer „Torschlußpanik" steckt, auf eine solche Erscheinung fliegt? Daß sie – ob zu Recht, ob zu Unrecht – in keinem guten Ruf steht, stört ihn nicht. Sie sei, schreibt er am 2. Januar 1945 an Hörigs, „auffallend hübsch, sehr mondän . . . und sehr oberflächlich".

Fallada weiß, daß Ulla Losch ein Antipode von Suse ist,

nicht die Hausfrau, die ihm die Bedingungen zur Arbeit schafft, nicht der ruhende Pol, der seine Eskapaden ausgleicht. Er weiß, daß sie gern trinkt, und er weiß wohl auch schon, daß sie auf Rauschgift aus ist. Er geht, wie schon oft, mit offenen Augen den ihn gefährdenden Weg. „... und wenn ich mir auch beinahe sicher bin", heißt es in dem eben zitierten Brief weiter, „daß die Sache eines schönen Tages schiefgehen wird, vorläufig finde ich Ulla herrlich." Daß es schiefgehen, daß er in alte, überwunden geglaubte Laster zurückfallen wird, daran trägt Ulla Losch eine gehörige Portion Mitschuld.

Anfang Januar 1945 halten sich Fallada und Ursula Losch ein paar Tage in Berlin auf; Ulla besitzt in Schöneberg, Meraner Straße 12, eine Sechseinhalbzimmerwohnung, die allerdings durch Luftangriffe gelitten hat. Mitte des Monats zieht Fallada zu ihr nach Feldberg. Carwitz besucht er recht häufig. Die Hochzeit findet am 1. Februar in Berlin statt.

Fallada arbeitet nicht. Zwar hatte er am 14. Dezember vorigen Jahres einer Frau Kramer vorgeschlagen, vom 10. Januar an für zwei bis drei Monate nach Carwitz zu kommen, da er an die zweitausend Seiten des Kutisker-Romans zu diktieren hätte, zwar hatte er am 28. Dezember an Schneekluth geschrieben, der Heyne-Verlag möge nun einen Vertrag schließen mit dem Ablieferungstermin des 31. Dezember 1945. Doch jetzt, am 19. Januar, läßt er den Verlag wissen, daß er zunächst den Roman „Der Trinker" diktieren wolle, und am 7. April erklärt er schließlich, daß er nicht zur Arbeit gekommen sei. Ob Fallada den Kutisker-Roman zu Ende geschrieben hat oder nicht, das bleibt offen. Im Nachlaß findet sich weder das Typoskript vom August 1944 noch das in Strelitz geschriebene Manuskript.

Trotz aller Schwierigkeiten – die Benutzung des D-Zuges ist genehmigungspflichtig; nicht selten werden Züge von Tieffliegern beschossen – fahren Fallada und Ulla auch im März und im April nach Berlin. Die Fahrten haben offensichtlich nur einen Zweck: Ulla kennt in der Stadt die dunklen Quellen, aus denen sich noch immer Barbiturate, Opiate und dergleichen Mittel beziehen lassen. Elisabeth

Ditzen notiert in ihren Carwitzer Aufzeichnungen unter dem 10. April, ihr Sohn habe „wieder das alte Leiden". Ab Mitte des Monats liegt Fallada, erst im Neustrelitzer Krankenhaus, dann in Feldberg, wieder einmal tagelang zu Bett.

Am 20. April forcieren die Armeen der 2. Belorussischen Front beide Arme der Oder südlich Stettins. Die Truppen, die Richtung Neustrelitz bei Prenzlau durchbrechen, nehmen am 28. April Feldberg ein. Für Fallada endet mit der Herrschaft der deutschen Faschisten eine zwölfjährige Bedrückung. Er ist, alles in allem, glimpflich davongekommen. Daß er den Pressionen zu oft nachgab, hat er mit der so häufigen Vergeudung seines Talents bitter bezahlt.

In den ersten Maitagen wird Rudolf Ditzen vom sowjetischen Stadtkommandanten als Bürgermeister von Feldberg eingesetzt; bald ist er auch für die umliegenden Dörfer zuständig. Man weist ihm im Städtchen ein Haus zu, in dem er der unsicheren Zeiten wegen für eine Weile auch seine Mutter, Frau Suse und die Kinder unterbringt. Seine erste Arbeit ist es, die in Strelitz geschriebenen Erinnerungen in die Maschine zu tippen; er gibt ihnen den Titel „Der unerwünschte Autor / Meine Erlebnisse während zwölf Jahren Naziterror" und fügt eine mit dem 9. Mai datierte Vorbemerkung hinzu.

Es ehrt Hans Fallada, daß er die Aufgabe nicht ausschlägt, daß er sich der Pflicht, das Leben wieder in Gang bringen und normalisieren zu helfen, nicht entzieht. Drei Monate lang versucht er, sein Bestes zu geben. Rückblickend, in einem Brief an Becherts, spricht er von „unendlich viel Arbeit, Sorgen, Not"; Freund Kagelmacher erhält eine knappe Schilderung: „Schweres habe ich erlebt, besonders auch mit den Evakuierten, deren ich ca. dreißigtausend in meinem Feldberger Bezirk unterbringen sollte." Für die Arbeit, die ihm abgefordert wird, eignet sich Fallada nicht; er verfügt nicht über die geringste Erfahrung kommunalpolitischer Art und kann dem Ansturm der Probleme, dem er tagtäglich ausgesetzt ist, nicht viel mehr als Moral und Rechtsempfinden entgegenstellen.

Physisch, vor allem aber psychisch ist er dieser Belastung nicht gewachsen. Am 10. August schreibt er an Frau Suse, ihm sei der erste Ohnmachtsanfall seines Lebens widerfahren. Am 13. d. M. wird er, bewußtlos, in das Neustrelitzer Carolinenstift gebracht. Der Arzt sieht beide Ursachen: „seelische Erschöpfung" und „Mißbrauch von Opiaten und Barbitursäure". Ulla befindet sich bei der Einlieferung in einem „hochgradigen Erregungszustand"; sie hat sich die Pulsadern geöffnet, doch glücklicherweise ist der Blutverlust nur gering. Nach drei Wochen der Entwöhnung und Erholung, am 2. September, können beide Ditzens entlassen werden. Sie meiden Feldberg und schlagen sich nach Berlin durch.

In Ullas teils devastierter Wohnung finden sie fremde Leute vor. Sie haben keine Zuzugsgenehmigung und bekommen keine Lebensmittelkarten. Es dauert Wochen, bis ihnen drei Zimmer zugebilligt werden, von denen nur eins bewohnbar ist. Wochenlang kaufen sie alles, was sie brauchen, auf dem schwarzen Markt. Später wird Fallada sagen, in dieser Zeit habe er „zwischen Apathie und Selbstmord" geschwankt.

Anfang Oktober rafft er sich auf und knüpft eine Verbindung zu seinem alten Bekannten Paul Wiegler, und Wiegler, der im Kulturbund zur demokratischen Erneuerung Deutschlands mitarbeitet und für den Aufbau-Verlag lektoriert, bringt ihn mit Johannes R. Becher zusammen. Becher, Gründer des Bundes und des Verlages, Motor aller kulturellen Aktivitäten dieser Aufbruchzeit, hat in den vergangenen vier Monaten schon vielen der Künstler, die in Deutschland dem faschistischen Ungeist standgehalten hatten, zu einem neuen Beginn verholfen. Falladas nimmt er sich – gerade aus Agnetendorf zurück, wo er Gerhart Hauptmann besucht hat – in einzigartiger Weise an. 1950 wird er in seinem Tagebuch „Auf andere Art so große Hoffnung" notieren: „Fallada: von mir aus eine echte Freundschaft..."

Becher holt Fallada aus der Apathie heraus. Zuerst sorgt er für die allernötigsten Lebensbedürfnisse, dann für eine

Wohnung, und schließlich kann er zu etwas noch sehr Seltenem, Kompliziertem verhelfen: zu Transportmöglichkeiten. Nach und nach schafft Ulla Manuskripte und Bücher, Kleidung und Möbel aus Feldberg und Carwitz heran. Am 6. November verläßt Fallada den amerikanisch besetzten Sektor und siedelt in den sowjetischen, nach Pankow über. Er bezieht im Eisenmengerweg 19 eine frisch renovierte Siebenzimmervilla, die nahe Bechers Haus und in der Nähe von Schloß und Park Niederschönhausen liegt.

Becher ermutigt Fallada zur Arbeit. Er vermittelt die Verbindung zur „Täglichen Rundschau", der deutschsprachigen Zeitung der Sowjetischen Militäradministration, zum Rundfunk und zum Aufbau-Verlag. Er sorgt für Aufträge. Er ist bestrebt, in Fallada alle, auch schlafende Kräfte zu mobilisieren und politische Denkweise zu wecken. Und es scheint, als habe er Erfolg.

Unter dem Datum des 12. Oktober verfaßt Fallada einen – von der „Deutschen Volkszeitung" am 18. publizierten – Brief an den Kulturbund, in dem er sich „zum Aufbau einer neuen, im Stillen, im Geistigen schaffenden Welt" bekennt. Unter der Überschrift „Vor allem die Jugend retten!" veröffentlicht die „Tägliche Rundschau" am 25. d. M. ein Gespräch mit ihm. Zwischen dem 28. November und dem 4. Dezember druckt die Zeitung aus dem Typoskript „Der unerwünschte Autor" einen Ausschnitt unter dem Titel „Ostern 1933 mit der SA".

Becher erreicht es sogar, daß Fallada ihn zu Lesungen und Manifestationen nach Halle und Schwerin begleitet. Am 8. Dezember, auf einer Kundgebung des Kulturbundes zum Nürnberger Prozeß, hält Fallada im Schweriner Staatstheater – zum ersten Mal in seinem Leben! – vor einer größeren Öffentlichkeit eine Rede und eine politische dazu. „Ich führe", schreibt er an Becherts, „ein sehr anderes Leben als früher, immer in Kontakt mit andern Menschen, muß es schon tun, kann es auch, sehne mich freilich oft nach meinem beschaulichen Dasein in Carwitz und meiner stillen Romanschreiberei zurück."

Becher, der Falladas „hohe epische Fähigkeiten" schätzt,

veranlaßt den Aufbau-Verlag, eine Neuauflage von „Wer einmal aus dem Blechnapf frißt" vorzubereiten, und drängt den Autor zu einem neuen Roman. Gleich zu Beginn ihrer Bekanntschaft legt er ihm ein Thema nahe: Becher hat Einsicht in Akten der Gestapo genommen, die vom Widerstand gegen Hitler zeugen; eine scheint ihm einen Stoff für Fallada zu bergen, und er bringt Fallada dazu, sie zu lesen.

Otto und Elise Hampel, ein Arbeiterehepaar aus dem Wedding, haben, allein auf sich gestellt, zwei Jahre lang antifaschistische Materialien angefertigt und verbreitet, bis man sie verhaftet und am 8. April 1943 hinrichtet. In Fallada wird etwas bewegt: Dieser einsame Widerstand rührt ihn, Individualist zeit seines Lebens, an, und das Todesdatum – fünf Wochen später trat Sonderführer Ditzen die erste Reise nach Frankreich an – hält ihm seine Kompromisse noch einmal kraß vor Augen. Er stimmt dem Vorschlag zu.

Am 18. Oktober schließt Fallada mit dem Aufbau-Verlag Vertrag über einen Roman des Arbeitstitels „Im Namen des deutschen Volkes! (Streng geheim)", und tags darauf mit der – von Lilly Becher geleiteten – Redaktion der „Neuen Berliner Illustrierten" über dessen Fortsetzungsdruck. Die Typoskripte will er zum 1. Januar 1946 liefern. Einen Bericht über diesen „Rohstoff für einen Roman" schreibt er sofort. „Über den doch vorhandenen Widerstand der Deutschen gegen den Hitlerterror" wird im November-Heft der Zeitschrift „Aufbau", im dritten des ersten Jahrgangs, gedruckt.

Doch auch im Eisenmengerweg arbeitet Fallada nur mit halber Kraft. Es fehle, teilt er Frau Suse mit, an vernünftigem Papier, zudem sei er noch nicht richtig eingerichtet. Doch aus dem „nun schon völlig verhaßt gewordenen Boheme-Haushalt" kommt er, dank Ulla, vorerst nicht heraus, und das „beschauliche Dasein in Carwitz", dem er nachtrauert, kehrt nicht mehr wieder.

Die fehlende Ruhe zu konzentrierter Arbeit ist ein Grund dafür, daß Fallada die Niederschrift des Romans vor sich her schiebt. Eine Beklommenheit angesichts des Stoffes mag im Hintergrund wirken. Eine Rolle spielt auch, daß er sich – so ebenfalls am 29. November an Frau Suse – „vor Aufträgen nicht retten kann" und daß er diese Art Arbeit vorzieht, die sehr schnell und nicht schlecht honoriert wird. So schreibt er im Dezember zwei autobiographische Skizzen („Meine Ahnen", „Ein Roman wird begonnen") sowie eine Rezension über Bechers „Abschied" für den Rundfunk und kurze Geschichten hauptsächlich für die „Tägliche Rundschau".

Becher sieht im Eisenmengerweg ab und zu nach dem Rechten. „Becher", berichtet Fallada am 26. November an Ernst Rowohlt, „ist von einer unübertrefflichen Hilfsbereitschaft, ohne ihn wäre ich nur schwer aus der fatalen Depression herausgekommen, die mich nach meiner Feldberger Bürgermeisterzeit überkommen hatte"; und erneut am 12. Dezember: „Becher sorgt tatsächlich wie ein Vater für mich, erschließt immer neue Geld-, freilich auch Arbeitsquellen . . ." Becher versucht, Fallada auch in seinen privaten Umgang einzuschließen.

Zu Weihnachten lädt das Ehepaar Becher ein paar Freunde ein. Konstantin Fedin kommt – aus Nürnberg, wo er als Beobachter des Prozesses akkreditiert ist. Fallada und Ulla finden sich ein, auch Rudolf Kurtz, Chefredakteur der seit zwei Wochen erscheinenden Berliner Abendzeitung „Nacht-Express", Heinz Willmann, Generalsekretär des Kulturbundes, mit Frau Hanna, Lieselotte Thoms und Annemarie Bostroem, beide damals im Kulturbund-Sekretariat, und ein paar andere. Es gibt Salzkartoffeln und Bockwurst. Man sitzt bei einem Glas Wein, freut sich des Friedens, erörtert dies und das, erzählt, debattiert und amüsiert sich, wie Becher Schriftstellerkollegen imitiert und parodiert.

Konstantin Fedin hat von diesem Abend berichtet*. Der

* „Ein Sohn des deutschen Volkes / Zum 84. Geburtstag von Wilhelm Pieck", in: „Fedin und Deutschland", Berlin 1962. Siehe auch: Lieselotte Thoms, „Eigentlich war er schuld", in: „Erinnerungen an Johannes R. Becher", Leipzig 1968.

prominenteste Gast, der eine Zeitlang in der Runde weilt, ist Wilhelm Pieck. Von ihm gibt Fedin ein einprägsames Bild, wenn er ein Gespräch aufzeichnet, das über den Nürnberger Prozeß zwischen Pieck und Fallada hin und her geht. Fedin hat Fallada nie zuvor gesehen, doch er versteht es, dessen Gemützustand in drei Zeilen zu kennzeichnen: „Der überreizte, krankhaft ungeduldige Hans Fallada sprach abgerissen, er stellte überraschend Fragen, war aber außerstande, die Antworten bis zu Ende anzuhören."

Die erste Begegnung zwischen Becher und Fallada liegt gerade zehn Wochen zurück. Noch ein gutes Jahr wird Becher sich um Fallada kümmern und sich mit ihm mühen und wird ihn besser kennenlernen. Im „Tagebuch 1950" wird er sich dieses Weihnachtsabends erinnern und der kleinen Rede, die er in Falladas Anwesenheit zu Falladas Lob gehalten und dann, 1947 bei der Einäscherung, noch einmal gesprochen habe. Dort charakterisiert er Fallada auch als „störrisch, eigenbrötlerisch, für sich allein".

Die Geschichte, die Fallada als erste in der „Täglichen Rundschau" drucken läßt, „Oma überdauert den Krieg" (12. 12. 1945), erinnert sehr an „Mutter lebt von ihrer Rente". Auch hier sind die Kinder „alle was Rechtes geworden" und lassen die Mutter links liegen. Doch die Figur dieser alten Frau, die sich ihre Lebenslust im Bombenhagel und im Nachkriegselend bewahrt, immer freundlich bleibt und menschlich handelt und sich um die Enkel kümmert, gerät Fallada zu einem Standbild. Seine Vorliebe für Ausgleich und Happyend entartet in Zweckoptimismus.

Auch in der zweiten von der „Täglichen Rundschau" veröffentlichten Geschichte, „Baberbeinchen-Mutti" genannt (24. 12. 1945), waltet rosarote Hoffnungsfreude. Eine junge Frau, die mit ihrer sechsjährigen Tochter in einem Ruinenloch haust, muß in leichten Schuhen durch die Kälte des Dezember 1945 laufen. Da kehrt am Tag vor Weihnachten ihr vermißter Mann zurück, und die Tochter nimmt schnell Vaters Lederkoppel, damit der Schuster endlich Baberbeinchen-Muttis Winterschuhe besohlen kann. Eine sentimentalere, eine „romantischere" Weihnachtsgeschichte hat Fallada nicht geschrieben.

In zwei Geschichten erzählt er indirekt von sich. Ein „Er" und eine „Sie", jung verheiratet und verliebt, albern im Nachkriegsberlin herum: Man sollte wieder lachen. Doch ihre Umwelt reagiert mürrisch, feindselig („Junge Liebe zwischen Trümmern", geschrieben am 13. 12. 1945). In der U-Bahn veräußert eine Frau einen Kochtopf, der Käufer verkauft gleich weiter zum doppelten Preis; schließlich ersteht der Ich-Erzähler den Topf und bringt ihn seiner Frau; sie freut sich über das Geschenk zum Hochzeitstag, an den der Mann gar nicht gedacht hatte (Fallada vergißt Ullas und seinen ersten Hochzeitstag nicht: „Der Pott in der U-Bahn" erscheint in der „Täglichen Rundschau" am 1. Februar 1946).

Eine Geschichte entnimmt Fallada dem Manuskriptkonvolut, das er in Strelitz geschrieben hat. Doch jene autobiographisch bestimmte Erzählung um den Sohn Achim und dessen zwei imaginäre Spielgefährten, den kleinen und den großen Jü-jü – eine Neuauflage von Windwalt und Träumlein aus der „Murkelei" –, wird kaschiert und verballhornt. Obwohl dieser Achim, der sich den kleinen Jü-jü schafft, Achim Ditzen gleicht, ist er der Sohn von Bauern; die Bäuerin erwartet ein Kind und liegt apathisch zu Bett, hört jedoch die Rufe des ins Eis eingebrochenen Sohns, rettet ihn und kommt nieder: Statt des „ertrunkenen" Jü-jü hat der Fünfjährige nun einen kleinen Bruder („Der kleine Jü-jü / Eine Geschichte von Kindern", „Tägliche Rundschau", 1. 1. 1946).

Fallada zeigt sich nicht in guter Form. Auffällig ist, daß er Themen und Stoffe früherer Arbeiten variiert (und weiterhin variieren wird). Der Verdacht, er kenne sich in den kleinen Leuten der Nachkriegszeit nicht besonders gut aus, stellt sich überhaupt ein. Schließlich drängt sich der Eindruck auf, daß er vor allem deshalb ins Lackieren der Gegebenheiten verfällt, weil er seinen Auftraggebern entgegenkommen und „das Positive" darstellen will.

Auch in der Geschichte, die wir aus dieser im Dezember entstandenen Gruppe als einzige vorstellen, bringt Fallada eine Peinlichkeit zuwege, wenn er den Ich-Erzähler zum „roten Revolutionär" hochstilisiert. Er ergänzt das Bild, das er bisher von seinen Wanderjahren, aus seinem Gutsbeamtendasein gegeben hat. Mit der Zeit geht er sehr frei um. Doch wann sich die Anekdötchen zugetragen haben und ob tatsächlich auf Gut Radach, der Plather Begüterung des Grafen Bismarck-Osten und dem Dominium Neuschönfeld, das spielt keine große Rolle. Die Moral der Geschichte zielt ohnehin auf die Gegenwart, in der Schmalhans Küchenmeister ist: ESSEN UND FRASS erscheint im „Nacht-Express" vom 23. Dezember 1945 auf der Weihnachtsseite.

Acht Tage später rollt, von Fallada anfangs unbemerkt, eine kleine Lawine auf ihn zu. Else Marie Bakonyi, die 1942 „Heute bei uns zu Haus", 1943 den „Jungherrn von Strammin" in die Maschine schrieb und noch 1944 Gast in Carwitz war, veröffentlicht am 31. Dezember im „Neuen Hannoverschen Kurier" einen „Offenen Brief an Fallada". Sie stellt Briefe mit lauten Endsiegtönen, die ihr Fallada aus Frankreich schickte, gegen sein Interview in der „Täglichen Rundschau" und die Ankündigung des Romanvorhabens und fragt, ob er „auch jetzt nur wieder" seinen „Frieden mit den herrschenden Mächten" schließen wolle. Fallada erfährt erst davon, als die im neu gegründeten Ullstein-Verlag erscheinende Frauenzeitschrift „Sie" den Brief am 20. Januar 1946 nachdruckt und die ebenfalls von der US-amerikanischen Besatzungsmacht lizenzierte Münchener „Neue Zeitung" tags darauf eine redaktionelle Notiz bringt.

Den Amerikanern kommt die Sache zupaß. Sie schlagen auf Fallada ein, meinen aber den Mitarbeiter der „Täglichen Rundschau" und damit die Zeitung und die Sowjetische Militäradministration überhaupt. Das wird offensichtlich, als „Die Neue Zeitung" am 18. Februar auf die Angelegenheit zurückkommt. Hans Habe, Journalist und Schriftsteller, von Hitler verfolgt und exiliert, Offizier der US-Armee und Chefredakteur des Blattes, lehnt die „unappetitlichen

Indiskretionen" der Bakonyi ab, um desto schärfer – und weit übers Ziel hinausschießend – vom Leder ziehen zu können: Wer „Wolf unter Wölfen" kenne, der wisse, „daß Fallada nicht nur ein braver Nationalsozialist, sondern noch mehr als das gewesen ist, nämlich ein literarischer Alibisucher des Hitlertums".

Die Attacke trifft Fallada spürbar. Die Briefe aus seiner RAD-Zeit, so verteidigt er sich noch am 15. Februar 1946 vor Hörigs, seien reine Schutzbriefe gewesen. Doch am 27. Februar schreibt er an Frau Suse von seiner Sorge, ob er wohl werde weiter arbeiten können, denn „so was von offizieller amerikanischer Seite tut natürlich seine Wirkung"; er habe die Zeitungsarbeit eingestellt und schreibe an einem Buch.

Diese beiden Briefe schickt Fallada aus den Kuranstalten Neuwestend ab, wo er schon seit Mitte Januar eine Entziehungskur macht. „Wir hatten uns", teilt er am 12. Februar Ernst Rowohlt mit, „so ein bißchen an das Morph. gewöhnt . . ." Über genügend Geld verfügt Fallada wieder. Er hat für eine erkleckliche Summe einen Teil seiner Bibliothek verkauft, und die „Tägliche Rundschau" zahlt ihm Honorare, die höher liegen als „in den üppigsten Ullsteinzeiten". Wo es den „Stoff" gibt, weiß Ulla; ja, Fallada muß Ullas Schöneberger Freundin Vera Kärmer noch am 1. März beschwören, sie möge, wenn sie zu Besuch in die Klinik komme, ja „nichts einschmuggeln".

Mitte Februar ist Fallada „aus dem Gröbsten heraus" und beginnt – auch unter dem Eindruck der Vorhaltungen von Else Bakonyi? –, an dem Buch zu arbeiten, das den Arbeitstitel „Fallada sucht einen Weg / Ein Krankheitsbericht" trägt und „Der Alpdruck" heißen wird. Mitte März berichtet er dem Aufbau-Verlag, er habe an die zweihundert Seiten fertig. Als Professor Zutt am 20. d. M. es Ursula Ditzen freistellt, die Klinik zu verlassen, geht Fallada mit ihr.

Bereits am nächsten Tag schreibt er die Geschichte DIE GUTE WIESE. Sie wirkt wie ein „Remake" von „Gute Krüseliner Wiese rechts". Aus der gleichen Grundsituation entwikkelt Fallada eine neue, aktuelle Handlung und bringt die Begebenheit – der Zeit entsprechend – zu einem guten Ende. Die „Tägliche Rundschau" druckt die Geschichte, wenn auch erst in ihrer Ausgabe vom 16. Juni. Man hat die Kampagne der Amerikaner als das genommen, was sie war: keine Kontroverse mit Fallada, sondern ein winziges Gefecht im nun beginnenden „kalten Krieg".

In den letzten Märztagen erscheint die Neuausgabe des Romans „Wer einmal aus dem Blechnapf frißt" in dreißigtausend Exemplaren. Nach fast genau drei Jahren hält Fallada wieder ein Buch von sich in den Händen. Er sei gespannt, schreibt er am 27. d. M. an Hans Joachim Geyer, wie die Presse darauf reagieren werde. Ebenfalls am 27. März berichtet er an Sophie Zickermann: „Ich schanze mächtig." Doch der Schein, Fallada habe sich wieder einmal gefangen, trügt. Er hat die Kur in Westend zu früh abgebrochen und wird rückfällig. In dieser Zeit setzt er ein Testament zugunsten von Ulla auf.

Ab Anfang Mai unternimmt Dr. Johannes Kupke, der nahe des Eisenmengerwegs in der Wackenbergstraße praktiziert, einen neuen Heilungsversuch. Er bringt Fallada in einem Hilfskrankenhaus unter, das in der Niederschönhausener Marthastraße 10, am Brose-Park, also gleichermaßen nahebei, für venerische Fälle eingerichtet worden ist und zu dessen etwa sechzig Patientinnen auch Ulla gehört. Für sie schützt Fallada in seinem Brief vom 1. Juni an Vera Kärmer einen Autounfall vor; er schlage sich „mit den letzten Abstinenzerscheinungen der Entwöhnung" herum und sei „recht matt und mutlos". Dessenungeachtet schreibt er am selben Tag die Geschichte „Pfingstgruß an Achim", die – noch vor der „Guten Wiese" – am 9. Juni in der „Täglichen Rundschau" erscheint.

Uli Ditzen wohnt schon ein paar Monate im Eisenmengerweg und bereitet sich auf die Sekunda vor; Mücke wird – gleichfalls der Schulverhältnisse wegen – sehr bald nach Niederschönhausen übersiedeln; um so mehr fehlt dem Vater der Jüngste. Falladas Gruß an den Sechsjährigen ist märchenhaft, aber rührselig wie „Der kleine Jü-jü". Man könne, wenn man bestimmte Regeln beachte, am Pfingstmorgen „den ganzen Himmel offen sehen", und er läßt Achim den Sonnenaufgang erleben und einen „tiefen Frieden" empfinden.

Bis Mitte Juli logiert Fallada in der Marthastraße 10. Am 9. Juni benachrichtigt er Frau Suse – mehr und mehr sein wichtigster Briefadressat –, daß er vorerst „in diesem kleinen Krankenhaus" bleibe, denn er sei „noch nicht ganz schlafmittelfrei", außerdem werde er „hier besser beköstigt"; er tippe eine „große Arbeit" ab. An Ernst Rowohlt berichtet er am 2. Juli, er halte sich zwar noch immer im Krankenhaus auf, sei „jetzt aber ganz mobil" und wolle den „Alpdruck" abschließen. Am 14. und am 20. Juni schreibt er erneut kurze Prosa.

Mit den KALENDERGESCHICHTEN, die die „Tägliche Rundschau" am 27. und 30. Juni sowie am 28. Juli 1946 druckt, greift Fallada auf ein sehr altes Genre zurück; die spezifische Form kennt er von Johann Peter Hebel und Jeremias Gotthelf. Gefundene und erfundene Stoffe werden jeweils auf eine Moral ausgerichtet, auf Verhaltensnormen, die gerade auch für diese Nachkriegszeit gelten.

Die Geschichte DER HEIMKEHRER („Tägliche Rundschau", 14. 7. 1946) liest sich als eine zwar sentimentale, aber in sich stimmige Episode aus dem Nachkrieg, die auch die Bodenreform ins Spiel bringt. Doch wer sich 1946 der vor vier Jahren im „Silberspiegel" veröffentlichten Kriegsgeschichte „Genesenden-Urlaub" entsinnt, aus der Fallada das Hauptmotiv, das des steifen Arms, entleiht, muß sich tatsächlich – wie die Bakonyi – fragen, welcher von beiden „nun der echte Fallada" sei.

Ja, man fragt sich, was in Fallada wohl vorgehe. Welches Organ in ihm macht es möglich, aus ein und demselben Detail zwei so divergierende, zwei sich gegenseitig ausschließende Arbeiten herzuleiten? Hat er jene Publikationen des Jahres 1942 aus seinem Gedächtnis verdrängt? Will er auch sie als „Schutzbriefe" verstanden wissen? „Außer dem Schluß des ‚Eisernen Gustav'", so hat er am 20. März

an Ernst Rowohlt geschrieben, „kann mir gar nichts vorge-
worfen werden, und der ist schon zu entschuldigen." Geht
er so wenig mit sich zu Rate?

Zurück im Haus Eisenmengerweg 19, schließt Fallada,
wie er Ernst Rowohlt mitteilt, am 11. August den Bericht
„Der Alpdruck" ab. Den Vertrag mit dem Aufbau-Verlag
unterzeichnet er erst am 29. Oktober. Ende November liest
er Korrektur und macht einen Teilvorabdruck zurecht, den
die „Tägliche Rundschau" zwischen dem 10. und dem
20. Dezember bringt. Die Buchausgabe erscheint, im Frühjahr 1947, bereits postum.

Im Eisenmengerweg entstehen auch neue Geschichten:
am 31. Juli „Unser täglich Brot", am 4. August „Die Bucklige" und „Junge Liebe" und schließlich am 21. d. M. „Der
Ententeich". Außerdem korrigiert Fallada die „Geschichten
aus der Murkelei" für eine Neuauflage, die er am
23. August mit dem Aufbau-Verlag vertraglich vereinbart.
Auf deren Erscheinen schon zu Weihnachten wird er
vergeblich hoffen.

„Unser täglich Brot" zählt zu den Arbeiten, die das zer-
trümmerte Berlin durch ein „romantisches" Objektiv betrachten. Ein Mann hat zwei Brote gestohlen, ist tätlich geworden und wird zu einem halben Jahr Gefängnis verurteilt; doch er stahl für seine „drei Blagen", schlug aus Panik
zu und bekommt Bewährung, weil sich die betroffene Verkäuferin und sein Ältester für ihn einsetzen. Dieser Neunjährige nun, eine Spielart der Knaben Kai und Alwert, hält
in einer Luftschutzkeller-Höhle inmitten des Bombentrich-
terfelds einen jungen Barsoi, füttert ihn mit „abgehunger-
tem Brot" und will ihn eines Tages verkaufen, damit die Familie aufs Land ziehen kann.

Erst nach Falladas Tod, im Februar-Heft 1947 der im
Verlag Tägliche Rundschau erscheinenden „Illustrierten
Rundschau" wird „Unser täglich Brot" mit dem Hinweis
veröffentlicht, der Autor habe das Manuskript „wenige Wo-
chen" zuvor der Redaktion übergeben. „Die Bucklige" und
„Junge Liebe" indes bleiben – wie schon „Junge Liebe zwi-

schen Trümmern" – aus welchen Gründen auch immer ungedruckt. Roman Pereswetow, Hauptmann der Roten Armee, Leiter der Kulturabteilung und Falladas wichtigster Partner in der „Täglichen Rundschau", erzählt in seinen Erinnerungen an Johannes R. Becher, einige von Falladas Geschichten seien „einfach nicht zu lesen" gewesen: „die reinste Pathologie, ein psychopathisches Wühlen in Schmutz und Scheußlichkeiten".

Nun, eine Geschichte wie „Die Bucklige" ist in der Tat etwas makaber. Fallada sieht in seine Vergangenheit zurück und variiert ein Detail aus „Ich bekomme Arbeit". Ein Ich-Erzähler, Abonnentenwerber für den „Generalanzeiger" in der „kalten Nebelstadt am Meer", lernt bei seinen Gängen die Bucklige kennen, eine „große Person in den Dreißigern", die den Werber umwirbt, er solle mit ihr, der Leichenwäscherin, ein Bestattungsgeschäft für Kinderbegräbnisse aufmachen: Sie liebe die kleinen Engel. Vor dem im Nebenzimmer aufgebahrten Kind ergreift der zu Wein und Kuchen eingeladene Erzähler die Flucht; die liebestolle Bucklige hängt sich an ihn, er schlägt sie und muß, von ihr bei seiner Zeitung angeschwärzt, die Stadt verlassen. Im Traum sieht er manchmal das tote Kind.

Auch die Geschichte „Junge Liebe" ist eine Reprise. Fallada nimmt sich jene Rückerinnerung an den fünfzehnjährigen Gymnasiasten Willi Kufalt vor, die erste Szene des zehnten Kapitels von „Wer einmal aus dem Blechnapf frißt", und schreibt sie auf sechs Typoskriptseiten neu. Hier nun wird der siebzehnjährige Gymnasiast Erwin Ruden von seinem Vater nicht nach Haus gebracht, sondern zu einem liberalen alten Oberst in Pension gegeben und kann seine Erna auf dem „Bummel" des thüringischen Residenzstädtchens treffen. Doch es kommt zu keiner Liebelei; sie ist „äußerlich" gezeichnet, er „innerlich". Jahre später trifft er sie wieder: eine „strahlend schöne Frau", die ihn – erneut eine lange Länge der Leidenschaft! – „noch immer liebte und immer lieben würde".

Das Gefühl, Fallada, der in den frühen dreißiger Jahren von Geschichten nur so überquoll, leide jetzt einfach Man-

gel an Stoffen und tragenden Einfällen, Mangel letztendlich an neuen Erlebnissen und Erfahrungen, wird angesichts der ständigen Wiederaufnahmen und Wiederholun-
gen zur Gewißheit. In diesen Arbeiten ist er nicht auf seiner Höhe und schon gar nicht auf der Höhe der Zeit.

Aus den im Sommer 1946 geschriebenen Geschichten
sticht DER ENTENTEICH („Tägliche Rundschau", 30. 8. 1946)
hervor. Gewiß, diese Episode steht nicht für den Berliner
Nachkriegsalltag, sie reicht über den Horizont einer sehr
kleinen Welt nicht hinaus. Doch es ist Ditzens Welt. Die
Ortsangaben verweisen auf den Stadtteil Pankow; Sohn Uli
wird konterfeit; Vater Rudi, mit einem Schuß Ironie bedacht, entpuppt sich als ein Stückchen Selbstporträt. Die
Geschichte spiegelt die friedlichen Zeiten im Hause Eisenmengerweg ab.

An diese Perioden des Jahres 1946 erinnert sich Uli Ditzen noch gut*. Er zählt sechzehn Jahre, seine Stiefmutter,
die er beim Vornamen nennt, fünfundzwanzig. Um den
Haushalt kümmert Ulla sich nicht, den überläßt sie der
Stütze; dafür kennt sie sich auf dem schwarzen Markt aus
wie keine. Uli hat eine abenteuerliche Zeit. Manchmal muß
er für sich und die Mädchen kochen: für Mücke, die eine
dritte Klasse der Oberschule bezieht, für die siebenjährige
Jutta Losch und die achtjährige Bärbel, die Tochter der
Haushalthilfe. Eine festgefügte Ordnung wie in Carwitz
gibt es nicht.

Oft kommt Becher zu Besuch. Der Vater geht selten aus
dem Haus: Dann fährt er in den Friedrichshain zur Redaktion der „Täglichen Rundschau" oder läuft die paar Schritte
hinüber ins Schloßkasino der Roten Armee. (Dort gibt es,
so lobt Fallada schon im November 1945 in einem Brief an
Ernst Rowohlt, Pilsner Bier und guten Schnaps.) Daß die
Familie auf einem Vulkan lebt, der jederzeit wieder ausbre-
chen kann, weiß der Sechzehnjährige. Im Frühherbst, so
entsinnt sich Ulrich Ditzen, habe der Vater einen Rückfall
gehabt und eine Zeitlang apathisch zu Bett gelegen.

* Im Gespräch mit dem Herausgeber am 14. 10. 1964.

Im Frühherbst muß es zu einer besonders heftigen Auseinandersetzung mit Ulla gekommen sein. „Ich bin", schreibt Fallada am 16. September an Frau Suse, „noch gar nicht wieder in Ordnung." Die Gelegenheit, daß Ulla in der Frauenklinik liege, habe er genutzt, um ihr – „komme, was kommen mag" – zu eröffnen, daß er die Ehe lösen wolle. „Jedenfalls ist mir klar", heißt es weiter, „daß alle meine Arbeitskraft und Arbeitslust bei Ulla verlorengehen würden." Doch zu diesem Schritt kann sich Fallada, zumal Frau Suse ein Comeback glatt ablehnt, nicht mehr aufraffen. Bereits drei Tage später teilt er mit, Ulla habe eine Fehlgeburt gehabt und sie und er hätten sich schließlich geeinigt, es erneut miteinander zu versuchen.

In diesem Brief an Frau Suse ist auch von einem Filmauftrag die Rede. Am 28. September schließt Fallada mit der DEFA, der Mitte Mai gegründeten Deutschen Film-AG., einen Vertrag und findet auf einem solchen Umweg – und mit einem guten Honorar – zu dem so lange vertagten Projekt „Im Namen des deutschen Volkes!" zurück. Noch einmal – zum letzten Mal – setzt er sein Talent und sein Vermögen voll ein und bringt die fünfhundertfünfzig Druckseiten des Romans „Jeder stirbt für sich allein" in vier Wochen zu Papier. „Gestern", berichtet er am 27. Oktober an Frau Suse, „bin ich nun fertig geworden und bin zufrieden. Ich glaube, es ist seit ‚Wolf unter Wölfen' wieder der erste richtige Fallada geworden."

Vom 1. November an korrigiert Fallada den Roman und diktiert ihn in die Maschine. Am 24. d. M. schickt er die Typoskripte an den Aufbau-Verlag und an die DEFA. Wie schon oft ruht er sich nach großen Arbeiten bei kleinen aus: Ende Oktober entsteht die Geschichte „Alte Feuerstätten" („Tägliche Rundschau", 3. 11. 1946) und Ende November „Weihnachten der Pechvögel" („Tägliche Rundschau", 25. 12. 1946).

Die Weihnachtsgeschichte ist banal; Fallada legt das von ihm häufig verwendete Pechvogelmotiv auf eine sehr simple Weise dar. Peter Pech, ein Obertertianer, ein Fünfzehnjähriger also, erzählt ein Beispiel für das ewige Pech der

Pechs. Zu Weihnachten 1945 schlägt er für den Lohn eines Baumes vier Fichten; doch man hat ihn hereingelegt; er steht nicht, wie er glaubt, auf dem Grundstück des alten Mannes, dem er helfen soll, sondern in einer Gärtnerei und wird als Dieb gestellt. Natürlich geht die Geschichte, breit angelegt, schwach in den Zeitbezügen, am Ende didaktisch, gut und freundlich aus.

In ALTE FEUERSTÄTTEN greift Fallada den Gegenstand von „Länge der Leidenschaft" auf und kehrt ihn zweifach um. Jetzt hat die Frau das Heft in der Hand, und statt einer langen Leidenschaft gibt es ein „kurzes Zwischenspiel". Fallada denkt noch einmal an Ria Schildt zurück, tilgt aber den autobiographischen Kern der frühen Erzählung so gut wie ganz. Die Ria hier gerät ihm eher zum Symbol denn zur Figur. Die Mutmaßung, daß seine Erfahrungen mit Ulla in die Geschichte eingegangen seien, liegt nahe. Der Wunsch des Erzählers: „Zur Hölle mit allen Weibern!" entspringt Falladas Erlebnissen aus jüngster Zeit.

In den ersten Dezembertagen klappt er zusammen. Einen Roman von mehr als fünfhundert Druckseiten innerhalb von knapp acht Wochen im Typoskript vorzulegen – dieser Parforceritt fordert seinen Tribut. Tribut erfordert allerdings erneut auch das Morphium. Beide, Ulla und er, seien wieder krank geworden, läßt Fallada in einem langen, bekennenden Brief vom 22. Dezember seine Mutter wissen, „zuerst zusammengebrochen, dann Mißbrauch von Schlafmitteln, dann – immer das alte Lied". Er sei der Schuldige; „ich hätte sie [Ulla] führen und ihr helfen müssen, statt töricht ihren Wünschen nachzugeben."

Seit dem 6. Dezember liegt er in der Nervenklinik der Charité, Station 6. Der Haushalt im Eisenmengerweg wird aufgelöst. Uli und Mücke kehren nach Carwitz zurück. Jutta Losch findet Unterschlupf bei Bekannten. Ulla folgt, aus einem Pankower Krankenhaus kommend, am 19. d. M. in die Klinik nach. „Ich bin", schreibt Fallada tags darauf an Frau Suse, „wie ein Lahmer, der bisher geführt wurde, der

653

aber jetzt nicht nur allein gehen, sondern auch einen Blinden führen muß."

Bereits nach vierzehn Tagen hat er sich erholt. Frau Suse erfährt von „zwei guten Arbeitsvorhaben". Kurz vor Weihnachten läßt er den Aufbau-Verlag wissen, er sei „schon wieder einmal ziemlich zurechtgeflickt und auch arbeitslustig"; er würde gern an die „Umänderungen" des Romans gehen und habe eine gute Idee für die Jugendbuchreihe des Verlages. An Becherts berichtet Fallada am 27. Dezember – zusammen mit einem Schreiben gleichen Datums an Hörigs die letzten im Nachlaß nachgewiesenen Briefe –, vor ihm läge „die unangenehme Arbeit", den Roman für die „Neue Berliner Illustrierte" auf die Hälfte kürzen zu müssen. Und die „Beichte" an die Mutter geht mit dem guten Vorsatz aus: „Ich will es wieder versuchen, ich will fleißig sein, ich will arbeiten – möge es lange gut gehen."

Vor Jahren, am 15. April 1933, aus der Zelle im Amtsgerichtsgefängnis Fürstenwalde, während seines Osterns mit der SA, hatte Fallada seine Frau mit dem Satz getröstet: „Ich bin ein Stehaufmännchen." Er ist, aus persönlichen und selbst aus politischen Miseren, auch immer wieder aufgestanden. Dieses Mal bleibt er liegen, auch buchstäblich, eine Zeitlang noch in der Charité, dann erneut in einem Behelfskrankenhaus. Trotz aller guten Absichten kommt er nicht mehr zum Arbeiten. Seine Kräfte sind erschöpft, zu oft hat er mit ihnen Raubbau getrieben.

Der Roman „Jeder stirbt für sich allein" wird zu Falladas Abgesang. Er kann die Kürzung für den Vorabdruck nicht mehr vornehmen, das Typoskript nicht zur Satzreife bringen, die Korrekturabzüge nicht lesen; an seiner Statt wird Paul Wiegler das Imprimatur geben. Fallada stirbt, dreiundfünfzig Jahre alt, für sich allein, am 5. Februar 1947.

Zwei Nekrologe sind bemerkenswert: Bechers Essay „Was nun?", dem bis zum heutigen Tag nichts Annäherndes zur Seite steht, und ein Nachruf, den in Deutschland kaum jemand zur Kenntnis zu nehmen vermag. In ihrer Nummer 13 vom 15. Februar 1947 veröffentlicht die in México, D. F., von den dort lebenden deutschsprachigen politischen Exulanten herausgegebene Halbmonatsschrift „Demokratische Post" den ersten Vorabdruck aus „Jeder stirbt für sich allein", das 50. Kapitel, „Escherichs Tod". Fallada habe, vermerkt ein Vorspann, diesen Teil seines soeben vollendeten Romans der Redaktion überlassen. In den Text eingeblockt, meldet eine kurze Notiz den plötzlichen Tod und kündigt einen Nachruf an.

Ihn schreibt Paul Mayer. An Paul Mayer, Cheflektor des Rowohlt Verlages von 1919 bis 1936, Betreuer seiner Bücher von „Der junge Goedeschal" bis „Altes Herz geht auf die Reise", hat Fallada das Typoskript gesandt. Paul Mayer, nach Mexiko emigriert, dort im Verlag El Libro Libre Lektor von Werken Kischs, Feuchtwangers, Balks, der Seghers, Heinrich Manns, Uhses, Weiskopfs und anderer, schließt seine „Erinnerungen an Hans Fallada" in der Nummer 14 vom 1. März mit den Sätzen: „Die deutsche Literatur ist nicht reich an realistischen Gestaltern. Hans Fallada ist einer von ihnen. Sein Werk, verstümmelt durch politischen Terror, ist auch als Torso bedeutend genug, um nicht vergessen zu werden."

Paul Mayer, kompetent als Büchermacher, unverdächtig als Zeuge, denkt in erster Linie an die Romane. Man kann Falladas Geschichten cum grano salis in sein Urteil einbeziehen.

Berlin, im Oktober 1984

Zur Auswahl. Zum Text

Seit der Aufbau-Verlag im Jahre 1946 „Wer einmal aus dem Blechnapf frißt" neuauflegte, gehören Falladas wichtige Romane – von „Bauern, Bonzen und Bomben" bis „Jeder stirbt für sich allein" – hierzulande zu den häufig gedruckten und viel gelesenen Büchern. Daneben haben die beiden für Kinder geschriebenen Arbeiten, „Geschichten aus der Murkelei" und „Fridolin, der freche Dachs", einen festen Platz im Angebot unserer Verlage, und seit 1981 sind auch die Erinnerungsbücher wieder zugänglich.

Ungesammelt blieben bisher die zu des Autors Lebzeiten verstreut publizierten Geschichten. Einen Ansatz machte der vom Rowohlt Verlag, Reinbek bei Hamburg, 1967 unter dem irreführenden Titel „Gesammelte Erzählungen" veranstaltete Band, der fünfzehn Geschichten enthält sowie einen Auszug aus dem Roman „Wir hatten mal ein Kind" und die autobiographische Skizze „Wie ich Schriftsteller wurde".

Unsere Sammlung innerhalb der „Ausgewählten Werke" bietet eine umfassende Auswahl. Sie bringt dreiundvierzig Geschichten, die Fallada zwischen 1925 und 1946 in Zeitungen und Zeitschriften veröffentlicht hat – darunter die in dem Bändchen „Hoppelpoppel – wo bist du?" zusammengefaßten –, und zwei aus dem Nachlaß. In seiner anstelle eines Nachworts gedruckten Studie erwähnt der Herausgeber weitere zwei Dutzend von Fallada zum Druck gegebene oder dafür bestimmte Geschichten und begründet, warum er sie ausgeschlossen hat.

Um das Bild des Geschichtenerzählers abzurunden, wurden die „Geschichten aus der Murkelei" und „Fridolin, der freche Dachs" hinzugefügt: ein Zyklus mit loserem, eine Folge mit festerem Zusammenhalt. (Zu Falladas kurzer Prosa muß man allerdings auch die in Band X vereinten Erinnerungsbücher „Damals bei uns daheim" und „Heute bei uns zu Haus" zählen, die sich als „Kränze" von Geschichten erweisen.)

Unser Titel „Märchen und Geschichten" mag auf den ersten Blick widersprüchlich erscheinen: Gerade die beiden Arbeiten Falladas, die das Wort „Märchen" in der Überschrift verwenden („Märchen vom Stadtschreiber, der aufs Land flog", „Märchen vom Unkraut"), wurden fortgelassen. Andererseits finden sich unter den „Geschichten aus der Murkelei" auch Kunstmärchen, und die „Fridolin"-Erzählung setzt Mittel des Märchens ein. Der Herausgeber versteht „Märchen" nicht nur als Genrebegriff; wie Johannes R. Becher sieht er in Fallada einen „Märchenerzähler".

Das Prinzip, allein Beiträge aufzunehmen, die Fallada selbst zum Druck befördert hat, wird in drei Fällen durchbrochen. Die Anordnung folgt der Chronologie der Entstehung; nur die „Hoppelpoppel"-Sammlung steht unter dem Erscheinungsjahr.

Die Druckvorlagen der von uns unter dem Titel GESCHICHTEN UND GESCHICHTCHEN 1925–1936 zusammengefaßten Texte sind im Nachwort belegt. Aus dem Nachlaß aufgenommen wurden die Erzählung „Länge der Leidenschaft", die bereits in dem genannten Band des Rowohlt Verlages veröffentlicht wurde – wir folgen der Handschrift –, und die kleine Gruppe der „Gauner-Geschichten", die im Kontext zu „Ein Mensch auf der Flucht" steht.

Die 1931 und 1932 gedruckten Arbeiten bringen wir vollständig; weder wurde auf die „Geschichtchen" verzichtet noch auf die Beiträge, die man auch als Feuilletons bezeichnen könnte. Der Herausgeber schließt jedoch nicht aus, daß aus diesen Jahren – Falladas Hauptzeit für das Schreiben von Geschichten – nicht noch die eine oder andere Arbeit aufgefunden werden kann.

Es gab in Deutschland 1931 mehr als viertausend Tageszeitungen und, laut „Sperlings Zeitschriften- und Zeitungs-Adreßbuch", einhundertdrei deutschsprachige Literaturblätter und Revuen. Da Fallada den Vertrieb seiner Geschichten meist literarischen Agenturen überließ, kommt für Abdrucke, theoretisch, eine Unzahl von Publikationsorganen in Frage. Der Herausgeber hat die Jahrgänge 1931 und 1932 von ca. vierzig Zeitungen und Zeitschriften durchgesehen.

Die Geschichten der thematischen Sammlung HOPPEL-POPPEL – WO BIST DU? sind im Nachwort in der Chronologie der Entstehung genannt. Als Textvorlage wurde das von Fallada durchgesehene und korrigierte, in Reclams Universal-Bibliothek erschienene Bändchen benutzt.

Den GESCHICHTEN AUS DER MURKELEI legen wir die Erstausgabe zugrunde. In der Überarbeitung von 1946 ändert Fallada das Vorwort – Achims Name wird hinzugefügt, die Erwähnungen Rowohlts und der ersten Illustratorin Melitta Patz werden getilgt –, korrigiert stilistisch und ergänzt weitschweifig die „Geschichte vom unheimlichen Besuch". Er bereinigt – wohl aus pädagogischen Rücksichten, jedoch nicht konsequent – Verstöße gegen Grammatik, Syntax, Orthographie usw. und zerstört häufig den – gewiß umgangssprachlichen, aber zügigen – Erzählfluß.

Da der Aufbau-Verlag diese zuerst 1947 erschienene Fassung in seiner Ausgabe für Kinder ständig vorgelegt hat – seit der 17. Auflage 1973 mit den Illustrationen von Hans Ticha – und weiterhin vorlegen wird, ist der Text der Erstausgabe innerhalb der Werkauswahl mehr als gerechtfertigt.

FRIDOLIN, DER FRECHE DACHS drucken wir nach Falladas Typoskript, das uns von Frau Anna Ditzen überlassen worden war. Die erste Buchausgabe im Verlag Heinrich Scheffler GmbH., Frankfurt am Main 1955, deren Text auch die weitverbreitete Edition des Kinderbuchverlages, Berlin, benutzt, ändert die von uns im Nachwort erwähnten Details sowie Titelei und Schlußbemerkung. So geringfügig diese Eingriffe auch sein mögen: Nur die Originalfassung läßt die richtige Sicht auf die autobiographischen Elemente der Arbeit zu.

Für die Gruppe, die vom Herausgeber unter den Titel GESCHICHTEN 1945/1946 gestellt wurde, werden die Druckvorlagen wiederum im Nachwort genannt.

Fallada bevorzugt gerade in seinen Geschichten die Umgangssprache und verstößt nicht selten gegen geltende Regeln. Einem Kritiker, der Verwechslungen von scheinbar/anscheinend, trotzdem/obwohl und wie/als bemängelt, pflichtet er in seiner Antwort vom 13. August 1935 bei, vermerkt aber zu Recht: Hätte er eine „erhabene Sprachglätte", so wäre er nicht mehr Fallada.

Allein in den genannten Fällen hat der Herausgeber in der Autorensprache sparsam korrigiert. Orthographie und Interpunktion folgen den Regeln des Duden; lautliche Abweichungen (wie etwa „Pappa" und „Mäusecken" in der „Murkelei") blieben erhalten.

Falladas Korrespondenz, die Manuskripte und anderes hat der Herausgeber eingesehen, als sich der Nachlaß noch im Besitz der Urheberberechtigten, Frau Emma D. Hey, Braunschweig, befand; heute liegt das Material im Hans-Fallada-Archiv, Feldberg. Briefe aus den Jahren 1912 bis 1925, auch einige andere Unterlagen, wurden ihm von Falladas Neffen, Herrn Horst Bechert, Kempen, zugänglich gemacht. Die Erinnerungen von Elisabeth Ditzen, den Briefwechsel zwischen Anna und Rudolf Ditzen und die Tageskladden – kurze Notizen über die täglichen Arbeiten, Besuche, Reisen u. dgl. m., überwiegend von Fallada, in seiner Abwesenheit von Anna Ditzen verfaßt – konnte er bei Frau Anna Ditzen, Feldberg, exzerpieren; von ihr erhielt er auch eine lange Reihe von Auskünften.

Ihnen allen dankt er für ihre freundliche Hilfe.

Berlin, im Oktober 1984   G. C.

Inhalt

Geschichten und Geschichtchen
1925–1936